The Shattering

PRELUDE TO CATACLYSM

WORLD OF WARCRAFT®

THE SHATTERING

PRELUDE TO CATACLYSM

크리스티 골든 지음 / 김지현 옮김

제우미디어

Korean language edition published by Jeu Media Co. Ltd, Copyright © 2011
© 2011 Blizzard Entertainment, Inc. All rights reserved. Warcraft, World of Warcraft, and Blizzard Entertainment are trademarks and/ or registered trademarks of Blizzard Entertainment, Inc., in the U.S. and/ or other countries. All other trademarks referenced herein are the properties of their respective owners.

부서지는 세계: 대격변의 전조

초판 1쇄 | 2011년 8월 29일
초판 19쇄 | 2019년 1월 21일

지은이 | 크리스티 골든
옮긴이 | 김지현

펴낸이 | 서인석
펴낸곳 | 제우미디어
출판등록 | 제 3-429호
등록일자 | 1992년 8월 17일
주소 | 서울시 마포구 상수동 324-1 한주빌딩 5층
전화 | 02-3142-6845
팩스 | 02-3142-0075
홈페이지 | www.jeumedia.com

ISBN | 978-89-5952-238-5
• 파본은 본사나 구입하신 서점에서 교환해드립니다.

만든 사람들
출판사업부 총괄 손대현 | **책임 편집** 김용진 | **기획** 전태준, 하일구 | **디자인 총괄** 고민수
제작 김금남 | **영업** 김한호, 김응현, 김소영, 설종원, 김영욱
도와주신분 백영재, 김병수, 유원상, 블리자드코리아 현지화팀, 홍보팀, 커뮤니티팀, 마케팅팀, 웹서비스팀

헌신적이고 멋진 독자들에게 이 책을 바칩니다. 블리자드와 제가 함께 쓴 『아서스: 리치 왕의 탄생』을 뉴욕 타임스 베스트셀러로 만들어주신 것도 여러분이며, 제가 사랑해 마지않는 이 작업을 계속할 수 있는 것도 모두 여러분 덕분입니다. 계속해서 온 힘을 다해 좋은 작품을 쓰겠습니다.

감사의 말

내가 하는 일에 큰 자부심을 느끼도록 해주었던, 열정적이고 경이로운 편집자인 제이미 코스타스에게 감사드립니다. 또한 블리자드 개발팀이 보내주었던 끊임없는 지지에 감사를 표합니다. 개발팀의 크리스 멧젠, 에블린 프레드릭슨, 미키 닐슨이라는 최고의 3인방은 지금까지 같이 일해 왔고 앞으로도 오래도록 함께하고 싶은 분들입니다. 저스틴 파커, 케이트 게리, 제임스 워, 토미 뉴커머는 편집과 다른 여러 긴급한 부분에 큰 도움을 주었습니다. 이야기 전개에 게임 내 이야기를 제공해 주신 알렉스 아프라샤비, 내가 하는 모든 일에 한없는 열정을 가지고 아낌없이 도움을 준 지나 피핀, 그녀의 조수이자 내게 〈니트 스터프〉를 보내주었던 조지 시에게도 감사드립니다. 모두가 하나같이 창의적이고 재미있는 분들이었기에 함께 작업하는 것이 즐거웠으며, 여러분이 없었다면 이 작품은 태어나지 못했을 것입니다.

전쟁망치 언덕

증오의 괴철로 기지

황혼의 마루

태양여울 주둔지

할라O

경악의 괴철로 기지

오슈군

탐험가의 전당

땜장이 마을

깊은굴 지하철

군사 지구

The Shattering

PRELUDE TO CATACLYSM

서 막

비가 내렸다. 가죽을 팽팽하게 당겨 덮은 지붕 위로 떨어지는 빗소리가 마치 북을 재빠르게 두드리는 소리처럼 작은 오두막 안을 울렸다. 오크들의 오두막이 다 그렇듯, 이 집도 튼튼하게 지어져 있어서 비가 새어들지는 않았다. 그러나 아무리 잘 지은 집이라도 차갑고 눅눅한 공기까지 막을 수는 없었다. 날이 더 추워지면 비는 눈이 되리라. 눈이든 비든. 축축한 냉기는 잠들어 있는 와중에도 드렉타르의 뼛속에 스며들고 몸을 곤두서게 했다.

그러나 지금 이 늙은 주술사가 몸을 뒤척이며 돌아눕는 것은 추위 때문만이 아니었다.

바로 꿈 때문이었다.

드렉타르는 항상 예지몽을 꾸었다. 예지의 환영도 보았다. 비록 육신의 눈은 멀었으나 영적인 눈으로 세상을 보는 재능이 있었다. 이것은 타고난 재능이었다. 그러나 악몽과의 전쟁 이후로 그 재능은 파괴적으로 변했다. 그 무시무시한 전쟁 동안 꿈은 악몽이 되어갔고, 잠은 휴식과 회복이 아니라 공포만을 안겨주게 되었다. 꿈에 시달리면서 드렉타르는 늙어갔다. 나이는 먹었어도 강인했던 그가 이제는 노쇠하고 성마른 늙은이로 변해버린 것이다. 악몽을 무찌른 뒤에는 꿈이 원래대로 돌아오기를 바랐지만, 그의 꿈은 덜 끔찍해졌어도 여전히 매우, 매우 음울했다.

드렉타르는 꿈속에서 앞을 볼 수 있었다. 하지만 그는 앞을 보지 못하기를 갈망했다. 그는 산 위에 홀로 서 있었다. 태양이 평소보다 가까워 보였다. 퉁퉁하고 붉게 물든 태양에 비쳐 핏빛으로 물든 바다가 산기슭에 철썩 부딪혀왔다.

그리고…… 어떤 소리가 들렸다. 아득히 멀리서 깊이 우릉거리는, 기분 나쁘게 소름 끼치는 소리. 일찍이 한 번도 들어본 적 없는 소리였다. 그러나 자연의 정령들과 강하게 연결된 드렉타르는 그게 무언가 끔찍이, 아주 잘못되었다는 뜻임을 알아차렸다.

잠시 뒤, 바닷물이 소용돌이치면서 산기슭으로 사납게 밀려들기 시작했다. 파도가 굶주린 듯이 높게 일었다. 마치 저 요란한 수면 아래에 어둡고도 무시무시한 것이 부글거리고 있는 것만 같았다. 드렉타르는 자신이 위험하다는 것을 깨달았다. 산 위에 올라와 있더라도 안전하지 않다고, 이제 더는 그 무엇도 안전하지 않다고. 아까까지만 해도 탄탄하던 바위가 드르르 떨리는 감각이 그의 맨발에 와 닿았다. 그는 자신의 지팡이를 손가락이 아플 정도로 힘껏 그러쥐었다. 바다가 넘실거리고 산이 부서질지라도 그 울퉁불퉁한 막대기 하나만은 견고하고 확실하게 남아 있을 것처럼.

그러다가 아무런 전조도 없이, 그 일이 일어났다.

발밑의 땅이 갈지자로 갈라졌다. 땅은 그를 집어삼키려는 듯 입을 쩍 벌렸고, 드렉타르는 고함을 지르면서 반쯤은 뛰고 반쯤은 넘어지며 도망쳤다. 그 통에 지팡이는 손에서 떨어져 나가 넓게 벌어진 땅의 아귀 속으로 사라졌다. 거세게 몰아치는 바람 속에서 그는 치솟아 오르는 바위 파편을 붙들었다. 거기에 매달린 채 땅과 함께 요동치면서, 저 아래에 핏빛으로 끓어오르는 바다를 아주 오랫동안 보이지 않았던 눈으로 내려다보았다.

집채만 한 파도가 가파른 절벽에 몰려와 연방 부딪혔다. 파도가 불가능하리만치 높게 덮쳐오면서 격렬하게 튀어 오르는 물보라가 느껴졌다. 겁을 먹고 괴로움에 떨며 도와달라고 소리치는 정령들의 비명이 사방에서 들려왔다. 우르릉 하는 굉음이 커져만 가다가, 시뻘건 바다에서 웬 거대한 땅덩어리가 수면을 뚫고 올라왔다. 드렉타르는 공포에 질린 채 그 광경을 바라보았다. 땅덩어리는 끊임없이 솟아오르고 솟아올라, 그 자체로 산과 대륙이 되었고, 드렉타르가 서 있는 지면이 또다시 갈라졌다. 그는 크게 울부짖고 허공을 마구 움키며 균열 속으로, 불 속으로 떨어졌다…….

드렉타르는 털가죽을 깐 침상 위에서 벌떡 몸을 일으켰다. 추운 날씨인데도, 땀으로 흠뻑 젖은 몸을 부들부들 떨면서 손을 허공에 허우적거렸다. 다시 보이지 않게 된 눈은 크게 뜬 채 암흑을 응시했다.

"대지가 눈물 흘리리라, 세상은 파괴되리라!"

드렉타르가 날카롭게 외쳤다. 그때 무언가 단단한 것이 그의 손을 만지더니, 이내 감싸 쥐고는 그를 진정시켰다. 그게 누구의 감촉인지는 잘 알았다. 몇 년간 그의 시중을 들었던 오크, 팔카르였다.

"진정하세요, 대부 드렉타르 님. 그저 꿈일 뿐입니다."

젊은 오크가 일축했다.

하지만 드렉타르는 그런 식으로 어물쩍 넘어갈 수 없었다. 방금 그 꿈은 그냥 넘어갈 사안이 아니었다. 그는 얼마 전까지만 해도 알터랙 계곡에서 싸웠다. 그런 전투를 감당하기에 너무 늙고 약해지면서 어쩔 수 없이 그만두었지만, 전장에서 싸울 수 없다면, 주술사의 능력으로 싸울 것이었다. 예지몽으로.

"팔카르, 스랄과 이야기해야겠다. 그리고 대지고리회와도, 아마 다른 이들도 나와 같은 꿈을 꾸었을 거야……. 만약 꾸지 않았다면 더욱 말해야 하고! 팔카르, 이건 심각해!"

그는 일어나려고 했다. 그러나 한쪽 다리가 풀려서 움직이지 않았다. 울화가 치민 그는 말을 안 듣는 자신의 노쇠한 몸을 퍽퍽 때렸다.

"대부님, 당신이 해야 하는 일은 잠을 마저 주무시는 겁니다."

드렉타르는 약했다. 아무리 애를 써도 팔카르의 튼튼한 손아귀를 뿌리치고 빠져나갈 수가 없었다. 결국 팔카르는 그를 도로 침상에 눕혔다.

"스랄…… 스랄이 알아야 한단 말이다."

그는 팔카르의 팔을 부질없이 때리며 중얼거렸다.

"꼭 그러셔야겠거든, 내일 함께 가서 말씀하세요. 일단 지금은…… 쉬세요."

드렉타르는 꿈 때문에 기진맥진한 데다가, 뼛속까지 파고드는 추위를 새삼 느끼던 참이었다. 그는 고개를 끄덕이고, 편히 잠들게 해주는 약초로 뜨거운 차를 끓여주겠다는 팔카르의 제안을 허락했다. 팔카르는 역시 좋은 시종이라는 생각이 들었다.

벌써 잠이 오면서 생각이 이리저리 떠돌기 시작했다. 팔카르가 내일 말해도 늦지 않다고 한다면 그런 거겠지. 드렉타르는 차를 마시고 침상에 머리를 누인 뒤 가물거리는 의식 속에서 문득 생각했다. 그런데 무엇에 늦지 않다는 건가?

팔카르는 등을 젖혀 앉으며 한숨을 쉬었다. 한때 드렉타르의 정신은 단도처럼 예리했다. 몸은 세월의 무게 아래 나날이 약해져 가고 있었어도. 예전 같았으면 팔카르는 드렉타르가 예지몽을 꾸었다 하면 즉시 스랄에게 전갈을 보냈을 것이다.

하지만 더는 아니었다.

그토록 많은 것을 알고 불가사의한 지혜를 발휘했던 드렉타르의 예리한 정신은 작년부터 산란해지기 시작했다. 그 어떤 역사책보다 나았던 기억력도 이제는 불확실해졌다. 기억 여기저기에 구멍이 생겼다. 악몽과의 전쟁, 필연적으로 닥쳐오는 노화라는 두 가지 짐 사이에서 시달린 끝에, 드렉타르의 예지몽은 그저 단순한 악몽으로 전락해버린 게 아닐지. 팔카르는 생각하지 않을 수 없었다.

팔카르는 일어나 자기 침상으로 돌아가면서 두 달 전의 일을 떠올리고 괴로움에 젖었다. 그때 드렉타르는 잿빛 골짜기로 전갈을 보내야 한다고 주장했었다. 오크 한 무리가 타우렌과 칼도레이 드루이드들의 평화로운 집회에 들이닥쳐 학살을 저지를 것이라면서. 그들은 정말로 사자를 보내 경고를 전했다. 그러나 아무 일도 일어나지 않았다. 이 늙은 오크의 말을 들어서 얻은 것이라고는 나이트 엘프들의 의심 어린 시선뿐이었다. 그 주변 일대에 오크라고는 없었다. 그런데도 드렉타르는 그 위험이 진짜였다고 주장했다.

그 외에도 이런저런 소소한 예지몽을 꾸었지만 모두 헛된 공상일 뿐이었다. 그리고 지금 또 이러는 것이다. 만일 그 위협이 진짜라면 드렉타르 말고 다른 이들도 분명히 예지했을 것이다. 팔카르 자신도 미숙한 주술사는 아닌데 그런 전조는 느껴지지 않았다.

그래도 약속은 지킬 것이다. 만약 내일 아침에도 드렉타르가 스랄을 만나기 원한다면, 팔카르는 드렉타르가 길을 떠날 채비를 도울 것이다. 아니면 사자를 보내서 스랄이 드렉타르에게 오도록 할 수도 있다. 한때 드렉타르의 제자였고 그의 도움으로 호드의 대족장 자리에 오른 스랄은 현재 드렉타르가 근거지로 삼은 이 알터랙에서 한 대륙이나 떨어진 오그리마에 있었다. 여기까지 오려면 길고 고된 길이 되리라. 그러나 팔카르는 그런 일은 일어나지 않으리라고 생각했다. 내일이 되면 드렉타르는 꿈의 내용은커녕 꿈을 꾸었다는 사실 자체도 기억하지 못할 가능성이 컸다.

요즘은 대개 그런 식이었다. 팔카르는 이런 상황이 즐겁지만은 않았다. 스승의 노망이 심해질수록 팔카르는 고통스러울 따름이었고, 세상이 지금과는 다르기만을 간절히 바라게 되었다. 드렉타르는 세상이 파괴되리라고 그토록 확신했지만, 드렉타르를 사랑한 사람들에게 세상은 이미 무너졌다는 사실을 미처 몰랐다.

팔카르는 잃어버린 과거를 애도해봤자 부질없는 짓임을 알고 있었다. 예전의 드렉타르가 아니라고 슬퍼할 필요는 없는 것이다. 사실 드렉타르는 대부분의 오크보다 길고도 명예로 가득한 삶을 살았지 않는가. 오크들은 역경과 맞섰으며, 삶에는 싸우고 분노할 때와 현실 그대로를 받아들일 때가 있음을 이해했다. 팔카르는 어린아이였을 때부터 드렉타르를 모셨고 그가 숨을 거두는 순간까지 계속 모시기로 맹세했었다. 천천히 쇠락해가는 스승의 모습을 지켜보는 일이 얼마나 고통스럽든 간에.

팔카르는 몸을 굽혀 엄지와 검지로 촛불을 쥐어서 끄고, 털가죽을 당겨 커다란 몸에 꼭 맞게 덮었다. 밖에서는 계속해서 내리는 비가 팽팽한 가죽 지붕을 끈질기게 타닥타닥 두들기고 있었다.

1부
대지가 눈물을 흘리리라……

1 장

"육지다!"

망꾼이 소리쳤다. 그 호리호리한 블러드 엘프는 돛대 꼭대기의 망대에 올라 서 있었다. 케른의 눈에 그곳은 갈매기조차 날아 앉기를 무서워할 정도로 위험천만해 보이는데, 그 젊은 엘프는 아무렇지도 않게 돛대 위로 뛰어 올라가 맨손과 맨발에 밧줄을 휘감은 채 다람쥐처럼 태평해 보였다. 늙은 타우렌인 케른은 갑판에 서서 그 모습을 지켜보며 머리를 설레설레 흔들었다. 그는 노스렌드로 가는 여정 중 첫 단계가 끝나간다는 사실이 기뻤고, 염치없지만 조금은 안심되기까지 했다. 케른 블러드후프는 타우렌의 지도자이자 긍지 높은 아버지이며 전사였으나 배를 타는 것만은 영 께름칙했다.

타우렌이 모두 그렇듯 케른 역시 단단하고 견고한 대지의 피조물이었다. 물론 그들도 배가 있기는 하지만, 육지가 보일 정도의 가까운 바다에서만 타고 다니는 작은 배일 뿐이었다. 타우렌들에게는 어쩐지 고블린들의 비행선조차도 바다를 떠다니는 선박보다는 안전하게 느껴졌다. 아마도 발굽 밑이 계속 출렁거려서 불안하고, 바다가 금방이라도 적대적으로 변할 수 있다는 사실이 위협적이라서 그런 듯했다. 아니면 길고도 하염없이 이어지는 지루함 때문인지도. 그들이 지금 톱니항에서부터 북풍이 내리질리는 땅까지 항해하는 과정 또한 그렇게 지루했다. 어쨌든 간에, 이제 목적지가 눈에 들어왔으니 케른은 마음이 한결 가뻐해졌다.

케른은 자신의 지위에 걸맞게 호드의 기함을 타고 있었다. '만노로스의 뼈호'라는 그 위풍당당한 함선과 함께 다른 배들도 몇 척 나란히 항해하고 있었는데, 그 배들은 선원이 거의 없고 신선한 물과 보존 식량만 저장해두고 있었다. (물론 사기를 북돋우기 위해, 오우거들이 양조한 고르독 맥주도 실어두었다.) 케른이 이제부터 육지에 즐거이 발굽을 디디며 머무를 수 있는 시간은 기껏해야 하루 남짓 정도였다. 그들이 이곳 노스렌드에 온 까닭은 이제 필요 없게 된 보급품들과 마지막으로 남은 호드 병사들을 싣고 떠나기 위함이었기에, 그 정도 시간이면 충분했다. 그 호드 병사들은 고향으로 돌아가기를 손꼽아 고대하고 있으리라.

가뜩이나 안개가 짙은 데다가 케른에게는 노안도 있는 탓에 육지가 아직 보이지는 않았다. 그러나 저 곡예사 같은 신도레이 망꾼의 눈이 케른보다야 더 날카로울 테니 그 눈을 믿을 따름이었다. 케른은 갑판 끝으로 다가가 난간을 붙잡고서 안개 너머를 내다보았다.

남동부의 얼라이언스가 그 근방에 점점이 흩어진 수많은 섬 중 하나에 용맹의 성채를 세우기로 했다고 한다. 케른 일행의 목적지인 전쟁노래 요새는 주변 지역이 한눈에 들어오는 좋은 위치에 자리 잡고 있었다. 깊은 항만이나 배가 들어가기 쉬운 입지 조건보다도, 호드에게는 넓은 시야 확보가 가장 중요하기 때문이었다. 아니, 그건 가장 중요했었다고 해야 할까.

배가 서서히 조심스럽게 앞으로 나아가면서 케른은 나지막하게 콧바람을 불었다. 유별나게 짙은 안개 사이로 슬슬 다른 배들이 눈에 들어오기 시작한 것이다. 한 선박의 잔해가 보였는데, 그 배의 선장은 만노로스의 뼈호를 이끄는 트롤 선장 툴라처럼 현명하게 배를 지휘하지는 못했던 게 분명했다. 공격을 받았거나 좌초된, 혹은 둘 다 당한 듯한 몰골이었기 때문이다. 이곳은 '가로쉬의 상륙지'라는 거창한 이름으로 불리지만 지금은 젊고 충동적인 오크 범선들이 부서지고 남은 잔해만 널려 있을 뿐이었다. 뼈만 남은 채 모두 무너져 내린 배들. 한때는 호드의 검은 상징을 뽐냈을 돛은 이제 다 낡아 해지고, 선명했던 진홍빛 색깔도 바래버렸다. 마찬가지로 닳아 해진 감시탑 하나가 눈에 들어왔다. 그리고 예전에 웅장한 대전당이었던 거대하고 음산한 건물의 형상도 언뜻 보였다.

고명한 오크 영웅 그롬 헬스크림의 아들인 가로쉬는 노스렌드로 오라는 소집령에 가장 먼저 응답한 자 중 하나였다. 케른은 그 일 때문에 가로쉬를 높이 사긴 했지만, 지금껏 여기저기서 보고 들었던 가로쉬의 행동은 고무적이면서도 한편으로는 골치 아프기도 했다. 물론, 케른도 그렇게까지 늙지는 않았으니 피를 끓게 하는 젊음의 불길이 어떤 것인지는 기억하고 있었다. 또 그의 아들 바인 역시 케른이 겪었던 것과 똑같은 문제로 씨름하는 모습을 보았으니, 가로쉬의 몇몇 행동은 그냥 젊은이의 일시적 객기에서 비롯되었을 뿐 그다지 특별할 것도 없다는 것을 잘 알았다. 게다가 가로쉬의 열정은 다른 이들의 마음을 움직이는 힘이 있다. 인정하지 않을 수 없는 사실이었다. 전장에서 패색이 드리울라 치면 가로쉬는 전사들에게 호드의 용맹한 정신을 부추겨 종족의 긍지를 일깨워주었으며, 그 자긍심은 들불처럼 맹렬히 번져나가곤 했다.

　가로쉬는 좋건 나쁘건 간에 자기 아버지의 아들이었다. 그롬 헬스크림 역시 지혜롭게 인내하는 덕목 같은 건 없었다. 항상 누구보다도 먼저, 격렬하게, 급하게 행동하는 편이었으니까. 그리고 돌격하면서 내지르는 함성은 귀청을 찢을 듯 날카로워 듣는 이들의 마음을 뒤흔들어 놓곤 했고, '지옥의 비명'이라는 뜻의 헬스크림이라는 성도 그래서 붙은 것이었다. 악마 만노로스의 피를 처음 마신 자 역시 그롬이었다. 그를 비롯해 악마의 피를 마신 오크들은 모두 타락하고 말았다. 그러나 결국 그롬은 복수를 해냈다. 비록 피를 맨 처음 마신 것도 그롬이었고, 사악한 광기에 젖어 살육을 처음으로 저지르기 시작한 자도 그였지만, 그롬은 그러한 광기와 살육을 끝장낸 장본인이기도 했다. 만노로스를 죽인 것이다. 그러자 나머지 오크들도 자신만의 훌륭한 본성, 의지, 영혼을 되찾았다.

　가로쉬는 한때 자기 아버지를 부끄러워했다. 아버지가 만노로스의 피를 이겨내지 못할 만큼 허약한 데다가 배신자라고 생각했기 때문이다. 하지만 스랄 덕분에 그런 생각이 잘못되었음을 깨우친 뒤에는 아버지가 물려준 자신의 사명을 포용할 수 있게 되었다. 어쩌면 좀 과하게 열정적으로 포용했는지도 모른다. 물론 가로쉬의 열정이 결과적으로 전사들에게 긍정적인 영향력을 미친 건 사실이다. 하지만 케른은 아무래도 스랄이 그롬의 공덕을 칭찬하기에만 급급하고 정작 그롬의 악행은 너무 가볍게 보고 넘어간 게 아닌가 싶은 생각이 들었다.

젊고 자신만만한 가로쉬는 호드의 대족장이자 용감하고도 현명한 지도자인 스랄에게 여러 번 반항했다. 분노의 관문에서 재앙이 일어나기 전 가로쉬는 스랄에게 오그리마의 투기장에서 한 판 붙어보자고 정면으로 도전하기까지 했었다. 그리고 최근에는 스톰윈드의 국왕 바리안 린의 도발에 넘어가 다른 곳도 아닌 달라란의 심장부에서 격렬하게 맞붙기도 했다.

그렇다고 해도 가로쉬가 일구어낸 성공과 인기, 그리고 호드 전체가 그에게 보내는 열광과 찬사를 부정할 수는 없었다. 물론 떠도는 소문과는 달리, 스컬지를 격퇴하고 리치 왕을 죽인 건 가로쉬 혼자 한 일이 아니었고, 노스렌드가 호드의 아이들이 즐겁게 뛰놀 수 있는 안전한 땅이 된 것 역시 가로쉬 혼자만의 업적이 아니었다. 그러나 전투에서 완전한 승리를 거둘 때마다 그 가운데에 가로쉬가 있었다는 사실은 인정하지 않을 수 없었다. 가로쉬는 호드에게 맹렬한 전의와 자긍심을 불어넣었다. 미친 짓으로만 보이던 계획도 그의 손에서는 매번 완전한 승리로 거듭나곤 했다.

케른은 가로쉬가 지휘할 때마다 승리를 거머쥐었던 것이 단순히 우연이라거나 그저 운이 좋아서였다고 일축할 정도로 어리석지는 않았다. 가로쉬는 지나치게 용감한 탓에 무모하다고 할 수도 있겠지만, 그가 이런 성과를 거둘 수 있었던 까닭은 무모함 때문이 아니었다. 가로쉬는 가장 힘겹고 불안정한 시기에 처했던 호드에게 딱 필요한 존재였던 것이다. 케른은 그런 점에서 가로쉬를 기꺼이 인정할 수 있었다.

"여기서부터는 나룻배를 타고 가셔야 합니다요."

툴라 선장이 케른에게 말하고 선원들에게 작은 나룻배들을 내리라고 소리쳤다.

"전쟁노래 요새는 멀지 않아요. 저쪽 언덕들 너머, 동쪽으로 똑바로 가시면 되지요."

툴라는 이 근방의 바다와 지리를 줄줄 꿰고 있었다. 지난 몇 계절에 걸쳐 그녀는 이곳과 톱니항 사이를 숱하게 항해한 전적이 있었으니 말이다. 스랄이 그녀에게 만노로스의 뼈호의 선장 자리를 맡긴 것도 바로 그래서였다. 케른은 고개를 끄덕이고, 특유의 낮은 목소리로 느릿느릿 말했다.

"오우거 양조 맥주를 한 통 주겠네. 자네의 근면한 선원들이 고되게 일했으니 그걸로 보상을 해주고 싶어. 단, 오랜만에 고향에 돌아가게 될 용감한 전사들이 마실 몫은 좀 남겨두도록."

툴라의 얼굴이 환하게 폈다.

"네, 대족장님. 고맙습니다. 한 통만 마시겠습니다요."

케른은 그녀의 어깨를 꽉 쥐고 고개를 끄덕였다. 그리고 두려워하는 기색을 감추지 못한 채, 그의 거대한 덩치에 비해 너무 비좁아 보이는 나룻배에 몸을 실었다. 해안까지 그를 데려다 줄 배였다. 차가운 안개가 케른의 털에 거미줄처럼 끈덕지게 들러붙어서 넌더리가 났다. 잠시 후, 배가 가로쉬의 상륙지 해안에 닿자 비로소 마음이 놓였다. 케른은 찰싹거리는 차디찬 물에 걸어 들어가 나룻배가 모래톱에 단단히 박히게끔 끌어다 놓았다.

안개는 여전했지만 내륙으로 들어갈수록 옅어지는 듯했다. 그들은 부서진 공성전차와 폐기된 무기, 갑옷 등을 지나 터벅터벅 걸었다. 오랫동안 버려져 있던 농장에는 돼지 뼈다귀들이 햇빛에 하얗게 바랜 채 뒹굴고 있었다. 살짝 경사진 오르막길을 오르며, 그들은 툰드라의 황량한 땅에 끈질기게 살아남아 자라난 붉은 풀들을 밟았다. 케른은 그 생명력을 존경했다.

전쟁노래 요새가 당당한 위용을 드러냈다. 요새는 채석장 중심에 자리 잡고 있었는데, 움푹 꺼져 들어간 채석장은 실질적으로 방어벽 역할을 해 주었다. 거미처럼 생긴 고대 종족인 네루비안들이 강령술로 되살아나 여러 번 쳐들어왔었지만 이제 더는 오지 않았다. 당시에는 강력하고 끈끈했던 거미줄이 지금은 죄다 끊어지거나 무지러져서 엉성한 실 몇 가닥처럼 바람결에 흐느적거리며 춤추고 있었다. 스컬지와 마찬가지로, 네루비안들도 호드의 전력을 다한 항전 앞에서는 후퇴할 수밖에 없었다.

계속 걸어나가던 케른은 앞쪽에서 누군가가 움직이는 것을 언뜻 보았다. 정찰병 한 명이 케른의 수행단 선두를 지키는 호드 깃발을 흘끔 보고는 쏜살같이 달려가고 있었다. 케른의 무리는 채석장 경계선을 따라서 나아가다가 밑으로 내려가는 길에 이르렀다. 그다지 화려한 입구는 아니었지만 견고하고 튼튼해 보였다. 그리로 내려가니 용광로 구역이 나왔다.

하지만 예전에 누렇게 녹은 금속의 강은 이제 더는 흐르지 않았다. 모루에 망치를 땅땅 두드리는 소리도 나지 않았다. 요즘에는 눈보다도 예민한 케른의 코에 퀴퀴한 늑대 냄새가 희미하게 스쳤다. 오크들이 키우는 그 짐승들은 먼저 고향으로 보내고 없는 모양이었다. 그리고 여기에 남은 무기며 탄환들은 한동안 아무도 쓰지 않아 먼지만 쌓여가고 있었던 듯했다. 케른이 이곳에 있는 물건들과 상황을 적당히 파악하고 나면, 짐꾼으로 쓰는 짐승 코도들에게 화물을 실어다가 배로 나를 것이다.

전쟁노래 요새는 써늘하니 한기가 끼쳤다. 용광로가 가동된다면야 이 휑뎅그렁한 공간을 덥히고도 남을 만한 열기가 나오겠지만, 용광로가 잠잠하니 노스렌드의 추위가 스며들어 있었다. 케른은 산전수전 다 겪은 노련한 용사인데도 이곳의 거대함에 압도되다시피 했다. 그롬마쉬 요새보다는 확실히 더 컸다. 어쩌면 호드의 몇몇 도시보다도 더 큰 듯했다. 너무 탁 트이고 거대해서 텅 빈 느낌이 들었다. 케른과 수행단이 1층 한가운데로 나아가자 발굽 소리가 덜걱 덜걱 메아리쳐 울렸.

무언가 심각한 토론을 나누고 있던 두 오크가 케른의 기척을 알아차리고 고개를 돌렸다. 케른은 둘 다 누구인지 알아보고 정중히 묵례했다. 녹색 피부의 나이 든 오크는 바로크 사울팽이었다. 위대한 영웅 브록시가르의 남동생이자 최근에 애통하게 죽은 드라노쉬 사울팽의 아버지이다. 이 전쟁에서 많은 이들이 많은 것을 잃었지만, 바로크는 그 누구보다도 많이 잃었다.

바로크의 아들은 분노의 관문 앙그라타르에서 다른 이들 수천 명과 함께 전사했다. 그 어둡던 날, 호드와 얼라이언스 연합은 리치 왕의 맹공격에 맞서서 같이 싸웠다. 마침내는 그 괴물이 직접 나타나 그들을 공격했다. 그때 젊은 사울팽이 쓰러졌고, 그의 영혼은 서리한에 흡수되고 말았다. 잠시 뒤 퓨트리스라는 한 포세이큰이 산 자도 죽은 자도 모두 파멸시키는 역병을 풀어버렸다.

사울팽 가문에 닥친 비극은 그뿐만이 아니었다. 리치 왕이 젊은 드라노쉬의 시체를 일으켜 그가 생전에 사랑했던 자들을 죽이라고 보낸 것이다. 호드가 그 비정상적인 존재를 끝장낸 것은 싸움 때문이라기보다는 자비심에서였다. 리치 왕을 쓰러뜨리고서야 비로소 대군주 바로크 사울팽은 아들의 시신을 거두어 돌아올 수 있었다.

백발에 강인한 사울팽은 케른이 보기에 오크라는 종족이 지닌 모든 미덕을 대변하는 존재였다. 지혜와 명예로 가득하고, 전투에 임할 때는 강력했으며, 전략을 짤 때는 냉철하게 생각할 줄 알았다. 케른이 그를 본 것은 사울팽이 분노의 관문에서 아들을 잃은 이후로 처음이었는데, 머리가 희끗희끗했지만 여전히 강인해 보였다. 사울팽은 무던히도 깊은 고통을 조용히 삭이며 늙어가고 있는 듯했다. 만약 케른의 입장이었다면, 모든 타우렌이 사랑해 마지않던 자기 자식이 그토록 끔찍하게 모독당했을 때 그 뼈아픈 상실감을 사울팽처럼 의연하게 견딜 수 있었을지 의문이었다.

"대군주여."

케른이 머리를 숙이며 우르릉거리는 음성으로 인사했다.

"나도 한 명의 아버지로서 그대가 겪은 일을 애도하오. 그러나 그대의 아들이 영웅으로 죽었음을 잘 아오. 그대가 이곳에 일구어낸 업적으로, 드라노쉬는 우리의 기억 속에 늘 영예롭게 남을 거요. 그 밖에 나머지는 바람에 실려 갈 뿐."

사울팽은 나지막이 수긍했다.

"다시 만나 반갑소, 케른 블러드후프 대족장. 또한…… 당신의 말은 정녕 사실이오. 그러나 한편으론 이 전쟁이 마침내 끝났다는 것이 기쁘기 그지없구려. 우리는 너무 많은 것을 잃었으니 말이오."

사울팽 옆에 서 있던 젊은 오크가 얼굴을 찡그렸다. 사울팽이 한 말이 불쾌하다는 눈치였지만 자제력을 한껏 발휘해서 아무 말도 하지 않으려 애쓰는 듯했다. 그는 케른이 만난 대부분의 오크와는 달리 피부가 녹색이 아니라 마치 비옥토 같은 갈색을 띠고 있어서, 아웃랜드 출신의 마그하르라는 것을 알 수 있었다. 정수리는 벗겨진 채 갈색의 긴 말총머리만 드러내고 있었다. 이쪽은 물론 가로쉬 헬스크림이었다. 그는 전쟁이 끝나서 기쁘다고 시인하는 게 수치스러운 짓이라고 여겼다. 세월이 흐르고 나면, 가치 있는 대의를 위해 싸우고 승리하는 것도 좋지만 평화 역시 좋다는 사실을 가로쉬도 어렵히 깨닫게 되리라. 하지만 지금 그는 그렇게 길고 힘겨운 전쟁을 치렀는데도 아직도 싸움이 부족하다고 생각하는 모양이었다. 케른은 그런 점이 못내 거슬렸다.

"가로쉬. 자네의 공적이 아제로스 방방곡곡에 다 퍼졌네. 여기 계신 사울팽처럼, 자네도 자부심을 느껴도 좋을 것 같아."

그 칭찬은 진심이었다. 그러자 가로쉬의 뻣뻣하던 자세가 살짝 풀어졌다. 케른이 물었다.

"자네 군사 중 얼마 정도가 우리와 함께 돌아갈 예정인가?"

"거의 다요. 사울팽께는 소수의 기간요원만 남겨놓을 거요. 여기저기 전초기지에도 몇 명 배치하긴 할 건데, 사실 그 정도 인원도 필요 없겠지 싶소. 전쟁노래 공격대가 스컬지를 쳐부수고 나머지 적들도 완전히 궤멸시켜놨으니까. 그러려고 왔으니 당연한 노릇이지만 말이오. 뭐 그래서, 내 전 조언자께서는 여기 눌러앉아 거미들이 거미줄 치는 모습이나 구경하면서 그렇게 원하는 평화인지 뭔지 충분히 즐길 수 있을 테니 걱정 놓으쇼."

충분히 기분 상할 만한 말이었다. 케른은 고개를 확 쳐들면서 사울팽을 대신해 불쾌감을 내비쳤다. 혹독한 비극을 겪은 사울팽에게 저런 언사는 너무 지나치지 않은가. 하지만 사울팽은 가로쉬의 이런 태도에 이미 익숙해졌는지 그저 끙 앓는 소리만 낼 뿐이었다.

"우리는 둘 다 의무를 다했네. 둘 다 호드에 충성했고. 이제 큰 거미와 맞서 싸우는 게 아니라 작은 거미들을 구경하면서 호드에 충성할 수 있다면야, 나는 충분히 만족할 걸세."

"그리고 나는 승전병들을 집으로 안전히 데려가면서 호드에 충성해야겠지."

케른이 사울팽에게 맞장구를 치고 가로쉬를 돌아보았다.

"가로쉬, 자네 병사 중 철수 임무를 담당할 자는 누구인가?"

"나요."

가로쉬의 대답에 케른은 놀랄 수밖에 없었다. 가로쉬는 대수롭잖다는 투로 말을 이었다.

"거 뭐 대단한 것도 아니잖소. 짐을 메고 갈 어깨야 누구나 다 있는데."

예전에 아버지의 후계자 자리를 버거워하고 수치스럽게 여기던 시절의 가로쉬는 이렇지 않았었다. 케른이 기억하기로, 당시 가로쉬는 집 안을 편하게 지나가야겠으니 자기 머리 모양에 맞춰서 문짝 모양도 뜯어고치라고 할 정도로 오만한 젊은이로 보였다. 그런데 지금은 자기 휘하 병사들과 함께 가장 기본적인 잡무를 하는 것도 마다치 않는 것이다. 케른은 빙그레 미소 지었다. 오크들이 가로쉬를 그렇게 마음 깊이 따르는 이유를 조금 더 이해할 수 있었다.

"내 어깨는 예전보다 좀 구부정해졌네만, 그래도 짐을 못 지고 갈 정도는 아닌 것 같군. 자, 일하러 감세."

병사들과 다 같이 보급품을 포장한 뒤 코도에 싣고 배까지 옮기는 데에는 이틀 남짓이면 충분했다. 오크와 트롤들이 짐을 꾸리면서 거칠게 드릉거리는 특유의 소리로 노래를 불렀다. 오크어와 잔달리어를 알아듣는 케른은 그 노래를 듣고 있다가 노랫말이 지금의 상황과 하도 어울리지 않아서 피식 웃음을 지었다. 그들은 순하기 그지없는 코도의 등에다가 상자들을 묶으면서 적의 팔다리, 머리를 썰어버리겠다고 유쾌하게 노래하고 있었던 것이다. 그래도 그들의 기세는 드높았고, 가로쉬는 그중 누구보다도 크게 노래하고 있었다.

그들이 나란히 걸으며 나무 상자들을 배로 옮기던 그때, 케른이 가로쉬에게 물었다.

"가로쉬, 자네의 상륙지를 왜 떠났는가?"

가로쉬가 짐을 다른 쪽 어깨로 옮겨 들며 대꾸했다.

"원래부터 거긴 그냥 임시로 쓰고 버릴 생각이었소. 전쟁노래 요새가 이렇게 가까이에 있으니까."

"그럼 저것들은 뭐 하러 지었고?"

케른이 으리으리한 대전당이며 탑을 눈짓하며 되물었다.

가로쉬는 묵묵히 아무 말도 없었다. 케른은 그가 침묵하도록 내버려 두었다. 가로쉬는 결코 입이 무거운 성격이 아니니, 결국은 알아서 털어놓을 게 뻔했다.

아니나 다를까, 잠시 뒤 가로쉬가 입을 열었다.

"처음 우리가 상륙했을 때 지은 것들이오. 당시엔 아무 문제도 없었소. 그런데 안개 속에서 뜻밖의 적이 튀어나왔소. 당신은 그놈들에게 당해본 적이 없어서 모르겠지만, 이제껏 내가 만나본 그 어떤 적과도 달랐소. 나는 놈들이 또 쳐들어올까 봐 이 상륙지를 떠나게 했던 거요."

가로쉬를 주저하게 할 만큼 강력한 적이라니?

"자네를 그렇게 애먹인 적이 도대체 누구란 말인가?"

"크발디르. 브리쿨들이 살해당하고 원한에 사로잡혀 유령이 된 거라나, 투스카르들 말로는 그렇다고 하더이다."

케른은 옆쪽에서 나란히 걸어가던 타우렌 마클루 클라우드콜러와 시선을 주고받았다. 주술사인 클라우드콜러는 케른에게 살짝 고개를 숙여 존중의 표시를 했다. 케른이 데려온 상륙 부대 중 브리쿨을 직접 본 이는 아무도 없었다. 하지만 케른은 그들에 대해 알고 있었다. 기본적으로 인간처럼 생겼는데, 타우렌보다도 덩치가 크고 피부는 얼음이나 금속, 돌로 뒤덮여 있다. 확실히 폭력적이고 강력한 종족이다. 케른은 지금껏 유령과 한방에 있더라도 무섭다고 느낀 적은 없었는데, 그거야 그 유령들은 타우렌의 조상 혼령들이었으니 당연한 일이다. 조상들은 그에게 호의적이니까. 그러나 브리쿨 유령들이 이 근처에 득시글거린다고 하면 아무래도 마음이 편하지는 않았다. 클라우드콜러 역시 약간 불안한 기색이었다.

"놈들은 안개가 아주 짙게 끼면 나타나오. 투스카르들은 그놈들이 출몰할 수 있는 게 안개 때문이라고 하던데……."

가로쉬는 어쩐지 미심쩍은 말투였다. 어조도 어딘가 이상했다. 부끄러워하는 것인가?

"브리쿨은 정말로 강력했소. 내 전사들이 공포에 질릴 정도여서 결국 전쟁노래 요새로 후퇴할 수밖에 없었지. 마침내 이곳을 되찾은 건 리치 왕이 쓰러지고 나서였소."

그 말에서 수치심이 배어 나왔다. 케른은 이제야 이해할 수 있었다. 가로쉬가 부끄러워하는 건 '유령'을 봤다는 사실이 아니라, 그들에게서 도망칠 수밖에 없었다는 사실이었다. 가로쉬가 응당 자부심과 애착이 있었을 상륙지를 버린 까닭이 무엇이었는지 얼버무리려 했던 것도 무리는 아니었다.

케른은 가로쉬의 찌푸린 얼굴을 바라보지 않으려고 조심스레 시선을 돌렸다. 혹시라도 케른이 가로쉬의 용기를 모욕한다고 비칠 만한 말을 했다가는 득달같이 반박할 태세였다.

"스컬지는 이 해안에 오지 않소. 스컬지조차도 크발디르가 영 질색인가 봅디다."

가로쉬가 약간 방어적으로 덧붙였다.

크발디르가 전쟁노래 공격대를 아직 공격해 오지 않았으니 케른은 푸념할 게 없었다. 케른은 그저 이렇게 말했다.

"전쟁노래 요새가 더 중요한 요충지 아닌가."

이튿날 정오에 케른은 사울팽에게 작별을 고하며 손을 꽉 마주 잡았다. 가로쉬는 사울팽이 평화와 고요를 만끽할 수 있으리라고 농담을 했지만, 실상은 그렇지만도 않을 것이다. 아마 과거의 기억 속에 도사리는 유령들에게 잔뜩 시달리게 될 테니 말이다. 케른은 그 사실을 잘 알고 있었고, 사울팽의 눈을 마주 보자 그 오크 역시 같은 생각을 하고 있음을 알 수 있었다.

케른은 다시 한 번 그에게 고맙다고 말하고 싶었다. 맡은 임무를 성공적으로 해냈다는 것, 힘겨운 마음의 짐을 견뎌냈다는 것을 칭찬하고 격려해주고 싶었다. 하지만 사울팽은 블러드 엘프가 아니라 오크다. 헤픈 칭찬이나 번드르르한 미사여구 같은 건 원치도 반기지도 않으리라. 그래서 케른은 짧게 말했다.

"호드를 위하여."

"호드를 위하여."

사울팽이 대답했다. 이걸로 충분했다.

노스렌드를 떠나는 마지막 전쟁노래 공격대원들이 무기를 걸메고 걷기 시작했다. 그들은 채석장을 거쳐 나삼의 평원을 오르며 서쪽으로 터벅터벅 나아갔다.

이 길을 지날 때마다 늘 그랬듯, 안개가 서서히 그들에게 다가왔다. 그 안개에서는 아무런 초자연적인 기운도 느껴지지 않았지만 케른은 전사이지 주술사가 아니었으니 그런 걸 판단할 능력은 없었다. 그는 가로쉬와 그 전사들이 보았던 것을 보지도 못했고, 그 위협적이라는 공격을 당해본 적도 없었다. 그렇지만 원한에 사로잡힌 영혼이라는 게 세상에 존재한다는 사실은 잘 알고 있었다.

안개 때문에 걸음이 더뎌진다 뿐이지 기이한 존재가 나타나 그들을 공격해오지는 않았다. 그들은 나룻배가 기다리고 있는 해변 쪽으로 계속 나아갔다. 그런데 케른은 문득 걸음을 늦추었다. 뭔가…… 이상한 느낌이 들었다. 그는 귀를 실룩거리고 코를 쿵쿵거리며 차갑고 축축한 공기를 느꼈다.

케른이 노화되어 침침해진 눈을 가늘게 뜨고 흐릿한 안개 너머를 보자, 희미한 그림자 같은 배 한 척이 눈에 들어왔다. 아니, 한 척이 아니다. 둘, 셋…….

"크발디르!"

가로쉬가 고함을 질렀다.

2장

일촉즉발의 그 순간 모두가 공포를 떨쳐내고 다가올 전투에 집중하려 애썼다. 안개의 장막을 뚫고, 죽은 자들이 모는 선단이 나타났다. 희끄무레한 색깔이었다. 썩은 듯한 녹색 빛이 어른거리고, 흠뻑 젖고 너덜너덜한 옷가지 같은 해초로 온통 휘감겨 있었다. 노가 올라갔다. 그리고 크발디르들이 울부짖고 신음하며 물속으로 뛰어들어 해안가로 몰려왔다.

그들은 온 사방에 있었다. 거대하고 무시무시한 형체들이 몰려와서 호드 전사들과 전쟁노래 요새 사이를 가로막았다. 보통 언데드라면 무슨 수를 써도 저렇게 빨리 움직일 수가 없을 텐데 가공할 만한 속도였다. 두 번째 배는 만노로스의 뼈호 옆에 멈춰 섰고, 죽은 자들의 혼령이라 불리는 것들이 살아 있는 병사들을 공격하기 시작했다. 해안에서는 다른 배들이 케른과 가로쉬를 빙 둘러싸더니 빠르게 움직이며 공격해왔고, 가로쉬의 일부 전사들은 무기를 휘둘러보기도 전에 죽고 말았다.

케른 역시 놀랄 만큼 빠르게 움직였다. 공포에 사로잡혀 움찔거리거나 심지어 도망치기까지 하는 몇몇 오크들과는 달리 케른은 죽은 자가 무섭지 않았다. 올 테면 오라지. 그는 우렁차게 고함을 지르며 거대한 언데드 전사들에게 달려들어, 가문 대대로 물려받은 룬 문자가 새겨진 창을 커다랗게 휘둘러 여러 명을 동시에 쓰러뜨리려 했다. 크발디르들은 재빨리 창을 피했다. 온갖 신음과 아우성 속에서도, 케른은 창이 허공을 가르는 붕 하는 바람 소리를 들을 수 있었다. 케른이 쓰는 무기가 다 그렇듯이 룬창 역시 주술사의 축복을 받은 것이었다. 실체 없는 유령이라고 해도 이 무기에는 당해낼 수 없으리라.

"일어나 싸워라! 달아날 곳이라곤 없다!"

케른이 소리쳤다.

옳은 말이었다. 그들은 떠나온 요새와 타야 할 함선 사이의 지점에 갇혀 있었고, 그 함선 자체도 바다 위에 뜬 채 습격당하고 있었으니까. 허허벌판에서 이렇게 사로잡혀서……

아니, 이건 허허벌판이 아니다.

"후퇴한다!"

케른은 아까의 명령을 반복했다. 크발디르들의 섬뜩한 울음소리와 오크 전사들의 함성 속에서 그는 자신의 목소리가 묻히지 않게끔 최대한 커다랗게 외쳤다. 한때는 엄청난 대군이었던 전쟁노래 공격대를 생각하면 지금 그들은 보기 민망할 정도로 적은 수였다.

"가로쉬의 상륙지 대전당으로 후퇴하라!"

일단 숨을 고르고, 전략을 짜고, 전열을 가다듬어야 한다. 무엇이든 간에 이렇게 멀거니 서서 아무 작전도 없이 무작정 살육당하기보다는 훨씬 낫다.

다만 가로쉬라면 워낙 성향이 무모하니 후퇴 명령에 반대할 것 같았다. 그러나 뜻밖에 그는 명령을 잠자코 받아들여서, 엉덩이에 묶어두었던 나팔을 꺼내 불고는 서쪽을 가리켰다. 그러자 즉시 호드 병사들이 그 방향으로 이동했다. 물러나면서 무기를 마구 휘둘러 방어했지만 몇몇은 결국 크발디르들의 도끼에 목이 베이거나 배가 꿰뚫리고 말았다. 크발디르는 유령일지 몰라도 그들이 쥔 양날 도끼는 실재하는 물질이었다. 케른조차도 앞으로 비집고 나아가기가 힘에 부칠 지경이었다. 그러다 어느 시점에서 한 창백한 손이 룬창을 휘감아 그의 손에서 빼내려 했다. 케른은 굳이 저항하지 않고 그 추악한 놈이 자신을 끌어당기도록 내버려 두었다.

그 어떤 적도 감히 룬창을 가져갈 수는 없었다.

케른은 함성을 지르며 창을 내질렀다.

창은 깊숙이 꽂혔다. 크발디르가 눈을 휘둥그레 치떴다. 입을 벌려 피를 울컥 토하고는 바닥에 주저앉았다. 케른은 놈을 가만히 쳐다보았다. 살과 피와 뼈라니! 투스카르들이 했다는 이야기를 믿지 못하던 가로쉬가 과연 옳았다. 저 흐릿한 유령들은 그저 또 다른 생명체에 불과했다. 그리고 살아 있는 존재라면 무엇이든…… 죽일 수 있다.

그 사실을 깨닫고 나자 사기가 끓어오른 케른은 침착하게 대전당 쪽으로 나아갔다. 이상한 안개가 시야를 가렸지만 브리쿨을 가려주기 위한 연막일 뿐이라고 생각하니 그다지 불길해 보이지도 않았다. 저들은 단순히 브리쿨일 뿐이다.

대전당에 들어가자 일부 병사들이 먼저 도착해 있었다. 케른은 부서진 두 개의 문짝을 실망스럽게 둘러보았다. 하나는 완전히 떨어져 나가 있었고, 다른 하나는 경첩 하나에만 매달려 있었다. 두리번거리던 그의 눈길이 식탁에 멎었다. 태평하던 시절에 전사들이 모여 앉아 식사하던 그 식탁에는 비바람에 다 닳은 등불, 컵, 그릇 등이 여전히 놓여 있었다. 케른은 커다란 팔로 집기들을 한 번에 쓸어 날려버리고는 식탁을 양손으로 꽉 쥐었다. 그리고 나직하게 끙하는 소리를 내더니, 식탁을 딸려 있는 의자째로 한꺼번에 들어 올려 부리나케 문 쪽으로 옮겨 갔다.

가로쉬가 히죽 웃으며 말했다.

"머리도 좋고 힘도 세시군요, 늙은 타우렌."

투덜거리는 말투였지만 분명히 진심 어린 존경심이 담겨 있었다.

"거기 너! 그 상자들 갖다 놔! 다른 놈들은 들어오고! 빨리빨리!"

그들은 명령을 따랐다. 케른은 한 손으로 식탁을 높이 들어올린 채 병사들이 대전당 안으로 모두 들어올 때까지 기다렸다. 다리가 뭉텅 베어서 피를 심하게 흘리는 한 트롤이 마지막으로 절름거리며 들어오자마자, 케른은 냉큼 들어가서 식탁을 문간에 대고 쾅 쑤셔 박았다. 단단히 고정되도록 약간 비스듬하게 틀어서 박은 채였다. 그러기가 무섭게, 밖에서 쿵쿵 소리가 나면서 식탁이 떨리기 시작했다. 밖에서 '언데드'들이 임시 문짝을 두들기며 신음하고 있었다.

케른은 문 앞에다가 장애물을 계속 쌓으면서 숨을 몰아쉬었다.

"놈들은 유령이지만, 살아 있는 적이야! 가로쉬, 자네가 옳았네. 크발디르는 그저 브리쿨일 뿐, 그 이상도 이하도 아니야. 그들은 안개를 부리고 괴이한 옷을 걸쳐서 적이 지레 공포심부터 품게 하는 걸세. 나도 처음에는 속았네. 하지만 툰창으로 한 번 찔러보니 놈들이 어떤 수작을 부리고 있는지 알겠더군."

"저들의 정체가 뭐건 간에 이런 식으로는 오래 못 버티겠습니다."

클라우드콜러가 헐떡이며 말했다. 그는 마구 흔들리는 임시 문짝에 넓은 등을 기대서서 막고 있었다. 다른 이들도 합세해 버텼다. 주술사와 드루이드 들은 부상병들을 필사적으로 치료하고 있었지만 부상병의 수가 너무도 많았다. 가뜩이나 줄어든 병사들의 삼분의 일이 부상당했고, 그 중 일부는 위독한 상태였다.

"보급품 상자들! 그 안에 무기가 없나? 아무거라도 쓸 만한 거 없어?"

좋은 생각이긴 했지만, 가망이 없었다. 병사들 대부분이 아까 전투에 임하느라 짐을 죄다 떨어트리고 온 참이었기 때문이다. 안전한 대전당으로 퇴각하는 길에 무거운 상자까지 메고 온다는 건 어리석은 짓이다.

"우리에겐 아무것도 없네. 용기 밖에는."

케른은 숨을 깊이 들이쉬었다. 그들의 일생에서 어쩌면 마지막이 될 전투에 앞서 자신과 가로쉬 휘하의 병사들에게 사기를 북돋우기 위해 무언가 말을 하려 하는데, 그때 가로쉬가 케른의 말을 가로막았다.

"물론 우리에겐 용기가 있소. 그렇지?"

가로쉬가 병사들을 돌아보며 말을 이었다.

"하지만 또 다른 것도 있다. 이 가짜 유령들이 우리를 속이려던 일을 어떤 대가로 치러야 하는지, 우리는 제대로 가르쳐줄 것이다. 놈들은 우리가 요새 밖으로 나오면 약해진다고 생각한다. 그리고 이 상륙지를 도로 빼앗으려 하지. 놈들은 호드의 분노가 어떤 것인지 똑똑히 알게 될 것이다!"

가로쉬는 전당의 한가운데로 성큼성큼 걸어가서 바닥에 깔린 융단을 훌렁 거뒀다. 그 아래에는 뚜껑 문이 나 있었다. 가로쉬는 끙 소리를 내며 천천히 뚜껑을 당겨 열었다. 뚜껑 문이 땡그랑 하며 바닥에 떨어지자, 움푹 파인 작은 공간이 드러났다.

그 공간에는 수류탄이 수박 더미처럼 한가득 쌓여 있었다.

전사 몇몇이 환호성을 질렀다. 몇몇은 어리둥절한 표정으로 가로쉬를 쳐다보았다.

케른이 깜짝 놀라 물었다.

"이걸 미리 여기다 놔둔 건가? 전쟁노래 요새가 함락될 경우를 대비해서?"

오크들은 만일의 사태를 고려하는 것을 좋아하지 않는다. 이것을 케른은 익히 알고 있었다. 오크들은 자신이 패배할지도 모른다는 생각조차도 하기 싫어한다. 그런데 가로쉬는 바로 그런 생각을 했던 것이다. 언젠가 오크들이 전면 후퇴를 감행해야 할 상황이 되면 수류탄이 필요하리라고 예상하고, 이 귀중한 무기들을 모래 구덩이에 파묻어 놓았던 것이다.

"그렇소. 별로 유쾌한 생각은 아니었소만."

가로쉬가 고개를 가볍게 끄덕이며 대답했다.

"하지만 모든 가능성을 염두에 두는 것이 지도자의 자질일세. 설령 불쾌한, 심지어는 생각할 수조차 없는 가능성일지라도. 정말 잘했네, 가로쉬."

케른은 가로쉬에게 존경의 표시로 고개를 숙였다. 밖에서는 유난히 거센 공격 때문에 문짝이 부서지기 직전이었다.

전쟁노래 공격대원들은 작지만 치명적인 무기를 앞다투어 챙겼다. 그러는 내내 브리쿨들은 격타를 멈추지 않았다. 쌓아놓았던 상자들이 앞쪽으로 밀려나고, 문짝 삼아 박아둔 식탁은 쪼개지기 시작했다. 케른은 발굽을 옮겨 디디고 등을 바로 세워서 병사들이 수류탄을 잔뜩 갈무리하는 동안 장애물을 계속 받쳤다. 가로쉬가 일어나서 케른에게 고개를 끄덕였다.

"하나, 둘, 셋!"

케른이 고함쳤다. '셋' 할 때 케른과 다른 두 문을 막고 있던 오크들이 일제히 물러나, 케른은 식탁을 떨쳐내고 오크들은 문짝을 확 열어젖혔다. 가로쉬는 거대한 전투 도끼를 양손에 쥐고, 아버지와 똑 닮은 함성을 지르면서 사력을 다해 가짜 유령들을 베어냈다. 케른은 물러나서 다른 병사들이 먼저 해안 쪽으로 뛰어가도록 길을 터주었다. 그들은 크발디르 무리에 수류탄을 던졌다. 폭발이 몇 차례 일어나더니 길은 시체만 뒹굴 뿐 탁 트이게 되었다. 하지만 그것도 잠시, 금세 또 다른 크발디르들이 몰려왔다.

"빨리 가게, 빨리!"

케른은 병사들을 재촉하면서 아까 내려놓았던 창을 재빨리 집어서 등에 묶었다. 만약 몇 분 안으로 적과 싸우게 된다면 어차피 지게 될 테니까. 진짜 싸움은 배에서 벌어지게 될 것이었다. 양손이 자유로워지자, 케른은 심각하게 부상당한 오크 한 명을 마치 무게가 전혀 안 나간다는 듯 번쩍 들어 올린 뒤 최대한 빨리 해안 쪽으로 달려 나갔다.

만노로스의 뼈호는 여전히 공격받는 중이었고 훼손된 상태였지만 아직 항해할 수는 있을 듯했다. 적어도 케른의 눈에는 그렇게 보였다.

바로 몇 발짝 앞에서 한 트롤이 등에 도끼가 박힌 채 쓰러졌다. 케른은 마음이 욱신거리며 아팠다. 나중에 전사자를 기릴 시간이 오겠지만, 지금 당장은 그 시신을 뛰어넘어 계속 달리는 수밖에 어쩔 도리가 없었다.

발굽이 모래에 푹푹 빠졌다. 자꾸 굼떠지는 느낌이 들자 케른은 이럴 때면 으레 하던 대로 늙어서 둔해진 자신의 몸을 원망했다. 그때 소름 끼치는 외침과 함께 한 크발디르가 그에게 달려들어 우람한 두 팔로 도끼를 휘둘렀다. 케른은 최대한 빨리 몸을 피했지만 결국 옆구리를 베이면서 고통스럽게 신음을 흘렸다.

마침내 그는 작은 나룻배에 도착했다. 안고 있던 오크를 갑판에 내려놓고 그도 몸을 싣자, 즉시 두 오크가 미친 듯이 배를 저어 나가기 시작했다. 나룻배는 부상자로 꽉 차서 넘칠 지경이었다. 자연히 배는 놈들의 표적이 되었기에, 케른은 어쩔 수 없이 그 조그맣고 흔들거리는 배에서 버티고 선 채 크발디르와 맞서 싸워야만 했다. 그러다가 케른은 '유령'의 시체가 점점이 흩어져 있는 해안선을 흘긋 돌아보았다.

용맹한 호드 전사들의 시신도 섞여 있었다.

그러나 그 '시신' 중 몇몇은 아직 움직이고 있었다. 케른은 눈을 가늘게 뜨고 그쪽을 보다가, 만노로스의 뼈호 옆으로 다가서던 나룻배에서 뛰어내렸다. 그리고 헤엄치다 걷다 하면서 해안가에 널브러진 부상병들에게로 돌아갔다. 부상병을 조금이라도 살릴 수 있다면 무엇이든지 할 작정이었다.

케른은 스스로 몸을 가눌 수 없는 병사들을 옮기며 배까지 여섯 차례나 왔다 갔다했다. 그쯤 되자 가로쉬 측의 수류탄도 다 떨어졌고, 해안은 이제 거의 피 반 모래 반이었다. 뛰어가는데 피가 뒤엉긴 걸쭉한 모래가 발굽을 빨아들여 소름이 끼쳤다. 가로쉬가 내내 함성을 질러 그의 전사들은 물론이고 케른까지 사기를 북돋아 주었다. 그러다 마침내 구조 가능한 모든 부상병이 구조되었다.

"가로쉬!"

대여섯 군데에 상처를 입고 피를 흘리면서, 케른은 거칠게 갈라지는 목소리로 외치며 두리번거렸다. 가로쉬는 저쪽에서 크발디르와 맞서는 중이었다. 아무 뜻 없는 소리를 내지르며 쌍도끼를 휘둘러 적의 사지를 끊어버리자 피가 후두두 튀었다. 전투의 흥분에 사로잡혀 몽롱해진 나머지, 가로쉬는 케른이 외치는 소리를 듣지도 못했다. 케른은 급히 다가가서 가로쉬의 팔을 붙들었다. 화들짝 놀란 가로쉬는 몸을 휙 돌리며 도끼를 쳐들었지만 이내 공격을 멈추었다.

"후퇴하게! 부상병들이 있어! 이제 전투는 배 위에서 해야 해!"

케른이 가로쉬의 팔을 흔들며 소리쳤다. 가로쉬가 고개를 끄덕였다.

"후퇴한다!"

그의 목소리가 전장에 쩌렁쩌렁 울려 퍼졌다.

"배로 후퇴하라! 바다에서 싸움을 계속하자! 이제부터는 바다에서 적을 도륙한다!"

남아서 싸우던 몇 안 되는 전투원들이 즉시 몸을 돌려 해안으로 달려갔고, 만노로스의 뼈호로 나아가는 나룻배들에 뛰어들었다. 한 크발디르가 오크 한 명을 나룻배에서 끌어내더니 모래밭에 패대기치고 사지를 조각조각 난도질하기 시작했다. 케른은 애써 고함을 질러 그 오크의 비명을 묻어버리고, 마지막 남은 나룻배를 온 힘을 다해 밀어내 그 위에 올라탔다.

만노로스의 뼈호 위에는 이미 거대한 크발디르들이 올라와 있었다. 툴라 선장이 해안에서 배를 밀어내라고 외치자, 선원들이 명령을 따라 부랴부랴 닻을 끌어올리고 함선을 바다로 움직여 나갔다. 크발디르의 함선들이 차가운 공기와 안개에 휩싸인 채 쫓아오고 있었다. 놈들이 살아 있는 적이라는 걸 모두 깨달은 지금 저 광경이 그리

두렵진 않았지만, 저들이 위험하다는 건 여전히 명백한 사실이었다. 여태껏 적들과 맞서 버티던 선원들은 자신의 임무로 돌아갈 수 있게 되었고 이제는 전쟁노래 공격대원들이 나서서 싸우기 시작했다. 크발디르 함선들이 만노로스의 뼈호 옆에 바짝 다가와 섰다. 거리가 너무 가까워서 케른은 자신을 잡아 죽일 듯이 노려보는 놈들의 광포한 얼굴을 똑똑히 볼 수 있을 정도였다.

"배에 못 타게 막아!"

가로쉬가 고함쳤다. 그는 크발디르 하나를 해치우고는 아직도 부들부들 경련을 일으키는 시신을 뛰어넘어, 막 배 위로 기어오르려던 또 다른 크발디르의 손을 단칼에 썰어버렸다. 놈은 비명을 지르며 얼음장처럼 차가운 물속으로 떨어졌다.

"툴라! 어서 외해로 나가자! 놈들을 앞질러야 해!"

선원들이 미친 듯이 배를 몰았다. 케른과 가로쉬를 비롯한 전사들은 악마처럼 싸웠다. 궁수들과 사격수들은 적함에 활과 총을 쏘아댔다. 몇몇 궁수는 화살에 불을 붙여서 적함의 돛을 겨냥하기도 했다. 돛 하나가 맞아서 불이 붙자 커다란 환호성이 울려 퍼졌다. 밝은 주황색 화염이 차가운 회색 안개를 꿰뚫으며 번져나가 마침내 바지직 소리를 내며 돛을 태우기 시작했다. 만노로스의 뼈호는 휘청거리며 먼바다를 향해 나아갔다. 케른은 크발디르가 반드시 쫓아오리라고 생각했는데, 뜻밖에 놈들은 그러지 않았다. 자기들의 배를 살라먹는 불길을 허겁지겁 끄느라 내지르는 추잡한 괴성만 들려올 뿐이었다. 놈들은 뒤늦게 뱃머리에 몰려들어서, 빠르게 사라져가는 호드 함선에다 대고 속절없이 욕지거리를 내뱉었다.

케른은 문득 상처 부위에서 고통을 느끼고 얼굴을 찡그렸다. 그는 잠시 마음을 좀 가라앉히고 갑판에 드러누워서 눈을 감았다. 가짜 유령들이야 욕을 하든 말든 마음대로 하라지. 오늘은 놈들 생각보다는 호드가 그리 많이 쓰러지지 않았으니까.

그리고 당장은, 그걸로 충분하다. 케른은 기진맥진한 채 그렇게 생각했다.

3 장

"여길 떠나려니 슬프군."

만노로스의 뼈호가 출항한 지 몇 시간 뒤, 가로쉬가 갑판에 선 채 말했다.

케른이 그를 쳐다보았다.

"슬프다고? 노스렌드는 살육과 상실의 장소가 되어버리지 않았던가. 가장 훌륭하고 지혜롭던 자들이 여기서 죽었네. 전쟁터를 떠나는 게 슬픈 일이라니 나로서는 이해가 안 되는데."

가로쉬가 콧방귀를 끼었다.

"당신이 전쟁터에서 활약한 건 꽤 옛날 일이잖소, 영감."

케른은 미간을 찌푸리고, 몸을 곧추세워 가로쉬를 내려다보았다.

"그래, 영감이지. 그런데 내 기억력이 어째 자네보다 더 날카로운 것 같군, 젊은이. 바로 몇 시간 전에 벌어졌던 전투는 전투가 아니고 뭔가? 자네의 전사들이 희생당한 걸 깎아내리는 건가? 거기서 입은 부상 때문에 지금 이 순간에도 나와 다른 이들이 겪고 있는 고통을 비웃는 겐가?"

가로쉬는 뭔가 투덜거릴 뿐 가타부타 대꾸하지 않았다. 그러나 아무래도 포위 공격을 받아서 싸우는 전투, 그리고 탁 트인 평원 같은 데서 누가 봐도 명예로운 방식으로 싸우는 전투와는 차원이 좀 다르다고 여기는 눈치였다. 어쩌면 애초에 덫에 걸린 것에서부터 굴욕감을 느꼈는지도 모른다. 케른은 살면서 많은 일을 보아 왔기에 그리 어리석은 생각을 하지 않았지만, 피가 뜨겁게 끓어오르는 젊은 오크는 달랐다. 나중에는 가로쉬도 명예로운 싸움이란 언제 어디서 싸웠느냐가 아니라 어떻게 싸웠는지의 문제라는 걸 깨닫게 되리라. 그런 기준으로 보자면 호드는 충분히 자신을 스스로 자랑스럽게 여길 만하다는 것도.

그리고 가로쉬 또한 그렇게 자랑스럽게 싸웠다. 다짜고짜 싸움판에 뛰어드는 그 무모함은 이번에 성공적인 결과를 거두었다. 그런데 케른이 만나본 다른 이들은 모두, 심지어 이 젊은이를 싫어했던 사울팽조차도 가로쉬의 그런 점이 전에도 숱하게 성공적인 결과를 불러일으켰다고 말했다. 어디까지가 용기고 어디부터가 무모함인가? 어디까지가 본능이고 어디부터가 광기인가? 케른은 날카롭게 찌르는 듯한 바람 속에서 살짝 몸을 떨었다. 그의 피부를 뒤덮은 두툼한 털에도 북지의 바람은 너무 차가웠고, 욱신거리는 상처와 싸움에 지친 몸은 뻣뻣하게 굳었다. 케른은 자신이 통상적으로 전투에 참여하던 시절이 꽤 오래전 일임을 인정하지 않을 수 없었다. 비록 지금도 정말 필요할 때는 꺾이지 않고 싸울 수야 있지만.

"호드는 온갖 시련에 맞서 승리했소. 노스렌드에서 끔찍한 적과도 싸워 이겼고."

가로쉬가 원래 화제로 돌아가 말했다.

"모든 전사자의 희생 덕분이었소. 그들 덕분에 호드의 명예와 영광의 땅을 지켜낼 수 있었던 거요. 사울팽의 아들도 마찬가지고. 그들을 위해 록밧노드를 작곡하고 부르게 될 거요. 언젠가 조상님들께서 허락하신다면 나를 위한 노래도 생길지 모르지. 그게 바로 내가 여길 떠나기가 슬퍼지는 이유요. 케른 블러드후프."

케른은 희끗희끗한 머리를 끄덕였다.

"우리가 자네를 위해 록밧노드를 부를 날은 그리 빨리 오지 않을 것 같네만. 흠?"

분위기를 좀 가볍게 띄우려고 한 말이었는데, 원체 진지한 성격인 가로쉬는 키득거리며 맞장구치지 않았다.

"죽음이 언제 찾아오든 나는 떳떳하게 맞이할 거요. 싸움은 호드를 위해, 손에는 무기를, 입으로는 함성을."

"으흠."

케른이 나직하게 그르렁거렸다.

"영광스러운 일이지. 명예와 자부심을 느끼고 죽는 것. 우리가 모두 그렇게 존엄하게 죽을 수 있길 나도 바라네. 허나 나는 앞으로 밤하늘의 별을 세며 상념에 잠길 나날이 한참 남아 있네. 북 두들기는 소리도 더 들어야 하겠고, 젊은이들을 가르치며 그들이 성년이 되는 것도 지켜보아야지. 그 마지막 여정에서 언젠간 죽음을 만나 함께 떠나게 될 테지."

가로쉬는 무언가 말을 하려 입을 벌렸지만, 갑자기 바람이 그의 말을 앗아가기라도 한 듯 딱 굳었다. 난데없이 엄청난 돌풍이 일어난 것이다. 케른의 거대하고 튼튼한 몸도 바람의 위력에 떠밀려 휘청거렸다. 배가 덜컥거리며 한쪽으로 마구 기울더니, 갑자기 바닷물이 들이닥쳐 갑판을 촤악 휩쓸었다.

"이게 무슨 일이냐?"

가로쉬가 고함을 쳤다. 그 커다란 목소리조차도 울부짖는 바람의 고성에 묻혀서 거의 들리지 않을 정도였다. 케른은 이런 종류의 폭풍을 뱃사람들이 뭐라고 부르는지 몰랐다. 어차피 그런 걸 걱정할 계제도 아니었지만. 툴라 선장이 갑판으로 뛰어왔다. 푸른 피부가 창백하게 질리고 눈은 휘둥그레 뜨고 있었다. 편하게 걸쳐 입은 바지, 흰 셔츠, 검은 발싸개가 모조리 폭삭 젖어서 살갗에 들러붙어 있었다. 틀어올려 묶었던 검은 머리카락은 다 풀려서 정수리 위에 덥수룩하게 뭉쳐져 있었다.

"내가 뭘 어떻게 하면 되나?"

케른이 그녀를 보자마자 물었다. 그야말로 '난데없이' 튀어나온 폭풍 자체보다도 그녀의 걱정스러운 표정 때문에 더 불안해졌다.

"후딱 밑으로 내려가요! 지금 당신네 육지인들 걱정까지 할 정신이 없으니까!"

그녀가 소리쳤다. 계급이고 예의고 따질 겨를도 없는 모양이었다. 평소였다면 케른은 그녀의 이런 태도를 키득거리며 웃어넘겼을 테지만 지금은 급박한 상황이었다. 케른은 버둥거리는 가로쉬의 갑옷 목가리개를 꼴사납게 붙잡고서 억지로 갑판 가운데 쪽으로 끌어당겼다. 파도가 그들을 한꺼번에 덮쳤다.

케른은 거대한 손에 얻어맞은 것처럼 바닥에 쾅 메다 꽂혔다. 숨이 턱 막혀왔다. 힘껏 숨을 들이쉬려는 순간 바닷물이 폐 속으로 밀려들고 말았다. 파도는 순식간에 들이닥치더니 또 순식간에 빠져나갔고, 그 통에 케른과 가로쉬는 쿠엘탈라스의 강물에 떠다니는 나뭇가지처럼 속절없이 휩쓸려 갔다. 둘은 너나 할 것 없이 팔을 뻗어 서로의 손을 아플 정도로 꽉 마주 잡은 채 떠밀려가다가, 뱃전에 둘러쳐진 현장(舷牆)에 부딪혀 뒹굴었다. 케른은 몸을 일으켰다. 그리고 미끈거린 나무 갑판에 구멍이 파일 정도로 발굽을 힘껏 디뎌가며 완강히 버텼다. 콧바람을 내뿜고 우렁차게 고함을 지르면서 가로쉬를 잡아끌며 앞으로 나아갔고, 가로쉬도 곧 일어나서 케른을 따랐다. 그때 아주, 아주 가까운 데서 번개 한 줄기가 번쩍 내리쳤다. 그리고는 곧바로 귀청이 찢어질 듯 요란한 천둥소리가 울려 퍼졌다.

그래도 케른은 한쪽 팔로 가로쉬를 부둥키고 앞으로 나아갔다. 그리고 다른 쪽 팔은 최대한 뻗어서 미끈거리지만 튼튼한 문틀을 붙잡고, 거의 넘어지다시피 선창 안으로 몸을 굴려 넣었다.

가로쉬가 물을 왈칵 토해내면서도 끈질기게 갈색 손을 내뻗으며 일어나려고 애썼다.

"선창에 숨어서 덜덜 떠는 건 겁쟁이나 어린 애들이나 할 짓이야! 난 목숨을 걸고 싸우겠어!"

케른은 가로쉬의 어깨를 거칠게 붙잡았다.

"그렇게 나섰다가는 정작 목숨을 구하려 애쓰는 자들을 방해하는 짓거리밖에 안 되네. 자기중심적인 바보나 하는 짓이라고! 바보가 되지 말게, 가로쉬 헬스크림. 지금 배가 두 동강이 날 판이야. 툴라 선장은 그걸 막아야 하고. 우리가 바다에 처박히지 않도록 잡아주느라 힘을 쏟게 하지 말란 말일세!"

가로쉬는 케른을 노려보다가, 머리를 도로 확 젖히고는 버럭버럭 고함을 질렀다. 그러나 용케도 더는 계단 위로 뛰어 올라가려고 하지는 않았다.

케른은 마음을 단단히 먹었다. 이제부터는 여기서 가만히 기다리면서 힘겹게 참아야만 할 테니까. 그 정도면 다행이지. 고통스러운 추위, 물에 빠져 죽는 운명과도 싸워야 할지도 모른다. 그런데 폭풍이 갑자기 뚝 그쳤다. 찾아올 때처럼 떠날 때도 너무 급작스러웠다. 격렬하게 흔들리던 배가 잠잠해졌을 때 케른과 가로쉬는 아직 숨도 채 못 가다듬은 상태였다. 그들은 잠시 서로 멀뚱히 쳐다보다가, 허둥지둥 계단을 뛰어 올라갔다.

둘은 자신의 눈을 믿을 수가 없었다. 구름이 빠르게 흩어지면서 벌써 해가 다시 나오고 있었던 것이다. 바로 앞에 벌어진 참상에 비해 하늘은 너무 상쾌하기만 해서 도무지 어울리지가 않았다.

나무 부스러기가 잔뜩 떠다니는 잔잔한 은빛 수면이 햇빛에 반짝거렸다. 케른은 마구 주위를 두리번거리며 배의 숫자를 헤아렸다. 세 척만 남아 있었다. 다행히도 나머지 두 척 역시 침몰한 게 아니라 부서져서 흩어져 있을 뿐이었다. 그러나 바닷물에서 조용히 까딱거리는 잔해들을 보니, 몇몇은 결국 살아남지 못했다는 것을 알 수 있었다.

생존자들이 나무 상자 같은 걸 부여잡으며 구해달라고 외치고 있었다. 케른도 가로쉬도 달려들어서 그들을 건져내기 시작했다. 적어도 이건 케른도 가로쉬도 같이 도울 수 있는 일이었으니까. 그렇게 한 시간쯤 지나니, 오크, 트롤, 타우렌, 몇몇 포세이큰과 블러드 엘프들이 물에 흠뻑 젖은 채 헐떡거리며 아직 무사한 배들의 갑판 위로 올라오게 되었다.

툴라 선장은 엄숙하고 무뚝뚝한 태도로 선원들에게 소리치며 이런저런 지시를 내렸다. 만노로스의 뼈호는 싹쓸바람의 위협을 무사히 넘겼다. 아니, 싹쓸바람이 아니라 태풍이었나? 지진해일? 케른은 알 길이 없었다. 어쨌든 그들이 탄 함선은 전반적으로 무사했고, 이제 담요를 둘러쓴 채 부들부들 떠는 생존자들로 꽉 들어차 있었다. 케른은 한 트롤에게 뜨거운 수프 한 잔을 건네며 어깨를 가볍게 두드려 주고, 선장에게로 다가가 나지막이 물었다.

"그게 대체 뭐였는가?"

"저주요, 저주. 그걸로밖엔 설명이 안 돼요. 저는 어렸을 때부터 바다에서 살았습니다요. 전쟁노래 요새에 보급품을 실어 나르면서 이 바다를 수십 번은 왔다갔다했습죠. 근데 이런 건 난생처음이라고요."

케른은 진지하게 고개를 끄덕였다.

"이렇게 말한다고 기분 나쁘지 않으면 하네만, 거기까지는 나도 어느 정도 예상을 했다네. 내가 궁금한 건, 자네 생각에 혹시……."

그때 어딘가에서 격노로 가득 찬 고함이 들려왔다. 보나 마나 헬스크림의 목청이었다. 케른이 휙 돌아보니, 가로쉬는 수평선 쪽을 가리키고 있었다. 눈에 보일 정도로 덜덜 떨고 있었는데 공포나 추위 때문이 아니라 분노 때문이라는 것이 역력했다.

"저길 보라!"

케른은 가로쉬가 가리키는 쪽을 내다보았지만, 이번에도 노안 때문에 뭐가 뭔지 잘 보이지 않았다. 그러나 툴라 선장의 눈은 휘둥그레졌다.

"스톰윈드 깃발인뎁쇼?"

"얼라이언스? 우리 영해에? 이건 명백히 조약 위반이야!"

가로쉬는 리치 왕이 몰락한 직후 호드와 얼라이언스가 체결한 조약을 말하고 있었다. 긴 전쟁 동안 크나큰 손실을 본 양쪽 연합은 잠시간 서로 휴전하기로 약속했다. 알터랙 계곡, 아라시 분지, 전쟁노래 협곡 분쟁도 중단하기로 했었다.

"여기가 호드 영해가 맞는가?"

케른이 조용히 묻자, 툴라는 고개를 끄덕였다. 가로쉬는 히죽 웃었다.

"그러니까 놈들 법과 우리 법 모두에 따라, 저놈들은 우리가 마음대로 갈아마셔도 된다는 뜻이지! 조약에 따르면 우린 우리 영토와 영해를 지킬 권한이 있으니까 말이야!"

케른은 가로쉬가 하는 말을 믿을 수가 없었다.

"가로쉬. 우리는 교전을 벌일 수 있는 상태가 아닐세. 저쪽도 우릴 어떻게 하려는 의도는 아닌 것 같고. 방금 그 폭풍 때문에 저 배도 여기까지 떠밀려왔을 거란 생각은 안 드나? 공격하러 온 게 아니라 그저 사고를 당해서 왔겠지."

"그럼 그 폭풍이 운명이로군. 놈들은 자기 운명을 명예롭게 받아들여야 하는 거요."

케른은 가로쉬가 무슨 심산인지 재깍 알아차렸다. 가로쉬는 이제 완벽하게 합법적으로 전투를 벌일 명분이 생겼고, 그 기회를 놓치지 않을 작정이었다. 호드 함선들이 부서지고 그의 부하들이 죽었지만 폭풍에다 대고 복수할 수는 없는 노릇이다. 그 대신 자신의 분노와 좌절을 애꿎은 얼라이언스 선박에 풀 수는 있었.

당혹스럽게도 툴라 선장마저 고개를 끄덕였다.

"우린 보급품을 많이 잃어버렸어요. 저자들에게서 메울 수 있다면 좋지요."

그녀는 눈을 가늘게 뜨고 생각에 잠긴 채 턱을 톡톡 두드렸다.

"그럼 정당한 우리 몫을 챙기도록 하지. 만노로스의 뼈호가 지금 전투를 할 수 있는 상탠가?"

"예, 조금 준비를 좀 해야 합니다만 가능합지요."

"자네를 도울 인력이야 잔뜩 있을 거야."

가로쉬가 말했다. 툴라는 고개를 끄덕이고, 성큼성큼 걸어가면서 좌우로 소리치며 명령을 내렸다. 가로쉬의 말은 과연 옳았다. 모두가 펄쩍 뛰어 일어나 차려 자세를 취한 것이다. 다들 하릴없이 앉아서 자기 운명을 한탄하고만 있기보다는 필사적으로 뭐라도 하고 싶어했다. 케른은 그런 절박한 욕망을 이해했지만, 만약 케른의 추정이 옳고 얼라이언스 선박 선원들은 그저 죄 없는 희생자들일 뿐이라면…….

배가 천천히 기수를 돌리면서 돛이 부풀더니, '적함'으로 재빠르게 나아갔다. 점점 가까워지면서 케른은 이제 저쪽 배가 좀 똑똑히 눈에 보였다. 그리고 가슴이 철렁 내려앉았다.

호드가 쫓아오는 게 뻔히 보일 텐데도 저 배는 도망치려고 하지도 않았다. 설령 도망치고 싶어도 그럴 수 없는 상황이었다. 좌현 쪽으로 심하게 기울어 있는데다 돛은 다 찢어져 너덜거리고 있었기 때문이다. 호드 함선에 닥쳐왔던 것보다 더 심한 폭풍에 휘말렸던 모양이었다. 배는 물에 가라앉는 중이었다. 케른은 깃발에 그려진 문장만을 겨우 알아볼 수 있었다. 바로 스톰윈드의 사자 문장이었다.

가로쉬가 웃음을 터뜨렸다.

"이거 멋지군그래. 완전히 거저 생긴 떡이야. 바리안에게 내가 얼마나 녀석을 존중하는지 또 보여줄 수 있겠군."

가로쉬와 스톰윈드의 바리안 린 국왕이 마지막으로 만났을 때 둘은 치고받고 싸웠더랬다. 케른은 인간에게 별 애정은 없었지만 그렇다고 딱히 싫어하지도 않았다. 만약 저 배가 먼저 공격을 해왔다면 케른은 누구보다도 먼저 발포 명령을 내렸을 것이다. 그러나 지금 저 배는 다 부서져 가라앉고 있고, 호드의 도움 없이는 곧 저 차가운 물속으로 영원히 사라져버릴 것이다.

"복수 같은 비열한 행동은 자네 수준에 안 맞는 짓이네, 가로쉬."

케른이 딱 잘라 말했다.

"그리고 물에 빠져 죽으려는 자들을 학살하는 게 어디가 명예롭단 말인가? 물론 조약의 형식 자체에는 어긋나지 않겠지. 그러나 조약의 정신을 훼손하는 짓이야."

케른은 툴라를 돌아보았다. 그녀도 이쯤이면 사리분별을 좀 하기를 바라면서.

"지금 이 임무의 지휘관은 나일세, 선장. 그러니 내가 가로쉬보다 지위가 더 높아. 폭풍에 당한 저 피해자들을 구조하라고 명하겠네. 저들이 여기에 들어온 건 도발성이 아니라 사고였어. 살육보다는 구조가 훨씬 영광스러운 일이야."

툴라는 침착하게 그를 응시했다.

"대단히 죄송합니다만, 우리의 대족장님은 전쟁노래 공격대의 참전 용사들의 귀환을 감독하는 영역에서만 케른 대족장님을 지도자로 임명하셨습니다. 일체의 군사적 결정은 가로쉬 대군주께 권한이 있습니다."

케른은 툴라를 쳐다보며 입을 쩍 벌렸다. 맞다. 그녀가 옳았다. 아까 크발디르의 기습 공격에 필사적으로 맞서 싸울 때는 그 생각이 미처 들지 않았다. 그때는 케른과 가로쉬가 완전히 의견이 일치했었으니까. 단지 적을 제대로 무찌를 방법에 대해서만 의견이 갈렸을 뿐, 반드시 싸워야만 한다는 게 자명한 상황이었기에 그 문제에서 충돌할 일도 없었다. 하지만 지금은 사정이 달랐다. 아무리 군대의 귀향 항해 책임자가 케른이라 하더라도 그들은 아직 가로쉬의 명령을 따라야 할 의무가 있었다. 스랄이 공식적으로 가로쉬에게서 지휘권을 박탈하지 않는 한, 케른이 할 수 있는 건 아무것도 없었다.

케른은 가로쉬의 귀에만 들리도록 조용히 말했다.

"제발 부탁하겠네. 이러지 말게. 우리의 적은 이미 쓰러져 있는 거나 다름없잖나. 우리가 도와주지 않고 가만 놔두면 어차피 죽을 목숨이야."

"그럼 빨리 죽여주는 게 자비롭겠군."

가로쉬는 이렇게 대꾸했다. 그리고 그 문장에 마침표를 찍기라도 하듯 대포 소리가 울려 퍼졌다. 케른은 그 불운한 얼라이언스 선박을 똑바로 바라보았다. 뱃전에 대포알이 박히면서 구멍이 뚫리고, 다른 호드 함선들에서 화살이 비처럼 쏟아지기 시작했다. 그러자 얼라이언스 병사들이 결코 잊지 못할 끔찍한 비명, 호드 병사들의 우렁찬 함성이 뒤섞이면서 파도와 바람 소리를 뒤덮고 솟아올랐다.

"다시!"

가로쉬가 이물로 달려 나가며 소리쳤다. 배가 더욱 가까이 다가가자, 가로쉬는 사냥감을 바라보는 늑대처럼 몸을 부르르 떨기까지 했다.

얼라이언스 함선의 돛대는 이제 부러져 있었다. 하지만 갑판 위에서 누군가가 미친 듯이 백기를 흔드는 모습이 보였다. 가로쉬는 그걸 못 본 모양이었다. 아니면 보고도 모른 척했든가. 만노로스의 뼈호가 충분히 바짝 다가가 붙자, 가로쉬는 양손에 무기를 든 채 함성을 내지르며 적함에 뛰어들었다. 그리고 인간들을 공격하기 시작했다.

케른은 넌더리를 내며 고개를 돌려버렸다. 이건 법적으로는 정당하지만, 다른 모든 측면에서는 도덕적으로나 정신적으로나 잘못이었다. 끔찍한 잘못이다. 케른은 이제 혼령들이 호드나 가로쉬에게 어떤 식으로 보복할까 하는 음울한 생각에 잠겼다. 어쩌면 이런 만행을 옆에서 방조한 케른 블러드후프 자신도 보복을 당할지도 모른다.

얼라이언스 함선은 금세 점령당했다. 너무 순식간에. 가로쉬는 그 즉시 병사들에게 "중지!"라고 소리쳤다. 그렇게도 공격적이던 가로쉬가 뜻밖에도 곧바로 중지하라고 명령하자 놀란 케른은, 긴 귀를 쫑긋 세우고 가까이 다가가서 가로쉬가 이제 뭘 하나 살폈다.

"선장을 데려와!"

잠시 뒤 한 트롤이 양팔로 한 인간 남자를 꽉 안아 들고는 갑판 위에 내던졌다.

가로쉬는 인간 선장을 발로 쿡쿡 찔렀다.

"너희는 호드 영해에 들어왔다, 얼라이언스 개야."

그 남자는 근육이 탄탄하고 인간 종족치고는 키가 훤칠했다. 피부는 그을려 있고, 짧게 깎은 검은 머리에 수염도 단정하게 다듬은 채였다. 그는 그저 가로쉬를 물끄러미 올려다보았다.

"조약상으로는……."

"우리 영해에 침입을 허용하지 않는다고 되어 있지. 지금 이건 명백히 공격 행위란 말이다!"

선장이 기가 막힌다는 투로 대꾸했다.

"우리 배가 어떤 꼴이었는지 다 봤잖소. 근데 뭐, 공격? 아무리 겁 많은 산토끼라도 우릴 공격적이라고 보진 않았을 것 같소만!"

그 말은 실수였다. 가로쉬는 그의 갈비뼈를 퍽 걷어찼다. 한두 대가 부러지는 소리가 케른의 귀에까지 들렸다. 남자는 신음을 흘리면서 얼굴이 창백하게 질렸고, 그런 다음에는 붉게 달아올랐다.

"너희는 호드 영해에 들어왔다."

가로쉬가 되풀이해서 말했다.

"너희 배가 무슨 꼴이었든 간에, 이 구역에서는 뭐든지 내 마음대로 할 권리가 있다는 뜻이다. 내가 누군진 아나?"

남자가 고개를 저었다.

"나는 가로쉬 헬스크림이다. 호드 영웅인 그롬 헬스크림의 아들이라고!"

선장의 눈이 휘둥그레지더니 얼굴이 다시 창백해졌다. 분명히 그 이름을 알고 있는 눈치였다. 이름이 아니라면 성이라도. 그롬 헬스크림은 호드 뿐만이 아니라 얼라이언스에서도 전설로 통했다.

"나는 내 적을 무찔렀다. 이제 너희 배는 우리 호드의 것이고, 너희는 전쟁 포로다. 문제는, 이제부터 너희를 어떻게 하면 좋을까? 배에 불을 붙여서 태워 죽일 수도 있겠고."

가로쉬가 턱을 문지르며 생각에 잠겼다.

"아니면 그냥 놔줄 수도 있겠지. 그런데 너희는 지금 구조선이 따로 없지? 내가 다 봤거든. 그런데 이 바다에는 상어와 범고래도 산단 말이야. 그놈들도 분명히 얼라이언스 살 맛을 아주 좋아할 거야. 우리 트롤 애들도 그 맛은 엄청 좋아하니까."

선장은 침을 꿀꺽 삼켰다. 자신을 가로쉬 앞에 끌어다 놓은 게 트롤이었고 그 트롤이 지금도 바로 옆에 서 있다는 것을 새삼 실감한 듯했다. 트롤이 킬킬 웃으며 과장스럽게 입술을 핥았다. 검은창 트롤이 식인종이 아니라는 걸 케른도 가로쉬도 뻔히 알고 있었지만, 저 인간 선장은 모르는 것이다.

"여기 내 친구 케른 블러드후프는……."

가로쉬가 케른을 돌아보지는 않고 엄지손가락으로만 가리키며 말을 이었다.

"자비롭게 대해주라고 하더군. 그리고 뭐, 그 말이 맞을지도 몰라."

선장이 케른 쪽으로 시선을 획 던졌다. 모르긴 몰라도 케른 자신도 저 인간 남자만큼이나 어리둥절한 표정으로 보일 게 뻔했다. 가로쉬는 지금 뭘 하자는 건가? 얼라이언스 배를 한바탕 휩쓸어 선원들 조금만 남기고 다 학살했으면서. 그런데 자비가 뭐 어쩌고 어째?

"선장. 오늘 나는 너희에게 호드의 강력한 힘을 보여줬다. 그리고 호드의 자비 역시 보여주려고 한다. 지금 생존자가 열한 명이지? 그…… 폭풍에서 살아남은 자들 말이다."

가로쉬는 약간 웃음 지었다.

"너희에게 나룻배 두 척을 주지. 우리의 소중한 식량도 좀 나누어 주겠다. 그 정도면 안전한 뭍으로 가는 데에는 별 지장 없을 거야. 재수가 더럽게 없지만 않으면. 그리고 고향에 돌아가면 너희 인간들에게 여기서 무슨 일이 있었는지 똑바로 전해라. 오늘, 가로쉬 헬스크림은 너희에게 죽음이자 또한 생명이었다고."

말을 마치자마자, 가로쉬는 품위 있는 태도로 돌아서서 만노로스의 뼈호 갑판으로 뛰어 올라갔다. 그리고 툴라에게 작은 목소리로 무어라 빠르게 지시했다. 그녀는 고개를 끄덕이고 자기 선원들에게 명령을 내렸다. 케른은 선원들이 선창에서 식량 몇 상자와 물 한 통을 꺼내고 작은 배 두 척의 밧줄을 자르는 모습을 지켜봤다. 기이한 제안이긴 했지만, 적어도 가로쉬는 자기가 한 약속을 지킨 것이다. 케른은 인간들이 나룻배로 기어 올라가 노스렌드 방향으로 다시 저어가는 모습을 서글픈 눈으로 지켜보았다.

가로쉬를 돌아보니, 그는 커다란 몸을 꼿꼿이 세운 채 팔짱을 끼고 있었다. 폭풍에 휘말려 거의 익사할 뻔한 순간에도 벗지 않았던 갑옷을 여전히 고스란히 입은 채.

가로쉬는 총명한 책략가이자, 난폭한 전사이자, 부하들에게 사랑받는 상관이었다. 또 쉽사리 앙심을 품고 성질머리가 불같은 데다가, 한편으로 존경과 연민이라는 미덕을 배워야 할 필요가 있었다.

케른은 돌아가자마자 스랄과 이야기하기로 마음먹었다. 전에 극도로 힘겨웠던 전시 상황에서 가로쉬가 노스렌드에서 호드에 크게 이바지했던 건 그의 이런 복합적인 면모가 작용했기 때문이었다. 이제 오그리마로 돌아가고 나면 가로쉬는 자신의 기질 때문에 힘들어질 게 뻔했다. 전적으로 싸움에만 매달려 살아온 자들은 전쟁이 끝난 뒤에 뭘 해야 할지 모르고 헤매곤 하니까. 꼭 물 밖에 나온 물고기 같은 신세가 되는 것이다. 자신의 열정과 에너지를 분출할 데를 찾지 못한 채, 결국 전쟁터 대신 술독에 빠지거나 길거리에서 난투를 벌이면서 죽어가고 만다. 아니면 진실한 삶을 잃어버리고 영혼이 텅 비어버린 채 살아가게 되거나.

가로쉬는 겨우 그렇게 끝나기에는 그 잠재력과 재능이 너무 아까운 젊은이였다. 케른은 어떻게 해서든 그롬 헬스크림의 아들에게 그런 운명이 닥쳐오지 않도록 막고 싶었다.

그러려면 무엇보다도 가로쉬 자신이 그럴 의지를 갖추고 노력해야만 하리라. 그런데 지금 그는 자기가 정당하다고 너무나도 확고하게 믿고 있는 듯했다. 과연 가로쉬가 그렇게 능동적으로 자신의 운명을 개척해 나가려고 할까?

케른은 천천히 멀어져가는 나룻배들을 돌아보았다. 그래도 가로쉬는 얼라이언스 병사들의 목숨을 좀 살려주기는 했다. 하지만 그건 자비심에서라기보다 거만함에서 비롯된 게 아닐지 케른은 못내 의심스러웠다. 가로쉬는 자신의 행적을 바리안에게 알려서 약을 잔뜩 올려놓고 싶은 마음이 굴뚝 같아 보였으니까.

케른은 깊이 한숨을 쉬고 태양을 올려다보았다. 해는 차가운 북부의 하늘 속에서 희미해져 있었지만 그래도 여전히 존재하고는 있었다. 케른은 자신의 연녹색 눈을 지그시 감고, 자신과 호드의 앞날을 이끌어달라고 기도했다.

그리고 인내심을 달라고 기도했다. 아주 강인한 인내심을.

4 장

오그리마에서 이런 성대한 축제는 처음이었다. 케른은 그게 영 곱게 보이지만은 않았다.

리치 왕과 그 부하들에 맞서 그토록 용감하게 싸웠던 전사들의 명예를 기리고 싶지 않다는 뜻은 아니다. 그러나 전쟁 때문에 치른 대가도 막심하지 않았던가. 그 사실을 누구만큼이나…… 어쩌면 그 누구보다도 잘 아는 케른은, 귀향한 용사들이 그렇게 호화로운 대접을 받으며 먹고 즐기는 광경에 얼굴을 찌푸릴 수밖에 없었다.

얼마 전에 알게 된 사실이지만 이번 행진은 가로쉬가 낸 의견이었다.

"사람들한테 영웅의 모습을 똑똑히 보여줘야지, 암. 오그리마로 행군하게 해! 마땅히 성대한 환영을 받아야 하잖아!"

케른보다 더 심사가 꼬인 자가 저 말을 들었다면 아마 마음속으로 이렇게 생각했을 것이다.

'그리고 가로쉬 헬스크림이 구국의 영웅이라는 걸 만방에 알리라 이거지?'

그래도 가로쉬는 노스렌드 출정 참전자라면 모두 다 참가해야 한다고 단언했다. 하지만 포세이큰이나 신도레이 병사들도 이번 행진에 낄 거라고는 아무도 생각하지 않았다. 그들도 물론 참여할 권리가 있지만, 세계 최북단 대륙에서 자기들만의 전쟁을 치렀던 그들에게는 나름의 관심사가 따로 있었기 때문이다. 확실히 이 행진은 뜨겁고 텁텁한 칼림도어 대지에 사는 오크, 트롤, 타우렌이 중심이었다. 그런데도 케른에겐, 마치 스컬지에 대항해 무기를 들거나 주문을 외우던 모든 종족의 용사들이 참여하기나 한 것처럼 보였다. 행렬은 오그리마의 성문들에서 시작되어 비행선 탑을 지나 쭉 이어졌다.

얼라이언스 연합이 이런 행사 때 전통적으로 쓰는 부드러운 장미 꽃잎을 비웃기라도 하듯 길에는 소나무 가지들이 잔뜩 깔렸었다. 밟아서 부스러지면 좋은 향기가 나게끔 말이다. 듀로타에는 소나무라 할 만한 게 별로 나지 않았으니 이건 다 아주 먼 데서 공수해온 것이 뻔했다. 케른은 이런 사치를 보고 한숨을 쉬며 머리를 설레설레 흔들었다.

가로쉬가 행렬의 맨 앞에 서 있었다. 성문이 열리자 가장 먼저 들어왔고, 전쟁노래 요새 용사들이 뒤를 따랐다. 케른은 그 위치에 불만은 없었다. 어쨌든 케른은 전쟁 때 칼림도어에 남아 있었던 반면 가로쉬와 이 용감한 전사들은 모두 노스렌드에 싸우러 나갔었으니까. 그리고 그들 대부분은 오크고 여기는 오크의 영토이니까 말이다. 하지만 그래도 그렇지, 군중 대부분이 가로쉬를 쫓아오면서 환호성을 지를 뿐 다른 부대의 병사들에게는 관심이 거의 없어 보인다는 게 못내 신경에 거슬렸다. 다른 부대들 역시 다들 열심히 싸웠고 오히려 전쟁노래 공격대보다도 더 많은 총명한 젊은이들이 목숨을 바치기도 했는데, 단지 대장이 가로쉬보다 카리스마가 덜하여서 환영을 못 받는다니.

호드의 대족장 스랄이 그롬마쉬 요새 밖에 몸소 나와 서 있었다. 한눈에 알아볼 수 있는 검은색 판금 갑옷을 입고 있었는데, 오그리마라는 이름의 기원인 오그림 둠해머가 입던 바로 그 갑옷이었다. 거대한 한쪽 손에는 육중한 둠해머도 들고 있었다. 스랄은 언제 어디에서나 눈에 띄는 전설적 인물로, 단지 저 차림으로 전장에 나타나기만 해도 군대의 사기가 올라 전쟁을 승리로 이끈 적이 몇 번 있을 정도였다.

그의 옆에는 허리가 살짝 굽었지만 50대 후반치고는 아직 튼튼한 오크, 아이트리그가 서 있었다. 아이트리그는 원래 2차 대전쟁 때 호드를 떠났었다. 그때 그의 아들들이 동료 오크들에게 배신당해서 전사하는 바람에, 오크들의 타락한 작태에 학을 뗀 나머지 자기 백성을 돌볼 의무에서 손을 떼기로 했던 것이다. 아이트리그가 호드에 다시 돌아온 것은 스랄이 호드의 수장이 되고 오크를 주술사의 뿌리로 되돌려놓았을 때였다. 스랄이 가장 아끼고 신뢰하는 고문 중 하나인 그는 줄드락에서 은빛 십

자군을 원조하는 의무에서 막 돌아온 참이었다. 그의 팔에는 천으로 싼 물건이 들려 있었다.

오크로서는 드물게 연푸른색을 띤 스랄의 눈동자가, 다가오는 전사들의 행렬에 단단히 붙박여 있었다. 가로쉬는 그의 앞에서 멈춰 섰다. 스랄이 잠시 그를 바라보더니, 머리를 깊이 숙여 존경을 표했다.

"가로쉬 헬스크림."

스랄이 입을 열었다. 그의 목소리는 깊고 우렁거려서 군중에게 쉽게 울려 퍼졌다.

"자네는 내 친애하는 벗이며 호드의 영웅인 그롬 헬스크림의 아들일세. 한때 자네는 그가 얼마나 훌륭한 오크였는지 이해하지 못했었지. 이제는 이해하게 되었고, 이번 노스렌드 출정에서 이룩한 공적으로 말미암아 자네 역시도 아버지처럼 호드의 영웅이 되었네."

"우리는 최대의 적, 만노로스의 갑옷과 해골의 그림자 속에 서 있네. 만노로스의 피는 아주 오랫동안 우리를 타락시키고 정신을 흐리게 했었지. 자네의 아버지가 놈을 죽임으로써 우리를 끔찍한 저주에서 해방해주었지."

그가 말을 끊고 아이트리그에게 고개를 끄덕이자, 아이트리그가 한 발 앞으로 나왔다. 스랄은 그가 들고 있던 물건을 건네받고 헝겊을 풀었다. 그것은 도끼였다. 그냥 여느 도끼가 아니라 이름이 있는 유명한 무기였다. 멋들어지게 구부러진 곡선에 V자의 홈이 두 군데 나 있었다. 예전에 이 도끼의 주인이 쥐고 휘두르면 도끼는 주인과 똑 닮은 함성을 내지르곤 해서, 이름도 그런 특징에 맞게 지어졌다.

군중 중 대다수가 그걸 알아보고 여기저기서 술렁거리기 시작했다.

스랄이 엄숙하게 말했다.

"이건 '피의 울음소리'일세. 가로쉬, 자네 아버지의 무기이고, 바로 이 도끼날 아래 만노로스가 죽었지. 그롬 헬스크림은 상상할 수도 없는 용맹을 발휘했고, 목숨을 대가로 치러야만 했어."

가로쉬는 눈을 크게 떴다. 그의 갈색 얼굴에 기쁨과 자부심이 드리웠다. 그는 팔을 뻗어 선물을 받으려 했지만, 스랄은 그걸 바로 건네주지 않았다.

"이건 만노로스를 죽인 무기야. 하지만 드루이드의 시조들을 가르쳤던 고귀한 반신 세나리우스의 목숨을 앗아간 무기이기도 하네. 다른 무기들과 마찬가지로, 피의 울음소리 역시 좋게도 나쁘게도 쓸 수 있는 게야. 가로쉬, 나는 자네가 아버지의 가장 훌륭한 점만을 본보기로 행동하기를 바라네. 이 무기를 현명하고 올바르게, 호드의 행복을 위해 사용하도록. 자네의 귀환을 맞이하게 되어 큰 영광일세. 자네가 피와 땀과 영혼을 바쳐 지켜낸 이들에게 사랑과 감사를 받도록 하게."

가로쉬는 무기를 받아서 시험 삼아 무게를 가늠해 보고 휘둘러도 보았다. 그 모습이 꼭 피의 울음소리를 휘두르려고 태어나기라도 한 듯 지극히 자연스러워 보였다. 어쩌면 정말로 그런지도 모른다고, 케른은 가만히 지켜보면서 생각했다. 피의 울음소리는 끼잉 소리를 지르고 울부짖으며 공기를 갈랐다. 이제껏 호드의 적을 베면서 그랬듯 앞으로도 또다시 적을 베며 저런 소리를 내지르리라. 가로쉬는 도끼를 머리 위로 높이 쳐들었고, 그러자 지혜의 골짜기 사이로 또 한 번 환호성이 휩쓸고 지나갔다. 가로쉬는 잠시 눈을 감고서 햇볕을 쬐듯이 환호성을 음미했다. 케른도 지금 이 순간은 이런 환대가 분에 넘친단 생각이 들지 않았다. 오히려 저 무기도 박수갈채도 모두 가로쉬가 받을 자격이 있다는 겸허한 충족감이 들었다.

"용사들이여, 오늘 밤 술집은 모두 그대들에게 열려 있다. 먹고 마시고 그대들의 영광스러운 공적을 노래하라. 그러나 오그리마의 시민은 그대들이 지켜낸 가족들이지 적이 아니라는 사실을 유념하도록."

스랄은 약간 미소 지었다.

"술에 너무 취하면 가끔 동지와 적 사이의 경계가 흐릿해질 때도 있으니 말이야."

넉살 좋은 웃음소리가 군중 사이에 퍼졌다. 케른은 이런 상황을 진작 예상했다. 스랄은 모든 여관과 술집에 오늘 온종일 음식과 술과 숙박 값을 지급해주기로 했지만, 손님들을 단속하는 건 결국 술집과 여관 주인들에게 달려 있었다. 호드 연합에서는 부서진 의자나 탁자값까지 변상해주지는 않을 테니까. 그런데 의자와 탁자는 꼬박꼬박 부서지는 게 예사고, 코뼈가 몇 대 부러지는 건 말할 것도 없었다. 하지만 그런 사태는 축제에서 필수불가결한 일부분이었다. 젊었을 때조차 그렇게 거친 행동을 즐기지 않았던 케른은 수긍할 수 없었지만, 스랄이 그렇다고 하니까 굳이 토를 달지는 않았다.

스랄이 손을 흔들자 코도와 랩터 들이 무거운 담요로 덮인 수레를 몇 대 끌고 나왔다. 스랄이 고개를 끄덕이자 오크 몇 명이 앞으로 나와, 셋을 센 뒤 담요를 벗겼다. 거기에는 독한 맥주 수십 통이 들어 있었다.

"축제를 시작하라!"

스랄이 외치자 우렁찬 환호성과 박수 소리가 공기를 가득 메웠다.

이제 행진은 공식적으로 끝났고, 참전 용사들은 앞다투어 술통으로 몰려와서 들이마시기 시작했다. 오늘 밤은 길 것이고 내일 아침은 엄청난 숙취가 찾아올 게 분명했다. 케른은 그롬마쉬 요새 입구로 성큼성큼 걸어가다가, 잠시 멈춰 서서 스랄이 언급했던 그 해골과 갑옷을 바라보았다.

갑옷은 말라 죽은 거대한 나무 한 그루에 사슬로 단단히 묶인 채 모두에게 잘 보이게끔 걸려 있었다. 악마 대군주의 해골은 나무 꼭대기에 걸려서 햇볕에 하얗게 탈색되어 있었다. 창백한 뼈다귀에서 기다랗게 구부러진 어금니가 튀어나와 있고, 판금 갑옷은 엄청나게 거대해서 세상에서 가장 강력한 오크나 트롤, 타우렌이라 할지라도 입을 수가 없을 정도였다. 케른은 해골과 갑옷을 오랫동안 쳐다보면서 그롬에 대해 생각하다가, 목숨을 바쳐서 오크들을 해방해주어서 고맙다고 그롬의 영혼에게 감사했다.

케른은 길게 한숨을 내쉬고 안으로 터벅터벅 들어갔다. 그는 타우렌 대족장의 권리로서 당연히 수행원을 데리고 있었다. 오늘 밤 축연에 참석할 영광을 얻게 될 타우렌들 가운데 케른이 직접 골랐다. 평소 같았으면 아들인 바인을 수행원으로 삼았겠지만, 바인은 멀고어에 남아 있기를 택했기에 이곳에 없었다.

'그런 행사에 저더러 참석하라고 하시다니 큰 영광입니다. 하지만 우리 타우렌의 지도자인 아버지께서 무사히 고향에 돌아오시기 전까지 제가 백성을 확실히 지킬 수 있다면 더더욱 큰 영광이겠습니다.'

바인은 편지에 그렇게 적었다. 케른은 그 답신을 보고 기뻤을 뿐 놀라지는 않았다.

케른이라도 그런 상황에 부닥친다면 바인과 똑같이 행동했을 테니까. 아들이 곁에 있었다면 참 좋았겠지만, 자신이 고국을 비운 시기에도 타우렌 백성이 안전하게 보살핌을 받고 있는 편이 마음이 더 편했다.

바인을 대신해 수행원이 된 이는 존경받는 대드루이드인 하뮬 룬토템으로, 케른에게 좋은 친우이자 신뢰할 만한 고문이었다. 또한 아들딸들을 여럿 노스렌드로 보내 가로쉬와 함께 싸우게 했던 유명한 전사 부족인 레이지토템을 비롯하여 돈스트라이더, 스카이체이서, 윈터후프, 썬더혼 부족 등도 함께했다. 그리고 개인적으로 사이는 별로 안 좋지만 정치적인 목적을 위해, 그림토템 부족의 대모인 마가타도 자리했다.

타우렌 부족들 사이에서 유일하게, 그림토템 부족은 공식적으로 호드 연합에 합류하지 않았다. 그러나 마가타는 썬더 블러프에 살았고 그녀의 부족 모두가 타우렌으로서의 모든 권리를 누리고 있었다. 강력한 주술사인 그녀는 남편이 사고로 죽은 뒤에 그림토템의 족장이 되었는데, 사실은 겉보기와는 달리 우발적인 사고가 아니었다는 이야기가 쉬쉬하며 들려오기도 했다. 케른은 마가타와 여러 번 다투곤 했지만 그녀를 썬더 블러프에서 살도록 하고 이번 축제처럼 중요한 행사에 초대하는 것이 전혀 싫지 않았다. '친구도 가까이 두고 적도 가까이 두라.'라는 격언을 굳게 믿었기 때문이다. 마가타는 대놓고 케른에게 반대하지는 않았고, 앞으로도 그럴 것 같지 않았다. 그늘 속에서 안전하게 음모를 짤 수는 있겠지만 결국 겁쟁이일 뿐이라고 케른은 생각했다. 마가타는 그냥 자기 부족만 다스리면서 자기가 강력한 존재라고 생각하게 놔두자. 그래 봤자 타우렌 종족 모두를 이끄는 진짜 지도자는 오로지 케른 블러드후프 자신이니까 말이다.

스랄은 거대한 방이 한눈에 보이는 커다란 왕좌에 앉아서 몰려드는 군중을 지켜보았다. 왕좌 양쪽에 있는 화로는 평상시와 달리 불이 꺼져 있었다. 차갑게 식은 화로 앞에, 크기는 더 작지만 역시 화려한 의자가 오늘 행사를 위해 특별히 배치되어 있었다. 스랄의 요청에 따라 케른과 가로쉬가 그 자리에 각각 앉았다. 오늘의 영웅인 가로쉬가 스랄의 오른편이었다. 방 여기저기에는 스랄의 호위병인 코르크론들이 눈에 띄지 않게 조용히 서 있었다.

스랄은 케른과 가로쉬를 보며 두 사람의 반응을 살폈다. 케른은 의자가 너무 작아서 자세를 약간 고쳐 앉았다. 스랄은 그걸 보고 얼굴을 찌푸렸다. 오크 목수들이 의자를 만들 때 타우렌의 몸집을 최대한 고려하려 노력했지만 아무래도 역부족이었던 것이다. 타우렌 일족들이 들어와 자리를 잡자 케른의 표정에 뚜렷하게 자부심이 차올랐다. 스랄과 마찬가지로, 케른 역시 이번 전쟁 때문에 너무나도 많은 것을 바쳤으며 영영 잃기도 했다는 사실을 잘 알았다.

타우렌 대족장도 세월의 위력 앞에서는 어쩔 수 없이 조금씩 쇠약해지는 모양이었다. 케른이 부대가 포위당했을 때 정말로 잘 싸워주었다는 것을, 부상병들을 구조하기 위해 몇 번이고 해안을 오고 갔음을 스랄도 익히 들어서 알고 있었다. 그 사실 자체는 놀랍지 않았다. 스랄은 케른이 용맹하고 고결하며 연민으로 가득하다는 사실을 익히 알았으니 말이다. 진정 놀라웠던 점은 그 전투에서 케른이 숱하게 부상을 당했으며 회복도 무척 느리다는 점이었다.

스랄은 문득 가슴이 아팠다. 그는 소중한 이들을 아주 많이 잃었다. 종족을 뛰어넘는 우정을 보여주었던 인간 소녀 타레사 폭스턴, 오크다운 삶이 무엇인지 가르쳐준 그롬 헬스크림. 그리고 아마도 얼마 뒤면 드렉타르도 세상을 떠날지도 모른다. 드렉타르를 모시는 오크에 따르면 그는 나날이 허약해지고, 정신도 흐려지고 있다고 했다. 그런데 그토록 오랜 세월을 가깝게 지내 왔던 케른에게마저 마지막 작별 인사를 고해야 할지도 모른다고 생각하니 마음이 무척 쓰라렸다.

스랄은 가로쉬에게 주의를 돌렸다. 이 젊은 헬스크림은 피의 울음소리를 무릎 위에 놓고서 먹고 마시며 요란스럽게 웃어대면서 지금 이 순간을 한껏 만끽하고 있었다. 그러나 이따금, 가로쉬도 즐기기를 잠시 멈추고 반짝이는 눈으로 사람들을 둘러보고는 자부심으로 가슴이 부풀어 오르곤 했다. 스랄은 오그리마 시민이 가로쉬에게 퍼붓던 열광을 눈여겨보았다. 스랄조차 그 어떤 의식에서도 그렇게까지 엄청난 숭배를 받은 적은 없었다. 그럴 만도 했다. 스랄은 항상 사람들이 반길 만한 결정만 내리지는 않았으니까. 그래도 그는 자신이 일족을 잘 이끌었으며 존경을 받고 있음을 알고 있었다. 하지만 가로쉬는 자기 백성에게서 오로지 찬동과 사랑만을 한가득 받고 있는 듯 보였다.

가로쉬는 스랄이 자신을 쳐다보는 시선을 눈치채고 미소를 지었다.

"여기 있으니 참 좋군요."

"자네에게 쏟아지는 찬사를 받으니 기분이 좋은가?"

"물론이죠. 하지만 오크들을 본다는 것 자체만으로도 좋습니다. 오크로서 산다는 게 어떤 일인지 저들도 나처럼 기억하고 있다는 것을. 그저 전장에서 싸우고, 열정적으로 적을 무찔러 승리를 얻고, 그런 승리를 또한 열정적으로 만끽한다는 것 말입니다."

"호드는 그저 오크만이 아닐세, 가로쉬."

스랄이 그에게 상기시켰다.

"그렇죠. 하지만 호드의 핵심은 역시 오크잖습니까? 중심이라고요. 우리가 그런 위치를 탄탄히 지키고 그 의미를 되새긴다면 호드는 앞으로도 계속 승리할 겁니다, 대족장님. 어디 그것뿐이겠습니까? 자신이 오크라는 것에 다들 자부심으로 가득 차서 가슴을 펴게 될 것입니다. 그리고 '호드를 위하여!'라는 함성은 그저 입에서 나오는 게 아니라 마음 깊은 곳에서부터 나오게 되겠죠."

스랄, 가로쉬, 케른만을 제외하면 모두가 바닥에 앉아 있었다. 돌바닥은 두껍고 부드러운 동물 가죽이 깔려 있어서 푹신했다. 자연과 가까이 살던 습성이 있는 세 종족은 모두 투박하게 어울리며 즐겼다. 회랑은 화로, 장작불, 체온으로 후끈하게 데워져 있었다. 오로지 마가타와 그녀가 거느린 그림토템 타우렌들만이 다소 동떨어져 보였다. 그 외에는 모두가 한껏 분위기에 취한 채, 지금 이 순간 축연에 함께 하고 있음을, 극심했던 고통과 역경과 싸움 끝에 이렇게 살아 숨 쉰다는 단순한 사실 자체를 행복하게 만끽했다.

이건 분명히 예식이다. 하지만 인간이나 엘프들이라면 이 상황이 전혀 예식으로 보이지 않으리라. 하인들이 거대한 쟁반에 드높게 쌓아 올린 요리를 가지고 왔고, 다들 그걸 손으로 마구 집어 먹었다. 음식은 소박하지만 영양이 가득했다. 맥주를 끼얹은 멧돼지 갈비, 곰과 사슴 고기구이, 얼룩말 뒷다리살 꼬치구이, 향긋한 과일즙을 적셔 먹는 기름진 빵, 그 모든 걸 씻어 내릴 맥주며 포도주며 럼주. 손님들이 먹고 마시면서 그롬마쉬 요새는 웃음과 환호성으로 가득찼다. 슬슬 하인들이 쟁반을 치우고, 실컷 먹은 사람들이 이제 대족장에게로 주의를 완전히 돌렸다.

스랄은 생각했다. 이제부터는 과히 즐겁지만은 않은 이야기를 시작해야겠군.

"우리의 용감한 전사들이 이렇게 무사히 귀향했으니 무척 기쁘고 고마운 일이오. 그들이 호드에 충성을 다하여 배운 결실을 이 자리에 가져왔으니 말이오."

스랄이 그렇게 운을 뗐다.

"그들의 업적을 축하하고 기려야 마땅한 일이지. 그러나 대가 없는 전쟁은 없는 법. 많은 병사가 목숨을 잃었고, 우리 군이 싸울 수 있게끔 지원하느라 든 재정적 비용 또한 무시할 수 없소. 게다가 폭풍이 일어나는 바람에 우리 선박 몇 척이 부서지고, 전사들과 소중한 식량을 잃기도 했소."

"그 폭풍은 단순한 자연 재해가 아니오. 칼림도어 전역뿐 아니라 동부 왕국을 통틀어서 그렇게 기이한 사건은 전례가 없던 일이오. 그와 유사한 현상을 몇 차례 보고받은 바 있소. 그대들 중 나처럼 오그리마를 고향이라 칭하는 이들은 근래에 엄청난 가뭄이 들어 매우 큰 피해를 보았다는 것을 잘 알 거요. 그리고 이따금 대지가 흔들리는 느낌도 들곤 하오."

"나는 내가 가장 신뢰하는 주술사들과 이 일에 대해 이야기를 해봤소. 대지고리회 일원들과도."

스랄은 여기까지 말하고 나니 또다시 불쑥 가슴이 아팠다. 그가 그 누구보다도 신뢰했던 주술사는 이제 어린아이보다도 못 미더운 존재가 되어 버렸으니.

'드렉타르, 지금처럼 그대의 통찰력이 간절했던 때가 없는데 그대에겐 너무 늦어 버렸구려.'

"우리는 온 힘을 다해 이 사태의 원인을 밝혀내려 노력 중이오. 무언가가 자연의 정령들을 괴롭히고 있는 것인지, 아니면 반대로 지극히 정상적인 자연의 순환일 뿐인지."

"정상적이라고요?"

군중 뒤쪽에서 걸걸한 목소리가 튀어나왔다. 스랄 쪽에서는 그가 누구인지 보이지 않았지만, 목소리만 들어서는 일단 오크 같았다.

"여기저기서 가뭄이 들고 홍수가 터지고 지진이 일어나는데? 어떻게 그게 정상적일 수가 있습니까?"

"자연에는 그 나름의 변화와 이유가 있는 법이오."

스랄은 전혀 동요하지 않고 덤덤하게 말했다. 그는 도전받기를 기꺼이 환영하는 편이었다. 생각을 날카롭게 정리할 수 있고, 자신이 누구나 터놓고 이야기할 수 있는 사람임을 보여줄 수도 있을뿐더러, 가끔은 미처 생각지 못했던 방식으로 나아갈 기회도 얻을 수 있기 때문이다.

"자연은 우리에게 맞춰주지 않소. 우리가 자연에 적응하기 위해 변화해야만 하지. 화재가 일어나면 도시는 파괴될지 모르지만, 한편으로는 새로운 종류의 식물들이 무성하게 자라날 토양이 생기기도 하오. 병균과 해충을 태워 없애주고 흙에 양분을 돌려주기도 하고. 홍수가 일어나면 흙이 침전되어서 그전까지는 존재하지 않았던 곳에 새로운 광물이 생성되기도 하지. 그리고 지진 또한, 글쎄……."

스랄은 웃음 지었다.

"대지모신께서 가끔 투덜거릴 수도 있는 게 아니겠소?"

좌중에 웃음소리가 번졌다. 스랄은 분위기가 바뀌었다는 걸 알 수 있었다. 그는 현재 보고되는 현상들이 정상적이라고 확신할 수 없었다. 사실상 사리를 따져보면 볼수록 오히려 정반대라는 느낌이 들기 시작했다. 정령들은…… 혼란스럽고 고통스러워 보였다. 보통 때와는 달리 스랄에게 명료하게 말을 걸어오지 않았다. 걱정스러운 일이었다. 그러나 벌써 그런 걱정을 사람들에게 알려줘서 공연히 불안하게 만들 필요는 없다. 어쩌면 스랄이 다른 문제들에 너무 신경 쓰느라고 정령들의 소리를 제대로 듣지 못하기 때문일 수도 있지 않은가. 그리고 조상들도 알다시피 호드의 대족장이 신경 쓸 일들은 차고 넘치도록 많았다.

"오크의 새로운 터전이 된 듀로타의 땅이 혹독한 건 사실이오. 그러나 새삼스러울

건 없소. 이곳은 원래부터 정착하기에 어려운 땅이었으니. 하지만 우리는 오크고, 이 땅은 우리에게 적합하오. 혹독하고 척박하므로 비로소 우리에게 적합한 것이오. 이곳에 삶을 일구어낼 수 있는 존재는 오크 외에는 거의 없으니까. 우리는 흑마법 때문에 드레노어의 땅 대부분이 생명력을 잃은 뒤 이 세상으로 건너왔소. 그리고 이곳에도 똑같은 짓을 할 수도 있었을 거요. 내가 호드를 다시 세웠을 때 사실 이보다 더 비옥한 땅을 취할 수도 있었소. 그런데 일부러 그렇게 하지 않았소."

전당에 수군거림이 물결처럼 번졌다. 케른은 눈을 가늘게 뜨고 스랄을 쳐다보았다. 스랄은 대체 왜 저들에게 듀로타가 아무리 해도 정착하기 어려운 땅임을 굳이 상기시키는 건가? 스랄은 케른에게 거의 보이지 않을 정도로 살짝 고갯짓해서, 자신이 다 생각하는 바가 있어서 이러는 거라고 눈치를 주었다.

"왜냐하면 우리가 이 세계를 더럽혔기 때문이오. 그랬는데도 지금 우리는 이 세계에 살고 있잖소. 여기에 살 권리를, 우리만의 나라를 세울 권리를 얻은 거요. 내가 오크의 나라를 세울 땅으로 듀로타를 고른 것은, 바로 이곳이 우리 오크들이 무언가를 베풀 수 있는 땅이기 때문이었소. 우리는 여기서 살면서 예전에 그토록 큰 해악을 끼쳤던 저주를 비로소 씻어낼 수 있었소. 더 나아가 더더욱 강하고 견고해질 수 있었지. 부드러운 땅에서 편하게 사느니보다 훨씬 더 오크다운 삶이지 않소?"

옳다고 중얼거리는 소리가 여기저기서 들리자 케른은 긴장했던 자세를 좀 풀었다.

"나는 그 선택이 옳았다고 믿소. 듀로타의 아들딸들이 노스렌드에서 무엇을 바쳤는지는 잘 아오. 그러나 듀로타 역시도 우리에게 많은 것을 바쳤다는 사실을 잊지 마시오. 노스렌드 출정에 그렇게 큰 대가를 치르게 될 줄은 아무도 예상치 못했소. 하지만 설령 예상했다 쳐도, 과연 우리가 그 싸움에서 등을 돌렸겠소?"

아무도 말하지 않았다. 아무리 큰 대가를 치르게 된다고 해도 싸움을 외면할 자는 이 자리에 없었으므로.

"그리고 그 대가는 우리의 땅이 치러준 것이오. 거의 다 소진될 만큼이나 많은 것을 주었지. 북방의 전쟁은 끝났소. 이제는 우리의 땅, 우리 자신의 책임에 주의를 돌릴 때요. 분노의 관문에서 일어났던 사건 때문에 얼라이언스가 우리와 또다시 대립하게 되었다는 건 안타까운 일이오. 그대들은 그런 것쯤이야 아무 문제도 아니라고 생각할 수도 있고 어쩌면 즐거워하기까지 할지도 모르겠는데, 나이트 엘프 측에서 우리와 모든 교역로를 끊어버렸다는 사실만큼은 아무도 기뻐하지 않을 거요."

여기 있는 이들 모두가 그 의미를 잘 알고 있었다. 건물을 지을 목재도 없고, 잿빛 골짜기에서 사냥할 수도 없으며, 파수대에서 순찰하는 구역은 그 어디든 안전하지 않다는 뜻이다. 잠시 침묵이 감돌다가 이윽고 여기저기서 불만스러운 투로 수군거리기 시작했다.

"대족장이여. 내가 한마디 해도 되겠소?"

케른이 차분한 목소리로 느릿느릿 말했다. 스랄은 옛 친구에게 미소 지었다.

"그러도록 하시오. 그대의 조언은 언제나 환영이니."

"호드의 다른 종족들과 달리, 우리 타우렌은 나이트 엘프들과 관계가 있소. 둘 다 세나리우스의 가르침을 따르는 종족이니까. 심지어는 달숲이라는 성소를 같이 쓰기도 하오. 우리는 거기서 평화롭게 만나고 교제하며 서로의 지식과 지혜를 공유한다오. 그들이 호드에게 화가 난 것은 이해하나 유대 관계가 모조리 끊어졌다고는 생각지 않소. 드루이드들을 사절로 파견하면 대화를 재개하는 데에 큰 도움이 될 거요. 대드루이드 하뮬 룬토템은 칼도레이를 많이 알고 있으니."

케른이 대드루이드에게 고갯짓을 하자, 그가 일어나서 입을 열었다.

"사실입니다, 대족장이시여. 나는 오랜 세월 그들과 우정을 쌓아 왔습니다. 그들은 비록 종족적 문제에서는 우리에게 분개할지 몰라도, 아이들이 굶어 죽는 꼴을 즐겁게 지켜볼 사람들은 아닙니다. 아무리 '적'의 아이들이라고 해도 말입니다. 저는 세나리온 의회에서 높은 위치에 있습니다. 우리가 조약을 맺었을 때 받았던 협조를 생각해 보면, 지금 재협상도 가능할 걸로 생각합니다. 대족장께서 허락해 주신다면 제가 그들에게 접근해서 잘 설득해보겠……."

"잘 설득? 협상? 하!"

가로쉬가 코웃음을 치며 바닥에 침까지 내뱉었다.

"호드의 일원이라는 작자가 그딴 앵앵대는 소리를 하다니 부끄럽기 짝이 없군! 분노의 관문에서 일어난 사건 때문에 지금 다들 머리가 돌았소? 아니면 여기 모두가 벌써 사울팽의 아들을 비롯해 죽어나갔던 전사들을 깡그리 잊어버렸단 말인가? 그리고 걸어 다니는 시체가 되어서 우릴 가당찮게 공격한 게 누군데? 그것들이 공격당했다고 위세 떨만한 입장인가 지금?"

"뻔뻔한 젊은이 같으니."

케른이 가로쉬에게 고개를 돌리며 으르렁거렸다.

"자네는 사울팽의 아들의 이름을 자기 좋을 대로 팔아먹고 있어! 사울팽의 지혜를 대놓고 모욕하면서!"

"사울팽의 전략을 반대하는 거랑 그 아들의 희생을 업신여기는 건 다른 문제요!"

가로쉬가 되받아쳤다.

"오랜 세월 그렇게 전투를 많이 치렀으면 당신도 이해할 만하잖소! 그래, 나는 사울팽을 반대했소. 그에게도 이미 똑같이 말을 했단 말이오. 대족장님, 우리 나이트 엘프들한테 얼어 죽을 섬세함을 따져가면서 무슨 걷어차인 강아지처럼 쩔쩔매고 깽깽거리지 맙시다. 지금 당장, 내 부대가 흩어지기 전에 잿빛 골짜기로 달려가서 필요한 걸 그냥 긁어오면 되잖습니까!"

케른과 가로쉬는 서로 몸을 기울인 채 그 가운데에 앉은 스랄을 완전히 잊어버린 양 고래고래 소리를 지르고 있었다. 스랄은 그냥 내버려두었다. 저 둘의 관계가 어떤지 파악하고 싶었기 때문이다. 하지만 이쯤 되니 더는 가만 듣고 있을 수가 없어, 위엄 있게 손을 들어 올리고 날카롭게 말했다.

"그렇게 간단한 문제가 아닐세, 가로쉬!"

가로쉬가 반박하려고 고개를 돌렸지만 스랄은 푸른 눈을 가늘게 뜨고 그를 노려보았다. 그러자 가로쉬는 뚱하게 입을 다물었다.

"사울팽 대군주도 알고 있네. 케른도 나도 하물도 다 아는 사실일세. 자네는 이번이 처음 맛보는 전쟁이었는데도 고귀하게 투신했고, 헤아릴 수 없이 값진 성과를 거두어냈어. 그러나 이 세상에 흑백으로 나뉘는 건 아무것도 없다는 진리를 곧 깨우치게 될 걸세."

케른은 좀 누그러진 듯 몸을 뒤로 젖혔다. 그러나 가로쉬는 아직 부글부글 끓고 있는 기색이었다. 그래도 이제는 자기 말만 쏟아내지 않고 다른 사람 말을 듣고는 있으니 다행이라고 스랄은 생각했다.

"바리안 린은 우리에게 가면 갈수록 적대적인 태도를 보이고 있네."

그는 '자네 덕분에'라는 말을 굳이 덧붙이지 않았다. 가로쉬는 그 숨은 말뜻을 알아들었으리라.

"제이나 프라우드무어는 그의 친구야. 그리고 우리의 대의에 동조하고 있네."

"어차피 얼라이언스 쓰레기잖습니까!"

"어차피 얼라이언스지. 맞아."

스랄의 목소리가 더 깊고 커다랗게 울렸다.

"하지만 나를 섬겨왔던 자라면, 혹은 지난 몇 년간의 역사에 대한 기록을 단 한쪽이라도 읽어 본 자라면, 그녀가 고결하고 지혜로운 인간임을 잘 알 텐데. 자네는 케른 블러드후프가 불충하다고 생각하나?"

화제가 갑작스럽게 바뀌자 가로쉬는 당황한 듯했다. 그는 케른을 휙 돌아보았다. 케른은 몸을 꼿꼿이 세워 앉고 콧바람을 불었다.

"나야, 당연히 아니죠. 이 중에서 케른 대족장이 호드에 바친 헌신과 노고를 감히 의심할 자는 아무도 없을 걸요."

가로쉬는 스랄의 질문에 무슨 덫이 숨어 있나 살피면서 조심스럽게 대답했다. 스랄은 고개를 끄덕였다. 어조가 방어적이긴 해도 진심으로 하는 말인 듯했다.

"의심하는 자가 있다면 바보겠지. 제이나 역시 얼라이언스에 충성하네. 허나 그렇다고 해서 그녀가 아제로스에 사는 모든 이들의 평화와 번영을 위해 쏟는 노력이 허사가 되지는 않아. 호드에 충성하는 케른도 마찬가지로 아제로스에 이바지하고 있지. 그의 제안은 안전한 대책일세. 적은 비용으로 많은 것을 얻을 수 있는 대책. 나이트 엘프들이 협상에 동의한다면 다 좋게 끝나겠지. 동의하지 않는다면, 우린 다른 길을 찾아보면 되는 걸세."

케른은 하뮬 룬토템을 건너다보았다. 하뮬은 고개를 끄덕이고 말했다.

"고맙습니다, 대족장이시여. 저는 이 길이 온당한 선택이라고 마음 깊이 믿습니다. 고통 받고 계실 대지모신을 받들기 위해서나, 호드가 이 끔찍한 전쟁에서 회복하는 데에 필요한 것을 얻기 위해서나 말입니다."

"언제나처럼 자네의 공헌에 감사하고 있네, 내 친구여."

스랄이 하뮬에게 대답하고는 가로쉬에게 고개를 돌렸다.

"가로쉬. 자네는 내 소중한 친구의 아들일세. 자네가 노스렌드의 영웅이라 불린다던데, 씩 적절한 호칭 같네. 그런데 내가 이제껏 보기로, 전쟁이 끝나고 나면 전사들은 자기 있을 곳을 찾기 어려워서 헤매는 경우가 많았네. 듀로탄과 드라카의 아들인 나 스랄이 약속하건대, 자네의 재능과 능력을 호드를 위해 가장 잘 활용할 수 있는 적합한 자리를 꼭 찾아주겠네."

스랄은 진심이었다. 그는 가로쉬가 노스렌드에서 해낸 업적을 찬탄했다. 그러나 그 재능은 한계가 있고, 이제부터는 가로쉬를 어느 위치에 배치해야 최선일지 생각할 시간이 필요했다.

그러나 가로쉬는 스랄의 의도를 이해하지 못하는 듯싶었다. 그는 눈을 가늘게 뜨더니 나지막하게 으르렁거렸다.

"물론 대족장님 뜻대로 하십시오. 위대한 스랄이시여, 공기가 좀 텁텁해서 나갔다가 오고 싶습니다만 허락해 주실는지?"

가로쉬는 비꼬는 투로 허락해달라고 하더니, 스랄의 대답을 기다리지도 않고 벌떡 일어섰다. 그리고 고개를 살짝 끄덕여 최소한의 예의만 표하고는 성큼성큼 걸어 나갔다.

"저 소년은 꼭 굴레를 쓰기 싫어하는 코도 같구먼."

케른이 중얼거리자 스랄은 한숨을 푹 쉬었다.

"하지만 그냥 포기하기에는 너무 귀중한 코도지."

스랄은 팔을 들어 올리고 목소리를 높여 선포했다.

"영 후텁지근하구나. 목을 축일 술을 더 가져오라!"

환호성이 울리고, 즉시 모두 주의가 흩어져 소란스러워졌다. 스랄은 케른의 말과 자신의 말을 곱씹어 보았다. 그러자니 야생 코도를 조금이라도 상하게 하지 않고 길들일 방법이 세상 어디에 있겠느냐는 생각이 들었다.

하지만 이건 지금 당장 최우선 문제가 아니었다. 물론 가로쉬가 호드 내에서 어떤 역할을 할지도 중요하지만, 스랄에게 가장 골치 아픈 고민거리는 호드 연합 전체의 안녕, 그리고 정령들이 보이는 불길한 조짐이었다. 사람들은 집 지을 나무가 더 필요하다고 아우성인데 정작 나무가 자라야 할 세상 자체가 흔들리는 판국이었다.

스랄이 듀로타를 선택한 이유는 아까 말한 그대로였다. 오크들이 자신이 끼쳤던 피해에 대해 속죄할 수 있고, 이 땅이 그들을 강하고 억세게 키워줄 수 있기 때문에. 그러나 스랄은 전쟁의 여파로 강물이 이렇게까지 말라붙고 그나마 듀로타에 얼마 없는 숲이 이렇게까지 벌거벗게 될 줄은 전혀 생각지도 못했다. 물론 반드시 필요한 일이었지만, 결과는 너무 치명적이었다.

그래, 그렇지. 스랄은 맥주를 한 모금 마시면서 생각에 잠겼다. 반항적인 코도 하나 길들이는 건 지금 걱정할 문제가 아니었다.

5 장

가로쉬는 밤의 공기를 즐겁게 들이마셨다. 해가 진 뒤에도 따뜻하고 건조한 이 공기는 차갑고 축축한 노스렌드의 공기와는 사뭇 달랐다. 그러나 여기는 북풍의 땅도, 드레노어의 나그란드도 아니라 그의 고향이었다. 이 메마르고 황량한 땅. 오그림 둠해머의 이름을 딴 도시이며, 스랄의 아버지인 듀로탄을 기리는 땅이다. 가로쉬는 그 사실을 되새기다가 문득 짜증이 나서 콧구멍을 벌름거렸다. 그의 이름을 딴 지역은 겨우 가짜 유령들에게 끊임없이 얻어맞는 작은 해안선뿐이지 않은가.

가로쉬는 만노로스의 해골과 갑옷 아래까지 다가갔다가 멈춰 섰다. 불편해졌던 기분이 어쩐지 차분하게 가라앉는 듯했다. 아버지가 이루어낸 공적을 바라보자 자부심이 차오르는 느낌이었다. 자신이 아버지의 아들이라는 사실에 긍지를 가질 수 있어서 좋긴 했지만, 가로쉬는 자기만의 길을 만들어 나가고 싶었다. 아버지가 이미 닦아놓은 길만을 무작정 따라가고 싶지 않았다. 가로쉬는 아까 받아서 등에 묶어둔 피의 울음소리에 생각이 미쳤다. 그는 자신의 갈색 손을 뻗어, 호드 최악의 적을 죽였던 그 무기의 자루를 잡아 쥐었다.

"그대의 아버지는 호드가 위태로웠던 시기에 정말로 필요한 존재였소."

뒤에서 걸걸하고 깊은 여성의 목소리가 들려왔다. 돌아보니 한 나이 든 타우렌이 있었다. 털 색깔이 거뭇해서 밤의 어둠 속에 묻혀 드러나지 않았기에, 처음에는 열띤 눈동자에 반짝이는 별빛과 주둥이에 칠한 흰색 줄 네 개만이 언뜻 보였다. 어둠에 눈이 적응되고 나서야 그녀가 주술사들의 예식용 로브를 입고 있음을 알아볼 수 있었다.

"고맙소. 뉘시더라……?"

가로쉬는 그녀가 이름을 밝히기를 기다렸다. 그녀는 미소를 지었다.

"나는 그림토템 부족의 마가타 대모요."

그림토템. 들어본 적이 있었다.

"그쪽이 호드에게 뭐가 필요한지 왈가왈부하다니 재미있군. 그대에게는 오로지 타우렌 뿐이고, 호드에 합류하기를 공식적으로 거부하지 않았소?"

그녀는 부드럽게 소리 내 웃었다. 그녀의 거친 목소리는 이상하게도 음악 같았다.

"우리 그림토템은 자신이 하고자 하는 일만 한다오. 우리가 호드에 합류하지 않은 건 아직은 그럴 만한 이유가 충분치 않기 때문인지도 모르오."

가로쉬는 불쾌해졌다.

"뭐라고? 충분치 않다고 했소?"

그는 두툼한 갈색 손가락으로 지옥 군주의 해골과 갑옷을 가리켰다.

"불타는 군단에 맞섰던 전쟁으로도 모자란다고? 전쟁노래 공격대는 위대하신 그림토템에게 감명을 주기에는 부족하다, 이 말인가?"

그녀는 찬찬히 가로쉬를 바라보았다. 가로쉬가 내뱉는 날 선 추궁에 전혀 당황하지 않는 듯했다. 마가타는 부드럽게 대답했다.

"그렇소. 나는 감명 받지 않았소. 하지만 그대가 노스렌드에서 했다는 일들은…… 흠, 그건 정말로 영웅의 위업이라 할 만하더군. 우리 그림토템은 지켜볼 뿐이오. 지켜보면서 기다리지. 진정한 힘과 기량, 명예를 보면 잘 알아볼 수 있소. 가로쉬 헬스크림, 그대의 아버지가 그러했듯이 그대 역시도 호드가 위태로운 시기에 정말로 필요한 존재인 것 같소. 호드가 이러한 이치를 잘 파악한다면 그대는 그림토템의 지지를 얻을 것이오."

가로쉬는 그녀의 의중이 무엇인지 잘 몰랐지만, 한 가지만은 분명했다. 마가타는 저 안에서 오고 갔던 이야기가 마음에 들었던 것이다. 그렇다면 가로쉬가 생각하는 바에 찬성한다는 의미도 될 수 있다. 좋은 일이었다. 그래도 머리가 좀 제대로 돌아가는 사람이 한 명은 있다는 뜻이니까.

"고맙소, 대모. 이제 그대의 말뜻을 알겠소. 오래지 않아 말 뿐만이 아닌 진짜 지지를 받게 되기를 바라오."

가로쉬의 머리는 벌써 횡횡 돌아가기 시작했다. 평화주의자인 스랄과 짜증만 많은 늙은이 케른을 피해서 호드에게 필요한 것을 얻어낼 방도가 무엇일지. 관건은 자기 선을 넘지 말아야 한다는 점이었다.

신중해야 할 때가 아니었다. 대담해져야 할 때였다. 가로쉬가 결과를 보여주면 그들도 이해하리라.

케른과 그의 수행단은 동트기 전에 일어나서 짐을 꾸렸다. 축하연은 새벽까지 계속 이어지고 있었고 귀빈인 케른은 끝까지 머물러달라는 요청을 받았지만, 어쩔 수 없었다. 케른은 고향에 돌아가고 싶어서 간절한 마음뿐이었으니까. 케른이 노스렌드로 보냈던 군사들은 정말로 호전적인 전사들이었으며 훌륭하게 의무를 다했다. 하지만 그들도 피비린내 나는 학살, 끝이 없는 밤, 인내의 나날에는 신물이 난 상태였다. 원래 유목민이었던 타우렌족이 근래에 터전으로 삼은 멀고어는 무척 소중한 땅이었다. 오늘에야 그들은 긴 여정의 마지막 단계에 이르렀으니, 얼마 뒤면 고향의 부드럽고 완만한 언덕, 우뚝 솟은 산, 그들이 남겨두고 떠났던 사랑하는 이들을 마침내 만날 수 있게 되는 것이다.

그들은 걸어가기로 했다. 그렇게 하면 조금이라도 더 오랫동안 동료애를 유지할 수 있는 데다가, 걷는 건 딱히 힘든 일도 아니었기 때문이다. 동이 터오기 시작했다. 다른 호드 전사들이 연회장 안에서 곯아떨어졌거나 연회에서 친 사고를 수습하느라고 머리를 쥐어뜯고 있을 그 무렵, 타우렌들은 이미 듀로타 밖으로 나와서 불모의 땅으로 향하고 있었다. 케른은 페리스 스톰후프를 먼저 바인에게 보내서 그들이 곧 도착할 예정이라고 알리게 했다. 페리스는 먼길잡이라고 불리는 최정예 정찰병이자 전령 중 하나였다. 그들은 케른이 가장 중요한 정보나 전갈을 믿고 맡기는 최고의 직속 부하들로서, 스랄에게도 알리지 않는 이야기를 먼길잡이들에게는 터놓고 말할 정도였다. 이번에 페리스가 맡은 일은 목숨이 오고 가는 중차대한 임무는 아니었다.

그러나 페리스는 기쁘게 눈을 빛내고 언제나처럼 날래게 몸을 움직이며 떠나갔다.

늦은 오후가 되어, 멀고어의 평원에 진한 황금색 햇살이 내비쳤다. 케른의 수행단은 나라체 야영지와 블러드후프 마을로 이어지는 갈림길에 이르러 페리스와 다시 맞닥뜨렸다. 페리스는 천천히 고향으로 나아가는 케른의 옆에 다가와 걸음걸이를 맞추었다.

"명령하신 대로, 바인 님께 알렸습니다. 그분은 모든 준비를 마쳐놓겠다고 전하라 했습니다."

"알았네. 마을의 가게 주인들도 우리 여행자들이 돌아온다는 걸 알고 있어야겠지. 오늘 밤에는 아무도 배고픈 이가 없어야 할 테니."

"글쎄요. 바인 님께서 정확히 어떤 환영을 준비했는지 곧 아시게 될 겁니다."

그게 무슨 뜻이지? 케른은 의아해하며 페리스를 돌아보았다. 그때 뿔나팔 소리가 들려왔다. 코도 몇 마리가 이쪽으로 덜기덕거리며 다가오고 있었다. 케른의 침침한 눈으로는 저 커다란 짐승들 위에 올라앉은 게 누구인지 알아볼 수 없었지만 어린아이들의 환호성 소리만은 들을 수 있었다. 아이들은 소리치고 깔깔거리며 허둥지둥 코도에서 내려, 돌아온 영웅들에게 꽃이며 약초 다발을 던졌다.

"어서 오십시오, 아버지."

바인 블러드후프가 말했다. 익숙한 목소리가 들리자 케른은 눈을 가늘게 뜨고 그쪽을 보고는, 커다란 코도를 손쉽게 타고 있는 아들의 모습을 알아보고 미소 지었다.

늙은 타우렌의 눈가에 잠시 눈물이 맺혔다. 모름지기 귀국 환영이란 이렇게 받아야 한다. 아이들과 가족의 환성, 자연스러운 세상의 축복에 둘러싸여서. 단순할수록 더 좋은 법이고, 더 타우렌다웠다.

"고맙구나, 아들아."

케른이 애써 감정을 가다듬으며 말했다.

"고맙다."

케른을 닮아 차분하고 침착한 바인도 아버지를 보자 기쁜 빛을 감추지 못했다. 바인은 코도에서 가볍게 뛰어내려 아버지에게 다가왔다. 부자는 서로 따스하게 얼싸

앉았다. 그리고 가족과 행복하게 재회하는 타우렌들 사이에서 살짝 빠져나와서 나란히 걷기 시작했다.

"이게 다가 아닙니다."

바인이 남서쪽 길을 걸어가는 몇 전사들을 지켜보며 방긋 웃었다. 저 행운아들은 벌써 집에 다다른 것이다.

"마을로 접어드는 길을 아까 그 꽃과 약초로 장식할 겁니다."

"정말 근사하겠군. 그간 마을엔 별문제 없겠지?"

"그럼요. 평화로웠지요. 참전 용사들이 돌아오면 더욱 평화로워질 겁니다. 오그리마의 환영연은 어땠습니까?"

"오크의 축제란 게 다 그렇지 않느냐. 난폭하고 흥청망청하고 말이야. 그래도 우리 타우렌을 소외시키지는 않았단다."

바인이 고개를 끄덕였다.

"스랄 님이라면 절대 그러지 않겠지요."

케른은 어깨너머로 목을 빼고 주위를 둘러보았다. 그런 다음 낮은 목소리로 말했다.

"그러지 않지. 무척 현명하고 마음이 넓은 친구니까. 그리고…… 내가 임무를 한 가지 맡았다. 오로지 우리 타우렌만이 호드를 위해 할 수 있는 일이야."

케른은 하뮬의 제안에 대해 조용히 설명했다. 바인은 이따금 고개를 끄덕이고 귀를 실룩거리면서 찬찬히 이야기를 들었다.

"좋은 제안이군요. 저도 전사이긴 하지만, 전쟁은 정말이지 그 정도면 충분하다고 생각합니다. 하뮬이 대화를 통해 상황을 해결할 수 있다고 한다면야 저도 좋지요. 전적으로 아버지를 지지합니다."

예전에도 여러 번 느꼈지만, 케른은 대지모신과 그의 평생의 배우자 타말라가 이렇게 귀한 아들을 주었다는 것이 큰 축복이라고 생각했다. 비록 타말라는 오래전에 다른 영혼들과 함께 떠나갔어도 여전히 아들의 마음속에서 영원히 살아가리라. 바인의 존재는 케른에게 커다란 위안이었다. 그는 어머니의 영적인 품성과 통찰력, 관대함을, 아버지의 차분함과 완고함을 물려받았다. 케른은 유능한 아들이 멀고어를 다스려준다면 자신은 미련 없이 떠날 수 있다고 항상 생각해 왔다. 그롬조차도 대지 모신의 축복으로 아들이 있었는데, 스랄은 배우자도 자식도 없는 상황을 어떻게 견딜 수 있는 걸까? 이제 전쟁도 끝났으니, 어쩌면 스랄도 슬슬 배우자와 자손 같은 문제로 관심을 돌릴지도 모른다.

"우리가 총애하는 주술사는 내가 없는 동안 어찌 지내더냐?"

"아주 잘 지냈지요."

바인이 대답했다. 둘은 마가타 이야기를 하고 있었다.

"그동안 그녀를 면밀히 주시했습니다. 말썽을 일으키기에 딱 좋은 시기였지만 아무 짓도 하지 않더군요."

케른은 끙하고 앓는 소리를 냈다.

"앞으로는 또 어떨지 모르지. 그녀가 슬쩍 밖으로 빠져나가서 가로쉬 헬스크림과 이야기하는 걸 봤어. 가로쉬는 상당히 다혈질일 텐데 말이다."

"그가 위대한 전사라고 들었습니다. 하지만……."

바인이 천천히 말하다가 말고 씩 웃었다.

"망나니지요."

블러드후프 부자는 빙긋 웃으며 마주 보았다. 케른은 바인의 어깨를 꽉 잡아 쥐었다. 바인은 자기 손으로 아버지의 손을 재빨리 감쌌다.

그들의 바로 앞에는 대도시 썬더 블러프가 장엄한 위용을 드러내며 늦은 오후의 하늘 높이 솟아올라 있었다.

"돌아오셔서 기쁩니다, 아버지. 잘 오셨어요."

6 장

　시원하고 살짝 흐린 날이었다. 제이나 프라우드무어는 스톰윈드의 장대한 대성당에서 파란색과 황금색 융단이 덮인 계단을 올라갔다. 비가 오기 시작했다. 계단은 악몽과의 전쟁 이후로 보수 공사에 들어가서 일부분이 막혀 있었고, 비 때문에 표면이 미끄러웠다. 그녀가 후드를 거리낌 없이 벗어 내리자 밝은 금발이 드러나면서 빗방울이 머리와 얼굴에 떨어졌다. 하늘은 곧 벌어질 예식을 생각하며 마치 눈물을 흘리는 것만 같았다.
　문 양옆에 선 젊은 여사제 두 명이 미소를 짓고 무릎을 굽혀 절했다.
　"제이나 님."
　오른편의 인간 소녀가 약간 더듬거리면서 말했다. 피부색이 짙은데도 발그레한 홍조가 눈에 띄었다.
　"오신다는 이야기를 못 들었습니다. 폐하와 함께 앉으시겠습니까? 폐하께서도 분명히 기뻐하실 겁니다."
　제이나는 소녀에게 최대한 부드럽게 미소를 지었다.
　"고맙지만 괜찮아요. 아무하고나 같이 앉아도 상관없답니다."
　"그러시면 이것을."
　드워프 여사제가 불을 아직 붙이지 않은 초를 내밀며 말했다.
　"초를 가지고 가셔서 원하시는 곳에 앉으십시오. 제이나 님께서 와 주시다니, 정말 큰 영광입니다."
　제이나는 생긋 웃었다. 엄숙한 의식을 앞둔 만큼 차분하긴 했지만 진심을 담은 미소였다. 제이나는 초를 건네받고 안으로 들어가, 여사제들 옆에 있는 헌금 접시에 금화 한 줌을 떨어 넣었다.

그녀는 깊이 숨을 들이쉬었다. 습한 공기 때문인지 향냄새가 유별나게 짙었고, 무척 어두웠다. 그녀가 기억하는 빛의 대성당은 이렇게까지 어둡지 않았는데. 촛불들이 타오르면서 연기가 흘러나왔다. 앉을 데를 찾아서 장의자들을 흘끔 둘러보다 보니 아까 여사제가 했던 제안을 그렇게 냉큼 물리칠 필요가 있었나 싶은 기분이 들었다.

'아, 저쪽에 빈자리가 있다.'

제이나는 복도를 따라 걸어가서, 옆으로 당겨 앉아 자리를 내어준 초로의 노움 부부에게 고개를 끄덕여 감사를 표했다. 제단이 아주 잘 보이는 자리였다. 그녀는 친숙한 바리안 린 국왕과 그 아들 안두인이 다른 방에서 차례로 들어오는 모습을 지켜보며 빙그레 미소 지었다. 두 사람은 쓸데없는 시선을 끌지 않으려는 듯 조용히 움직이고 있었다.

하지만 바리안은 언제고 시선을 끌지 않은 적이 없었다. 1년 전 오크 레가르 어스퓨리가 물에 빠져 의식을 잃은 바리안을 발견했을 때 훌륭한 검투사로 만들겠다고 결심했던 데에는 그럴 만한 이유가 있었다. 과거에 대한 기억을 잃은 바리안은 냉혹한 생활 방식에 잘 적응했다. 그때 그는 자신도 모르는 사이에 두 가지의 존재로 분리되었다. 검은용 오닉시아의 지배를 받던 바리안, 그리고 무시무시하고 강력한 검투사인 로고쉬. 바리안은 원래의 몸가짐, 지식, 예절을 모두 지니고 있었던 반면, 타우렌 말로 '늑대 정령'이라는 뜻인 로고쉬는 전설 속의 흉포한 동물을 기리는 이름에 걸맞게 바리안의 전투 기술을 모두 가져갔다. 바리안은 우아하고, 로고쉬는 격렬했다. 바리안은 세련됐지만, 로고쉬는 잔인했다.

두 가지 인격은 결국은 다시 합쳐졌지만 완벽하지는 못했다. 때때로 저 훤칠하고 탄탄한 몸에 우위를 점하는 쪽은 로고쉬로 보였다. 하지만 지금, 암갈색 머리카락을 올려 묶고 예전에는 멀끔했던 얼굴에 지독한 흉터가 쭉 가로지르는 저 모습을 보니, 그 어느 때보다도 바리안 린 국왕이 우위를 장악한 듯했다.

안두인은 자기 아버지와는 정반대였다. 창백하고, 머리카락색도 옅고, 호리호리했다. 자기 아버지의 덩치에는 전혀 못 미치지만 제이나가 마지막으로 봤을 때보다 키가 약간 더 큰 것 같았다. 이제 어린아이가 아니라 어엿한 젊은이가 되었다. 앞으로 더 큰다고 해도 날씬한 어머니 쪽을 닮겠지, 바리안처럼 우람한 사내가 될 일은 전혀 없을 듯했다. 안두인은 세르노 수사, 젊은 토마스와 마주 웃으며 고개를 끄덕이고는 아버지와 함께 자리에 앉았다. 그러다가 제이나의 시선을 느끼기라도 했는지 약간 눈을 찡그리더니, 주위를 둘러보고는 그녀의 눈과 마주쳤다. 왕자가 공식 의례에서 히죽거리면 안 된다는 걸 잘 아는 안두인은 다만 눈을 밝게 빛내며 제이나를 향해 살짝 고개를 끄덕였다.

그때 베네딕투스 대주교가 예배당으로 들어와 천천히 제단으로 걸어왔다. 왕과 왕자를 보던 사람들의 시선이 모두 대주교에게 쏠렸다. 중키에 튼튼하고 다부진 체형인 그는 성직자라기보다는 마치 농부처럼 보였다. 저 금색과 흰색의 화려한 로브는 항상 그에게 잘 안 맞고 다소 불편해 보였다. 하지만 일단 입을 열어 말하기 시작하자, 그 차분하면서도 또렷한 목소리가 대성당 전체에 울려 퍼지면서 빛이 그를 선택했다는 사실도 분명해졌다.

"빛의 소중한 친구들이여, 이곳에 발걸음 한 여러분을 모두 환영합니다. 이 아름다운 대성당은 열린 마음과 겸손한 정신을 가진 모든 이들에게 활짝 열려 있습니다. 이곳은 기쁜 일도 슬픈 일도 숱하게 보아 왔습니다. 오늘 우리는 전사자들을 기리고, 기억하며, 애도하고, 그들이 우리 얼라이언스와 아제로스에 바친 희생에 경의를 표하기 위해 이렇게 한자리에 모였습니다."

제이나는 무릎 위에 움켜쥔 자신의 손을 내려다보았다. 사람들의 눈에 쉽게 띄는 자리에 앉고 싶지 않았던 건 바로 이래서였다. 그녀는 아서스 메네실과의 사랑을 잊지 못했던 것이다. 아서스가 왕자였던 시절에도, 리치 왕이었을 때도, 그리고 결국 쓰러진 지금에는 더욱이. 이 슬픈 의식을 거행하게 된 원인 자체도 결국은 아서스 때문이었다. 몇 사람이 제이나 쪽으로 고개를 돌렸다가 그녀를 알아보고는 안타깝다는 눈길을 보냈다.

제이나가 아서스를 생각하지 않고 그냥 넘어간 날은 단 하루도 없었다. 그녀가 무엇을 할 수 있었을지, 무슨 말을 해줘야만 했을지, 유망했던 성기사가 어둠의 길로 빠지지 않도록 막을 수 있는 방도가 뭐라도 없었을지. 악몽과의 전쟁 동안 그녀의 감정은 의지와 거꾸로 치달았다. 꿈속에서 그녀는 아서스가 리치 왕이 되는 것을 막고 그 대신 자신이 리치 여왕이 되곤 했었다……

제이나는 부르르 떨면서 그 끔찍한 꿈을 떨쳐버리고, 다시 대주교에게 주의를 돌렸다.

"……머나먼 북쪽의 얼어붙은 땅에서 말입니다. 그들은 감히 아무도 쓰러트릴 수 있으리라 생각지 못할 가공할 군대를 거느린 무시무시한 적과 맞닥뜨렸습니다. 그러나 빛의 축복 덕분에, 그리고 인간, 드워프, 나이트 엘프, 노움, 드레나이, 또한 호드 일원들의 올곧은 용기에 힘입어 마침내 우리의 고국을 안전하게 되찾을 수 있었습니다. 놀랄 만큼 많은 이들이 목숨을 잃었고, 또 다른 이들이 매일같이 목숨을 잃었다는 소식이 들어오고 있습니다. 죽은 이들이 얼마나 되는지 여러분께서 짐작하실 수 있도록, 여기 온 신도들 모두께 초를 나누어 드렸습니다. 각각의 초는 노스렌드 출정에서 목숨을 잃은 얼라이언스 병사들을 상징합니다. 초 한 자루당 한 명도, 열 명도 아닌…… 백 명의 목숨을."

제이나는 숨이 막혀 왔다. 양초를 바라보노라니 초를 쥐고 있던 손이 갑자기 떨리기 시작했다. 그녀는 주위를 둘러보았다. 성당 안에 있는 사람들은 적어도 200명은 되어 보였고, 그 외에도 수많은 사람이 비록 성당이 꽉 차서 들어오진 못하더라도 추도식에 참여하고 싶어서 바깥에 모여들고 있으리라. 자그마치 2만, 3만…… 아니, 어쩌면 4, 5만 명이…… 죽었다는 뜻. 제이나는 잠시 눈을 감았다가, 아픔을 애써 억누르며 대주교 쪽을 다시 돌아보았다. 옆에 앉은 노움 부부가 그녀를 쳐다보며 뭔가 소곤거리는 것을 눈치챘기 때문이었다.

그때 성당 뒤편에서 누군가 목소리를 높였고, 뒤쪽에 사람들이 깜짝 놀라 숨을 몰아쉬는 소리가 들려왔다. 제이나는 이 뜻밖의 상황에 차라리 안도감이 들었다. 뒤를 돌아보니 햇볕에 잔뜩 그을린 파수꾼들이 여사제 두 명과 와자지껄하게 입씨름을 벌이고 있었다. 제이나가 일어나서 조용히 나가려는데, 바리안이 이미 그쪽으로 가고 있는 게 보였다.

드워프 여사제는 불쾌한 기색으로 막으려는 듯했지만, 인간 여사제는 파수꾼 두 명을 왼편에 있는 방 안으로 들여보내고 있었다. 제이나는 자신이 끼어들어야 할지 잠시 망설였다. 방 안으로 들어가려는데 바리안이 그녀의 옆에 다가와 합류했다. 인사를 할 짬은 없었기에 두 사람은 서로 눈길만 주고받았다.

바리안은 같이 합세한 성기사들 쪽을 돌아보고, 검은 머리에 안대를 한 키 큰 남자에게 말했다.

"그레이슨 경. 이 전사들에게 음식과 마실 것을 좀 주시오."

"알겠습니다."

그레이슨이 직접 먹을거리를 가져오려고 서둘러 자리를 떴다. 이런 것이 바로 성기사의 태도였다. 아무리 보잘것없는 일이라고 해도, 남을 돕는 일이라면 빛이 내린 의무라고 여겼다.

"앉으시오."

바리안이 말했다.

나이트 엘프 두 명 중에서 보랏빛 피부에 백발이 훤칠한 여자가 고개를 저었다.

"감사합니다, 폐하. 하지만 이건 그리 즐거운 용건이 아닙니다. 저희는 무척 심각한 소식을 가져왔고, 최대한 빨리 답신을 갖고 돌아가 보고해야만 합니다."

바리안이 약간 긴장한 채 고개를 끄덕였다.

"그럼 소식을 말해 보시오."

"저는 파수꾼 발라리아 리버런이고 이쪽은 파수꾼 아일리 리프위스퍼입니다. 호드가 잿빛 골짜기를 습격했다는 소식입니다. 조약 위반입니다."

제이나와 바리안은 서로 눈짓을 교환했다. 그리고 제이나가 머뭇거리며 입을 열었다.

"조약을 체결할 당시, 거기에 동의하지 않는 자들이 일부 있으리라는 건 알고 있었어요. 국경 지대는 예로부터 항상 문제가 터지곤 했……."

발라리아가 차갑게 대꾸했다.

"사소한 소규모 접전이었다면 저희가 여기 오지도 않았을 겁니다, 제이나 프라우드무어 여군주님. 저희는 어제 태어난 갓난애가 아닙니다. 이따금 소란이 일어난다는 걸 알고 있습니다. 하지만 이건 그 정도의 사태가 아닙니다. 학살이었습니다. 학살이요. 호드는 평화를 지향한다고 떠벌리면서 말입니다!"

발라리아는 당시의 끔찍한 상황을 설명하기 시작했다. 제이나는 눈을 휘둥그레 뜨고, 바리안은 천천히 주먹을 움켜쥐면서 이야기를 낱낱이 들었다. 수확한 약초와 광석들을 실은 수송단이 잿빛 골짜기의 푸른 숲을 지나던 때의 일이었다. 수송단을 호위하던 파수꾼 여남은 명이 매복 공격을 당해 모두 목숨을 잃었다. 그 참상이 발견된 것은 수송단이 도착 예정 날짜에서 이틀이 지나도 소식이 없자 나이트 엘프들이 수색에 나섰을 때였다. 작물과 광석도 수레째로 사라진 후였다.

발라리아는 말을 멈추고, 감정을 가라앉히려는 듯 숨을 깊이 들이쉬었다. 아일리라는 파수꾼이 그녀의 곁으로 다가와서 어깨를 꽉 쥐었다. 바리안은 얼굴을 찌푸렸지만 제이나는 과감히 더 밀어붙여 보기로 했다.

"정말로 조약 위반이군요. 그런 문제라면 스랄에게 알려야 마땅하지요. 하지만, 그걸 어째서 학살이라고 부르는지는 여전히 이해가 안 되는군요. 안타깝긴 합니다만 그런 사고 자체는 원래도 가끔 일어나지 않나요?"

아일리가 움찔하더니 고개를 돌렸다. 제이나는 두 나이트 엘프를 번갈아 보았다. 이들은 전사였다. 아마도 제이나가 평생 살았던 시간보다도 더 오래 싸움을 겪어왔으리라. 그런 자들이 대체 무엇 때문에 이렇게 동요하는 걸까?

"이렇게 설명을 해보죠, 프라우드무어 여군주님."

발라리아가 이를 악물고 말했다.

"시신을 수습할 수가 없었습니다."

제이나가 침을 꿀꺽 삼켰다.

"어째서죠?"

"시신이 아주 꼼꼼하게 토막이 나 있었고, 짐승들이 그걸 먹어 치웠기 때문입니다. 또한 피부를 다 벗겨 놓았더군요. 산 채로 그랬는지 죽인 다음에 그랬는지는 모르겠습니다."

제이나가 손으로 입을 획 가렸다. 목에서 쓴 물이 치밀어 올랐다. 이건 도가 지나치게 잔학하고 엽기적인 일이 아닌가.

"그 피부 껍질을 근처 나무에다가 무슨 천떼기처럼 걸어놨더군요. 그리고 그 나무에는 엘프의 피로, 호드의 문장이 적혀 있었습니다."

"스랄!"

바리안이 커다랗게 고함쳤다. 그는 제이나를 획 돌려세우고 똑바로 바라보았다.

"스랄이 이 짓을 허가한 거야! 그런데 그대는 내가 놈을 죽일 기회가 있었을 때 나를 막았소!"

"바리안."

제이나는 메스꺼움을 억누르며 말했다.

"저는 스랄과 함께 싸웠어요. 그를 도와서 여러 조약을 교섭했고, 그는 언제나 그 조약을 지켰고요. 지금 이 사태에는 스랄이 개입했을 만한 구석이 전혀, 아무 데도 없어 보입니다. 스랄이 이런 습격을 허가했다는 증거는 어디에도 없잖아요. 그런데……."

"증거가 없다고? 제이나, 그들은 오크요! 스랄도 오크고, 빌어먹을 호드를 이끄는 자란 말이오!"

이제 속이 가라앉은 제이나는 자신이 옳다는 것을 확신했다. 그녀는 아주 조용히 말했다.

"데피아즈단도 인간이었어요. 폐하가 그들의 행동에 책임을 져야 합니까?"

바리안은 한 대 얻어맞기라도 한 듯 움찔했다. 그때 그녀는 자신이 바리안의 마음에 다가갔음을 알 수 있었다. 데피아즈단은 바리안에게 많은 것을 앗아갔던 철천지원수였다. 바리안이 미간을 찡그리자 얼굴을 가로지른 흉측한 흉터 때문에 무시무시해 보였다. 이제 그는 바리안으로 보이지 않았다.

로고쉬로 보였다.

"감히 그걸 내게 언급하다니."

로고쉬가 나지막이 으르렁거렸다.

"당신은 지금 그걸 생각할 필요가 있으니까요."

제이나는 로고쉬의 분노에, 바리안의 냉혹하고 기민하고 격렬한 일면에 덩달아 분노하면서 받아치지 않았다. 다만 현실적인 태도로 받아들였을 뿐이었다. 그런 성품 덕분에 제이나는 자기 자신도 다른 이들도 숱하게 구해내곤 했었다.

"당신은 얼라이언스에서 가장 강한 영향력을 발휘하는 스톰윈드 왕국을 다스리는 사람이에요. 그리고 스랄은 호드를 다스리죠. 당신이 법, 규칙, 조약을 만들 듯 스랄도 마찬가지예요. 스랄이 호드 일원 한 명, 한 명의 행동을 전부 다 통제할 수는 없어요. 당신도 마찬가지고. 그 누구도 그럴 순 없으니까요."

로고쉬가 얼굴을 찌푸렸다.

"네가 틀렸다면 어쩔 건가, 제이나? 그리고 내가 옳다면? 너는 예전에도 사람 보는 눈이 완전히 형편없는 걸로 유명했을 텐데?"

그 말에 이번에는 제이나가 아연실색해 딱딱하게 굳었다. 로고쉬는 아서스를 들먹이며 그녀에게 되받아치고 있었다. 바로 이런 게 로고쉬의 싸움법이었다. 검투장에서도 항상 이런 식으로 싸워서 이기곤 했었다. 비열하고 치사하게, 쓸 수 있는 도구는 모두 써가면서, 이기기 위해서라면 그 어떤 희생도 불사해가면서. 제이나는 자신의 악몽이 되돌아오는 느낌이 들었다. 그녀는 악몽을 밀쳐내고, 숨을 깊이 들이쉬고는 마음을 가라앉혔다.

"바리안, 우리 중 많은 이들이 아서스를 잘 알았어요. 당신도 마찬가지고요. 오랫동안 아서스와 같이 살았잖아요. 아서스가 그런 괴물이 될 줄은 당신도 몰랐어요. 그의 아버지도. 우서 경도."

"그래, 난 몰랐지. 하지만 다시는 그런 실수를 하지 않을 거야. 너도 그래야만 하고. 말해봐, 제이나. 아서스가 그렇게 될 줄 미리 알았다고 해도 과연 막으려고 했을까? 네 연인을 죽일 용기를 낼 수 있었겠어? 아니면 평화 타령이나 했겠지, 그 앵앵대는 어린 평화주의자랑 붙어먹어서……."

"아버지!"

한 소년의 높은 음성이 채찍 후려치듯 날카롭게 끼어들었다. 바리안이 휙 돌아섰다.

문간에 안두인이 서 있었다. 푸른 눈을 커다랗게 뜨고, 얼굴에는 혈색이 싹 빠져나가 있었다. 단순히 충격 받은 표정만은 아니었다. 그 얼굴에서는 쓰디쓴 실망이 묻어 나왔다. 그러자 제이나가 보는 앞에서 바리안의 모습이 달라졌다. 로고쉬의 냉혹하고 맹렬한 분노는 사라지고 자세가 바뀌었다. 이제 다시 바리안이 돌아온 것이다.

"안두인……."

바리안의 목소리는 침착했지만 걱정과 후회가 엷게 배어났다.

"관두세요."

안두인이 넌더리를 내며 말했다.

"아버지께서는 여기서 하던 일이나 계속하세요. 전 좀 왕족 같은 얼굴을 하고 다시 나가볼 테니까요. 그래야 백성에게 누군가는 전사자들을 신경 쓰긴 한다는 걸 보여줄 수 있지 않겠습니까? 비록 앵앵대는 어린 평화주의자라고 해도 말이죠."

안두인은 확 돌아서서 문으로 뚜벅뚜벅 걸어나갔다. 그러다가 문틀을 붙잡고 잠시 멈춰 섰다. 제이나는 그가 등을 꼿꼿이 펴고 머리카락을 쓸어 넘기면서 자신을 진정시키는 모습을 지켜보았다. 마치 왕관을 쓰듯이 얼굴에 차분한 표정을 씌우고 있는 듯했다. 안두인은 너무나도 빨리 자라버렸다. 두 파수꾼이 서로 잠깐 흘끔거렸다. 바리안은 잠시 서서 아들이 나간 곳을 쳐다보다가, 깊게 한숨을 쉬었다.

"제이나. 당신도 돌아가야 하지 않겠소?"

그녀가 모호한 표정을 짓자 바리안은 엷게 미소 지었다.

"걱정하지 마시오. 나는 파수꾼들과 뭘 어떻게 해야 좋을지 합리적으로 이야기할 테니."

제이나가 고개를 끄덕였다.

"하지만, 이후에 시간을 좀 내 주실 수 있으신지요?"

"물론이오."

바리안은 두 엘프를 돌아보았다.

"자, 그래서 그 공격이 언제 일어났소?"

낮은 목소리로 대화가 다시 시작되었다. 바리안은 엘프들의 이야기를 모두 귀담아듣고 있었지만 다시 분노로 차오르지는 않았다. 제이나는 돌아서서 조용히 방을 나갔다. 원래 앉아 있던 그 장의자를 다시 찾지는 않고, 대신 성당 뒤편으로 서성거리며 걸어가서 그늘 속에 가만히 선 채 추도식을 보고 들었다. 그리고 그녀가 할 수 있는 최선의 행동을 했다. 생각하기였다.

7 장

한 시간 뒤 예배가 끝났다. 제이나는 계속 참석하고 싶은 기분이 아니었다. 그러나 추도식은 계속되었고, 그녀는 자신이 적어도 두 사람을 위해서 남아 있어야 한다는 것을 깨달았다. 한 명은 자기 자신이었다. 설교 중간에 그녀는 악에 맞서 싸우느라 모든 것을 바친 사람들을, 그리고 한때 성실한 청년이었던 아서스 메네실을 애도하면서 고개를 숙이고 눈물을 흘렸다. 제이나는 그전까지는 알지 못했던 평화가 마음에 깃드는 느낌이 들었다.

그리고 다른 한 사람은······.

제이나는 바리안이 파수꾼들과 접견하던 작은 방으로 돌아가 보았다. 엘프들은 떠나고 없지만 스톰윈드의 국왕은 아직 거기에 있었다. 그는 작은 탁자에 앉아서 양손으로 머리를 감싸고 있다가 고개를 들어 그녀를 보았다. 제이나는 조용히 움직였는데도 기척이 느껴진 모양이었다. 바리안은 지친 미소를 지었다.

"아까 심하게 자제력을 잃어서 미안했소."

"미안할 만하죠."

그는 고개를 끄덕여 그녀의 말을 인정했다.

"정말로 그렇소. 내가 한 말은 부적절했을뿐더러 진실도 아니었소."

제이나는 좀 누그러졌다.

"사과는 받아들이겠어요. 그리고 사과를 받아야 할 사람은 나뿐만이 아니지요."

바리안은 얼굴을 찡그리긴 했지만 고개를 끄덕였다.

"그 애가 보지 않았다면 좋았겠지만, 이미 본 건 어찌할 수 없지."

제이나는 바리안의 맞은편 의자에 앉았다.

"어떻게 하셨는지 말씀해주세요."

바리안은 자신이 취한 조치를 이야기했다. 잿빛 골짜기에 연금술사를 몇 명 보내서 나이트 엘프들과 함께 학살 현장을 살펴보고 피와 옷가지를 조사하도록 지시했고, 스랄에게 사절을 한 명 파견해서 실태를 조사할 거라고 했다. 물론 무장하지 않고 보낼 테니 그 사절은 분명히 진땀을 흘리게 되리라고도.

"그거 폐하로서는 굉장히…… 온건한 조치인 걸요."

제이나가 말했다.

"알고 있는 사실만 따라서 행동해야 마땅하잖소. 추정을 따를 게 아니라. 하지만 만일 이 참극을 스랄이 조장했다는 것이 밝혀진다면 나는 반드시 오그리마로 진격해서 그의 머리를 벨 거요. 내게 그럴 권한이 있든 없든 간에."

"만약 스랄이 그랬다면, 저 역시 폐하와 함께 진격할 겁니다."

제이나는 그럴 리가 없다고 확신했다. 스랄이 이 습격 소식을 들으면 바리안이나 제이나와 마찬가지로 충격을 받아 몸서리를 칠 것이다. 스랄은 바리안의 친구는 아니었지만 존경할 만한 적이었다. 그렇게 끔찍한 학살은 고사하고, 조약 위반 행동 자체를 허가할 만한 인물이 아니었다.

"안두인에 대해 이야기하고 싶어요."

제이나가 화제를 바꾸었다. 바리안이 머리를 끄덕였다.

"안두인은 천성이 외교관이오. 노스렌드에 출정할 필요성은 이해하면서도 평화를 갈망했던 아이지. 지금도 그렇고. 그런데 나는 전쟁을 끝없이 갈망하는 것처럼 보이나 보오. 내가 돌아왔을 때는 다 괜찮았지만……."

"뭐, 어쨌든 그 애는 십 대인걸요."

제이나가 가볍게 말했다.

"그 애는 볼바르의 죽음으로 괴로워했소. 무척이나."

그 이름에 제이나는 불편한 듯 자세를 고쳐 앉았다.

"내가 없는 동안 두 사람이 얼마나 가까워졌는지 깨달았소. 볼바르는 안두인에게 아버지와도 같은 존재였지."

"그 애도…… 알고 있나요?"

제이나가 나지막이 물었다. 바리안은 고개를 저었다.

"영영 몰랐으면 좋겠소."

리치 왕이 마침내 죽었을 때, 승전보와 함께 끔찍한 소식이 들려왔다. 리치 왕이 없으면 스컬지가 이 세상을 걷잡을 수 없이 휩쓸어버릴 것이기 때문에, 누군가는 반드시 투구를 쓰고 다음 대의 리치 왕이 되어야만 한다는 소식이었다. 안 그러면 그들이 싸웠던 모든 것이 허사가 되어버릴 테니까.

그래서 그 지독한 임무를 맡겠다고 나선 사람이 볼바르였다. 볼바르는 붉은용군단의 불꽃 덕분에 목숨은 구했지만, 몸은 마치 인간 형상으로 불타는 살아있는 불씨처럼 일그러져 버렸다. 그리고 이제 볼바르는 리치 왕의 왕관을 쓰고 세계의 지붕 위에 올라앉아 앞으로 영원히 언데드들을 가둬 놓는 교도관으로 살아가야 할 운명이다. 아직도 제이나는 그 생각만 해도 푸른 눈에 금세 눈물이 차올랐다.

"안두인은 무척 힘든 시기를 보냈지요."

제이나는 탁한 목소리로 말하다가, 헛기침하고는 다시 말을 이었다.

"하지만 볼바르는 그 애의 아버지가 아닌걸요. 아버지는 당신이에요. 당신이 돌아와서 안두인도 분명히 기쁠 테고요. 그런데?"

"그런데 걔가 바라는 건 자기 아버지가 돌아오는 거요. 로고쉬가 아니라. 지극히 당연한 일이지. 하지만 제이나…… 가끔 나는 어디까지가 끝이고 어디서부터가 시작인지 혼란스럽소. 나는…… 내가 이 문제를 정리하려고 애쓰는 시기에 저 아이가 내 곁에 있는 게 마음에 걸리오."

"실은 저도 똑같은 생각을 했어요. 그래서 제가 생각한 건……."

제이나는 대성당을 나서면서 후드를 다시 썼다. 비는 여전히 내렸고 심지어는 빗발이 더 거세어져 있었다. 하지만 테라모어에 살아서 이렇게 습한 날씨에 익숙해진 제이나는 그다지 개의치 않았다.

그녀는 스톰윈드로 올 때 순간이동 마법을 이용했기 때문에 승용마를 따로 갖고 있지 않았다. 그래서 스톰윈드 요새로 이어지는 젖은 거리를 성큼성큼 걸어갔다. 먼 거리는 아니었지만, 가는 중에 물웅덩이에 발이 몇 번 빠지고 하다 보니 요새에 도착했을 때는 온몸이 쫄딱 젖은 채 덜덜 떨고 있었다.

경비병들이 그녀를 알아보고 정중하게 묵례하며 들여보내 주었다. 하인들이 재빠르게 다가와서 망토를 벗고 뜨거운 차라도 드시겠느냐고 물었다. 제이나는 친절하게 웃으면서 손을 흔들어 사양하고 신경 써줘서 고맙다고 말했다. 모두 그녀가 누구인지 잘 알고 있었다. 제이나가 방향을 물었을 때, 하인들은 어디로 가려는 거냐고 굳이 묻지 않았다.

제이나는 공식 접견실이며 알현실을 지나쳐서 성의 비공개 구역으로 들어갔다. 그리고 안두인의 방 앞에 멈춰 서서 흠뻑 젖은 머리카락을 가다듬고 문을 두드렸다.

아무 대답도 없었다. 제이나는 다시 두드리면서, 이번에는 소용히 말을 건넸다.

"안두인. 나예요, 제이나."

그러자 문 쪽으로 가만가만 다가오는 발걸음 소리가 들리더니 끼익 하고 문이 열렸다. 안두인이 푸른빛 눈동자로 진지하게 제이나를 올려다보고는 그녀 뒤편을 획 내다보았다.

"나 혼자 온 거예요."

제이나가 안심시키듯 말하자, 안두인은 머리를 끄덕이고 제이나를 맞아들였다.

스톰윈드 요새는 매우 호화로웠지만, 로데론의 웅장하던 옛 궁전에 비할 바는 아니었다. 아서스 왕자의 방이 어땠는지 떠올리니 안두인의 방은 다소 빈약해 보였다. 안두인은 평생을 왕자로 살아왔고 바리안이 없을 때는 국왕 역할까지 하는 사람인데도 그의 방은 간소하고 빈약했다. 침대도 작았다. 안두인과 같은 젊은이보다는 어린 아이한테나 더 맞을 법했다. 그는 잡초처럼 쑥쑥 자라고 있으니 아마 곧 더 큰 침대를 들여야만 하리라. 침대 틀에는 화려한 장식을 매달아 놓지도 않았고, 벽에도 그림이라고는 딱 한 점뿐이었다. 안두인과 그의 어머니 티핀 왕비의 초상화였는데 안두인이 아직 젖먹이였을 적 모습이었다. 제이나는 그녀가 아마 저 그림이 완성되고 얼마

지나지 않아 죽었으리라고 생각했다. 티핀 왕비는 데피아즈 폭동 때 돌에 맞아서 숨졌다. 아까 제이나가 바리안에게 스랄의 처지를 이해시키려고 언급했던 일이 바로 그 사건이었다. 안두인은 자기 어머니를 제대로 알기도 전에 여의었던 것이다.

　침대 옆에는 주전자와 대야가 놓인 소박한 탁자가 있었다. 조금 떨어진 곳에 있는 화로는 겨울에 방을 따스하게 데우기 위한 용도였지만 지금은 불이 꺼져 있었다. 옷장이나 옷가지 같은 건 전혀 보이지 않았다. 다만 다른 방으로 이어지는 문이 살짝 열려 있었는데, 그 방에 아마 안두인의 평상복이며 공식 예복과 휘장 같은 것이 갖추어져 있는 듯했다. 방 가운데에는 작은 의자 하나와 탁자가 있고 그 위에는 책들, 양피지, 잉크, 깃펜이 있었다. 안두인은 정중하게 의자를 빼주고, 그녀의 망토를 가져다가 걸어놓은 다음 의자 옆으로 다가와 팔짱을 끼고 섰다. 안두인은 아까 아버지와 나누었던 대화 때문에 아직도 화가 나 있는 모양이었다.

　"흠뻑 젖으셨군요. 뜨거운 차를 가져오라고 하지요."

　안두인이 단조로운 어투로 말했다.

　"고마워요. 그렇게 해준다면 정말 좋겠네요."

　제이나가 미소를 지어 보였다. 안두인은 마주 웃었지만, 예의상 그랬을 뿐 눈에는 웃음기가 없었다. 그는 문 옆에 있는 땋은 끈을 잡아당겨 시종을 불렀다.

　"다음번에 볼 때는 아버지만큼이나 덩치가 커져 있겠네요. 틀림없어요."

　제이나가 안두인의 기분을 좀 풀어주려고 농담을 건네며 의자에 앉았다.

　안두인은 얼굴을 살짝 찡그렸다.

　"어느 쪽 아버지요?"

　그의 목소리는 왕자라는 위치에 걸맞도록 세심하게 균형이 잡혀 있었지만, 말 자체는 신랄하기 그지없었다. 안두인을 아주 잘 아는 제이나는 그 의중을 읽고 움찔했다.

　그리고 상냥하게 말했다.

　"아버지께서는 당신에게 그런 모습을 보였다고 애석해하고 계세요."

　"당연히 그러시겠죠. 하지만 지금껏 제 나이에 걸맞지 않은 별의별 일을 다 봤어요."

안두인은 시종 똑같은 목소리로 말하며 뒷짐을 진 채 꼿꼿하게 서 있었다. 그리고 보니 저 애가 약혼을 했던가? 제이나는 긴가민가했다. 부디 아직 안 했길 바랐다. 본인 말마따나 안두인은 나이에 비해 너무 많은 것을 보고 겪지 않았던가. 적어도 소년으로 남아 있을 시간을 좀 더 누릴 수 있으면 좋을 텐데.

"아, 제발 좀."

제이나가 약간 짜증 난다는 투로 손을 내저었다.

"등에다가 뼈가 아니라 무슨 철봉이라도 끼워 놨어요? 그렇게 뻣뻣하게 서 있으니까 불편하잖아요. 얼른 침대에 올라앉아서 나랑 얘기해요. 나는 예법 같은 거 별로 안 따지는 거 알잖아요."

따스한 봄볕에 얼음이 깨지듯이 안두인의 입술에 엷게나마 미소가 번졌다. 제이나는 그에게 윙크했다. 그러자 미소는 이제 완연한 웃음이 되었다. 약간 멋쩍은 기색은 있었지만 그래도 진짜 웃음이었다.

그때 밖에서 부드럽게 노크 소리가 났다. 회색 머리의 하인이 문간에 서 있었다.

"부르셨습니까, 저하?"

"평온초 차를 두 잔 내 오게. 아……."

안두인이 제이나를 돌아보며 말했다.

"추우십니까? 윌을 시켜서 화로에 불을 붙이라고 할까요?"

제이나는 눈썹을 구부리고는 화로 쪽에다가 손을 한 번 흔들었다. 그 즉시 불이 붙었다.

"그럴 필요는 없지만, 아무튼 고맙군요."

제이나의 과시하는 듯한 행동에 안두인은 웃음을 터뜨렸다.

"깜빡했군요. 그럼 차만 가져다주게. 아, 빵하고 꿀도. 달라란 산의 톡 쏘는 치즈랑 사과도 두 개 부탁하지."

제이나는 감동 받았다. 안두인은 그녀가 가장 좋아하는 간식이 사과와 치즈라는 걸 기억하고 있던 것이다.

"고마워요."

제이나는 웃음을 숨겼다. 안두인은 소년이지만 확실히 성숙했다. 윌이라는 하인이 떠나고 나자, 안두인은 제이나가 아까 한 말대로 침대 위에 편하게 앉았다. 그리고 어른들 생각보다도 더 많은 것을 보았던 그 연푸른빛 눈으로 제이나를 응시했다.

"그래, 그러니까 훨씬 낫잖아요. 나는 저하를 가르치거나 폐하를 대신해 사과하려고 온 게 아니라고요. 그냥 좀 재미있는 걸 제안하려고 온 건데."

안두인이 금빛 눈썹을 치켜세웠다.

"음? 재미있는 거요?"

그는 그 단어를 일부러 어색할 정도로 과장되게 발음했다.

"그게 대체 뭐지요?"

"마음껏 노는 거요. 저하에겐 그런 게 필요하다고 봐요. 아까 아버지가 그런 모습을 보여줬다고 속상해하고 계시다는 말을 했지요? 그래서 같이 이야기를 해봤는데, 당신이 가끔은 모든 걸 훌훌 떨쳐 버리고 잠시 쉬는 편이 좋겠다는 결론이 나왔어요."

안두인은 호기심 어린 시선으로 그녀를 보았다.

"정확히 어떤 걸 생각하고 계신 겁니까?"

"테라모어에 와서 나와 같이 지내는 게 어때요?"

안두인은 테라모어에 가본 적이 있었다. 지독한 폭풍이 일었을 때 평화 회담에 참석하려고 갔지만, 그 회담은 불행한 사건으로 중단되었다. 제이나는 테라모어라는 장소가 안두인에게 더 긍정적인 기억으로 남았으면 좋겠다고 생각했다.

하지만 안두인은 그 불행한 기억에서 빨리 벗어난 모양이었다. 얼굴이 어두워지기보다는 오히려 밝아지는 걸 보니. 과연 소년다운 회복력이었다.

"국경 지대에 또 가볼 수 있는 거예요? 좋아요! 지난번엔 거의 제대로 보지도 못했거든요. 지금 용 싸움을 하고 있나요?"

"요즘은 전혀 안 해요."

제이나는 짐짓 한숨을 쉬었다.

"하지만 열세 살 소년이 말려들 수 있는 소동은 분명히 있을 거예요."

"열세 살 하고도 거의 반인데요."

안두인은 더할 나위 없이 진지하게 항변했다.

"그래요. 열세 살 반."

"하지만…… 엄청 먼 곳이잖아요."

"마법사한테는 아니죠."

"뭐, 물론 그렇겠죠. 제이나 이모한테는요. 하지만 저한테는 멀다고요."

제이나는 미소 지었다.

"안 그래도 편하게 여행하는 데에 도움이 될 만한 걸 가져와 봤는데."

그녀는 허리띠에 끼워 놓은 주머니를 뒤져서, 부드러운 푸른색 룬 문자가 새겨진 작은 수정구를 꺼냈다.

"여기, 받아요!"

안두인은 제이나가 던진 수정구를 쉽게 받아 쥐고, 손가락으로 룬 문자들을 훑으면서 살펴보았다.

"예쁘네요."

"예쁘죠. 그리고 꽤 희귀한 거예요. 손에 힘 빼고 살짝만 쥐어 봐요. 손가락으로 감싸지 말고. 룬 문자 알아보겠어요?"

안두인이 글씨들을 이리저리 뜯어보았다.

"이모 이름이 쓰여 있고…… '집'이라는 글자도 있네요."

"맞아요. 공부 열심히 하는 모양이군요. 내가 저하를 위해서 특별히 만든 거예요. 오늘 일이 있기 전에도…… 예전부터 죽, 저하가 늙은 제이나 이모네 집으로 놀러 와 주면 좋겠다고 생각했으니까."

안두인은 눈살을 찌푸리고 그녀를 보며, 얼굴에 흘러내린 금발 머리카락을 쓸어 냈다.

"하나도 안 늙으셨어요."

"어머. 공부뿐만이 아니라 외교술도 잘 익히고 있나 보군요."

제이나가 싱긋 웃었다.

"아무튼 그건 '귀환석'이라고 해요."

"하지만 룬 문자의 뜻은 '집'인데요."

"네, 그렇죠. 하지만 '집돌'은 발음이 영 안 좋잖아요. '귀환석' 쪽이 더 듣기 좋아요."

안두인이 킬킬 웃으면서 귀환석을 손 안에서 뒤집어보고는, 약간 오만한 어투로 말했다.

"그런 문제에서는 여자의 직감을 믿어라, 이거군요?"

"그 덕분에 수많은 왕국이 세워질 수 있었고, 무너지지 않을 수도 있었죠."

"확실히 그래요. 그래서 이 귀환석에 어떤 기능이 있는 거죠?"

"꽉 쥐고 집중해 보세요."

안두인은 그 말대로 했다. 제이나는 일어나서 그의 손에 자신의 손을 얹었다. 희미한 푸른빛이 제이나의 손을 감싸더니 이내 안두인의 손으로도 번졌다.

"이 빛이 저하와 돌을 귀속시켜 줄 거예요."

제이나가 조용히 말했다. 안두인은 고개를 끄덕였다.

"집중하세요. 돌을 마음속에 받아들여요. 자기 걸로 만드세요."

제이나는 돌의 마력이 자신에게서 빠져나가 안두인에게로 스며드는 것을 느꼈다. 그녀는 부드럽게 웃음 짓고 마력을 내보냈다.

"자, 됐어요. 이제는 당신 거예요."

안두인은 씩 웃으면서 귀환석을 다시 보았다. 흠뻑 매료된 표정이었다.

"완전히 마법의 힘인 거죠, 그렇죠? 노움이 발명한 게 아니라?"

"맞아요. 하지만 테라모어로 데려다 줄 수만 있어요. 거기서 스톰윈드로 순간이동은 못 해요."

"드워프 기수들과 그리핀들도 장사는 좀 하고 살아야죠."

안두인은 종종 그러듯 뜬금없이 실용주의적인 말을 했다. 제이나는 자리에서 일어났다.

"그거 쓸 때 조심하세요. 내 방 난로에 떨어지게 되어 있으니까. 오후 서너 시쯤이 가장 좋겠네요."

안두인은 계속 미소를 띤 채 귀환석을 바라보았다. 그 모습을 보는 제이나는 마음이 들떴다. 이렇게 하길 백번 잘했다는 생각이 들었다. 그녀가 안두인에게 두 팔을 뻗자 안두인은 침대에서 빠져나와 그녀를 끌어안고 머리를 어깨에 기댔다. 안아보니 확실히 덩치가 많이 컸다는 게 느껴졌다. 예전에 안았을 때는 어깨가 이렇게까지 넓지 않았는데. 이 소년은 온통 도전, 역경, 상실만 겪으며 살아왔지만, 여전히 크게 웃을 수도 있고, '이모'를 꼭 부둥켜안을 수도 있고, 국경 지대에 간다고 희희낙락할 수도 있었다.

'빛이여, 이 아이가 조금이라도 더 오래 소년으로 남아 있게 해주세요. 또다시 어른의 책임을 지기 전에, 적어도 평화의 일면이라도 알 수 있도록.'

"제이나 이모, 후회하실 거예요."

안두인이 몸을 떨어뜨리고 심각하게 그녀를 바라보았다. 제이나는 그 목소리에 가슴이 철렁했다.

"왜 그런 말을 하지요, 안두인?"

"아마 제가 매일매일 찾아갈 테니까요."

제이나는 마음 깊이 안도감을 느꼈다.

"그 정도는 내가 알아서 관리할 수 있어요."

테라모어의 군주이자 강력한 마법사인 제이나 프라우드무어는 어린 소녀처럼 깔깔거리며 스톰윈드 왕자의 황금빛 머리카락을 마구 헝클어뜨렸다.

8 장

    여느 때와 달리 날씨가 건조하고 하늘이 반쯤 맑았다. 오크 둘이 늑대를 타고 먼지 진흙 습지대를 건너는 중이었다. 둘 다 남자였는데 한 명은 연배가 있고 다른 한 명은 더 젊었다. 낡고 얼룩진 옷만 보면 그들은 이 습지대를 몇 주는 헤맨 것처럼 보였다. 지나치게 커다란 망토로 몸을 두르고 있었지만 이렇게 비가 무척 잦은 지역에서는 현명한 차림이었다. 완전히 운수가 사나워 보이는 두 오크에 비해, 그들이 탄 늑대는 놀라울 정도로 털도 매끄럽고 건강해 보였다. 물론 늑대들 역시 진창이며 흙먼지를 뚫고 걷느라고 진흙투성이가 되어 있긴 했지만. 그들의 목적지는 연안에서 떨어진 '성난파도 만'에 있는 작은 섬 중 하나였다. 오크들은 늑대에서 내려와 녀석들과 함께 헤엄쳐 갔다. 뭍에 다시 올라왔을 때 늑대들이 몸을 힘껏 털었고, 오크들은 멀찍이 물러나 섰다.

    젊은 오크가 소형 망원경을 꺼내서 눈에 갖다 대고 말했다.

    "제시간에 도착했군."

    작은 배 한 척이 다가오고 있었다. 거기에는 호리호리한 사람이 한 명 타고 있었고, 오크들과 마찬가지로 몸의 윤곽을 숨기는 커다란 망토를 걸친 채였다. 그러나 망토 밖으로 드러난 작고 매끄러운 하얀 손 때문에 그가 인간 여성이라는 걸 알 수 있었다.

    젊은 오크가 물속으로 걸어 들어가서 이물을 잡고 끌어당겼다. 쉽사리 배를 끌어다가 해안 바닥에 단단히 정박시키고, 여자가 내리는 것을 도우려 손을 뻗었다. 그녀는 망설이지 않고 그 거친 손을 마주 잡아 부축을 받았지만 손이 하도 커서 손가락 두 개만 겨우 잡을 수 있을 따름이었다.

배에서 나온 뒤 그녀는 후드를 벗어 내렸다. 그러자 밝은 금빛 머리카락과 함께 밝은 미소가 드러났다.

"스랄, 다음번에는 더 아늑한 곳에서 만나도록 해요."

제이나 프라우드무어가 상냥하게 말했다.

"그날이 곧 오도록 조상님들께서 안배해 주셨으면 좋겠구려."

스랄이 깊고 다정한 목소리로 말했다. 그가 후드를 벗자 수염을 기른 튼튼한 오크의 얼굴이 드러났다. 눈은 제이나처럼 파란색이었다.

제이나는 그의 손을 꼭 쥐었다가 놓은 뒤 스랄의 동료에게 고개를 돌렸다. 백발을 한 갈래로 묶고 수염이 듬성듬성 난 늙은 오크였다.

"아이트리그."

그녀는 살짝 무릎을 굽혀 절했다.

"제이나 여군주님."

그의 목소리는 스랄보다는 쌀쌀한 편이었지만 그래도 친절했다. 아이트리그는 고개를 끄덕이고 자리를 피해 좀 더 높은 지대에 올라가 섰다. 호드 대족장과 인간 마법사가 대화하는 동안 지켜보려는 것이었다.

제이나는 미간을 찡그리고 스랄을 돌아보았다.

"여기서 만나주셔서 고마워요. 최근에 있었던…… 사건들 때문에, 보통 우리가 만나던 칼바위 언덕 말고 다른 장소가 좋을 걸로 생각했답니다. 잿빛 골짜기에서의…… 사건이 스톰윈드에 전해졌으니까요."

스랄은 얼굴을 찌푸리며 이빨을 뿌드득 갈았다.

"잿빛 골짜기 사건에 대해선 나도 들었소."

그의 목소리는 끓어오르는 분노를 겨우겨우 억누른 듯했다. 제이나는 애써 미소 지었다.

"당신이 그런 짓을 지시하지 않았다는 건 알고 있었어요. 당신이 연루되었다는 소문이 사실일 리가 없지요."

스랄이 씹어뱉듯 말했다.

"물론 사실이 아니오! 나는 결코 그런 만행을 묵인하지 않소. 그리고 내가 얼라이언스와 조약을 맺은 건 내가 그 조약을 지킬 의사가 있기 때문이오."

스랄은 한숨을 쉬고 얼굴을 문질렀다.

"그렇지만 솔직한 말로, 오그리마도 불모의 땅도 식량이 심각하게 부족한 게 사실이오. 그리고 잿빛 골짜기에는 식량이 차고 넘치지. 그 둘 다 챙길 수 있을 정도로."

"그걸 얻자고 그런 방법을 써서는 안 되죠."

"그건 나도 아오."

스랄이 날카롭게 대꾸했다가 더 부드러운 어조로 덧붙였다.

"그런데 다른 이들은 그런 미묘한 관계를 이해하지 못했나 보오. 제이나, 나는 그 습격을 허가한 적 없소. 그리고 파수꾼들에게 그렇게 잔혹한 학살을 자행했다는 데에 몹시 화가 나고, 조약이 위반되어 안타까운 심정이오. 그러나 호드 안에서 그 사건은…… 큰 인기를 얻고 있소."

"인기가 있다고요?"

제이나의 눈이 휘둥그레졌다.

"어떤 호드들은 천성적으로 폭력을 좋아한다는 건 알고 있어요. 하지만…… 솔직히, 전체적으로는 더 괜찮은 종족이라고 생각했는데요. 당신이 그들을……."

"내가 생각한 최선은 다했지만, 종종 의문이 드오."

스랄이 나지막이 말하다가 더 큰 목소리로 말을 이었다.

"우리는 끔찍한 역사에 시달려 왔소. 그리고 이제는 운명이 우리를 몰아붙여서, 우리의 본성을 드러내야만 살아남을 수 있도록 종용하는 게 아닐까 싶은 의심마저 드는군."

"바리안이 특사를 보냈는데 만나보셨나요?"

스랄은 인상을 더 심하게 구겼다.

"만나봤지."

특사가 가져간 전갈이 어떤 내용인지는 둘 다 알고 있었다. 바리안으로서는 아주 신중하게 조처한 셈이었다. 공식 사과문을 공표하고, 조약을 충실히 이행하겠다고 다시 약속하고, 그 학살을 벌인 자들을 색출해 규탄하고 얼라이언스의 심판으로 넘기라고 요구한 것이다. '우리 두 진영 사이의 평화와 공조를 촉진하기 위한 조약에 대한 명백한 위반'은 눈감아주겠다고도 했다.

"어떻게 하실 건가요? 누가 한 짓인지 알아내셨어요?"

"증거는 없지만 짐작 가는 데는 있소. 나는 그걸 용인할 수 없소."

"뭐, 그야 당연하지요."

제이나는 모호한 표정으로 그를 보았다.

"스랄, 왜 그래요?"

스랄은 한숨을 쉬었다.

"용인할 수는 없소. 그러나 바리안이 요구한 대로는 할 수 없소."

그녀는 충격을 받은 듯 입을 벌린 채 스랄을 쳐다보았다.

"무슨 소리예요? 바리안은 당신이 의도적으로 조약을 깼다고 생각하고 있어요. 그는 지극히 온당한 요구 사항을 내걸었고, 이 사태를 확대할 만한 완벽한 명분이 있잖아요. 전면전을 벌일 수도 있었다고요!"

스랄은 커다란 녹색 손을 들어 올렸다.

"제발, 내 말을 들어 보시오. 나는 바리안에게 서신을 보낼 거요. 내가 그 습격을 지시하지 않았다고, 관련자들을 색출할 거고, 전쟁을 원치 않는다고. 그러나 그 일에 대해 사과하거나 용의자들을 얼라이언스에게 넘길 수는 없소. 그들은 호드요. 호드는 호드에게 심판을 받아야지, 바리안에게 준다? 안 될 말이오. 여러모로 내 백성을 배신하는 짓이오. 그리고 솔직히…… 그건 잘못된 요구요. 바리안은 그런 걸 내게서 받아낼 수 없을 테고, 그래서도 안 되오."

"스랄, 당신이 지시한 일이 아니라면 당신은 책임이 없잖아요. 그러면 그자들은……"

"나는 책임이 있소. 호드를 다스리는 지도자잖소. 법을 어긴 자들을 징계하는 것과 그들의 자의식을 침해하는 건 별개의 문제요. 그건 그들의 정체성 자체란 말이오. 그대는 호드의 사고방식이 어떤 것인지 모르고 있소, 제이나."

스랄이 조용히 말을 이었다.

"이건 내 독특한 성장 배경 덕분에 가능한 일이오. 나는 양쪽의 시야를 모두 이해할 수 있지. 내 사람들은 굶주리고 있소. 깨끗한 물에 목마르고, 집 지을 나무가 없어서 전전긍긍하고. 그런데 나이트 엘프들이 교역을 차단해 버렸으니 그들로서는 당연히 부당하다고 생각할 수밖에 없소. 우리가 생존하는 데에 기본적으로 필요한 것들을 공유하지 않겠다는 처사는 잔인하다고 여기는 게요. 그래서 누군가 나서서, 저들에게 똑같이 잔인하게 갚아주기로 했던 거요."

"나이트 엘프들을 학살하고 피부를 벗겨 내는 짓이 교역 차단이랑 대등한 행동이라고 보시는 거예요, 지금?"

제이나의 목소리가 날카롭게 올라갔다.

"교역이 차단되면 아이들이 굶어 죽고, 정령들에게 노출되고, 병에 걸리게 되잖소. 그 논리를…… 나는 이해할 수 있소. 다른 이들도 마찬가지고. 이 습격 사건으로 말미암아 그런 절박한 상황이 크게 해소되었소. 그런데 내가 이 습격을 공개적으로 나서서 비난한다면 그건 그들의 절박한 고통 자체를 무시하는 행위가 될 거요. 나는 나약해 보일 테고, 장담하건대 내 입지가 그렇게 약해진 기회를 틈타서 어떻게 해보려고 하는 자들도 많을 거요. 내가 걷는 길은 위험하기 그지없는 길이오, 친구여. 나는 범인들을 찾아내 질책할 것이오. 하지만 어느 정도까지만이오. 조약을 위반한 것 자체는 사과하겠소. 그러나 절도도, 살인도, 심지어 그 살인의 방식까지도 사과하지 않을 거요."

"당신이 이런 선택을 했다니 실망스럽군요, 스랄."

제이나는 완전히 솔직하게 털어놓았다.

"당신의 의견은 내게 중요하오. 언제나 그랬소. 그러나 나는 바리안 앞에서 비굴하게 굴지도, 내 백성의 절박한 생존 문제를 경시하지도 않을 거요."

제이나는 단단히 팔짱을 끼고 바닥만 내려다보면서 오래 침묵했다. 그러다가 마침내 입을 열어 쓰디쓴 어조로 천천히 말했다.

"이해할 수 있을 것 같아요. 아, 이해한다고 말하기도 참 싫군요. 아무튼 한 가지는 분명히 알아두세요. 분노의 관문에서 일어난 사고 때문에 우리 얼라이언스와 호드의 관계가 악화되었다는 걸. 우리는 분노의 관문에서만 거의 5천 명을 잃었다고요, 스랄. 특히 볼바르 폴드라곤 대영주가 죽어서 무척 많은 이들이 가슴 아파했어요."

"젊은 사울팽도 마찬가지로 죽었소. 가장 총명하고 선량하던 청년이 한창나이에 무참하게 썰려서 죽었고, 그 시체가……. 아무튼 그 사건에서 호드의 희생이 적었다고는 생각하지 마시오."

"아, 물론 그런 건 아니에요. 하지만…… 참기 어렵다고요. 그렇게 많은 우리 병사들의 목숨을 앗아간 게 스컬지가 아니라 호드였다는 점이."

"퓨트리스는 호드가 아니었소!"

스랄이 윽박질렀다.

"대부분 사람은 그런 차이를 구분 못 해요. 그리고 지금까지도 의심의 여지가 많고요. 알잖아요."

스랄은 고개를 끄덕이며 목구멍 안쪽으로 나지막이 으르렁거렸다. 제이나에게 화를 내는 소리가 아니었다. 그 공격을 주도한 퓨트리스를 비롯한 언데드들에게 분노한 것이다. 호드에 충성을 다한다고 해놓고 뒤에서는 흑막을 꾸미고 있었던 자들.

"그런데 설상가상으로 또 이런 일이 터졌으니 얼라이언스 지도부가 당신을 신뢰하기는 어려워질 거예요. 다들 그 사건에 대한 당신의 조치가 미흡하다고 생각한다고요. 바리안을 포함해서 많은 사람이요. 이 정도로 깨져버린 당신과 호드의 인상을 개선하려면, 이 습격 사건의 모든 면에 대해 공식 규탄을 하고 또 해도 모자랄 걸요. 그리고 인정할 건 인정하자고요. 그건 사소한 실랑이가 아니라 끔찍한 참사였죠."

"그랬지. 그런데 범죄 용의자들을 얼라이언스 재판정에 넘긴다면 우리 호드들에게도 다시는 회복할 수 없는 끔찍한 참사가 될 거요. 그건 그들을 모욕하는 짓이오. 나는 절대 그렇게 할 수 없소. 그들은 나를 타도하려고 할 테고, 나는 타도 당해 마땅한 존재가 될 거요."

제이나는 스랄을 차분히 바라보았다.

"스랄, 이 상황의 심각성을 충분히 이해하지 못하는 것 같군요. 개탄스러운 사태를 전략적으로 용인해봤자 당신에게 별로 이로울 것 같지 않은데요. 호드에 전쟁만 불러올 뿐일 테니까. 바리안은……."

"바리안은 다혈질이오."

스랄이 날카롭게 말했다.

"가로쉬도 마찬가지죠."

스랄이 갑자기 킬킬 웃었다.

"자기들은 모르겠지만, 그 둘은 꽤 닮았소."

"뭐, 둘 다 다혈질인 덕분에 사람들이 더 많이 죽게 생겼네요. 노스렌드 출정이 끝난 지 얼마나 됐다고."

"내가 전쟁을 바라지 않는다는 건 알잖소. 내가 오크들을 여기로 이끌고 온 건 애초에 무분별한 싸움을 피하기 위해서였소. 그런데 그대의 말을 듣자하니 바리안 쪽은 어쨌든 내 말을 들을 의사가 없는 것 같은데. 설령 내가 습격 사건을 공식적으로 비난한다고 해도 안 믿을 것 같소만. 그렇지 않소?"

제이나는 대답하지 않았다. 그녀가 눈썹을 찡그리면서 미간에 주름이 더욱 깊게 팼다.

"제가…… 설득해볼 수 있을 거예요."

스랄은 쓴웃음을 짓고, 커다란 손을 그녀의 좁은 어깨에 살며시 얹었다.

"호드가 한 약속을 어겼다는 점에 대해서는 징계할 거요. …… 하지만 딱 거기까지만이오."

스랄은 그들이 서 있는 음울한 늪지대를 둘러보았다.

"듀로타는 내 백성이 새 출발을 할 곳이오. 메디브가 그들을 이리로 데려오기에, 나는 이 지역에 대해 아무것도 몰랐지만 그 말을 따랐소. 도착하자마자 척박한 땅이라는 것을 알 수 있었지. 동부 왕국처럼 초목이 무성하지도 않고, 여기처럼 물이 있는 곳조차도 정착하기 어려운 환경이었소. 그런데도 나는 그곳에 남기로 했소. 오크들이 정신력을 발휘해 역경에 맞설 기회를 주기 위해서였소. 그들의 정신력은 지금도 여전히 강인하지만, 그 땅은……."

스랄은 고개를 설레설레 저었다.

"듀로타는 자신의 모든 걸 몽땅 내어준 것 같소. 나는 그 현실을 책임져야 하고, 내 일족을 돌봐야만 하오."

제이나는 스랄의 눈을 가만히 살펴보며 자신의 눈가에 흐트러진 금발 머리카락을 쓸어냈다. 소녀다운 손짓이었지만 표정과 말은 지도자다운 위엄이 서려 있었다.

"저도 호드는 얼라이언스와 사정이 다르다는 걸 알고 있어요, 스랄. 하지만 제 말대로 다른 방도를 찾아보셨으면 좋겠어요. 찾아보지도 않고 포기한다면 그 길은 영영 닫혀 있을 뿐이지만, 일단 찾아낸다면 열려 있는 거니까요."

"우리에게 열려 있는 길은 항상 많소, 제이나. 하지만 우리를 믿는 이들의 지도자로서, 우리는 그 길 하나하나를 검토할 때 백성의 사정을 헤아려야만 하는 거요."

제이나는 그에게 두 손을 뻗었다. 그러자 스랄이 손을 부드럽게 마주 잡았다.

"그럼 그저 빛께서 당신을 이끌어주시기를 바라야겠군요, 스랄."

"그대의 조상이 굽어살피시고 그대들을 지켜주기를 바라겠소, 제이나 프라우드무어."

그녀는 그리 머지않은 과거에 존재했던 금발의 인간 소녀의 얼굴이 되어 다정하게 미소 지었다. 그리고 자신의 나룻배로 돌아가 올라탔고, 스랄은 배를 떠밀어 물로 내보내 주었다. 그러나 스랄은 제이나가 이마를 살짝 찡그린 모습을 보았다. 여전히 걱정스러운 마음을 떨치지 못한 모양이었다.

스랄도 마찬가지였다.

그는 팔짱을 낀 채, 제이나가 물살을 타고 고국으로 돌아가는 모습을 지켜보았다. 아이트리그가 조용히 그에게 다가와서 뜬금없는 말을 했다.

"아쉽군."

"무엇이?"

"그녀가 오크가 아니라서 말이오. 강인하고 영리하고 마음도 넓고. 혼자서도 지도자 노릇을 톡톡히 해내고. 나중에 아이를 낳으면 강건한 아들들과 용감한 딸들을 길러 낼 거요. 그녀에게 그럴 마음만 있다면 언젠가는 누군가의 좋은 배우자가 될 테지. 제이나 프라우드무어가 오크가 아니라서, 대족장님의 배우자가 될 수 없어서 유감이오."

스랄은 웃음을 도저히 주체할 수가 없었다. 머리를 뒤로 젖히고 커다랗게 웃음을 터뜨렸다. 그 바람에 근처 나무에서 쉬고 있던 까마귀 몇 마리가 깜짝 놀라 화가 난 듯 깍깍거리며 다른 조용한 곳을 찾아 날아갔다. 푸드덕 소리와 함께 검은 깃털이 흩날렸다.

"아이트리그. 우리는 리치 왕과 악몽과의 전쟁을 막 끝낸 참이오. 오크들은 굶주리고 목마른 채 야만적인 행각으로 퇴행하고 있소. 스톰윈드 국왕은 내가 짐승 같은 놈이라고 생각하고, 정령들은 다 귀머거리가 되었는지 내가 왜 그러냐고 아무리 물어도 응답이 없소. 그런데 이런 시기에 배우자와 자식들 얘기라니?"

아이트리그는 시종 태연하기만 했다.

"그럼 좋은 시기는 대체 언제요? 스랄, 이제 모든 게 불안정해졌소. 호드의 대족장이라는 당신의 입지도 마찬가지요. 당신은 배우자도, 아이도, 당신이 갑작스럽게 조상님을 따라 떠날 때 대를 이어 줄 자가 아무도 없소. 그런데 이런 문제에 관심조차도 없는가 보구려."

스랄이 으르렁거렸다.

"빈둥거리면서 배우자나 아이를 얻는 것보다는 다른 문제들이 훨씬 더 급하오."

"내가 말했듯이…… 바로 그 문제들 때문에 결혼이 중요한 거요. 게다가 진정한 배우자가 곁에 있으면 그 어느 때보다도 마음에 큰 위안이 되고 사리판단도 분명해지게 되어 있소. 자기 아이들의 웃음소리를 들을 때만큼 가슴이 북받치는 때도 없고. 당신은 이런 것들을 너무 오래 미뤄놓기만 했소. 지금 나는 비록 가족을 잃었지만, 그게 어떤 의미인지는 잘 알고 있소. 지금 생에서든 다음 생에서든 무엇을 준대도 내 가족과는 맞바꾸지 않을 거요."

"설교 따윈 필요 없소."

스랄이 투덜거리자 아이트리그는 어깨를 으쓱했다.

"그럴지도 모르지. 말해야 하는 쪽은 내가 아니라 당신일지도 모르오. 스랄, 당신은 곤경에 처해 있소. 나는 늙었고, 이제까지 많은 것을 배웠지. 그리고 내가 배운 것 중 하나는 다른 사람의 말을 귀 기울여 듣는 법이오."

아이트리그는 물속으로 터벅터벅 걸어 들어갔다. 그의 늑대가 그를 쫓아갔다. 스랄은 잠시 서 있다가 아이트리그의 뒤를 따라갔다. 두 오크는 해안에 다시 닿아서 각자 늑대의 등에 올라타고는 아무런 말도 하지 않았다. 한동안 말없이 늑대를 타고 가면서 스랄은 자기 생각을 곰곰이 정리했다.

그가 아무에게도 털어놓지 않은 사실이 한 가지 있었다. 심지어 아이트리그에게조차도. 드렉타르에게만은 말할 수도 있었겠지만, 그 주술사가 능력을 잃어버렸기에 스랄은 혼자서만 그 생각을 떠안고 고민할 수밖에 없었다. 실로 무시무시한 비밀이었다. 스랄은 마음속에서 자기 자신과 전쟁을 벌이는 중이었다.

잠시 뒤 스랄이 마침내 입을 열었다.

"결국은 모든 걸 이해하게 될 거요, 아이트리그. 당신 역시도 인간들을 단순히 죽이는 게 아니라 친화적으로 교류한 적이 있잖소. 나는 두 세상에 발을 딛고 있소. 인간의 손에서 자랐지만 오크의 몸으로 태어났지. 양쪽 모두를 통해 힘을 길렀고 인간도 오크도 이해할 수 있소. 한때는 나의 그런 점이 막강한 능력이었소. 자랑이 아니라, 바로 그 특별한 재능 덕분에 나는 독보적인 지도자가 될 수 있었던 거요. 아제로스의 모든 주민의 생존을 위해서는 통합이 절대적으로 필요했고, 나는 양 진영 모두를 조율할 수 있는 자였으니까."

스랄은 잠시 생각하다가 말을 이었다.

"나의 그런 자질은 나 자신에게나 호드에게나 큰 도움이 되었소. 그때는 그랬지. 하지만…… 지금에 와서는 고민하지 않을 수가 없소……. 지금도 여전히 내가 도움 되는 존재인가?"

아이트리그는 길바닥만을 쳐다보고 있다가 그냥 끙 앓는 소리를 냈다. 스랄에게 계속 말하라는 뜻이었다.

"나는 내 백성을 돌보고 싶소. 그들을 부양하고 안전하게 지켜주고 싶소. 그래서 자신의 가족과 제사에만 관심을 돌릴 수 있도록."

스랄은 엷게 미소 지었다.

"배우자를 찾고 아이를 가질 수 있도록. 살아 있는 모든 이들이 누려야 할 권리를 누릴 수 있도록. 자기 부모나 자식들이 끊임없이 전쟁에 뛰어들어서 다시는 돌아오지 못하는 운명에서 벗어나도록. 그런데 아직도 전쟁을 벌이고 싶어 좀이 쑤시는 자들은 이런 문제를 직시하지 못하고 있소. 현재 대부분의 호드 구성원이 아이들이나 노인들이오. 한 세대가 거의 멸절했단 말이오."

스랄은 자신의 목소리에서 지친 기색이 묻어나오는 것을 느꼈다. 아이트리그 역시 똑같은 느낌을 받은 모양이었다.

"당신은…… 마음이 너무 지친 것 같소, 친구여. 그렇게 자기 의심과 절망에 빠지다니 당신답지 않소."

스랄이 한숨을 쉬었다.

"요즈음 생각이 자꾸 어두운 데로 치닫소. 노스렌드에서 배신당했던 일만 해도…… 제이나는 내가 얼마나 충격을 받았는지, 얼마나 당혹스러웠는지 상상도 못할 거요. 이후에 호드가 분열되지 않게 막는 데만 해도 온갖 수완을 부려야만 했소. 이 새로운 전사들은…… 그들은 처음부터 언데드를 학살하며 경험을 쌓았소. 이건 가족과 친구가 있고, 울고 웃을 줄 아는 살아 숨 쉬는 적을 공격하는 것과는 전혀 다른 차원이오. 그들은 폭력에 쉽게 무감각해지지. 나로서는 그들에게 이해와 심지어는 연민을 가지라고 설득하고 달래기가 더욱 어려울 수밖에."

아이트리그는 고개를 끄덕였다.

"나도 호드가 폭력을 지나치게 좋아하는 데에 학을 떼서 떠나버린 전적이 있지. 당신의 심정은 이해가 가오, 스랄. 그리고 나 역시도 역사가 반복된다는 게 걱정스럽소."

그들은 습지대의 그늘에서 빠져나와 북쪽으로 향하는 길로 접어들었다. 찌는 듯한 태양의 열기가 그들에게 내리쬐었다. 스랄은 '불모의 땅'이라는 이름이 딱 어울리는 그곳을 휙 둘러보았다. 그 어느 때보다도 황량해 보이고, 사방이 온통 갈색이었으며, 생명의 흔적이라곤 거의 보이지 않았다. 불모의 땅에서 구원이자 기적처럼 나타났던 오아시스들은 역시 기적처럼 기이하게 말라붙기 시작했다.

"듀로타에서 내 얼굴에 빗방울이 떨어진 게 언제였는지 기억도 나지 않는군. 이번에 정령들의 침묵은 분명히 매우 불길하오."

스랄이 말하다 말고 고개를 저었다.

"드렉타르가 나를 주술사로 불러 주었을 때 느꼈던 경외와 기쁨이 지금도 생생한데, 아무것도 들리지 않는다니."

"당신이 듣고 있는 다른 것들 때문에 정령들의 목소리는 묻히고 있는지도 모르오. 어쩔 땐 여러 문제를 해결하기 위해서 한 번에 한 가지에만 집중할 필요도 있다오."

스랄은 아이트리그의 말을 곱씹어 보았다. 실로 지혜로운 조언으로 느껴졌다. 그가 이 땅에 무엇이 잘못되었는지를 이해하고 고칠 방도도 찾을 수만 있다면, 그의 일족은 다시 밥을 먹고 집을 지을 수 있게 되리라. 이미 호드에게 반감과 원한을 품은 자들한테서 뭔가를 빼앗아오겠다는 생각도 하지 않게 되리라. 호드와 얼라이언스 사이의 긴장도 완화될 것이다. 그리고 그때가 되면, 아이트리그가 말했듯 스랄도 자기 자신의 평화와 행복에 집중할 수 있을지도.

스랄은 이 문제에 귀를 기울이기 위해 정확히 어디로 가야 할지 잘 알고 있었다.

"나는 내 아버지의 땅에 한 번밖에 가보지 못했소. 그리로 다시 한 번 가봐도 되는지 모르겠구려. 드레노어는 극심한 침탈의 고통에 시달렸던 세계잖소. 이제 아웃랜드가 되어버렸지만, 아직도 그 비극을 기억하고 있을 거요. 내 조모님인 게야는 강력한 주술사시오. 거기서 내가 상처받은 정령들의 목소리를 듣고자 한다면 조모님께서 나를 이끌어줄 수 있을 거요. 그리고 그곳 정령들의 고통에 대해 알게 되면 아제로스를 도울 길도 찾을 수 있을지도 모르고."

아이트리그는 짐짓 툴툴거렸지만 스랄은 그를 잘 알고 있었다. 번뜩이는 눈빛을 보니 내심 찬성하는 게 분명했다.

"하려면 빨리 해야 하루빨리 무릎 위에 어린 것도 앉혀보겠지. 그래, 언제 떠날 거요?"

그제야 마음이 가벼워진 스랄은 껄껄 웃음을 터뜨렸다.

9장

제이나는 꾸준히 노를 저으며 깊은 생각에 잠겼다. 스랄은 뭔가 마음에 걸리는 게 있어 보였다. 지금 눈에 보이는 것이 전부가 아니었다. 스랄은 현명하고 유능하며 마음도 도량도 넓은 지도자였다. 그러나 제이나는 잿빛 골짜기에서 일어난 잔인한 습격 사건에 대해 스랄이 묵인해봤자 그 어떤 긍정적인 결과도 이끌어내지 못하리라고 확신했다. 자기 일족의 호의야 살 수 있겠지만 얼라이언스의 호의는 잃을 텐데. 뭐, 어차피 호의라고 할 것도 거의 남아 있지 않았지만. 그녀는 스랄이 주모자를 찾아내서 즉각 대처해 주기만을 바랐다. 또다시 그런 일이 일어난다면 그 끝은 그야말로 파국이 되리라.

제이나는 해안에 배를 대고 내려서 자기 생각에 푹 빠진 채 성을 향해 걸어갔다. 호드와 스랄의 관계가 아무래도 걱정되었다. 이제껏 내내 스랄을 보아오면서, 호드에 대한 자기 통솔력에 그렇게까지 자신 없는 모습은 처음이었다. 그가 사태를 처리할 계획을 이야기하면서 내린 결론에 제이나는 아연실색했다. 스랄은 마음속으로라도 그런 불필요한 폭력을 절대로 용납할 줄 모르는 이였다. 그런데 공개적으로 그런 태도를 보이다니?

제이나는 경비병들에게 예의상 웃어 보이고 탑의 계단을 올라 자신의 방으로 향했다. 그리고 바리안도…… 그는 여전히 분열된 자아를 합치지 못해서 전전긍긍하고 있었다. 만약 바리안이 좀 평온한 시기를 보낼 수만 있다면 사정이 훨씬 나아졌겠지만, 운명은 그런 여유를 허락하지 않았다. 바리안의 어린 시절 친구였던 사람—그를 아직 사람이라고 부를 수 있다면 말이지만—때문에 얼라이언스는 전쟁에 휘말렸고 수만 명이 학살당했다. 게다가 안두인은 또 어떤가? 그는 유능하고 지각 있는 영리한 소년이었지만 아버지다운 아버지가 필요했다.

제이나는 거실로 들어갔다. 난로에서 불길이 따스하게 타오르고 있었다. 늦은 오후였기에, 하인들이 다과를 준비해놓은 것을 보고 놀라지는 않았다.

하지만 거기에 금발의 한 소년이 무릎에 찻잔과 차받침을 놓은 채 그녀를 돌아보며 장난스럽게 웃는 것에는 놀랄 수밖에 없었다.

"안녕, 제이나 이모. 귀환석이 기가 막히게 잘 작동하던데요."

"맙소사, 안두인! 겨우 며칠 전에 봤으면서!"

제이나가 깜짝 놀라서 반색하며 말했다.

"분명히 경고했을 텐데요. 만날 만나게 될 거라고."

"뭐, 나야 좋지요."

그녀가 성큼 다가가서 안두인의 머리를 헝클어뜨리고, 찬장 쪽으로 가서 자기 몫의 차를 따랐다.

"왜 그렇게 흉한 망토를 입고 있어요?"

"아, 이거."

제이나가 허를 찔려서 허둥거렸다.

"이목을 끌고 싶지 않아서요. 산책하러 좀 나가거나 하는데 사람들이 다 나인 줄 알아보면 싫잖아요. 저하도 그렇지 않나요?"

"난 신경 안 쓰는데요. 외딴곳에서 오크들과 비밀 회담을 하지도 않고요."

제이나는 획 돌아보았다. 그 바람에 차가 엎질러졌다.

"그걸 어떻게……?"

"역시!"

안두인이 즐거이 소리쳤다.

"내 생각이 맞았어! 스랄을 만나고 온 거죠?"

제이나는 한숨을 쉬고 자신의 로브에 묻은 차를 닦아냈다. 그녀가 매일 입는 좋은 옷에 비해 로브가 거칠고 더러워 다행이라고 생각했다.

"그렇게 눈치가 빠르면 사는 게 힘들어져요, 안두인."

그 말에 안두인은 진지해졌다.

"눈치가 빨라서 아직 살아 있는 건데요."

그는 무미건조한 태도로 말했다. 제이나는 그 소년이 안쓰러워서 가슴이 덜컥했지만, 안두인은 동정을 받으려는 심산이 아니었다.

"솔직히 말하자면 당신이 스랄을 만나고 있다니 놀랐어요. 아, 파수꾼들이 하는 얘기를 언뜻 들었거든요. 꽤 잔인한 습격을 저질렀다면서요? 스랄은 그런 일을 허락할 사람으로 안 보였는데."

제이나는 찻잔을 들고 난롯가로 다가가서 의자를 끌어당겼다.

"실제로도 스랄이 허락한 일이 아니에요."

"그럼 우리한테 사과하고 살인범들을 넘겨줄 거래요?"

제이나는 고개를 저었다.

"아뇨. 사과하긴 하는데 조약을 위반했다는 부분에 대해서만이에요. 어떤 식으로 위반했는지는 빼고."

안두인의 얼굴이 흐려졌다.

"하지만…… 스랄이 시킨 것도 아니고, 잘한 일이라고 생각하는 것도 아니라면서…… 왜요? 그렇게 해서 상호 신뢰에 무슨 도움이 되죠?"

'그러게나 말이죠.'

제이나는 그렇게 생각했지만, 말로 꺼내지는 않았다.

"안두인. 앞으로 배우게 될 테지만, 꼭 하고 싶은 대로만 할 수 없는 때도 있는 법이에요. 그리고 옳은 일을 하더라도 시기를 좀 미뤄야 할 때도 있죠. 스랄은 확실히 얼라이언스와 전쟁을 원치 않고, 우리의 모든 이익에 협조하고 싶어해요. 하지만…… 호드는 여러 면에서 우리와는 사고방식이 다르답니다. 그들을 다스리려면 반드시 힘과 권력을 보여줘야만 해요. 호드에게는 그게 지도자의 필수적인 자질이거든요."

안두인은 찌푸린 눈으로 찻잔을 내려다보더니 웅얼거렸다.

"꼭 로고쉬 같군요."

"얄궂게도 그렇죠. 폐하의 그 측면은 호드의 사고방식에 꽤 잘 들어맞을 거예요. 폐하께서 짧게나마 검투사로……. 음…… 일하셨을 때, 그렇게 인기가 높았던 것도 그래서였고."

"그래서 스랄은 당장 대놓고 그 사건을 비난하기에는 너무 위험해서 안 된다, 이런 건가요?"

안두인은 크림과 잼이 잔뜩 발린 작은 비스킷을 입안으로 휙 던져 넣었다. 그 모습을 흐뭇하게 바라보며, 제이나는 잠깐이나마 전쟁의 걱정에서 벗어나 안두인이 한창 자라나는 소년의 입맛에 맞는 과자며 샌드위치 같은 걸 평소에 마음껏 먹고 있기나 할까 하는 흐뭇한 걱정을 했다. 제이나는 한숨을 쉬었다. 그녀가 안두인을 돌보는 동안 십 대 소년인 저 아이의 배를 채워주는 게 가장 급선무일 듯했다.

"기본적으로는 그래요."

제이나는 너무 구체적인 사항까지 알려주고 싶지 않았기에 간단하게만 덧붙였.

"어쨌든 분명히 스랄은 그 습격을 지시하지 않았어요. 자신도 그 소식을 듣고 질겁했고요."

"스랄이…… 그런 일이 또 벌어지도록 놔둘 거라고 생각하세요?"

이건 심각한 질문이었다. 안두인은 진지하고 사려 깊은 답변을 받을 자격이 있었다. 그래서 제이나는 시간을 들여 고민한 끝에 대답했다.

"아뇨. 물론 이건 그냥 내 추측이긴 하지만…… 스랄은 이번 일로 충격을 받은 것 같아요. 이제는 그런 사건이 일어날 수도 있다는 걸 의식하게 되었고요."

안두인은 남은 차를 쭉 들이켜고, 찬장으로 가서 차를 새로 따랐다. 그리고 작은 케이크와 샌드위치를 접시에 한가득 쌓았다. 그리고 조용히 말했다.

"이모 말이 맞아요. 꼭 하고 싶은 대로만 할 수 없는 일도 있죠. 적당한 때가 오기를, 그래서 충분한 지지를 얻을 때까지 기다려야 하기도 하고요."

제이나는 혼자 미소 지었다. 눈앞에 있는 저 소년은 열 살에 왕이 되었다. 물론 든든한 고문인 볼바르 폴드라곤 대영주를 곁에 두긴 했지만, 안두인이 혼자서도 많은 문제와 씨름했다는 걸 그녀는 잘 알고 있었다. 스랄이 처한 고민에 맞닥뜨려본 적은 없을지 몰라도 거기에 공감할 수는 있다.

자주 드는 생각이지만, 제이나는 마그나 에이그윈의 현명하고도 따끔한 독설이 그리웠다. 그 위대한 티리스팔의 옛 수호자가 아직 살아 있어서 신랄하지만 올바른 조언을 해줄 수만 있었다면 얼마나 좋았을까. 만약 에이그윈이 자기 방 난롯가에 안두인을 앉혀 두고 있었다면, 심각하고도 선량한 이 소년에게 과연 무슨 말을 해주었을까?

제이나의 입가에 미소가 떠올랐다. 에이그윈이라면 무엇을 했을지 정확히 알 수 있었다. 분위기 가볍게 만들기.

"자, 안두인."

제이나는 입을 열었다. 그 현명한 노파가 바로 이 방 안에 들어와 있는 것처럼 가깝게 느껴졌다.

"궁정 안에 도는 재미난 소문이나 좀 얘기해 봐요."

"소문이요? 잘 모르는데요."

안두인은 어리둥절한 표정이었다.

제이나는 어깨를 으쓱했다.

"그럼 지어내든가요."

안두인이 스톰윈드에 도착한 건 저녁 식사에 3분 늦은 시각이었다. 방에 돌아와 보니 정찬용 의복이 준비되어 있었다. 안두인은 대야의 물로 재빨리 얼굴을 씻고 옷을 갈아입은 다음 서둘러 계단을 내려갔다. 아버지가 기다리고 있었다.

커다란 연회를 열 때 쓰는 방들은 따로 있었지만 평소에 바리안과 안두인만 같이 식사할 때는 바리안의 사실(私室)에서 먹었다. 최근에는 식탁 분위기가 늘 서먹하고 불편하기만 했었다. 두 사람 사이에 로고쉬의 그림자가 도사리고 있었기 때문이다. 하지만 지금 의자를 빼고 식탁 위의 냅킨에 손을 뻗으면서, 안두인은 예전 같은 적개심 없이 아버지를 바라볼 수 있었다. 제이나에게 들르고 났더니 마음이 개운해져서 잠시간이라도 이 모든 문제에서 거리를 둘 수 있게 되었다.

게다가 지금 아버지는 로고쉬로 보이지 않았다. 그저 눈가에 희미하게 주름이 잡히기 시작하는, 싸움이 아니라 세월과 피로의 흔적만이 엿보이는 한 남자로 보일 뿐이었다. 국왕이라는 자리의 중압감도 그대로 전해져오는 듯했다. 돈이 드는 문제들, 또한 그보다 훨씬 귀중한 사람 목숨까지 걸린 문제들을 두고 매일같이 수많은 결정을 내려야만 하는 자리였다. 아버지에게 동정심이 들지는 않았다. 아버지 역시 그런 건 바라지 않을 테니까. 다만 안두인은 아버지에게 연민을 느꼈다.

바리안은 아들을 흘긋 올려다보고 지친 미소를 지었다.

"어서 오렴, 아들아. 오늘은 어떻게 보냈니? 뭐 재미있는 거라도 있었느냐?"

안두인은 진하고 기름진 거북 수프에 숟가락을 담갔다.

"음, 있었어요. 제이나 이모가 준 귀환석을 써서 댁에 다녀왔거든요."

"그랬어? 어떻더냐? 뭐 특별한 거라도 하고 왔느냐?"

바리안의 푸른 눈이 호기심으로 번뜩였다.

안두인은 애매하게 어깨를 으쓱했다. 그때는 무척 재미있었지만, 막상 아버지에게 정확히 뭘 했는지 설명하려니 난감했다. 뭐…… 사실 그냥 차만 마신 게 다였다.

"이야기를 좀 했어요. 그리고 음…… 차를 마셨어요."

"차?"

"네, 차요."

안두인은 거의 방어적인 어투로 말했다.

"테라모어는 춥고 습하잖아요. 차 마시고 과자 먹는 게 이상할 건 없잖아요."

바리안은 고개를 저으며 빵과 치즈에 손을 뻗었다.

"아니, 이상할 건 없지. 그리고 확실히 제이나는 같이 차 마시기에 아주 좋은 사람이고. 현재 상황에 대해서도 이야기를 했니?"

안두인은 얼굴이 화끈하게 달아올랐다. 실수로라도 제이나의 신뢰를 저버리고 싶지 않았다. 하지만 아버지에게 거짓말을 하고 싶지도 않았다.

"약간요."

대답하자마자 날카로운 시선이 안두인의 얼굴에 붙박였다. 완전히 로고쉬가 돌아왔다고는 할 수 없지만 그렇다고 완전히 사라진 것도 아닌 모양이었다.

"오크를 봤어?"

"아뇨."

이 질문에는 적어도 솔직하게 대답할 수 있었다. 안두인은 수프를 깨작거렸다. 입맛이 갑자기 싹 달아났다.

"아, 하지만 제이나는 오크를 봤겠지."

"저는 그렇게는 말 안 했……."

"괜찮다. 제이나와 스랄이 아주 친하다는 건, 내 알고 있으니. 그렇다고 제이나가 얼라이언스를 배신할 리 없다는 것 또한 알고 있고."

안두인의 얼굴이 밝게 트였다.

"그럼요. 안 그럴 거예요. 절대로."

"너는…… 제이나에게 공감하는구나, 그렇지? 오크와 호드 문제에 대해서?"

"……아버지, 이미 너무 많이 죽었잖아요."

안두인이 불쑥 말을 내뱉고, 숟가락을 내려놓으며 바리안을 똑바로 바라보았다.

"베네딕투스 대주교님 말씀 들으셨잖아요. 거의 5만 명이라고요. 물론 호드 때문에 죽은 사람도 많다는 건 알아요. 하지만 그렇지 않은 경우도 많고, 호드 역시도 끔찍하게 많은 걸 잃었어요. 그들은 적이 아니에요. 그들은……."

"파수꾼들에게 그런 짓을 할 수 있는 사람들을…… 아니, 그딴 것들을 적 외에 대체 무슨 이름으로 부를 수 있을지 모르겠구나."

"저는……."

"아, 스랄이 답신을 보내왔다. 조약이 위반되었다는 사실을 규탄하며 다시는 그런 일이 없기를 바란다고 하더군. 그런데 엘프들에게 저지른 그 짓에 대해서는? 아무 말도 없었어. 스랄이 너나 제이나 생각처럼 그렇게 교양 있는 인물이라면 그렇게 잔학한 만행을 두고도 어떻게 침묵할 수가 있지?"

안두인은 참담한 심정으로 아버지를 바라보았다. 알고 있는 바는 있었지만 말할 수 없었고, 설령 말한다고 하더라도 그건 다른 사람을 거친 정보일 뿐이었다. 그러고 보면 자신이 정치에 대해 제대로 아는 게 없다는 생각이 들었다. 제이나도, 에이그윈도, 심지어 아버지도 한결같이 그의 식견을 칭찬했지만, 사실 그는 거의 모든 사안이 혼란스럽기만 할 뿐 명료하게 파악되지 않았다. 안두인은 논리보다는 직관으로 생각하는 편이었다. 그런 직관력은 바리안도 로고쉬도 이해하지 못하는 점이었다. 스랄이 아버지가 생각하는 그런 자가 아니라는 걸 그냥 직감적으로 알겠는데, 다만 설명할 길을 좀처럼 찾을 수가 없었다.

바리안은 아들을 날카롭게 지켜보며 마음속으로 한숨을 쉬었다. 바리안도 제이나를 좋아하고 존경했다. 그러나 그녀는 전사가 아니었다. 안두인은 아무래도 오해를 하는 모양인데, 바리안은 예전의 적과 평화적인 관계를 유지하는 데에 절대 반대하지 않았다. 애초에 휴전 조약을 맺기로 한 것 자체가 그 증거가 아닌가. 다만 자기 백성의 안전이 최우선일 뿐이었다. 당장 상대방이 손목을 벨지도 모르는 상황에서 친구 하자고 손을 내미는 행동은 바보나 하는 짓이다.

안두인은 약하지 않았다. 저 아이보다 두 배는 나이가 많은 사람이라도 공포와 절망에 무릎 꿇을 법한 상황에서 안두인은 몇 번이고 이겨내고는 했다. 하지만…… 바리안은 표현할 말을 더듬어 찾았다. 저 아이는 너무 부드러웠다. 궁술과 단도 던지기는 아주 뛰어났지만 무거운 무기는 썩 잘 다루지 못했다. 안두인이 전사의 역할을 더 이해하고 감당할 수 있다면, 부드러운 감수성 때문에 전사들이 죽어나갈지도 모르는 상황에서 저렇게 인정만 따지지는 않을 것이다.

"네가 제이나를 방문해서 즐거웠다니 기쁘구나."

바리안은 수프를 다 먹고 빵 조각으로 그릇에 남은 것을 닦아낸 뒤 하인들에게 고개를 끄덕여 빈 그릇과 식기들을 치우게 했다.

"좋은 생각이었던 것 같다."

안두인이 그를 흘긋 올려다보았다. 그 아이의 얼굴에 조심스럽고 경계하는 표정이 비쳐서 바리안은 불쑥 마음이 아팠다.

"그런데요?"

안두인이 퉁명스레 대꾸했다.

바리안은 애써 웃음 지으며 그 말을 되받았다.

"그런데 네가 거기 말고 다른 데에도 가보는 것도 좋을 듯싶구나. 나와 제이나 말고 다른 사람들하고도 어울리면서."

경계하던 표정이 호기심으로 바뀌었다.

"무슨 뜻이세요?"

"마그니 브론즈비어드를 생각하고 있었다. 너는 그를 좋아하지 않더냐?"

안두인은 안심한 듯했다.

"무척 좋아하죠. 전 드워프들을 좋아해요. 그들의 용기나 끈기가 존경스럽거든요."

"그래, 그럼 아이언포지에 가서 그와 지내는 건 어떠냐? 넌 거기서 오래 머물러본 적이 없었지. 이제 그럴 때도 된 것 같구나. 검은무쇠 부족을 빼면 드워프들은 우리와 가까운 관계란다. 마그니도 너를 좋아하고, 모든 걸 가르쳐줄 수 있을 게다. 하지만 너무 멀리 가지는 말아라. 외롭고 늙은 아버지를 보러 오고 싶을 수도 있잖니."

이제야 싱긋 웃는 안두인을 보고 바리안은 마음이 한결 편해졌다. 역시 이건 좋은 생각이었다.

"깊은굴 지하철로 스톰윈드로 바로 돌아올 수 있어요."

"그렇지. 그럼 그렇게 하겠느냐?"

"네. 사실 아주 재미있을 것 같아요. 탐험가 연맹에 대해서 알고 싶은 게 많았거든요. 아이언포지에 가면 그들의 가장 귀중한 유물들을 볼 수 있잖아요. 어쩌면 연맹 탐험가랑 만나서 이야기도 할 수 있을지 모르고."

시종들이 두 번째 코스로 진한 소스를 뿌린 구운 사슴 고기를 내 왔다. 안두인은 열심히 먹기 시작했다. 아까는 없어진 듯했던 식욕이 분명히 다시 돌아온 것이다.

안두인이 탐험가 연맹에 대해 공부하고자 한다면 바리안은 막을 생각이 없었다. 미래의 왕이 되기 위해서는 그 또한 좋은 공부가 될 것이다. 하지만 한편으로는 마그니와 긴히 이야기해서 안두인에게 전투 기술을 중점적으로 훈련시켜 달라고 할 셈이었다. 마그니는 이해해줄 것이다. 바리안도 노련한 드워프에게 훈련을 받은 적이 있었기에 아들에게 그게 얼마나 유익한 경험이 될지 잘 알고 있었다. 어쩌면 이번 계기를 통해, 전도유망하지만 섬세한 이 소년이 부쩍 어른이 되는지도 모른다.

10장

스랄은 경보 나팔 소리를 듣고 벌떡 일어나 털가죽 침상 위에서 튀어나왔다. 매캐한 연기 냄새가 코를 찔러, 정확히 무슨 일인지 듣기도 전에 이미 상황을 파악할 수 있었다. 이윽고 오그리마의 모든 주민이 공포에 사로잡힐 만한 말이 울려 퍼졌다.

"불이야! 불이야!"

스랄이 옷을 주워 입기도 전에 코르크론 두 명이 방 안으로 들이닥쳤다. 그들 역시 스랄처럼 조금 전에야 이 소식을 들은 게 뻔했다.

"대족장님! 지시를 내려주십시오."

스랄은 그들을 밀어젖히고 나아가며 소리쳤다.

"와이번을 한 마리 가져와! 모두 정령의 오두막 근처의 연못으로 가고, 주술사들을 깨워서 화재 현장으로 데려가도록! 물통 나르는 조를 꾸려서 근처 건물에 물을 끼얹어!"

"네, 대족장님!"

코르크론 한 명이 스랄을 따라오고 다른 한 명은 명령을 수행하러 뛰어갔다. 스랄이 집의 그늘에서 벗어나기도 전에 코르크론이 와이번의 고삐를 그의 손에 쥐어 주었다. 스랄은 거대한 와이번 위에 올라타서 하늘로 똑바로 솟구쳤다.

스랄은 거의 수직으로 치솟아 오르는 와이번에게 꼭 매달린 채 아래를 내려다보았다. 불길이 어디에서부터 번지고 있는지 한눈에 보였다. 멀지 않은 곳이었다. 오그리마에는 밤낮없이 타오르는 모닥불이 여기저기 많은데, 이번에 극심한 가뭄 때문에 땅이 바싹 말라붙자 스랄은 상당수의 모닥불을 꺼뜨리라고 지시했었다. 그런데 인제 보니 아예 다 없애버렸어야 했던 거였다.

건물 몇 채에 불이 붙어 있었다. 스랄은 살이 타는 악취에 얼굴을 찌푸렸다. 다행히 음식점의 동물 고기가 타는 냄새일 뿐 인명 피해는 없는 듯했지만, 그래도 건물이 세 채나 잿더미가 될 판이었다. 불길은 드넓게 번지며 밤을 밝히고 있었다.

활활 타는 불길의 빛 때문에 주위에 허둥지둥 몰려오는 이들이 환히 보였다. 그가 명령했던 대로 주술사들이 화재 현장에 집결하고 있었고, 다른 이들은 주변 건물들을 둘러싸고 물을 끼얹어서 불이 번지지 못하게 막고 있었다.

스랄은 와이번의 목을 탁탁 두들겨서 불이 난 곳으로 이끌었다. 와이번도 연기 냄새를 맡고 위험을 알아차렸을 텐데도 스랄을 믿고 거리낌 없이 그쪽으로 점점 더 가까이 날아갔다. 연기는 시커멓고 자욱했으며 열기는 무척 뜨거웠다. 스랄은 자신의 옷이나 이 용감한 와이번이 그을려버리는 게 아닐까 불안해졌지만, 주술사로서 저 불길쯤이야 다스릴 수 있다는 걸 알고 있었다.

스랄은 땅에 뛰어내리고 와이번을 공중으로 풀어주었다. 와이번은 자기 주인을 충실히 모신 끝에 위험에서 벗어날 수 있게 된 게 기쁜지 기다렸다는 듯 부리나케 날아올랐다. 스랄이 다가가자 오크들이 그를 돌아보고 길을 터주었다. 그러나 주술사들만은 움직이지 않고 가만히 서서 눈을 감은 채, 팔을 들어 올리고서 불길과 교감을 나누고 있었다.

스랄도 그들을 따라 마음을 가라앉히고 불꽃의 정령에게 다가갔다.

'불꽃의 형제여……. 그대는 우리의 생명에 커다란 해를 끼칠 수도, 큰 은혜를 베풀 수도 있소. 그런데 지금 그대는 다른 이들의 집을 살라 연료로 쓰고 있구려. 그대의 연기 때문에 우리의 눈과 폐가 타들어가는 듯하오. 부디 청컨대, 우리가 그대를 감사히 모시고 있던 장소들로 돌아가 주시오. 우리들을 더는 상처 주지 마시오.'

불이 거칠게 응답해 왔다. 이 정령도 성이 나서 길길이 날뛰는 수많은 변덕스러운 정령 중 하나였다.

'아니요. 모닥불이나 화로나 작은 난로에 도로 갇혀 있으라는 뜻이 아니외다. 우리 또한 자유를 좋아하오. 이 벌판을 내달리고 싶고, 모든 길을 다 가 보고 싶소.'

스랄은 더럭 불안해졌다. 다른 이들의 안전을 진심으로 걱정해서 하는 요청이 이렇게 단호하게 거절당한 적은 전에 없었다.

스랄은 다시금 자신의 의지를 더욱 강하게 내세워서 부탁했다. 불의 정령을 자신의 도시에 기꺼이 받아들였던 이들에게 정작 정령은 해를 끼치고 있다는 점을 강조하면서.

그러자 마침내 불길이 사그라지기 시작했다. 하지만 잔뜩 골이 난 어린아이처럼 뚱한 게 마지못해 하는 눈치였다. 스랄은 동료 주술사들 역시 힘껏 거들어 집중하며 간청하고 있음을 느꼈다. 그리고 그들이 아낌없이 힘을 쏟아 주어서 고마웠다.

불이 꺼졌을 때는 건물 일곱 채와 막대한 개인 사유지가 다 타버린 뒤였다. 다행히도 죽은 이는 아무도 없었지만 연기 때문에 중독된 환자들은 몇몇 있으리라. 이제 그들을 돌보러…….

"안 돼."

스랄이 중얼거렸다. 불똥 하나가 바람결에 반항적으로 춤을 추며 다른 건물 쪽으로 날아가고 있었던 것이다. 정령은 또다시 재난을 불러일으킬 셈이었다. 스랄이 그 불똥에게 팔을 뻗자, 그의 간청을 들어주지 않겠다는 의지가 생생히 전해져 왔다.

스랄은 이제 눈을 뜨고 그 작은 불똥이 날아가는 궤적을 지켜보았다.

'작은 불똥이여, 그대가 계속 그리로 간다면 엄청난 재난이 일어날 거요.'

'태워버릴 거야! 난 살아야겠어!'

'그대의 빛과 온기가 환영받는 곳은 따로 있소. 그리로 가시오. 내 백성의 집을 부수거나 목숨을 빼앗지 마시오!'

그 순간 불똥은 꺼져 들어가는 듯싶었지만, 이내 다시 힘차게 되살아났다.

스랄은 자신이 무엇을 해야 할지 알고 있었다. 그는 손을 들어 올렸다.

'용서하시오, 불꽃의 형제여. 그러나 그대가 꼭 내 백성에게 해를 끼치겠다면 나는 저들을 지켜야만 하오. 나는 그대에게 부탁도 했고, 간청도 했소. 그리고 이제는 경고하겠소.'

불똥은 바르르 떨었지만 그냥 경고를 무시하고 계속 건물로 날아갔다.

스랄은 엄숙한 표정으로 손을 꽉 쥐었다.

불똥이 반항하듯 너울거리더니 이내 차츰 작아져 갔다. 그리고 마침내 사그라져 희미하게 반짝이는 불티만 남아 흩날렸다. 그 정도로는 위험할 게 전혀 없었다. 이제는 당분간 걱정을 놓아도 되리라.

그러나 스랄은 마음이 어지러웠다. 원래 주술사는 정령에게 이런 식으로 대하면 안 된다. 주술사와 정령은 서로 존중하는 관계여야만 하지, 협박하거나 조종하거나 급기야 파괴해버리는 관계일 수는 없었다. 물론, 불의 정령은 절대로 완전히 소멸하지는 않는다. 불의 정령은 그 어떤 주술사보다도 훨씬 위대하며 심지어 주술사들이 여럿 모인다고 해도 결코 상대할 수 없다. 원소의 정령들은 모두 불멸의 존재니까. 그러나 방금 나타났던 불의 정령의 일부분은 너무 비협조적이었다. 이번뿐만이 아니라 요즘은 전체적으로 정령들이 항상 부루퉁하고 공격적으로 굴기만 할 뿐, 협조하려 들지 않았다. 그래서 스랄은 그 불똥을 아예 제압해버릴 수밖에 없었던 것이다. 또 어딘가에서 불똥이 튈지도 모른다는 생각에, 주술사들이 도시를 적실 비를 불러냈다.

스랄은 빗속에 우두커니 서 있었다. 빗물이 그의 커다란 녹색 어깨에 쏟아져 팔을 타고 흘러내렸다.

이 모든 게 대체 어떻게 된 일인가?

"뭐, 당연히 할 수 있지."

가즈로가 말했다.

"우리는 고블린이잖아. 당연히 할 수는 있고말고. 무슨 말인지 알지? 어쨌든 애초에 그걸 지은 것도 우리니까. 대족장, 오그리마에 부서진 건물들을 다시 지을 순 있으니까 너무 걱정하지 마쇼."

코르크론 두 명이 몇 발짝 뒤에 서 있었다. 거대한 도끼를 등에 메고 튼튼한 팔로 팔짱을 낀 채, 대화를 지켜보며 묵묵히 대족장을 경호하고 있었다. 스랄이 만나고 있는 이 가즈로라는 자는 몇 년 전에 오그리마 세우는 일을 도와주었던 고블린 중 하나였다. 영리하고 총명하고 여느 고블린보다는 양심적이고 덜 깐깐한 편이었지만, 그렇다고 해도 어쨌든 고블린이었다. 그래서 스랄은 본론이 나오기를 기다리고 있었다.

"그래, 그거 잘 됐군. 그래서 얼마를 생각 중이오?"

가즈로는 가져왔던 작은 자루에서 주판을 꺼내더니, 길고 재빠른 녹색 손가락으로 주판알을 획획 튕기면서 중얼거렸다.

"한 가지…… 따져야 할 게, 전쟁 후에 물가가 올랐으니까……. 그럼 당연히 품삯도 올라가고……."

가즈로는 목탄을 하나 꺼내서 양피지에다가 숫자를 휘갈겨 적었다. 그걸 보는 스랄의 튼튼한 녹색 피부가 창백하게 질렸다.

"그렇게나 비싸오?"

스랄이 못 믿겠다는 투로 묻자, 가즈로는 불편한 표정을 지었다.

"이거 봐요……. 실은 말이지……. 당신네는 우리한테 무지하게 잘 해줬어. 사업 문제에서도 아주 양심적으로 해줬고. 그러니까……."

가즈로는 다시 숫자를 적었다. 처음보다는 내려가기는 했지만 근소한 차이일 뿐이었다. 스랄이 양피지를 아이트리그에게 건네 보여주자, 그는 나지막이 휘파람을 불었다.

"물자가 더 필요하겠어."

스랄이 한 말은 그게 다였다. 그는 자리에서 일어나서 한마디 말도 없이 나갔다. 코르크론들이 그 뒤를 조용히 따르고, 가즈로가 스랄을 눈으로 쫓았다.

"저거, 알았다는 뜻이지? 이대로 하자는 거 맞겠지?"

가즈로가 아이트리그에게 물었다. 그 오크는 고개를 끄덕이면서 눈을 가늘게 뜨고 열린 문밖을 내다보았다. 그롬마쉬 요새로 돌아가는 스랄의 뒷모습이 차츰 작아져 가고만 있었다.

스랄은 오그리마의 주민과 친밀했지만 그들은 대족장에게 공손하게 거리를 둘 줄도 알았다. 스랄을 그림자처럼 따라다니는 코르크론들 때문에 거리감이 조성되는

면도 없지 않아 있었다. 덕분에 스랄은 자신의 수도의 길거리를 아무 간섭 없이 돌아다닐 수 있었다. 그는 탄내가 나는 탁한 공기를 들이마시며, 아직 재로 뒤덮여 있는 먼지투성이 길을 걸었다. 걷고, 움직이고, 생각할 필요가 있었다. 코르크론들도 스랄의 그런 마음을 알고 멀찍이 떨어진 채 뒤따랐다.

가즈로가 제시한 액수는 가히 천문학적이었다. 그래도 어쩔 수 없었다. 호드의 수도인 오그리마를 손상된 채 놔두어서는 안 될 일이다. 불행히도 이번 재난은 스랄이 요즘 자나 깨나 몰두하는 두 가지 의문을 되새기게 하였다. 어째서 정령들이 이리도 불안해하는가? 어떻게 해야 전쟁 후의 호드를 가장 잘 다스릴 수 있을까?

아이트리그와 대화하면서 스랄이 내렸던 결론은 옳았다. 오크의 고향 땅 나그란드로 가야만 한다. 주술의 기원이 세월 속에 파묻히기까지 그 유산이 오래도록 전해져 내려오던 곳으로. 게야는 현명하고 그 정신 또한 여전히 예리했다. 게야와 그 수제자들이라면 스랄이 아제로스에서 찾지 못한 해답을 알고 있을 것이다. 스랄이 물어도 되는지조차 알 수 없는 질문들에 대한 해답을. 이 문제에 대해 생각하면 할수록, 반드시 그렇게 해야 마땅하다는 생각이 영혼에 메아리치는 듯했다. 깨진 세상을 도울 방법을 터득한 아웃랜드의 주술사들이라면 아제로스의 혼란스러운 정령들 또한 도울 수 있으리라.

이건 스랄 자신이 마음의 안정을 찾기 위해 멋대로 훌쩍 떠나는 여행이 아니었다. 호드 일족은 엄청난 시련을 겪고 있었다. 비옥한 멀고어의 땅조차도 불모의 땅에서부터 서쪽으로 번지는 가뭄의 여파를 실감하기 시작했다. 그리고 어젯밤 화재는 지금 당장 무슨 조처를 해야 한다는 명백한 신호였다. 그러지 않으면 다음번에는 오그리마나 썬더 블러프가 통째로 불타 없어질지도 모른다. 테라모어와 제이나 프라우드무어가 폭풍에 휩쓸려 지도상에서 사라져버릴지도 모른다. 이 이상 누군가가 목숨을 잃거나 삶의 터전이 날아가기 전에 어떻게든 막아야 한다.

그리고 이렇게 해야만 호드를 가장 잘 다스릴 수도 있으리라. 스랄은 자신이 특별하다는 점을 알고 있었다. 전사이면서 주술사이고, 인간과 오크의 세상을 모두 경험했다. 다른 누구도 스랄처럼 될 수는 없었다. 그 누구도 스랄과 같은 일을 할 수는 없었다. 그런 경험과 기술을 가진 자는 아무도 없으니까.

그러나 스랄이 지도자 자리를 비운다고 해서 호드 연합이 마비되어서는 안 되었다. 모든 생명이 그렇듯 스랄도 언젠가는 조상들이 떠나간 길을 가야만 할 테니 말이다. 거기까지 생각하자 아이트리그가 했던 말들이 문득 떠올랐다. 아이를 갖는 것, 그리고 용감하고 강인하고 도량 있는 배우자를 맞이하는 것. 스랄의 어머니인 드라카도 아버지에게 꼭 그런 분이었으리라. 스랄은 부모에 대한 기억이 없었지만 그들에 대한 이야기는 들어서 알고 있었다. 서로 마음 깊이 사랑하는 훌륭한 부부였다고. 가장 힘겨운 시기에 두 부부는 서로 아끼고 곁을 지키면서 스랄을 보호하기 위해 일생을 바쳤다고 했다. 오그리마의 거리를 걸으며, 스랄은 자신이 아이트리그가 말한 대로 고난도 기쁨도 함께 나눌 수 있는 굳건한 동반자를 갈망한다는 사실을 깨달았다. 그리고 그 사이의 아이도. 어여쁜 아들 또는 딸을.

그러나 스랄은 배우자도 아이도 없었다. 지금 당장으로서는 자신이 죽고 나서 가족이 슬퍼할 걱정은 안 해도 되니 오히려 다행스러운 일인지도 모른다. 그러나 호드 연합은 스랄 없이도 살아갈 법을 찾아내야만 했다. 어쩌면 지금도 스랄 없이 잘해낼 수 있을지도 모른다. 어쨌거나 잠깐은 말이다. 그러나 나그란드에 갔다 오려면 한참은 걸릴 것이다. 정령들에게 무슨 문제가 생겼는지 밝혀내고 수많은 이들의 목숨을 앗아가려 하는 이상한 현상에 종지부를 찍으려면 잠깐으로 될 일이 아니었다.

스랄은 잠시 눈을 감았다. 그가 세운 호드 연합에 대한 지배권을 남에게 넘긴다니, 마치 사랑하는 자식을 남의 손에 맡기는 것만 같았다. 그러다가 자칫 잘못되기라도 하면 어쩌나?

그러나 세상은 지금도 잘못되어가고 있었다. 끔찍하게 잘못되어가고 있었다. 당분간은 다른 이가 호드를 이끌어줘야 한다. 스랄은 단호하게 고개를 끄덕였다. 어쩐지 마음이 차분히 가라앉는 듯했다. 그래, 이렇게 하는 게 맞다. 이제 나그란드로 반드시 가야만 하는지에 대한 의문은 없었다. 언제 가야 할지도 문제가 되지 않았다. 그냥 최대한 빨리 가야 한다. 남아 있는 유일한 의문은 이 사랑하는 '자식'을 누구에게 맡길 것인가였다.

당장 떠오른 사람은 케른이었다. 이곳 칼림도어에서 가장 오랜 친구인 케른은 여러 사안에 대해 스랄과 비슷한 판단을 하곤 했다. 현명하고, 백성을 잘 다스릴 줄도 알았다. 그러나 케른이 진짜 필요한 게 뭔지 모르는 고리타분한 늙은이라고 여기는 이들도 많았다. 게다가 케른 자신의 도시가 그림토템 때문에 약간 불안한 상황인데, 이런 때에 굳이 늙은 타우렌을 호드의 임시 대족장으로 임명한다면 분명히 뒷공론이 일어날 것이다.

아니다. 케른은 안 되겠다. 케른은 분명히 스랄을 도와주긴 하겠지만 지도자의 역할을 맡길 만한 인물은 아니었다. 그보다는 오크를 지명하는 편이 낫다. 오크들이 이미 잘 알고 있고 좋아하는 누군가를.

스랄은 깊이 한숨을 쉬었다. 사실 완벽한 후보자라면 단연 사울팽의 아들이었다. 젊고 카리스마도 있으면서 나이에 비해 현명한 오크인 그는 호드 전사들에게 가장 밝은 샛별과도 같았다. 그런데 리치 왕 때문에 죽어버린 것이다. 바로크 사울팽이라면, 완전히 무너지지는 않았지만 최근의 사건들 때문에 감정적으로 큰 충격을 받았다. 게다가 그 역시 케른처럼 너무 나이가 들었다. 아이트리그도 마찬가지였다. 스랄은 이제 딱 한 가지 선택밖에 없다는 걸 깨닫고 언짢은 표정을 지었다.

지도자감은 그 한 명뿐이었다. 젊고, 원기 왕성하고, 유명하고, 사랑받고, 독보적인 전사이기까지 한 오크. 촉박한 시일 내에 호드의 각각 다른 종족들을 하나로 합치고 용기와 긍지를 불어넣을 수 있는 오크. 그런 자는 딱 한 명뿐이다.

완벽한 우두머리.

스랄은 얼굴을 더욱 심하게 찌푸렸다. 그렇다. 가로쉬는 대중적으로 사랑받는 훌륭한 전사였다. 그러나 한편으로는 경솔하고 충동적이었다. 스랄은 가로쉬에게 절대적인 권력을 넘겨주게 될 텐데…… 순간, '찬탈'이라는 단어가 머릿속을 스쳤다. 물론 그런 일이 일어날 리는 없을 테지만, 가로쉬는 자신의 전설만큼이나 비대한 자존심을 만족하게 해줄 무언가를 원하고 있었다. 인제 와서 생각해보면 가로쉬의 자존심이 비대해진 데에는 스랄 자신도 무심코 일조한 셈이었다. 예전에 가로쉬가 자기 아버지를 경멸할 때, 스랄은 그롬 헬스크림이 위대한 업적을 이루었음을 그에게 깨우쳐주었다. 그런데 어쩌면 그롬의 좋은 면만을 지나치게 강조했던 게 아닐까. 헬스크림의 아들의 오만함은 어느 정도는 스랄의 책임인지도 모른다. 스랄은 그롬의 목숨을 구해내지 못했기에 그 아들을 격려하고 이끌어주고 싶었을 뿐인데.

그래도 아이트리그와 케른이 가로쉬의 성질을 적당히 눌러줄 것이다. 그렇게 해달라고 스랄이 두 친우에게 부탁해둘 테니까. 스랄은 그렇게 오래 떠나 있지 않을 테니 그동안이나마 가로쉬가 그롬마쉬 요새의 대족장의 자리에 앉을 수 있게 해주자. 단, 양편에 케른과 아이트리그를 두고. 만약 떠도는 소문이 사실이라면 가로쉬는 잿빛 골짜기 습격 사건에 연루되어 있었다. 이제 가로쉬를 경계해야 한다는 걸 알게 되었으니, 그가 또 그런 일을 저지르려고 하면 케른이 잘 막아줄 것이다. 사실상 가로쉬가 호드에 해를 끼칠 여지는 별로 없었다. 반면 그가 호드에게 줄 수 있는 것은 많았다. 그 점은 알아줘야 한다.

호드의 지도자가 떠나게 된다. 그들은 불안해하고 두려워할 것이다. 그런 그들에게 가로쉬는 자긍심을 되새기게 해 주고, 호드가 위압적이며 당해낼 적수가 없는 존재임을 상기시킬 것이다. 그래서 기쁜 환성 소리가 울려 퍼질 때 스랄은 그들을 에워싼 문제들의 진정한 해답을 갖고 돌아올 것이다. 땅을 진정시키고 나면 모든 상황은 나아지리라. 땅과 정령들을 무시한다면, 전쟁에서 제아무리 영광스럽게 승리했다 해도 재앙이 필연적으로 뒤따를 뿐이다.

가로쉬는 스랄 앞에 서서 절했다.
"부름을 받아 이렇게 왔습니다, 대족장이시여. 호드에 충성을 다하겠습니다."
"그래, 바로 그걸 부탁하려고 부른 걸세. 호드에 충성해달라고 말이야. 같이 좀 걷지."
스랄은 덩치가 커다랗고 위협적인 코르크론 네 명을 대동한 채 자신의 왕좌에 앉아 있던 참이었다. 아까 가로쉬가 도착했을 때 스랄은 코르크론 하나를 내보내서 가로쉬를 일부러 좀 기다리게 했고, 가로쉬가 방에 들어왔을 때는 구태여 일어나 맞이하지 않았다. 이제 스랄은 주도권을 장악한 채 천천히 자리에서 일어났다. 그리고 반갑고 친절하게, 하지만 약간은 아랫사람을 대하는 태도로 두 팔을 벌렸다. 가로쉬는 임시 지도자의 역할을 맡기 전에 자기 위치를 제대로 자각할 필요가 있었다.

스랄이 가로쉬를 데리고 방을 나가면서 코르크론에게 고갯짓을 하자 그들은 절도 있게 절하고 그 자리에 그대로 남았다. 스랄은 그롬마쉬 요새에서 아무도 그들의 대화를 엿듣지 못할 만한 깊숙한 구역으로 들어가고 있었다. 그는 걸어가면서 입을 열었다.

"내가 전사이면서 주술사라는 건 알지?"

"물론이죠."

"정령들이 무척 동요하고 있다는 것도 알고 있겠지. 자네가 노스렌드에서 귀향하던 길에 닥쳐왔던 이상한 파도도 그렇고, 오그리마에 번졌던 화재도 그렇고."

"네, 실감하고 있습니다. 하지만 제가 그걸 어떻게 바꿀 수 있습니까?"

"자네는 못하지. 나는 할 수 있네."

가로쉬가 눈을 가늘게 떴다.

"그럼 왜 안 하시나요? 대족장님?"

"이런 일은 대족장으로서 하는 게 아닐세, 가로쉬. 주술사의 일이야. 그리고 나 역시 바로 그 질문과 씨름하고 있었네. '왜 안 하나?' 왜냐 한즉, 그러려면 나는 오그리마를 떠나야 하기 때문일세. 아제로스를 아예 떠나야만 해."

가로쉬는 불안한 표정을 지었다.

"아제로스를 떠난다니요? 무슨 뜻이신지 모르겠군요."

"나그란드로 가보려 하네. 그곳의 주술사들은 지독한 고통에 시달리던 정령들을 도와주었고, 그 결과 아직도 비옥한 지역들이 남아 있지. 어떻게 그럴 수 있었는지 알아내면…… 이곳의 정령들을 이해하는 데에도 도움이 될지 몰라."

가로쉬는 히죽 웃으며 어금니를 드러냈다.

"제 고향 땅 말이죠. 저도 다시 한 번 보고 싶군요. 대모님이 조상님들을 따라 떠나기 전에 이야기도 해보고 싶어요. '붉은 천연두'가 돌았을 때 그분이 저도 다른 오크들도 수두룩이 치료해 주셨죠."

"그분은 위대한 보배지. 나도 그분의 지혜를 빌리려 하네."

"곧 돌아오실 겁니까?"

스랄은 정직하게 말했다.

"글쎄…… 모르겠군. 필요한 걸 알아내려면 시간이 들긴 할 게야. 너무 오래 자리를 비우지는 않겠다만, 몇 주, 혹은 몇 달이 걸릴지도 모르네."

"네? 그럼 호드는요! 대족장님이 없으면 어떡합니까?"

"내가 떠나는 건 호드를 위해서일세. 걱정하지 말게, 가로쉬. 나는 호드를 저버리지 않아. 가야만 하므로 가는 걸세. 우리는 모두 호드에 충성을 다하네. 대족장이라도 마찬가지고. 아니, 대족장이기 때문에 더욱 그래야만 해. 그리고 자네 역시도 충성을 다한다는 것을 내 잘 알고 있네."

"그렇습니다, 대족장님. 바로 당신께서 가르쳐주셨죠. 우리 아버지가 자랑스러운 분이라고요. 다른 이들을 위해, 호드를 위해 기꺼이 목숨을 바쳤으니까."

가로쉬의 목소리는 솔직했다. 얼굴에는 감정이 그대로 숨김없이 드러나 있었다.

"저는 아직 목숨까지 바치지는 않았죠. 그래도 전투를 충분히 많이 겪고 보았고, 저 역시 아버지처럼 호드를 위해 기꺼이 죽을 겁니다."

"자네는 이미 죽음에 직면했고 거기서 벗어났네. 죽음의 부하들을 많이 쓰러뜨렸고. 호드가 세워진 이래 그 누구보다도 자네는 호드에 크게 이바지했네. 그리고 이걸 알아두게. 잠시일지언정 내가 없는 동안 호드를 맡아줄 이를 지명하려고 하네."

가로쉬가 흥분해서 눈을 크게 떴다.

"대족장님…… 저를 대족장의 자리에 앉히시려는 겁니까?"

"아니. '내'가 돌아올 때까지, '나'를 대신해서 호드를 이끌어달라고 하는 걸세."

가로쉬가 말문이 막히는 일은 좀처럼 없는데, 지금 저 갈색 피부의 오크는 놀라서 할 말을 잃은 듯했다.

"……저는 전쟁을 잘 알죠. 전략이나, 군대를 규합하는 거나…… 이런 것들은 잘 압니다. 그 방식으로 충성하게 해주십시오. 맞서 싸워 쓰러뜨릴 적만 찾아내 주십시오. 그럼 저는 떳떳하게 호드에 충성을 다 바칠 겁니다. 그러나 정치에 대해서는 아무엇도…… 저는 토…… 통치하는 건 전혀 모릅니다. 두루마리를 드느니 주먹에 검을 쥐는 편이 낫습니다!"

"자네 심정은 이해하네."

스랄은 보통 오만하기만 하던 가로쉬를 안심시키면서 내심 조금 즐거웠다.

"하지만 든든한 고문관들을 같이 지명할 걸세. 아이트리그와 케른 말이야. 그 둘 다 오랫동안 나와 함께 지혜를 나누어 왔으니 자네를 이끌고 조언해줄 수 있을 걸세. 정치는 배우면 되네. 그보다는 호드를 사랑한다는 것……."

스랄은 고개를 내저었다.

"그게 지금으로서는 정치적 안목보다 더 중요하다고 생각되네. 그리고 자네는 호드에 대한 사랑으로 충만하지 않은가, 가로쉬 헬스크림."

그래도 가로쉬는 평소답지 않게 주춤거렸다. 그러다가 마침내 말했다.

"제가 그럴 자격이 있다고 여겨주신다면, 알겠습니다. 호드의 영광을 위해 선력을 다하겠습니다!"

"지금은 영광까지 따지지 않아도 되네. 그러잖아도 어려운 과제들이 아주 많을 테니까. 호드의 영광은 이미 증명되었으니, 자네는 그저 그것을 보살피기만 하면 돼. 자기 자신의 욕심보다는 호드에게 필요한 것을 먼저 생각하게. 자네의 아버지가 그랬듯이 말이야. 그리고 코르크론들도 자네에게 붙여놓고 갈 걸세. 나는 호드의 대족장이 아니라 주술사로서 나그란드에 가는 거니까. 그들을 잘 활용하도록 하게. 케른과 아이트리그도."

스랄은 말을 멈추고 입술을 비틀며 미소 지었다.

"자네라면 무기 없이 전쟁에 나가겠는가?"

가로쉬는 당황한 채 스랄을 쳐다보았다. 화제가 갑작스레 바뀌었다고 생각하는 모양이었다.

"어리석은 질문을 하십니다, 대족장님. 아시잖습니까?"

"아, 물론 알지. 나는 다만 자네에게 얼마나 강력한 무기가 있는지 알려주고 싶은 걸세. 내가 호드에게 가장 이로운 길을 고심할 때 내 고문관들은 나의 무기가 되어 주었네. 그들은 내가 보지 못하는 것들을 볼 줄 알고, 내가 있는지도 몰랐던 선택지를 짚어내 주었어. 그런 소중한 조언을 무시하는 건 바보나 하는 짓일세. 그리고 나는 자네가 바보라고 생각하지 않아."

이제야 스랄의 의도가 무엇인지 분명하게 깨달은 가로쉬는 긴장이 좀 풀린 듯 미소 지었다. 그리고 평상시의 오만한 태도가 언뜻 되살아났다.

"물론이죠. 저는 바보가 아닙니다, 대족장님. 저를 바보라고 생각하셨다면 이런 자리를 주지도 않으셨겠죠."

"그렇지. 그럼 가로쉬, 내가 돌아올 때까지 호드를 다스리겠는가? 아이트리그와 케른의 조언을 새겨듣겠는가?"

가로쉬 헬스크림은 깊게 숨을 들이쉬었다.

"호드를 힘닿는 데까지 이끄는 것은 제 오랜 열망이었습니다. 그러니 말씀하신 대로 하겠습니다. 천 번이라도 그렇게 하겠습니다, 대족장이시여. 저는 호드를 다스릴 수 있고, 다스릴 것입니다. 권해주신 고문관들과 상의도 할 겁니다. 당신이 제게 맡기신 일이 얼마나 엄청난 영광인지 알고 있습니다. 그 영광을 받을 자격이 있는 지도자가 되도록 분발하겠습니다."

"그럼 좋네. 호드를 위하여!"

"호드를 위하여!"

가로쉬는 자부심과 기쁨으로 가슴을 잔뜩 편 채 성큼성큼 걸어갔다. 그 모습을 지켜보며 스랄은 기도했다. 조상님들이여, 부디 제가 하는 일이 올바른 선택이기를.

11장

2주 뒤, 안두인 린은 짐을 먼저 다른 차편으로 보내둔 채 가벼운 몸으로 깊은굴 지하철에서 내렸다. 내리자마자 한 드워프의 튼튼하고 짧은 팔에 끌어 안겨서 거의 짜부라질 뻔했다.

"어서 오시게, 친구!"

마그니 브론즈비어드 국왕이 소리쳤다. 안두인은 대답하려 했지만 숨을 쉬기조차도 어려워서 그냥 잠자코 있을 수밖에 없었다. 마그니는 계속 말을 이었다.

"자네를 맞이할 수 있어서 우린 다들 들떠 있었네. 키가 무지하게 쑥쑥 컸구먼! 하마터면 알아보지도 못할 뻔했으니!"

마그니는 안두인을 품에서 풀어주었다. 안두인은 헐떡거리며 숨을 들이켜면서도 드워프 국왕과 그 옆에 서 있는 젊은 드워프 여자에게 미소를 지었다. 아버지가 그를 여기에 보낸 이유는 안두인의 목적과 다를 테지만, 그래도 상관없었다. 어쨌든 집에서 떨어져 있게 되었으니까. 너무 오랫동안 갇혀 있었던 스톰윈드의 도시와는 완전히 다른 문화권에 발을 들인 것이다.

"이곳에 와서 기쁩니다, 폐하. 저를 맞아주셔서 고맙습니다."

"고마워하실 것 없네, 친구. 우리도 좀 재미나는 일이 필요했거든. 그동안 너무 지루해서 말이야."

마그니가 안두인의 등을 철썩 쳤다.

"이리 오시게, 자네가 지낼 방을 다 준비해 놨다네. 아, 하인 몇 명을 먼저 보냈던데, 제대로 접대를 해두었네. 하지만 일단 여기 애린이라는 친구를 소개해주고 싶구먼."

마그니가 젊은 드워프 여자를 가리켰다.

"자네의 경호원으로 붙여주려고 하네. 물론 아이언포지 친구들이 자네를 그리 귀찮게 굴지는 않을 테지만."

애린이 안두인에게 밝게 웃으며 정중하게 절했다.

"만나 뵙게 되어 영광입니다."

그녀는 빼어난 드워프 여성이었다. 체격이 풍만하고, 분홍빛 뺨에, 긴 갈색 머리를 등까지 땋아 내리고 있었다. 갑옷을 무슨 잠옷이라도 되는 듯 편안하게 걸친 채로 안두인에게 손을 뻗어 다정하게 악수를 했다. 안두인은 그녀의 몸의 곡선이 거의 다 근육이라는 것을 알아보았다.

"애린은 나의 개인 수행원 중 한 명일세. 자네를 잘 모실 게야."

"예, 그리고 전 아이언포지 출신이기도 하지요. 여기서 태어나고 자랐어요. 여기 계시는 동안 안내해 드릴 수 있어서 기쁩니다, 저하."

애린이 자랑스럽게 말했다.

"고마워요. 그리고 그냥 안두인이라고 불러요."

"좋아요. 그럼, 안두인."

애린이 고개를 끄덕이며 대답했다.

드워프들은 왕족에게 절대적으로 충성했지만 왕족을 대하는 태도 자체는 이렇게 사근사근하고 편안한 구석이 있었다. 안두인은 그런 점이 마음에 들었다.

"그럼 이제 자네가 지낼 처소로 가세나."

마그니가 성큼성큼 걸어가기 시작했다. 발걸음이 너무 빨라서 안두인은 따라가기가 어려울 지경이었다. 마그니가 눈을 반짝이며 말했다.

"내가 준비해놓은 걸 보면 자네도 마음에 들 걸세."

"그전에 대용광로를 먼저 들러도 괜찮을까요? 다시 보고 싶어서요."

"오, 물론 괜찮지! 늘 자랑하고 싶은 곳이니 말일세!"

'강철 용광로'라는 뜻을 지닌 아이언포지는 그 중심에 말 그대로 거대한 용광로를 품고 있었다. 우뚝 솟은 성문을 나가자마자 나오는 눈 덮인 대지의 차갑고 신선한 공기와는 정반대로, 이 안의 공기는 탁하고 거의 숨이 막힐 정도로 뜨거웠다. 하지만 독하기는 해도 인간의 도시와는 사뭇 색다른 냄새라서 안두인은 무척 좋아했다. 용광로에 다가가자 후끈한 열기가 파도처럼 밀려왔다. 그는 눈을 약간 찡그리면서 겉옷을 벗고, 애린을 흘끔 내려다보았다. 안두인은 가벼운 리넨 셔츠와 반바지 차림에 어깨에 겉옷을 걸쳤을 뿐인데 땀에 흠뻑 젖어 있었다. 반면, 애린과 마그니는 갑옷으로 완전 무장을 하고 있는데도 전혀 아랑곳하지 않는 듯했다. 이런 것이 드워프의 체질이었다.

용광로의 압도적인 광경이 눈앞에 펼쳐지자 안두인은 불쾌감을 까맣게 잊어버렸다. 용해된 금속이 빨간색과 노란색과 주황색으로 번쩍거리면서 물처럼 철썩이며 흐르고 있었다. 용광로는 어마어마하게 광대해서 그 크기를 거의 헤아릴 수도 없었다. 적어도 안두인은 헤아리기 어려웠다.

"그래, 장엄한 광경이지."

마그니의 말에 안두인은 고개를 끄덕였다. 잠시 뒤 열기가 너무 심해져서 안두인은 비교적 시원한 복도로 걸어나가면서 한숨을 돌렸다. 몇 드워프와 노움 들이 바쁜 듯 돌아다니고 있었고, 여기저기에 배치된 경비병들이 마그니에게 공손하게 묵례를 했다.

안두인은 마그니를 따라가다 보니 방향이 이상하다 싶어서 발걸음을 늦췄다. 그는 자신이 알현실 근처에 있는 왕실 전용 구역에서 머물게 될 줄 알았다. 결국 그는 왕자였고, 왕자로 대우받게 될 테니 말이다. 그래서 밤에 잠을 제대로 잘 수나 있을까 걱정되기도 했었다. 알현실은 용광로 바로 옆에 있고 용광로는 엄청나게 뜨거운 데다가 밤낮없이 가동되기 때문이다. 그런데 마그니가 안두인을 데려가는 곳은 그 부근이 아니었다.

그 점에 대해서 물어보려고 입을 벌렸을 때 마그니가 걸음을 멈췄다. 안두인은 입을 그대로 벌린 채로 깜짝 놀라 할 말을 잃었다. 눈앞에 있는 건물 때문이 아니었다. 밖에서 보기에 그건 단순히 아이언포지 건축물 일부분일 뿐이었고, 아치형 문에 새삼 놀랄 건 없었다. 안두인의 가슴을 펄떡 뛰게 한 것은 그 안에 보이는 물건이었다.

날개가 달린 거대한 파충류의 해골이 철사에 묶여 천장에 매달려 있었던 것이다. 안두인은 넋을 잃은 채 그리로 다가갔다.

"이게 뭐지요?"

"프테라돈입니다. 운고로 분화구에서 발굴한 겁니다. 지독한 곳이지요. 저도 거기서 엄청 오래 있었답니다."

애린이 말했다.

"자, 자, 친구. 일단 자네가 묵을 건물에 가자고. 관광은 나중에 하세나."

마그니가 가볍게 꾸짖었다. 그는 안두인이 제대로 알아듣지 못할 농담이라도 하는 듯이 눈을 반짝이고 있었다.

안두인은 한숨을 쉬고 프테라돈을 애타는 눈길로 돌아보고는 고개를 끄덕였다.

"네, 폐하. 적어도 몇 주는 여기에 머물 테니 관광할 시간은 앞으로도 아주 많겠지요. 제 처소로 가지요."

"그러세."

마그니가 말했다. 그런데 움직이지 않았다.

"폐하? 제 처소는……?"

안두인이 되물었다. 옆에서 애린이 애써 웃음을 참고 있었다. 뭐가 어떻게 되고 있는 건가?

마그니가 천천히 손가락을 들어 올려 왼쪽을 가리켰다.

"벌써 도착했잖은가!"

마그니는 머리를 젖히고 껄껄 웃었다. 그러자 애린도 따라 웃었고, 안두인의 얼빠진 얼굴에도 서서히 미소가 번졌다.

"바로 이 구역에 자네와 자네 하인들이 머물도록 준비했네. 도서관 바로 맞은편이지. 자네가 왕궁 생활에는 좀 질렸을 것 같아서 말일세. 그리고 어쩌다 보니 자네가 무엇에 관심이 있는지 알게 됐거든."

"고맙습니다, 폐하!"

"어휴."

마그니가 짐짓 거만한 투로 손을 내저었다.

"자네를 갓난아기였을 때부터 쭉 본 사람한테 남우세스럽구먼. 여기는 우리 집이니, 여기서는 나를 아저씨라고 불러도 좋아."

마그니의 얼굴에 슬픈, 잔뜩 지치고 늙은 듯한 표정이 잠깐 스쳤다. 순간 안두인은 그 표정이 '아저씨'라는 말 때문인가 싶었지만 곧 진짜 이유는 따로 있음을 깨달았다. 마그니 브론즈비어드는 '아버지'라는 말을 하고 싶었던 것이다.

마그니는 모이라라는 외동딸이 있었다. 몇 년 전 모이라는 검은무쇠단의 제왕 다그란 타우릿산에게 납치되었다. 다그란이 마법으로 자신의 딸을 유혹해 그를 사랑한다는 착각에 빠지게 했다고 생각한 마그니는 전사들을 파견해 다그란을 죽이고 모이라를 구해오게 했다. 그러나 그녀는 돌아오지 않겠다고 선언했다. 자신이 임신했으며, 남편이 살해당해서 가슴이 타들어가는 듯 분노가 치민다면서. 마그니는 엄청난 충격을 받았다. 그 이후로 모이라에 대해서도, 두 왕국의 후계자인 그녀의 아이에 대해서도 들리는 바가 없었다.

할아버지가 된다는 건 축하받을 일이어야 했다. 마그니는 이곳 아이언포지에서 딸과 함께 손자를 무릎 위에 앉히고 여생을 보낼 수도 있었다. 그런데 자식도 손자도 그에게서 멀리 떨어진 채, 다그란 타우릿산 제왕이 죽은 지금도 여전히 그의 어둠의 주문에 사로잡혀 있는 것이다. 마그니는 그렇게 굳게 믿고 있었다. 안두인은 그 손자가 아들인지 딸인지조차 알지 못했지만, 마그니에게 그런 걸 물어볼 생각도 없었다.

침울한 순간은 금세 지나가고 마그니는 다시 미소 지었다. 그러나 눈에서 반짝이던 장난기는 사라져 있었다.

"저녁 식사는 8시 정각일세. 기억하게. 늦지 말게. 내일 가장 먼저 애린과 함께 훈련해야 하니."

안두인은 당황했다. 전투 훈련? 그는 어깨를 살짝 늘어뜨렸다. 아버지가 이런 걸 준비해두었을 줄 진작 알았어야 했는데. 뭐, 그래도 애린은 좋은 상대인 듯했다. 그리고 도서관을 뒤져보고 탐험가 연맹에 대해 알아볼 시간은 아직 있을 터였다.

"네, 아저씨."

그러자 딱딱해졌던 마그니의 얼굴이 조금이나마 풀어졌다. 안두인은 그 모습을 보고 미소 지었다. 마그니는 고개를 끄덕이고 안두인의 팔을 가볍게 두드리고는, 알현실을 향해 성큼성큼 돌아갔다. 안두인은 애린을 돌아보았다.

"그럼, 내 수행원들은 다들 짐을 푼 거죠?"

"아, 예. 조금 전에요."

안두인이 씩 웃었다.

"그럼 도서관으로 가죠!"

다음 날 아침, 안두인은 알현실의 외딴 구역에 멍투성이가 되어 드러누운 채 천장을 쳐다보고 있었다. 엄청나게 아프기도 했지만, 드워프들의 전투 능력에 대한 경이로움이 새삼 북받쳤다.

"또 쓰러졌어요, 작은 사자?"

쯧쯧 혀를 차는 소리가 들렸다.

"세 번 연속이군요."

온몸의 근육이 아팠다. 안두인은 힘겹게 팔을 들어 올려서 애린의 작지만 더 강한 팔을 붙잡았다. 그녀는 안두인을 무게가 전혀 안 나간다는 듯이 가뿐하게 끌어올려 바로 서게 해 주었다. 옆구리에 늘어뜨린 안두인의 왼팔에는 아직 방패가 묶여 있었다. 검은 적어도 2미터 너머 바닥에 팽개쳐져 있었다. 그는 한숨을 내쉬고 그쪽으로 느릿느릿 걸어가서, 아픈 손으로 칼자루를 잡아 쥐고 안간힘을 써서 검을 들어 올렸다.

애린이 푸른 눈으로 방패를 휙 쳐다보고는 의미심장하게 눈썹을 추켜세웠다. 방패를 왜 내리고 있느냐는 뜻이었다.

"아, 음…… 못 들겠어요."

안두인은 뺨에 뜨거운 피가 확 쏠리는 느낌이었다. 애린은 한순간 무척 화가 난 듯보였지만 이내 명랑하게 웃음 지었다.

"괜찮아요, 작은 사자. 오늘은 그냥 당신의 힘과 기술을 확인한 거니까. 앞으로는 한동안 여기 머물 거잖아요? 아버지한테 돌아갈 때쯤에는 제대로 드워프 체질이 되어 있을 테니까, 두고 보세요!"

애린은 어제 오후에 아이언포지를 같이 느긋하게 걸어 다닐 때부터 안두인을 '작은 사자'라고 부르기 시작했지만, 안두인은 신경 쓰지 않았다. 방금 그녀의 말도 그저 격려해주려고 한 말이라는 것쯤은 알고 있었다. 그래도 안두인은 마음속으로 움츠러들었다.

아버지는 분명히 그를 '장군감'이라고 생각하지 않았다. 여기에 보낸 이유도 결국은 드워프들을 통해서 그를 강한 남자로 만들려는 의도였으리라. 그리고 지금 몸도 마음도 고통스러운 상태에서 안두인은 자신이 정말로 장군감이 못 된다는 사실을 절실히 깨닫게 되었다. 궁술이나 칼 던지기라면 소질이 있었다. 눈썰미가 예리하고 손놀림도 안정적이니까. 그러나 무거운 무기를 쓰려고 하면 여윈 몸이 따라주지를 못했다. 체격의 문제만은 아니었다. 검이나 창 같은 건 손에 쥐면 늘 불편하기만 했다. 아무리 열심히 훈련한들, 이 다부지고 명랑한 드워프 여자와 아무리 오래 대련을 한들, 그녀의 말마따나 '제대로 드워프 체질'이 될 수 있을 턱이 없었다.

"미안해요. 당신은 훌륭한 교관입니다, 애린. 난 앞으로 분명히 실력이 늘 거예요."

"아우, 당연히 그럴 거예요."

그녀가 윙크하며 말했다. 인제 보니 애린은 아주 예뻤다. 안두인은 그녀에게 거짓말을 한 게 미안해서 머쓱히 마주 웃었다. 정말로 실력이 늘기나 할까? 애린을 실망하게 할 생각이 드니 기분이 우울해졌다. 그녀는 벌써 휘파람을 불면서 바지런히 물건들을 치우고 있었다. 안두인은 그녀를 도와 훈련용 무기들을 걸어놓고 패드가 대인 갑옷을 벗으며, 욱신거리는 근육 때문에 숨을 헐떡이지 않으려 안간힘을 썼다.

"이제 방에 돌아가서 목욕해야겠어요."

안두인이 땀에 젖은 이마를 손으로 훔치며 말했다.

"예, 그런데 내가 할 말이 있으니 듣고 가시죠."

애린이 무뚝뚝하게 말했다. 안두인은 더럭 무안해져서 그녀를 물끄러미 바라보았다. 한참이 지난 뒤, 애린의 입술이 비죽 뒤틀리면서 짓궂은 미소를 흘렸다. 또 장난을 친 것이다. 안두인은 멋쩍게 하하 웃었다.

"필요한 게 있으면 말씀하시라고요. 이따가 산양 타고 산책하러 가고 싶으면 모셔다 드릴 테니."

드워프들이 즐겨 타는 거대한 산양 위에 올라앉은 채 이리저리 흔들릴 생각을 하니, 안두인은 낯빛이 하얗게 질렸다.

"아뇨. 그냥 안에서 공부나 좀 할게요."

"뭐, 그러세요. 아무튼 바깥 공기 쐬고 싶으면 절 부르세요."

"고마워요. 그럴게요."

"그럼요, 언제든!"

애린이 활기차게 걸어나갔다. 땀을 거의 흘리지도 않은 듯 말끔했다. 안두인은 한숨을 쉬고 방으로 돌아갔다.

뜨거운 물로 목욕하고 옷을 갈아입고 나니 기분이 훨씬 개운해졌다. 안두인은 마법 지구까지 걸어가 보기로 마음먹었다. 빛의 신성한 기운을 좀 받고 싶었다.

마법 지구에 도착하자 역시 이쪽으로 오기를 잘했다는 생각이 들었다. 가슴이 갑갑하던 느낌이 서서히 풀리기 시작한 것이다. 마법 지구는 어쩐지 더 환하게 밝아 보였다. 교묘하게 조명 장치를 해서 그런지, 아니면 건축물 자체에 밝은 물질이 들어가서인지는 알 수 없었다. 또한 안에 있는 연못에서 부드럽게 찰싹거리는 물소리 때문에 마음이 편안해졌다. 저 연못이 장식 외에 정확히 어떤 용도가 있는지는 잘 몰랐지만 어쨌든 동전을 하나 꺼내서 소원을 빌고 연못에 던져 넣었다. 동전은 금빛으로 반짝이다가 천천히 물속으로 가라앉았다. 안을 들여다보니 이미 다른 이들이 던진 동전들이 밑바닥에 잔뜩 널려 있어서, 안두인은 자신의 생각이 옳았구나 싶었다. 그리고 계단도 있었다. 수영장인가, 아니면 침례 의식을 하는 곳인 건가? 나중에 애린에게 물어봐야겠다. 지금 자칫 섣불리 행동하다가 사회적인 결례를 저지르고 싶지는 않았다.

신비의 전당으로 들어가자 희부연 남보랏빛이 내리비쳐 안두인은 미소를 지었다. 금빛과 푸른빛의 기하학적인 무늬로 세공된 기둥 다섯 개가 위층과 천장을 받치고 있었다. 전당에 들어와 보니 이곳은 대성당처럼 신성한 느낌이 드는 장소는 아니었지만, 그래도 성스러운 빛이 머무는 곳이었다. 그리고 어제나 오늘 아침까지만 해도 아이언포지 주민은 모두 매일같이 철판 갑옷만 입나 보다 싶었는데, 이곳 방에 있는 노움과 드워프 들을 보니 부드럽게 나부끼는 로브를 입고 있어서 안두인은 안심이 되었다.

그때 무언가 작고 단단한 것이 안두인의 허벅지를 콱 찧었다. 안두인은 뒤로 휘청거렸다.

"무슨……."

"세상에!"

누군가가 작게 비명을 질렀다.

"딩크, 앞 좀 보……."

"으악!"

또다시 무언가 작고 단단한 것이 안두인의 허벅지에 부닥쳤다. 아까 훈련 때문에 이미 약해져 있던 다리가 그 통에 휘청 구부려져, 어떻게 할 새도 없이 차가운 돌바닥에 무릎을 꿇고 말았다. 안두인은 아픔에 얼굴을 찡그렸지만 신음을 내뱉지는 않고 천천히 일어섰다.

"정말로 죄송해요!"

안두인은 두 노움을 내려다보았다. 아마 남매 같았다. 둘 다 머리는 희고, 노란색과 푸른색으로 된 로브를 입고, 푸른 눈은 당혹감으로 휘둥그레 뜨고 있었다. 책을 들고 있던 여자 쪽이 얼굴을 붉혔다.

"쟤가 먼저 장난쳐서 휘말린 거예요, 전. 그래서 앞을 못 보고 뛰느라고 그랬어요. 딩크의 변명은 뭔지 모르겠지만!"

"나는 너 따라가고 있었잖아, 빙크!"

딩크라고 불린 남자 쪽이 항변했다.

"죄송합니다, 젊은 친구 분. 가끔 우리 일에만 너무 정신이 팔려서요!"

"우리 일에도 그렇고, 남의 일에도 신경을 쓰지요."

빙크가 애교 있게 웃으면서 말하고는 걱정스럽게 안두인의 무릎에서 먼지를 털어

주었다. 안두인은 움찔하고 애써 미소 지으며 물러섰다.

"정말로 죄송해요!"

"괜찮아요. 저도 더 조심했어야 했지요."

안두인의 말에 둘 다 활짝 웃고는 절을 하고 허둥지둥 떠나갔다. 안두인은 다리가 아프긴 해도 유쾌한 기분으로 그들을 지켜보았다.

그때 뒤에서 깊고 친절한 목소리가 들려 왔다.

"자, 친구여. 내가 좀 봐 드리도록 하지요."

갑자기 산뜻한 온기가 안두인에게 살며시 스며들었다. 돌아보니 한 늙은 드워프가 기도문을 부드럽게 읊조리며 손을 움직이고 있었다. 길고 흰 수염은 두 갈래로 땋아 내렸는데 한 갈래는 묶여 있었다. 정수리는 벗겨져 있었고, 뒷머리는 묶은 채 나머지 머리카락을 늘어뜨리고 있었다. 녹색 눈이 주름지며 미소를 띠었다. 순식간에 안두인은 모든 고통이 사라졌음을 깨달았다. 무릎을 찧어서 얼얼하던 것도, 훈련 때문에 몸이 쑤시고 뻣뻣하던 것도 싹 사라져 있었다. 마치 하룻밤 푹 자고 일어난 것처럼 편안하고 기운찬 느낌이 들었다.

"고맙습니다."

"천만에, 친구. 스톰윈드의 젊은 왕자님이 맞으시오? 오신다는 얘길 들었는데."

안두인이 고개를 끄덕이고 손을 내밀었다.

"만나 봬서 반갑습니다. 성함이……?"

"로한 대사제라고 하오. 그대에게 빛의 축복이 있기를. 그래, 우리의 영광스러운 도시에는 어찌 오게 되었소?"

"깊은굴 지하철 타고요."

안두인은 자기도 모르게 드워프가 하는 흔한 농담을 내뱉고 말았다. 그는 뒤늦게 눈을 크게 뜨고 뺨을 붉혔다.

"아…… 죄송합니다. 그러려던 게 아니었……."

뜻밖에도, 대사제는 머리를 뒤로 젖히고 껄껄 웃음을 터뜨렸다.

"어이쿠, 그 농담 되게 오랜만에 들어 보는군. '난 걸어서 갔는데.' 이렇게 받아쳐야 하는 게지?"

대사제가 킬킬거렸다. 안두인은 속으로 가슴을 쓸어내리고, 싱긋 웃음 지었다.

"정말로 나쁜 농담이었어요. 사과드립니다."

"뭐, 좀 더 괜찮은 농담을 하나 들려주면 내 용서해 드리리다."

"어…… 글쎄요……."

"요즘 내가 통 웃을 일이 없어서 그렇소. 어이쿠, 물론 빛을 모신다는 게 심각한 일이긴 하지. 빛나는 유머 감각이 있다면 빛께서도 기뻐하시지 않겠소?"

안두인은 당황한 눈빛으로 대사제를 바라보며, 이 다소 불경한 말장난에 신음을 흘린다면 실례가 되지 않을까 고민했다. 로한은 안두인의 불편한 표정을 놓치지 않았지만 활짝 웃기만 했다.

"아아, 그래. 방금 내 말도 썰렁한 농담이었소. 그래서 당신이 좀 새로운 농담을 가르쳐줬으면 하는 게요. 그러나저러나, 신비의 전당에는 왜 왔소?"

안두인은 갑자기 진지해졌다.

"저는…… 저는 그냥 빛을 뵙고 싶어서요."

늙은 드워프는 상냥하게 웃었다. 그리고 이번에는 부드럽고 심각한 목소리로, 그러나 아까의 유쾌한 기색은 조금도 가시지 않은 채로 말했다.

"빛은 멀지 않다오, 친구여. 우리는 빛을 우리 안에 항상 모시고 살아가니 말이오. 하지만 영혼을 채워주는 특별한 장소에서 다른 형제들을 만나는 것 또한 필요하지. 언제든지 여기 오셔도 좋소, 안두인 린."

로한은 왕자라는 호칭을 붙이지 않았다. 안두인도 로한도 빛 앞에서는 호칭 같은 게 필요 없기 때문이었다. 안두인은 예전에 아버지가 고국을 떠났다가 다시 돌아왔을 때 했던 말이 떠올랐다. 바리안에게 의지하는 스톰윈드의 백성과 안두인이 아니었더라면 바리안은 그냥 로고쉬로 남아서 투기장에서 싸우는 걸로 만족했으리라고 했었다. 짧고 거칠기는 해도, 왕실의 복잡다단한 문제들이 전혀 없는 단순하고 소박한 삶이었으니까.

안두인은 구부러진 계단을 따라 위층의 조용한 방으로 올라갔다. 여기저기 타오르는 화로의 주황색 불빛에 부드러운 푸른색 빛이 합쳐지고 있었다. 문득 안두인은 아버지의 갈망이 이해가 되었다. 폭력적인 칼싸움이나 매일같이 죽을지도 모르는 위험한 삶이 이해가 된다는 건 아니었다. 아버지는 싸움을 원하는지 몰라도 안두인은 아니다. 절대로. 안두인이 원하는 것은 평화일 뿐이었다. 조용히 앉아서 묵상하고, 공부하고, 백성을 도울 수 있는 평화. 그런데 그 평화는 좀처럼 얻을 수 없는 사치처럼 느껴졌다.

한 여사제가 차분한 얼굴에 미소를 띠고 안두인을 지나쳐 갔다. 안두인은 한숨을 쉬었다. 그런 삶은 그의 숙명이 아니었다. 안두인은 사제가 아니라 왕자였으니, 앞으로 살면서 더 많은 전쟁과 폭력과 마주하고 정치 공작과 책략을 꾸밀 수밖에 없으리라.

하지만 지금 이곳 신비의 전당에서는 그도 왕족의 호칭 없이 그저 안두인 린일 뿐이었다. 안두인은 가만히 앉아서 생각에 잠겼다. 그가 생각하는 건 아버지도, 스랄도, 제이나도 아니라, 누구든지 아무 도시에나 들어가도 언제나 진심으로 환영받을 수 있는 그런 세상이었다.

12장

　드렉타르는 잠결에 몸부림치고 뒤척였다. 꿈이 그를 쥐어뜯고 꼬집고 희롱하고 고문하고 있었다. 불확실하고 애매하고 희미한 꿈이었다. 드렉타르의 마음속 극장에서는 평화와 번영, 재앙과 붕괴가 동시에 펼쳐지는 중이었다.

　꿈속에서는 앞을 볼 수 있었다. 그는 발밑에 아무것도 없는데도 불구하고 서 있었다. 사방에는 온통 먹물처럼 새카만 하늘과 별들뿐이었다. 땅, 공기, 불, 물의 정령들이 모두 잔뜩 성이 나고 기분 나쁜 표정으로 그에게 고함치고 있었다. 드렉타르에게 간청하면서 손을 뻗었지만, 막상 그가 마음을 열고 다가가려고 하면 정령들은 길길이 날뛰며 밀쳐내 드렉타르를 휘청거리게 했다. 만약 정령이 어린아이였다면 징징 울기까지 했을 듯했다.

　물이 파도가 되어 그에게 밀려오고 공기는 바람이 되어 그 물살을 채찍질했다. 강력한 폭풍이 몰려와 배들을 장난감처럼 두 동강 내 버렸다. 그 배에는 케른과 그롬의 아들들이 타고 있었다……. 아니, 아니, 스랄인 것도 같았다. 그러다가는 결국 그 배에 누가 있었는지는 중요하지도 않게 되었다. 죄다 산산이 조각나서 흠뻑 젖은 불쏘시개 꼴이 되었으니까.

　옆에는 불이 있었다. 불똥들이 마치 둥지를 보호하려 날아드는 새처럼 드렉타르에게 날아왔다. 어떻게 할 새도 없이 옷에 불이 붙어 타올랐고, 그는 비명을 지르며 미친 듯이 두드려 끄려고 해 보았지만 불꽃은 꺼질 기미를 보이지 않았다.

　드렉타르가 불의 공격에 꼼짝없이 굴복하게 되려던 찰나, 공격은 멈췄다. 그의 몸은 온전했다. 드렉타르는 거칠게 숨을 쉬며 덜덜 떨었다. 시간이 흘렀다. 아무 일도 일어나지 않았지만 꿈은 계속되었다.

그러다가 발밑이 우르르 진동하기 시작했다. 그때 드렉타르는 퍼뜩 깨달았다. 아까는 공기와 물, 불이 자기 고통을 소리쳐 알린 것이었고, 이제는 그들과 더불어 발밑의 땅까지 흐느껴 울며 몸을 떨기 시작한 것이로구나. 무시무시한 파국이 닥치려 한다는 직감이 들었다. 마음속에 어떤 장면들이 떠올랐다. 눈 덮인 곳, 그리고 어떤 숲…….

드렉타르는 고함을 지르며 벌떡 일어났다. 눈을 깜빡였지만 다행스럽게도 오로지 어둠밖에는 보이지 않았다. 손을 내뻗자 언제나처럼 팔카르의 손이 잡혔다.

"무슨 일이세요, 대부님?"

팔카르가 물었다. 드렉타르의 겁먹은 목소리에 비해 그의 목소리는 또렷하고 강인하고 담담하기만 했다.

드렉타르는 입을 벌려 대답하려 했지만 갑자기 머릿속이 눈앞처럼 갑갑해졌다. 뭔가…… 뭔가 중요한 꿈을 꾸었는데. 말해줘야 하는데…….

"모…… 모르겠다. 무언가 무시무시한 일이 벌어지려고 해, 팔카르. 그런데…… 뭔지 모르겠구나. 모르겠어!"

그는 속이 타서 머리를 흔들며, 겁에 질려 눈물을 흘렸.

얼굴을 타고 흐르는 눈물은 따스했다.

시간이 흐르면서 안두인은 규칙적인 일과가 생겼다. 아침에는 애린과 훈련을 했다. 대련하지 않을 때는 함께 교외 지역 쪽으로 산양을 타고 나가기도 했다. 양을 타는 건 그다지 즐겁지 않았지만 밖으로 나가는 것 자체는 무척 좋았다. 맑은 공기에 머리가 아찔할 정도였고, 눈 덮인 땅은 따스한 스톰윈드의 땅과 전혀 달랐다. 그는 애린을 무척 좋아하게 되었다. 지칠 줄도 모르고 언제나 쾌활하기만 한 그녀는 대련할 때나, 말할 때나 절대 인정사정 봐 주지 않았다. 안두인은 그런 점이 무척 신선하게 느껴졌다. 한번은 모이라에 대해 물어보기도 했다.

"어이쿠, 그건 복잡한 문제예요."

"나한텐 단순 명백한 일로 보이는걸. 공주님이 납치를 당했고, 마법에 걸렸고, 마그니 폐하의 억장을 무너뜨렸다. 이거잖아?"

"폐하께서 공주님을 그리워하시는 건 분명해요. 하지만 그분도 공주님에게 그리 좋은 아버지는 아니었어요."

안두인은 화들짝 놀랐다. 그 화통한 드워프라면 틀림없이 완벽한 아버지일 줄 알았는데. 자식을 있는 그대로 이해해주고, 어떤 다른 사람이 되기를 억지로 강요하지 않는 아버지.

"뭐 심각하거나 그런 일은 아니에요. 다만…… 뭐, 공주님이 딸이라서 문제였던 거죠. 폐하께서는 늘 왕위를 이을 아들을 원하셨거든요. 여자애는 그런 일을 제대로 못 할 거라고."

"제이나 프라우드무어는 여자이면서 훌륭한 군주이시잖아."

"예, 그렇죠. 공주님이 사라지고 얼마 지나지 않아 폐하께서도 저나 다른 여자들을 정예 부대에 넣어 주시더라고요. 자기가 그동안 불공평했다는 걸 마침내 깨달으신 것 같아요. 언젠가는 부녀가 화해할 날이 이었으면 좋겠네요."

안두인도 그러기를 바랐다. 아버지와 자식 간의 갈등은 인간의 문제만은 아닌 모양이었다.

그렇게 교외로 산책하러 나가다 보니 안두인은 카라노스와 스틸그릴 정비소 근처 지역의 사람들과 점차 친해지게 되었다. 언젠가는 모단 호수의 텔사마까지 간 적도 있었는데, 호숫가에서 쉬면서 점심을 먹다가 안두인은 피곤함에 겨워서 깜빡 곯아떨어졌다. 두 시간 뒤에야 깨어나 보니 화상을 입어서 피부가 엄청나게 따끔거렸다.

"아이고, 하여튼 인간들이란 영리하지 못하다니까. 햇볕 안 드는 데에서 잤어야죠."

애린이 빙글거리며 놀렸다.

"너는 대체 어떻게 멀쩡한 거야?"

안두인이 부루퉁하게 물었다. 애린은 볼 때마다 열에 아홉은 완전히 무장한 차림이었고, 거의 항상 지하에서만 생활했다. 그러다 보니 피부 빛깔은 안두인보다도 더 창백했다.

"저쪽에 있는 바위 그늘에서 잤거든요."

애린의 말에 안두인은 입을 떡 벌렸다.

"왜 나한텐 그러라고 하지 않았어?"

"알아서 할 줄 알았죠. 다음번에는 알아서 할 거잖아요, 그렇죠?"

그녀가 잔잔히 웃음 지었다. 안두인은 지독하게 아팠고 피부가 삶은 꽃게처럼 시뻘겋게 익어 있었지만, 그런데도 애린에게 화를 낼 수가 없었다. 그는 셔츠를 다시 걸치면서 신음을 흘렸다. 깃털처럼 부드러운 고급 룬 직물로 된 셔츠가 엄청난 고통으로 다가왔다. 애린이 옳았다. 앞으로는 햇빛 쨍쨍한 날에 양지에서 잠드는 짓은 절대 하지 않을 테니까 말이다.

방에 돌아왔더니 편지 한 통이 그를 기다리고 있었다. 마그니 브론즈비어드가 직접 쓴 굵은 손 글씨였다.

안두인—

돌아오자마자 알현실 쪽으로 오게나. 애린도 같이.

안두인은 로한 대사제에게 화상을 좀 봐달라고 하고 싶었지만 마그니의 편지를 보니 분명히 급한 용건인 듯했다. 애린에게 편지를 보여주자 그녀는 눈을 둥그렇게 뜨더니 고개를 끄덕였다. 그리고 두 사람이 함께 알현실로 향했다. 안두인은 화상 때문에 아픈데도 잰걸음으로 걷기 시작했다. 걱정이 물밀 듯이 밀려왔다. 아버지에게 무슨 일이라도 생긴 건가? 결국은 호드와 얼라이언스 사이에 전쟁이 터지고야 말았나?

알현실에는 마그니가 탁자 위에 놓인 물건을 내려다보며 앉아 있었다. 그리고 그 양편에는 먼 데서 여행해 온 듯 옷이 꾀죄죄해진 드워프 두 명이 있었는데, 그중에서 열성적으로 탁자를 들여다보는 한 명은 안두인도 알아볼 수 있었다. 탐험가 연맹의 수장인 선임탐험가 무닌 마겔라스였다. 붉은 머리와 수염에, 항상 물안경을 뽐내듯 쓰고 다니는 늠름한 드워프였다. 탁자에는 석판 세 개가 있었다. 안두인은 그리로 다가가다가 우뚝 멈춰 서서 애린을 흘긋 돌아보았다. 애린은 안두인만큼이나 어리둥절한 듯 어깨만 으쓱했다.

"아, 안두인, 이 친구. 이리 오게, 이리 와! 이걸 좀 보라고!"

마그니가 흥분한 듯 눈을 빛내며 손짓했다. 안두인은 안도했다가, 순간적으로 맥이 탁 풀렸다가, 이내 불쑥 짜증이 일었다.

"긴급한 사안인 줄 알았는데요, 마그니 아저씨."

안두인은 잊어버렸던 화상의 통증을 새삼 느끼면서 앞으로 다가갔다.

"어이쿠, 긴급하지는 않아. 하지만 몹시 흥미로운 일이지! 와서 직접 보라니까!"

드워프 한 명이 고개를 끄덕이고 안두인이 마그니와 마젤라스 사이에 오도록 자리를 비켜주었다. 안두인이 석판들을 보니 세 개가 아니라 하나였다. 다만 세 조각으로 부서졌을 뿐. 각각의 석판 조각에 글씨가 쓰여 있었다. 안두인은 언어를 몇 가지 알고 있었지만 이런 문자는 처음 보았다.

"내 형제 브란이 보내줬다네."

마그니가 장갑 한 짝을 벗고는 그 튼튼한 손가락으로 놀라우리만치 살며시 문자들을 어루만졌다.

"브란도 호기심이 동했고, 나도 그럴 거라고 생각했다더군. 받아 보자마자 자네를 부른 걸세. 자네는 이게 뭔지 모를 테지?"

안두인은 작게 웃음을 터뜨리고 고개를 내저었다.

"이런 건 처음 봅니다."

"아주 옛날 사람이 아닌 바에야 아무도 이걸 본 적이 없을 게야. 이 글은…… 토석인의 유물이라네."

안두인의 살갗에 소름이 돋았다. 그는 부서진 조각들을 다시 쳐다보았다. 토석인은 아주 오래전에 티탄들이 만든 종족으로 현재 드워프들의 시조였다. 안두인의 앞에 있는 저 석판은 이루 말할 수 없이 오래된 것이었다. 만년, 어쩌면 그보다도 더 되었을지도. 안두인은 떨리는 손을 뻗어서 마그니처럼 아주 가볍게, 존경을 담아 석판을 어루만졌다.

"뭐라고 쓰여 있는지 아십니까?"

"아니. 이런 건 배운 적이 없네. 브란조차도 해독하기 까다롭다고 했어. 그래서 탐험가의 전당 전문가들에게 조언을 받으려고 보낸 걸세. 브란은 뭐라고 했느냐면…… 어디 보자……."

마그니는 탁자 위에 있던 종이 한 장을 집어 들었다.

"땅과 하나가 된다……. 뭐 그런 내용이라고 하네."

"흠."

애린이 중얼거렸다. 안두인이 지금까지 본 애린은 현실적인 것에만 관심이 있고 그다지 상상력이 없는 편이었다. 탐험가의 전당에 갈 때마다 하도 지루해하기에, 안두인은 거기서 시간을 보낼 때마다 애린을 그냥 가라고 보내주곤 했었다.

"땅과 하나가 된다고요? 그거 꼭 땅에 묻히라는 소리 같은데요."

안두인은 악의 없이 그녀를 한 번 쳐다보고는 석판을 다시 돌아보았다.

"무슨 뜻이라고 생각하십니까? 좀 모호한데요."

"정말 그렇지. 이런 문제는 항상 명확해야 해."

마그니는 안두인을 지그시 바라보았다.

"자네는 꽤 예리한 친구지, 안두인. 지금 이 세상에 벌어지고 있는 사태에 주목해 본 적 있나?"

안두인은 어리둥절해졌다.

"얼라이언스와 호드 사이에 긴장이 흐르고 있다는 건 알지요."

안두인은 마그니가 이걸 염두에 두고 한 말인지 긴가민가한 채 말을 이었다.

"호드가 전쟁 때문에 식량난이 심각해지자 말썽을 일으켜서요."

마그니가 고개를 끄덕였다.

"좋아, 좋아. 그러나 그건 단순히 전쟁 때문만이 아닐세. 인과관계를 생각해보게, 친구."

안두인은 미간을 찡그렸다.

"뭐…… 듀로타는 꽤 척박한 땅이니까요. 애초에 식량이 별로 나지도 않았어요."

"그리고 지금은 더더욱 척박하지. 이유는……?"

"전쟁 때문이랑…… 그리고……."

안두인은 퍼뜩 진실을 알아차리고 눈을 크게 떴다.

"유례없는 가뭄 때문에요."

"바로 그거야."

"그리고 또…… 일전에 제이나 이모 댁에 들렀었는데, 얼마 전에 엄청난 폭풍이 닥쳤었다고 하더라고요. 이모도 지금껏 본 폭풍 중 가장 심했다고 했어요. 그리고 이상한 싹쓸바람이 불어서 노스렌드에서 고국으로 오는 선박들이 많이 부서졌다는 보고도 있었고요."

"그거야!"

마그니는 거의 환호성을 올리다시피 했다.

"엄청난 폭풍에, 여기저기에서는 홍수, 또 어디서는 가뭄……. 뭔가 잘못 돌아가고 있네, 친구. 나는 주술사가 아니지만, 요사이 정령들의 기분이 안 좋다는 것만은 분명해. 이 석판을 해독해내면 정령들에게 무슨 문제가 생겼는지 알아낼 수 있을지도 모르네."

"네? 정말요? 이런 옛날 유물이 오늘날의 문제에 도움이 된다고 생각하세요?"

"뭐든지 도움이 될 수 있는 게지, 친구. 게다가 아무튼지 간에……."

마그니는 짐짓 음모를 꾸미는 듯한 태도로 휘파람을 불었다.

"우리가 사는 시대에서는 이런 사태를 본 적이 없잖은가, 엉?"

마그니는 안두인의 등을 철썩 쳤다. 화상 자리를 맞은 안두인은 비명을 질렀다.

해독하는 과정은 길고도 지루했고 처음부터 시행착오가 많았다. 안두인이 보기에는 해독가들이 너무 거만하게만 굴었고, 자기 이론이 틀릴지도 모른다는 사실을 인정하려 들지 않는 데다가 각자 해독도 약간씩 어긋나서 영 도움이 되지 않는 듯했다.

마젤라스 선임탐험가는 그 글이 형이상학적인 화합을 의미한다고 계속 주장했다.

"땅과 하나가 된다. 땅과 함께하라는 거지. 그 고통을 같이 느끼라는 거야."

조언자 벨그룸은 그 말을 비웃었다. 벨그룸은 주름이 자글자글하고 손도 덜덜 떠는 노인이었지만 목소리만은 아이언포지 전체에 울려 퍼질 듯 쩌렁쩌렁했다.

"하! 무닌, 자네는 아가씨들을 무척 좋아해. 사사건건 '하나가 되려고' 든다고."

예쁘게 생긴 애린을 늘 곁눈질하곤 하는 마젤라스는 호탕하게 웃음을 터뜨렸다.

"당신은 몇십 년은 여자 구경도 못 해봤으니 그런 거 아니오, 벨그룸?"

"자, 자, 이런 저속한 얘기는 어린 왕자님 귀에 안 맞는다고요!"

애린이 잔소리를 했다. 그녀는 이런 대화에도 한결같이 침착하기만 했다.

안두인은 살짝 얼굴이 달아올랐다.

"괜찮아요. 저는…… 저도 그런 게 뭔지 아니까요."

애린은 장난기를 도저히 주체할 수가 없는지 안두인에게 윙크를 했다.

"어머, 안다고요?"

안두인은 재빨리 벨그룸에게 고개를 돌리고 화제를 전환하려 해보았다.

"그럼 이게 무슨 뜻이라고 생각하세요?"

"글쎄, 글 전체를 해석해보기 전에는 속단할 수 없다고 생각하오. 한 문장을 해석하려면 그 앞뒤 문맥을 살펴봐야 하거든. 예컨대…… '나는 배가 고프다.'라는 말이 있다고 쳐봐요. 그리고 그 뒤에 '마누라가 다른 방에서 저녁밥을 짓고 있다. 맥주를 끼얹은 멧돼지 갈비 냄새가 난다. 배가 고프다.'라는 말이 나온다면? 자, 그러면 말 그대로 배가 고프다는 뜻이지."

"벨그룸, 왜 시답잖은 장난을 치세요. 지금 점심 먹은 지 얼마 안 됐잖아요."

애린이 말했다.

"하지만 만약 그 단락이 '나는 4년 동안 감옥에 갇혀 있었다. 온통 회색 벽만 보인다. 탁 트인 장소와 햇빛이 나오는 꿈을 꾼다. 배가 고프다.'라고 해보자고. 의미가 꽤 달라진다고."

"맙소사, 시인이시네요."

애린이 놀라서 말했다. 안두인 역시 놀란 참이었다.

"무슨 말씀이신지 알겠어요. 그런 식으로는 생각해본 적이 없네요. 그러면……."

그때 어디선가 깊게 우릉거리는 소리가 들렸다. 안두인은 숨을 헉 들이쉬었다. 발밑의 바닥이 미세하게 흔들리고 있었다. 마치 가르랑거리는 거대한 고양이 위에 올라 서 있는 기분이었지만, 고양이처럼 그렇게 한가로운 느낌은 아니었다. 그리고 위쪽에서도 이상한 소리가 나기 시작했다. 올려다보니 책 수백 권이 흔들거리면서 책장에서 조금씩 밀려 나오고 있었다.

세 가지 생각이 동시에 치밀었다. 첫째, 저 귀중한 지식이 담긴 책들이 저렇게 높은 데에서 죄다 인정사정없이 떨어져 내릴 테고, 틀림없이 엄청난 피해를 끼치리라는 것. 둘째, 저렇게 높은 데에서 인정사정없이 떨어져 내릴 저 책들은 그들의 머리에 부닥치리라는 것. 셋째, 흔들리는 탁자에서 석판들이 떨어진다면 산산이 조각나고 말 거라는 것. 안두인은 즉시 튀어 나가서, 둘도 없는 지식이 적힌 석판 조각들을 가슴에 부둥켜안았다.

"조심해요!"

애린이 고함치며 안두인과 벨그룸의 팔을 붙잡아 도서관과 중앙 홀 사이의 커다란 아치형 통로로 끌어당겼다. 안두인은 홀 자체에서 도망치자는 뜻인 줄로 착각하고 계속 달려 나갔지만, 애린이 끙 소리와 함께 펄쩍 뛰어서 그에게 몸을 부딪어 막았다. 안두인은 마구 몸을 비틀며 애린을 등에 매단 채 거세게 엉덩방아를 찧었다. 석판은 아직 고스란히 안아 든 채였다.

"안 돼요, 안두인! 나가지 마세요! 복도에 가만있어요!"

그녀의 경고는 곧바로 현실이 되었다. 안두인은 프테라돈 해골 바로 밑에 넘어진 참이었다. 해골은 천장에 매달린 사슬과 함께 격렬하게 흔들리면서, 뼈만 남은 날개가 마치 되살아나기라도 한 듯이 퍼덕거리고 있었다. 해골의 날개를 묶어 놓은 철사는 중력 이외의 어떤 충격을 견딜 수 있도록 설치된 것이 아니었고, 결국 철사가 끊어지면서 해골 날개가 와르르 무너지고 말았다. 안두인에게 그 무시무시한 순간은 무척이나 길고도 느리게 느껴졌다. 그는 자신에게 떨어지는 죽음을 속절없이 쳐다보고만 있었다.

그때 애린이 안두인의 어깨를 튼튼한 팔로 부둥키고 깔아뭉갰다. 그의 얼굴이 차가운 판금 갑옷에 꽉 눌렸다. 화석이 된 뼈다귀 하나가 그녀의 갑옷에 땡그랑 부딪히

자, 그녀는 짧은 비명을 지르며 숨을 내뱉었다.

"아읍!"

그 직후에 지진은 멎었다. 애린은 몸을 뒤로 젖혔다. 얼굴은 고통으로 찡그리고 있었지만 다친 데는 없어 보였다. 안두인은 일어나 앉아서 조심스레 주위를 둘러보았다. 책들은 예상했던 대로 바닥에 널브러져 있었고, 탁자 위를 장식했던 물건들도 거의 다 떨어져 있었다.

"석판!"

벨그룸이 소리치며 벌떡 일어섰다.

"제가 갖고 있어요."

"잘했소, 친구!"

마젤라스가 환성을 질렀다.

애린이 약간 움찔하면서 일어나고, 안두인도 석판 조각들을 가슴에 안은 채 후들거리는 다리로 일어났다. 그는 애린을 바라보았다.

"내 목숨을 구해줬어."

안두인이 조용히 말하자, 애린은 손사래를 쳤다.

"어이쿠, 당신이라도 똑같이 했을 걸요. 게다가 나는 경호원이잖아요. 당신 목숨을 못 구하면 내 잘못이라고요. 안 그래요?"

안두인은 고개를 끄덕이며 고맙다는 뜻으로 미소를 지었다. 애린이 쾌활하게 마주 윙크를 했다.

"다들 괜찮으세요?"

안두인이 석판을 벨그룸에게 건네며 물었다.

"어디 보자……. 아, 저 책들을 어쩐다."

마젤라스가 정말로 마음 아픈 목소리로 말했다. 안두인도 심각하게 고개를 끄덕였다. 애린이 말했다.

"다친 사람들 있나 나가봐야겠어요."

"그래야겠어. 가자."

"당신은 여기 있어요. 위험한 데로 끌고 들어갈 순 없으니까."

"아니, 너는 나를 지켜야 하잖아. 그러니까 나를 내버려두고 어디 가면 안 되지, 안 그래?"

애린은 그 말에 허를 찔려서 얼굴을 찡그리고 안두인을 쳐다보았다.

"일단 신비의 전당으로 가자고. 다친 사람들한텐 치료사가 필요할 거 아니야."

안두인은 탐험가의 전당을 나서서 서둘러 신비의 전당으로 갔다. 애린은 말끔히 회복되었는지 그의 곁에서 잰걸음으로 걸었다. 거의 도착했을 때 두 사람은 발걸음을 늦추었다.

전당에는 주민 수십 명이 모여 있었다. 걷고 있는 사람들도 있었지만, 몇몇은 실려 가고 있거나 산양의 등에 태워져 있었다. 어떤 이들은 차가운 돌바닥에 쓰러져 있고, 그 곁에서 미친 듯이 울면서 사제를 소리쳐 부르는 이들도 보였다. 사제들은 수가 너무 부족해서 최대한 빨리 기도문을 읊조리며 치료하고 있었다.

"아, 세상에. 우리는 운이 좋았던 모양이군요."

안두인이 고개를 끄덕였다.

"로한 대사제님은 안 보이는걸. 여기보다 상황이 더 심각한 데가 있나 봐."

안두인은 허둥지둥 지나가던 여사제 하나를 부드럽게 붙잡았다.

"실례합니다. 로한 대사제님은 어디 계신가요?"

"호출을 받아서 가셨어요."

"어디로요?"

"카라노스로요. 그쪽이 더 심하게 터졌거든요. 그럼, 전 사람들 치료하러 갈게요!"

여사제가 떠나고, 안두인은 애린을 돌아보았다.

"가자."

"네?"

"카라노스로. 나는 응급 환자들을 돕는 법을 배웠거든. 부상을 볼 줄 알아. 뼈를 맞추고 붕대를 묶을 줄도 알고. 진짜 사제들이 오기 전까지 도와줘야 해."

"실제로 **뼈를** 맞춰본 적이 있긴 해요?"

"음…… 한 번도 없어. 하지만 하는 법은 안다고!"

애린이 미심쩍은 표정을 짓자, 안두인은 그녀의 팔을 붙잡고 흔들었다.

"애린, 내 말 들어! 난 도울 수 있다니까! 그냥 여기 멀거니 서서 구경만 할 순 없다고!"

"그럼 여기 사람들을 도우면 되잖아요."

애린이 늘 그렇듯 현실적인 태도로 말했다.

안두인은 주위를 훑어보았다. 피투성이가 된 사람들이 있긴 했지만 다들 이미 치료를 받은 상태였다. 아직 치료를 못 받은 이들은 똑바로 서서 걸어 다니고 말을 할 수 있을 정도로 상태가 양호했다. 이곳은 응급 상황이 아니었다. 물론 사제들은 계속 여기에서 사람들을 돌보긴 해야겠지만.

"여긴 그리 급하지 않아. 정말로 도움이 필요한 쪽으로 가야 해. 제발. 카라노스로 가자니까."

안두인이 조용히 말했다. 애린이 안두인의 얼굴을 찬찬히 뜯어보고는 한숨을 쉬었다.

"좋아요. 하지만 위험한 데에서 돌아다니면 안 돼요. 알아들어요?"

안두인이 미소 지었다.

"알았어. 어쨌든 빨리 가자. 응?"

13장

안두인과 애린은 아이언포지에서 떠나 작은 마을로 접어들었다. 안두인은 커다란 산양에 꽉 매달린 채로 얼어붙어서 미끄러지는 길을 전속력으로 달렸다. 산양의 발굽만 믿고 몸을 맡기는 수밖에 없었는데, 놀랍게도 그 믿음은 헛되지 않았다. 이렇게 내달리면서도 산양은 단 한 번도 비틀거리지 않았던 것이다. 인제 보니 말보다도 더 타기 편한 동물이었다. 하지만 여전히 이 엄청난 속도는 유쾌하지 않았.

카라노스에 다 오자 입구를 지키고 있던 주민 몇몇이 그들을 맞이했다. 한 명이 다급하게 소리쳤다.

"서둘러요! 사람들이 마을 안에 갇혀 있어요! 당신 산양 좀 나한테 넘겨요, 아이언포지로 가서 사람 더 부르게!"

즉시 애린이 자기 산양에서 내려서 고삐를 그 주민에게 넘겨주었고, 그는 안장 위에 올라타서 떠났다. 애린은 한마디도 하지 않고 재빨리 안두인의 뒤에 올라탔다. 두 사람은 심각한 얼굴로 길을 재촉했다.

이곳의 부상자들은 상태가 훨씬 더 심했다. 멀쩡하게 남은 건물이 거의 없었기에 사람들 십여 명이 맨바닥에 누워서 치료를 받고 있었다. 안두인은 로한을 찾아 주위를 둘러보았다. 로한은 어떤 드워프 노부인 곁에 꿇어앉아 있었다. 안두인이 산양에서 내려서 그쪽으로 다가갔지만, 로한은 이미 움직이지 않게 된 노부인의 얼굴 위로 시트를 끌어올리고 있었다.

로한이 안두인을 올려다보았다. 그 눈이 어느 때보다도 늙어 보였다.

"안두인 왕자. 그대가 올 줄 알았소. 응급 치료법을 배운 바가 있소?"

"네. 그리고 제가 드워프는 아니긴 해도 등은 꽤 튼튼합니다. 안에 갇혀 있는 사람들이 있다면서요?"

"그렇소. 하지만 지금 모자란 건 등이 튼튼한 사람이 아니라 치료사라오. 애린, 가서 다른 이들을 돕게. 나는 이 소년과 여기서 일할 테니."

"알겠습니다."

애린이 급히 자리를 뜨며 소리쳤다.

"사람들을 꺼내줍시다! 빨리 구하지 않으면 질식할 거예요!"

이후 몇 시간 동안 안두인은 자신의 기술을 정말로 활용할 수 있었다. 건물 잔해에서 생존자들이 구출될 때마다 로한은 위중한 사람들을 돌보았고 부상이 가벼운 경우는 안두인에게 맡겼다. 그들의 상처를 씻기고 붕대를 감으며 미소를 짓고 위로하다가, 어느 순간 돌아보니 로한이 그를 만족스러운 듯 지켜보고 있었다.

안두인은 치료를 하면서 아버지를 떠올렸다. 바리안은 전사였다. 그러나 안두인은 전사가 아니었고, 대련할 때면 상대방을 해쳐야 한다는 개념이 그저 막연하게만 느껴졌다. 반면 고통을 주기보다는 고통을 치유해주고 사람들을 해치기보다는 도와주는 이 작업은 무척 현실적으로 마음에 와 닿았다. 아, 전쟁은 암울하지만 가끔은 급하게 필요할 때도 있었다. 노스렌드의 경우가 그러하듯이. 그러나 안두인은 자신이 언제나 갈망하고 희망하는 것이 평화라는 사실을 마음 깊이 깨닫고 있었다. 자연재해 때문에 불가피하게 부상당한 이 사람들만으로도 너무 끔찍하지 않은가. 안두인은 사고로 건물 파편에 맞아 다친 사람들이 아니라 전투에서 부상당한 사람들을 치료한다면 어떤 느낌이 들지 생각하고 싶지도 않았다.

누군가가 큰 냄비에 눈을 채워 넣고 끓여서 뜨겁고 깨끗한 물을 만들었다. 안두인은 물을 컵에 따르고, 치료 약 조금과 평온초 꽃잎 몇 장을 넣어 우려내서 젊은 노움 아주머니에게 건넸다. 그녀는 자신의 두 아이에게 먼저 마시게 하고 남은 물을 자신도 마셨다. 한 아이는 걸음마를 뗀 아이였고 다른 아이는 아직 젖먹이였다.

"정말로 친절하시네요. 감사합니다."

"천만에요."

안두인은 아기의 자그마한 머리를 쓰다듬었다. 그리고 저쪽에서 여사제와 옥신각신하고 있는, 강퍅해 보이는 중년의 드워프 남자에게 다가갔다. 방문 수행 중인 나이트 엘프 여사제는 피가 철철 흐르는 드워프 남자의 이마를 가볍게 두드리고 있었다.

"나는 괜찮다고 했잖소. 그러니까 진짜로 다친 사람한테나 가라니까. 안 그러면 댁의 코뼈를 부러뜨려서 부상자들 사이에 집어던져 버리겠소!"

"저기요, 제발 좀 가만히 계실래요?"

"이런 쪼끄마한 상처에다가 당신의 치료 능력을 낭비하지 마쇼! 빨리 가라니까!"

드워프가 고함쳤다.

그때, 땅이 다시 진동하기 시작했다. 이번에는 가르랑거리는 거대한 고양이 위에 서 있는 기분이 아니었다. 그보다는 마구 날뛰는 말 위에서 휘청거리는 느낌이었다. 안두인은 발을 헛디뎌 딱딱하게 얼어붙은 땅바닥에 호되게 넘어졌다. 땅은 잔뜩 화가 난 듯이 우르릉거렸고 안두인은 머리를 가리고 숨을 죽인 채 지진이 끝나기만을 기다렸다. 사방에서 공포에 질린 날카로운 비명과 함께 낮게 우릉거리고 쩌억 갈라지는 소리가 뒤섞여 울려 퍼졌다. 안두인은 원초적인 공포와 맞서 싸우며 눈을 꾹 감고 빛에 기도했다. 이런 건 미처 예상치 못했다. 첫 번째 지진 때는 그럭저럭 대처할 정신머리가 있었지만, 지금은 이성이 아예 날아간 것 같았다. 그는 사방에서 들려오는 비명에 자신의 목소리도 섞여 있음을 깨달았다.

그러다가 무언가 따스하고 차분한 것이 그를 어루만졌다. 안두인은 빛의 친숙한 기운을 느꼈다. 가슴이 갑자기 탁 트이면서 숨이 쉬어졌다. 땅은 여전히 오르락내리락하고 있었지만, 안두인은 이제 정신을 차릴 수 있었고 감정에 휘둘리지 않고 감정을 다스리게 되었다. 다른 이들도 마찬가지로 침착해진 듯 끔찍한 비명은 잦아들고 땅이 흔들리는 소리만 들려왔다.

영원히 계속될 것만 같던 지진은 결국 끝났다. 안두인은 조심스럽게 머리를 들어 올려 주위를 살펴보았다. 차가운 공기에 그의 숨결이 하얀 김이 되어 흩어졌다. 노움 여자와 아이들은 무사했다. 그 괴짜 드워프와 나이트 엘프 여사제도 낯빛이 창백하긴 했지만 괜찮았다. 로한도 저쪽에 보였다. 무시무시한 공포를 느낀 사람들을 빛의 기운으로 진정시킨 사람이 로한이었던 듯했다. 안두인이 일어나려고 땅을 짚는데, 손에 철벅거리는 액체가 느껴졌다. 피인가 싶어서 겁이 더럭 났지만 다시 보니 색깔도 갈색이었고 차가웠다. 뭐지……. 안두인은 천천히 일어서서 손에 묻은 액체를 살펴보았다. 조심스럽게 냄새도 맡아보았다.

그건…… 맥주였다.

웬 맥주? 언뜻 이해가 되지 않았다. 하지만 다시 생각해 보니 상황이 짐작이 갔다. 안두인은 뒤쪽을 휙 돌아보았다. 멀찍이 굴러가 깨져버린 술통 조각들이며, 원래 건물이 있던 곳을 뒤덮은 새하얀 언덕이 보였다.

썬더브루 양조장이 함몰되고, 뒤편에 있던 언덕에서 눈사태가 일어나 모든 게 눈과 흙에 파묻혀버린 것이다.

"오, 빛이여."

안두인은 아연실색해 기도문을 내뱉으며 한때 작고 와자지껄한 술집이었던 눈 언덕으로 뛰어갔다. 다른 이들도 같이 뛰어들어 삽을 들고 눈을 마구 파냈다. 저마다 안에 갇힌 사람들에게 괜찮다고, 조금만 기다리라고 간절하게 외치고 있었다. 한 노움 마법사가 로브를 펄럭이며 헐레벌떡 앞으로 달려 나갔다.

"걱정하지 마세요! 내가 눈을 녹일 테니까!"

그녀가 주문을 외울 준비를 하며 소리쳤다.

"안 돼요! 그러다간 침수될 거예요!"

밝은 빨간색 머리를 두 갈래로 땋아 내린 노움 마법사는 안두인을 노려보았지만, 이내 그 말이 타당하다는 걸 깨닫고 고개를 끄덕였다.

"바람은요?"

어디선가 부드러운 목소리가 들려왔다. 우아하고 다리가 늘씬한 드레나이 여자가 걸어오며 안두인을 쳐다보고 있었다. 안두인은 겨우 열세 살 소년인 자신이 어쩌다 구출 작전을 총괄하는 역할을 맡게 되었나 싶었지만 어쨌든 미친 듯이 머리를 굴렸다. 그래, 바람이라면 괜찮을 것이다. 제대로 조종만 하면 안에 파묻힌 사람들을 해치지 않고 눈만 걷어낼 수도 있으리라. 그러면 잔해 위에 흙이 얼마나 쌓여 있는지 확인할 수도 있을 것이다.

"어…… 네."

안두인이 품위 없는 어투로 말했다.

"그, 그렇지만 조심하세요!"

그 드레나이는 눈을 감은 채 기다란 푸른빛 손가락을 흔들며 자신의 검푸른 머리카락을 툭 쳐서 뒤로 넘겼다. 매우 급박한 상황에서도 안두인은 그녀의 아름다움과 우아함에 넋을 잃고 멍하니 쳐다보게 되었다. 그러다가 얼굴을 붉히고는 그녀가 쓰는 마법에 다시 주의를 돌렸다.

작게 쿵 하는 소리가 나더니 어떤 작은 형상이 나타났다. 안에 번쩍이는 빛이 채워진 물병 같은 형상이었다. 안두인은 그게 토템이라는 것을 알았다. 주술사가 정령들을 만나고, 소환하고, 제어하기 위한 수단이었다. 빛나는 보석들이 그 주위를 휘도는 듯했다. 안두인이 이해하지 못하는 룬 문자들이 원을 그리며 천천히 돌고 있었다.

곧바로 작고 희푸른 빛깔의 먼지 악령이 휘휘 돌면서 나타났다. 드레나이 주술사가 주문을 외우기 시작하자 악령은 점점 더 커졌고, 그녀가 손목을 한 번 튕기자 완전히 풀려나왔다. 그런데 움직이지 않았다. 드레나이는 당혹스러운 표정으로 눈을 뜨고 안두인이 모르는 언어로 무어라 말을 걸었지만, 그래도 그녀가 불러낸 작은 정령은 한사코 요지부동이었다.

드레나이의 얼굴에 혼란과 공포가 서렸다. 그녀가 다시 애원조로 말했다. 그러자 마침내 먼지 악령이 빙빙 돌면서 앞으로 나아가서 쌓인 눈을 날려내기 시작했고 주위에서 지켜보던 사람들은 뒤로 물러났다. 얼마 지나지 않아서 눈은 다 날아가고 부서진 양조장 지붕의 회색 파편들이 드러나게 되었다. 정령은 제자리에서 빠르게 돌더니 갑자기 사라져버렸다. 안두인이 곁눈으로 보니, 젊은 드레나이 주술사는 떨리는 손으로 자신의 얼굴을 어루만지고 있었다.

사람들이 다시 앞으로 몰려나와서 안에 갇힌 사람들을 꺼내려 달려들기 시작했다. 안두인도 끼어들었다.

"잠깐, 잠깐! 모두 조용히!"

로한의 목소리였다. 모두가 그 자리에서 멈추고 대사제를 쳐다보았다. 로한은 눈을 감고 귀를 기울이고 있었다. 잠시 긴장한 채 들으니 안두인에게도 그 소리가 들렸다. 탕탕 두드리고 절커덕거리는 소리가 희미하게 나고 있었다. 저 아래에 누군가가 아직 살아 있다는 뜻이었다. 목소리도 들려왔지만 제대로 알아듣기에는 너무 희미했다.

"고함치지 마시오! 숨 쉴 공기를 아껴야 하니까! 지금 구하러 가고 있소!"

로한이 낮은 목소리로 말했다. 사람들이 손으로 돌을 빼내기 시작했다. 어떤 사람들은 삽 같은 도구를 가져왔다. 안두인의 예상대로 애린은 선두에서 일하고 있었다. 얼마 가지 않아 팔이 후들거리기 시작했지만 그녀는 단호한 의지로 피로를 이겨내고 있었다. 조금씩 돌이 치워지고, 먼지를 뒤집어쓴 부상자들의 모습이 드러났다. 로한은 이리저리 돌아다니면서 손 닿지 않는 거리에 있는 그들을 최대한 둘러보고 치료하려 애썼다. 로한은 철저히 집중하고 있었다. 눈은 예리하게 초점을 맞추고, 손은 나이가 믿어지지 않을 정도로 날래게 움직였다. 안두인은 이 드워프 사제와 빛의 축복을 지켜보면서 기쁨과 감격에 겨워 눈시울이 뜨거워졌다. 살아남은 지진의 피해자들이 차례차례 구출되고 있었다.

"지하로 몇 층까지 있죠?"

안두인은 일손을 잠시 멈추고 이마의 땀을 훔치며 물었다. 날씨는 추운데도 워낙 열심히 일하다 보니 땀이 뻘뻘 나고 있었다.

"3층이요."

누군가가 말하자 다른 사람이 반박했다.

"아니야, 4층이에요."

여관 주인인 벨렘이었다. 그는 옆쪽에 물러나 앉아서 담요로 몸을 감싼 채 뜨거운 차를 마시고 있었다. 손을 덥히려고 따뜻한 머그잔을 감싸 쥔 채 덜덜 떨면서 말을 이었다.

"그, 그 4층에는 방이 더 있어요. 숙박용 객실이요. 근데 수…… 숙박객은 없었으니까…… 아마 거기에는 아무도 없을 거예요."

"빛께서 약간의 자비를 내려주셨구먼. 그럼 3층까지만 보면 되겠어."

로한이 중얼거렸다.

"참나, 그렇게 힘든 일도 아닌데요, 뭘……."

애린이 빈정거렸지만 말과는 영 판판으로 얼굴에는 지친 기색이 역력했다.

"여기를 빨리 고쳐놔야 썬더브루 맥주도 빨리 한 잔 걸칠 텐데!"

그녀의 말에 사람들 사이에 웃음이 터져 나왔다. 지진이 일어나고 처음으로 몇몇 사람들 얼굴에 미소가 떠올라 있었다. 그렇다고 생존자들을 구조하는 일손이 느슨해지지는 않았고, 오히려 긴장이 풀려서 더 빨리 움직이게 되었다.

1층은 이제 다 치워졌다. 잔해와 파편들도, 생존자들도, 그리고 시신도 모두 엄숙하게 옮겨졌다. 누군가 나서서 1층 바닥을 박자 맞추듯 똑똑 두들겼다. 그러자 안쪽에서 마주 두드리는 소리가 나서 모두가 안도의 한숨을 쉬었다. 몇 노움들이 자원해 밑의 층으로 통하는 작은 틈으로 비집고 내려가기로 했다. 그들이 자그마한 허리에 밧줄을 묶고 내려가더니 생존자가 세 명 있다고 알렸다. 사람들은 환호성을 외치고 작은 틈을 더 넓혀서 구출 통로를 만드는 데에 착수했다. 그러는 동안 애린과 다른 드워프 하나가 밑으로 내려갔다.

희망은 드높았다. 구조 작업은 잘 진행되고 있었다. 도와주겠다는 사람들이 속속 도착했고, 음식과 뜨거운 음료, 담요가 돌려지고 있었다. 안두인은 로한을 흘긋 보다가 시선이 마주쳤다.

"걱정하지 마시오, 친구. 다시 지을 테니. 우리 드워프들은 굳센 종족이라오. 우리 친구인 노움들도 마찬가지고. 그리고 장담컨대, 무엇보다도 양조장을 가장 먼저 지을 게요!"

안두인도 다른 사람들도 웃음을 터뜨리고는 저마다 미소를 띤 채 각자의 일로 돌아갔다. 하지만 날씨는 그들 편이 아니었고, 다시 눈이 내리기 시작했다. 안두인은 흠뻑 젖은 데다 추웠지만 계속 움직이다보니 몸을 어느 정도 따뜻하게 유지할 수 있었다. 손가락은 다 긁혀서 피가 흘렀다. 로한이 기도문 하나만 빠르게 외워 주면 싹 나을 테지만, 자신보다 훨씬 극심한 곤경에 처한 사람들이 우선이라는 걸 잘 알고 있었다. 손가락의 상처쯤이야 알아서 나을 것이다. 하지만 다른 이들의 부상은 치유하기 힘들······.

그때, 또다시 여진이 일어났다. 안두인은 발밑에서 무너져 내리는 바닥에서 가까스로 뛰어올랐다. 그리고 바닥에 거세게 부닥치면서 숨이 턱 막혔고, 작은 돌멩이들이 몸에 와르르 쏟아지자 그는 움찔하면서 물 밖으로 나온 물고기처럼 헐떡거렸다. 땅이 마침내 길길이 날뛰기를 멈췄을 때 안두인은 힘겹게 다시 일어났다. 이렇게 일어나는 게 천 번은 되는 듯한 기분이었다. 그는 눈가에 흘러내린 핏방울을 닦아내고 양조장 쪽을 내다보았다. 끈적끈적한 속눈썹을 깜빡거렸다. 그리고 그 순간, 안두인은 눈앞의 광경을 믿을 수 없었다.

양조장은 없었다. 이제 전혀 없었다. 무시무시한 구멍만이 뻥 뚫려 있을 뿐. 벽, 천장, 탁자 파편들이 그 구멍을 뒤덮고 있었다. 땅에서 여전히 먼지가 모락모락 피어오르면서 눈이 내리는 평화로운 하늘과 뒤섞여 어울리지 않는 풍경을 자아내고 있었다.

애린······.

로한이 기어 올라가서 돌 위를 두들기고, 귀를 쫑긋 세우고 가만히 소리를 들었다. 잠시 뒤에 다시 두들겨 보았다. 그러더니 무겁게 한숨을 쉬고 천천히 머리를 흔들며 물러섰다.

안두인의 마음속에서 무언가가 뚝 끊어졌다.

"안 돼!"

그가 소리치며 앞으로 달려 나갔다. 공포심 때문에 힘이 다시 솟아난 그는 차갑게 무뎌진 손가락으로도 커다란 돌덩이를 움켜쥐어 던졌고, 다시 다른 돌덩이를 움켜쥐었다.

"애린!"

안두인이 다 쉬어버린 목소리로 외쳤다.

"애린, 기다려! 꺼내줄게!"

"이봐."

침착한 목소리가 들려왔다.

그 어조에는 안두인이 인정하고 싶지 않은 무언가가 담겨 있었다. 그는 로한의 말을 무시하고 계속 돌덩이를 치우면서 점차 숨이 가빠지다가 이내 끅끅거리며 울었다.

"애린, 조금만 기다려! 지, 지금 구해줄게!"

"안두인."

로한이 이번에는 더 엄한 목소리로 말하고 안두인의 어깨에 손을 얹었다. 안두인은 씩씩거리며 그 손을 떨쳐내고 눈물로 뿌옇게 흐려진 눈으로 로한을 노려보았다. 그 늙은 얼굴에는 동정하고 슬퍼하는 표정이 배어 있었지만, 안두인은 절대 인정할 수 없었다. 그는 자신을 도와주러 나설 사람들이 있는지 주위를 둘러보았다. 그러나 모두가 가만히 있었다. 어떤 이들은 눈물을 흘렸다. 모두가 충격에 빠진 것 같았다.

로한이 단호하게 말했다.

"두드리는 소리가 나지 않았소. 다…… 끝난 일이오. 그런 상황에서는 아무도 살아남을 수 없소. 이리 오시오, 친구. 자네가 할 수 있는 일은 다했으니."

"안 돼!"

안두인이 악을 쓰며 팔을 거칠게 휘둘렀지만 아슬아슬하게 로한을 비켜갔다.

"모르는 거잖아요! 이대로 포기하면 안 돼요! 부상당했으니까, 기절해서 대답 못 했을 수도 있잖아요. 서둘러야 해요. 빨리 꺼내야…… 애린을……."

로한은 옆에서 가만히 서 있었다. 더는 젊은 인간 왕자를 막으려고는 하지 않았다. 안두인은 눈물을 펑펑 쏟으며 계속 돌을 파냈다. 얼마나 더 해야 할지는 알 길이 없었다. 돌을 하나하나 치우다가, 가느다란 어깨가 타들어가는 듯 아파지고, 손에서 피가 흐르고 감각이 마비되고 경련마저 일어날 즈음, 결국 안두인은 눈 덮인 돌바닥에 쓰러져 지독하게 흐느껴 울었다. 한쪽 손은 펼친 채 친구에게 닿아보려고 간절히 내뻗었다. 맹렬히 뒤흔들린 땅 때문에 무자비한 돌 밑에 갇혀버린 친구에게.

"애린……."

안두인은 그녀의 귓가에만 들리도록 속삭였다. 그녀가 어디 있든 간에.

"애린…… 미안해……. 정말, 정말 미안해……."

이제 안두인은 자신의 기진맥진한 몸을 들어 올리는 부드러운 손길을 뿌리치지 않았다. 더는 싸울 수가 없었다. 가슴이 욱신거리고 몸에는 기력이 하나도 없었다. 로한의 울퉁불퉁한 손이 그의 가슴과 이마를 어루만지고, 이제는 쉬라고, 이제 쉬고 나으라고 말하는 상냥한 목소리가 들렸다. 그리고 안두인은 마침내 의식을 잃었다.

그 직전 안두인은 갈색 머리에 쾌활하게 미소 짓는 드워프의 얼굴을 보았다. 안두인의 가슴속에 앞으로도 늘 남아 있을, 언제나와 같은 애린의 그 얼굴을.

14장

마그니는 안두인이 본 그 어느 때보다도 늙어 보였다. 양조장이 무너지고 이틀 뒤, 안두인은 카라노스에서 떨어져 죽은 사람들에게 저승길 동료가 매우 많다는 것을 알게 되었다. 카즈 모단 전역이 뒤집혔다. 메네실 항구 일부분은 이제 바다 밑에 잠겼고, 울다만에서부터 모단 호수까지 발굴 지역도 일부 파묻혔다. 일부 지역의 사고가 아니라 국가적 위기가 된 것이다.

이번 재난으로 드워프 국왕은 부쩍 늙어버렸다. 그러나 그 눈을 들여다보면 마그니 브론즈비어드가 절대 굴하지 않으리라는 단호함이 엿보였다. 안두인이 알현실에 들어오자 마그니는 그를 흘긋 올려다보고 손짓했다. 예전 같은 열의는 없고 무뚝뚝하기만 했다. 안두인은 서둘러 그의 옆으로 다가갔다.

"나는 경솔하게 행동하고 싶지 않았네. 하지만 지금 보니, 경솔하게 행동했어야 하는 게 맞았던 가 보이. 그랬다면 그 모든 목숨을 구할 수도 있었을 걸세. 애린도."

안두인은 힘겹게 침을 삼켰다. 카즈 모단의 지진 희생자들을 위한 추도식이 어제 거행되었다. 스톰윈드에서 있었던 추도식보다도 더 앉아 있기가 고역이었다. 스톰윈드의 추도식은 오랜 시간에 걸쳐 희생된 수천 명의 사람을 기리기 위한 행사였으니까. 그 희생자들 사이에는 안두인의 친구인 볼바르 폴드라곤도 있었지만 추도식 때는 이미 그가 죽은 지 한참 지난 시점이었다. 그러나 애린이 죽은 건 생생했고, 지독하게 가슴이 아파서…… 안두인은 그 생각을 떨쳐내고 마그니의 말에 신경을 집중했다.

"저는…… 이해가 안 돼요. 석판에 쓰여 있던 말은 이런 뜻이었던 건가요?"

"어이구, 그렇네. 내가 그 전문가들한테 빨리 해독하라고 했는데, 정확한 해석이 나왔네. 읽어주겠네."

마그니는 헛기침을 하고 석판에 몸을 더 바짝 기울여 이상한 문자들을 훑어보았다. 격식 어린 옛 글자들을 드워프의 짙은 억양으로 읽어가며 그의 목소리는 갈수록 낮아졌다.

"다시금 산과 하나가 되는 방법과 그 이유가 여기에 있도다. 볼지어다, 우리는 토석인이요. 땅에서 난 자들이기에, 그 영혼은 우리 것이며 그 고통 또한 우리 것이다. 그 심장 고동은 우리의 고동이로다. 우리는 땅의 노래를 부르며 땅의 아름다움을 위해 흐느끼노라. 그 누가 고향으로 돌아가기를 원치 않겠는가? 이것이 이유이니라. 오, 땅의 자식들이여."

"또한 방법은 이와 같도다. 그대들은 땅의 심장으로 가서 세 가지 약초를 찾아라. 은초롱, 검은 연꽃, 유령버섯이 그것이니, 이들을 길러 낸 흙을 손가락으로 한 움큼 집어서 약초들과 같이 마실지어다. 진실한 마음을 담아 이 말을 한다면 산은 응답할지로다. 그러면 그대는 본래대로의 존재가 되리라. 그대는 집으로 돌아갈 것이며, 산과 하나가 되리로다."

마그니는 열의 띤 눈빛으로 안두인을 돌아보았다.

"이해가 되는가?"

"음…… 그런 것 같아요. 이…… 이 의식을 치르면 아제로스 자체와 이야기할 수 있다는 뜻이죠?"

"그래, 그런 것 같네. 그리고 아제로스 자체와 이야기를 할 수 있게 되면, 뒤틀린 황천에 대체 무슨 일이 벌어지고 있는지도 물어볼 수 있겠지. 그걸 어떻게든 고치고 치유할 방법을 말일세. 그러고 나면 이런 비정상적인 홍수나 가뭄이나…… 지진 같은 게 일어나지 않을지도 모르네. 안두인, 이건 단순히 일부 지역 땅이 무너지고 말 문제가 아닐세. 무언가 엄청난 일이 벌어지고 있어. 저 먼 텔드랏실에서도 지진이 일어났다는 보고가 들어왔네. 알고 있었나?"

"그건…… 그럴 리가요. 그게 말이 되나요?"

"아니, 말이 안 되지. 자연은 이런 식으로 돌아가지 않아. 원래대로라면 말이야."

안두인은 잠시 침묵에 잠겨 생각했다. 어떤 생각이 퍼뜩 머릿속을 스쳤다.

"하지만…… 그 약초 중엔 독성이 있는 것도 있지 않습니까?"

"그래서 흙과 같이 먹으라는 거겠지. 어떤 흙은 독을 중화시켜주거든. 걱정하지 말게. 아이언포지의 최고의 약초학자들과 상의를 해 볼 테니. 나도 목 붙잡고 쓰러지고 싶지는 않아."

"네? 아저씨께서 직접 하실 건가요? 그건 주술사가 해야 할 일 같은데요."

"아닐세, 친구. 가장 큰 타격을 입은 이곳은 바로 나의 영토일세. 가장 심한 고통에 시달린 이 드워프들은 내가 다스리는 백성이고. 우리는 티탄의 자손들이야. 그 어떤 종족보다도 땅에 가까운 존재지. 이 의식은 내가 직접 나서서 하는 게 맞네. 게다가, 명색이 왕이라는 자가 어떻게 다른 이들을 위험에 내맡겨놓고 안전하게 숨어 있겠는가? 진정한 드워프는 그렇게 하면 안 되네, 친구."

"네. 제 아버지 역시 그렇게는 안 하셨을 거예요."

안두인은 자기 말이 진심에서 우러나온 말이라는 것을 깨달았다.

"그래, 바리안이라도 그렇게는 안 하겠지. 자, 아무튼 학자들 말에 따르면 약초를 캐내는 작업은 여기 아이언포지에서 해야 한다고 하네. 땅의 심장에 닿을 때까지 아주 깊이 내려가기만 하면 된다는 게야. 자네도 내일 참석하게나."

마그니는 안두인에게 작게 미소 지었다.

"비밀의 장소는 아무한테나 알려주는 게 아닐세. 하지만 자네라면 믿어도 될 것 같구먼. 자네는 우리 드워프처럼 정신력이 강한 친구야. 인간 젊은이인지라 비쩍 마르고 너무 섬세하기는 하지만 말일세."

안두인은 자기도 모르게 약간 미소 지었다. 이틀 전만 해도 다시는 웃을 수 없을 줄 알았는데. 애린이라면 이렇게 우울하게 구는 자신을 누구보다도 먼저 놀렸을 것이다.

"애린이 저를 드워프 체질로 만들어주겠다고 약속했거든요."

목이 좀 메긴 했지만 목소리는 안두인 자신도 놀랄 정도로 가벼웠다. 마그니는 눈물 맺힌 눈으로 미소 지었다.

"아. 지금 내 눈앞에 있는 자네를 보니 애린이 약속을 지켰다는 걸 알겠구먼."

안두인은 다시 힘겹게 침을 삼켰다.

"필요한 재료들을 구해놓으라고 약초학자들을 보내놓았네. 내일 아침까지 모든 준비를 마쳐야 해."

"그렇게 빨리요?"

"그래, 최대한 빨리하는 게 좋을 테니. 아제로스가 빨리 나한테 이야기해야 나도 아제로스를 도울 수 있지 않겠는가, 안 그러나?"

그 말이 옳았다. 여진이 언제 또 일어날지는 아무도 모를 일이니. 안두인은 고개를 끄덕였다.

안두인은 자기 방으로 발길을 돌렸지만, 자기도 모르게 발걸음이 신비의 전당으로 이끌렸다. 그는 지난 이틀간 신비의 전당에 가지 않았다. 어쩐지 로한을 다시 보고 싶지 않았기 때문이었다. 왜 그런지는 몰랐다. 로한 대사제가 사람들의 목숨을 제대로 구해내지 못했다는 생각이 들어서인지, 아니면 로한이 그에게 잔해에서 나오라고 했을 때 너무 화가 났기 때문인지. 하지만 이제 안두인은 전당 앞에 다시 오게 되었다. 그는 숨을 깊이 들이쉬고 안으로 들어갔다. 언제나처럼 들어가자마자 빛의 신성한 기운으로 마음이 편안해졌다. 그래도 여전히 아무하고도 말을 섞고 싶지 않았기에 사람들이 적은 위층으로 올라갔다. 그러다가 근처에서 로한의 부드러운 목소리가 들려왔다. 안두인은 약간 주춤했다. 로한과 마주치고 싶지 않은 마음에 그는 눈을 감고 머리를 숙였지만, 여지없이 들켰는지 로한이 이쪽으로 다가오는 발소리가 들렸다. 발소리는 안두인의 곁에서 멈추었고 이윽고 부드러운 손이 그의 어깨를 잡았다.

안두인은 아무 대답도 하지 않았지만 따스한 온기가 그에게 스며드는 느낌이 들었다. 로한은 나지막이 말했다.

"그대는 좋은 친구요, 안두인 레인 린. 좋은 마음씨를 지녔소. 이것만 알아두시오. 가슴은 조각났더라도, 언젠간 다시 붙고 회복되기 마련이라오."

그렇게 말한 뒤 로한은 물러났다. 안두인은 그가 아무런 마법도 쓰지 않았음을 알고 있었다. 그런데 이상하게 마음이 한결 가벼워졌다.

치유에도 여러 가지 방법이 있으리라.

방으로 돌아와 보니 마그니의 호출을 전하러 온 윌이 기다리고 있었다. 안두인은 당황스럽긴 했지만 그래도 바로 마그니에게 갔다.

마그니가 안두인을 기다리고 있다가 맞아 주었다. 그의 방은 놀라울 정도로 작고 아늑했다. 인간의 넓고 휑뎅그렁한 방과는 달리 포근한 느낌이 드는 전형적인 드워프식 방이었다. 화로가 따뜻하게 타오르고 탁자에는 소박하지만 푸짐한 식사가 한가득 차려져 있었다. 안두인의 배에서 꼬르륵 소리가 났다. 그러고 보니 몇 시간 동안 아무것도 먹지 않은 참이었다. 애린이 죽은 뒤로는 식욕이 거의 없었는데, 지금 탁자 위에 놓인 구운 고기와 과일, 빵, 치즈를 보니 입맛이 돌아오는 것 같았다. 결국 삶은 계속되는 모양이다. 로한의 말마따나 마음이 산산조각 나도 몸은 여전히 자기 욕구를 채우고 싶어하는 것이다.

"왔구먼, 친구. 의자 끌어다가 후딱 앉게나."

마그니의 접시는 이미 음식으로 수북했다. 안두인은 탁자 앞에 바로 앉아서 구운 양고기, 달라란 치즈, 포도를 먹기 시작했다.

"내일 의식 전에 자네에게 해두고 싶은 말이 있네."

마그니가 커다란 맥주잔을 집어다가 벌컥 들이켰다.

"지진이 일어나기 전에, 애린과 이야기를 나눈 적이 있네."

안두인의 목에 음식이 턱 걸렸다. 그는 주스를 마셔서 음식 조각을 씻어 내렸다. 갑자기 모든 게 맛이 없어졌다.

"애린이 그러더군. 이제껏 꽤 많은 전사를 훈련시켜 봤지만 자네처럼 그렇게 열심히 대련에 임하는 사람은 처음 봤다고. 하지만…… 자네는 싸움 체질이 아닌 것 같다고도 했네. 전투에 대한 감각이 별로 없다면서."

안두인은 얼굴이 화끈 달아올랐다. 애린이 자신에게 그렇게 실망했었단 말인가?

"애린은 꽤 예리한 아가씨라서…… 상대방이 타고난 전사인지 아닌지 척 보면 알아보거든."

마그니는 사과를 한 입 베어 물고 씹으면서 안두인의 반응을 살폈다. 안두인은 나이프와 포크를 내려놓고 마그니의 말을 그저 기다릴 따름이었다. 친절하긴 하지만 자신을 깎아내리는 말을. 자신이 마그니를 실망하게 하지 않은 것처럼 들리는 말을.

"또한 로한하고도 이야기를 해보았네. 그 끔찍한 농담은 듣기가 참 괴롭지만, 그래도 무척 지혜로운 양반이지. 로한은 자네에 대해 칭찬을 아끼지 않았네. 자네를 볼 때마다 못 알아보게 성장한다면서. 다친 사람들을 도와줘야 한다는 의무감으로 충실히 나섰고, 기진맥진해서 주저앉아도 모자란 판에 끝까지 힘껏 몸을 던졌다고."

마그니는 맥주를 쭉 들이켜고 잔을 내려놓은 뒤 안두인을 뚫어지라 바라보았다.

"친구여…… 전사라는 직업이 자네에게 안 맞는다고 생각해본 적은 없나? 자네가 정말로 해야 할 일이 따로 있다고 말일세."

안두인은 자기 접시를 내려다보았다. 애린이 한 말을 돌이켜보면, 마그니는 딸이 아니라 아들을 원했다고 했다. 안두인이 자기 아버지를 비판하면 마그니에게 어떻게 들릴까. 안두인은 결국 정직하고 간단하게 말했다.

"아버지께선 제가 전사가 되길 바라십니다. 전 잘 알아요. 아버지께서는 진심으로 제가 전사이기를 원하세요."

마그니는 안두인의 어깨에 손을 얹었다.

"어이쿠, 그 양반은 그러겠지. 당연한 일이야. 바리안은 전사니까. 허나 자네 아버지는 좋은 사람일세. 결국은 자네 자신과 왕국을 위해서 걸맞은 사람이 되기를 바라실 게야. 사람을 치유하는 건 부끄러운 일이 아닐세. 빛을 사랑하며 사람들에게 용기와 희망을 주는 것. 그게 어찌 부끄러운 일이겠는가? 왕국을 위해 싸우는 것 못지않게 왕국의 안녕을 굽어살피는 일일세."

안두인은 온몸이 부르르 떨리는 것을 느꼈다. 그러나 기분 나쁜 감각은 아니었고 오히려 그 반대였다. 어떤 깨달음이 찾아온 느낌이었다. 그 뒤에는 기이할 정도로 차분하고 안온한 느낌이 찾아들었다. 사제. 남을 해치지 않고 빛의 힘으로 치유하는 사람. 남들의 어두운 감정에 불을 붙이는 게 아니라, 머리를 맑게 해주고 온 힘을 다하라고 북돋아 주는 사람. 안두인은 대성당이나 이곳 아이언포지의 마법 지구에 들어갈 때면 늘 그를 휩싸던 평화로움을 떠올렸다. 그러자 더 많은 평화를 찾고 싶은 열망에 휩싸였다. 마그니에게 그런 말을 들으니 마치 고향에 돌아온 듯한 느낌마저 들었다. 안두인은 마그니를 마주 보았다. 강력한 전사이자 위대한 왕인 마그니의 눈을.

"정말로…… 정말 그렇게 생각하십니까?"

"그래, 그렇다네. 자네에게 새로 붙일 훈련 교관을 찾는 동안 로한 대사제와 진지하게 이야기를 해보았으면 좋겠네."

안두인은 다른 훈련 교관을 바라지 않았다. 그는 애린을 원했다. 명랑하고 현실적이고 무뚝뚝한. 그래도 안두인은 고개를 끄덕였다.

"알겠습니다."

"그래!"

그들은 식사를 끝내고 조용히 담소를 나누었다. 안두인이 마지막 남은 포도알을 입에 넣고 마그니가 마지막 남은 맥주를 비웠을 때, 마그니는 자기 배를 두드리고는 안두인에게 미소 지었다.

"자, 이제 우리 둘 다 잠을 좀 자야지. 그전에 자네에게 줄 게 있네."

마그니는 의자에서 일어나 방 한편에 있는 낡은 상자로 터덜터덜 걸어갔다. 안두인도 궁금해 하며 따라갔다. 마그니가 뚜껑을 들어 올리자 끼익 소리가 났다. 그 안에는 헝겊에 싸인 물건들이 있었는데 모양을 보니 무기 같았다. 마그니는 그중 하나를 꺼내서 조심스럽게 헝겊을 풀었.

그건 정말로 무기였다. 마치 막 만든 것처럼 반짝반짝 빛나는, 그러나 실상 만든 지 아주 오래되어 보이는 철퇴였다. 머리 부분은 은으로 되어 있고 룬 문자가 아로새겨진 금띠가 둘러쳐져 있었으며 작은 보석들이 여기저기 박혀 있었다. 전체적으로 아름답고 우아하면서도 강력한 무기였다.

마그니가 경건한 어조로 말했다.

"이건 공포파괴자라고 하지. 오래된 무기라네, 안두인. 몇백 년은 되었지. 브론즈비어드 가문에 전해져 내려오는 물건일세. 아웃랜드에서부터 이곳 아제로스에 이르기까지 숱한 전투에 쓰였어. 피 맛을 아는 놈이지만 또 쓰는 사람에 따라 피를 멎게 해주는 능력도 발휘한다네. 어디, 잡아 봐. 손에 쥐어 보라고. 자네를 마음에 들어 하는가 어떤가 보세."

마그니가 윙크했다.

그런데 그 철퇴는 안두인처럼 여윈 소년이 휘두르기에는 너무 커 보였다. 안두인은 적잖이 겁을 먹은 채 손을 뻗어 철퇴의 자루를 붙잡았다. 그 즉시 철퇴에서부터 그의 손을 거쳐 온몸으로 차분한 냉기가 전해져 왔다. 안두인은 한숨을 쉬듯이 숨을 들이쉬었다가 내쉬었고, 오래도록 혹사당하고 고통에 시달렸던 몸과 마음이 편안해지는 느낌이 들었다. 애매함과 불안감은 완전히 사라지지는 않았지만 피부에 와 닿는 공포파괴자의 감촉에 밀려나듯이 서서히 물러나고 있었다.

안두인이 자기 느낌을 말하려고 입을 벌린 순간, 불현듯 철퇴가…… 살짝 빛을 발했다.

"역시. 자네를 좋아하는구먼, 그래."

"설마…… 살아 있는 건가요?"

"아냐, 아냐. 하지만 자네도 나도 잘 알잖나. 무기를 휘둘러본 사람이라면 누구나 알지. 무기는 자기 주인을 고를 줄 안다는 것을. 사람이랑 똑같아. 어쩔 땐 썩 까다롭게 굴기도 하고. 자네와 공포파괴자가 잘 어울릴 줄 알았다네. 이건 자네 걸세."

안두인이 입을 떡 벌렸다.

"저요? 제가 어떻게……."

"아, 그래그래, 자네 거라니까. 공포파괴자는 지금껏 여기 눌러앉아서 자기를 제대로 휘둘러줄 사람만 기다리고 있었거든. 자네는 아버지처럼 타고난 전사는 아니겠지만 그래도 충분히 잘 싸울 수는 있잖나. 가지게나, 친구. 세상엔 누군가를 위해 존재하는 물건이란 게 있는 법이야. 이 무기야말로 자네를 위한 걸세."

안두인은 눈을 깜빡였다. 요즘 들어 눈물이 금방 치밀어 오르는 편이었다. 하지만 어쩐지 이 아름다운 철퇴를 잡으면서 불쑥 차오르는 감정은 부끄럽게 느껴지지 않았다. 공포파괴자. 그건 안두인이 공포에 질렸을 때 로한이 해주었던 일이었다. 공포를 깨뜨리는 일. 그의 최상의 역량을 이끌어내는 일.

"고맙습니다. 소중히 쓰겠습니다."

"아무렴 그래야지. 자, 이제 침대로 가게, 친구. 나는 마지막으로 몇 가지 준비를 하고 잠자리에 들려 하네. 푹 자두게나. 그래야 자네의 세상과 길게 대화를 나눌 수 있지 않겠나, 응?"

안두인은 짧게 웃음을 터뜨렸다. 마그니의 방을 떠나면서 그는 기쁘거나 행복하다기보다는 마음이 정리되었다는 느낌이 들었다. 지금껏 일어났던 일을 받아들일 수 있게 된 것이다. 그는 소중한 무기를 침대 옆 탁자에 놓아두고 촛불을 껐고, 방이 어두워지자 그 철퇴는 보일 듯 말 듯한 빛을 발했다. 안두인은 잠에 빠져들면서 어렴풋이 생각했다. 공포파괴자가 자신을 지켜보고 있을지도 모른다면 바보 같은 생각일까 하고.

15장

안두인은 마그니의 칭찬이 빈말이 아니었다는 사실을 깨달았다. 인간은 정말로 그밖에 없었다. 알현실에서 의식을 치르고 참관하기 위해 모인 이들 중에서 드워프나 노움이 아닌 인간은 안두인 뿐이었다. 마그니는 가장 격식을 차린 갑옷을 입었다. 안두인이 무척 좋아하던 친척 아저씨 같은 면모는 사라지고 없었다. 오늘 마그니는 자신의 백성을 위해 해야 할 의무를 완전히 받아들이고 있었고, 머리부터 발끝까지 국왕의 모습 그 자체였다. 안두인 역시 가져온 옷 중에서 가장 좋은 옷을 입고 있었지만 여전히 자기가 있을 자리가 아닌 듯한 위화감이 느껴졌다. 다행히도 여기 모인 드워프들 중 아는 사람이 많긴 했다.

그러나 안두인이 아는 드워프 한 명은 여기에 없었다. 그는 그녀가 너무나도 그리웠다. 애린이 살아 있었다면 이 상황에 무슨 생각을 했을까. 얼토당토않은 미신이라고 생각했을까, 아니면 정보를 찾아내기 위한 현실적인 방법이라고 여겼을까? 그녀의 생각은 앞으로 영영 알 길이 없으리라.

마그니가 모인 사람들을 휙 훑어보았다. 많지는 않았다. 로한 대사제, 약초학자 몇 명, 대탐험가 마젤라스, 탐험가 연맹의 조언자 벨그룸이 보였다. 마그니가 조용히 입을 열었다.

"내 형제들도 여기 와서 의식을 지켜보았으면 참으로 좋았겠으나, 그들에게 알릴 시간이 없었소. 자, 갑시다. 한시라도 지체할 수 없소. 가엾은 아제로스는 이 순간에도 고통 받고 있을 테니."

마그니는 그 이상 아무 말도 덧붙이지 않고 알현실의 커다란 문으로 성큼성큼 걸어갔다. 안두인은 전에도 그 문을 눈여겨보았지만 한 번도 거기에 대해 묻거나 언급한 적이 없었다. 마그니가 고갯짓을 하자 수행원 두 명이 거대한 해골 모양의 철제 열쇠를 같이 들고 다가갔다. 다른 한 명은 커다란 사다리를 가져왔다. 문은 정말로 거대해서, 드워프들보다 키가 더 큰 안두인조차도 자물쇠에 손이 닿지 않을 정도였다. 드워프들은 조심스럽게 사다리를 타고 올라가 거대한 열쇠를 들어 올려 열쇠 구멍에 꽂아 넣었다. 같이 힘을 합해 돌리니 반항하는 듯 끼익 거리는 소리와 함께 자물쇠가 열렸다. 드워프들이 바닥으로 내려와 사다리를 치웠다.

잠시 아무 일도 일어나지 않는다 싶더니, 문이 아가리를 벌리듯 저절로 천천히 열리면서 그 안의 어둠을 드러냈다.

문을 열고 양옆에 거대한 열쇠를 든 채 서 있던 수행원 둘이 먼저 안으로 들어가고, 다들 그 뒤를 따라 들어갔다. 수행원들이 벽에 걸린 촛대들에 불을 붙이자 단순한 내리막 통로가 드러났다. 공기는 시원하고 축축했지만 퀴퀴하지는 않았다. 아이언포지 지하에는 야외로 열려 있는 거대한 공터가 있는 모양이었다.

그들은 말없이 통로를 따라 아래로 내려갔다. 통로는 똑바로 일직선으로 이어졌다. 빙빙 돌아가는 길은 드워프들의 방식이 아니었다. 복도 끝에 이르자 밝게 타오르는 화로가 그들을 맞아 주는 커다란 동굴을 비추었다. 안두인은 헉하며 숨을 들이켰다.

단순한 복도만 쭉 이어질 줄 알았던 안두인은 화들짝 놀랄 수밖에 없었다. 그의 앞에는 두 갈래 길이 뻗어 있었다. 하나는 융단이 깔린, 막 만들어놓은 듯 말끔해 보이는 계단이 위층으로 이어져 있었다. 다른 하나는 아래로 내려가는 장식 없는 석조 통로였다. 안두인이 숨이 막혔던 건 그 벽과 위에 있는 것들 때문이었다.

맑게 반짝이는 수정들이 벽과 천장에서 삐죽삐죽 튀어나와 있었다. 수정들은 화롯불과 수행원들이 들고 있는 횃불의 빛을 받아 번쩍거리면서 마치 자체적으로 깨끗하고 새하얀 빛을 내뿜는 듯했다. 안두인은 그게 그저 착시 현상일 뿐임을 알고 있었지만, 그래도 자연적으로 생성된 광물들과 드워프식의 단순한 건축 구조의 조합은 무척 아름다웠다.

"수정…… 정말 아름답네요."

안두인이 곁에서 걷고 있던 로한에게 부드럽게 말을 걸었다.

로한이 키득키득 웃었다.

"수정? 친구여, 저건 수정이 아니라오. 그대가 보고 있는 건 다이아몬드요."

안두인은 눈이 휘둥그레지며, 머리를 휙 젖혀 저 번쩍이는 천장을 다시금 올려다보았다.

마그니는 자못 결의에 찬 태도로 계단을 성큼성큼 올라갔다. 그 위에는 지금 이동 중인 사람들이 다 들어가고도 몇 배는 남을 법한 거대한 공간이 있었다. 그는 뒤를 돌아보고 기대감을 띤 얼굴로 고개를 끄덕였다.

"우리가 도움이 필요한 시기에 그 석판을 발견한 건 우연이 아니라고 생각하오."

그의 목소리가 동굴 안에 메아리쳤다.

"오늘 여기 모인 여러분 대부분이 사흘 전에 소중한 사람들을 잃었소. 아제로스 전역에서 무언가가 심각하게 잘못되어 간다는 소식이 들려오고 있소. 땅은 상처 입고 흔들리면서 도와달라고 외치고 있소. 우리는 드워프요. 땅의 자손이지. 나는 토석인의 말을 믿소. 우리가 여기서 거행하려는 형언할 수 없이 오래된 이 의식으로 말미암아, 아파하는 가엾은 세상을 치유할 수 있으리라고 믿소. 내 피와 뼈, 땅과 돌에 맹세코 이 일을 해내고 말겠소."

안두인의 목덜미에 소름이 돋았다. 마그니의 연설은 마음에서 우러나왔고 무언가 숨이 턱 막혀 오는 데가 있었다. 이제 땅의 심장으로 내려가면 깊고도 불가사의한 의식을 목격하게 되리라는 사실이 새삼 실감 났다.

벨그룸이 손에 두루마리를 들고 앞으로 나아갔다. 마겔라스가 뒷짐을 지고 그의 옆에 다가섰다. 두 사람 옆에는 레이나 스톤브랜치라는 약초학자 드워프가 탁한 액체가 가득 들어 있는 수정 약병을 들고 서 있었다. 벨그룸이 헛기침을 하고 입을 열어 딱딱하고 둔탁한 느낌의 이상한 언어로 말하기 시작했다. 그걸 듣는 안두인은 몸이 부르르 떨렸다. 어쩐지 더 추워진 듯한 느낌이 들었다.

단락마다 마겔라스가 안두인을 위해 통역을 해주었다. 그건 바로 어제 마그니가 안두인에게 읊어 주었던 그 구절이었다.

"다시금 산과 하나가 되는 방법과 그 이유가 여기에 있도다. 볼지어다, 우리는 토석인이요. 땅에서 난 자들이기에, 그 영혼은 우리 것이며 그 고통 또한 우리 것이다. 그 심장 고동은 우리의 고동이로다. 우리는 땅의 노래를 부르며 땅의 아름다움을 위해 흐느끼노라. 그 누가 고향으로 돌아가기를 원치 않겠는가? 이것이 이유이니라. 오, 땅의 자식들이여."

고향. 아제로스는 여기 모인 모든 이들에게 진정한 고향이었다. 벨그룸이 약초와 흙을 섞으라는 대목을 읊는 동안 안두인은 생각에 잠겼다. 고향은 스톰윈드도, 아버지가 있는 곳도, 제이나 이모의 집도 아니었다. 이 땅, 이 세계 자체가 고향이었다. 지금 이곳에서 사람들은 '땅의 심장' 속에 들어와 있었고, 그들을 둘러싼 다이아몬드와 돌은 답답하다기보다는 그들을 보호해 주는 듯 아늑했다. 마그니는 상처받은 아제로스에게 말을 걸어 아제로스를 치유할 최선의 방법을 찾아내려 하고 있었다. 실로 고귀한 목표였다.

"이들을 길러 낸 흙을 손가락으로 한 움큼 집어서 약초들과 같이 마실지어다. 진실한 마음을 담아 이 말을 한다면 산은 응답할 것이로다. 그대는 집으로 돌아갈 것이며, 산과 하나가 되리로다."

레이나가 앞으로 다가가서 흙탕물 같은 비약을 마그니에게 건넸다. 마그니는 주저하지 않고 그 투명하고 가느다란 병을 받아다가 들이마셨다. 그는 입술을 닦고 빈 병을 레이나에게 도로 주었다.

그런 다음에는 마겔라스가 두루마리를 건네주었다. 마그니는 벨그룸에 비해 살짝 멈칫거리며 고대 언어로 된 글을 읽기 시작했고, 마겔라스는 통역을 해주었다.

"내 안에는 땅 자체가 있노라. 우리는 하나이니, 나는 땅의 것이요. 땅은 나의 것이라. 나는 산의 응답에 귀를 기울이노라."

마그니는 두루마리를 도로 받고 간청하듯이 손을 펼치더니, 눈을 감고 미간을 찌푸리며 집중했다.

이제부터 뭐가 어떻게 될지는 아무도 몰랐다. 산이 갑자기 말을 하기 시작하려나? 만약 그렇다면 그 목소리는 어떠할 것인가? 마그니에게만 말할까? 뭐라고 말할까?

마그니가 산에 얘기할 수 있을까? 그럴까?

마그니가 퍼뜩 눈을 떴다. 크게 뜨인 눈이 경이로 가득했고, 입은 엷은 웃음을 띤 채 뒤틀려 있었다.

"드…… 들리네."

마그니는 손을 관자놀이에 갖다 댔다.

"머릿속에 목소리가 들려. 아주 많이."

그는 나지막이 웃었다. 감격과 승리감으로 도취한 표정이었다.

"목소리가 하나만이 아닐세. 거의…… 수십 가지. 어쩌면 백 가지는 되는 것 같네. 땅의 모든 목소리가 들려!"

안두인은 미소를 지으며 몸을 부르르 떨었다. 마그니가 옳았다! 그는 땅 자체의 목소리를 들을 수 있었다. 목소리'들'이라고 해야 하나? 뭐가 뭔지 모르겠지만 아무튼, 정말로 마그니에게 말을 하고 있었다!

"무슨 말인지 알아들을 수 있습니까? 뭐라고 합니까?"

벨그룸이 흥분해서 물었다. 그때 마그니가 갑자기 머리를 뒤로 확 젖히면서 몸이 구부러졌다. 비척거리며 뒤로 물러서려는 듯했지만 발이 제자리에 단단히 박혀서 움직이지 못하는 듯 보였다. 아니, 박혔다기보다는…… 안두인은 마그니의 검은 장화가 거의 투명해졌다는 것을 알아차렸다. 마치 장화가 갑자기 유리로 변한 것처럼, 아니, 발 자체가 유리로 된 듯이…….

—아니면 수정……. 혹은 다이아몬드…….

'산과 하나가 되어라…….'

아니, 설마, 그럴 리가—

마그니의 발이 바르르 떨리더니 그 위에 투명한 돌이 불쑥 생겨났다. 그리고 돌이 액체처럼 흘러서 마그니의 다리와 몸통을 타고 올라가기 시작했다. 돌은 신음 같은 소리와 함께 여기저기서 삐죽삐죽 솟아나 길쭉한 수정 창처럼 치솟았다. 마치 마그니 브론즈비어드 자체가 수정을 형성하는 것만 같았다. 마그니는 입을 벌려 소리 없는 고함을 길게 내지르며 팔을 머리 위로 높이 쳐들었다. 다이아몬드가 그의 몸 전체를 감쌀 기세로 쑥 치달아 올라 그의 손을 휘감았다. 마그니는 비명을 질렀다. 순전한 공포에서 우러나오는, 격렬한 비명이었다. 그러나 투명한 돌의 액체는 무자비하게 그의 입속으로 쏟아져 들어가 비명을 막아버렸다. 그리고 마그니가 눈을 채 감을 새도 없이 딱딱하게 굳어버렸다.

모두 입을 쩍 벌리고 쳐다보고만 있다가 다이아몬드 동굴 안에 메아리치는 비명을 듣고 뒤늦게 정신을 차렸다. 뼛골이 섬뜩한 그 소리는 일찍이 들었던 어떤 고통이나 공포의 비명과는 차원이 달랐다.

로한이 치유 주문을 외우기 시작했다. 마젤라스와 벨그룸은 앞으로 달려들어서 마그니의 팔을 붙잡고 어떻게든지 그 자리에서 떼어내려고 하릴없이 잡아당겼다. 그러나 그 모든 일은 너무 빨리 일어났고, 이제 와서는 너무 늦어 버렸다. 마그니가 단 한 번 질렀던 비명의 메아리도 잦아들어 버렸다. 머리를 뒤로 젖히고, 팔을 들어 올리고, 목에는 힘줄이 불거져 나온 채, 마그니는 돌로 변한 동시에 돌에 갇힌 것 같았다. 그리고 그의 몸 위에는 무슨 기괴한 의상이라도 걸친 듯이 들쑥날쑥한 수정 덩어리들이 번쩍거리고 있었다.

모두가 충격에 사로잡혀 아무 말도 하지 못했다. 안두인이 처음 침묵을 깼다.

"폐하께서…… 그……."

로한이 마그니의 팔에 손을 얹고 눈을 감았다. 그러더니 고개를 설레설레 저으며 물러났다. 감은 눈꺼풀 사이에서 눈물 한줄기가 흘러내렸다.

안두인은 멀거니 쳐다보았다. 믿을 수가 없었다. 애린이 수 톤의 바위에 깔려 생매장되었을 때처럼, 지금도 도무지 믿을 수가 없었다. 하지만…….

'이럴 리가 없잖아!'

안두인은 마젤라스에게 시선을 돌렸다. 그 역시도 경악한 표정이었다.

"확실했는데…… 문자 그대로의 의미가 아니라고…… 모든 문헌을 확인해 보았…….''

"이런 거였어요? 이런 걸 위한 의식이었냐고요!"

안두인은 충격과 공포에 떨리는 목소리로 울부짖었다.

"아니오. 하지만 우리…… 우리는 모…… 모든 단계를 정확하게…… 수, 수행했는데…….."

마젤라스가 겁에 질린 산토끼 같은 얼굴로 말했다. 안두인은 도저히 주체할 수가 없었다. 그는 고함을 치며 앞으로 펄쩍 뛰어나갔다. 그리고 자신의 예식용 단검을 뽑아 들어서 누가 말릴 새도 없이 마그니의 어깨 부분에 내리쳤다. 그러자 단검 자루가 박살나면서 그 조각이 잇따라 미끄러지듯 크게 돌다 떨어졌고, 그 충격에 안두인은 손을 떨면서 단검을 떨어트렸다. 그는 욱신거리는 손을 움켜쥔 채 마그니를 쳐다보았다.

그 형상에는 흠집 하나도 나지 않았다. 마그니는 세상에서 가장 딱딱한 물질로 변해버린 것이다.

안두인은 눈앞의 다이아몬드 덩어리를 바라보았다. 한때 활기 넘치고 강건하던 드워프는 사라지고 없었다. 의식의 구절들이 그의 머릿속에 떠올랐다.

'볼지어다, 우리는 토석인이요. 땅에서 난 자들이기에…… 그 누가 고향으로 돌아가기를 원치 않겠는가? …… 그러면 그대는 본래의 존재가 되리라. 그대는 집으로 돌아갈 것이며, 산과 하나가 되리로다.'

드워프들은 티탄의 자손이었다. 마그니는 본래의 존재가 된 것이다. 그 대신 목숨을 값으로 치르고서.

"고향으로 돌아가신 겁니다."

안두인은 비통한 심정에 목이 멘 채 중얼거렸다. 눈에 눈물이 차오르자 마그니 브론즈비어드의 모습이 흐릿하게 번졌다. 햇불의 빛이 다이아몬드에 반사되어, 눈앞에는 오로지 춤추듯이 흔들리는 아름다운 빛 조각들만이 보일 뿐이었다.

안두인은 힘겹게 눈을 깜빡이며 침을 꿀꺽 삼켰다. 눈물이 얼굴에 흘러내렸다. 그저 백성을 위해 온 힘을 다하고자 했던, 상처받은 땅을 치유하기 위해 말을 걸고자 했던 다정한 드워프. 그는 그 목표를 이루기 위해 목숨을 잃고 말았다.

이제 드워프들은 무엇을 해야 한단 말인가?

16장

　끊임없이 땡땡 울리던 용광로의 소리가 멎어버리고 나니, 안두인은 그 소리가 얼마나 큰 위안이었는지 깨달았다. 아이언포지는 스톰윈드처럼 활기 넘치고 북적거리는 도시가 아니라고만 생각했었다. 그런데 이제 용광로의 소리가 멈추고 왕궁에 울려 퍼지던 호탕한 웃음소리가 사라진 지금에 와서야 그는 아이언포지에 나름의 활력이 있었음을 뒤늦게 실감할 수 있었다. 그 어느 때보다도 많은 사람이 마그니 브론즈비어드에게 경의를 표하기 위해 찾아들고 있었지만, 이 도시는 침울하고 황량하기만 했다.

　왕위 계승 문제를 해결하는 것이 시급했다. 대신들이 그리핀을 급파해서 마그니의 형제들인 브란과 무라딘을 찾아내도록 했지만 지금까지는 아무 성과가 없었다.

　안두인은 집에 돌아가고 싶었지만 그 대신 아버지가 그를 찾아왔다. 마그니를 추도하기 위해 얼라이언스의 모든 군주가 직접 오거나 대표들을 보냈다. 안두인은 늘 티란데 위스퍼윈드 대여사제를 만나보고 싶던 참이었다. 나이트 엘프들을 오랫동안 다스렸으며, 사랑하는 대드루이드 말퓨리온 스톰레이지와 헤어질 수밖에 없었다는 여사제. 그리고 정령들의 은혜를 입어 일족에게 주술사상을 전파한 뒤틀린 드레나이인 선견자 노분도 또한 만나보고 싶었다. 드레나이의 수장인 벨렌은 노분도를 자기 대신 보내서, 땅을 치유하고 정령을 이해하기 위해 목숨을 바친 마그니를 기리도록 했다.

　그렇게 해서 안두인은 대여사제 나이트 엘프, 말퓨리온, 전설의 대드루이드, 얼라이언스 사상 최초의 주술사와 겨우 몇 발짝 떨어진 거리에서 제이나와 아버지 사이에 서 있을 수 있게 되었다. 다른 여느 때였다면 안두인은 기뻐했으리라. 그러나 지금 마그니 브론즈비어드의 다이아몬드 상을 엄숙하게 바라보며, 그는 저 유명 인사들을 만나는 데에 이렇게 큰 대가를 치러야 하는 거였다면 차라리 영영 만나지 않았으면 좋았겠다고 생각했다.

고블린들조차도 대표들을 보냈다. 호드 역시도 블러드 엘프와 타우렌을 보냈다. 그것은 스랄과 호드 전체가 보낸 진정한 경의의 표시였다. 많은 이들이 호드의 대표들을 곱지 않은 시선으로 보았지만, 안두인은 그 블러드 엘프와 타우렌의 행동에 아무런 적대감도 없음을 알 수 있었다.

무라딘이나 브란이 돌아오기 전까지 조언자 벨그룸이 국왕의 자리를 대행하기로 했다. 그는 새로운 왕을 찾아내고 섬기는 것 외에는 아무런 정치적 입장이 없는 인물이었기 때문이다. 또한 아이언포지와 그 주민을 안팎으로 잘 알고 있었으며, 드워프에 대한 그의 충성심은 의문의 여지가 없었으므로 그 자리에 선출될 수 있었다. 벨그룸은 그 자리를 매우 불편해했지만, 한편으로는 정당한 국왕이 추대될 때까지 권력을 쥘 누군가가 필요하다는 사실도 익히 알고 있었다.

벨그룸은 앞으로 나서서 좌중에 모인 각국의 대표들을 차례차례 둘러보았다. 그리고 감정에 겨워 탁해진 목소리로 말했다.

"여러분께서 이렇게 참석해주셔서 큰 영광입니다. 좋은 일 때문에 축하하러 모인 자리가 아니어서 안타까울 따름입니다. 마그니 브론즈비어드 선왕께서는 단지 훌륭한 드워프일 뿐만이 아니었습니다. 훌륭한 지도자들은 많습니다. 그러나 그분은…… 선량하셨습니다. 그건 보기 드문 미덕입니다. 그분께서 살아 계셨더라면 여러분을 보게 되어서 무척 기뻐하셨을 겁니다……. 네, 여러분도 말입니다."

벨그룸이 호드 사절들에게 말했다.

"두 분도 선의와 존경심을 갖추고 자리해주셨을 테니까요."

블러드 엘프는 이 말이 비아냥거리는 건지 아닌지 생각하는 눈치였지만 타우렌은 엄숙하게 고개를 끄덕였다.

"티란데 대여사제님…… 당신의 신의와 인내심은 선왕께서 잘 알고 계셨으며, 당신의 종족을 매우 존경하셨습니다. 말퓨리온 대드루이드님, 당신은 우리의 세상에 크게 이바지하셨습니다. 선왕께서는 당신이 여기 발걸음 해준 것에 무척 기뻐하실 것입니다."

벨그룸이 인간들에게로 시선을 돌렸다.

"제이나 여군주님…… 선왕께서는 당신을 어떻게 이해해야 할지 난감해하셨던 때도 있었으나, 언제나 당신을 경애하셨습니다. 바리안 폐하, 당신은 그분에게 형제와도 같았습니다. 그리고 안두인…… 아, 친구여, 선왕께서 당신을 얼마나 소중히 여기셨는지 모를 겁니다."

안두인은 입술을 꽉 깨물고, 마그니가 기꺼이 그에게 선물해 주었던 귀중하고도 아름다운 철퇴를 떠올렸다. 선왕이 그를 어떻게 여겼는지 조금이나마 알 것 같았다.

벨그룸이 헛기침을 했다.

"그, 음…… 와주셔서 감사합니다."

사람들이 미심쩍게 그를 쳐다보며 눈을 깜빡이자 로한이 차분하게 앞으로 나섰다.

"모쪼록…… 모두 알현실로 오셔서 선왕에 대한 여러분의 기억을 들려주셨으면 합니다. 다과를 좀 준비해 두었습니다."

귀빈들이 나지막이 수군거리면서 마그니의 상에서 발을 돌려 계단 쪽으로 향했다. 군데군데 보석이 박히고 일그러져 있는 그것은 다이아몬드보다도 헤아릴 수 없이 귀중했으나 한편으로는 그저 다이아몬드일 뿐이었다.

안두인은 자기도 모르게 그 다이아몬드 덩어리를 멍하니 쳐다보고 있다가, 누군가가 어깨를 부드럽게 붙잡자 퍼뜩 정신을 차렸다.

"안두인 저하, 같이 가시지요."

제이나가 상냥하게 말했다.

"그래, 가자꾸나, 아들아. 앞으로 얼마간은 저들과 함께 있어야만 하잖느냐."

안두인은 잠자코 고개를 끄덕이고 시선을 돌렸다. 그리고 마음속으로 빛에 기도했다. 무라딘이나 브란이 하루빨리 소식을 듣고 아이언포지로 돌아오기를. 이 도시를 장막처럼 휘감은 이 끔찍한 침통함을 조금이나마 벗겨 내 주기를. 비록 드워프들은 그들이 사랑한 국왕이 이토록 충격적이고 이상하며 전례 없는 가혹한 죽음을 맞았다는 사실을 이겨내기 어렵겠지만 말이다.

"이제 이걸로 끝이군."

스랄은 깃펜을 내려놓고 양피지를 엄숙하게 바라보았다. 이것은 스랄이 여행을 떠나기 전 마지막으로 하는 공식 업무였다. 오그리마 재건 작업 착수 동의서에 서명하는 일 말이다. 또 재건이라니. 악몽과의 전쟁에서 이제 겨우 회복하기 시작했는데, 오그리마는 또다시 부서지고 말았다. 가즈로는 다시 가격을 낮추어주었다. 여전히 터무니없이 비싸긴 했지만, 스랄은 가즈로의 그런 처사에 꽤 감명 받았다. 또한 가즈로는 대금을 사전에 모두 지급하지 않고 다음에 갚아도 된다고 했고, 특정 자재를 쓸 필요가 없게 된다면 금액을 조절해 주겠다고도 했다. 예산, 공사 계획, 필요 사재 등이 복잡다단하게 적혀 있는 서류를 가로쉬에게 남겨놓고 가려니, 스랄은 쩨쩨하단 걸 알면서도 내심 조금은 통쾌했다. 그런 '지루한' 일거리도 좋은 지도자가 되려면 필수적으로 해야 한다. 가로쉬도 그런 사실을 배워야 했다.

스랄은 두루마리를 가로쉬의 몫으로 남겨두고 자리에서 일어섰다. 여행은 혼자 떠나야 했다. 코르크론들은 동행하지 않도록 명령했다. 이제부터는 임시 호드 대족장인 가로쉬 헬스크림을 경호하는 것이 그들의 의무였고, 지식을 찾아서 다른 세상으로 홀로 떠나는 주술사를 지킬 필요는 없었다. 요란한 송별 행사 같은 것도 치르지 않기로 했다. 일단 그런 겉치레를 벌이자고 막대한 비용을 치르는 건 낭비였기 때문이고, 자신의 여행을 무슨 '행사'로 만들고 싶지 않아서이기도 했다. 스랄은 그저 잠시 떠났다 오는 것일 뿐이다. 보통의 호드 주민이 중차대한 일로 여기지 않기를 바랐다. 그렇다고 비밀로 하지는 않았다. 남모르게 떠나가는 건 대대적으로 배웅을 받는 것 못지않게 역효과를 낳을 뿐일 테니까. 그저 사소한 사건으로 여겨졌으면 했다.

물론 케른에게도 말을 전해 두었다. 자신이 내린 결정과 그 이유를 알리고, 필요할 때 가로쉬에게 조언을 해달라고 요청해 놓았다. 그런데 답신이 아직 오지 않아서 의

외였다. 보통 케른은 이런 문제에 신속하게 대처하는 편이었는데. 아마 타우렌의 대족장 역시도 노스렌드 전쟁 이후의 문젯거리에 잔뜩 시달리느라 정신이 없는 모양이었다.

"이제 작별이구먼, 내 오랜 친구여."

스랄이 아이트리그에게 말했다.

"가로쉬가 거창한 문제뿐만 아니라 작은 업무들도 챙기도록 잘 좀 봐주시오."

"그러겠소, 대족장이여. 우리의 옛 고향에서 너무 오래 지체하지 마시오. 가로쉬는 온 힘을 다할 테지만, 그는 당신이 아니니."

스랄은 아이트리그를 끌어안고 등을 가볍게 두드린 다음 미리 싸두었던 작은 배낭을 집어 들었다. 그리고 전송이랄 것도 거의 받지 않은 채 호드의 대족장은 그롬마쉬 요새를 나서서, 여전히 뜨거운 바깥의 밤공기를 가로질러 착륙탑으로 향했다.

"그대는 중대한 실수를 저질렀소."

어둠 속에서 낮게 우릉거리는 목소리가 들렸다.

누구의 목소리인지 알아들었음에도 그 말 자체에 화들짝 놀란 스랄은, 성큼성큼 걷던 걸음을 멈추고 휙 돌아보았다. 케른 블러드후프가 우뚝 솟은 말라죽은 나무 밑에 서 있었다. 악마의 해골, 그리고 한때는 난공불락이었던 갑옷이 매달려 있는 바로 그 나무였다. 타우렌 대족장은 커다란 몸을 꼿꼿하게 세우고 서서 널찍한 가슴에 팔짱을 낀 채 꼬리를 약간 휘둘렀다. 얼굴에는 못마땅한 표정을 띠고 있었다.

"케른! 만나서 무척 반갑군. 떠나기 전에 그대에게 연락이 오기를 바라고 있었소."

"글쎄, 내가 지금부터 할 말을 들으면 그리 반갑지만은 않을 것 같소만."

"나는 언제나 그대의 말을 새겨들었소. 바로 그래서 내가 없는 동안 가로쉬에게 조언을 해달라고 부탁한 게 아니겠소? 어디 말해보시오."

"그대의 전갈을 받아보고 나는 비로소 깨달았소. 내가 결국 저 가엾은 드렉타르처럼 노망이 나 꿈속에서 헤매는 늙은이가 되었구나 하고. 왜냐하면 그 편지에 그대의 친필로, 가로쉬 헬스크림을 호드의 수장 자리에 앉히겠노라고 떡하니 쓰여 있었으니!"

케른의 목소리는 조용했지만 근엄했다. 케른은 좀처럼 화를 내지 않는 편인데, 이

번 문제만큼은 시간을 들여 곱씹어 생각해도 무척이나 불편했던 모양이었다. 말하면 할수록 목소리가 더 굵직하고 커지고 있었다. 스랄은 잠자코 주위를 흘긋 돌아보았다. 이런 대화는 이렇게 열려 있는 장소에서 나누기에 적절치 않았다.

"우리, 남이 못 듣는 데서 이야기하지. 내 방과 귀는 그대에게 열려 있……."

"아니오."

케른이 대뜸 말을 자르고는 튼튼한 발굽으로 땅을 탕 굴렀다. 스랄은 깜짝 놀라서 그를 쳐다보았다.

"내가 여기, 그대의 가장 큰 적이었던 악마의 그늘 속에서 그대를 만난 건 다 이유가 있소. 나는 그롬 헬스크림을 기억하오. 그의 열정, 폭력성, 외고집을 기억하오. 그가 끼쳤던 해악 또한. 물론 그롬은 만노로스를 무찔렀기에 영웅으로 죽었고 나는 그 사실을 익히 인정하오. 그러나 그롬이 수많은 이들의 목숨을 앗아간 데다가 그런 살육을 즐겼다는 것 또한 주지의 사실이지 않소? 그는 피와 폭력에 굶주렸고, 무고한 자들을 죽이면서 그런 욕망을 채웠소. 그대가 가로쉬에게 그 아비의 영웅다운 면모를 인지시켜준 것은 잘한 일이오. 진실이니까. 그러나 그롬 헬스크림은 그리 떳떳치만은 않은 행각들을 저지르기도 했고, 그 아들은 그 사실 또한 잘 알고 있어야만 하오. 그대도 마찬가지요, 스랄. 이러한 빛과 어둠의 양면을, 그리고 가로쉬가 그롬의 아들이라는 것을 되새기시오."

스랄이 조용히 입을 열었다.

"가로쉬는 그롬처럼 악마의 피를 마셔서 타락한 적이 없소. 물론 고집불통이긴 하지. 맞소. 허나 백성은 그를 사랑하오. 가로쉬는……."

"당연히 사랑하지. 왜냐하면 그들은 오로지 영광만을 보니까!"

케른이 날카롭게 대꾸했다가, 약간 누그러진 어조로 말을 이었다.

"백성은 어리석은 면은 보지 못하잖소. 나 역시도 가로쉬의 영광스러운 면을 보았소. 그의 전략과 지혜도 보았고, 잘 키워주고 지도해준다면 가로쉬의 영혼에 뿌리를 박을 귀중한 씨앗이 될 거요. 그러나 그는 자기 안의 지혜를 무시하고 너무 생각 없이 쉽게 행동하는 경향이 있소. 스랄, 나는 가로쉬를 존경하고 높이 사고 있소. 오해하지 마시오. 허나 호드를 이끌기에는 걸맞지 않단 말이오. 그롬만큼이나. 그대가 가로쉬가 도를 넘는지 단속해주지도 못하고, 지금처럼 얼라이언스와 긴장이 첨예한 때에는 더더욱 안 될 말이지. 마그니가 다이아몬드로 변해서 왕좌가 빈 이때를 틈타 아이언포지를 습격해야 한다는 이야기가 공공연히 일어나고 있음을 알고 있소?"

스랄도 그 소문은 알고 있었다. 마그니의 서거 소식을 접하자마자 그런 뒷공론이 일어날 줄은 짐작하고 있었다. 그래서 최대한 빨리 추도식에 참석할 특사를 보낸 것이었고, 그나마 중립적으로 보이는 신도레이와 타우렌을 선택한 게 아닌가. 스랄은 한숨을 쉬었다.

"물론 알고 있소. 케른, 나는 오래 걸리지 않아 돌아올 거요."

"오래 걸리든 안 걸리든 그게 문제가 아니라니까! 그 녀석은 그대처럼 지도자가 될 성정이 아니라는 거요! 아니, 이제는 그대가 내가 아는 그 스랄이 맞는지도 잘 모르겠소. 타우렌과 친구가 되어주고 큰 도움을 주었던 그 스랄이라면, 자기 손으로 세웠던 호드 연합을 대가리에 피도 안 마른 강아지한테 태평스럽게 넘겨주지는 않을 테니까!"

스랄은 입을 꽉 다물었다. 마음속에서 분노가 스멀스멀 치밀어 오르고 있었다. 케른은 그 튼튼한 발굽으로 스랄 자신이 이미 안고 있던 불안감을 정면으로 치고 들어오고 있었다. 스랄이 못내 떨쳐낼 수 없었던 불안을. 그러나 그 외의 선택지가 없었다. 가로쉬 외에는 다른 누구도 그 역할을 맡을 수가 없다.

"그대는 이 땅에서 내가 사귄 가장 오랜 친구요, 케른 블러드후프."

스랄의 목소리는 위험할 정도로 고요했다.

"내가 그대를 존경한다는 것을 잘 알 거요. 그러나 결정은 이미 내려졌소. 가로쉬의 미숙함이 그렇게도 걱정된다면 내가 요청했던 대로 그를 이끌어주시오. 그대의 막대한 지혜와 상식의 힘을 그에게 빌려주시오. 이 문제에 관한 한 그대가 내게 동의해주기를 바라오, 케른. 나는 그대의 비난이 아니라 지지가 필요하오. 그대가 냉철한 머리로 가로쉬를 차분하게 가르쳐주기를 바라지. 가로쉬를 책망하다가 자극해버리지는 않길 바라오."

"지금 지혜와 상식을 이야기하는데, 딱 한 가지 대답밖에 할 게 없군. 가로쉬에게 이 권력을 주지 마시오. 그대의 백성에게 등을 돌리고 거만하고 난폭한 애송이에게 저들의 운명을 내맡기지 마시오. 이것이 나의 지혜요, 스랄. 오랜 세월 전투에서 숱하게 피 흘리고 시련을 겪으며 얻은 지혜란 말이오."

스랄은 뻣뻣하게 굳었다. 가장 원치 않은 사태가 일어나고 말았다. 스랄은 입을 열고 차가운 목소리로 말했다.

"그러면 피차 더 할 말이 없겠군. 내 결정은 번복할 수 없소. 내가 없는 동안 호드를 이끌 자는 가로쉬요. 그러나 그대가 가로쉬를 도와줄지, 아니면 끝끝내 완고하게 굴다가 호드 전체를 그르칠지는 그대의 선택이오."

스랄은 두말하지 않고 뒤돌아서 무더운 오그리마의 어둠 속으로 성큼성큼 걸어갔다. 그는 케른이 자신을 쫓아와 주기를 얼마간 기대했지만 그 늙은 타우렌은 따라오지 않았다. 스랄은 무거운 마음으로 와이번을 불러서 배낭을 안장에 걸치고 올라탔다. 와이번은 하늘로 뛰어올라 딱딱하고 질긴 날개를 고요히, 규칙적으로 퍼덕이기 시작했고, 시원한 바람이 일어 스랄의 얼굴을 스쳤다.

케른은 자신의 오랜 친구를 쳐다보았다. 논쟁이 이런 식으로 끝나게 될 줄은 전혀 몰랐다. 누가 봐도 뻔한 실책인데. 스랄 역시도 그게 실책임은 알고 있는 듯했다. 그러나 왜인지 몰라도 이런 방침을 고수할 수밖에 없다고 생각하는 눈치였다.

스랄이 남긴 마지막 말에 케른은 마음이 아팠다. 스랄이 그의 염려를 그렇게 곧장 단호하게 내칠 줄은 몰랐다. 가로쉬에게도 미덕은 있었다. 케른도 자기 눈으로 똑똑히 보았다. 그러나 그 대책 없는 무모함, 올바른 충고에 귀를 기울이지 않는 독단, 인정과 찬사를 받고 싶어서 좀이 쑤셔 하는 성격이라니…… 케른은 꼬리를 흔들었다. 생각만 해도 심란했다. 가로쉬의 그런 단점들을 없애야만 했다. 물론 케른은 고문관의 역할을 받아들일 테지만, 그가 아무리 좋은 조언을 해도 가로쉬는 무시할 게 틀림없었다.

케른은 만노로스의 해골에 시커멓게 그늘진 눈을 다시금 올려다보았다.

"그롬, 그대의 영혼이 여기에 있다면, 부디 아들을 이끌어 주시오. 그대는 호드를 위해 자신을 희생했잖소. 그대의 아들이 호드를 망치는 꼴을 보고 싶지는 않을 테지."

대답은 들려오지 않았다. 만약 그롬이 정말로 자신이 파괴한 악마의 곁에서 떠돌고 있다면 일부러 침묵하고 있는 셈이었다. 케른은 혼자였다.

2부

······세상은 파괴되리라

17장

아그라는 하늘노래 호수 위를 가볍게 뛰어갔다. 갈색 맨발을 물 위에 내디디며 뛰는데 물은 몇 방울 튀지도 않았다. 그녀는 보통 이곳에 오면 호수에 깃들어 있는 힘을 느끼면서 천천히 걸었지만, 아까 바람에 실려 왔던 게야 대모의 말을 듣고는 발걸음이 빨라질 수밖에 없었다.

'어서 오렴, 새로운 소식이 있다.'

말 자체는 부드러웠어도, 빨리 돌아오라는 소환 명령이었다. 그 명령이 떨어지기 전까지 그녀는 정령의 옥좌에 와서 위대한 격노의 정령들—아보리우스, 고르다우그, 칼란드리오스, 인시네라투스—의 발치에 조용히 앉아 있었다. 어쩌면 오늘은 정령들이 그녀에게 말을 걸어주는지 기대하면서, 바람의 격노인 칼란드리오스 근처에 막 자리를 잡으려는 차에 게야의 메시지가 들렸던 것이다. 그래서 이제 아그라는 지체할 수 없을 정도로 중대한 소식이 무엇인지 듣기 위해서 이 나그란드 땅의 호드 성채인 가라다르를 향해 돌아가고 있었다.

아그라는 주술사였지만 대부분 전사만큼이나 건강하고 튼튼하며 힘도 좋았다. 그래서 숨도 거의 차지 않고 드높은 가라다르 꼭대기의 건물까지 단숨에 내달아, 대모의 앞에서 무릎을 꿇고 머리를 숙였다.

"바람에게 들었습니다, 대모님. 무슨 소식입니까?"

게야는 미소 짓고 곁에 있는 낡은 융단을 두드려 아그라에게 앉으라고 했다. 게야는 젊은 아그라의 얼굴을 살며시 어루만졌다.

"아주 빨리 왔구나. 바람이 너를 날게 했나 보구면?"

아그라는 키득거리며 웃고 게야의 울퉁불퉁한 손에 얼굴을 기울였다.

"아뇨. 다만 물의 정령들이 호수 위를 뛸 수 있게 해주었어요."

게야가 웃음을 터뜨렸다.

"그것참 친절하구나. 소식이 무엇인고 하니, 방금 내 손자에게서 연락이 왔단다……. 나그란드로 오겠다고 하는구나. 나한테서 배우고 싶은 게 있다면서."

아그라가 눈을 깜빡였다.

"네? 고엘이요?"

"그래, 고엘."

아그라가 얼굴을 찌푸렸다.

"아직도 그 혐오스러운 노예 이름을 쓰고 있나요?"

"그래."

아그라의 무례한 언사를 듣고도 게야는 태연하게 대답했다. 게야는 아그라에게 신랄한 말버릇을 고치라고 꾸짖기보다는 정령들이 그녀를 도와주도록 놔두는 편이 훨씬 쉽다는 사실을 한참 전에 깨달은 바 있었다.

"그게 그 애의 선택이다. 도착하거든 네가 직접 물어보려무나. 왜 그 이름을 부득불 쓰고 있는지."

"그러지요."

아그라는 선뜻 대답했다. 그녀는 그 유명한 스랄을 한 번도 만나본 적이 없었다. 그가 전에 나그란드에 왔을 때 아그라는 출타 중이었기 때문이다. 그래서 다른 사람들의 말만 듣고 스랄이 어떤 인물일지 짐작했었는데, 이제는 직접 보고 판단할 수 있을 듯했다.

"다시는 안 돌아올 줄 알았는데요."

"나도 그럴 줄 알았다. 내가 조상님들을 따라가게 되어서 작별 인사를 하러 오는 경우가 아니라면. 그런데 지금 내 도움이 필요하다더구나."

"도움이요? 그렇게 전능하다는 스랄이 무슨 도움이 필요하시대요?"

"세상의 치유."

아그라는 입을 다물었다. 게야가 차분히 말을 이었다.

"편지에서 말하길, 아제로스의 정령들이 괴로워하고 있어서 내 지혜를 빌리고 싶다더구나. 혼돈에 빠진 세상을 구하는 법을 아는 자는 나뿐이라면서."

"흠."

아그라는 아까 자신이 내뱉었던 말이 부끄러웠지만 티를 내지는 않았다.

"그 초록색 친구들에게 필요한 지혜는 스랄이 이미 갖고 있을 텐데요. 워낙 인간다운 오크라니까."

게야가 유쾌하게 낄낄 웃었다.

"너희 둘이 만나는 순간이 기대되는구나. 그러나 그 애의 생각은 틀렸다."

"무슨 말씀이세요? 대모님, 당신은 우리 모두를 합쳐도 못 당해낼 만큼 지혜로우시잖아요. 워낙 많은 일을 보고 겪으셨으니까요."

게야는 아그라의 부드러운 갈색 팔에 손을 얹었다.

"그래, 많이 보고 겪었지. 또 많은 것을 알고 있지. 허나 정령에 대해 나보다 훨씬 더 잘 아는 사람은 따로 있단다."

아그라는 당황스러운 표정으로 고개를 젖혔다.

"누구요?"

"너 말이다, 얘야."

그녀가 갈색 눈을 휘둥그레 떴다.

"저요? 아, 말도 안 돼요. 저도 어느 정도 알기는 하지만……."

"너보다 더 타고난 주술사는 본 적이 없다. 정령들은 너에게 자장가까지 불러줄 듯이 다정하게 굴지 않더냐. 그들은 오래전부터 너를 자기들의 일부로 받아들였어. 내가 너를 가르쳤다는 것이 자랑스럽다만, 내가 없었다고 해도 넌 다른 사람한테서 잘 배웠을 게야. 내가 조상님들을 따라갈 때가 되어도 여한이 없을 게다. 네가 이곳에서 내 자리를 잘 맡아줄 테니."

아그라는 눈을 깜빡거렸다.

"그날이 아주 먼 미래의 일이었으면 좋겠어요. 대모님께서 저와 다른 이들에게 가르쳐주실 것이 아직 많잖아요. 그 노예 이름이나 쓰는 손자한테도 그렇고요."

게야가 눈에 장난기를 번득이며 말했다.

"사실 나는 이번 일을 대부분 네게 맡기려고 한단다. 별다른 이유가 있어서는 아니고, 이 늙은이는 그냥 너희 둘이 얘기하는 모습을 지켜보면서 손뼉이나 치고 싶거든. 엄청나게 재미날 테니."

아그라는 자기가 어떤 얼굴을 하고 있는지 알 수 없었지만, 게야가 머리를 젖히고 웃음을 터트리는 걸 보니 꽤 우스꽝스러운 표정을 짓고 있었던 모양이었다.

스랄은 나그란드가 얼마나 아름다운지 잊어버리고 있었다.

해 질 녘이 되어 하늘은 마치 깃털을 뽐내는 열대새처럼 수많은 색깔을 펼쳤다. 온갖 색조의 푸른빛과 보랏빛으로 물든 채, 분홍색을 띤 구름이 콩 꼬투리에 보송보송 돋은 솜털처럼 떠다니고 있었다. 그 아래의 대지 또한 아름다웠다. 짙푸른 녹색의 풀밭이 융단처럼 무성하게 펼쳐지고 멀찍이서 커다란 동물들이 움직이는 모습도 눈에 들어왔다. 물 흐르는 소리, 잠자리에 들려고 서로 부르는 새들의 울음소리도 들렸다. 스랄은 가슴이 북받쳤다.

예전의 드레노어가 꼭 이랬었다고 들었다. 드레노어의 다른 지역들은 손상되어 황량해졌다지만 이곳 나그란드는 아니었다. 석양의 빛깔들을 바라보자니 듀로타도 이렇게 비옥해질 수 있을까 생각하지 않을 수가 없었다. 불모의 땅이나 잊혀진 땅이 그 불길한 이름을 쓰지 않아도 될 날이 올까.

"록타르."

누군가의 목소리가 들렸다.

스랄은 자신을 환영하는 행사를 벌이지 말아 달라고 요청해둔 참이었다. 배우고 일하러 왔을 뿐이지 환대받으러 온 게 아니니까. 그런 겉치레에 낭비할 시간은 없었다. 그렇기에, 뒤를 돌아보았을 때 오크 여성 한 명만이 마중 나온 것을 보고 스랄은 놀라지 않았다. 오히려 기뻤다.

젊은 여자였다. 아마 스랄보다 좀 더 젊은 듯했다. 탄탄한 갈색 팔에 구겨진 토시를 두르고, 반짝이는 적갈색 머리카락은 어깨에 아무렇게나 흐트러뜨린 채였다. 옷도 가죽 킬트와 조끼만 간소하게 입고 있었다. 턱이 튼튼하고 등도 꼿꼿해서 꽤 아름다운 여자였지만, 뭔가 못마땅하다는 듯 일그러뜨린 입술 때문에 그 아름다움이 무색해져 버렸다.

"스랄이죠? 듀로탄의 아들."

그녀가 단도직입적으로 말했다.

"그렇습니다만."

"역겨운 이름이에요. 여기서는 고엘이라는 이름을 쓰세요."

그 퉁명스러운 발언에 스랄은 깜짝 놀랐다. 스랄은 아주 오래전부터 남한테서 명령이라는 걸 받아본 적이 없었다. 옛날 어느 날 밤에 서리늑대 부족과 오그림 둠해머에게 자신의 가치를 증명한 이래로는 단 한 번도.

"제 부모님께서 정해주신 이름은 고엘이지만, 운명은 다른 이름을 정해주었죠. 저는 스랄이 더 좋습니다."

그녀는 고개를 돌리더니 침을 퉤 뱉었다.

"인간의 말로 스랄은 '노예'라는 뜻이에요. 그 어떤 오크도, 더군다나 일족을 이끄는 지도자라면 그따위 이름을 써서는 안 됩니다. 아무리 당신이 자기 고향에서 살지 않는다고 해도."

모욕적인 언사를 들은 스랄은 콧바람을 뿜으며 날카롭게 받아쳤다.

"이보시오, 주술사. 전 호드의 대족장입니다. '노예'라는 뜻이었던 그 이름을 얼라이언스들이 두려워하게끔 했단 말입니다. 그들에게 스랄이라는 이름은 이제 호드의 영광과 힘을 뜻하지요. 제가 선택한 이름으로 불러주십시오."

그녀는 어깨를 으쓱했다.

"그래 봤자 우리는 그 이름으로 안 부를 겁니다. 당신은 호드의 대족장으로 명령이나 내리려고 온 게 아니잖아요. 주술사로서 지혜를 찾으려고 여기에 온 거 아닌가요?"

"그건 사실입니다."

스랄은 안에서 부글부글 끓어오르는 분노를 꾹 억눌렀다. 가로쉬에게 이런 상황에 침착하게 응하라고 가르쳤으니, 스랄 자신도 그래야만 했다.

"저는 조모님인 게야 대모님께 가르침을 받으려고 왔습니다. 안내해 주겠습니까?"

그는 공손하면서도 비굴하지 않은 목소리로 말했다. 그러자 그 여자의 태도가 약간, 아주 약간 누그러졌다.

"그러죠. 분명히 많은 걸 배우게 될 겁니다. 하지만 대모님께서는 당신을 직접 가르치지 않고 다른 주술사를 붙여주겠다고 하셨어요. 쉽게 피곤해하시거든요."

"대모님께서 선택하신 주술사라면야 겸허하게 가르침을 받아야겠죠. 그분의 이름이 무엇입니까?"

스랄이 진심을 담아 말했다.

"아그라예요."

그녀가 툭 내뱉고는 돌아서서 성큼성큼 걸어갔다. 스랄에게 알아서 따라오라는 눈치였다.

"아그라를 어서 만나고 싶군."

그녀가 어깨너머로 흘긋 스랄을 돌아보더니, 어금니를 드러내며 능글맞게 웃었다.

"벌써 만나셨거든요?"

스랄은 그녀의 말이 무슨 뜻인지 깨닫고 약간 비틀거렸다.

'조상님들이여, 내게 힘을 주옵소서.'

그는 마음속으로 빌었다.

식사는 소박했다. 구운 갈래 발굽, 마그하르 밀 빵, 다양한 과일과 채소, 깨끗한 물뿐. 스랄은 일생 대부분을 검투사로 살면서 영양가만 있고 맛은 평범한 음식만 먹어왔기 때문에, 호화로운 음식에는 어차피 맛을 들인 적이 없었다. 그래서 지금 이 식사가 싫지 않았다. 오히려 허식이 없어서 편했다. 게야가 함께 있다는 것만으로도 편안한 기분이 들기도 했다. 그녀는 스랄이 처음 만났을 때부터 쇠약해져 가고 있었고 특히 지난해에 부쩍 늙어버렸지만, 몸은 약해졌어도 영혼은 여전히 활력이 넘치고 강건했다. 정신 역시 명료하고 예리했다. 스랄은 게야를 보면서 드렉타르와 비교하지 않을 수가 없었다. 운명이란 가끔 누군가를 편애하기도 하나보다.

스랄은 게야와 둘이서만 식사를 하고 싶었지만 아그라가 게야의 옆자리에 앉게 되었다. 그리고 이상하게도 게야의 총애를 받고 있었다. 아그라는 말을 별로 하지 않았지만 일단 입을 열기라도 하면 딱딱거리거나 톡 쏴대기 일쑤였다. 게야는 그런 뻔한 불손함을 개의치 않는 듯했다. 아그라가 물을 가지러 오려고 자리를 떴을 때, 스랄은 게야에게 몸을 기울여 조용히 말했다.

"저 아이는 할머님께 마땅한 예의를 지키지 않고 있습니다."

"그렇게 치면 너도 예의 없이 굴고 있잖니. 나를 대모가 아니라 할머님이라고 부르고 있으니."

"원하신다면 대모님이라고 부르겠습니다."

게야가 성가시다는 듯 손을 내저었다.

"나는 네 할머니야, 고엘. 왜 나를 그런 식으로 불러야 한단 말이냐?"

"하지만 저…… 아그라는 할머님의 말을 중간에 끊는단 말입니다. 할머님이 틀렸다고 죽자 사자 달려들고, 또……."

"너를 비웃고 있지. 호드의 대족장인 너를."

게야가 나지막이 키득거렸다.

"애야. 네 주위에도 신뢰하는 측근들이 있지 않느냐? 너를 착각에서 깨어나게 해주고 따끔하게 다그쳐주기도 하는 측근들 말이다. 만약 없다고 한다면 그건 거짓말이다. 너는 훌륭한 지도자고, 무릇 훌륭한 지도자라면 아첨하는 간신들만 곁에 두지는 않는 법이니까. 아그라가 내게 대드는 건 자기 깜냥대로 생각하기 때문이야. 가끔 옳은 소리를 할 때도 있어. 그러면 나는 기존의 결정을 바꿔야만 하지. 틀린 말을 할 때도 물론 있지만, 그렇다고 해서 나는 저 아이에게 입을 다물라고 하지는 않았다. 그리고 그 방침을 한 번도 후회해본 적이 없지. 내가 다른 이들의 진언을 듣지 못하는 날이 온다면, 그날은 내가 조상님들을 따라갈 날일 게다. 나의 가치가 모두 죽어버린 것이나 다름없으니까."

스랄은 게야의 말을 이해하고 고개를 끄덕였다. 그리고 아이트리그와 케른에 대해 생각했다. 그날 밤, 케른은 다른 사람이 들으면 불손하다고 여길 만한 방식으로 스랄에게 말했었다. 사실상 모욕이었다. 그러나 스랄은 그 말의 진의를 잘 알고 있었다. 퉁명스럽긴 해도 정직하고 진실한 걱정이었다는 것을. 스랄은 딱딱한 맨바닥 위에 달랑 한 장 깔린 낡은 융단 위에서 불편하게 자세를 고쳐 앉았다. 케른의 말뜻을 알고 있었음에도 그렇게 벌컥 성을 내버려서 못내 후회스러웠다. 돌아가면 케른에게 사과하고, 불편한 진실을 말해주어서 고맙다는 말을 전해야겠다고 마음먹었다.

"벌써 제게 가르침을 주시네요, 할머님."

스랄이 조용히 말했다.

마침 아그라가 물병을 들고 돌아와서 끼어들었다.

"아, 그거 잘 됐군요. 당신은 좀 배워야 해요."

스랄은 깊이 숨을 들이쉬며 마음을 가라앉혔다. 수많은 '배움' 중에서도 아그라를 상대하는 법을 배우는 일이 가장 큰 관건이겠구나 싶었다.

"아그라, 아까 고엘에게 다 이야기해두었다. 저 애가 나그란드에 있는 동안 네가 스승이 되어줄 거라고. 스랄, 나도 너를 가르치기는 할 게야. 하지만 우리 수업은 이 안에서만 진행하련다. 드넓은 땅을 돌아다니기에는 이 늙은이 몸이 버텨나지를 못해요. 그러니, 아그라를 따라다니면서 필요한 곳에 들르도록 하거라."

스랄은 나름대로 정중하게 아그라에게 고개를 끄덕였다.

"알겠습니다. 아그라의 수업을 기꺼이 받겠습니다."

아그라는 검은 눈썹을 치켜세우더니 경멸조로 작게 헛기침을 했다.

"그리고 아그라…… 너는 모든 면에서 고엘이 마음에 안 들 테지. 하지만 그런 건 신경 쓸 필요가 없어. 그저 온 힘을 다해서 가르치고, 성심껏 지식을 전수하면 된다. 아제로스는 괴로워하고 있다. 고엘이 대족장의 직책을 가로쉬 헬스크림에게 넘겨준 것도……."

"가로쉬라고요? 그 꼬맹이를 그런 자리에……."

"자신의 세상을 도울 방법을 배우기 위해서였다."

게야가 단호하게 말을 마저 맺었다.

"고엘이 호드의 지도자로 누굴 지명했건 너나 나하고는 상관없는 일이다. 고엘이 그렇게 했다는 것 자체만 알아둬. 설마, 고통스러워하는 정령들을 도와준다고 해서 네가 우월하다고 생각하느냐?"

아그라의 뺨이 달아올랐다. 말대꾸하려는 듯싶었지만 이윽고 두 손을 무릎 위에 포개 얹고 말했다.

"옳으신 말씀입니다, 대모님. 저는 정령들의 말에 귀를 기울이고 함께하는 데에 일생을 바쳤습니다. 심지어는 다른 세상의 정령들도 마찬가지이고요. 제가 아는 모든 것을 동원해 고엘을 가르치겠습니다."

도저히 참을 수가 없는지, 아그라는 꼭 한마디를 덧붙였다.

"그의 인품에 대해 제가 어떻게 생각하건 말이죠."

스랄은 정중하게 미소를 지어 보였다.

"그리고 저 역시도, 나의 세상을 위해서 모든 것을 기꺼이 새겨듣고 배울 겁니다. 아그라를 제가 개인적으로 어떻게 생각하든 말이죠."

18장

몇 주가 흘렀다. 바리안은 안두인에게 아이언포지에 남아 있으라고 했다.

"지금 같은 때에 아이언포지 사람들을 도와주어야 하지 않겠느냐. 너는 여기서 좋은 친구들을 사귀었더구나. 이렇게 힘든 시기에 스톰윈드의 왕자가 머문다면 우리가 얼마나 드워프들을 존중하는지 잘 보여줄 수도 있을 거야. 괴로운 일이라는 건 안다. 하지만 너도 나중에 국왕이 되면 이렇게 괴로운 일들에 종종 마주쳐야만 한단다."

아이언포지로 돌아가는 길에 아버지는 그렇게 이야기했다. 안두인은 고개를 끄덕였다. 아버지가 옳다는 것을 알고 있었고, 안두인 자신도 아이언포지를 돕고 싶었다.

그래도 결국은 무라딘이나 브란이 돌아와야만 궁극적으로 상황이 해결될 것이다. 마그니가 비극적으로 물러날 수밖에 없었던 왕좌에 마그니의 동생 중 누군가가 다시 앉아야만 한다.

최대한 빨리.

안두인은 꾸준히 로한과 이야기하고 마그니의 몇몇 근위병에게 훈련을 받았다. 언젠가 로한과 같이 있는데, 윌이 허겁지겁 뛰어오더니 약간 비틀거리기까지 하면서 말했다.

"저하! 빨리 오십시오!"

안두인이 즉시 일어섰다.

"뭡니까? 무슨 일이에요?"

"그…… 잘 모르겠습니다."

늙은 하인은 숨이 차서 헉헉거렸다.

"두 분 모두…… 알현실 쪽으로…….."

로한과 안두인은 서로 눈짓하고 즉시 월을 따라갔다. 마침내 무라딘이나 브란이 왕위를 이으러 온 걸까? 그렇게 생각하자 안도감이 들었지만, 한편으로는 마그니가 아닌 새로운 왕이 들어선다는 데에 마음이 따끔거렸다. 그래도 그것이 고인이 원하는 바이리라. 안두인은 내달리고 싶은 마음을 참고 걸어나갔다.

하지만 모퉁이를 돌았을 때부터는 도저히 참을 수가 없었다. 안두인은 마지막 남은 거리를 총총 뛰어갔다.

그러다가 눈앞의 상황을 보고 경악하며 멈춰 섰다.

아이언포지의 왕위를 계승해달라는 요청에 응답한 사람은 무라딘 브론즈비어드도, 브란 브론즈비어드도 아니었다. 다른 브론즈비어드였다.

왕좌 앞에는 조언자 벨그룸이 있었다. 마그니처럼 다이아몬드로 변해버리기라도 한 듯 딱딱하게 굳어 있었지만 눈만은 아연실색해서 커다랗게 뜬 채였다. 마그니 곁을 늘 삼엄하게 지키고 있던 근위병들은 당혹스러운 표정을 띠고 한편으로 물러났고, 그들의 자리는 길고 검은 수염과 회색 피부, 회색 갑옷 차림의 다른 드워프들이 대신하고 있었다. 다들 무기를 한가득 장착하고 있었지만 안두인은 그쪽을 대충 보고 넘어갔다. 그보다도 안두인의 시선을 사로잡은 사람은 한 젊은 드워프 여성이었다.

예쁜 여자였다. 담갈색 머리카락을 머리 양편에 땋아 올려 단정하게 묶었고, 옷차림은 고급스럽지만 어딘가 모르게 구식이었다. 그리고 무릎에는 아기를 데리고 있었다. 분명히 처음 보는 사람인데도 안두인은 그녀가 이상하게 낯익어 보였다.

그녀는 마그니 브론즈비어드의 왕좌에 앉아 있었다.

"아, 로한 대사제로군."

그녀가 감미로운 목소리로 말하며 살며시 웃었다.

"다시 만나서 무척 반갑소. 그리고 이 젊은 인간은 안두인 린 왕자일 테지? 이렇게 곧바로 달려와 주다니 참으로 예의가 바르시구먼. 그대의 아버지가 그대를 세심하게 잘 가르쳤나 보오. 아, 그런데 서로 제대로 소개한 적이 없지, 우리?"

그녀가 더 크게 미소 짓고, 눈은 아주 미세하게 반짝였다.

"나는 모이라 브론즈비어드 여왕이오."

안두인은 자기가 듣는 말도 눈앞의 장면도 도무지 믿을 수가 없었다. 그러나 모이라는 자신의 이름을 직접 밝혔고, 그녀의 이목구비가 마그니와 닮았다는 것도 뻔히 보였다. 번뜩이는 눈과 회색 피부를 한 검은무쇠단 드워프들을 대동하고 온 그녀를 왜 아무도 감히 거역하지 못하는지도 알 만했다. 그녀는 적출(嫡出)이었다. 모이라는 유일한 후계자였으며, 그녀의 아이는 왕손이었다. 그 누구도 손 쓸 도리가 없었다.

그런데…… 손 쓸 필요가 있기나 한가? 충격이 좀 가시고 나자 안두인은 그런 생각이 들었다. 어쨌든 모이라는 마그니의 딸이다. 브론즈비어드가 다시 아이언포지의 왕좌에 앉아 있을 뿐이다. 안두인은 생각을 정리하고, 동등한 지위의 상대에게 걸맞은 예법으로 정중하게 절했다. 모이라가 후계자일진 몰라도 아직 왕위에 오른 여왕은 아니었다. 그녀 자신은 여왕이라고 소개했더라도, 엄밀하게는 공주일 테니 안두인과 같은 지위였다.

모이라는 적갈색 눈썹을 치켜들더니 고개를 꼿꼿이 세웠다. 그녀는 절하지 않았다. 그것으로 안두인은 모든 답변을 들은 셈이었다.

"내가 이 성벽 안에 산 지도 아주 오래되었군. 친애하는 아버님께서 나에게 하셨던 일은 어리석기 그지없었소. 나는 황제와 결혼했소. 브론즈비어드의 이름을 절대로 더럽히지 않았단 말이오. 이 아이, 다그란 타우릿산은 자기 아버지의 성을 물려받았으되 마그니 브론즈비어드의 손자요. 두 왕국의 적손이라는 소리지."

모이라는 아이를 부드럽게 어르면서 꾸밈없이 자애로운 미소를 지었다. 그러자 날카롭던 인상이 부드러워졌다.

"이제 비로소 이 작은 아이는 두 왕국을 통일할 수 있게 되었소. 검은무쇠단과 브론즈비어드를."

그녀의 시선이 위로 향했다. 어머니답던 얼굴이 즉시 교활하고 가식적인 얼굴로 바뀌었다.

"굉장하지 않소, 로한? 그대는 평화를 수호하는 드워프이자 빛의 사제요. 그대가 보게 될 이 새로운 시대의 개막에 마땅히 찬사를 바쳐야지!"

로한이 공손하게 대답했다.

"실로 그러합니다, 저하. 저는……."

"폐하라고 해야지."

모이라가 다시 날카롭게 미소 지었다. 안두인은 등줄기에 소름이 쫙 끼쳤다. 로한은 한참을 망설이다가, 마침내 자신의 반대 견해를 미묘하게 드러냈다.

"폐하. 평화는 확실히 값진 대의입니다."

저 늙은 사제도 노련한 정치가였다. 그건 썩 교묘한 대답이었다.

모이라는 안두인에게 시선을 돌리며 더 활짝 웃었다. 꼭 토끼를 덮치려고 작정한 여우 같았다. 그녀는 거의 가르랑거리는 듯한 목소리로 말했다.

"그리고 안두인. 우리는 서로 정말 멋진 친구가 될 거요! 이곳 아이언포지에 왕손 두 명이 함께 있다니. 그대와 앞으로 친해질 것이 무척 기대되는군. 부담 없이 여기서 더 오래 머무르면서 나와 함께 지내도록 하시오."

"저희 아버지께서는 정통한 후계자가 왕위에 오르셨을 때까지만 아이언포지에 머물라고 하셨습니다."

안두인은 침착하고 공손하게 말했다. 여기까지는 분명히 사실이었다.

"이제 이 중차대한 국가적 과업이 완수된 지금, 고국에는 제가 해야 할 일들이 산적해 있습니다."

이 또한 어느 정도는 사실이다. 그러나 아버지가 그에게 돌아오라고 불렀다는 것을 암시하는 내용은 모두 지어낸 얘기였다.

모이라의 웃음은 흔들리지 않았다.

"어머, 저런. 그런 실망스러운 일은 생각지도 마시오. 그대의 아버님께서도 분명히 이해하실 거요."

"저는……."

모이라가 도도하게 손을 들어 올렸다.

"듣지 않겠소, 안두인 왕자. 그대는 나의 손님이오. 충분히 오래 머무르면서 대접을 받고 난 뒤에 떠나시길 바라오."

그녀는 모든 게 결정되었다는 듯 미소를 지으며 고개를 끄덕였다.

안두인은 속이 뒤틀리는 기분이었다. 이 모든 상황이 이제야 이해가 되었다.

안두인은 정중한 인사치레를 몇 마디 해서 모이라의 비위를 좀 맞춰주었다. 이윽고 모이라는 그만 물러가도 좋다고 손을 내저었다. 안두인, 벨그룸, 로한이 같이 알현실을 나섰다. 안두인은 어리벙벙했다.

"지금…… 이거…… 쿠데타인 겁니까?"

그가 아주 낮은 목소리로 묻자, 벨그룸이 대답했다.

"이건 전적으로 적법한 절차요. 남자 후계자가 없을 시에는 여자 후계자가 왕위를 이어받는 것이 국법에 맞으니까. 모이라는 적출이기 때문에 오히려 무라딘이나 브란보다도 더 정통한 후계자요. 그러니까 쿠데타가 아니지. 정당한 왕위 승계이요."

"하지만…… 저분과 선왕께서는 연을 끊으셨잖아요. 그리고 저들은 검은무쇠단이고요!"

안두인은 이 모든 사태를 이해하기가 어려웠다.

로한이 끼어들었다.

"음, 선왕께서는 결코 모이라와 연을 끊은 적이 없소, 친구. 늘 집으로 돌아오기를 바라고 있었지. 물론 선왕께서 했던 일은…… 뭐, 이젠 다 과거지사요. 허나 이 도시에 검은무쇠단이 돌아다니는 꼴을 본다면 노발대발하실 건 분명하지. 그러나 저들도 우리의 사촌이긴 하니…… 어쩌면 이번 계기로 해서 오히려 전화위복이 될……."

로한은 말을 하다말고 뚝 멈췄다. 그들은 알현실에서 대용광로 지역으로 나온 참이었다. 마그니의 장례식 직후부터 용광로는 다시 돌아가고 있었다. 그리고 바로 그 위에는 그리핀들이 아이언포지를 들락날락하는 이착륙장이 있었다.

그런데…… 그리핀들이 싹 사라지고 없었다.

그리핀 기수들도 마찬가지였다. 오로지 밀짚을 댄 막대기들만이 휑하니 남아 있었다. 그 위에 올라앉아서 자신의 기수를 기다리다가 동부 왕국들 구석구석을 누비고 다니던 그리핀들이 한 마리도 없었다. 안두인은 주위를 휙 둘러보다가, 술이 달린 꼬리와 사자 같은 노란빛의 뒷다리가 성문 쪽으로 사라지는 모습을 보았다. 생각하

211

고 말 것도 없이 안두인은 달리기 시작했다. 뒤에서 그에게 그만두라고 하는 소리가 들려왔지만 들은 척도 하지 않았다.

안두인은 그리핀과 그 기수를 따라잡았다. 그리핀이 눈 내리는 차가운 하늘로 날아오르기 직전, 안두인은 드워프 기수의 널찍한 어깨를 붙잡고 소리쳤다.

"그리스! 이게 무슨 일입니까? 그리핀들이 왜 사라졌죠?"

그리스 서든이 낯을 찡그리고 안두인을 돌아보았다.

"가까이 오지 마십쇼, 친구. 안 그러면 병에 걸릴 테니!"

보통 그런 경고를 들으면 걱정이 되기 마련일 텐데, 지금 그리스는 잔뜩 빈정거리는 어조로 말하고 있어서 그냥 짓궂은 농담처럼 들렸다.

"뭐라고요?"

안두인은 그리스가 장난을 치는 건지 아닌지 헷갈려서 그리핀 쪽을 곁눈질했다.

"음, 이 녀석 날개가 다친 것 같긴 하네요. 그래도 아파 보이지는 않······."

"어이쿠, 아니요, 아니요. 이 녀석은 끔찍하게 아파요, 지금!"

그리스는 기가 차다는 듯 눈을 굴렸다.

"어쨌든 그 새로운 여왕의 검은무쇠단 기수들이 한 말로는 그렇답니다. 심각한 병에 걸렸다나? 그리고 전염까지 된다더군요! 아무한테나 다! 상상해보쇼! 드워프, 인간, 엘프, 노움, 심지어는 이 세상 종족이 아닌 드레나이까지 가릴 것 없이 몽땅! 무지하게 강력한 전염병이라는 겁니다! 그리핀들은 앞으로 몇 달간 검역에 들어갈 거요. 그동안은 비행도 안 할 테고. 요 녀석은 검은무쇠단이 마음에 안 든다고 꽉 물었다가 이렇게 날개를 된통 다친 겁니다. 다른 놈들은 벌써 떠났어요. 언제 돌아오게 될지는 빛만이 아실 일입죠."

"하지만······ 그게 거짓말이라는 거 알잖아요!"

안두인이 불쑥 내뱉었다.

그리스가 천천히 그를 돌아보고, 화가 난 목소리로 낮게 말했다.

"물론 거짓말이죠. 그 가짜 여왕은 우리가 그딴 헛소리를 믿는 줄 아나 본데, 명청한 여자 같으니. 하지만 내가 뭘 어쩌겠습니까? 모이라는 그리핀 비행을 금지하려고 합니다. 그리고 그 검은무쇠단 녀석들은 내가 저항한다면 이 녀석을 바로 죽여 버리겠다고 협박했습죠. 한동안 비행 못 하더라도 어쨌든 살아 있는 편이 낫잖습니까. 상황이 좀 괜찮아지면 돌아올 겁니다. 부디 그날이 빨리 오기를 바랄 뿐."

안두인은 그들이 아이언포지를 떠나가는 뒷모습을 지켜보았다. 저 동물들이 정말로 단순히 검역을 위해 격리되기만 할지 아니면 죽임 당할지는 모를 일이었다. 안두인은 착잡한 심정에 사로잡혀 떨리는 손으로 이마를 쓸었다. 바깥의 차가운 공기에 도 이마가 땀으로 축축했다.

벨그룸과 로한이 곁에 다가왔다. 불안한 듯 보이는 두 사람 옆에는 음침한 표정을 한 노움 한 명이 같이 있었다. 안두인이 단조로운 어조로 말했다.

"그리핀들이 격리 조처된답니다. 전염성이 매우 강한 병에 걸렸다고요."

로한이 인상을 구기며 말했다.

"아, 그렇소? 그럼 깊은굴 지하철을 망가뜨린 것도 병 걸린 그리핀 소행인가?"

"네?"

안두인은 몸을 부르르 떨었다가 양팔로 자기 몸을 꽉 안았다. 안으로 돌아가면서 그는 자신이 단지 추워서 떨었을 뿐이라고 믿었다. 아니, 그랬기를 바랐다.

같이 왔던 노움이 입을 열었다.

"지하철 말이에요. '위험'해서 수리될 때까지 폐쇄된다고 하더라고요. 하지만 위험할 게 전혀 없다고요! 멀쩡히 잘만 굴러가는데! 저는 매일같이 그 지하철에서 일하거든요. 뭔가 잘못된 데가 있으면 제가 바로 알아챘을 거라고요!"

"지하철은 위험하고, 그리핀은 병들었다. 이러면 도시를 나갈 길이……."

안두인이 눈을 가늘게 뜨고 말했다. 로한이 인상을 찌푸렸다.

"그래, 우리도 그 생각을 했소. 하지만 다른 길도 있……."

"지금 네가 하는 짓이 뭔지는 알아? 이 짐승 같은 놈아!"

어디선가 노움 여자의 목소리가 날카롭게 울려 퍼졌다.

"그러니까! 우리는 훌륭한 시민이라고!"

이번에는 노움 남자의 목소리가 질세라 울려 퍼졌다.

둘 다 안두인에게 낯익은 목소리였다. 그는 다른 세 사람과 걱정스럽게 눈짓을 하고, 서둘러 광장 쪽으로 갔다.

그곳에서는 검은무쇠단 드워프 네 명이 두 노움의 팔을 꽉 붙들고 있었다. 노움들은 버둥거리면서 빽빽 고함치는 중이었다.

"빙크와 딩크."

안두인이 중얼거렸다. 예전에 보았던 그 남매 마법사였다.

"그들을 놔줘라!"

아이언포지 경비병들이 도끼와 방패를 빼 들고 우르르 몰려와 소리쳤다.

검은무쇠단 드워프 한 명이 마주 으르렁거렸다.

"이 노움들을 데려오라는 여왕 폐하의 명령이시다. 다치진 않을 것이다."

낮고 불길한 목소리였다. 안두인은 듣자마자 '거짓말!'이라는 생각이 들었다.

"그저 의심스러운 사항 몇 가지에 대해 질문하려는 거다. 그게 다다."

'아니, 그게 다가 아니야.'

안두인은 직관적으로 알 수 있었다. 저들은 빙크와 딩크가 마법사이기 때문에 데려가는 것이다. 마법사들은 아이언포지에서 밖으로 나가는 차원문을 만들 수 있으니까. 모이라는 누구도 이 도시 밖으로 나가지 못하게 만들 셈이었다.

경비병이 부드럽지만 위협적인 어조로 말했다.

"그 여자는 아직 우리의 폐하가 아니다. 당장. 그들을. 놔줘."

검은무쇠단 드워프는 딩크를 동료에게 떠밀어 넘겨주고는 다짜고짜 검을 뽑아들어 공격했다.

순식간에 일어난 일이었다. 검은무쇠단 드워프들과 브론즈비어드 경비병들이 사방에서 몰려들었다. 분노와 공포가 일시에 끓어올랐다. 공기는 망치와 모루가 땡땡거리는 소리 대신 성난 고함과 무기가 부딪치는 소리로 가득 찼다. 안두인도 뛰어들려고 했지만 뒤에서 로한이 그의 팔을 꽉 붙들었다.

"안 되오, 친구! 이건 드워프들의 일이오!"

로한이 앞으로 나서서 두 팔을 들어 올리고, 사람들의 마음을 침착하게 가라앉히는 기도문을 외웠다.

"무기를 내려놓게! 아이언포지에서 두 번 다시 같은 드워프끼리 싸워서는 안 돼!"

"물러나라! 아이언포지 경비대! 물러나!"

경비병들의 선두에 서 있던 아이언포지 경비대장, 앵거스 스톤해머가 짙은 드워프 억양으로 외쳤다.

경비병들은 잘 훈련되어 있어서 대장의 명령을 충실히 따랐다. 눈을 사납게 부릅뜨고 마구 몰려들던 그들이, 명령이 떨어지자 불과 몇 초 만에 일제히 뛰어 물러나서 방어 태세를 갖추고 섰다. 검은무쇠단 드워프들은 공격을 약간 밀어붙이려 했지만 결국은 그들도 멈추게 되었다. 이 소란 속에서 노움 남매에 대해서는 다들 까맣게 잊어버리고 있었다. 빙크와 딩크는 안두인과 벨그룸에게 허겁지겁 달려와서 공포에 떨며 꼭 달라붙었다. 로한이 재빨리 부상자들을 치료하러 나서고, 그동안 스톤해머 대장은 계속 지시를 내렸다. 검은무쇠단이나 브론즈비어드 경비대나 부상자가 상당히 많아 보였다. 어떤 이들의 부상은 심각한 수준이었다. 그들을 지켜보며 안두인은 광장을 가득 메운 열기 속에서도 섬뜩한 소름이 끼쳤다. 지금 자신이 2차 드워프 내전의 발발을 목격하고 있는지도 모른다는 생각을 못내 떨칠 수가 없었다.

경비대장이 소리쳤다.

"경비대 일동! 더 확고한 계승자가 나타나지 않는다면 모이라 님께서는 정당한 왕위 계승자이시다! 그분과 그분이 선택한 호위대를 존중해라. 알아들었나?"

"네."

우물거리며 답하는 소리가 울려 퍼졌다. 어떤 이들은 정말로 마지못해 하는 말 같았다.

"그리고!"

스톤해머가 뭉툭한 손가락으로 검은무쇠단 쪽을 가리켰다.

"너희는 올바른 시민을 무턱대고 끌고 가서는 안 된다. 엄연히 지켜야 할 법이 있다. 그런데 너희는 아까 체포 절차를 제대로 밟지도 않았어! 우리 경비대는 아이언포지의 시민을 수호하며 법을 집행한다. 왕위를 누가 잇든 간에!"

검은무쇠단이 불편한 듯 동요했다. 안두인은 쓴웃음을 지었지만 희망이 좀 보였다. 아이언포지를 고립시키려고 지하철을 폐쇄하거나 그리핀들을 죽이거나 가둬놓는 것과, 법적 절차를 무시하고 시민을 잡아 가두는 건 전혀 다른 차원의 문제였다. 모이라는 계획을 어느 정도는 이룰 수 있을 것이다. 아마 우편이든 뭐든 바깥세상과 나눌 수 있는 모든 의사소통 방편을 차단할 수 있을지도 모른다. 그러나 아이언포지 드워프들의 근성과 의지력까지는 미처 예상치 못했던 것이다.

검은무쇠단은 으르렁거리며 노움 남매를 노려보았고, 그 중 한 명이 입을 열었다.

"너희가 원하는 게 법이라면, 좋다. 법대로 하지. 하지만 잘 봐둬라. 폐하께서는 정당한 후계자이시다. 그게 무엇을 뜻하는지 이제 곧 똑똑히 알게 될 거다."

그는 다른 드워프의 발치에 침을 퉤 뱉고는 동료와 함께 돌아서서 행군해 떠나갔다. 안두인은 그들을 지켜보았다. 어쨌든 일단락이 되었으니 안도감이 들어야 할 텐데, 전혀 그렇지 않다. 이 충돌이 끝나려면 아직 한참은 멀어 보였다. 그리고 아이언포지에 용광로를 흐르는 뜨거운 금속처럼 드워프들의 피가 흘러넘치는 게 아닐까 두려워졌다.

19장

스랄은 몸을 앞으로 숙이고 자신이 타고 있는 엷은 황갈색 탈부크의 긴 목을 긁어주었다. 탈부크는 기분 좋은 듯 머리를 까딱였지만 여전히 긴장을 유지하며 스랄을 태워다줄 자세를 갖추고 있었다. 탈부크는 마그하르들의 중요한 이동 수단이었다. 그들도 보통은 여느 오크들처럼 늑대를 타고 다녔지만 선택된 자 몇몇은 탈부크라는 이 특별한 동물을 탈 수 있었다. 새로운 것을 배우고 싶어서 이 땅에 온 스랄은 벌써 새로운 것을 배우고 있는 셈이었다. 그는 이제껏 언뜻 보기만 했던 동물 위에 처음으로 올라타 본 것이다.

아그라의 탈부크는 아름다운 푸른빛인 데다가 팔팔해 보였다. 스랄의 것은 아까 그녀가 말한 대로 '당신 같은 풋내기가 타기에 딱 알맞은 놈'이었다. 아그라는 계속 그런 식으로 스랄을 모욕했다. 너무 과하지는 않지만 그렇다고 가볍지만은 않은 수준에서 그를 살살 약 올리면서 무척 즐거워하는 것 같았다. 스랄은 호드를 위해 치러야만 하는 한 가지 시험을 보는 듯한 표정으로 아그라를 쳐다보았다.

스랄은 자신의 탈부크 슈크사르가 충분히 마음에 들었다. 구태여 불평할 건 없었다. 너무 흔들거려서 늑대를 타고 다닐 때처럼 편안하지는 않았지만 앞으로 차차 적응하게 되리라.

"나그란드는 운이 좋았어요. 드레노어의 다른 지역들처럼 큰 피해를 보지 않았으니까."

작고 깨끗한 연못가에서 물을 마시려고 멈췄을 때 아그라가 말했다.

"다른 곳은 다 깨어지고 다쳤는데 말이죠. 우리는 이곳에서 교훈과 지침을 얻어서 다른 곳의 정령들을 도와주고 있습니다. 자연은 예전 그대로 똑같이 회복될 수는 없지만, 할 수 있는 최대한은 치유되지요."

"제 세상의 자연도 그렇게 생각해 줄지는 모르겠군요. 지금 우리가 가는 곳이 '정령의 옥좌'라고 했습니까?"

"네. 자연의 원소들을 끌어와서 자기 뜻을 이루려면 그 원소의 정령들과 만나야 하거든요. 땅, 바람, 불, 물의 정령들."

스랄은 약간 조급하게 고개를 끄덕였다.

"알고 있습니다. 그건 드렉타르에게서 맨 처음에 배웠던 부분입니다."

"흠? 좋아요. 그냥 확실히 하고 싶어서요. 저야 당신의 지식이 얼마나 미숙한지 잘 모르니까요."

그녀는 상냥하게 꾸며낸 미소를 지었다. 스랄은 이를 뿌득 갈았다.

"게야 대모님께서 여기 정령들에 이름이 있다고 하시던데. 아제로스에서는 이름이 있는 정령이라면 특히 강력한 경우가 많습니다. 여기서는 이름이 무엇을 의미합니까?"

"그건 꽤 좋은 질문이군요."

아그라는 마지못한 투로 칭찬했다.

"이름이 있는 정령들은 '격노'라고 부릅니다. 엄청나게 강력한 정령들이긴 하지만, 흙 한 줌이나 물 한 방울이 땅과 물의 전부이듯이 그 정령들도 마찬가지죠."

스랄은 한숨을 쉬었다.

"아그라, 그쪽이 절 어떻게 생각하든 좋지만, 제가 지능이 떨어진다고 생각하지는 말아 주십시오. 당신이 계속 절 모욕하다가는 결국 당신이 절 가르칠 능력과 제가 당신에게서 배울 능력을 모두 그르치게 될 겁니다. 우리 둘 다 그런 사태는 원치 않지 않습니까?"

그녀가 눈을 가늘게 뜨고 코를 벌름거렸다. 스랄은 자신의 말이 핵심을 찔렀구나 싶었다. 아그라가 튼튼한 입을 꽉 다물었다.

"네. 당신은 멍청하지 않아요, 고엘. 당신의 여러 선택이나 결정에는 의문의 여지가 있지만, 그 머리통 안에 뇌가 있다는 건 알고 있어요."

"그러면 제발 좀, 제가 배울 능력이 있다는 걸 전제로 하고 가르쳐 주십시오. 그래야 수업도 빨리 끝날 테고, 저도 더 빨리 고향으로 돌아갈 수 있잖겠소? 그건 우리 둘 다 원하는 바이고."

아그라가 무뚝뚝하게 대꾸했다.

"그렇죠. 내가 하는 말을 당신이 제대로 이해만 하면……."

"제대로 이해하고 있습니다."

스랄은 가까스로 교양 있는 태도를 유지하며 말했다.

"……그럼 나그란드에서 벗어나서 하루를 보냅시다. 아웃랜드의 다른 지역들을 보여줄 테니까. 오염된 물의 정령들, 중독된 땅의 정령들을 보여주겠어요. 그들과 얘기를 하든, 불러도 안 나온다고 싸움을 걸든 간에, 마음대로 해보세요. 그리고 그들이 당신에게 어떻게 반응하나 보자고요."

스랄이 고개를 끄덕이며 대답했다.

"나도 일전에 오염되고 뒤틀린 정령들을 만나본 적이 있습니다."

"좋아요. 그 정령들의 고통을 살펴보면 아제로스 쪽과 비슷한 점이 발견될지도 모르지요."

스랄은 눈을 끔뻑였다. 아그라가 비아냥대거나 업신여기지 않고 말하니 목소리가 약간 쉰 듯하면서도 감미롭게 들렸다. 얼굴도 마찬가지로, 찌푸리지 않고 있으니 게야와 비슷한 차분한 아름다움이 드러났다. 아그라가 스랄을 한사코 싫어한다는 게 유감이었다. 그녀가 스랄과 함께 아제로스로 가서 호드와 아제로스 모두를 위해 능력을 써준다면 정말 좋을 텐데. 그러나 스랄이 이런 생각을 하는 동안에도 아그라는 자신이 그를 싫어한다는 사실을 새삼 떠올린 듯 얼굴을 다시 찌푸렸다.

아그라는 혀를 차더니 탈부크의 머리를 괜스레 힘차게 획 돌려서 남쪽으로 향했다.

"빨리 와요, 고엘. 세상의 끝으로 갈 테니까."

"상황이 변하고 있소."

하뮬 룬토템 대드루이드가 말했다. 그는 썬더 블러프 밖의 붉은 바위 언덕이라는 곳에 케른과 함께 앉아 있었다. 적갈색 돌들이 여기저기 튀어나와 있는 이곳은 타우렌의 조상을 기리는 성스러운 땅이었다. 케른은 조용히 생각하고 싶을 때는 이곳에 찾아오곤 했다.

그래서 스랄이 떠난 이후로 여기에 자주 오게 되었다.

"맞소. 스랄이 떠나자마자 가로쉬가 다른 데를 습격하려 들지 않고 오그리마 재건에 착수했으니 적잖이 안심되었소. 나는 그 일로 가로쉬를 칭찬하기도 했소. 자신만의 영광을 찾으려 하는 일개 오크가 아니라, 호드의 안위를 보살피는 지도자라는 것을 잘 보여주었다고."

케른이 콧바람을 뿜었다.

"그런데 지금 보니, 가로쉬가 그 돈을 가지고 뭐에 쓰고 있는지 의심스럽소."

오그리마는 정말로 재건되고 있긴 했다. 그러나 눈에 띄지 않을 정도로 미미한 수준이었다. 손상된 건물들이 모두 복구되었지만, 지붕들은 예전처럼 나무나 초가나 가죽으로 지어지지 않았다. 가로쉬가 오그리마를 '차후의 화재에서 보호'한다는 명목으로 불이 붙지 않는 금속 자재를 쓰라고 지시했던 것이다. 언뜻 보면 합리적인 선택 같았다.

그러나 케른은 오그리마의 새 건물들을 보노라면 오싹하게 몸서리가 쳐졌다. 그 건물들이 옛 지옥불 성채의 건축물과 아주, 아주 흡사했기 때문이다. 케른은 드레노어에 직접 가본 적이 한 번도 없지만, 오크들이 만노로스의 피의 저주에 사로잡혔을 당시에 만들었던 지옥불 성채와 여타의 건물들을 담은 그림들은 본 적이 있었다. 검은 쇠붙이를 뾰족뾰족하게 다듬어서 만들어 놓은 그 무시무시한 건물들은 실용적이긴 해도 편안해 보이지는 않았다. 이제 호드의 수도에 늘어선 건물들은 단순한 식료품이나 잡화를 파는 데가 아니라 고문 도구라도 보관해놓은 곳처럼 보였다.

케른은 스랄이 출발한 뒤 썬더 블러프를 떠나 오그리마로 갔다. 스랄의 요청대로 새로운 젊은 지도자의 곁에서 직접적으로 조언을 하기 위해서였다. 자신이 없는 동안 타우렌을 다스릴 수장 자리에는 아들인 바인을 앉혀두었다. 바인은 아버지처럼 훌륭한 전사이자 냉철한 지략가였기에, 아버지가 없다고 전전긍긍하지는 않았다.

그러나 시간이 가면 갈수록 가로쉬는 케른의 충고를 그다지 반기지 않았고 종종 무시하기까지 했다. 위협적인 분위기의 건물들이 축조되는 광경을 지켜보며 케른은 오그리마가 더는 자신이 있을 곳이 아님을 깨달았다. 그는 결국 가로쉬를 만나서 썬더 블러프로 돌아가겠노라고 말했다. 그런데 가로쉬의 반응은 의외였다.

케른은 가로쉬가 무관심하게 대하거나 심지어는 좋아할 줄 알았다. 하지만 그는 자리에서 일어나더니 케른에게 다가와 말했다.

"우리는 노스렌드에서 함께 싸웠잖소."

"그랬지."

"당신이 내 결정에 상당수 동의하지 않는다는 건 알고 있소."

케른은 잠시 가로쉬를 뚫어지게 쳐다보았다.

"그 말도 맞네, 가로쉬. 허나 내가 그대의 결정에 반대해봤자 그대에게는 도움이 되지 않을 것 같더군."

"그런 게 아니라…… 케른, 스랄 대족장님께서는 나를 호드의 지도자로 신임하셨잖소. 그분 자체가 나의 위치를 상징하는 거요. 당신의 위치도 마찬가지고. 당신을 불쾌하게 할 의도는 아니었소. 다만 나 자신이 소신껏 결정을 내리고자 했던 거고, 앞으로도 그럴 생각이오. 호드의 영광과 명예를 위해…… 그리고 안위를 위해 최선이라고 판단되는 일을 하겠소."

케른은 가로쉬의 말이 마음에 들었다. 또한 그 말이 진심이라는 것도 사심 없이 믿을 수 있었다. 그러나 케른은 가로쉬 자신보다도 가로쉬를 더 잘 알았다. 그롬을 보았고, 다혈질인 청년들을 숱하게 보았으며, 그들이 마침내는 난폭하고도 어리석은 최후를 맞는 과정을 수도 없이 지켜보았으니까. 케른은 가로쉬가 그런 처지로 전락하지 않았으면 했으며 더욱이 호드 전체를 같이 끌고 들어가 파멸하지는 않기를 바랐다.

그러나 여기에 계속 머물러봤자 아무 의미도 없었다. 어차피 가로쉬는 자기가 원하는 대로만 밀어붙일 것이다. 만약 가로쉬가 정말로 케른의 조언을 원하는 때가 온다면, 자기 자존심을 잃지 않는 방식으로 어떻게든 케른에게 부탁해올 것이다. 케른은 가로쉬가 자신의 조언을 들을지 말지 스스로 선택하도록 놔두기로 했다.

케른은 정중하게 절했고, 가로쉬는 더 깊게 고개를 숙였다. 그리고 케른은 썬더 블러프로 돌아갔다.

대족장 곁을 조용히 지키는 정예 호위병인 코르크론들이 케른을 배웅해 주었다. 케른은 그들이 스랄에게 매우 충성스럽다고 늘 생각해왔다. 스랄이 규율과 체제를 잘 세워 놓은 덕이었다. 그러나 그들이 절대적으로 충성하는 사람은 스랄이라는 한 개인이 아니라 호드를 다스리는 지도자 자체였다. 그 지도자가 누구든 간에. 그들이 오그리마에서 일어나는 호드의 정책적 변화에 대해 뒤에서나마 수군덕거리거나 불평하지는 않는지 케른은 지금껏 유심히 귀를 기울였지만, 그런 소리는 전혀 들려오지 않았다. 수군거리는 사람들이 있다면 가로쉬가 스스로 이름 붙인 '영광의 날 통치'라는 통치 방식을 너나 할 것 없이 환호하는 사람들뿐이었다.

"나는 재건이 시작된 이래 오그리마를 본 적이 없소. 보고 싶지도 않고요."

하뮬 룬토템이 우릉거리는 목소리로 말했다. 케른은 회상을 멈추고 하뮬에게 주의를 돌렸다.

"허나, 옛 친구여, 건축에 대한 소감을 밝히라고 나를 여기 오라고 한 건 아닐 것 같소만."

케른이 낄낄 웃었다.

"그 소감을 듣고 싶기도 했지만, 어쨌든 그대의 말이 맞소. 세나리온 의회에서 칼도레이들과 협상한다는 그대의 계획이 어찌 진행되고 있는지 궁금해서 불렀소."

참전 용사들을 위한 축제 때, 케른은 상호 대화가 가능한 세나리온 의회를 통해서 나이트 엘프들과 관계를 다시 진전시키자고 제안한 바 있었다. 그때 가로쉬는 벌컥 화를 냈고 스랄은 그를 진정시키려고 애를 썼다. 그 결과, 공식적으로 그 대책은 무산되었다.

그러나 비공식적으로 스랄은 하뮬에게 호드를 위해 이롭다고 여기는 일이라면 무엇이든 할 수 있는 권한을 주었다. 그리고 하뮬은 지난 몇 달간 은밀히 서신, 밀사, 심지어는 대표 사절까지 보내면서 분주하게 일하던 참이었다.

"상황이 여러모로 여의치 않은데도 놀라울 정도로 순탄하게 진행되고 있소. 처음에는 칼도레이들이 아무런 응답조차도 하지 않았지요. 무척 화가 나 있었으니 말이오."

"우리도 화가 났지."

"나는 그들에게 해명했소. 아직 내 말을 믿는 친구들이 있어서 다행히 해명이 먹혀들었고. 시간이 오래 걸리긴 했소, 케른. 너무 오래 걸려서 내가 보기에는 영 늦은 감이 있지만, 칼도레이들 입장에서는 때가 무르익은 것 같소. 나는 강요하지 않고 천천히 회유하려고 노력했고, 그 결과 이제는 칼도레이들도 회담에 기꺼이 응할 듯하오."

"그 소식을 들으니 이 늙은이 마음이 참 기쁘구먼."

케른이 가슴을 부풀리며 말을 이었다.

"그런 습격을 당했는데도 아직 이성적으로 생각할 줄 아는 이들이 있다니 참 다행이오."

"달숲에서는 이성적으로 생각하는 게 한결 수월해지지요."

하뮬의 말에 케른은 고개를 끄덕였다.

"회담이 언제 어디에서 열릴 예정이오?"

"잿빛 골짜기요. 좀 더 얘기를 해봐야 확정될 테지만, 아마 거기가 될게요."

"잿빛 골짜기? 왜 달숲이 아니고?"

"레물로스는 이런 일에 관여하지 않으니까요."

레물로스는 반신 세나리우스의 아들로, 말퓨리온 스톰레이지에게 드루이드 정신을 가르치기도 했다. 강력하고도 아름다운 존재였다. 나이트 엘프와 수사슴의 외양을 하고, 머리카락과 수염은 이끼로 되어 있었으며 손은 나뭇잎으로 뒤덮인 나무로 되어 있었다. 레물로스는 평온한 달숲을 굽어살피며 평화를 유지했다.

"일상적인 토론이라면 상관없지만, 그렇게 중대하고 치명적인 사안을 레물로스의 축복도 받지 않고 달숲에서 거론할 수는 없으니. 그래도 레물로스는 다음번을 기약해 주었소. 일이 잘 풀린다면 아마 다음번 회담은 달숲에서 하도록 허락해줄 거요."

"그렇게 된다면 좋겠군. 잿빛 골짜기는 아직 너무 민감한 장소니까. 그대도 회담에 참석할 테지?"

"그럼요. 내가 회담을 주도할 거요. 칼도레이 측의 대등한 대드루이드도 함께."

"그럼 내 가장 뛰어난 전사들을 붙여주겠소."

"아니요."

하뮬이 단호하게 고개를 저었다.

"그 누구도 무장하고는 못 들어오게 할 거요. 나 자신도 마찬가지고. 굳이 무기가 있다면 우리가 동물로 변신하면 생기는 발톱이나 이빨뿐일 게요. 내 상대 대드루이드도 똑같이 할 테고. 진심으로 평화를 원하는 사람이라면 검을 들 필요가 없으니."

"흐으음."

케른이 수염을 쓸어내리며 말했다.

"전사를 데려갔으면 하는 게 내 솔직한 심정이오만, 그대의 말이 옳긴 하오. 그래도 친구여, 그대가 곰으로 변한 상태에서 혹여나 누군가가 공격하지는 않았으면 좋겠구려. 보나 마나 그들이 질 테니 말이오."

하뮬이 낄낄 웃었다.

"그럴 일이 없기를 바라지요. 조심하겠소, 케른. 나 한 사람 목숨보다 훨씬 많은 것이 이 회담의 결과에 달려 있으니 말이오. 우리 모두 어떤 위험을 감수해야 하는지 잘 알고 있고, 또 그럴 만한 가치가 있다고 생각하고 있소."

케른은 고개를 끄덕이고 팔을 벌려, 그들 앞에 펼쳐진 신성한 땅을 가리켰다.

"이후에 그대의 혼령과 만나기 위해 이곳에 올 필요가 없기를 바라오."

하뮬은 머리를 젖히고 웃음을 터뜨렸다.

20장

곰 다섯 마리가 잿빛 골짜기의 짙푸른 숲으로 걸어 들어왔다. 털 색깔은 각자 달랐지만 하나같이 커다랗고 텁수룩했다. 그들은 여기저기 멈춰서 킁킁 냄새를 맡거나 발톱으로 건드리거나 했고, 무리를 지어 움직이지는 않았다. 곰들은 보통 무리를 짓지 않는다. 하지만 겉보기로는 아무렇게나 움직이는 듯한 그들의 발자취를 잘 살펴보면 실은 모두가 같은 방향으로 가고 있음을 알 수 있었다. 또 모두 머리에 뿔이 달려 있었다.

그들은 갈퀴자국 토굴길에서 약간 왼쪽에 있는 산으로 향했다. 덩치가 가장 크고 털이 회색에 가까운 곰이 잠시 킁킁거리고 돌아다니며 정찰을 하더니, 뒷다리로 일어나서 앞발을 하늘로 들어 올렸다.

그러자 까맣고 반들거리던 발톱이 길고 튼튼한 손가락으로 변하고, 갈색이며 하얀색 털이 물결이 일듯 흔들리더니 짧게 줄어들었다. 주둥이가 길어지고 뿔이 달린 머리는 더 커지면서 침착하고 깊은 눈매가 드러났다. 몸속에서 뼈대와 장기들도 변했다. 뒷다리는 발톱이 아니라 발굽이 있는 길고 탄탄한 다리가 되었고, 짧은 꼬리가 늘어나면서 끝에 술이 달린 채찍처럼 변했다.

하뮬 룬토템이었다.

"냄새가 나는군. 그들이 오고 있소. 다른 병력은 대동하지 않은 것 같소."

그가 말하자 옆에 있던 드루이드들도 매끄럽게 몸을 비틀며 곰의 형상에서 타우렌으로 돌아왔다. 그들은 이따금 꼬리와 귀만 움직이면서 가만히 선 채 만반의 준비를 했다.

몇 분 뒤, 여러 짙은 빛깔의 털을 지닌 밤호랑이 다섯 마리가 언덕 꼭대기로 빠르고 우아하게 달려 올라왔다. 그리고 즉시 그들 역시 원래 모습으로 돌아왔다. 길고 유연한 밤호랑이의 몸이 역시 길고 유연한 나이트 엘프의 몸으로 변했다. 귀는 더 길어졌고, 발톱이 손과 발로 바뀌고, 꼬리는 모두 사라졌다. 그들은 엄숙하게 타우렌들을 응시했다. 하뮬이 머리를 깊이 숙여 절했다.

"대드루이드 렌퍼럴. 와주어서 무척 기쁘오, 내 오랜 친구여."

"꽤 많이 고민하고 온 길이오."

엘레레스 렌퍼럴이 말했다. 그녀는 하뮬을 마주 '친구'라고 부르지 않았다. 렌퍼럴은 녹색의 짧은 머리에 보랏빛 피부였으며 키가 크고 우아했다. 그러나 전투에 참전해본 적이 있음은 분명했다. 짙은 보라색 피부가 여기저기 흉터 때문에 라벤더색으로 얼룩졌고, 몸은 매끈하다기보다는 강건한 근육질이었다.

"그대의 영혼이 그대와 동료들을 이 회담으로 이끌었듯, 내 영혼 역시 나와 내 동료들을 이끌었다오."

"도륙당한 파수꾼들의 피가 아직도 정의를 부르짖고 있소, 하뮬."

렌퍼럴은 차갑게 대답했지만 성큼 앞으로 다가가 하뮬과 자신의 거리를 좁혔다.

하뮬이 입을 열었다.

"정의는 이루어질 거요. 허나 대화, 평화, 치유 없이는 정의도 이룰 수 없는 법."

하뮬이 먼저 부드러운 녹색 풀밭에 앉았다. 그러자 다른 타우렌 드루이드들도 따라 앉았다. 칼도레이들은 서로 눈짓만 했지만, 렌퍼럴이 마침내 자리에 앉자 그들도 같이 앉았다. 그들은 원 모양을 그리고 있었으나 종족에 따라 딱 반으로 나눌 수 있는 그런 원이었다.

두 종족이 그렇게 정확하고 냉정하게 구분되는 상황에 하뮬은 마음이 아팠다. 이 자리는 낯선 이들의 모임이 아니라 옛 친구들끼리의 만남이었다. 여기 열 사람은 세나리온 의회의 의원으로 오래도록 함께 일해 온 사이로서 종족과 정치적 입장을 초월한 유대관계가 있었다. 그들은 그 유대를 실체화하고, 이 세상의 동물들의 영혼에 다가가, 마침내 다른 이들은 이해할 수 없는 방식으로 자연과 화합하고자 했었다. 그런데 그 유대관계가 현재 심각한 위기에 처했다. 하뮬은 오늘 이 자리에서 그들이 다시금 결속할 수 있기를, 어쩌면 이번 계기로 더욱 굳건한 결속을 맺을 수 있기를 마음속으로 대지모신에게 빌었다.

"스랄 대족장님이 잠시 떠났다는 소식을 들었겠지요? 그 목적이 무엇인지 또한."

렌퍼럴이 얼굴을 찡그렸다.

"들었소. 그리고 임시 지도자로 누구를 지명했는지도."

"안심하시오. 대족장님은 오래 걸리지 않아 돌아오실 테니. 또한 가로쉬에게 조언해줄 고문관으로 케른을 지명하기도 했소. 스랄 대족장님이 평화를 원한다는 것을 여러분도 잘 아시지 않소."

"평화? 정말입니까?"

다른 나이트 엘프가 성난 목소리로 반문했다.

"그러면 애초에 왜 떠났답니까? 가로쉬를 지명한 건 또 뭐고요? 가로쉬, 그자는 조약을 대놓고 반대했잖습니까. 그리고 그 습격 사건의 배후로 가장 의심되는 작자가 누군지 아실 텐데요?"

하뮬은 한숨을 쉬었다. 가로쉬가 파수꾼들에 대한 잔학한 습격을 선동했다는 명백한 증거는 어디에도 없었다. 그러나 그런 소문은 무척 그럴싸했다.

"스랄 대족장님은 정령들에게 무슨 문제가 생겼는지 알아내려고 나그란드에 간 거요. 자, 이러지들 맙시다. 우리가 주술사는 아닐지언정 그 누구보다도 자연과 가까운 드루이드잖소. 여러분 중에서 이 세상이 고통스러워한다고 생각지 않는 이는 없을 거라고 보오."

그러자 나이트 엘프들은 좀 누그러든 듯했다. 렌퍼럴이 말했다.

"스랄이 정령들을 가라앉힐 만한 무언가를 배워서 하루빨리 돌아오고, 가로쉬가 불필요한 학살을 그만둔다면, 이 회담도 성과가 있을지 모르오."

"우선, 가로쉬가 범인이라고 확실히 증명된 바는 없다는 것을 알려 드리고 싶소. 또한 우리가 이렇게 모였다는 것만으로도 이미 성과는 나온 셈이오. 지금, 바로 여기에서부터 평화가 시작되기를."

하뮬의 말이 끝나자, 드루이드들의 얼굴에 다양한 표정들이 스쳤다. 희망, 걱정, 불신, 공포, 결연함. 하뮬은 그들을 둘러보고 고개를 끄덕였다. 바라던 만큼은 아니었지만 예상한 만큼은 잘 진행되고 있었다.

하뮬은 가방 안에서 무언가를 조심스럽게 꺼냈다. 장식된 가죽으로 싸여 있는 길고 가느다란 물건이었다. 그는 그것을 높이 들어 올렸다가 드루이드들의 원 한가운데에 내려놓고 가죽을 풀었다.

"이것은 예식용 담뱃대요. 평화 회담을 시작할 때 참여자들이 돌아가면서 피우는 물건이지. 예로부터 우리 타우렌의 전통이었소. 나는 세나리온 의회의 첫 회의 때 이 담뱃대를 가져왔었소. 여기 몇몇은 그 회의를 기억하실게요. 오늘 내가 이 담뱃대를 다시 가져온 이유는, 치유와 화합에 대한 나의 의지를 공식적으로 표명하기 위해서요."

렌퍼럴이 빈틈없는 눈빛으로 하뮬을 쳐다보며 조용히 머리를 끄덕였다. 그리고 자기 가방에서 술잔 하나와 가죽 물통을 꺼냈다.

"그대와 내가 같은 마음인 것 같군."

그녀가 나지막이 말하며 잔을 들어 올렸다. 그것은 유약을 발라 구운 단순한 푸른빛 도자기 술잔으로, 아로새겨진 룬 문자들 외에는 아무 장식도 없었다. 하뮬은 부드럽게 미소 지었다. 오래전에 렌퍼럴은 하뮬이 담뱃대를 가져왔듯 저 잔을 가져온 적이 있었다.

"이 잔은 매우 오래된 물건이오. 원래 주인이 누구인지는 모르지만, 세계의 분리 때부터 지금까지 사랑과 정성으로 전해 내려온 것이오. 이 물은 엘룬의 신전에서 길어 왔소. 순수하고 맛있는 물이지."

그녀는 경건한 태도로 잔에 물을 따른 다음 역시 원의 한가운데에 내려놓았다.

하뮬은 만족스럽게 고개를 끄덕였다. 나이트 엘프들은 타우렌과 마찬가지로 이 회담에 진지하게 임하고 있었다. 처음의 긴장된 국면은 진정되고, 이제 적대감과 반목 대신 존중과 희망이 좌중에 번지는 것을 느끼게 되었다.

하뮬은 일어나서 렌퍼럴에게 절한 다음 담뱃대를 집어 들었다. 그는 담뱃대에 약초들을 채워 넣으면서, 타우렌의 이 의식을 처음 보는 젊은 나이트 엘프들을 위해 절차를 설명했다.

"불을 붙인 다음 한 사람 한 사람씩 돌려야 하오. 담뱃대를 건네받으면 잠시 들고 있으시오. 그대가 여기서 이루고자 하는 소망을 생각하시오. 그런 다음……"

하뮬이 말을 뚝 그쳤다. 바람의 방향이 변하면서 그의 예민한 코에 어떤 냄새가 훅 끼쳤다. 짙고 친숙한, 여느 때라면 전혀 불쾌하지 않을 냄새였다. 그러나 지금처럼 아슬아슬한 상황에서는 모든 것을 죽음으로 몰고 갈 위험을 의미했다.

오크들.

"안 돼! 멈춰!"

하뮬이 오크어로 소리쳤지만 이미 너무 늦었다. 말을 다 끝맺기도 전에 저편에서 화살이 쌩하고 날아오는 섬뜩한 소리가 들렸다. 나이트 엘프 두 명이 목을 정통으로 꿰뚫려 쓰러졌다.

타우렌과 나이트 엘프 양쪽에서 경악에 찬 고함이 터져 나왔다. 렌퍼럴은 즉시 하뮬을 휙 돌아보았다. 분노와 증오로 이글거리는 그 눈빛은 날카로운 창칼처럼 하뮬의 가슴을 찌르는 듯했다.

"너희를 신뢰해서 왔건만!"

그녀는 그 말만 내뱉고 곧바로 표범으로 변신해 가장 가까운 데에 있는 오크에게 달려들었다. 덩치가 커다랗고 대머리에 뼈드렁니가 난 그 전사는 렌퍼럴의 밑에 깔리면서 원래 들고 있던 거대한 양손검을 손에서 놓쳤다. 렌퍼럴은 풀밭에 쓰러진 오크에게 발톱을 휘둘러서 배를 인정사정없이 찢어버렸다.

"저 녀석들의 보라색 피부를 벗겨 내라!"

주모자가 깩깩거리며 소리쳤다. 저들은 어디에서 왔는가? 어째서 왔나? 가로쉬의 짓인가? 그런 건 이제 아무 상관없었다. 우연이었든 계획적이었든 간에 평화 회담은 무참히 파괴되고 말았다. 하뮬이 보호해야 할 나이트 엘프는 셋…… 아니, 어떤 오크가 렌퍼럴을 창으로 꿰찔러 바닥에 꽂아버리는 바람에 이제 살아남은 나이트 엘프 드루이드는 두 명밖에 남지 않았다.

229

분노와 고통에 사로잡힌 하뮬은 재빨리 곰으로 변해, 살육을 벌이고 있던 오크 한 명을 덮쳤다. 하뮬의 동료 타우렌도 각각 다양한 동물로 변해서 오크들을 공격했다. 단검 두 개를 휘두르던 오크 여자는 반항해볼 새도 없이 하뮬의 거대한 몸뚱이에 깔렸고, 갈비뼈가 부러지면서 단말마의 비명도 끊어져 버렸다. 하뮬은 그녀의 목덜미를 끊고 숨통을 부서뜨리고 구리 같은 피 맛을 보고 싶은 마음이 굴뚝같았지만 애써 눌러 참았다. 저런 놈들과 똑같은 짓을 할 수는 없었다.

하뮬 주위로 모든 드루이드들이 다양한 동물로 변신해 자신을 방어했다. 폭풍 까마귀는 날카로운 발톱으로 오크들의 얼굴을 베어냈다. 표범은 이빨과 발톱으로 저들을 찢어발겼다. 그리고 가장 강력한 변신 동물인 곰도 합세했다. 사방에 튄 피 냄새 때문에 하뮬은 거의 미칠 지경이었다. 그는 자신이 여기에 왔던 진짜 이유를, 불과 몇 분 전만 해도 평화의 꿈이 손에 잡힐 듯 가까이 있었다는 사실을 되새기면서 간신히 이성을 붙들었다.

"멈춰, 멈춰! 이들은 타우렌이다!"

몽롱한 열기와 피보라 속에서 누군가가 날카롭게 소리쳤다. 하뮬은 온몸의 자제력을 다 쥐어짜, 맞붙고 있던 오크에게서 뛰어내려 원래의 타우렌 모습으로 돌아왔다.

그제야 하뮬은 자신이 다쳤다는 걸 깨달았다. 곰 변신 상태일 때는 아픈 줄도 몰랐는데. 하뮬은 옆구리에 벌어진 상처를 손으로 누르고 치유 주문을 외우면서 앞의 광경을 살펴보다가 질겁해서 눈을 크게 떴다.

도저히 믿어지지 않았다. 나이트 엘프 다섯 명이 모두 살해되어 널브러져 있었다. 타우렌 대부분이 부상당했고, 한 명은 눈에 화살이 꽂혀 풀밭에 쓰러진 채 벌써 파리가 들러붙어 윙윙거리고 있었다.

비통한 심정에 사로잡힌 하뮬은 주동자인 듯한 오크를 휙 돌아보고 윽박질렀다.

"세나리우스의 이름 아래, 대체 이게 무슨 짓이냐?"

연녹색 피부의 그 오크는 지극히 초연한 태도로 어깨만 으쓱했다.

"저 역겨운 나이트 엘프 다섯이 표범 꼴을 해서 달려오기에 습격하려는 건 줄 알았는데요."

"습격? 다섯이서?"

오크는 잠자코 하뮬을 차분하게 응시하기만 했다. 하뮬은 저 말을 믿을 수 없었다. 변신한 밤호랑이들의 모습만 보고서 어떻게 드루이드인 줄 알아보았단 말인가?

그 오크의 무뚝뚝하고 멍청한 침묵에 부아가 치민 하뮬은 고성을 질렀다.

"누가 보냈나, 가로쉬?"

오크가 다시 어깨를 으쓱했다.

"가로쉬가 누구요?"

말도 안 된다. 가로쉬를 모를 정도로 무식한 자가 있을 턱이 없다. 좋아하든 싫어하든 누구나 가로쉬를 알기는 알았다. 왠지는 몰라도 이 오크는 하뮬을 가지고 놀고 있는 것이다.

"너희는 방금 중대한 비밀 회담을 망쳐버렸다. 회담이 잘만 진행되었다면 호드가 애꿎은 목숨을 해치지 않고도 잿빛 골짜기에서 벌목할 권리를 얻을 수도 있었어! 너희를 케른 블러드후프에게 직접 고발해서 이 사건을 공론에 부치겠다. 호드의 영광에 또다시 오점이 남는 걸 용납할 순 없어. 이 엘프들, 이 드루이드들은……."

그는 떨리는 손가락으로 싸늘히 식어가고 있는 시체들을 가리키며 말을 이었다.

"내 요청에 따라 여기에 왔단 말이다. 내가 자신들을 안전하게 지켜 주리라고 믿었던 거야. 그런데 고작 너희의 착각 때문에 저들이 죽었고, 평화에 대한 희망도 모조리 스러져 버렸다! 네 이름이 뭐냐?"

"고르크락."

"고르크락."

하뮬이 그 이름을 되뇌며 기억에 새겼다.

"고르크락, 호드에서의 너의 일생은 여기서 끝이다."

고르크락의 표정이 미묘하게 변했다. 그는 돼지 같은 눈을 차갑게 번뜩이며 나이트 엘프 드루이드들을 의식적으로 돌아보았다가, 다시 하뮬을, 정확히는 하뮬 뒤에 있는 무언가를 보았다. 교활한 미소가 그의 얼굴에 번졌고, 하뮬이 사태를 깨달았을 때는 이미 너무 늦었다.

"댁이 먼저 끝장난다면?"

고르크락이 킬킬거렸다. 그리고 어디선가 화살이 핑 날아오는 소리가 들렸다.

황혼의 망치단의 고르크락은 만족스럽게 주위를 둘러보았다.

"드루이드들은 영리할 줄 알았는데."

동료 한 명이 털이 흰 여자 타우렌의 몸에서 검을 빼내면서 말했다.

고르크락은 아까 하뮬을 속이려고 지어냈던 아둔한 표정을 싹 거두었다.

"다가오는 파괴를 받아들이지 못하는 자들은 모두 멍청하지. 필연적이고도 아름다운 파괴를. 어쨌든, 이제부터 시신을 매장하겠다. 하지만 시체 먹는 동물들이 못 찾을 만큼 깊이 묻으면 안 돼. 시신은 발견되어야 하니까."

그가 음침하게 웃었다.

"결국에는 말이지."

그는 하뮬이 가로쉬를 언급했다는 게 기뻤다. 그렇다면 현 임시 대족장에 대한 의심이 이미 퍼지기 시작했다는 뜻이다. 파수꾼들을 도륙한 자가 가로쉬라고 벌써 수군덕거리는 자들도 있었다. 이번 사건의 배후 역시도 가로쉬라고들 믿을 것이다.

"자, 땅을 파라. 우리를 기다리는 무(無)를 위하여."

고르크락이 명령을 내렸다.

하뮬 룬토템은 천천히 정신을 차렸다. 눈을 깜빡이며 깨어났지만 자신이 정말로 깨어난 게 맞는지 의심스러웠다. 여기는 어디인가? 무슨 일이 일어났나? 아무것도 보이지 않았고, 사방에서 무언가가 그의 몸을 꽉 눌러오고 있었다. 숨쉬기가 어려웠다. 오래된 피와 흙 냄새만 날 뿐 공기가 너무 희박했다. 움직여보려고 해도 무언가에 몸이 깔려 있어서 그럴 수가 없었다. 온몸이 부서질 듯 아프고 목도 바짝바짝 말랐다. 그는 곰으로 변신한 상태였다. 등에 화살을 맞기 직전에 곰으로 변신만 했더라면 상황이 달라졌을······.

'누구한테 당한 거지?'

'같은 호드 일족에게.'

기억이 홍수처럼 그의 머릿속에 쏟아져 들어왔다. 그러자 여기가 어디인지, 자신을 누르는 것이 무엇인지도 이해가 되었다.

이곳은 일종의 공동묘지였다.

아드레날린이 울컥 치솟으면서 엉망진창인 몸에 새로운 힘이 돌아왔다. 하뮬은 위쪽을 찾아 주위를 살폈다. 시체들이 생기 없는 팔을 하뮬의 어깨에 두르고 차가운 몸통을 등에 기대고 있어서 마치 같이 죽자고 그를 끌어당기는 것만 같았다. 하뮬은 입을 벌려 고약한 냄새와 먼지가 가득한 공기를 들이쉰 뒤, 친구들의 시체를 밀치며 발톱으로 위쪽 흙을 파내기 시작했다. 시신에서 피가 흥건하게 흘러나왔지만 밖에서 신선한 공기도 새어 들어왔다. 그는 시신들과 흙을 어깨로 힘껏 떨쳐내고서 대충 메워놓은 흙을 머리로 뚫고 올라가 땅 위로 목을 뺐다. 헐떡거리며 맑은 공기를 들이마시다가 다시금 통증이 치밀었고, 그는 신음을 내뱉으며 땅 위로 기어 올라가 맥없이 널브러졌다. 하얀색과 연갈색 털이 피를 비롯한 끔찍한 액체들로 뒤범벅된 채 하뮬은 눈앞의 참상을 쳐다보며 숨을 헉 들이켰다.

그는 다시 타우렌으로 돌아오려고 했다. 그러나 지금 상태에서는 무리였는지 또 기절하고 말았다. 몇 분쯤 흘렀을까. 다시 정신을 차렸을 때는 비로소 타우렌으로 돌아와서 상처를 치유할 수 있었다. 어느 정도까지는. 완전히 회복되려면 시간이 좀 걸릴 것이다.

하뮬은 얼굴을 찡그리며 일어나 주춤주춤 무덤으로 향했다. 혹시라도 살아남은 자가 있지 않을까 싶어서였다. 지금은 밤이었지만, 굳이 햇빛이 없더라도 그 비극의 현장은 똑똑히 목격할 수 있었다.

죽었다. 모두 죽었다. 나이트 엘프도 타우렌도 똑같이. 살아남은 건 하뮬 뿐이었다. 가슴이 갈기갈기 찢어지는 것만 같았다. 하뮬은 시체들이 묻힌 구멍 옆에 풀썩 주저앉아 드러누웠다. 그리고 죽은 친구들과 평화가 사라져버린 미래를 한탄하며 잠시 울었다.

하뮬은 눈물로 얼룩진 얼굴을 들어 아까 그 담뱃대와 술잔 쪽을 돌아보았다. 그와 렌퍼럴이 희망에 젖어 가져왔던 그 신성한 의식용 도구들은 모두 부서져 있었다. 아름다운 담뱃대도, 질박하게 생긴 고대의 술잔도. 아무렇게나 짓밟히고 깔리면서 산산이 조각나 고칠 가망도 없게 되었다. 평화를 바라던 하뮬의 꿈도 꼭 그렇게 산산이 조각난 것이었다.

하뮬은 눈을 감은 채 위태위태하게 다시 일어나 서서 두 손을 하늘로 들어 도움을 청했다. 그러자 올빼미 한 마리가 조용히 울면서 날아와 근처의 나뭇가지에 내려앉았다. 하뮬은 자기 가방을 뒤져서 양피지를 한 장 꺼냈다. 잉크는 아까 충돌 때문에 병이 깨져서 못 쓰게 되었기에, 대신 자신의 피를 잉크 삼아서 짧은 편지를 적은 뒤 올빼미의 다리에 묶어주었다. 올빼미는 자꾸 몸을 바스대고 고개를 까딱이며 깜빡이는 눈으로 하뮬을 쳐다보았지만 이내 다리의 이상한 감각에 적응되었는지 잠잠해졌다.

하뮬은 퀘른의 이름을 속삭이고 그 늙은 대족장의 모습을 마음속으로 떠올렸다. 충분히 뜻을 전달했다 싶었을 때, 그는 축복하며 올빼미를 날려보냈다. 올빼미는 남서쪽으로 날아갔다.

썬더 블러프 방향으로.

하뮬은 안도하며 눈을 감았다. 그리고 조용히 쓰러져서 땅의 품에 안긴 채 잠들었다. 그 잠이 잠깐이 될지 영원히 될지는 알 길이 없었다.

21장

문신은 예상보다 훨씬 더 고통스러웠지만, 가로쉬는 그래도 달갑게 감수할 수 있었다.

그의 오그리마 재건 방식을 주민들이 반기는 분위기여서 기분이 좋았다. 케른과 아이트리그처럼 마음에 안 들어 하는 이들도 있기는 했으나 대부분은 도시에 오크의 옛 전통이 돌아오는 모습을 보고 들뜬 것 같았다. 가로쉬도 마찬가지였다. 그는 종종 자신의 아버지가 죽인 악마의 해골을 보러 나갔다. 그러다가 어느 날에는 돌아가신 아버지를 기릴 방법을 더 찾아보자는 생각이 들어서 턱을 문지르며 깊이 고민하다가, 마침내 문신을 새기자는 결정을 내린 것이다.

결정은 쉬웠지만 현실에서의 문신은 엄청나게 고통스럽고 뜨거웠다. 가로쉬는 자기 방의 바닥에 드러누워서 긴장을 풀고 몸을 차분하게 가라앉히려 애쓰고 있었다. 그 곁에서 늙은 오크 한 명이 내려다보고 있었다. 살결은 자글자글 주름이 졌고 뒤로 묶은 머리카락도 눈처럼 희게 새어버렸는데, 몸은 튼튼한 근육질이었고 손놀림도 매끄러웠다. 한 손에는 날카롭고 얇은 칼을 들고 그 끝을 계속 검은 잉크에 담그고 있었다. 다른 손에는 작은 망치를 든 채였다. 이 방에 들리는 소리라고는 화로 불빛이 타닥거리는 소리, 그리고 그 오크 문신술사가 가로쉬의 얼굴을 저미면서 망치로 톡톡 두들기는 소리뿐이었다.

도안은 대개 단순했다. 가문의 문장, 경구, 호드의 인장이었다. 하지만 가로쉬는 턱 전체를 새까맣게 문신하고자 했다. 일단 시작은 그렇고, 궁극적으로는 가슴과 등까지 모두 정교한 문신으로 장식할 생각이었다. 그러면 친구든 적이든 가로쉬를 보기만 하면 그가 고통을 기꺼이 견뎌냈다는 것을 알 수 있을 것이라 여겼다. 살을 한 번 찌를 때마다 구멍이 하나씩 생기는 과정을 보자니, 불덩이 같은 바늘에 구멍이 모두 뚫릴 때까지는 몇 시간은 걸릴 듯했다.

가로쉬는 침을 꿀꺽 삼켰다. 땀이 뻘뻘 나고 있었다. 꽉 닫히고 화롯불이 타오르는 방 안이라 더워서 그런지 아니면 아픔 때문인지는 알 수 없었다. 문신술사가 손을 멈추더니 무서운 눈초리로 그를 내려다보았다.

"움직이지 마시오. 그렇게 땀 흘리지도 마시고. 그대의 아버지는 땀을 흘리지 않았소."

이 문신술사는 그롬 헬스크림에게 의식용 문신을 새겨주었던 오크의 수제자였다. 가로쉬는 그롬이 대체 어떻게 땀을 참을 수 있었는지 어리둥절했다. 어쨌든 자신도 참으려고 안간힘을 써야 한다. 가로쉬는 턱을 움직이지 않기 위해 말은 하지 않고, 다만 눈을 깜빡여서 알겠다고 신호했다.

문신술사가 옆으로 물러나, 자신의 수제자를 시켜서 가로쉬의 갈색 이마에 흐르는 땀과 턱에 너무 많이 맺힌 피와 잉크를 닦아내도록 했다. 가로쉬는 잠시나마 숨을 깊이 들이쉬며 안도할 수 있었다. 벌써 네 시간이나 지났는데 문신은 겨우 손가락 세 마디 정도의 면적만 새겨져 있을 뿐이었다. 문신술사가 다시 가로쉬에게 몸을 구부리자 가로쉬는 다시금 마음을 가다듬었다. 그리고 달콤하고도 명예로운 고문이 시작되었다.

"가로쉬!"

케른의 그롬마쉬 요새로 성큼성큼 들어오면서 우렁차게 고함쳤다. 그 소리가 요새 안에 쩌렁쩌렁 울릴 지경이었다. 경비병들이 케른을 도와주려는 듯 따라붙었지만 막아서지는 않았다. 케른이 그들을 사납게 노려보고 코웃음을 치자 그들은 옆으로 물러났다.

"가로쉬!"

그롬마쉬 요새에는 불이 꺼지지 않도록 관리하고 다음날의 일정을 준비하는 불침

번이 항상 있었기에, 아무리 조용하다고 해도 사람이 아무도 없지는 않았다. 케른의 외침을 들은 이들이 잠에서 깨어나면서 방에 하나 둘 불이 켜졌다. 이윽고 눈을 비비고 옷을 대충 걸친 오크들이 아직 잠이 묻어나 있는 얼굴로 무슨 일인가 싶어 밖에 나와 기웃거렸다.

"가로쉬, 당장 나오게!"

"호드의 지도자에게 아무도 감히 그런 식으로 명령해서는 안 됩니다!"

코르크론 한 명이 으르렁거리며 말했다.

케른은 나이를 믿을 수 없을 만큼 빠르게 몸을 휙 돌려 그 코르크론을 마주 보았다.

"나는 대족장 케른 블러드후프다. 나는 호드를 세우는 데에 일조했고, 가로쉬는 현재 호드를 망치고 있다. 그와 이야기하겠다. 당장!"

"영감, 그렇게 씩씩거리고 발 구르다가 주무시는 조상님들까지 다 깨우겠소!"

가로쉬의 목소리였다. 케른만큼이나 날카롭고 잔뜩 비아냥거리는 어조였다. 케른은 코르크론을 무시하고 가로쉬 헬스크림을 똑바로 바라보았다. 그러다가 눈을 약간 크게 뜨고 가로쉬의 문신을 눈짓했다.

"그래, 아버지한테서 무기 말고 또 다른 걸 물려받기로 했나 보군."

"아버지의 무기, 그리고 얼굴과 몸의 문신까지. 적들은 그 문신을 보면 단박에 겁에 질렸소."

가로쉬는 입을 천천히 움직여 말하고 있었다. 막 새긴 문신인지, 아직 아픈 모양이었다.

"자네의 아버지는 악행도 숱하게 저질렀지만, 위대한 공적을 세우고 죽었네. 그리고 지금 이 순간 자네를 부끄러워할 걸세."

"뭐라고? 무슨 소릴 하는 거요, 당신?"

가로쉬가 으르렁거렸다. 케른은 그 질문을 무시하고 아까보다 훨씬 낮은 목소리로 말했다.

"나는 진작 스랄에게 자네에 대해 경고를 했네. 자네에게 그런 강력한 권력을 쥐여 주다니 어리석은 짓이라고. 언젠가는 자네도 지도자에 걸맞은 인물이 될지도 모르지만, 그전에 우선 경험을 쌓고 성질도 좀 누그러뜨릴 필요가 있다고. 그런데 내가 틀렸더군. 가로쉬 헬스크림, 너는 영광스러운 호드 연합은 고사하고 하이에나 떼의 우두머리가 될 자격조차 없! 너는 우리를 깡그리 망쳐버리면서 가시덤불 골짜기의 고릴라처럼 가슴이나 두들기며 괴성이나 지를 놈이야!"

가로쉬는 낯빛이 허옇게 질렸다가 이내 분노로 시뻘겋게 달아올랐다.

"그 말 후회하게 될 거요, 영감. 댁한테 그 고릴라들을 먹어치우게 해줄 테니까. 흙도 한 움큼 입에 처넣어 주지."

"잿빛 골짜기에서 파수꾼들을 습격한 게 네 소행 아닌가?"

케른이 소리치며 앞으로 성큼 다가섰다. 가로쉬는 자신의 갈색 손을 꽉 움켜쥐었다.

"그리고 세나리온 의회의 드루이드 열 명을 무차별 학살하라고 지시한 것도 자네가 아닌가? 호드의 곤궁을 평화적으로 해결하기 위해 모였던 이들을!"

가로쉬는 경악한 표정이 되었다가 격노를 쏟아냈다.

"대체 무슨 소리를 지껄이는 건가? 어떻게 감히 내가 그딴 비열한 짓거리를 했다고 망발을 한단 말인가!"

"하! 가로쉬, 너는 명예와 신뢰로 맺었던 조약도 처음부터 경멸했고, 스랄이 얼라이언스에게 소위 '유화 정책'을 편다고 대놓고 비난하지 않았나?"

"그래! 내가 그딴 정책을 싫어하는 건 사실이다. 하지만 조약을 어기는 짓은 하지 않는다고! 나는 떳떳한 습격만을 지시해! 지붕 꼭대기에서라도 다 들리도록 외칠 수 있어. 호드에게 희망이 있다고! 호드의 영광은……."

"어떻게 그 말을 입에 올릴 수가 있나?"

케른이 으르렁거렸다.

"뭐? 영광? 지금 이 순간에도 너는 거짓말을 지껄이고 있다, 가로쉬. 너한텐 켄타우로스의 명예가 없어. 적어도 네가 한 짓은 인정하라고. 네 어리석고 이기적인 선택을 인정하란 말이다!"

가로쉬가 갑자기 싸늘하게 변했다.

"나를 책략가라고 여기다니 어리석군, 케른. 나이를 먹어서 분별력이 흐려진 거야. 스랄 대족장님이 대체 왜 댁을 붙들고 있는지는 모르겠지만, 그 선택을 존중하는 차원에서 당신이 지금 한 말들은 노망난 늙은이의 헛소리쯤으로 치도록 하지. 대족장님은 내게 호드를 맡겼소. 나는 늘 호드를 위해 최선이라고 믿는 것만을 할 테고. 가시오. 그러지 않으면 꼬리를 잡아다가 밖으로 집어던져 버릴 테니."

대답 대신, 케른은 막 문신을 새긴 가로쉬의 얼굴을 손등으로 정통으로 후려갈겼다. 얼마나 센 주먹이었던지 가로쉬는 휘청거리다가 거의 넘어질 뻔했다. 그는 짧게 비명을 질렀다가 팔을 휘저어 균형을 잡았다.

"네놈 꼬리를 잡아다가 집어던질 쪽은 나다, 건방진 강아지야. 방금 그 주먹을 날리기까지 오래 참았다."

가로쉬의 찢어져 부어오른 입술에 피가 흘러내려 고였다. 그는 반사적으로 자신의 뺨을 만졌다가 신음하며 손을 내렸다. 잠깐 혼란에 빠진 듯하더니, 이윽고 분노로 얼굴이 딱딱하게 굳었다.

"나한테 도전하는 거냐, 늙은 황소?"

"내 뜻을 꽤 똑바로 전한 것 같은데? 이해가 안 된다면 다시 때려주지. 가로쉬, 나는 너에게 명예의 결투를 신청한다. 막고라로 도전한다."

가로쉬가 빙글대며 웃었다.

"막고라는 약해졌는데. 맨송맨송해졌다고. 스랄 대족장님의 법령 이후로 한낱 볼거리 따위로 전락해 버렸어. 나와 싸우고 싶은가? 그럼 진짜로 싸워보시지. 나는 지금 호드를 책임지고 있으니 막고라의 도전을 정면으로 받아들이기로 하겠다. 옛 막고라 말이야. 옛날 방식. 옛날 규칙 그대로. 하나부터 열까지 다."

케른이 눈을 가늘게 떴다.

"'죽음' 부분까지도?"

"'죽음'까지도. 자, 어떤가. 이제 사과를 할 마음이 드시나?"

가로쉬가 히죽 웃었다. 케른은 잠시 그를 쳐다보다가 머리를 뒤로 젖히고 껄껄 웃었다. 가로쉬는 의외의 반응에 흠칫 놀랐다.

"헬스크림의 아들아. 옛 규칙에 따라 싸운다면 너한테 이로울 게 하나도 없다. 내 손만 자유로워질 뿐이니까. 나는 그저 너를 따끔하게 가르쳐줄 생각이었는데 이렇게 되면 어쩔 수 없겠군. 호드에 너처럼 강력한 전사가 사라진다면 안타까울 게다. 하지만 그렇다고 널 가만 놔둘 순 없지. 자기만의 영광을 위해서 스랄이 일구어놓은 모든 것을 망치고 명예롭게 전사한 이들의 희생을 헛되게 하려고 드는 네놈을. 난 절대 용납하지 않겠다. 내 말 똑똑히 알아듣나? 반복하지. 막고라. 옛 방식대로. 죽음까지!"

"좋다."

가로쉬가 으르렁거리며 대꾸했지만, 아주 잠깐 머뭇거리는 기색이 있었다.

"기꺼이 받아들이지. 나는 원래 당신에게 미안한 마음이 들었었는데, 이제는 아니다. 지금이야말로 호드에서 댁 같은 늙은 기생충이 사라져야 해. 전장에 나가 싸우고 죽은 전사들의 은혜에 의지해서 연명하는 주제에."

케른이 태연하게 맞받아쳤다.

"지금이야말로 호드에서 너 같은 새파랗고 거만한 애송이가 사라져야 할 때지, 가로쉬. 그렇게 해야만 하는 상황이라는 게 유감스럽군. 하지만 어쩔 수 없어. 사실 나는 네가 전통적인 방식으로 하자고 요구한 게 내심 기뻤다. 너는 무고한 자들을 죽였고, 어떻게든 평화를 깨뜨릴 궁리만 일삼고 있지. 더 이상은 내버려둘 수 없다."

이번에는 가로쉬가 웃음을 터뜨렸다. 자신의 턱을 조심스레 두드리더니 피 묻은 손가락을 입에 가져가서 부드럽게 핥았다. 엄청나게 고통스러울 텐데도 가로쉬는 전혀 아픈 내색을 하지 않았다.

"뭐가 필요한지는 당연히 알고 있겠지?"

가로쉬는 대답하지 못하고 망설였다.

"무기의 종류? 의복? 증인의 숫자?"

케른이 내처 물었다. 가로쉬는 난처한 듯 뺨이 붉게 달아올라 고개를 내저었다. 케른이 콧바람을 내뿜었다.

"전통적 방식으로 결투하자더니, 타우렌인 내가 너보다 더 오크 전통을 잘 알고 있는 건가?"

"세세한 데에 집착하시는군. 댁이 뭘 원하든 간에 나는 싸울 거다. 그저 싸움을 시작하자고!"

케른은 경멸스러운 눈초리로 가로쉬를 쳐다보다가 고개를 설레설레 내저으며 마음을 가라앉혔다.

"무기는 각자 하나씩 고를 수 있다. 주술사를 한 명씩 골라서 그 무기에 축복을 내리게 할 수 있고. 갑옷은 안 되고, 옷도 안 돼. 샅바만 걸치고 와야 한다. 그리고 최소한 한 명 이상의 증인을 데려와야 해."

케른이 고소를 지으며 말을 이었다.

"증인이야 아주 많을 것 같군."

가로쉬가 퉁명스레 고개를 끄덕였다.

"이 규칙을 모두 따르겠다."

"투기장에서. 한 시간 뒤."

케른은 그 말을 남기고 뒤돌아 걸어가다가 문간에서 멈춰 섰다.

"가로쉬 헬스크림. 원하는 대로 대비를 하게. 다만 내가 자네의 시신을 모욕할지도 모른다고 두려워하진 말아. 자네가 살면서 내다 버렸던 명예, 죽을 때만큼은 내가 고스란히 돌려주도록 할 테니."

케른이 머리를 숙이고 저벅저벅 걸어나갔다. 그의 뒤로 가로쉬의 웃음소리가 울려 퍼졌다.

한 시간 뒤 투기장은 관중으로 가득 찼다. 횃불과 화로가 모두 켜져서 주위가 환하고 숨 막히게 무더웠다. 스랄이 떠나기 전부터 소문은 들불처럼 번져 있었기에 편은 명확하게 갈렸다. 몇몇은 케른을 응원하는 편에 와서 앉았다. 그러나 대부분은 가로쉬 편이었다.

케른은 고개를 들어 침침한 눈으로 관중의 얼굴을 훑어보았다. 그의 편에 있는 이들은 당연하게도 대부분 타우렌이었다. 다른 종족도 약간 있었지만, 그보다도 전체적으로 두드러지는 점은 다들 연배가 있다는 점이었다. 가로쉬 측의 군중은 너무 멀어서 얼굴을 일일이 볼 수 없었지만, 오크, 트롤, 포세이큰, 블러드 엘프들의 녹색, 보라색, 회색, 분홍색 피부가 주황색 불빛에 비쳐 선명하게 보였다. 또한 검은색, 갈색, 흰색 털의 타우렌들도 있었다.

케른은 한숨을 쉬었다. 그는 이 결투에서 이길 거라고 믿었었다. 그렇지 않았다면 막고라를 신청하지도 않았으리라. 케른은 그럭저럭 유쾌하고 생기 있는 인생을 살고 있었는데 결투 때문에 자신의 삶을 맥없이 놓아버리고 싶지는 않았다. 전혀 그렇지 않았다. 케른이 가로쉬에게 도전장을 내밀고 '옛 방식'으로 하자는 제안을 받아들였던 것은, 가로쉬의 거만하고 근시안적이고 위험한 통치를 끝내기 위해서였다. 케른이 사랑해 마지않는 호드 연합을 더는 망치지 않으려면. 그는 가로쉬의 자리를 차지할 작정이었다. 스랄이 돌아오면 처벌을 받게 될 테지만 기꺼이 받아들일 각오가 되어 있었다.

그렇다고 쉽게 이길 수 있다고 착각하지는 않았다. 호드에서 가장 뛰어난 전사인 가로쉬는 호락호락한 상대가 아니었다. 하지만 전쟁과 일대일 결투는 다른 법이고, 게다가 가로쉬는 성급하기까지 하니 승산은 충분히 있다. 케른은 자신만의 방법으로 싸울 테고 그 방법은 승리를 안겨다 줄 것이다.

거대한 투기장 저편에서 가로쉬가 준비를 하고 있었다. 막고라 예식의 규칙에 따라 벌거벗은 몸에 샅바만 한 장 걸친 채였고 갈색 몸은 기름을 발라서 번들거렸다. 튼튼한 근육이 돋보이고 온몸에 자부심이 흘러넘치는 가로쉬는 오크의 힘 자체를 보여주는 듯했다. 그는 만노로스를 죽였던 강력한 도끼를 들고 몸을 풀고 있었다. 도끼 역시 기름을 발라서 짙은 색깔로 반들거렸다.

케른은 가보(家寶)인 룬창을 무기로 선택했다. 그 역시 샅바만 걸치고 있었다. 털은 나이 때문에 약간 잿빛으로 새었지만 여전히 윤기가 흐르고 숱도 많았고 기름을 발라서 더욱 반짝거렸다. 그 털 밑에는 탄탄한 근육이 자리 잡고 있었다. 비록 눈이 침침해졌고 비나 눈이 올 때면 이따금 관절도 아파 오긴 해도, 막강한 완력과 날쌘 움직임은 예전 그대로였다. 케른은 룬창을 들어 올려 네 가지 방위와 원소들에게 바치면서, 창을 쥔 손으로 가슴을 두드려 생명의 정령과 다른 모든 존재에게 인사했다. 그런 다음 룬창에 축복을 내려줄 베람 스카이체이서를 돌아보았다.

전사들이 싸우기 전에 몸에 기름을 바르듯 무기도 마찬가지였다. 베람은 나지막이 무언가를 중얼거리며, 반짝이는 성유가 들어 있는 병에 손가락을 담갔다가 창끝 부분에 살짝 발랐다.

"일이 이렇게 되어서 안타깝소."

그가 케른에게만 들리도록 조용히 말했다.

"허나 그대의 대의는 오로지 하나임을 잘 알고 있소, 케른 블러드후프. 그대의 창이 정직하고 진실하게 싸워주기를."

케른이 겸손하게 고개를 깊이 숙여 절한 다음 두껍고 강력한 손가락으로 창 자루를 꽉 잡아 쥐었다. 지난 블러드후프 대족장 스무 세대가 이 룬창을 들고 싸웠듯 케른도 그렇게 싸울 참이었다. 고귀한 적의 피를 숱하게 맛본 룬창은 언제나 정직하고 진실하게 움직였다. 케른은 잠시 룬 문자들을 바라보았다. 창의 주인이 자신의 인생담을 룬 문자로 새겨 넣는 것이 전통이었고, 케른 역시 얼마 전에 자신의 이야기를 적었다. 하지만 아직 못다 한 이야기가 많이 남아 있었다. 이 결투가 끝나고 상황이 좀 정리되고 나면 꼭 시간을 내서 자신의 이야기를 끝까지 적어 넣자고 케른은 자기 자신에게 약속했다.

"어이, 늙다리 황소!"

가로쉬가 비웃는 투로 도발을 던졌다.

"그렇게 멍하니 서서 날밤 다 새울 거요? 날 죽이러 온 거지, 낡은 창이나 감상하려고 오신 게 아닐 텐데?"

케른이 한숨을 쉬었다.

"자네가 하는 말 한 마디 한 마디가 운명의 바람에 실려 가네, 가로쉬 헬스크림. 죽기 전에 할 마지막 말이 될 텐데 그렇게 생각 없이 내뱉어서야 쓰겠나?"

"하!"

가로쉬가 침을 뱉고, 피의 울음소리를 집어 들어 축복을 내려준 주술사에게 절했다.

케른은 멀찍이 있는 주술사를 내다보며 눈을 가늘게 떴다. 가로쉬의 무기에 축복을 내리고 성유를 발라준 주술사는, 타우렌이었다. 오크 주술사일 줄로만 알았던 케른은 당황스럽고 마음이 아팠다. 여자 타우렌이었다. 검은색 털의…….

"마가타."

케른이 나지막이 중얼거렸다. 그녀는 강력한 주술사였다. 하지만 베람도 마찬가지로 강력하다. 마가타의 축복이 가로쉬를 도와주듯 베람 스카이체이서의 축복 역시 케른을 도울 것이다. 마가타도 그 점을 잘 알고 있으리라. 이 행동은 그저 의사 표시에 지나지 않았다. 결국은 자신이 어느 편에 충성하는지 공개적으로 밝힌 것이다.

케른은 혼자 고개를 끄덕였다. 이렇게 하길 백번 잘했다는 확신이 들었다. 가로쉬 때문에 더 많은 희생자가 생기기 전에 이 결투는 반드시 치러야만 하는 일이었다. 마가타가 자신의 본색을 드러냈으니, 이제 케른은 그녀를 배신자로 몰아야 하리라. 어차피 그 선택밖에는 없게 되었다. 그림토템이 끝끝내 호드에 충성을 맹세하지 않는다면 썬더 블러프에서 추방되고야 말 것이다. 케른이 그러고 싶어서가 아니라 그래야만 하기 때문이었다.

마가타가 고개를 들었다. 그녀의 표정까지는 보이지 않았지만 아마도 능글맞게 웃고 있을 듯했다. 케른은 소리 없이 미소 지었다. 마가타는 편을 잘못 들어도 단단히 잘못 들었다.

케른은 자신의 결투 상대를 돌아보았다.

가로쉬는 발끝에 체중을 살짝 실으며 중심을 다잡았다. 도낏자루를 꽉 잡은 그의 황갈색 눈이 흥분으로 타는 듯이 빛났다.

'대지모신님, 제 손을 이끌어 주옵소서. 제가 내 자신을 위해 싸우는 게 아님을 아실 것입니다.'

케른은 머리를 뒤로 젖히고 우렁찬 함성을 질러서 전통 막고라 결투의 시작을 알렸다. 가로쉬는 자기 아버지처럼 귀가 찢어질 듯 커다랗고 날카로운 고함을 질러 화답하고, 케른이 예상한 대로 즉시 달려들었다.

케른은 그냥 제자리에 가만히 서 있었다. 가로쉬가 도끼를 치켜들고 달려오면서 그 강력한 피의 울음소리를 머리 위로 휘두르자, 도끼머리에 패어 있는 홈 때문에 자지러지는 비명 같은 소리가 났다. 그롬 헬스크림의 적들이 겁을 집어먹던 그 소리였다. 그러나 케른은 아랑곳도 하지 않았다. 결정적인 순간 그는 커다란 덩치가 무색하리만치 우아한 몸짓으로 비켜섰고, 가로쉬는 자신의 가속도에 떠밀려서 케른을 비켜 지나가게 되었다. 가로쉬는 뒤늦게 멈춰 서려 했지만 케른이 그 틈을 타 잽싸게 창을 들어 올려 가로쉬의 오른쪽 팔뚝에 꽂아 넣었다.

가로쉬는 놀라움, 모욕감, 고통에 사로잡혀 비명을 질렀다. 도끼를 쥔 손에 힘이 풀렸다. 케른은 머리에 달린 뿔로 가로쉬의 상처 난 팔을 들이받았고, 가로쉬는 균형을 잃고 쓰러지면서 피의 울음소리를 거의 놓칠 뻔했다. 만약 정말로 놓쳤다면 오크 편은 완전히 패배했을 것이다. 무기가 바닥에 떨어지면 그 어느 쪽도 다시 주울 수 없다는 게 규칙이었으므로.

케른이 룬창을 들어 올렸다가 내리쳤다. 가로쉬가 간신히 몸을 굴려서 피해서 룬창은 가로쉬의 옆구리를 살짝 베어낸 뒤 땅바닥에 푹 내리꽂혔다. 케른은 무기를 땅에서 뽑아내느라 소중한 시간을 지체했고, 창을 다시 잡아들었을 때는 가로쉬도 일어서 있었다. 호드에서 가장 칭송받는 전사인 가로쉬는 무기를 놓칠 뻔했고 케른은 먼저 상대방의 피를 본 상황이었다.

"꽤 하는군, 영감."

가로쉬가 숨을 약간 몰아쉬며 말했다.

"인정하지. 내가 당신의 몸놀림을 너무 얕봤군. 머리만 둔해졌다 뿐 몸은 그래도 아직 쓸 만한가 보지?"

"아까 그 야유도 그다지 와 닿지는 않았는데, 지금 건 더 가관이군, 헬스크림의 아들."

가로쉬에게 시선을 한 치도 떼지 않으며 케른이 맞받아쳤다.

"결투에서 허튼소리는 하지 말게. 나도 말을 아꼈다가 자네 장례식에서 덕담이나 해줄 테니."

가로쉬의 화를 부추기는 건 너무 쉬웠다. 그는 짙은 눈썹을 찡그리더니 으르렁거리며 덤벼들었다. 케른은 가로쉬가 노련하게 휘두른 피의 울음소리를 가까스로 피했고, 그 순간 바람이 거세게 일면서 피의 울음소리에서 퍼지는 성난 노래가 귓전을 울렸다. 가로쉬는 바보가 아니었다. 한 번 저질렀던 실수를 반복하지는 않는 것이다. 또 한 두 번 다시 케른을 얕보지도 않을 것이다.

케른은 머리를 숙이고 오른쪽 발굽으로 땅을 긁은 뒤 달려들었다. 가로쉬는 날카롭게 고함을 지르며 도끼를 들어 케른의 목을 치려 했다. 그러나 막판에 케른이 발을 멈추고 왼쪽으로 몸을 틀어, 무방비로 노출된 가로쉬의 가슴을 노리고 창을 날렸다. 가로쉬가 눈을 크게 떴다. 그는 아슬아슬하게 몸을 돌렸지만 오른쪽 어깨가 꿰뚫리고 말았다. 가슴에 맞았더라면 확실하게 죽었겠지만, 어깨에 입은 부상도 꽤 치명적이긴 했다. 가로쉬는 아까 팔뚝을 찔린 데 이어서 어깨까지 찔려서 오른팔 전체가 심하게 다치고 말았다.

가로쉬는 고통과 분노에 차 비명을 질렀다. 한 손은 피의 울음소리를 쥔 채 다른 손으로 다친 어깨를 붙잡았다. 창을 뽑아내던 케른은 가로쉬에게 어렴풋하게나마 연민을 느꼈다. 가로쉬가 죽으면 호드에 크나큰 손실이 되리라. 적어도 훌륭한 전사 하나를 잃는 것이다. 스랄이 가로쉬를 지도자로 세우지만 않았더라면 이런 비극도 일어날 필요가 없었을 텐데.

케른이 잠깐 망설이는 사이에 가로쉬가 피의 울음소리를 치켜들었다.

팔을 그렇게 심하게 다쳤는데도 저런 힘이 남아 있다니 믿을 수 없을 정도였다. 케른도 재빨리 룬창을 양손으로 쥐고 공격을 막으려 들어 올렸다. 룬창은 예로부터 헤아릴 수 없이 많은 싸움을 치른 튼튼하고 견고한 무기였고, 케른은 전에도 이런 식으로 적의 공격을 받아내곤 했었다.

피의 울음소리가 섬뜩한 노래를 울부짖으며 떨어져 룬창에 맞았다.

스무 세대에 걸쳐 전해 내려온 블러드후프 가문의 자존심과도 같은, 수많은 적을 죽였고 타우렌 일족을 숱하게 지켜냈던 무기 룬창이 산산이 조각나고 말았다.

피의 울음소리는 그 타격으로 약간 느려지긴 했지만 멈추지는 않았다. 도끼날이 내처 날아와 케른의 가슴을 할퀴고, 털과 살점을 살짝 긋고 나아가 팔까지 갈라놓았다. 엄청난 공격을 룬창이 대신 맞고 부서진 덕에 케른은 살점만 베이고 끝날 수 있었던 것이다.

케른은 선조대대의 무기가 박살 난 것에 아연실색했다가 애써 정신을 차렸다. 아직 끝이 아니었다. 그는 아랫부분이 남아 있는 창을 여전히 꽉 붙잡고 있었다. 깨진 조각만으로도 아직 적을 벨 수는 있다. 가로쉬는 싸우고 있긴 하지만 심각한 상처를 입은 데다가, 방금 룬창을 박살 낸 일격을 날리느라 기진맥진한 상태이니 오래 버틸 수 없을 터였다. 케른이 창날의 남은 부분으로 제대로 찌르기만 한다면…….

케른은 눈을 껌뻑였다. 갑자기 시야가 흐릿해졌다. 먼지나 땀이나 피 같은 게 눈에 들어왔나? 1초라도 빨리 움직여야 하는 판국에 케른은 주춤거리며 손등으로 눈을 문질렀다. 그러나 아무 소용이 없었다. 게다가 손이 떨리기 시작했고 다리도…… 힘이 풀리고 있었다.

케른은 멍하니 가로쉬를 바라보았다. 가로쉬는 땀을 잔뜩 흘리며 거친 숨을 몰아쉬고 있었다. 그는 도끼를 고쳐 잡고 침착하게 케른의 시선을 마주했다. 케른은 자신의 무기를 붙잡았지만, 창은 그의 손안에서 흔들거렸다. 그리고 이상하리만치 아주 무겁게 느껴졌다…….

그때 케른은 정확히 무슨 일이 일어난 건지 깨달았다.

'한평생을 명예롭게 살았던 내가, 이 내가, 배신당해서 죽는구나.'

케른은 살인자를 비난하는 말 한 마디조차 내뱉을 수가 없었다. 무기 없이 죽는 사태만큼은 면하기 위해 부서진 창을 붙잡는 것만도 엄청나게 힘에 부쳤다.

가로쉬는 눈을 가늘게 뜨고 케른의 가슴에 난 상처와 바닥에 흩어진 룬창 조각들을 내려다보았다. 그는 잠시 흠칫 놀라는 듯싶더니 이내 의지를 굳힌 듯 입을 꽉 다물었다. 그리고 양손으로 피의 울음소리를 들어 올리고 케른에게 달려와서 내리쳤다. 공격을 피하거나 받아넘길 수도 없이, 자신의 생명이 시시각각 닳아 없어지는 것을 속절없이 느끼면서, 타우렌 대족장인 케른 블러드후프는 자신에게 내려오는 도끼날을 잠자코 바라볼 따름이었다.

22장

마가타는 멀리서 그 광경을 지켜보고 있었다. 그녀의 마음속에는 흥분이 치밀어 오르고 있었지만 얼굴은 차분하기만 했다. 두 전사는 잘 싸우고 있었다. 그러나 모든 면에서 서로 달랐다. 케른은 강하고 지혜롭고 끈기 있고 노련한 반면 가로쉬는 에너지와 젊은 혈기가 있고 몸놀림이 빨랐다. 옛 전사와 새로운 전사 사이에서 부글부글 끓던 갈등이 오늘 밤 마침내 폭발한 것이다. 오로지 한 명만이 승리할 테고, 그 승리가 호드의 미래를 결정하게 되리라. 그 자리에 있는 모두가 자신이 역사의 산 증인임을 실감하고 있었다. 마가타는 공포와 충격에서부터 열의와 기쁨에 이르기까지 오만가지 감정에 휩싸이며 결투를 지켜보았다.

아무도 결과를 예상할 수 없는 박빙의 승부였다.

그러나 마가타는 물론 예상할 수 있었다.

그녀는 이 기회를 오랜 세월 기다려 왔다. 그리고 마치 나무에서 천천히 떨어지다가 우연하게 그녀의 무릎에 내려앉은 나뭇잎처럼 기회는 결국 오고야 말았다. 마가타가 썬더 블러프에서 투기장으로 막 출발하려는 때에, 그녀가 오그리마에 심어두었던 첩자들이 돌아와 몇 가지 정보를 전해주었다. 그녀가 가로쉬의 무기에 축복을 내릴 주술사로 선택되는 것은 시간문제일 듯했다.

가로쉬가 코르크론 몇 명과 함께 지하의 사실(私室)에 있을 때 마가타는 가로쉬를 찾아가서 만났었다.

"전에 한 번 말했었지요, 가로쉬 헬스크림. 그대는 호드가 위태로운 시기에 정말로 필요한 존재일지도 모른다고. 그리고 적절한 때가 오면 나와 그림토템 부족 전체가 그대를 지지하겠노라고. 오늘 그 시험에 앞서, 그대의 무기를 내가 축복하게 해주시오."

가로쉬가 그녀를 응시했다.

"케른에게 등을 돌릴 셈이오? 동료 타우렌을?"

마가타가 어깨를 으쓱했다.

"나는 내 동족에게 가장 이로운 선택을 하고 싶을 뿐이오. 가로쉬 헬스크림, 그대를 따르는 것이 가장 이로운 선택이라고 보오."

그가 고개를 끄덕였다.

"그 말은 이해가 되오. 그대는 현명한 지도자인 것 같군. 미래는 이제 내 편이오. 그 늙은 황소는 예전에는 영웅이었을지 몰라도 이제는 아니거든."

가로쉬는 잠시 미간을 찡그리고 말을 이었다.

"나는…… 정말로 그를 존경하오. 그를 죽이는 처지가 되고 싶진 않지만, 케른이 먼저 결투를 신청했고 내 명예를 모욕했소."

"그랬지요. 그 때문에 그대의 위신은…… 모두가 그 일을 가지고 수군거리고 있소. 실로 괘씸한 일이지. 복수 없이 그냥 넘어가서는 안 되오."

마가타의 말에 가로쉬는 나지막이 으르렁거렸다. 검은 문신이 아직 새겨지지 않은 쪽 얼굴이 분노와 부끄러움으로 붉게 달아올랐다. 마가타는 아무렇지도 않은 표정을 짓고 있었지만 내심으로는 미소 지었다. 이렇게 쉬울 수가 있다니.

"그래서, 그대의 도끼날에 내 축복을 받고 그림토템의 지지를 받아들이시겠소?"

"좋소. 그대가 내린 결정을 공개적으로 알리도록 하지, 그림토템 대모여. 오늘 결투 시작 전에 내 도끼날에 축복해도 좋소."

그 직후, 관중이 다 지켜보는 가운데 가로쉬는 피의 울음소리를 마가타에게 바쳤다. 그녀는 축도를 읊으면서 터져 나오려는 기쁨을 간신히 억눌렀다. 유리병에서 뚜껑을 벗기고, 아까 서둘러 준비해둔 기름을 칼날에 세 방울 떨어트렸다. 전통에 의하면 기름은 손으로 직접 바르도록 규정되어 있었다. 그녀는 그렇게 하지 않았지만, 가로쉬는 아무것도 눈치채지 못했다.

자신이 이용당하고 있는 줄 역시 꿈에도 모르고 있었다. 다행이었다. 만약 가로쉬가 계략을 눈치챘다면 마가타를 그 자리에서 바로 죽여 버렸으리라. 중하기 그지없는 피의 울음소리에 감히 독을 발라놓았다는 걸 알았더라면.

결투가 시작되고, 이윽고 가로쉬의 피의 울음소리가 룬창을 박살내고 케른의 가슴과 팔을 베었다. 케른이 갑자기 휘청거리며 눈을 깜빡이는 모습을 보고 마가타는 마음속으로 환호성을 올렸다.

'이건 정말 식은 죽 먹기군. 하지만 지난 세월 나는 너무나도 힘겹게 노력해 왔어. 그러니까 이번 만큼은 쉬워야 마땅하지. 이런 게 바로 균형이야.'

가로쉬는 절호의 기회를 잡아채고 머리 위로 피의 울음소리를 휘둘러 최후의 일격을 날렸다. 도끼가 비명을 지르며 케른의 목을 깊이 찍어 근육과 살을 베어냈다. 끊어진 동맥에서 피가 솟구쳐 나오고, 그토록 강력하던 케른 블러드후프는 다리를 푹 꺾으며 쓰러졌다. 몸통이 바닥에 닿기도 전에 이미 죽은 상태였다. 우레 같은 박수 소리, 숨을 헉 들이쉬거나 흐느끼는 소리가 투기장을 가득 채웠다.

'이렇게 한 시대가 끝나는군. 케른은 죽고, 새로운 지도자가 태어났어.'

케른의 충성스러운 수행원들이 울부짖으며 투기장 안으로 달려와 자신들의 대족장의 시신을 안아 들었다. 이제부터 어떤 절차가 이어질지는 모두가 잘 알았다. 시신을 씻겨서 먼지, 피, 땀, 기름을 깨끗이 없앤 다음 의식용 담요로 싸서 화장하게 된다. 오그리마에서 썬더 블러프로 길고도 구슬픈 상여 행렬이 이어지며 모두가 애도와 경의를 표할 테고, 시신은 불태우고 그 재를 바람과 강물에 띄워서 대지모신과 천부신에게 보내게 된다.

그리고 세간에 떠도는 추측들 덕분에 마가타는 오래도록 갈망해 왔던 기회를 잡게 될 것이다. 결국 그 추측은 오해였던 것으로 밝혀지겠지만.

마가타는 자신의 견습생 한 명에게 고개를 돌려 타우렌 말로 속삭였다.

"자, 이제 말을 전해라. 케른이 마침내 죽었다고. 오늘 밤, 그림토템의 시대가 시작된다."

썬더 블러프 위로 만월이 떠 있었다. 맑고 구름 없는 밤이었다. 타우렌들은 대개 낮에 활동하고 어떤 활동은 밤낮을 가리지 않고 이어지기도 하지만, 이른 새벽의 이 시간은 대체로 고요했다. 몇 모닥불에서 피어오르는 연기가 바람에 흩어져 별이 가득한 하늘로 올라갔다. 천막 안에서 타우렌들은 졸고 있었다.

그림토템 부족은 그림자처럼 은밀히 움직였다. 은색 달빛이 번진 밤 풍경 속에서 까만 잉크 얼룩들 같았다. 어떤 이들은 와이번을 타고 썬더 블러프에 내려왔지만 와이번의 날갯짓은 밤공기 그 자체처럼 잠잠했다. 어떤 이들은 걸어서 왔고, 깎아지른 듯 가파른 절벽을 열심히 기어 올라가면서 그 커다란 덩치로도 사뿐히 움직였다. 오랜 세월이 호출을 기다려 온 그들은 통보를 받은 즉시 행동에 돌입하고 있었다.

모두 무기를 들고 있었다. 교살용 밧줄, 칼, 검, 도끼, 활. 총처럼 소리가 날 만한 무기는 없었다. 소리를 내면 발견되면서 저항 받는다. 그건 그림토템의 대모가 원하는 바가 아니었다. 그들의 임무는 조용히 살해한 뒤 다음 희생자에게 이동하는 것이었다.

그들은 그늘에 몸을 숨기고, 처음 나온 고원의 가장 낮은 층 천막들 뒤편을 통해 천천히 움직이며 각자 맡은 위치에 섰다. 부드러운 올빼미 소리가 밤을 울렸다. 잠든 타우렌들이 설령 들었다고 하더라도 별로 대수롭잖게 여길만한 소리였다. 그 소리를 신호로, 그들은 일제히 공격에 들어갔다.

그림토템 암살자들이 재빨리 천막 안으로 들어갔다. 어떤 표적들은 그들도 잘 아는 타우렌이었다. 무기의 명수이거나, 특별히 뛰어난 드루이드 혹은 주술사들이었다. 변신하지도 못하고 죽은 드루이드가 제아무리 힘센 곰인들 무슨 소용인가? 가슴이 이미 꿰뚫려 죽은 전사가 제아무리 치명적인 무기를 가진들 무슨 의미가 있나? 아무런 반격도 못 하는 적의 목을 베는 건 어찌나 쉬운지.

그들은 중심지에 있는 작은 연못 옆에 집결해서 인원을 확인하고 수신호를 보냈다. 그리고 두 분대로 나뉘어 한 분대는 정기의 봉우리 쪽으로, 한 분대는 수렵의 봉우리 쪽으로 뛰어갔다. 장로의 봉우리는 무시했다. 그곳은 마가타가 오늘 밤까지 내내 자신의 근거지로 삼아온 곳이었으며, 지금 그녀는 충성스러운 시종들만 남긴 채 떠나고 없었다. 그리고 그 시종들은 장로의 봉우리에 있는 불운한 드루이드들을 이미 하나하나 모두 처치했을 게 틀림없었다. 암살자들이 다리를 건너가자 낡은 나무 널판들이 조금씩 끼긱거렸다. 그러나 그 다리들은 바람만 불어도 원래 끼긱거릴 정도이니 들킬 염려는 없었다.

그들은 스카이체이서 가족에게 곧바로 뛰어들었다. 주술사인 베람 스카이체이서가 퍼뜩 깨어났지만 숨도 제대로 내뱉지 못하고 살해되었다. 가족 구성원 한 명 한 명이 모두 죽었다. 정기의 봉우리의 주요 층 바로 밑의 예언의 웅덩이에 사는 포세이큰들은 걱정할 필요 없었다. 그들 대부분은 전략적으로 마가타를 지지했으며, 그러지 않는 이들은 타우렌의 일 자체에 별 관심이 없었으니까.

수렵의 봉우리 쪽은 사정이 좀 달랐다.

이곳에서는 치열한 싸움이 벌어졌다. 사냥꾼들은 매우 강력하고 건장한 족속이었기에 잠에서 재빨리 깨어나서 맞붙어 싸웠다. 그러나 그들도 그림토템의 적수는 되지 못했다. 그림토템은 기습 공격을 한 쪽이라서 유리한 데다가 어차피 칼날에 독을 묻히고 있었기 때문이다. 얼마 안 가서 수렵의 봉우리도 조용해지고, 암살자들은 썬더 블러프의 중심지로 다시 돌아갔다.

마가타 대모에게 가장 위협적인 존재였던 이들을 처리했다. 이제부터는 무차별로 죽이기 시작할 때였다. 타우렌들에게 공포를 불러일으키기 위해서. 그림토템의 규칙에는 오류의 여지가 없으며 용서나 동정 같은 온화한 개념이 설 자리 또한 없다는 것을 저들에게 똑똑히 알려줘야만 했다.

썬더 블러프는 갓난아기처럼 피투성이가 되어 다시 태어나리라.

"기다려."

그림토템의 한 주술사가 손을 들어 올리며 말했다. 그의 이름은 제번이었지만 공기와 물의 정령들과 특히 친하다는 점 때문에 폭풍노래라는 뜻의 '스톰송'이라고 불렸다. 그가 지휘하는 무리는 블러드후프 마을을 둘러싸고 있었고, 스톰송은 정말 필요한 때가 아니면 자신의 가공할 힘을 쓰지 않겠다고 말했었다. 공격 신호만 기다리고 있던 부관 타라코르가 황당해하며 반문했다.

"기다리라고요? 우린 명령을 받았어요, 스톰송. 공격해야 합니다!"

스톰송이 공기의 냄새를 맡고 검은 눈을 움찔거렸다.

"뭔가 낌새가 이상하네. 우리가 왔다는 걸 알고 있을지도 몰라."

타라코르가 콧방귀를 끼었다.

"그럴 리가요. 오늘 밤을 위해 우리가 몇 년을 훈련했는데요."

스톰송이 타라코르를 지그시 바라보았다.

"첩자나 비밀 연락 방식은 우리한테만 있는 게 아닐세. 케른에게도 있을 거야."

썬더 블러프 쪽의 임무는 광범위했다. 마가타 대모를 한 번이라도 위협한 적이 있는 자는 모두 학살하는 것. 죽일 사람이 너무 많았기에 그쪽의 암살자들은 임무를 완수하지 못하는 경우도 많을 터였다. 그러나 블러드후프 마을의 표적은 단 하나뿐이었다. 즉, 죽여야 할 사람은 한 명이었다. 그러나 그 한 명을 못 죽인다면 유혈이 낭자했던 썬더 블러프의 밤 전체가 완전히 허사가 되어버릴 것이다.

바인 블러드후프. 케른 블러드후프의 아들이자 유일한 후계자인 그 타우렌은 아버지와 함께 썬더 블러프에 거처하지 않고 이 마을에 살고 있었다.

타우렌들은 천막 안에서, 혹은 바깥의 땅바닥에 드러누워 달빛을 받으면서 태평하게 자고 있었다. 그들이 사랑하는 대족장이 조상들의 품으로 돌아갔다는 사실은 꿈에도 모른 채. 그럴 수밖에 없었다. 오그리마의 결투 결과를 바인에게 보고할 먼길 잡이들을 진작에 신속히 해치워버렸으니까. 썬더 블러프에 빠르게 말을 전할 수 있는 마법사나 그 비슷한 자들 역시 조용히 처치하거나, 감시하거나, 가두어 놓는 등의 손을 써두었다. 마가타의 계획은 몹시 치밀해서 허술하게 운에 맡기는 부분이라고는 전혀 없었다.

블러드후프 마을은 타우렌이 탁 트인 평원에 최초로 세운 거주지였다. 원래 타우렌들은 자연적인 보호벽이 있는 고원지대에만 살았다. 한때는 무척 낯설게만 느껴졌던 평원에 타우렌이 얼마나 안전하게 정착했는지 보여주는 증거가 바로 블러드후프 마을이었다.

그곳은 육식 동물과 타 종족의 침입에서는 정말로 안전했다.

그러나 그림토템에게서는 안전하지 않았다.

"투기장에서 케른이 죽었다는 걸 알아챌 자가 있다면 당연히 그 아들일 걸세. 전령 한 명이 우리의 그물을 용케 빠져나갔는지도 모르지. 내가 먼저 조용히 나가서 우리가 함정에 빠진 건 아닌가 살펴보고 오겠네. 안전하지 않다면 작전을 변경해야 해. 내가 명령하기 전까지는 아무것도 하지 말게. 알아들었나?"

스톰송은 케른과 비슷한 나이였고, 검은 털이 군데군데 희끗희끗하게 세기 시작하는데도 케른과 마찬가지로 아직 튼튼하고 예리했다. 타라코르는 초조한 듯 자세를 고쳐 앉았다. 그는 젊고 혈기 넘치는 청년이었다. 오늘 밤을 아주 오래도록 꿈꿔 왔는데 더 이상은 기다리고 싶지 않았다. 하지만 수긍할 수밖에 없었다.

"스톰송, 당신이 이 작전의 최고 책임자니까요."

그렇지 않았더라면 좋았겠다는 기색이 역력한 목소리였다.

"말씀대로 하죠. 하지만 빨리 오세요. 제 칼이 바인의 피를 보고 싶어서 목이 타잖습니까."

"나도 그러네, 친구여. 하지만 될 수 있으면 내 피는 안 보고 싶거든."

오늘 밤의 임무를 위해 모여 있던 스물네 명의 자객들이 나지막이 낄낄거렸다.

"최대한 빨리 돌아오겠네."

스톰송은 그 말을 남기고 나갔다. 타라코르는 스톰송의 검은 털가죽이 그늘에 먹히면서 조용히 사라지는 모습을 지켜보았다.

그리고 기다렸다.

또 기다렸다. 계속 기다렸다. 점점 불안해져만 갔고, 타라코르는 연방 한 발과 다른 발을 바꿔 디디면서 귀를 쫑긋거렸다. 옆에서 다른 전사들도 초조하게 움찔거리고 있었다. 그들은 모두 전투에 목말라 있었고, 습격이 이렇게 갑작스럽게 중단되는 사태는 아무도 원치 않았다. 얼마나 오랫동안 이렇게 서서 어둠 속만 쳐다보고 있었는지 몰랐다. 마침내 타라코르는 머릿속에서 인내심이 뚝 끊어졌다.

"지금쯤이면 도착했어야 하는데. 뭔가 잘못된 거야. 더는 기다릴 수 없어. 그림토템이여, 가자! 대모님을 위하여!"

＊　＊　＊

　바인 블러드후프는 퍼뜩 잠에서 깼다. 털가죽 위에 불안하게 누워 있던 그의 등줄기에 기이한 한기가 끼쳐 올랐다. 꿈을 꾸었다. 무슨 내용이었는지는 기억나지 않았지만 엄청나게 마음이 산란해지는 꿈이었다. 그러다가 밖에서 목소리가 들리자, 바인은 벌떡 일어나서 옷을 주워 입고 밖으로 나갔다.
　호위병 두 명이 한 타우렌을 붙잡고 있었다. 희미한 달빛 속에서도 바인은 그 얼굴을 알아볼 수 있었다.
　"아는 얼굴이군. 그대는 마가타의 일족이 아니오? 이렇게 깊은 밤에 여기서 뭐 하는 거요?"
　그 타우렌은 늙었지만 전혀 허약해 보이지 않았다. 단단히 자신을 붙잡은 호위병들의 손에 저항하려고도 하지 않았다. 그러는 대신, 그는 바인을 동정과 염려를 띤 시선으로 바라보았다.
　"경고하러 왔소, 바인 블러드후프. 그대의 아버지가 죽었소. 그리고 다음번은 그대가 될 거요. 떠나야 하오. 빨리, 조용히."
　바인은 불쑥 고통이 치밀었으나 애써 가라앉혔다. 이 자는 그림토템이다. 함정일 것이다.
　"거짓말. 나는 내 아버지의 안위를 가지고 지껄이는 농담을 친절하게 받아주진 않소. 여기에 온 진짜 이유를 대시오. 그러면 그대의 형편없는 농담 솜씨 정도는 눈 감아 주지."
　"거짓말이 아니외다, 대족장. 그는 투기장에서 가로쉬 헬스크림과 싸우다 죽었소. 막고라 결투로."
　"계속 거짓말을 할 텐가? 스랄은 그런 걸 금지했소. 막고라는 이제 서로 죽고 죽이는 결투가 아니라고."
　"예전 규칙이 다시 살아났소. 케른이 결투를 신청했고, 가로쉬는 옛날 규칙대로 하자는 조건으로 받아들였다오. 그건 정말로 죽고 죽이는 결투였소."
　바인은 딱딱하게 굳었다. 아버지와 가로쉬 모두의 성격이나 상황을 따져 보면 그건 정말로 일어날 법한 일이었다. 아버지는 스랄이 가로쉬를 지도자로 지명한 것을 용납하지 못했고, 솔직히 바인도 마찬가지로 못마땅했다. 하물 룬토템도 케른도 잿빛 골짜기에서 파수꾼들의 습격 사건 배후에 가로쉬가 있을 가능성이 크다고 생각하고 있었다. 가로쉬가 정말로 호드의 안녕을 위협하는 존재라고 케른이 확신했다면, 충분히 결투를 신청할 법도 했다. 그리고 가로쉬가 규칙을 바꾸자고 하는 제안을 물리지 않은 것도 충분히 케른다운 행동이었다.

"그런 결투였다면 내 아버지께서 이기셨을 거요."

바인은 약간 떨리는 목소리로 말했다. 그림토템의 주술사가 동의했다.

"그랬을 테지. 허나 마가타는 가로쉬의 무기에 독을 발랐소. 주술사로서 피의 울음소리에 축복하는 기회를 틈타 그 도끼날에 독이 든 기름을 발랐단 말이오. 딱 한 번만 베어도 모든 게 끝나는 거였소."

주술사가 비통하고도 노여운 어조로 말했다.

"내 가방을 열어보시오. 슬픈 죽음의 증거가 들어 있으니."

바인이 호위병 하나에게 고갯짓을 하자, 호위병이 주술사에게서 빼앗았던 가방을 열었다. 그리고는 눈을 휘둥그레 떴다. 바인은 온몸이 오싹해진 채 그를 지켜보았다. 호위병은 천천히 안에 손을 뻗더니, 무언가 막대기가 부서진 것 같은 작은 파편을 꺼냈다.

바인이 손을 내밀었다. 호위병은 전설의 룬창 조각을 바인 블러드후프의 손바닥에 올려놓았다. 바인이 덜덜 떨면서 그 조각을 꽉 쥐자 룬 문자들이 피부에 와 닿는 익숙한 감촉이 느껴졌다. 그는 비틀거렸다. 강인하고도 자애롭던 아버지가, 전장에서 명예롭게 전사하거나 혹은 잠든 채 평화롭게 돌아가실 줄로만 알았던 그 아버지가, 배반을 당해 살해되다니…….

그림토템 주술사가 말을 이었다.

"지금 그림토템 전사들 스물네 명이 저 모닥불 바로 뒤에서 공격하려고 기다리고 있소. 나는 그 작전을 이끄는 책임자요. 그런데 이렇게 그대에게 경고하러 온 게지. 그대의 아버지는 내가 동의할 수 없는 정책을 펴긴 했으나 훌륭한 타우렌이었고, 이런 식으로 죽음을 맞이해서는 안 될 분이셨소. 그대 또한 그렇소. 나는 오랫동안 대모님을 섬겨 왔지만, 이번에는……."

그는 고개를 저었다.

"이번에는 너무 심했소. 주술사로서 지켜야 할 대의에 먹칠한 거요. 나는 그녀의 계획에 더는 동참하지 않을 거요."

이야기를 들으면서 바인은 점점 분노가 솟구쳤다. 바인은 그림토템 주술사에게 두 걸음 만에 성큼 다가가서 수염을 움켜쥐고 머리를 위로 휙 젖혔다. 주술사는 약간 신음했을 뿐 침착한 시선으로 바인을 마주 보았다.

아까 그 이상한 꿈…… 불안하던 느낌…….

바인의 가슴에 엄청난 고통이 차올랐다. 심장이 쪼개지는 것만 같았다. 숨도 거의 쉴 수가 없었다.

"아버지."

바인은 중얼거렸다. 그러는 와중에도 바인은 저 그림토템의 배반자가 한 말이 모두 진실임을 깨달았다. 눈에 눈물이 차올랐지만 바인은 눈을 깜빡거리며 참았다. 아버지를 올바로 애도할 수 있는 때는 나중에 따로 오리라. 일단은 저자가 한 말이 진실이라면…….

"그대의 이름이 뭐요?"

"스톰송이라고 하오, 대족장."

대족장. 바인은 이제 블러드후프의 대족장이 된 것이다…….

"나는 맞서 싸우겠소. 위험에서 도망칠 수야 없지. 내 가족의 이름을 딴 마을에 사는 주민들을 저버리지 않겠소."

"아니, 수적으로 너무 열세요. 그리고 그대는 전투에서 목숨을 아무렇게나 내버려도 될 입장이 아니고. 마지막 블러드후프잖소. 마을 주민뿐 아니라 일족 전체를 이끌어야 할 위치란 말이오. 그대는 타우렌 일족을 안전히 지키고 도난당한 것을 되찾아야만 할 책임이 있소. 오늘 밤 블러드후프 마을만이 습격을 당했다고 생각하시오?"

바인은 아연실색해서 눈을 크게 떴다. 스톰송은 계속 말을 이었다.

"지금 이 순간에도 썬더 블러프에서는 학살이 계속되고 있소! 태양이 지평선 너머로 떠오르는 순간 마가타는 타우렌을 통치하며 이 수치스러운 살육의 밤을 완성하려고 들 거요. 그대는 반드시 살아남아야 하오. 아버지의 복수를 하고 죽는 사치 따위를 부릴 때가 아니라고! 갑시다, 제발!"

바인은 화가 나서 콧바람을 내뿜으며 스톰송의 가죽조끼 멱살을 붙잡았다가 이내 놓아주었다. 스톰송의 말이 옳았다.

"이건 속임수일 겁니다! 저자는 대족장님을 함정으로 꾀어내서 죽일 셈이라고요!"

호위병 한 명이 말했지만, 바인은 슬프게 고개를 저었다.

"아니. 속임수가 아니야. 느낄 수 있어. 저 주술사는 진실을 말하고 있다."

그는 손을 펼쳐서 룬창 파편을 잠시 바라보다가, 주머니 안에 살며시 넣었다.

"아버지가 살해당했다. 아버지께서 원하시는 대로 일족을 보살피려면 나는 오늘 밤 살아남아야만 해. 스톰송 그림토템, 이렇게 경고를 하러 와주다니 큰 위험을 감수했구려. 그러나 나 또한 큰 위험을 감수하고 그대를 믿는 거요. 만일 그대가 나를 배신한다면, 그 즉시 죽으리라는 걸 알아두시오."

"뭐 그쯤이야 알고 있소. 나는 여기 혼자 왔고 그대의 호위병은 여럿이니까. 어쨌든…… 그림토템은 세 무리로 나뉘어 있소. 하지만 나는 그들을 분산시킬 방도를 알고 있다오. 따라오시오."

그림토템은 마을을 습격했다. 그들을 맞이한 것은 세상모르고 잠들어 있는 타우렌들이 아니라 완전 무장을 하고 대기한 노련한 전사들이었다. 타라코르는 그리 놀라지 않았다. 스톰송이 붙잡혀서 바인이 습격을 알아챘으리라고 이미 짐작했기 때문이다. 그래도 그들은 그림토템이므로 죽음을 불사하고 싸울 것이다.

타라코르의 도끼에 많은 전사가 쓰러졌다. 그러나 한 사람만은 어디에도 보이지 않았다. 바인 블러드후프. 여기에 있는 그림토템 전사들 모두가 바인을 죽이는 것만이 목적이라는 점을 알고 있는데, 시간이 흘러도 바인이 나타나지 않자 타라코르는 당혹감에 젖었다.

생각할 수 있는 이유는 딱 한 가지뿐이었다.

"그림토템이여!"

표범으로 변하려다가 그의 도끼날에 찍혀 죽은 한 드루이드의 시체 위에서, 타라코르는 도끼를 휘두르며 소리쳤다.

"우리는 배신당했다! 바인이 탈출했다! 찾아내라! 어서 바인을 찾아라!"

그림토템 전사들은 블러드후프 마을의 경계선을 빠져나가려 했다. 이제 마을 주민은 죽여야 할 표적이 아니라 치워내야만 할 골칫거리가 되었다. 그러다가 갑자기 땅이 흔들리기 시작했다. 타라코르는 도끼를 단단히 쥐고 몸을 돌렸다가 공포에 질린 채 눈앞의 광경을 쳐다보았다.

코도 여남은 마리가 그들에게 곧장 달려들고 있었다. 몇몇은 블러드후프 주민이 올라타고 있었고, 안장과 마구만 달렸을 뿐 아무도 타지 않은 코도들도 있었다. 어떤 놈들은 아직 길들이지도 않았는지 안장조차 달고 있지 않았다. 코도들은 고함을 지르고 눈알을 굴리면서 속도를 늦출 생각도 않는 듯 맹렬히 뛰어왔다. 그림토템 전사들은 혼비백산했다.

선택지는 한 가지뿐이었다.

"도망쳐!"

타라코르가 외쳤다. 그들은 일제히 도망쳤다. 코도들이 그 뒤를 따라오며 속도를 높였고, 그림토템들은 그야말로 목숨을 걸고 뛰었다. 앞에 황소바위 호수가 보였다. 저 안에 들어가면 안전할 듯했다. 타라코르는 거리낌 없이 차가운 물에 뛰어들어 무거운 갑옷과 함께 밑으로 가라앉았다. 코도들도 따라왔지만 물에 들어오고 나니 그 육중하던 발놀림도 어느 정도 느려졌다. 타라코르의 몸을 보호하려고 입었던 갑옷은 이제 그를 익사시키려고 밑으로 끌어당기고 있었다. 그는 있는 힘껏 헤엄치면서 물 위로 떠오르려고 안간힘을 썼다. 코도들은 드문드문 흩어진 채 다시 땅으로 올라가서 여전히 콧바람을 씩씩 불며 물기를 털어냈다. 그림토템들도 물 위로 머리를 내밀었다. 머릿수를 세어 보니, 몇몇은 저 깊은 호수에서 빠져나오지 못했고 어떤 이들은 이렇게 멀리까지 오지 못하고 낙오된 듯했다. 애도는 나중에 할 수 있으리라. 지금 당장은 살아남은 자들이 멀리 호수의 건너편까지 무사히 헤엄쳐 가는 게 중요했다.

그들은 천천히 움직여 갔다. 그리고 마침내는 흠뻑 젖은 채 덜덜 떨면서 뭍으로 기어나왔다.

참담한 심정이었다. 그들은 실패했다. 바인이 도망쳤고 스톰송이 그들을 배신했다. 타라코르는 이 소식을 마가타에게 전하기가 두려웠다.

바인은 우르르 달려가는 코도 떼를 지켜보며 고개를 끄덕였다. 코도 떼를 자극하는 건 역시 좋은 작전이었고, 그 틈을 타서 바인은 도망칠 수 있었다. 코도들은 길들이지 않은 야생 상태에서도 온순한 동물이지만 일단 자극받고 겁에 질리면 아무도 멈출 수 없는 무기로 돌변할 수 있었다. 코도들은 적을 서쪽에 있는 산으로 몰았다. 그들은 이제 산과 코도 사이에 갇혀서 옴짝달싹도 못할 것이다. 아마 죽게 될 테지만, 탈출해서 바인을 쫓아오는 자들도 있으리라. 바인과 그의 수행원들은 다만 시간을 벌었을 뿐이었다. 아주 짧은 시간을.

"스톰송. 타우라조 야영지가 그림토템에게 넘어갔소?"

스톰송이 고개를 저었다.

"아니오. 우리의 주요 표적은 썬더 블러프, 블러드후프 마을, 해바위 야영지, 모자케 야영지였소."

"그러면 일단 타우라조 야영지로 가서 두 번째 표적이 되지 않기만 바라야겠군. 거기서 교통수단을 수배할 수 있으니."

"교통수단? 어디로 갈 생각이오?"

바인은 코도를 빨리 가도록 재촉하면서 눈을 부릅떴다. 그의 가슴은 아버지를 여읜 슬픔과 오늘 밤 학살을 자행한 그림토템에 대한 분노로 가득했다.

"모르겠소. 하지만 나는 아버지의 원한을 갚을 거요. 그림토템의 반역 행각을 낱낱이 밝혀낼 때까지 절대 쉬지 않을 생각이오. 아버지는 호드에 합류하지 않겠다고 한 그들이 우리와 함께 살도록 허락해 주셨소. 이제 나는 놈들을 타우렌 사회에서 철저히 추방할 거요. 이것만은 맹세하오."

지난 몇 년간 멀고어 밖으로 여행해본 적이 별로 없었던 바인은 불모의 땅이 그 이름처럼 무척이나 광활하고 황량하다는 것을 새삼 실감했다. 조른 스카이시어가 그들을 마중해 야영지 안으로 들여보내 주었고, 오크 경비병들이 경계하지 않도록 확실히 지시를 내렸다. 바인은 누구를 믿어야 하는지 알 수 없었다. 그들은 커다란 오두막의 뒤편에 다 같이 모여 앉았다. 바인, 블러드후프 마을에서부터 함께 온 바인의 호위병 네 명, 회복 중인 하뮬 룬토템, 배반자 스톰송. 하뮬이 평화로운 드루이드들의 집회가 습격당했던 비참한 사건을 이야기해 주는 동안, 조른이 사과, 수박, 멀고어 계피 빵, 익힌 고깃덩이가 담긴 쟁반을 들고 들어왔다.

바인은 사냥꾼 조른에게 고갯짓을 해서 감사를 표한 뒤 과일을 한 입 베어 물고 하뮬을 보았다.

"당신의 말을 믿습니다, 하뮬 님. 그리고 비록 그림토템일지라도 스톰송의 말 역시 믿소. 오랜 적은 신뢰하게 되었는데 호드의 지도자는 우리를 그렇게 배신했다니 고통스럽군요."

스톰송이 주둥이를 숙였다. 이런 자리에 있으려니 어색했지만, 차차 바인을 비롯한 이들을 존중하고 신뢰하고 있었다.

하뮬이 입을 열었다.

"가로쉬가 그 습격을 알고 있었는지는 모르겠구나. 그러나 내가 살아남은 게 운이 좋아서였다는 건 확실하다. 놈들은 나를 죽은 채 버려두고 갈 생각이었던 거야. 거의 죽을 뻔하기도 했고. 그리고 그 결투는……."

하뮬이 스톰송을 응시했다.

"가로쉬가 무기에 독을 바르라고 허락했을 수도 있고, 아닐 수도 있지. 그런 건 중요하지 않소. 결국 마가타는 자기가 원한 것을 손에 쥔 거요. 썬더 블러프, 블러드후프 마을, 아마도 모자케 야영지까지 손에 넣었을 것이오. 빨리 그녀를 막지 않는다면 타우렌 전체가 그녀의 손아귀에 들어갈 거요."

"해바위 야영지는 아니지요. 그쪽에서 전갈이 왔습니다. 습격을 막아냈다더군요."

조른이 조용히 말하자, 바인은 고개를 끄덕였다. 좋은 소식이긴 했지만 그것으론 한참 모자랐다. 바인은 나지막이 으르렁거리며 목을 울리고 일단 음식을 입에 댔다. 배는 전혀 고프지 않았지만 체력을 유지해야만 했다.

"대드루이드여, 아버지는 당신의 조언을 언제나 믿었습니다. 지금처럼 당신의 조언이 절실했던 적이 없어요. 이제 우린 어떻게 해야 하지요? 어떻게 마가타와 맞서 싸워야 합니까?"

하뮬은 한숨을 쉬며 생각에 잠겼다. 긴 침묵이 이어졌다.

"사태를 정리해보자면, 대부분의 타우렌들이 원하든 원치 않든 마가타의 통제를 받게 되었어. 가로쉬는 이 배반에 의도적으로 가담한 게 아닐 수도 있지만, 어쨌거나 확실히 다혈질이고 그대의 아버지를 죽이려고 했다는 건 사실이지."

바인은 숨을 깊이 들이쉬었다. 하뮬은 연민 어린 표정으로 그를 보았다.

"언더시티는 안전하지 않다. 가로쉬에게 충성하는 오크들이 순찰하는 구역이니까. 검은창 트롤들은 믿을 만할 테지만 그리 많지 않고. 블러드 엘프들의 경우에는 도와주기에는 너무 멀리 떨어져 있어. 우리보다도 가로쉬가 먼저 그들과 접촉할 가능성이 크다지."

바인은 맥없이 소리 내 웃고는 스톰송에게 손짓했다.

"그래서 우리의 적이 동료보다 더 믿을만하다는 얘기로군요."

바인이 건조하게 말했다. 하뮬은 동조할 수밖에 없었다.

"그래. 아니면 적어도 더 쉽게 접근할 수는 있지."

바인에게 과감하고도 위험한 생각이 하나 스쳤다. 아버지가 가르쳐준 대로, 바인은 그 생각을 그냥 내뱉어버리지 않고 오랫동안 곱씹으면서 머릿속에서 이리저리 뒤집어보았다. 그리고 마침내 입을 열었다.

"불명예스러운 동료를 믿느니 차라리 명예로운 적을 선택하는 게 낫죠. 그러니 명예로운 적에게 갑시다. 스랄이 신뢰했던 그 여자를 찾아내자고요."

바인이 한 명 한 명을 돌아보았다. 주둥이가 길쭉한 그들의 얼굴에 이제야 이해가 된다는 듯한 표정이 떠올랐다.

"제이나 프라우드무어에게 가야겠소."

23장

"고엘, 영계 탐색{vision quest: 단식하고 자연으로 나가서 정령들과 교류를 구하는 의식. 본래 북미 원주민 부족에서 남자들이 행하던 통과 의례. – 옮긴이} 여행을 다녀온 적이 있더냐?"

어느 날 밤, 갈래발굽 스튜와 빵으로 간단하게 저녁을 먹고 있을 때 게야는 그렇게 물었다. 스랄은 음식을 허겁지겁 먹어치우고 있었다. 정서적으로나 육체적으로나 무척 고되고 기나긴 하루였다. 그날 스랄은 이 땅의 정령들과 소통하거나 그들을 도와주는 일을 하지 않았다. 오히려 그들을 파괴했다.

알고 보니 정령들은 자기들끼리든 다른 정령들하고든 균형과 조화를 이루고 살아가는 경우가 극히 드물었다. 혼란스러울지라도 자신의 본성에 따라 진솔하게 행동하는 정령도 있지만, 어떤 정령들은 마음 깊이 병들고 부패했다. 부드럽고도 힘 있게 손을 내밀면 보통은 그들의 질서를 바로잡아줄 수 있었다. 그러나 정령들 하나하나가 너무 손상되어 있어서 돌이킬 수 없는 때도 있었다. 오그리마에서 만났던 그 작은 불꽃도 그런 경우였다. 합리적으로 설득해도, 심지어 애원해 봐도 듣지 않았던 그 정령.

주술사는 이기적으로 굴면 안 되었다. 언제나 정령들을 존중하고 공경하며, 겸허하게 도움을 요청하고, 도움을 받으면 감사할 줄 알아야 했다. 그러나 한편으로는 세상이 다치지 않도록 보호할 책임도 있었다. 만약 정령이 세상에 해를 끼치려고 든다면, 그리고 통제하려 해도 먹히지 않는다면, 주술사가 무엇을 해야 할지는 명백했다.

그리고 아웃랜드는 그렇게 해로운 정령으로 득시글거리는 곳이었다.

아그라는 그런 소동에 썩 능숙하게 뛰어들었다. 이런 일을 수십 번, 어쩌면 수백 번은 해본 솜씨였다. 정령들을 해치면서 즐거워하는 건 아니었지만 그렇다고 자신을 방어해야 할 때 주저하지도 않았다. 싫어도 책임져야 할 제자인 스랄 역시도 적극적으로 지켜주곤 했다. 스랄이 보기에 이건 잔혹한 싸움이었다. 건강한 정령의 힘을 빌려다가 그 타락한 형제들을 죽인다니. 형제? 동료? 정확히 뭐라고 해야 할지는 몰라도, 아무튼 지켜보는 것만으로도 가슴이 아팠다. 마음 한구석에서는 이런 불편한 질문이 맴돌았다.

'아제로스 정령들의 미래도 이런 것일까? 막을 수 있는 방도는 전혀 없는가?'

스랄은 생각을 멈추고 게야에게 고개를 돌려 대답했다.

"어렸을 적에 드렉타르 님 밑에서 수련하며 그런 시험을 치른 적이 있습니다. 하루 동안 금식하고 물도 마시지 않았죠. 스승님을 따라서 어떤 지역으로 가서 기다리다 보니 정령들이 제게 다가왔습니다. 저는 각자에게 질문한 다음, 그들을 받들겠노라고 맹세했습니다. 무척…… 강렬한 경험이었습니다."

게야는 아그라와 서로 눈짓하다가 말했다.

"그거 잘했구나. 헌데 전통적인 절차를 밟지는 않았구먼. 그래도 드렉타르는 여의치 않은 여건에서 할 수 있는 온 힘을 다한 게야. 네가 그를 찾아갔을 당시에 남아 있는 주술사라고는 거의 없었고, 서리늑대 부족은 살아남는 것만으로도 급급했으니 전통적인 탐색의 의식을 준비해줄 수가 없었을 테지. 그런데도 넌 지금껏 스스로 잘 해냈구나, 고엘. 놀라울 정도로 잘했어. 하지만 가르침을 받기 위해 고향 땅으로 돌아온 지금, 제대로 된 영계 탐색을 해야 할 것 같구나."

아그라가 고개를 끄덕였다. 그녀는 진지하게만 보였다. 평소처럼 경멸을 겨우겨우 숨기고 있는 티는 안 났고 오히려 그 반대였다. 아그라는 스랄을 다시 봤다는 듯 눈을 빛내고 있었다. 그 행동이 정말로 그런 의미가 맞는지는 알 길이 없지만.

스랄이 대답했다.

"하겠습니다. 제가 이곳에서 아직 깨달음을 얻지 못하는 것이 영계 탐색 의식을 제대로 치르지 못했기 때문이라고 생각하십니까?"

아그라가 나서서 설명했다.

"영계 탐색은 본질적으로 자기 탐색이거든요. 당신은 다른 지식을 받아들이기 전에 자기 자신에 대해 먼저 알아야 할지도 몰라요."

스랄은 아그라의 아주 사소한 표현에도 역정이 날 수밖에 없었다.

"저는 지금껏 혼자 힘으로 자신의 삶을 개척해 왔습니다. 저에 대해서는 이미 많은 것을 알고 있다고 생각합니다만."

"그리 강력하신 노예님이 그럼 왜 아직도 정령들에 대한 깨달음을 얻지 못하셨는데요?"

아그라가 신경을 곤두세우며 대꾸했다.

"그만두어라. 둘 다."

게야가 온화하게 말했지만 얼굴은 찌푸리고 있었다.

"가뜩이나 세상이 혼란스러운 판국에 주술사 둘이 서로 헐뜯고만 있으면 되겠느냐? 아그라, 너는 자기 생각을 솔직하게 말하는 아이다. 그건 괜찮아. 하지만 가끔은 말을 좀 삼가는 것도 좋은 연습이 될 게야. 그리고 고엘, 자기 자신을 더 잘 안다는 건 아주 유익한 경험이다. 호드의 대족장이든 누구든 다 마찬가지야. 잘 알지 않느냐."

스랄이 미간을 약간 찡그렸다.

"죄송합니다, 할머님. 아그라, 상황은 매우 급한데 저는 아직도 아무런 성과를 얻지 못해서 애가 타던 참이었습니다. 그 분풀이를 공연히 당신에게 해버린 것 같군요. 그래선 안 되는 것이었습니다."

아그라가 고개를 끄덕였다. 짜증난다는 얼굴이었지만 이번만은 어쩐지 스랄 때문에 그러는 게 아닌 듯했다. 자기 자신에게 짜증이 난 것 같았다.

스랄은 아그라가 당혹스러웠다. 그녀를 어떻게 생각해야 할지 알 수가 없었다. 스랄은 총명하고 강인한 여성을 대하는 것이 익숙지 않았다. 그런 여자를 두 명 알기는 했다. 타레사 폭스턴, 제이나 프라우드무어. 그러나 그 둘은 모두 인간이었고, 오크 여성의 강인함은 인간과는 전혀 다른 차원에서 비롯되는 것이었다. 스랄은 자신의 어머니인 드라카의 일화를 들어서 알고 있었다. 태어나면서부터 병약했지만 자신의 의지력과 투지로 말미암아 정신적으로나 신체적으로도 강해졌다면서. 언젠가 게야는 드라카를 찬탄하며 말한 적이 있었다.

"자기 자신을 전사로 만들다니 대단해. 조상님께서 민첩성과 체력, 그리고 근성을 내려주셨다면야 좋은 전사가 되기는 쉽지. 허나 그런 재능을 허락지 않으려는 세상에서 좋은 전사가 되려고 분투하는 건 어려운 일이야. 그런데 드라카는 그렇게 했지 뭐냐."

게야는 아그라에게 시선을 고정한 채 스랄에게 말했다.

"스랄, 네 어머니의 영혼은 네 안에 있단다. 네 어머니가 그러했듯 너 역시 네 모든 것을 스스로 만들어냈어. 네가 호드 일족에게 선사한 것은 쉬운 일이 아니었다. 무던히도 싸워야만 했지. 넌 네 어머니의 아들이며 또한 네 아버지의 아들이다. 고엘. 듀로탄과 드라카의 아들이야."

"저는 제 세상을 도울 방법을 배우려고 여기에 왔지만, 일단은 영계 탐색 의식을 최대한 빨리 시작해야겠군요."

스랄의 말에 아그라가 대꾸했다.

"탐색 의식을 마칠 때까지는 계속 여기 머물러야 하고 말이죠. 아시잖아요."

스랄은 낮게 신음을 흘릴 뿐 아무 말도 하지 않았다. 아그라의 말이 옳았던 것이다.

안두인은 자신이 '귀빈'이 아니라는 사실을 잘 알고 있었다. 실상은 인질이었다. 모이라가 가진 유일하고도 귀중한 인질.

모이라와 검은무쇠단이 도시를 휩쓸고 들어온 지 나흘 뒤, 안두인이 로한과 함께 있다가 처소로 돌아와서 보니 큰방의 탁자 위에 급하게 휘갈겨 서명한 봉투가 있었다. 아이언포지의 왕실 인장으로 찍은 빨간 밀랍 봉인을 보고 안두인은 이를 뿌드득 갈았다. 그가 봉투를 여는 동안 '그토록 특별한 귀빈이 확실한 예우를 받도록' 배정해 준 '특별 호위병'이 무뚝뚝하게 그를 쳐다보고 있었다.

오늘 저녁 황혼 녘에 방문해주시면 기쁘겠습니다. 복장은 정장이어야 하며, 신속히 와주시기를 요망합니다.

안두인은 편지를 구겨서 던져버리고 싶은 욕구를 눌러 참고 드루칸에게 정중하게 미소 지었다.

"여왕 폐하께 제가 기꺼이 가겠다고 말씀드려 주세요. 제 대답을 가능한 한 빨리 듣고 싶어하실 것 같으니 지금 가서 전해주면 좋겠군요."

어쨌든 이렇게 하면 저 감시병을 잠시만이라도 내보낼 수 있을 것이다. 안두인은 드루칸의 반응을 살펴보았다. 드루칸은 잠시 고민하는가 싶더니, 이 성가신 심부름에서 발을 뺄 명분이 없다고 생각했는지 결국 인상을 구기고 쿵쿵거리며 방을 나갔다.

저 드워프는 자신의 임무에 관심도 없고, 경각심도 덜하고, 가식을 떨 줄도 모르는 모양이었다. 적어도 자기감정을 숨기는 부류는 아니었다.

안두인은 목욕을 하고 옷을 갈아입었다. 모이라는 그를 강제로 참석하게 했다고 자기가 꼭두각시를 조종하고 있는 줄 알겠지만, 사실 정장을 입으라는 요구 때문에 안두인은 왕관과 왕자의 공식 예복들을 입어서 그녀와 자신이 대등한 입장임을 드러낼 수 있게 된 셈이었다. 그런 미묘한 요소들이 얼마나 큰 영향을 미치는지 안두인은 잘 알고 있었다. 윌이 그를 도와서 옷을 입히고 왕관을 씌운 뒤 몹시 세심하게 매만져서 바로잡아 주었다. 그리고 거울을 보여주었다.

안두인은 눈을 깜빡였다. "마지막으로 봤을 때보다 훌쩍 컸구나."라는 어른들의 말이 항상 듣기 싫었는데 지금 거울을 보니 그 말을 이해하지 않을 수가 없었다. 최근에 자기 모습을 신경 쓴 적도 거울을 본 적도 거의 없어서 몰랐는데, 이제 보니 눈에는 전에 없던 침울함이 깃들어 있고 턱은 단호하게 굳어져 있었다. 곱게 자란 소년 같은 얼굴을 기대한 건 아니지만 아무리 그래도 그렇지, 지난 며칠간의 마음고생이 너무…… 고스란히 드러나 있지 않은가.

"괜찮으십니까, 저하?"

윌이 물었다.

"아, 괜찮아요. 문제없어요."

"아버님께서 저하를 안전하게 모시고 갈 방법을 열심히 찾고 계실 겁니다."

윌이 몸을 앞으로 기울여 아주 낮은 목소리로 말했다.

안두인은 그냥 고개만 끄덕였다가 한숨을 푹 내쉬었다.

"뭐, 저녁 먹을 시간이군."

안두인은 안내를 받아 알현실을 지나 안쪽으로 들어갔다. 그곳에는 놀라울 정도로 작은 탁자에 두 명이 앉을 자리만 마련되어 있었다. 아주 친밀한 사이끼리 나누는 저녁 식탁처럼 보였다.

다시 말해, 여긴 안두인을 심문하기 위한 자리였다.

모이라는 상석에 앉을 듯했다. 그래서 안두인은 자기 의자 옆에 정중하게 서서 그녀가 도착하기를 기다렸다.

기다렸다. 또 기다렸다. 시간이 느릿느릿 기어가는 가운데 안두인은 이 기다림 역시 농간의 일부임을 눈치챘다. 그는 모이라가 생각하는 것보다 상황을 잘 파악할 줄 알았다. 안두인은 어렸으며, 바로 그 이유 때문에 사람들은 안두인을 과소평가하곤 했다. 안두인은 그 사실을 잘 알고 있었고 자신에게 유리하게 이용할 수 있었다.

그리고 아직 어리기 때문에, 오랜 시간을 서 있을 수 있었다.

마침내 문이 활짝 열렸다. 아이언포지의 제복을 입은 검은무쇠단 드워프 하나가 가슴을 잔뜩 부풀린 채 성큼 걸어 들어와, 수백 명의 청중을 앞에 두고 있기라도 한 듯 쩌렁쩌렁하게 외쳤다.

"아이언포지의 모이라 여왕 폐하를 일어나 맞으시오!"

안두인은 어렴풋이 웃으며 양손을 살짝 펴들어 자신이 이미 일어 서 있음을 알렸다. 모이라가 들어오자 안두인은 여전히 지위가 대등한 상대에게 하는 예법으로 머리를 숙여 절했다. 정중하게 웃으며 고개를 들어 보니, 평소에는 한결같이 가식적인 웃음만 띠던 모이라의 표정에 짜증스러운 기색이 얼핏 스치고 있었다.

"아, 안두인. 제시간에 와 주셨군."

모이라가 안으로 들어오자 하인이 의자를 빼내 주었다. 그녀는 의자에 앉고 안두인에게도 앉으라고 고갯짓을 했다.

"시간 약속을 잘 지키는 건 훌륭한 미덕이라고 생각합니다."

안두인이 말했다. 모이라가 그를 기다리게 했다는 말은 굳이 할 필요가 없었다. 서로 뻔히 알고 있었으니까.

하인이 그녀의 무릎 위에 냅킨을 올려놓은 후 모이라는 말했다.

"그대가 나의 다른 신하들과 즐겁고 재미있는 대화를 나누고 있었으리라 믿소."

'다른' 신하들? 설마 안두인도 신하라는 뜻으로 한 말인가? ……아니다. 모이라는 다만 안두인이 그런 뜻으로 받아들이기를 바라는 것이다. 안두인은 자신의 잔에 물을 따라 주는 하인에게 상냥하게 웃으며 고개를 끄덕였다. 다른 하인이 모이라의 잔에 피처럼 붉은 포도주를 따르고 있었다. 맥주는 저 여왕이 즐겨 마시는 음료가 아닌 모양이었다.

"그 말씀은, 비단 아이언포지 드워프 뿐만이 아니라 검은무쇠단 드워프를 일컬으시는 거겠지요? 실은 드루칸과 그다지 대화를 많이 하지 못했습니다. 다소 과묵한 친구더군요."

안두인이 명랑하게 말하자, 모이라는 섬세한 손을 입가에 들어 올려 미소를 가렸다.

"아아, 그렇지요. 실로 그렇소. 알다시피, 그들은 대부분 말주변이 없지요. 그래서 그대 같은 능변가가 여기에 있다는 게 나는 무던히도 기쁘다오, 친구여."

안두인은 공손히 웃음 짓고 수프에 숟가락을 담갔다.

"앞으로 몇 주, 혹은 몇 달간 우리가 나누게 될 기나긴 대화가 몹시 기대되는구려."

안두인은 수프가 목에 메지 않도록 안간힘을 쓰며 꿀꺽 삼키고 대답했다.

"저 또한 대단히 흥미진진할 것 같습니다만……."

어쨌든 흥미진진한 건 사실이었다.

"그보다는 이른 시일 내에 아버지께서 저를 부르실 것 같습니다. 그러니 일단 지금 최대한 즐거운 대화를 나눌 수 있다면 좋겠군요."

모이라의 깊은 눈이 번뜩이더니 차가운 미소가 떠올랐다.

"오, 그대의 아버지는 내 응석을 받아주실게요. 어쨌든 아버님에 대해 이야기해 봐요. 혹독한 고난을 겪으셨다면서요?"

모이라는 바리안에 대해 이미 알 건 다 알고 있을 터였다. 정말로 궁금한 게 있는데 이렇게 오래 뜸을 들였을 사람 같진 않았다. 그래도 안두인은 수프와 샐러드를 먹으면서 일반적으로 알려진 아버지의 모험담을 그녀에게 들려주었다.

"그대에게 꽤 힘겨운 일이었구려, 안두인."

모이라가 말했다. 그냥 인사치레로 한 말인 것 같았지만, 그 말을 듣자 안두인은 한 가지 생각이 떠올랐다. 한번 밀어붙여 보기로 했다.

"그랬지요. 그런데 그보다 더 힘들었을 때도 있었습니다. 아버지께서 제가 가고 싶은 삶의 진로를 인정하지 않으셨거든요. 소문을 듣자 하니, 여왕께서도 제 심정을 이해해 주실 것 같습니다만."

안두인이 그녀를 만난 이래 처음으로 모이라는 완진히 무방비한 표정으로 그를 바라보았다. 숟가락을 입에 가져가다 말고 눈을 커다랗게 뜨고 있었다. 모이라는 연약하고, 갈팡질팡하고, 허둥지둥 자기 표정을 수습하려는 듯 보였다.

"아니, 어찌하여 그렇게 생각하오?"

모이라가 짐짓 웃음을 터뜨렸다.

"선왕께서 그렇게 좋은 아버지만은 아니셨다고 들었거든요. 물론 저희 아버지도, 마그니 선왕도 스스로는 좋은 아버지가 되고 싶으셨겠지요. 하지만 그분께서는 당신이 아들이 아니라는 걸 못내 용납하지 못하셨다면서요."

모이라의 눈이 날카로워졌지만 마치 눈물이 어린 듯이 이상할 정도로 반짝거렸다. 그리고 안두인이 그녀의 마음속 댐을 부수기라도 한 듯 모이라는 우르르 말을 쏟아내기 시작했다.

"사실이오. 아버지께서는 내가 여자로 태어났다는 '결점'에 정말로 실망하셨지. 단지 태어났다는 이유만으로 아버지를 저버린다는 걸 끊임없이 되새기게 되는 곳에서 내가 어떻게 계속 살 수가 있겠소? 그런데 아버지는 그걸 이해하지 못했소. 내가 무슨 마법에 걸린 게 아니고서야 검은무쇠단 드워프와 사랑에 빠졌을 리가 없다고 생각하셨지. 뭐, 그건 사실이오, 안두인. 남편은 내게 마법을 걸었소. 존경이라는 마법. 내가 말하면 사람들이 귀를 기울인다는 마법. 내가 여자인데도 나라를 잘 다스릴 수 있다고 믿어주는 마법. 나의 친아버지는 나를 내쳤는데, 검은무쇠단은 나를 받아들여 주었던 거요."

모이라가 전혀 즐겁지 않은 투로 깔깔 웃었다.

"다그란 타우릿산과 검은무쇠단이 나한테 건 마법이라면 그것뿐이오. 아버지는 검은무쇠단이 싸우고 죽이는 것만 잘할 뿐 그 외에는 경멸스러운 족속이라고 생각하시던데. 글쎄, 그들은 어쨌든 드워프요. 여느 드워프 족속들과 똑같은 토석인의 후예란 말이오. 드워프들은 모두 그 사실을 똑똑히 알아야 할 필요가 있소. 나는 그렇게 만들고 말 거요."

"당신은 정당한 후계자입니다. 선왕께서는 당신이 태어났을 때부터 당신을 후계자로 인정하고 그렇게 키웠어야 했던 겁니다. 오로지 검은무쇠단에서만 안식을 찾으실 수 있었다니 실로 유감입니다. 또한 당신의 생각은 옳아요. 검은무쇠단도 역시 드워프죠. 하지만 아이언포지 주민을 당신과 똑같이 생각하도록 강요하는 방식으로는 서로 화합할 수가 없어요. 도시의 문을 여세요. 당신이 알고 있는 검은무쇠단의 진정한 모습이 무엇인지 그들에게도 보여주세요. 그들에게……."

"그들은 내가 보라는 것만 보면 돼!"

모이라가 단호한 목소리로 다그쳤다.

"그리고 내가 하라는 대로만 하면 되고! 법은 이제 내 편이야. 그리고 마그니 선왕이 그렇게 원해 마지않던 내 '아들'이 뒤를 이어 통치할 테지. 그 아이의 아버지와 나는……."

모이라는 말을 멈추었다. 진심 어린 분노는 사라지고 대신 가식적인 쾌활함이 떠올랐다.

"잘 아실 테지. 그 사건을 당했을 때부터 나는 이미 계획을 세웠소."

모이라가 원래의 태도로 돌아가 버리자 안두인은 기가 꺾여서 되물었다.

"무슨 계획을 세우신 겁니까?"

"그냥 여왕이 아니라, 여제가 되자고."

안두인의 등골이 오싹해졌다.

"아아, 이렇게 하면 모든 게 바뀌지! 나는 두 왕국을 다스려야 하오. 내 작은 아기도 성년이 되면 두 나라를 다스릴 게고. 이제 둘 사이에 다리를 놓고, 평화를 불어넣을 수 있을 테지. 그렇지 않소?"

"평화는 늘 고귀한 목표지요."

안두인은 그렇게 말하면서도 가슴이 철렁 내려앉았다. 잠시나마 모이라가 솔직하게 속내를 털어놓도록 유도했지만 이제부터는 어림도 없었다.

"실로 그렇소. 아이고, 가끔은 내가 아직도 작고 어리석은 여자애 같다는 생각이 드오."

'아니, 당신은 그런 생각 안 할걸. 나도 안 하니까.'

안두인은 이런 생각을 속으로 삼키고 대답했다.

"이해가 됩니다. 저 자신도 그냥 열세 살짜리 남자애 같다는 생각이 가끔 듭니다."

모이라가 키득거렸다.

"아, 그대는 정말 재미있구려, 안두인. 분명히 아버님께서 그대를 그리워하실 테지만, 나는 그대와 헤어지는 걸 도무지, 도무지 견딜 수가 없을게요."

안두인은 애써 미소 지었다. 그게 억지로 쥐어짜 내다시피 한 웃음이라는 게 모이라에게 보이지 않기만을 간절히 바랄 뿐이었다.

몇 시간 뒤, 안두인은 마침내 처소로 돌아와서 문을 닫고 몸을 털썩 기대어 섰다.

모이라는 미치지 않았다. 마법에 걸리지도 않았다. 차라리 그랬으면 싶었다. 모이라가 부당한 취급을 받은 건 사실이지만, 그런 역경을 이겨내고 강해진 게 아니라 자신의 분노에 거꾸로 갉아 먹히고 말았다. 왕국을 자신의 아들에게 물려주기 위해 모든 것을 계산하며 통제하고 있었다. 그녀가 한 말 중에 옳은 말도 있긴 했다. 평화가 고귀하다는 말. 그러나 자유 역시 고귀하지 않던가.

안두인은 여기서 나가야만 했다. 이곳에 돌아가는 상황을 누군가에게 알려야만 했다. 그는 숨을 깊이 들이쉬고 머리카락을 쓸어 넘긴 뒤, 작은 배낭에 짐을 꾸리기 시작했다. 애린과 함께 산책하러 나갈 때 쓰던 바로 그 배낭에……. 지금까지도 안두인은 그녀가 무척 그리웠다. 그러나 이렇게 변해버린 아이언포지를 그녀가 보지 못해서 다행스럽기도 했다.

많은 짐은 필요 없었다. 갈아입을 옷 두어 벌과 돈 약간. 스톰윈드에서 특별한 물건을 몇 가지 가져오기는 했지만, 최대한 빨리 달아나야만 하는 매우 급한 상황에서 이런 것들은 별 쓸모없었다. 그러나 놓고 가기에는 너무나도 소중하고 큰 의미가 있는 물건이 하나 있었다.

마그니가 죽은 이후 안두인은 그것을 침대 밑에 보관해 두었다. 처음 받았을 때의 그 헝겊으로 고스란히 감싼 채로. 모이라가 이 선물에 대해 아직 들은 바가 없기만을 바랐다. 어쩐지 그녀가 알면 좋아하지 않을 것 같았다.

안두인은 헝겊을 풀고 아름다운 철퇴를 어루만졌다. 공포파괴자, 두려움을 부수는 것. 지금 당장 이 무기의 위안을 받고 싶었다. 안두인은 철퇴를 잠시 쥐고 있다가 다시 헝겊으로 싼 뒤에 조심스레 배낭에 넣었다.

떠날 시간이 되었다. 윌에게는 아무 말도 하지 않기로 했다. 그 늙은 하인이 아는 정보가 적을수록 괴롭힘도 덜 당할 테니까. 안두인은 숨을 크게 들이쉬고 주머니에 손을 넣어, 제이나가 주었던 귀환석을 감싸 쥐었다. 눈을 꽉 감고, 테라모어의 풍경과 제이나의 아늑한 난롯가의 모습으로 마음을 가득히 채웠다.

그러자 그곳이 실제로 눈앞에 펼쳐졌다.

제이나가 그를 바라보았다.

"안두인, 여기서 뭐 하는 거예요?"

스톰윈드의 왕자는 제이나를 신경 쓸 여력이 없었다. 단지 넋을 잃고 입을 쩍 벌릴 따름이었다. 갑옷을 입고 깃털을 두른 거대한 타우렌 하나가 화가 잔뜩 난 얼굴로 안두인의 바로 앞에 서 있었기 때문이다.

24장

타우렌은 악센트가 강하지만 명확한 공용어로 말했다.

"이 꼬맹이는 누······."

"바인, 안두인. 잠깐!"

제이나가 두 사람에게 손을 뻗으며 말렸다. 바인이라고? 안두인은 혹시 하면서 입을 열었다.

"바인 블러드후프라고요?"

"안두인 린?"

"둘 다 좀 기다리라니까요!"

제이나가 이번에는 더 큰 목소리로 버럭 소리쳤다.

"바인, 저는 안두인에게 선물을 줬어요. 아무 때나 여기로 순간 이동을 할 수 있는 마법의 돌이요. 그리고 아이언포지에서 들려오는 소식으로 생각해 보면······. 아니, 거기서 아무 소식도 들리지 않아서 걱정스러웠는데, 왕자님이 돌아와서 정말 기뻐요."

그녀가 재빠르게, 하지만 진심 어린 미소를 지으며 말했다.

"그리고 바인······ 뜻밖의 손님이 오게 되어서 미안해요. 하지만 안두인 왕자는 믿어도 된다고 생각해요."

"그의 아버지는 호드를 좋아하지 않소. 제이나, 그대가 이런 상황을 의도하지 않았다는 건 알겠소. 허나······."

"저는 제 아버지가 아닙니다."

안두인이 나지막이 말했다. 차츰 상황이 파악되자 그는 이제 차분해졌다. 바인 블러드후프는 타우렌 대족장인 케른의 아들이었다. 케른과 스랄은 좋은 친구였으며, 타우렌은 얼라이언스에게 적대적이지 않은 호드 종족 중 하나였다. 제이나가 스랄과 좋은 관계이니 만큼, 케른이 보낸 대표와 이렇게 비밀스럽게 만나는 것도 꺼리지 않을 법했다.

바인은 안두인의 평정에 놀란 듯했다. 바인은 긴장을 약간 풀고 이제 적개심보다는 호기심 어린 시선으로 그를 보았다.

"그렇지. 우리는 우리의 아버지가 아니오. 그렇게 되고 싶더라도."

바인의 어조가 어쩐지 매우 불길했다. 안두인은 미심쩍게 제이나를 흘긋 보았다. 이제 보니 제이나는 불안하고 괴로워 보였다.

"앉으세요, 두 분 모두. 긴 이야기가 될 겁니다."

제이나가 난롯가의 바닥을 가리켰다. 바인이 덩치가 너무 커서 앉을 만한 의자가 없었기 때문이었다. 그러나 바인은 계속 선 채로 말했다.

"내 말을 나쁘게 듣지 않았으면 하오. 하지만 그대를 만나러 오는 것만으로도 큰 위험을 감수한 게 사실이오, 제이나 여군주여. 그런데 스톰윈드의 왕세자 앞에서까지 비밀을 털어놓으라고? 내게 너무 무리한 요구를 하시는군."

"당황스러우신 건 이해가 갑니다. 그리고 두 분 다 자기 문제에 집중하고 있다는 것도 알아요. 하지만 지금 당장은 제가 두 분 모두를 숨겨주고 있다는 걸 명심하세요. 서로 잘 지내는 수밖에 없어요."

"같은 얼라이언스 일원을 '숨겨'준다니?"

바인이 콧방귀를 끼며 말했다. 그 말은 옳았다. 바인이 스톰윈드의 왕자인 안두인을 믿을 이유가 없었다……. 그러므로 안두인이 그 이유를 만들어줘야 했다.

"마그니 브론즈비어드가 죽었으니까요. 그 딸인 모이라 브론즈비어드가 어둠의 철로 도시에서 검은무쇠단 드워프들을 한가득 데리고 아이언포지로 돌아와서 자기가 황제라고 선언했고요. 그녀는 아이언포지의 출입구를 전면 봉쇄했습니다. 그리고 내가 탈출했다는 걸 알면 몹시 화를 낼 겁니다."

안두인은 다 터놓고 이야기했다. 바인이 아직 이 사실을 몰랐다고 해도 어차피 얼마 뒤면 알게 될 터였다. 모이라가 자신의 강렬한 비밀을 영원히 숨기지는 않을 테니 말이다. 바인은 뿔 달린 커다란 머리를 휙 돌리더니 잠시 눈을 끔뻑거리며 안두인을 바라보았다.

"그런 정보를 털어놓다니, 누가 들으면 그대를 배신자라고 할 거요, 젊은 왕자."

그가 조용히 말했다.

"모이라의 행동은 잘못된 겁니다. 아무리 정당한 왕위 계승자라고 해도요. 그녀의 목적이나 계획 중 일부는 사리에 맞아요. 하지만 그걸 이루려는 방법은…… 용납할 수 없습니다. 그녀가 드워프이고 제 친구의 딸이라고 해서 덮어놓고 지지해야 하는 건 아닙니다. 그리고 당신이 호드의 일원이라고 해서 당신을 지지하면 안 된다는 법도 없습니다."

안두인은 바인을 계속 응시하고 있었지만, 제이나가 약간 안심하는 모습이 곁눈으로 언뜻 보였다.

"안두인은 스랄을 만난 적이 있어요. 서로 호의를 갖고 존중했었지요. 안두인의 지지는 누구보다도 큰 힘이 될 거예요, 바인."

바인이 고개를 끄덕였다. 하지만 어쩐지 괴로운 듯 귀를 퍼덕거렸다.

"하지만 애초에 스랄이 떠나지 않았더라면 이렇게 도움을 청하러 올 필요도 없었을 거요. 그리고……."

그는 말을 멈추고 숨을 깊이 들이쉰 뒤 코로 내뿜었다.

"내 아버지도 아직 살아 계셨을 겁니다."

안두인은 숨을 헉 들이켜고 제이나를 돌아보았다. 그녀는 슬픈 눈빛으로 조용히 말했다.

"나는 먼저 들었어요."

"실로 유감입니다."

안두인은 진심으로 그렇게 말했다. 호드에 대해 뭘 어떻게 생각하든, 케른이 훌륭하고 품위 있는 지도자이며 선량한…… 사람? 황소? 아무튼 그렇다는 건 모두가 인정하는 사실이었다. 하지만 예상 밖의 일은 아니었다. 케른은 나이가 많았으니까. 그런데 바인이 저렇게까지 속상해하다니 어딘가 이상했다. 아니, 속상해하는 거야…… 누구나 사랑하는 아버지가 죽으면 당연히 속상하리라. 하지만…… 바인은 화가 난 듯했다. 참담해 보였다.

"무슨 일이 일어난 겁니까?"

"일단 앉으시라고요."

제이나가 다시금 재촉했다. 불친절한 목소리는 아니었다. 이번에는 안두인도 바인도 그 말에 따라 바닥에 앉았고, 제이나는 세 사람분의 차를 따라서 쟁반에 놓은 뒤 바닥에 책상다리하고 앉았다. 안두인이 찻잔을 들자 이윽고 바인도 자기 잔을 들었다. 그리고 자신의 거대한 손에 들린 자그마한 잔을 보더니 피식 웃음을 흘렸다. 안두인은 그런 바인을 지켜보며, 어쩌면 아버지가 죽은 이래 처음으로 웃는 게 아닐까 생각했다.

제이나가 두 사람을 번갈아 보았다.

"우리 세 사람이 좀 다른 상황에서 만났더라면 얼마나 좋았을까요. 특히 바인, 당신이 겪은 일은 참으로 안타깝습니다. 그래도 이렇게 만나게 되었으니 오늘 밤 이 대화로 어쩌면 미래의 초석을 마련할 수 있을지도 몰라요. 그리고 우리 두 연합끼리도 공적으로 소통할 수 있을는지 도요."

안두인이 잔을 들어 올리고 말했다.

"더 좋은 앞날을 위하여."

제이나가 잔을 들어 올려 살짝 부딪쳤다. 잠시 뒤에 바인도 그렇게 했다.

"아마…… 아버지께서 이 모습을 보시면 기뻐하실 것 같소. 안두인 왕자, 지난 며칠 동안 어떤 비극이 벌어졌는지 이야기해 드리다."

"예. 말씀하십시오."

스톰윈드의 왕자가 말했다.

"내 말 듣고 있는 게냐?"

모이라가 소리를 빽 질렀다.

"예, 폐하. 저는……."

"어떻게 탈출하게 놔뒀느냔 말이야!"

"모르겠습니다! 마법사들은 죄다 체포했는데……. 혹시 도시 밖에서 다른 마법사가 왕자를 소환한 게 아닐까요?"

드루칸은 자신이 제대로 짚었다고 생각하고 있었다.

"그런 게 불가능하도록 조처를 해 놨었잖아!"

그녀는 초조하게 서성거리기 시작했다. 지금은 이른 아침이었다. 이따위 소식 때문에 잠에서 깨고 싶지는 않았다. 정말로. 모이라는 소중한 애완동물이 도망쳤다는 전갈을 받자마자 벌떡 일어나 겉옷을 걸친 참이었다.

"아니, 뭔가 다른 방법을 썼을 거야. 그냥 네가 술을 너무 처마셔서 곯아떨어진 동안 몰래 빠져나간 거 아니야?"

드루칸은 얼굴을 찡그렸지만 쏘아붙이고 싶은 것을 참았다.

"저는 임무 수행 중에 술을 마시지 않습니다, 폐하. 그리고 안두인이 제 감시를 따돌렸다고 치더라도, 모든 출입구를 지키고 있는 경비병들까지 따돌렸다는 건 말이 안 됩니다."

모이라는 지끈거리는 관자놀이를 손으로 꾹꾹 눌렀다.

"'어떻게'는 중요하지 않아. 우리는……."

그녀의 입술이 교활한 미소를 띠며 일그러졌다.

"우리가 잘못 알았는지도 몰라. 내 어여쁜 새는 애초에 새장에서 나가지도 못했을 수도 있어."

드루칸은 어리둥절한 표정으로 그녀를 바라보았다. 모이라는 한숨을 쉬었다.

"물론 자기 방에서는 나갔지. 하지만 아직 아이언포지 안에는 있을 거란 말이야. 그냥 어디에 몸을 숨긴 채로. 이 도시 안에는 숨을 만한 데가 아주 많잖나."

"그렇긴 하지요……. 아."

모이라가 달콤하게 미소 지었다.

"경비병을 최대한 많이 붙여줄 테니 안두인을 수색해라. 하지만 너무 요란 법석 떨지는 말고! 그가 사라진 줄 아무도 모르게끔 해야 해. 그리고 그 중늙은이 하인 녀석을 심문할 준비는 해 놨나?"

드루칸의 얼굴이 어느 정도 밝아졌다.

"아, 예. 그럼요."

"부당하게 대우하지는 않도록. 안두인이 우리에게 협조적이어야 하니까."

"물론입죠."

"이 일은 최대한 조용하게 처리해야 한다. 안두인이 앓아누웠다고 알려야겠…….아니, 아니야. 그러면 그 귀찮은 로한 대사제가 보겠다고 고집을 피우겠지. 어쩐다, 어쩐다……."

모이라는 방을 서성거리다가 아기 옆에 멈춰 서서 요람을 멍하니 흔들었다.

"아…… 던 모로에 갔다고 해야겠군. 그래! 바로 그거야."

이렇게 하면 두 가지 목적을 이룰 수 있으리라. 안두인이 왜 왕궁에 없는지 그럴듯한 핑계를 댈 수 있을뿐더러, 모이라가 어떤 경우에는 바깥세상으로 나가도록 허락해준다는 것을 보여줄 수도 있다. 계속 요람을 흔들면서 모이라는 드루칸에게 손을 내저었다.

"이제 가, 어서. 네 임무를 하러 가라고. 아, 그리고 드루칸."

그녀가 아기에게 향하던 시선을 돌려 차갑게 드루칸을 마주 보았다.

"안두인이 사라졌다는 사실을 아무도 몰라야 하고, 이 방에서 무슨 일이 일어났는지 역시 아무도 몰라야 한다. 내 결정은 때가 되면 내가 알아서, 내 방식대로 밝힐 테니까. 알아들었나?"

드루칸은 귀에 들릴 정도로 꿀꺽하고 침을 삼켰다.

"아…… 예, 폐하."

팔카르가 자신과 드렉타르가 먹을 저녁 식사를 위해 신선한 고기를 가지고 집에 돌아와 보니, 어떤 타우렌 전령이 진흙탕으로 흠뻑 젖은 채 그를 기다리고 있었다.

그는 케른의 먼길잡이 중 한 명이었다. 정말로 중요한 소식을 가져왔다는 의미였다. 그의 옷은 비바람에 얼룩져 있었으며 말라붙은 피까지 묻어 있었다. 그 피가 타우렌의 피인지 다른 종족의 것인지까지는 언뜻 봐서는 분간하기 어려웠다.

"어서 오십시오, 먼길잡이여. 저는 팔카르입니다. 안으로 들어와서 함께 식사하시지요. 그런 다음에 소식을 알려 주십시오."

"나는 페리스 스톰후프라고 하오. 그리고 한 시도 지체할 수가 없는 소식이오. 지금 당장 그대의 주인을 만나고 싶소."

팔카르는 머뭇거렸다. 드렉타르가 쇠약해져 가고 있다는 사실을 털어놓기가 달갑지 않았다.

"저한테 말씀하시면 됩니다. 확실히 전해 드리겠습니다. 그분은 최근에 편찮으시고……"

"안 되오. 나는 이 소식을 드렉타르 님께 직접 전하라는 지시를 받았소. 그 지시 그대로 전해야 하오."

페리스가 딱 잘라서 말했다. 이렇게 나오면 다른 선택이 없었다.

"드렉타르 님의 정신이 온전치 못하십니다. 그래서 제가 돌봐 드리고 있습니다. 그분한테만 말해봤자 아무 소용이 없을 겁니다."

타우렌은 귀를 움찔거리더니 딱딱하던 표정이 다소 풀어졌다.

"유감이군요. 그래도 드렉타르 님께 직접 이야기는 해야 하오. 그대가 자리에 함께하시는 게 좋겠소."

"알겠습니다. 들어오시죠."

팔카르가 천막 자락을 걷어 열자 페리스가 안으로 들어왔다. 타우렌의 거대한 몸집에 비하면 천막이 너무 작았기 때문에 고개를 수그리면서 들어와야만 했다. 드렉타르는 깨어 있었다. 앉아 있는 자세만 보면 정신이 예리하고 기민한 듯 보였지만, 다만 앉은 자리가 침상에서 2미터는 족히 떨어진 곳이었다.

"드렉타르 님, 귀빈이 왔습니다. 케른 님이 보낸 먼길잡이입니다. 페리스 스톰후프라고 합니다."

"털가죽을…… 왜 옮겨 놨느냐? 넌 항상 내 물건을 어지럽히는구나, 팔카르."

드렉타르가 혼란스러운 기색이 역력한 목소리로 말했다.

팔카르는 드렉타르를 부드럽게 부축해 일으켜 세운 뒤, 털가죽이 깔린 침상으로 이끌어서 편안하게 앉게 도와주었다.

"자, 이제 소식을 전하셔도 됩니다."

팔카르가 페리스에게 말했다.

"심각한 소식입니다. 무엇보다 중요한 소식은 우리가 사랑하는 지도자, 케른 블러드후프 님께서 살해당하셨다는 겁니다. 그리고 그림토템이 여러 타우렌 도시의 주민을 학살하고 쿠데타를 일으켜 점령했습니다."

드렉타르와 팔카르는 질겁한 채 페리스를 바라보았다. 그 소식을 듣자 드렉타르는 불쑥 제정신으로 돌아온 것 같았다.

"대체 누가 강력한 케른을 죽였단 말인가? 어떻게 이런 일이?"

드렉타르가 놀라우리만치 깨끗하고 강한 목소리로 말했다.

페리스는 잿빛 골짜기에서 드루이드들이 습격당했으며 하뮬 룬토템은 간신히 탈출했다는 비극적인 이야기를 들려주었다.

"이 만행을 전해 들은 케른 님은 가로쉬 헬스크림에게 투기장에서 막고라의 결투를 하자고 도전했습니다. 가로쉬는 옛 규칙대로 한다면 받아들이겠다고 조건을 내걸었고요. 죽을 때까지 싸우자고 말입니다. 케른 님은 그 규칙에 동의했습니다."

"그럼 정당한 결투에서 졌나 보구먼. 그리고 그림토템이 그 기회를 엿봤고."

"아닙니다. 떠도는 소문에 의하면, 마가타가 가로쉬의 도끼날에 독을 발라서 고결한 케른 님이 겨우 살짝 스친 상처 때문에 죽게 만들었다고 합니다. 제가 그 도끼날에 기름을 바르는 모습을 직접 보았습니다. 케른 님이 쓰러지는 모습도 보았습니다. 가로쉬가 그런 속임수에 가담했는지 아니면 가로쉬 자신도 속았는지는 모르겠습니다. 허나 그림토템이 썬더 블러프에 그 소식이 닿지 않도록 모든 수단을 총동원했다는 사실은 잘 압니다. 제가 그들의 그물에서 빠져나온 건 대지모신의 축복과 보살핌 덕분이었습니다."

팔카르는 어질어질했다. 케른이 그림토템의 대모에게 살해당했다고? 그리고 생각만으로도 끔찍한 그 음모에 가로쉬는 이용당했거나 직접 가담한 거라고? 그리고 이제 그림토템이 타우렌을 다스리고 있다니…….

팔카르는 생각을 정리하려 애를 쓰는데, 정신이 완전히 또렷해진 드렉타르는 팔카르보다도 더 빨리 입을 열었다.

"바인은? 그는 어떻게 되었나?"

"블러드후프 마을도 습격을 당했지만 바인 님은 탈출했습니다. 그 뒤로 그분의 소식은 아직 들려오는 바가 없습니다만, 살아계시리라고 생각합니다. 만약 죽었다면 마가타가 진작 공표했을 테니까요."

팔카르는 무언가가 마음에 걸렸다. 끔찍한 소식 자체를 떠나서, 페리스가 한 말 중에 다른 부분이…….

"그럼 아직 희망이 있군그래. 가로쉬가 그림토템의 쿠데타를 지원하고 있는가?"

"그런 증거는 발견하지 못했습니다."

"만약 가로쉬가 그 불명예스러운 살인에 가담한 게 사실이라면, 그는 무슨 수를 써서라도 바인의 입을 막고 자신을 지지하는 한 세력이 권력을 유지하도록 할 걸세. 대족장이 이 사태를 당장 알아야 해."

대족장이 당장 알아야 한다…….

스랄과 이야기해야겠다……. 스랄이 알아야 해…….

조상님들…… 드렉타르가 옳았다!

팔카르의 눈썹에 땀이 솟아나왔다. 두 달 전, 드렉타르는 열에 들뜬 채 혼란스러운 꿈을 꾸더니 나이트 엘프와 타우렌 양측이 모두 모인 드루이드들의 평화로운 집회가 습격당하리라고 예언했다. 팔카르는 그 말을 믿고 집회를 '보호'하기 위해 병사들을 보냈지만, 아무 일도 일어나지 않았다. 팔카르는 드렉타르의 '예지몽'을 그저 노망이 심해져 간다는 표시로 치부하게 되었다.

그런데 드렉타르가 옳았던 것이다. 지금 페리스 스톰후프와 명철하게 대화를 나누는 드렉타르는 그때의 예지몽을 기억하지도 못하는 듯했다. 그러나 예언된 대로 나이트 엘프와 타우렌의 평화로운 집회가 정말로 습격당했으며, 그 결과는 참혹했다. 그 사건은 정말로 일어나고야 말았다. 다만 시기가 예상보다 훨씬 늦었을 뿐.

팔카르는 미친 듯이 기억을 더듬어 드렉타르가 가장 최근에 꾸었던 꿈을 떠올렸다.

"대지가 눈물을 흘리리라, 세상은 파괴되리라!"

그 꿈 역시 진짜 예지몽이었을까? 드루이드의 모임에 대한 꿈처럼 그 꿈도 현실이 될까?

팔카르는 어리석었다. 스랄에게 그 꿈에 대해 알리고, 대족장이 거기에 대응할지 안 할지 직접 결정하게 했어야만 했는데. 팔카르는 드렉타르가 아닌 자기 자신에 대한 분노가 치밀어 주먹을 꽉 쥐었다.

"팔카르?"

드렉타르가 미심쩍은 듯 그를 불렀다.

"죄송합니다……. 생각 좀 하느라고……. 무슨 말씀을 하셨습니까?"

"편지를 좀 써줄 수 있겠냐고 물었다."

드렉타르는 이 질문을 이미 여러 번 했다는 듯한 투로 말했다. 어쩌면 정말로 그랬는지도 몰랐다.

"스랄에게 바로 알려야 해. 그렇기는 해도 이 먼길잡이 친구가 스랄을 찾으려면 시간이 꽤 걸릴 게야. 바인을 돕는 데에 너무 늦지 않기만을 바라야지."

"물론이지요."

팔카르는 편지를 준비하러 벌떡 일어났다. 드렉타르와 먼길잡이가 바라는 내용은 무엇이든 쓸 것이다. 그런 다음, 결국에는 대족장에게 자신이 지금까지 숨겼던 것과 그 이유를 털어놓고 순리에 맡길 것이다.

드렉타르의 예지몽이 또다시 현실이 되도록 놔둘 수는 없었다.

25장

스랄은 영계 탐색을 준비하는 과정에 이렇게까지 큰 열정과 노력을 기울여야 한다는 데에 놀랐다. 드렉타르가 오크의 마지막 주술사 중 한 명으로서 온 힘을 다했다고 했던 말의 의미를 이제야 이해할 수 있었다. '참된' 영계 탐색을 하려면 거의 부족 전체가 참여해야 하는 모양이었다.

누군가가 예식용 로브를 맞출 치수를 재러 왔다. 또 누군가는 의식을 위한 약초를 바치러 왔다. 여섯 명이 나서서 북을 치고 노래를 부르겠다고 했고, 어떤 오크는 그 악대를 자신이 이끌겠노라고 자원했다. 스랄은 놀랍기도 했고, 감동 받기도 했다. 어떨 때는 아그라에게 이렇게 말하기도 했다.

"제 지위 때문에 특권을 누리고 싶지는 않습니다."

아그라가 능글맞게 웃었다.

"고엘, 이건 당신이 영계 탐색을 하기 때문일 뿐이에요. 당신이 호드의 수장이기 때문이 아니지요. 그러니까 특권 같은 건 걱정하지 마세요."

아그라의 대답에 스랄은 안도감이 드는 동시에 부끄러워졌다. 그리고 아그라는 어쩌면 저렇게 자기를 약 올리는 데에 능숙할까 싶은 생각이 들었다. 한두 번 한 생각이 아니었다. 어쩌면 저런 능력 또한 정령의 선물일지도 모른다는 우스꽝스러운 생각을 하며, 스랄은 그녀가 고개를 뻣뻣이 쳐들고 성큼성큼 걸어가는 모습을 지켜보았다.

스랄은 일정이 늦어져서 안달이 났지만 어쩔 도리가 없었다. 그리고 한편으로는 그 의식을 간절히 기대하는 마음도 컸다. 스랄이 직접 주술사가 되기 전까지 오크들은 너무나도 많은 것을 잃었다. 스랄도 이런 집단적인 의식을 경험하지 못하고 살아왔던 것이다.

사흘이 지나 마침내 모든 것이 준비되었다. 새벽 어스름 속에 횃불이 타올랐다. 스랄은 가라다르에서 자신을 의식의 장소로 안내해줄 사람을 기다렸다. 아그라가 그를 데리러 왔을 때, 스랄은 놀라서 그녀를 다시 쳐다보았다.

그녀는 길고 풍성한 고동색 머리카락을 깃털로 땋아 내렸다. 깃털과 구슬로 장식된 가죽조끼와 킬트를 입고, 얼굴을 비롯해 밖으로 드러난 갈색 피부를 온통 녹색 물감으로 장식한 채였다. 그녀는 꼿꼿하고 당당하게 서 있었고, 황갈색 가죽 때문에 짙은 갈색 피부가 더할 나위 없이 돋보였다. 팔에는 피부색과 같은 갈색 직물을 안아 들고 있었다.

"당신이 입을 옷이에요, 고엘. 무늬 없고 단순한 로브예요. 입문 의식을 치르는 초심자는 이런 걸 입거든요."

"알겠습니다."

스랄이 로브를 받으려고 손을 뻗었지만 아그라는 건네주지 않았다.

"정말로 알고 있는 건지 모르겠어요. 당신은 재능 있고 강력한 주술사이긴 하지만 아직 모르는 게 너무 많다고요. 우리는 입문 의식 때 갑옷을 입지 않아요. 의식은 전투가 아니라 다시 태어나는 것이니까요. 우리가 전에 입고 있던 허물을 뱀처럼 벗는 거예요. 그런 구차한 짐을 벗어던지고, 전에 갖고 있던 편협한 생각이나 관념도 버린 채 자연에 접근할 수 있어야 해요. 단순하고 깨끗해져야만 정령들을 이해하고 접촉할 수 있고, 그들의 지혜를 우리의 영혼에 새길 수 있어요."

스랄은 주의 깊게 이야기를 듣고 정중하게 고개를 끄덕였다. 그런데도 아그라는 로브를 주지 않고 있었다.

"그리고 여기에 염주 목걸이도 들어 있어요. 자신의 내면세계와 연결하는 데에 도움이 되죠. 필요하다는 느낌이 들면 손으로 만지면 돼요."

마침내 아그라가 로브를 스랄에게 주었다.

"금방 올게요."

아그라는 그 말을 남기고 떠났다.

스랄은 갈색의 민무늬 로브를 살펴보다가 공손하게, 천천히 몸에 걸쳤다. 그러자 마치…… 벌거벗은 느낌이 들었다. 스랄은 오그림 둠해머가 입던 독특한 검은 판금 갑옷을 입곤 했었다. 잠자는 시간만 빼면 거의 항상 입고 다녔기에 그 무게에 익숙해져 있었다. 그런데 이 로브는 가벼웠다. 스랄은 염주를 목에 걸고 손가락으로 굴리면서 아그라가 했던 말을 열심히 되새겨 보았다. 다시 태어날 것이라고.

다시 태어나면 무엇이 된단 말인가? 누가 되지?

"흠, 초심자의 로브가 당신에게 썩 잘 어울리는 것 같군요."

아그라가 불쑥 말을 걸자 스랄은 화들짝 놀라 몽상에서 빠져나왔다.

"이제 준비가 다 됐습니다."

스랄이 나지막이 말했다.

"아직 다 안 됐어요. 물감을 안 칠했잖아요."

아그라가 특유의 퉁명스러운 태도로 성큼 걸어나가서 가죽 벽에 기대어 놓인 작은 상자 안을 뒤졌다. 그리고 채색 점토가 담긴 작은 항아리 세 개를 꺼냈다.

"키가 너무 커요. 앉으세요."

스랄은 아그라의 말대로 앉으면서 어쩐지 즐거운 기분이 들었다. 그녀는 스랄에게 다가와서 병 하나를 열고 손가락에 점토를 묻혀서 그의 얼굴에 바르기 시작했다. 그녀의 날렵한 손길은 그렇게 우격다짐인 성격에 비해 이상할 정도로 부드러웠다. 살갗에 와 닿는 점토는 차가웠고, 이렇게 가까이 있으니 그녀가 몸에 바른 달콤하고도 은은한 기름 향기가 풍겼다. 아그라가 문득 눈살을 찌푸렸다.

"왜 그러십니까?"

"녹색 피부에 바르니 점토 색깔이 달라 보이네요."

"그건 어쩔 수 없습니다, 아그라. 제가 그대와 아무리 공부를 많이 한들 피부색을 바꿀 수는 없으니 말입니다."

스랄이 목소리와 표정에 솔직한 진심과 염려를 담아서 말했다.

아그라는 오래도록 스랄의 눈을 똑바로 마주 보면서 무언가 성가신 듯 눈썹을 찡그렸다. 그러다가는 미소를 띠고 다정하게 목을 울려 웃었다.

"맞아요. 사실이죠. 그럼 물감 색깔을 바꾸는 게 맞겠네요."

둘은 서로 마주 보며 빙그레 웃었다. 아그라는 시선을 떨어트렸다.

"파란색과 노란색이 낫겠어요."

그녀가 다른 병을 꺼내 와서 묵묵히 스랄의 얼굴에 점토를 칠했다. 얼마 뒤 아그라는 색칠을 다 끝내고 고개를 끄덕이더니, 이내 다시 얼굴을 찌푸렸다.

"머리카락이…… 잠시만요."

스랄은 늘 하던 대로 머리를 두 가닥으로 나누어 땋아 내린 채였다. 아그라는 길고 유연한 갈색 손가락으로 그 머리를 푼 뒤, 깃털을 꽂아서 다시 땋았다.

"자. 이제 다 됐어요, 고엘."

아그라는 광나는 금속판을 거울삼아 가져다주었다.

스랄은 자신을 거의 알아볼 수도 없었다.

그의 녹색 피부가 이제는 노란색과 파란색 점이며 소용돌이로 장식되어 있었다. 마치 가면을 쓴 것 같았다. 머리카락은 바람올빼미의 밝은 빛깔 깃털과 함께 땋아 어깨에 묵직하게 내려와 닿았다. 보통 스랄은 침착하고 자제력이 강한 이미지였는데, 지금은…….

"거칠어 보이는군요."

스랄이 조용히 말했다.

"정령들처럼 말이죠. 그들에게 차분함이나 질서정연함 같은 건 거의 없잖아요. 당신도 이렇게 정령들과 가까워져서 영계 탐색에 들어갈 수 있는 거예요. 자, 그들이 기다리고 있어요."

스랄은 살면서 수많은 일을 겪었다. 어린아이였을 때부터 싸우는 법을 배웠고, 유년기에는 우정과 역경에 대해 배웠다. 자신의 일족을 해방하고 악마들과 싸우기도 했다. 그런 스랄이 지금 아그라를 따라 호수 옆의 의식의 장소로 가면서 왜 이렇게 초조한지 모를 일이었다.

스랄이 오자마자 북소리가 울려 퍼지기 시작했다. 아그라가 몸을 똑바로 세웠다.

그녀는 평소의 가벼움도 공격적인 태도도 없었고, 그 순간 만큼은 게야의 젊은 모습을 보는 듯했다. 그녀는 우아하고 엄숙하게 걸었고 스랄은 그녀와 보조를 맞추기 위해 걸음을 늦추었다. 길 양편에 줄지어 늘어선 이들을 보니 가라다르 주민 거의 모두가 여기 모인 것 같았다. 횃불 빛이 몇 미터 앞의 어둠을 쫓아내 주었지만 그 뒤에는 그림자가 드리워졌다. 눈앞에는 게야가 지팡이를 짚고 서 있었다. 주름진 얼굴이 미소로 밝게 빛나는 그녀는 연약할지라도 아름다워 보였다. 스랄은 가까이 다가가서 깊숙이 절했다.

"어서 오라, 고엘. 가라드의 아들인 듀로탄의 아들이여."

스랄의 눈이 크게 뜨였다. 당연한 일이다. 진작 깨달았어야 했다. 가라드는 그의 할아버지였고, 스랄이 지금 서 있는 곳은 할아버지의 이름을 따서 붙인 가라다르였다.

"정령들이 선택한 정령의 아이여. 여기서 멀지 않은 곳에서 격노의 정령들이 우리를 보고 있다. 그들이 오늘 밤 이 의식을 지켜볼 것이다."

스랄은 검은 호수를 흘긋 건너다보았다. 격노의 정령은 하나밖에 보이지 않았다. 천천히 움직이고 있는 불의 격노 인시네라투스였다. 하지만 다른 격노들도 주위 어딘가에 있으리라. 스랄은 전에 배웠던 대로 선언했다.

"저는 제 몸과 마음과 영혼을 이 영계 탐색에 기꺼이 바치겠습니다."

아그라가 스랄의 손을 잡고 바닥에 쌓아둔 동물 가죽들 한가운데로 이끌어 함께 자리에 앉았다.

"이 탐색에 들어가면 영혼이 몸을 떠날 거예요. 하지만 당신이 영의 세계를 여행하는 동안 사람들이 당신의 육체를 주의 깊게 지켜보고 있을 거고요. 여기, 이 약을 받아요. 한 번에 다 마셔요."

아그라가 지독한 냄새가 나는 액체가 담긴 컵을 내밀었다. 스랄이 컵을 가져가면서 손이 아그라의 손가락과 스쳤다. 그는 액체를 최대한 빨리 입에 털어 넣고, 속에서 거꾸로 넘어오지 않도록 힘껏 삼켰다. 컵을 아그라에게 다시 건네주는데 벌써 머리가 어찔어찔했다. 아그라가 스랄에게 손을 뻗어 그의 머리를 자신의 무릎에 뉘었다. 전에는 그렇게 퉁명스럽던 여자가 이렇게 부드럽게 대하는 것이 이상했지만,

스랄은 그대로 받아들였다.

머리가 빙글빙글 돌았다. 북소리가 정맥을 통해 박동하는 듯 울렸다. 마치 귀로 들린다기보다는 몸으로 느껴지는 것 같았고, 자기 자신의 심장 고동에서 나오는 소리 같았다.

서늘한 손가락이 그의 머리카락을 어루만졌다. 역시 아그라답지 않은 행동이었다. 그녀의 낮고 부드럽고 상냥한 목소리가 아주 멀리서 들려오는 듯 아득했다.

"고엘, 당신의 내부에서 당신의 외부로 가세요. 여기서는 아무것도 당신을 해치지 않을 거예요. 하지만 앞으로 보게 될 것들은 두려울지도 몰라요."

스랄은 눈을 떴다.

아른거리며 빛나는 형상 하나가 앞에 서 있었다. 반짝이는 눈, 네 다리, 날카로운 이빨과 꼬리가 달려 있었다. 늑대의 영혼이었다. 그리고 왠지는 모르지만 저 늑대가 아그라라는 것을 알 수 있었다. 스랄은 당황해서 물었다.

"저를 안내해 주시겠습니까? 할머님께서……."

"당신을 안내하라는 지시를 받았어요. 따라와요."

아그라가 늑대에 어울리는 거친 목소리로 말했다.

"시간이 됐어요. 어서 와요!"

그 말과 함께 스랄도 갑자기 늑대가 되었다. 눈앞에서는 세상이 변모하고 있었다. 어떤 것들은 실체가 없게 사라져가고, 어떤 것들은 이상하게 단단히 굳어졌다. 스랄은 몸을 부르르 떨었다. 몸이 공기보다 가벼워지고 모든 것의 본질인 무(無)의 일부가 된 듯했다. 스랄은 아그라를 따라 소용돌이치는 안개를 헤치고 나아갔다.

한낮의 밝은 햇살이 펼쳐졌다. 그곳은 투기장이었다. 스랄은 당혹스러운 듯 눈을 깜빡였다.

거기에 자기 자신이 있었던 것이다.

"이게 무슨……."

늑대 형상의 스랄이 입을 열었다. 자신의 목소리가 낯설게만 들렸다.

"저는 정령들을 만나게 될 줄 알았는…….."

"조용히!"

아그라가 날카롭고 따끔하게 짖었다. 스랄은 입을 다물었다.

"그냥 지켜봐요. 끼어들려고 하지 말고. 어차피 여기 있는 사람들은 당신이 보이거나 들리지도 않아요. 고엘, 이건 당신의 영계 탐색입니다. 당신이 알아야 할 것이 정확히 나타날 거라고요."

스랄은 고개를 끄덕이고 상황을 바라보았다.

젊은 스랄은 갑옷을 입고 있었다. 몸은 건장하고 강인했으며 녹색 피부 위로 땀방울이 반짝였다. 그리고 한 손에는 검을, 다른 손에는 철퇴를 들고 있었다. 늑대가 된 스랄은 여기가 어디인지 알고 있었다. 던홀드 요새의 투기장이다. 우레와 같은 환성과 야유 소리가 터져 나왔고, 위쪽 어딘가에는 증오스러운 애델라스 블랙무어가 과일을 먹고 포도주를 마시고 있을 터였다. 그 남자는 갓난아기였던 스랄을 데리고 와서 검투사로 키웠다. 스랄은 청년 시절의 자신이 거대한 곰과 싸우는 광경을 지켜보며 분노로 속이 들끓었다.

아그라가 말했다.

"불이에요. 고엘, 당신을 처음 선택한 정령은 불입니다. 불이 당신에게 분노를 안겨주었고 맹렬히 싸우게 했어요. 올바른 대의를 위해 제대로 맞서 싸울 수 있는 열정을 주었죠. 불은 당신의 깊은 내면에서 불타올라 힘겨운 시기에도 당신이 버틸 수 있도록 해주었어요."

스랄은 자기 자신을 지켜보며 아그라의 말을 들었다. 그리고 저 시절 투기장에서 싸우는 자신이 얼마나 강인하면서도 멋있었는지, 그리고 아그라의 말마따나 얼마나 열정적이었는지 새삼 깨닫고 놀라게 되었다. 지금 투기장에서 자신이 쓰는 기술을 보니 그것으로 일족을 해방하고 지켰다는 것을 알 수 있었다.

이런 장면을 보게 될 줄은 몰랐지만, 스랄은 아그라의 말에 고개를 끄덕일 수밖에 없었다. 불은 청년 시절 그에게 다가왔고, 지금까지도 자신의 세상을 돕고자 애태우는 그의 마음속에서 불길은 높게 치솟고 있었다. 스랄은 과거의 자신이 적을 무찌르고 무기를 들어 올리는 모습을 보며 뿌듯함에 겨워 미소 지었다.

안개가 다시 끼면서 승리를 외치는 젊은 스랄의 모습을 휘감고 가리더니 마침내 완전히 보이지 않게 되었다. 스랄은 이 이상한 여행에서 또 어떤 뜻밖의 장면을 보게 될까 봐 궁금해 하며 기다렸다.

안개가 걷혔다. 밝고 시끌벅적하던 투기장은 사라졌다. 그 대신 숲이 우거진 밤 풍경이 펼쳐지고 부드러운 바람과 벌레 소리만 들려왔다. 이번에도 스랄의 과거 모습이 보였지만, 불안한 표정이었다. 쫓기고 있는 듯했다. 그는 한 바위 앞에 서 있었는데 어떤 각도에서 보면 숲을 감시하는 용처럼 생긴 바위였다. 과거의 스랄은 고개를 돌려서 근처 동굴의 어두컴컴한 구멍을 바라보았다. 그때, 현재의 스랄은 이제 무슨 일이 일어날지 깨달았다. 그러자 오랜 고통이 새롭게 되살아나 가슴을 찌르는 듯했다.

악몽. 스랄은 악몽과 전쟁을 치른 적이 있었다. 온 세상이 그 전쟁에 휘말렸다.

"이걸 꼭 봐야 합니까?"

스랄은 대답이 무엇일지 잘 알면서도 나지막이 물었.

아그라는 단호하게 답했다.

"이해하고 싶다면, 진정한 주술사가 되고 싶다면, 봐야 해요."

과거의 스랄이 동굴로 들어갔다. 그리고 과거의 스랄도 현재의 스랄도, 타레사 폭스턴이라는 이름의 젊은 인간 여자를 보았다. 타리…… 블랙무어의 정부이자, 스랄에게는 영혼의 누이였다. 타레사는 스랄을 탈출시키기 위해 모든 것을 걸었다가 결국에는 그 때문에 목숨을 잃고 말았다. 그러나 지금 이곳에서는 살아 있었다. 무척이나 생생하고 아름답게. 스랄의 악몽은 언제나 타레사를 구하려 드는 꿈이었다. 몇 번이고 몇 번이고 새로운 생각을 떠올려서, 그녀가 마땅히 웃고 사랑하며 살아갈 수 있도록 지켜주기 위해 뛰어들었다. 그러나 스랄은 매번 실패했고 꿈속에서 그녀의 죽음을 몇 번이고 몇 번이고 지켜봐야만 했다…….

그러나 지금 이곳에서 그녀는 죽지 않는다. 타레사는 벽에 기대어 서서 스랄을 기다리고 있다가, 과거의 스랄이 자신의 이름을 부르는 소리를 듣고 흠칫 놀라더니 까르륵 웃었다. 그녀의 얼굴은 사랑스러웠다. 진실하고 따스한 애정으로 환해지자 더

더욱 그랬다.

"깜짝 놀랐잖아! 그렇게 조용하게 움직일 줄 몰랐어!"

그녀가 스랄에게 다가가서 두 손을 뻗었다. 젊은 스랄이 천천히 손을 마주 잡았다.

"아직도 마음이 아프군요."

현재의 스랄이 아그라에게 중얼거렸다. 그녀는 이번에는 나무라지 않고 고개만 끄덕였다.

"그 아픔도, 아픔의 치유도 물의 선물이에요. 깊은 감정. 사랑. 기쁨과 고통 앞에서 마음이 활짝 열리죠. 우리가 우는 것도 그래서예요……. 물은 우리를 통해서 움직이거든요."

스랄은 그녀의 말을 잠자코 듣고, 자신과 타레사가 이 진정한 첫 만남의 순간에 나누었던 말을 다시금 떠올리며 눈앞의 상황으로 주의를 돌렸다. 타레사는 지도와 식량을 주면서 스랄에게 그의 일족인 오크들을 찾으러 가라고 말하고 있었다. 그리고 두 사람은 블랙무어에 대해 이야기했다. 이제부터 무엇이 이어질지 알고 있는 현재의 스랄은 고개를 돌려버리고 싶었지만 차마 그럴 수도 없었다.

"너, 눈이 왜 그래?"

과거의 스랄이 물었다.

"아, 스랄…… 이건 눈물이라고 해."

타레사가 메인 목소리로 말하며 눈물을 닦았다.

"굉장히 슬프거나 괴로울 때 나오는 거야. 가슴이 고통으로 너무나도 꽉 차서, 어디로도 보낼 데가 없을 때 눈물이 되어 나오는 것 같아."

그 말을 듣자 현재의 스랄은 자신도 눈물이 차오르는 느낌이 들었다. 육체를 놔두고 영혼만 빠져나와 영계를 떠돌고 있는데도. 아그라는 이해한다는 듯 부드러운 목소리로 말했다.

"타레사는 알고 있었던 거예요. 고통도 사랑도. 마음이 부풀어 올라서 마침내는 넘쳐흐르고, 물의 정령은 앞으로 나아가는 거죠."

"타레사는 죽지 말았어야 했어."

현재의 스랄이 으르렁거렸다. 정확히 하고 싶었던 말은 '나는 그녀의 죽음을 막을 길을 찾았어야만 했어.'였다.

그런데 아그라가 뜻밖의 대꾸를 했다.

"정말? 죽지 말았어야 했나요?"

스랄은 그 말을 듣고 주먹에 호되게 얻어맞기라도 한 듯 휘청거렸다. 그리고 휙 돌아서서 벌컥 화를 냈다.

"당연하지요! 타레사는 앞으로 살아갈 날이 더 많았습니다. 죽어야 할 이유가 전혀 없었단 말입니다!"

늑대 형상을 한 아그라는 그를 완강히 쳐다보았다.

"이게 그녀의 운명이 아니었다는 걸 당신이 어떻게 알죠? 여기까지가 타레사의 수명이었다면? 그녀가 태어난 목적을 모두 이루었다면? 타레사 본인 외에는 아무도 모르는 거예요. 만약 그녀가 살았더라면 당신은 지금과 같은 길을 걷지 않았을 수도 있어요. 자기가 모든 이치를 알 수 있다고 믿는 건 오만이에요. 당신이 옳을 수도 있겠죠. 하지만 아닐 수도 있어요."

스랄은 말을 잃었다. 애델라스 블랙무어가 타레사의 잘린 머리를 들어 올려 보여주었던 그 끔찍한 순간 이래로 스랄은 언제나 죄책감에 시달려 왔다. 악몽을 꿀 때마다 똑같은 생각이 망치처럼 그를 두들겼다. '나는 무언가 했었어야만 했어.'라는 생각.

그러나 그때 스랄이 할 수 있는 일은 사실 아무것도 없었다. 지금에 와서 처음으로, 스랄은 다른 방향으로 생각해보게 되었다. 그때 일어난 일이…… 옳았을지도 모른다고. 고통스럽고 끔찍하고 괴롭기는 하지만…… 옳을 수도 있다고.

영영 그녀를 잊을 수 없을 것이다. 그리움은 끝나지 않을 것이다. 하지만 죄책감은 사라지고 있었다.

스랄이 자기 영혼 안에서 일어나는 변화를 이해하려고 애쓰며 묵묵히 서 있는 동안 아그라는 말을 이었다.

"타레사는 물이 당신의 삶에 내린 축복이었어요. 바로 이 순간, 이 여자 때문에…… 고엘, 봐요. 바로 이때 물의 정령이 당신의 존재에 들어온 거예요."

스랄은 말을 골라내기가 어려웠다. 결국 입 밖으로 나온 말은 "고맙습니다."였다.

과거의 스랄과 타레사의 발치에서 안개가 소용돌이치며 일어나기 시작했다. 처음에는 이 장면을 보고 싶지 않았는데도 막상 사라지려 하니 스랄은 조금이라도 더 타레사를 볼 수 있게 해달라고 소리쳐 빌고 싶은 심정이었다. 하지만 그렇게 하진 않았다. 이것은 정령들이 준 달콤 쌉싸래한 선물이었으며, 아그라가 준 통찰력 덕분이었다.

'안녕, 소중한 타레사. 네 삶은 축복이었고, 죽음은 헛되지 않았어. 너와 같은 존재는 이 세상에 많지 않아. 언제나 널 기억할 거야. 이제야 나는 너를 평화롭게 떠나보낼 수 있어.'

정령들은 스랄에게 보여줄 장면이 더 남아 있었다.

안개가 빙빙 돌면서 시야를 가리더니 다시 개었다. 이번에도 젊은 시절의 자신의 모습이 보였다. 겨울이었고, 서리늑대 부족과 함께였다. 스랄과 드렉타르가 난롯가에 앉아서 손을 쬐고 있었다. 이때도 드렉타르는 늙직했지만 정신은 아직 맑았다. 현재의 스랄은 그의 친구이자 스승인 드렉타르를 지켜보며 슬픔에 젖었다. 드렉타르가 주술사와 정령들 사이의 유대 관계에 대해 웅변하는 동안 과거의 스랄은 귀를 기울이며 열중했다. 눈송이가 고요히 떨어졌다. 현재의 스랄은 바라보고만 있는데도 마음이 가라앉고 중심을 찾은 듯이 든든해졌다. 타레사를 보며 느꼈던 고통이 살짝 풀어지는 기분이었다.

"뿌리내린다……."

스랄은 처음으로 그 말의 기원을 이해할 수 있었다.

"땅 같군요. 이건 땅의 선물 아닙니까?"

아그라가 고개를 끄덕이더니 여느 때처럼 톡 쏘아붙였다.

"이걸 이제야 깨달았단 말이에요? 아제로스를 치유할 방법을 못 찾고 헤매는 것도 당연하군요."

그 말에 스랄은 짜증이 나기는커녕 오히려 즐거웠다. 어쩌면 땅이 그를 침착하고 차분하게 만들어주었기 때문인지도 몰랐다. 그런데 갑자기 안개가 가차 없이 피어오르면서 장면을 가리기 시작했다. 너무 빠른 것 같았다. 하지만 스랄은 땅이 이미 자신의 안에 깃들어 있음을 알 수 있었다. 원한다면 언제라도, 자신의 내면에 있는 이 평화의 땅에 갈 수 있었다. 그리고…… 거기에 뿌리내릴 수 있다. 스랄은 미소 지었다.

이제 남은 정령은 하나였다. 이쯤 되자 스랄은 이 영계 탐색의 방법을 이해할 수 있게 되었다. 정령들이 어떻게 그와 통합되어 함께 살아가게 되었는지 보고 깨닫는 것이다. 전투의 맹렬한 열정, 물의 다정한 성정, 땅의 차분함과 꿋꿋함. 바람은 어떻게 나타날지 궁금해졌다.

안개가 일었다가 다시 걷혔다. 그롬마쉬 요새에 있는 자신의 모습이 보였다. 늦은 밤이었지만 화로, 횃불, 기름 등불의 빛들 때문에 충분하고도 남을 정도로 밝고 따뜻했다. 과거의 스랄은 지도며 두루마리가 놓인 탁자 앞에 서 있었고, 그 옆에는 소중하고 오랜 친구인 케른 블러드후프가 있었다.

아까 세 가지 장면과는 달리 이번 장면은 정확히 언제인지 기억나지 않았다. 시난 몇 년간 케른과 이런 식으로 만난 적이 많았기 때문이었다. 스랄은 과거의 자신과 케른이 협상, 토지권, 조약에 대해 활발하게 토론하는 광경을 미소 지으며 바라보았다. 두 사람이 문제를 헤쳐 나가고 해결책을 찾아내던 과정을. 이 장면은 빠르게 바뀌었고, 이제 그는 제이나와 함께 서 있었다. 그녀하고도 숱하게 이런 식으로 마주하면서 평화를 이룰 방법을 논하곤 했다.

이때는 그가 다스리는 사람들의 안전에 대한 염려 외에는 별다른 깊은 감정이 없었다. 굳건한 안정감도, 성과에 대한 타는 듯한 열정도 존재하지 않았다. 제이나 케른과 함께 할 때면 스랄은 강력한 몸이나 감정이 아니라 두뇌를 썼다. 이것은 합리적이고 이성적인 대화였다. 새로운 시작에 대한, 희망에 대한 이야기였다.

현재의 스랄은 모든 것을 이해하고 고개를 끄덕였다. 물론이다. 바람은 사유, 영감, 통찰력, 새 출발을 의미하는 투명한 원소였다. 그는 칼림도어에 오크들이 도착했을 때 케른과 함께 다시 시작했고, 제이나 프라우드무어와 함께 잠정적으로나마 평화를 일구어냈다. 대화와 신중한 생각을 통해서. 어떤 이들은 오크에게는 이런 자질이 없다고 생각하겠지만, 스랄은 어렸을 때부터 책을 읽으면서 생각하는 법을 익혔다. 그리하여 이렇게 지금도 어려운 결정을 내려서 자신의 세상을 떠나 이곳, 아웃랜드의 나그란드로 오게 된 것이다.

그는 조금 미소 지었다. 풍경이 흐려지기 시작했고, 스랄은 홀가분하게 떠나보낼 수 있었다. 바람과 함께라면 언제라도 새로운 순간이 찾아와서 그에게 도전하기도 하고 영감을 불어넣기도 할 테니까.

아그라와 함께 늑대의 형상으로 영혼이 된 스랄은 존재하되 존재하지 않는 듯한 이 이상한 장소에서 이제 나타날 다섯 번째 원소를 기다렸다. 주술사로 하여금 다른 정령들과 접촉하고, 뜻을 전하고, 도움이 될 만한 것을 전해주는, 손에 잘 잡히지 않는 섬광 같은 원소였다. 그런데 시간이 흘러가는데도 아무 일도 일어나지 않았다. 스랄은 초조해지기 시작했다. 그러다 결국은 혼란스러운 얼굴로 아그라를 돌아보았다. 그의 목소리가 공허하게 메아리쳤다.

"내가 아제로스를 구할 수 있을까요? 호드를?"

안개가 갑자기 걷혔다. 검은 갑옷을 입은 자신의 모습이 보였다. 그가 호드의 지도자로서 오그림 둠해머에게 물려받은 갑옷이었고, 손에도 둠해머의 위대한 무기를 들고 있었다. 이때의 스랄은 어느 모로 보나 전사 그 자체였다. 그런데 그 녹색 얼굴에는 두려움이 서려 있었다. 두려움, 그리고 끔찍한 상실감이. 그리고 갑자기 둠해머가 총에 맞기라도 한 듯 산산이 조각나면서 부서져 날아갔다. 갑옷이 쩌억 갈라지면서 떨어지고 스랄은 무릎을 꿇어 주저앉았다. 이제 초심자용 단순한 갈색 로브만 입은 자신으로 돌아와 있었다.

"안돼……."

스랄이 숨을 몰아쉬다가 퍼뜩 깨어났다. 눈을 떠보니 자신을 내려다보는 짙은 색깔의 오크 얼굴이 보였다. 멋스러운 무늬가 칠해져 있고, 친절한 눈동자에, 입은 활짝 벌려 웃으며 두 개의 작고 날카로운 어금니를 드러내고 있었다. 스랄이 그녀의 팔을 붙잡았다.

"아그라, 난 실패했습니다! 아니, 그보다는 실패하게 될 겁니다! 거기서 보였던 건……."

"쉿."

아그라는 그의 공황 상태에도 차분하기만 한 표정으로 머리를 저었다.

"정령들은 당신에게 어떤 장면을 보여주었죠. 그게 무슨 뜻인지 판단하는 건 당신 몫이에요."

스랄은 일어서려 했지만 너무 어지러웠다. 아그라는 그를 부드럽게 끌어당겨 앉게 해주었다.

"제게는 그 뜻이 아주 명확해 보입니다."

"저도 봤어요. 그런데 가장 명료해 보이는 꿈이 실상은 가장 종잡을 수 없는 경우가 많아요. 정말로요. 하지만⋯⋯ 명확한 뜻을 찾을 방법이 있긴 있죠. 내 생각에, 당신은 격노의 정령들을 만날 준비가 된 것 같아요. 영계 탐색을 완수하고 자기 안에 원소들이 합쳐져 있다는 걸 깨달았으니까. 준비가 된 거예요."

"그들이 아까 그 마지막 장면을 이해하도록 도와줄까요?"

그녀가 어깨를 으쓱했다.

"안 도와줄 수도 있죠. 아무튼 지금 당장 사람이 죽고 사는 문제는 아니잖아요. 안 그래요?"

스랄은 서서히 미소 지었다. 지금 스랄에게는 아그라의 빈정거리는 말장난이 그 어느 때보다도 필요했다.

"언제 갈 겁니까?"

"내일⋯⋯ 내일요."

26장

정령의 옥좌는 뜻밖에 가라다르에서 가깝고 찾아가기도 쉬웠다. 하늘노래 호수에서 조금만 들어가면 있는, 산 아래에 아늑하게 자리 잡은 작은 섬이 그곳이었다. 가까이 다가가자 이끼에 뒤덮인 바위들이 어떤 무늬를 그리며 서 있는 광경이 보였다.

"격노의 정령들이 이렇게 가까이에 있어도 되는 겁니까?"

스랄이 곁에서 같이 달리고 있는 아그라에게 물었다.

아그라는 어이없다는 듯 입술을 일그러뜨리며 웃었지만 눈빛에서는 짜증보다는 장난기가 엿보였다.

"격노의 정령들은 원소의 힘을 체현한 거대한 화신이에요. 만약 당신이 그런 입장이라면, 누가 자기를 귀찮게 굴까 봐 걱정될 것 같아요?"

허를 찔린 스랄은 짧지만 즐겁게 웃음을 터뜨렸다. 아그라도 씨익 웃었다.

"어떤 대지고리회 일원들은 격노의 정령들을 사소한 문제로 건드리지 말라고 해요. 격노의 지혜가 정말로 필요한 자, 아니면 진심으로 도와줄 수 있는 자들만 그들과 이야기할 수 있게끔 하라고 말이죠. 그렇다고 해도, 이렇게 가까운 데에 모셔야 예의상 맞아요. 격노의 정령들은 자기 자신을 지킬 수 있으니까요."

스랄과 아그라는 호수를 나와서 축축한 흙을 디뎠다.

그리고 갑자기, 그들은 그곳에 있었다.

저편에 어마어마하게 큰 정령 넷이 천천히 움직이고 있었다. 스랄이 오래도록 만나 보았던 정령들과 모습은 닮았지만 훨씬 더 컸다. 그들은 격정적이고, 거칠고, 강력했다. 이 거리에서도 그들의 엄청난 힘이 느껴질 정도였다. 아그라의 말이 맞았다.

이 존재들은 누가 괴롭히거나 해를 끼칠 수 있을 만한 존재가 아니었다. 전혀.

아그라는 각각의 정령들을 경건한 어조로 소개했다.

"땅의 격노 고르다우그. 물의 격노 아보리우스. 불의 격노 인시네라투스. 그리고 칼란드리오스, 바람의 격노예요. 고엘, 이 땅에서 당신을 도울 수 있는 존재가 있다면……"

아그라는 진솔한 목소리로 말했다.

"그건 이 존재들이에요. 가세요. 자신을 소개하고, 질문을 해보세요."

스랄은 불현듯 정령들과 처음 만났던 순간이 떠올랐다. 각 원소의 정령들이 하나 하나씩 그에게 다가와서 마음속과 머릿속을 통해 말을 걸었던 순간. 지금도 그 비슷한 일이 일어날 것 같았다. 누구에게 먼저 다가갈까? 스랄은 바람의 격노인 칼란드리오스를 선택하고 앞으로 나아갔다.

그 즉시 칼란드리오스의 힘이 그를 덮쳐왔다. 쓰러뜨릴 듯이 거세게 불어오는 바람에 그는 비틀거렸지만, 그래도 꿋꿋하게 머리를 숙이고 소용돌이치는 바람을 헤치며 앞으로 나아갔다.

격노의 정령은 튼튼한 팔과 번쩍거리는 붉은 눈이 있는, 살아 있는 거대한 회오리 바람 같은 형상이었다. 정령은 스랄을 무시하고 있었다. 스랄은 바람 속에서 버티고 서서, 살갗을 벗겨 낼 듯이 몰아치는 모래와 잎사귀들을 몸에 잔뜩 묻힌 채 눈을 감고, 아그라에게 배운 대로 온마음을 다해 말을 걸었다.

"칼란드리오스, 바람의 격노여……. 당신의 도움을 청하기 위해 먼 길을 왔습니다. 제 땅은 심각한 혼란에 빠져 있는데 어째서 그런 혼란에 시달리는지를 모르겠습니다. 도와주고 싶다고 청해 보기도 했지만 응답하지 않았습니다. 영계 탐색을 해 보니, 제 땅을 구원할 수 없는 제 모습이 보였습니다. 이곳 아웃랜드에서 바람의 외침을 듣는 분이여, 저를 도와주실 수 있으십니까? 그 장면이 정말로 진실이며 바꿀 수 없는 것입니까?"

칼란드리오스가 붉은 눈을 그에게 돌렸다. 그 직접적인 시선에서 뿜어져 나오는 기운이 스랄에게 와 닿았다. 칼란드리오스는 스랄의 마음속으로 답해 왔다.

"다른 땅의 바람이 처한 고난을 내가 어찌 돌보겠느냐? 이곳에 있는 나 자신의 바람도 고난에 처해 있거늘. 고엘, 또는 스랄이여, 듀로탄과 드라카의 아들이여. 내가 너의 간청을 듣는다는 것만으로도 너는 강력한 주술사이다. 내가 너에게 줄 수 있는 최고의 답은 생각하고, 들으라는 것이다. 네가 영계 탐색을 하면서 보았던 것을 곰곰이 생각해라. 그 이상은 줄 수 없다."

칼란드리오스는 스랄에게 아무런 깨달음도 주지 않고 다시 떠나갔다. 스랄은 실망이 불쑥 치밀었지만 애써 가라앉혔다. 격노의 정령들에게 화가 나 봤자 이로울 게 없을 것이다. 칼란드리오스가 도울 수 있었다면 어련히 도와줬으리라. 하지만 아무리 그래도 칼란드리오스의 태도에는 잘못된 데가 있다는 생각을 떨칠 수가 없었다.

스랄은 아그라를 흘끔 돌아보고 고개를 저었다. 격노의 정령들은 마음속으로만 이야기하기에 아그라는 아까의 대화를 듣지 못했다. 여느 때라면 고소하다며 빙글빙글 웃었을 텐데, 지금은 놀라서 딱딱하게 굳은 얼굴이었다. 스랄은 다음 정령에게 다가갔다.

불의 격노인 인시네라투스였다. 그리로 다가가자 어마어마한 열기가 밀려와서 스랄은 고개를 돌리고 팔로 얼굴을 가릴 수밖에 없었다. 살이 모조리 타버릴 지경인데 어떻게 접근할 수가 있나?

서서히 깨달음이 찾아왔다. 스랄은 격노의 불길에서 나오는 고통스러운 열기를 무시하고, 삶의 정령이 그의 안에 불어넣어 준 차분함에 손을 뻗었다. 자기 자신을 잔잔하게 가라앉히고, 산란해진 생각들을 진정시키고, 자신의 피부가 온전하고 차가워서 강력한 격노의 열기에도 버틸 수 있다고 상상했다. 그러고는 인시네라투스를 마주하러 고개를 돌리고 눈을 떴다……. 그랬더니 열기가 한결 약해졌고, 이제는 앞으로 나아갈 수 있었다. 그는 불의 격노 앞에 무릎을 꿇어앉아 아까의 질문을 반복했다.

인시네라투스는 이제 전혀 움직이지도 않고 스랄에게 완전히 집중하고 있었다. 스랄은 인시네라투스에서 겨우 몇 발짝 앞까지 다가가면서 엄청나게 뜨거운 열기에 눈을 감을 수밖에 없었다. 숨을 들이쉬니 목이 그을리는 느낌마저 들었지만 그래도 물러나지 않았다. 스랄은 이 존재와 이야기할 수 있을 만큼 강했다. 다치지 않을 것이다.

"네가 한 말에 화가 난다. 나 자신의 불씨들도 이곳에서 고초를 겪고 있으니 화가 난다. 허나 유감스럽게도 나는 널 도울 수가 없군. 그곳에서 타오르는 불이 어떤 근원을 품었는지도 내가 모르는데 어찌 이야기할 수 있겠나? 그들이 왜 아파하고 고통에 뛰어드는지 내가 어찌 알겠느냐? 그곳은 너의 땅이며, 너의 관찰에 달려 있다. 대의를 이루고자 하는 너의 열정은 느껴지는구나. 내 열정을 네게 주도록 하지. 네 세상을 고치는 데에 필요한 것을 하기 위한 열정을. 그 이상은 줄 수가 없다."

작은 불씨 하나가 인시네라투스에게서 떨어져 나오더니 스랄의 목구멍으로 파고들었다. 그것이 안에 자리 잡으면서 뜨겁게 타오르고 심장을 감싸는 느낌에 스랄은 자신의 심장께에 손을 얹고 앞으로 쓰러지면서 아그라의 손에 기댔다.

아그라는 시원하고 편안한 손으로 그의 어깨를 어루만졌다.

"고엘, 그분이 당신을 해쳤나요?"

스랄은 고개를 저었다. 고통이 잦아들고 있었다.

"아닙니다……. 육체적으로는 아닙니다."

그녀가 스랄의 눈을 살펴보더니 인시네라투스를 응시했다. 거대한 격노의 정령은 스랄을 내치고 이미 다른 곳으로 가고 있었다. 아그라는 가방에서 물병을 꺼냈지만 스랄이 그녀의 팔을 잡고 고개를 저었다.

"아닙니다. 인시네라투스는…… 열정의 불을 선물로 준 겁니다. 내가 하고자 하는 일에 도움이 될 거라면서."

아그라는 천천히 고개를 끄덕였다.

"지난밤에 배웠듯이, 불은 당신 안에서 이미 타오르고 있어요. 그래도 이건 굉장한 선물이지요. 인시네라투스의 불길을 직접 느낄 수 있는 주술사는 극소수거든요."

아그라의 말에는 자신이 그런 영광을 받지 못했다는 뜻이 숨겨져 있었다. 스랄은 황급히 덧붙였다.

"그 선물이 저를 위한 건 아니라고 생각합니다. 그건 아제로스의 정령들을 위한 선물이었습니다. 내가 그들을 더 잘 도와줄 수 있게끔."

"나 역시 이곳의 불씨들을 돕고 싶다고 청해 봤지만, 그런 선물은 주지 않았어요.

난 그럴 자격이 없었나 보죠."

스랄이 그녀의 손을 붙잡았다.

"아그라, 당신이 노련한 주술사여서 그랬던 겁니다. 당신 안에서 타오르는 불길만으로도 이미 충분했던 거지요."

아그라는 흠칫 놀라서 눈으로 그를 마주 보았다. 스랄은 그녀가 손을 빼내고 냉큼 쏘아붙일 줄 알았는데 아그라는 손을 맡기고 가만히 있을 뿐이었다. 갈색 손가락과 녹색 손가락이 오래도록 얽히다가는 서로 꽉 맞잡은 뒤 떨어졌다.

"아직 정령 둘이 남아 있어요."

아그라가 원래대로 퉁명스럽고 절제된 말투로 말했다.

"위대한 선물을 갖게 되었으니, 이제 고르다우그와 아보리우스는 인시네라투스나 칼란드리오스보다 더 당신을 도와줄지도 몰라요. 당신이 본 장면의 뜻을 좀 더 명확하게 설명해줄 수도 있고요. 그런데 가끔 정령들의 신비는 깨우침을 주기보다는 오히려 더 혼란스럽게 할 때도 있어요."

그녀의 불경한 말에 스랄은 놀랐지만 동의할 수밖에 없었다. 불과 바람은 가끔 변덕을 부리곤 했으므로.

스랄이 가슴 속에 삼킨 초자연적인 불꽃은 이제 다 잦아들어서 불씨만 남았지만 아직 그 온기를 느낄 수 있었다. 그는 이제 물의 격노에게 다가갔다. 아보리우스는 정령의 옥좌 주위로 원을 그리며 돌고 있었다. 스랄은 그 앞에서 무릎을 꿇었다.

그녀는 즉시 돌아보았다. 스랄은 간청을 아직 하지도 않았는데 위를 올려다보는 그의 얼굴에 살며시 물보라가 일었다. 입술을 핥아보니 달콤하고 깨끗했다. 이제껏 맛본 그 어떤 물보다도 신선했다.

"고엘, 너의 고통과 혼란은 나의 고통과 혼란과도 같다. 많은 이들이 걱정거리를 안고 찾아왔지만 너처럼 강한 자는 거의 없었다. 나의 것이되 내가 아닌 물방울들이 함께 살아가는 이 세상에서 내가 너를 도울 수만 있다면 얼마나 좋을까. 네 마음은 이미 세상을 돕고 치유하려는 열정으로 불이 붙었구나. 나는 인시네라투스 같은 선물은 줄 수가 없지만, 이 말은 해줄 수 있겠구나. 네 감정을 부끄럽게 여기지 마라. 물은 네가 찾는 균형을 줄 테니. 물은 너를 다시 채워주고 복구해줄 것이다. 세상을 구하려고 떠나온 이 여행에서 무엇을 만나든 절대로 두려워하지 마라. 네 영혼에 입은 상처 역시 두려워 말라. 반드시 나을 것이다."

스랄은 당황스러웠다.

'상처라니?'

"저는 상처가 없습니다. 위대한 격노의 정령이시여. 제 세상이 고통스러워한다는 사실이 가슴 아플 뿐입니다."

그러자 아보리우스가 스랄을 동정하는 기운이 언뜻 느껴졌다.

"누구나 준비가 되었을 때에야 자신의 시련에 맞닥뜨리기 마련이지. 허나 고엘, 가라드의 아들인 듀로탄의 아들이여, 다시금 말하겠노라. 네 상처를 치유할 준비가 되면, 그땐 두려워 말고 깊이 뛰어들거라."

얼굴에 물이 흘러내리고 있었다. 스랄은 다시 입을 벌려 핥아 보았지만 이번에는 달콤하지 않고, 따스하고 짭짤했다. 눈물이었다. 스랄은 드러내 놓고 울고 있었다. 아보리우스는 잠시나마 스랄이 정령의 감정을 느낄 수 있게 해주었다.

스랄은 흐느껴 울었다. 자신이 느끼는 것이 참되고 좋은 것임을 알기에 전혀 부끄럽지 않았다. 눈물은 사랑하는 타레사 폭스턴이 준 선물 중 하나였고, 그 사실은 어젯밤에 가슴이 사무치도록 깨달았다. 오크들을 수용소에서 탈출시키고 싶었던 때보다도, 그들이 행복하고 안전하게 머물 땅을 주고 싶었던 때보다도, 지금 스랄은 자신이 태어난 세상이 완전해지기를 그 무엇보다도 강렬하게 원하고 있었다. 다른 것들은 그다음의 일이다. 호드도 얼라이언스도 진실로 성숙하고 번성할 수 있으려면 우선 아제로스가 이 기이하고 성난 아픔에서 회복되어 동요와 떨림과 눈물을 그쳐야만 한다. 그러므로 스랄은 바로 아웃랜드로 와야 했던 것이다. 그가 만들었고 사랑해온 호드를 남겨두고 떠날 수밖에 없었던 것이다. 이 길만이 유일한 선택이었다.

스랄은 후들거리면서 일어나 서서 팔로 눈가를 문지르고, 마지막 격노의 정령에게 발을 돌렸다.

고르다우그는 가장 눈에 띄는 격노의 정령이었다. 활활 타오르는 인시네라투스보다도 더더욱 눈에 띄었다. 땅의 격노는 마치 산이 통째로 살아 움직이는 듯한 모습이었다. 스랄이 그쪽으로 다가가자 발밑의 땅이 흔들거렸다.

고르다우그는 스랄을 알아차리지도 못한 듯 성큼성큼 걸어갔고, 스랄은 허둥지둥 뒤따라가면서 자신의 생각을 간절히 전달했다. 그러자 고르다우그가 갑자기 우뚝 멈춰서는 통에 스랄은 하마터면 그에게 부닥칠 뻔했다.

고르다우그가 천천히 몸을 돌려 스랄을 내려다보았다. 그 엄청난 크기에 비해 스랄은 정말로 자그마해 보였다.

"고르다우그에게 무엇을 원하는가?"

"저는 아제로스라는 땅에서 왔습니다. 그곳의 정령들이 괴로워하고 있습니다. 들불, 홍수, 지진을 일으켜 자신의 고통을 알리고 있습니다."

고르다우그는 번뜩이는 눈을 가늘게 뜨고 그를 내려다보았다.

"왜 그렇게 아프다지?"

"모르겠습니다, 격노이시여. 물어보았지만 온통 혼란스러운 대답뿐이었습니다. 제가 아는 건 다만 그들이 괴로워하고 있다는 것뿐입니다. 당신의 동료인 격노의 정령들은 이 불가사의를 풀어주지 못하였고, 저는 아제로스의 정령들을 어떻게 도와야 할지 모르겠습니다."

고르다우그는 마치 이런 상황을 예상이라도 한 듯 고개를 끄덕였다.

"고르다우그는 도와주고 싶다. 하지만 그 땅은 멀리멀리 있어. 그 땅을 알지도 못하면서 도와줄 수는 없다."

스랄은 놀라지 않았다. 다른 격노의 정령들도 도와줄 수가 없다며 똑같은 이유를 댔었다. 아제로스는 그들의 세상이 아니기에 무엇이 문제인지 알지도 못한다면서.

문득 스랄은 한 가지 생각이 떠올랐다.

"고르다우그여, 아제로스와 드레노어 사이에는 차원의 문이 있습니다. 예전에는 그 문이 닫혀서 드레노어에서 파괴의 여파가 제 세상에까지 넘어오지 않았습니다. 그런데 지금은, 제가 제 세상의 질병을 막지 못한다면 당신의 세상에까지 넘어올 수도 있습니다. 제발 무엇이라도 도와주실 수 없으십니까? 그리하면 아웃랜드도 지킬 수 있지 않겠습니까?"

"고르다우그는 네가 하는 말을 듣는다. 그 필요성을 이해한다. 그렇지만 고르다우그는 다시 말한다. 고르다우그는 이 세상만을 알 수 있다."

거대한 정령이 무릎을 꿇더니, 흙을 한 움큼 떠내서 입에 털어 넣었다. 스랄은 화들짝 놀라 그 모습을 쳐다보았다.

"나는 맛을 본다. 이 흙이 어디에서 왔는지 알 수 있다. 흙의 비밀을 알 수 있다."

스랄은 고르다우그의 말뜻을 깨닫고 눈을 크게 떴다. 이렇게나 간단하단 말인가?

스랄은 언제 어디서든 제단으로 쓸 수 있는 작은 물건을 지니고 있었다. 바람을 뜻하는 깃털, 물을 담을 작은 잔, 불을 피울 부싯돌과 부싯깃…….

……그리고 땅에서 가져온 작은 돌. 스랄은 희망과 공포에 사로잡힌 채 떨리는 손으로 주머니를 뒤져서 작은 돌멩이 하나를 꺼냈다.

그건 아제로스의 원소 일부였다. 부싯돌과 부싯깃, 잔, 깃털 같은 다른 물건들은 오로지 상징일 뿐이었지만, 이 돌은 그것이 의미하는 원소 그 자체였다.

"고르다우그여……. 여기 제 세상에서 가져온 돌이 있습니다. 여기서 무언가를 알아내실 수 있다면 부디 제게 알려주십시오."

고르다우그는 돌을 쳐다보았다. 그건 아주 작았다. 고르다우그가 몸을 구부려서 거대한 손을 뻗자 스랄은 돌멩이를 그 위에 떨어트렸다.

"고르다우그가 맛볼만한 게 별로 없다. 그래도 해 보겠다. 고르다우그는 돕고 싶다."

그 손 위에서 돌은 자그마한 점에 지나지 않았다. 고르다우그는 그걸 거대한 목구멍으로 삼켰다. 스랄이 아그라를 흘긋 돌아보자 그녀는 손을 펼치면서 어깨를 으쓱했다. 그녀도 스랄만큼이나 어리둥절한 듯했다.

갑자기 고르다우그가 으르렁거렸다.

"땅이 이래선 안 돼. 잘못됐어. 이 돌은 화가 났고 겁에 질렸어. 무언가가 그렇게 만들어놨군!"

스랄은 간신히 숨을 쉬며 그 말을 들었다.

"원래는 올바른 존재였는데 지금은 잘못된 무언가가 한 짓이야. 원래는 세상에서 태어난 것이지만, 이제는 비정상적이고 어두워졌어. 예전에 상처를 입었는데 지금은 그 상처가 나았어. 헌데 그 상처가 아주 잘못된 방식으로 나았어. 화가 나 있군. 다른 것들도 다치게 하고 싶어해. 그래서 땅을 해칠 거야. 막아야 해!"

고르다우그가 발을 쿵쿵 구르자 땅이 흔들렸다.

"그…… 무언가가…… 아제로스에 있는 겁니까?"

"돌은 그것이 올까 봐 무서워하고 있어. 아직은 아냐, 아직은 거기 안 왔어. 하지만 돌은 겁에 질렸어. 불쌍한 돌."

고르다우그는 손가락을 내밀어 스랄을 가리켰다.

"너는 공포에 질린 돌의 외침을 들어라. 모든 정령의 외침을 들어라. 지진, 폭풍, 화재…… 이것들은 정령들이 무섭다고 소리치는 것이다. 그들이 다치지 않도록 막아야 해……. 안 그러면 완전히 파괴될지도 모른다!"

"제가 어떻게 막으면 됩니까? 말씀해 주십시오!"

고르다우그는 거대한 머리를 흔들었다.

"고르다우그는 모른다. 겁에 질린 돌의 목소리를 듣는 또 다른 주술사라면 알 수도 있겠지. 하지만 이거 하나는 말해주마. 나는 이런 공포를 전에도 맛본 적이 있다. 이 세상이 산산이 조각나기 직전에 맛보았던 땅의 공포가 딱 이랬다. 깨어질지도 모른다는 공포였다. 산산조각이 날지도 모른다."

고르다우그는 몸을 돌려 성큼성큼 떠나갔다. 스랄은 충격 받은 채 그를 쳐다보았다.

"당신이 준 돌을 먹었네요. 도움이 됐나요?"

아그라가 스랄의 옆에 다가서며 물었다.

"그렇습니다."

스랄의 목소리는 속삭이다시피 작았다. 그는 헛기침하고 고개를 설레설레 저었다.

"돌이 겁에 질렸다고 하더군요. 모든 정령이 겁에 질렸다고 말입니다. 무언가 무시무시한 것이 닥쳐오고 있기 때문이라고 합니다. 한때는 세상과 조화를 이루는 좋은 것이었는데, 지금은 비정상적인 것이 된 무언가가. 그것은 예전에 상처를 입었고,

그래서 다른 것들도 상처 입히고 싶은 욕망으로 불타오르게 됐다고 하더군요."

스랄이 아그라에게 눈을 돌렸다.

"그리고 마지막 한 가지. 저는 이제 아제로스로 돌아가야 합니다. 제게 무언가를 할 수 있는 능력이 없다면 격노의 정령들이 저를 도와주지도 않았을 거란 생각이 드는군요. 아제로스의 정령들이 정확히 무엇을 그리도 두려워하는지 파악해야 합니다……. 그리고 온 힘을 다해 막아야 합니다. 왜냐하면 돌멩이는 드레노어에 '그 사건'이 벌어지기 직전과 비슷한 공포를 내뿜고 있었기 때문이지요……."

"……드레노어가 산산이 조각난다는 공포."

아그라가 겁에 질려 눈을 크게 떴다.

"맞아요, 고엘. 맞아요! 그런 대격변이 두 번 다시 일어나게 놔둬서는 안 돼요!"

아제로스의 호드 역사에서 전설적이고 위대한 영웅인 케른 블러드후프를 이겼다는 쾌감과 전율이 가시고 나자, 가로쉬는 미묘하게 뒤섞인 감정에 처한 자신을 깨닫고 놀라게 되었다.

가로쉬에게 먼저 도전한 쪽은 케른이었다. 정확히 왜 그랬는지는 아직도 잘 알 수 없었다. 어딘가에서 드루이드들이 습격당한 사건을 놓고 그를 비난하던데, 가로쉬는 그게 무슨 소리인지 당최 알 길이 없었다. 어쨌든 케른이 가로쉬를 모욕하고 도전장을 던진 이상 돌이킬 수 없는 일이었다. 양쪽 모두에게. 그 늙은 황소는 잘 싸웠다. 가로쉬는 인정하지 않았지만 자신이 그 결투에서 죽을지도 모른다는 걱정이 들었던 건 사실이었다. 하지만 결국 가로쉬는 살았다. 타우렌 대족장의 피를 손에 묻히고. 죄책감은 없었다. 그건 공정한 결투였으며, 둘 다 어느 한 쪽만 살아남으리라는 걸 알고 있었고, 각자의 명예에도 손색이 없었으니까.

그런데도…… 죄책감은 없었지만 후회가 남았다. 그는 케른을 싫어하지 않았다. 호드에 무엇이 최선인지에 대해 견해가 달라서 자꾸 충돌했을 뿐. 정말로 필요한 일 앞에서 케른이 자신의 고지식한 방식을 끝내 저버리지 못했다는 게 유감이었다.

가로쉬를 응원하던 이들이 떠들썩하게 축하연을 한 판 벌이고 곯아떨어진 뒤, 밤이 새벽을 향해 가는 동안 가로쉬는 다시 투기장에 가보았다. 케른의 시신은 결투가 끝난 즉시 어디론가 치워졌다. 어디인지는 알 수 없었다. 타우렌들이 장례를 어떤 식으로 치르는지도 잘 몰랐다. 매장하나, 화장하나?

투기장 바닥에는 아직 피가 얼룩져 있었다. 누군가를 시켜서 닦아내도록 조처를 해야 할 것 같았다. 그건 내일 일이다. 지금은 우선, 아까 닦지도 않고 내버려두었던 도끼날을 닦아야만 한다. 그렇게 중요한 일을 팽개쳐두고 있었다니 내심 부끄러웠다. 그럼…… 어디에 있나? 가로쉬는 주위를 둘러보다가 도끼가 보이지 않자 점차 불안해졌다.

"피의 울음소리를 찾고 계십니까?"

어디선가 목소리가 들렸다. 가로쉬는 화들짝 놀랐다. 돌아보니 코르크론 한 명이 가로쉬의 소중한 도끼를 내밀면서 절하고 있었다.

"저희가 가져다가 안전한 곳에 보관하고 있었습니다."

"고맙군."

가로쉬가 말했다. 그는 거의 눈에 띄지도 않게 자신을 끊임없이 지켜보는 정예 호위병들의 존재가 약간 불편했다. 하지만 지금 같은 때에는 확실히 편하긴 했다. 가로쉬는 피의 울음소리를 잊어버릴 정도로 분위기에 휩쓸렸다는 게 화가 났고, 다시는 그러지 않겠다고 다짐했다. 그가 물러나라고 손짓하자 코르크론은 인사를 하고 그늘 속으로 사라졌다. 이제 가로쉬는 아버지가 물려준 도끼를 가지고 혼자 남게 되었다.

도끼를 살펴보고, 케른이 쓰러진 곳에 묻은 피를 내려다보았다. 그러자 뒤에서 또 다른 목소리가 들렸다. 오크였지만 코르크론은 아니었다.

"이건 호드 전체의 손실일세. 자네도 잘 알고 있겠지."

관중석에 아이트리그가 앉아 있었다. 저 늙은이가 여기서 뭐 하는 건가? 가로쉬는 결투 동안 아이트리그를 본 기억이 없었지만 당연히 그도 오긴 왔을 터였다. 가로쉬는 싸움 자체도 별로 기억나지 않았고 자신을 지켜보는 자들이 누구인지는 더더욱 눈여겨보지 않았다. 그 시간 자체에 몰입했을 뿐.

가로쉬는 아이트리그를 질책할까 생각했지만, 아이트리그가 이상하게 피곤해 보인다는 걸 눈치챘다.

"나도 알고 있소. 하지만 선택의 여지가 없었소. 케른이 내게 도전했잖소."

"도전이야 많이들 하지. 그걸 왈가왈부하려는 게 아닐세. 하지만 케른이 너무 빨리 쓰러졌다는 생각은 안 들던가?"

가로쉬는 초조해졌다.

"별로 기억은 안 나오. 케른이…… 갑자기 쓰러지긴 했소. 열띤 상황이었고."

아이트리그가 고개를 끄덕이고 자리에서 일어났다. 무릎 관절이 아픈 그는 천천히 움직여 투기장 바닥으로 내려오면서 말했다.

"그랬지. 그런데 자네는 몇 방이나 맞았던가? 케른이 얼마나 타격을 가했던가? 많았네. 그런데 케른은 딱 한 번만 맞고 그렇게 갑자기 쓰러진 게야."

"그만큼 제대로 된 공격이었으니까 그렇죠."

가로쉬는 심통 난 목소리로 말했다. 사실이 그렇잖은가? 도끼는 케른의 가슴을 정확히 갈랐다. 안 그런가? 그런데 싸움의 열기 때문에 모든 게 흐릿했다…….

"아닐세."

아이트리그가 딱 잘라 말했다.

"길이만 길다 뿐이지 얕은 상처였어. 그런데 자네가 최후의 일격을 날릴 때 케른은 방어하지도 않았네."

아이트리그는 이제 가로쉬의 옆에 다가와 서서 말을 이었다.

"이상하다고 생각지 않나? 나는 매우 이상하던데. 이런 생각은 나뿐만이 아닐세. 케른은 너무 빨리 죽었네, 가로쉬. 자네는 눈치채지 못했더라도 다른 이들은 눈치챘다고. 조금 전에 나한테 다녀간 볼진만 해도 그렇고. 그렇게 훌륭한 전사가 그냥 살짝 스친 상처에 쓰러질 수 있는 것인지 다들 의아해하네."

가로쉬는 슬슬 화가 나기 시작했다.

"그만 하시오! 그래서 뭔 말을 하고 싶은 거요? 내가 공정하게 싸우지 않았다는 소리요? 내가 만약 속임수를 썼다면 케른이 나한테 이런 부상을 입히도록 놔두지도 않았을 거요!"

"아니. 자네는 불명예스럽게 싸우지 않았을 테지. 그러나 다른 누군가는 그랬던 것 같아."

아이트리그가 울퉁불퉁한 손가락을 뻗어 피의 울음소리를 가리켰다.

"자네는 그 도끼날에 성유를 뿌려 주술사의 축복을 받았지."

"케른도 그랬소. 막고라로 결투하기로 한 자는 누구나 다 거치는 절차란 말이오. 결투 일부분이란 말이오. 그건 불명예가 아니오!"

가로쉬는 목소리를 높이고 있었다. 안에서 이상한 감정이 부글거리는 느낌이 들었다. 설마, 공포인가?

"그 기름 색깔을 보게. 검고 끈적거리지……. 안 돼, 절대로 만지지 말게!"

케른 블러드후프의 목숨을 빼앗아 간 도끼날은 말라붙은 피로 뒤덮여 있었다. 그러나 가장자리 끝에 조금 묻어 있는 끈적거리는 검은 물질이 보였다. 보통 무기에 바르는 황금빛의 기름하고는 어느 모로 보나 달랐다.

"피의 울음소리를 누가 축복했나, 가로쉬 헬스크림? 케른 블러드후프를 죽인 그 도끼에 누가 축복을 내렸나?"

아이트리그의 목소리에는 분노가 묻어났지만 가로쉬를 향한 것은 아니었다.

가로쉬는 속이 메스꺼워졌다. 그는 잔뜩 쉰 목소리로 중얼거렸다.

"마가타 그림토템."

"결투 상대를 죽일 수 있었던 건 자네의 능력 때문이 아니었네. 사악한 음모꾼의 독 때문이었던 거야. 마가타는 자네를 장기의 졸처럼 써먹어서 자기 정적을 파멸시킨 거라고. 자네가 축하연 자리에 나가서 노는 동안 썬더 블러프에서 무슨 일이 일어났는지 알고는 있나?"

가로쉬는 듣고 싶지 않았다. 그는 잠자코 도끼날만 쳐다보았지만 아이트리그는 계속 몰아붙였다.

"그림토템의 암살자들이 썬더 블러프, 블러드후프 마을, 그 외의 타우렌의 근거지들을 탈취했네. 상급자들, 강력한 주술사, 드루이드, 전사 할 것 없이 모조리 죽였어. 무고한 타우렌들이 자다가 학살당했네. 바인 블러드후프도 실종되었고 아마 죽었을 거야. 평화로운 도시가 피바다가 되어버렸다고. 자네가 자부심에 가득 차 바로 코앞에서 무슨 일이 일어나는지도 모르고 희희낙락하는 바람에!"

가로쉬는 점점 더 경악하면서 그 말을 듣다가 이제 꽥 고함을 쳤다.

"됐소! 입 다무시오, 영감!"

두 오크는 그 자리에 우뚝 서서 서로를 노려보았다.

그러다가 가로쉬 안에서 무언가가 뚝 끊어졌다.

"마가타가 내 명예를 훔쳐버렸어. 내 몫을 가로채 버렸다고. 나는 케른 블러드후프와 정정당당히 싸웠을 때 이길 수 있을 정도로 강한지 어떤지 앞으로 영영 알 길이 없을 거요. 아이트리그, 난 몰랐소. 믿어 주시오!"

처음으로 아이트리그의 눈에 연민의 빛이 스쳤다.

"믿고 있네, 가로쉬. 나는 자네가 불명예를 저질렀다고 말하진 않았네. 케른도 마찬가지로, 죽어가면서 마가타의 음모를 눈치챘겠지만 자네만은 결백하다는 걸 알고 있었을 게야. 하지만 오늘 밤 여기에서 의심이 싹트기 시작했네. 자네가 공정하게 싸우지 않았다는 소문이 공공연히 퍼지고 있어. 모든 이들이 케른이나 나처럼 사태를 파악하고 있는 건 아니야."

가로쉬는 피와 독이 묻은 무기를 다시 쳐다보았다. 마가타는 그의 명예를 가로챘다. 가로쉬가 사랑해 마지않는 호드의 눈앞에서 그가 받을 존경을 앗아가 버렸다. 그녀는 가로쉬를 이용했고, 아버지가 썼던 무기인 피의 울음소리 역시 이용했다. 독이 묻은 그 도끼는 이제 비겁자의 무기가 되었다. 피의 울음소리 역시 치욕을 당한 것이다. 그리고 마가타는 그렇게 비열하고 기만적인 행동을 함으로써 주술사의 전통에까지 침을 뱉은 격이 되었다. 게다가 아이트리그가 어떤 이들은 가로쉬가 이 치졸한 짓거리에 적극적으로 동참했다고 생각한다고 말하고 있다니?

어림도 없다! 볼진이든 누구든 거짓을 말하는 자들에게 그의 생각을 똑똑히 보여주리라. 가로쉬는 눈을 감고 피의 울음소리 자루를 꽉 쥔 채 분노에 사로잡혔다.

27장

안두인이 별안간 제이나의 앞에 나타났을 때, 그녀는 본능적으로 바리안에게 연락해야겠다는 생각이 가장 먼저 들었다. 모이라가 아이언포지를 드나드는 연락 수단을 빈틈없이 장악하긴 했지만 도시를 완벽하게 고립시키기란 어려운 법이었다. 불과 하루 뒤부터 소문이 나돌기 시작했다. 바리안은 그 즉시 긴급 서한을 보내서 아들과 접촉하려고 했지만 답신이 돌아오지 않자 걱정도 되고 화도 났다.

제이나는 자식이 없었지만 바리안이 어떤 어려움을 겪었는지 알고 있었다. 최근에야 아들과의 관계를 회복하기 시작한 아버지로서, 왕국의 안전을 염려하는 국왕으로서. 그러나 바리안의 두려움보다도 지금 당장 더 긴급한 일은 일촉즉발의 정치적 상황을 가라앉히는 것이었다. 때로 정치란 두 사람 사이에서 시작되고 두 사람 사이에서 끝나기도 한다. 제이나는 바인을 만난 적이 없었지만 그 명성을 익히 들었다. 그녀는 바인의 아버지를 잘 알고 존중하고 좋아했다. 바인은 모든 것을 위험에 걸고 제이나가 자신을 도와주리라고 믿으며 여기까지 왔다. 제이나는 안두인 역시도 매우 잘 알고 있었기에, 처음에 안두인이 느꼈던 충격과 의심은 누그러지고 결실이 있는 대화가 뒤따르리란 걸 알고 있었다.

제이나는 그들의 두려움을 달래고 서로 말을 걸도록 유도했다. 각자 가져온 소식은 모두 끔찍했다. 바인은 자신의 아버지가 가로쉬와 마가타의 손에 살해당했으며, 전례 없이 잔인한 쿠데타가 벌어져 평화롭던 주민을 학살했다고 털어놓았다. 안두인은 아이언포지의 공주가 정당한 왕위 계승을 주장하며 돌아와 도시를 휩쓸고 주민의 자유를 빼앗았으며, 이러한 절대적 폭군 정치에서 비롯된 대대적인 공포를 누그러뜨리려는 노력조차 하지 않는다고 말했다.

바인도 안두인도 어딘가에서 탈출한 입장이었다. 제이나는 그들을 안전하게 지키고 지지하겠다고 약속했지만, 정확히 어떻게 그렇게 할 수 있는지는 아직 이렇다 할 계획을 세우지 못하고 있었다.

이때쯤 해서 목이 쉰 세 사람은 회의는 이 정도로 마치자고 했다. 제이나는 그래도 이만하면 좋은 성과를 냈다고 생각하고 있었다. 바인은 이제 돌아가야 한다고 했다. 안 그러면 자신을 기다리는 동료가 바인에게 배신당했다고 착각할 수 있다면서. 제이나는 이해할 수 있었다. 그녀라고 하더라도 똑같이 의심했을 테니까. 그녀는 차원의 문을 열어 바인이 요청하는 장소로 보내 주었고, 그가 나가고 나자 안두인과 제이나 단둘이 남았다.

안두인은 애써 말을 꺼냈다.

"그거…… 정말 안 됐어요."

"그렇지요. 게다가 썬더 블러프와 블러드후프 마을……. 그리고 다른 데서 습격당해 죽은 그 타우렌들도 너무 안 됐고……. 스랄은 언제쯤에나 이 소식을 받게 될지."

그 고결한 오크는 이 소식에 억장이 무너질 것이다. 제이나는 잘 알고 있었다. 간접적으로는 이 사태가 다 스랄이 가로쉬를 임시 지도자로 지명했기 때문에 벌어진 일이었다. 스랄은 비탄에 빠질 것이다.

제이나는 한숨을 쉬며 그 생각을 떨쳐내고 안두인을 다정하게 끌어안았다. 도착했을 때는 포옹할 기회가 없었다.

"저하가 이렇게 무사해서 정말로 다행이에요!"

"고마워요, 제이나 이모."

안두인이 제이나를 마주 끌어안았다가 놓았다.

"아버지와…… 이야기할 수 있나요?"

"당연하지요. 따라와요."

제이나의 작고 아늑한 방의 벽에는 책이 빽빽이 늘어서 있었다. 그녀는 한 책장으로 가서 세 가지 책을 차례차례 만졌다. 그러자 책장이 미끄러지듯 열리면서 벽에 달린 타원형 거울이 나타나, 안두인은 입을 쩍 벌렸다. 그러다가 거울에 비친 자기 모습을 보고 입을 다물었다. 멍하니 입 벌리고 다니는 바보처럼 보였기 때문이었다.

제이나는 눈치채지 못한 것 같았다. 그녀가 중얼중얼 주문을 외우고 손을 흔들자 안두인과 제이나와 방의 모습이 거울에서 사라지고 푸른 안개만이 휘돌았다.

"근처에 있었으면 좋겠는데…… 바리안?"

제이나가 얼굴을 약간 찡그리며 말했다.

긴장감이 도는 정적이 길게 이어지는 듯싶더니, 푸른 안개가 어떤 형상을 이루기 시작했다. 올려 묶은 갈색 머리, 연푸른 그늘이 드리워진 이목구비, 얼굴을 가로지르는 흉터…….

"안두인!"

바리안 린이 소리쳤다.

제이나는 심각한 상황임에도 미소를 지을 수밖에 없었다. 바리안의 목소리와 표정에서 역력히 묻어나는 사랑과 안도감 때문이었다.

안두인이 싱긋 웃었다.

"안녕하세요, 아버지."

"여러 소문을 들었단다. 너, 거기서 어떻게…… 아, 아니지, 귀환석을 썼겠지."

바리안은 자문자답하며 말했다.

"제이나, 그대에게 엄청난 은혜를 입었소. 무어라 감사해야 할지 모르겠구려. 그대는 안두인의 목숨을 구했소."

"안두인이 영리해서 그 돌을 쓸 생각을 한 거죠. 나는 그냥 도구만 줬을 뿐이라고요."

"안두인…… 그 드워프 마녀가 널 해치진 않더냐?"

바리안이 미간을 찡그리면서 짙은 눈썹이 한 데 모였다.

"만약 그랬다면, 내 당장……."

"아니, 아니에요. 계속 거기 있었더라도 그러진 않았을걸요. 저는 모이라에게 너무 중요한 존재였으니까요. 지금껏 무슨 일이 있었는지 얘기해 드릴게요."

안두인이 서둘러 아버지를 안심시키고, 모든 일을 간결하고 일목요연하게 설명했다. 바인과 제이나에게 이야기할 때와 토씨도 거의 다르지 않고 똑같은 설명이었다. 이럴 때마다 제이나는 저 청년의 냉철한 머리에 감탄하게 되었다. 더군다나 지금 상황이 너무 긴박해서 안두인도 제이나와 마찬가지로 잠을 별로 자지 못했는데도 저렇게 논리적으로 말할 수 있다니.

"그래서, 모이라의 왕위 계승은 정당하긴 해요."

안두인이 말을 맺자, 바리안이 대꾸했다.

"여제로서는 아니지."

"그야 그렇죠. 하지만 공주나 여왕은 될 수 있다고요. 공식적으로 대관식만 치르면요. 이런 식으로…… 사람들을 다 가둬놓을 필요는 없잖아요."

"그래. 그럴 필요는 없지."

바리안이 눈을 깜빡이며 제이나를 보았다.

"제이나, 나는 모이라에게 속내를 드러내지 않으려 하오. 안두인이 성공적으로 탈출했다는 사실이 알려지도록 놔두고 싶소. 그럼 속깨나 타겠지. 그래서 그대에게 부탁을 하나 하고 싶은데."

"당연하죠. 왕자님은 여기에 머물러도 돼요."

바리안이 질문을 하기도 전에 제이나가 대답했다.

"아직 아무한테도 안 들켰어요. 그리고 전적으로 믿을 만한 사람이 몇 명 있고요. 안두인이 돌아가도 될 것 같으면 언제든지 말씀만 하세요."

안두인이 고개를 끄덕였다. 그는 이렇게 될 줄 예상하고 있었지만 얼굴에 실망이 언뜻 스쳤다. 제이나는 그런 안두인에게 서운해하지 않았다. 안두인 같은 입장이 되면 누구든지 얼른 집에 돌아가서 이 모든 문제를 끝내고 싶을 테니까.

"고맙소. 그리고 앞으로도 공식적으로는 계속 당혹스럽다는 식으로만 일관하겠소. 모이라가 원하는 대로."

"저도 그럴 거예요. 모이라가 자기 쿠데타를 잘 숨기고 있는 줄 착각하게 하자고요. 하지만 그러는 동안……."

"걱정하지 마시오. 내 생각해둔 계획이 있으니."

바리안이 차갑게 미소 짓더니, 그 즉시 바리안의 얼굴이 거울에서 사라졌다. 제이나는 바리안의 갑작스러운 행동에 눈을 깜빡였다.

"화가 나신 것 같아요."

안두인이 조용히 말했다.

"그러실 만도 하죠. 나도 이 모든 일을 알고, 당신이 위험에 처해 있었다는 걸 알았을 때는 화가 났었는데요. 하물며 저분은 당신의 아버지인걸요."

안두인은 한숨을 쉬었다.

"제가 아이언포지 주민이나 타우렌들을 도울 방법이 있었으면 좋겠는데……."

제이나는 안두인의 머리를 쓰다듬고 싶은 충동을 억눌렀다. 안두인은 이제 어린 아이가 아니었다. 워낙 예의가 바른 소년이라 제이나가 그런다고 마다하지는 않겠지만, 내심으로는 좋아하지 않을 것이다. 제이나는 그냥 온화하게 미소만 지었다.

"안두인. 어쩐지 당신은 그 방법을 분명히 찾을 거라는 생각이 드네요. 그리고 내가 '어쩐지'라고 할 땐 믿어도 좋아요."

다음날 바인 블러드후프는 밤에 있을 회의에 제이나와 함께 안두인도 참석해주기를 요청했다. 안두인은 그 사실을 전해 듣고 놀라웠던 한편 기뻤다. 어젯밤 그들이 대화를 나누었던 거실은 그렇게 중대한 협상을 할 장소치고는 좀 이상하긴 했지만, 제이나가 다시 거기를 쓰자고 했을 때 안두인은 반대하지 않았다. 바인도 마찬가지로 찬성했다. 그 방은 그의 덩치에 맞는 물건이라곤 하나도 없고, 타우렌의 생활 방식하고는 거리가 멀어도 한참 멀지만, 그 방이 왠지 모르게 편안하다는 걸 바인도 느낀 게 아닐까. 테라모어 사람들은 같이 모여 앉아서 즐거운 대화, 뜨거운 차, 쿠키를 나누면서 춥고 비 오는 날의 한기를 쫓아내곤 했다. 그런 따뜻한 분위기가 바인에게도 와닿은 게 아닐까.

오래전에 테라모어에서 열렸던 정상회담을 떠올려 보면, 지금의 협상 방식은 참 이상했다. 공식 선언도, 내려놓을 무기도, 호위병도 없었다. 그냥 세 사람뿐.

안두인은 그런 점이 마음에 들었다.

안두인이 방에 들어갔을 때 바인과 제이나는 이미 와 있었다. 바인은 어젯밤에 봤을 때보다 덜 침착하고 더 슬퍼 보였다. 안두인은 적절한 거리를 두고, 대등한 지위의 상대에게 하는 방식으로 정중하고 진지하게 절했다. 바인은 타우렌의 방식으로 자기 가슴과 이마에 차례로 손을 얹어 경의를 표했다. 안두인은 웃음 지었다. 처음에는 어색한 웃음이었지만 바인을 보다보니 이내 자연스럽고 진솔하게 웃게 되었다.

바인, 제이나, 안두인은 다시 바닥에 앉았다. 난롯불을 등지고 앉은 안두인은 몸을 감싸는 따스한 온기에 편안해졌다. 제이나가 차를 준비해 와서 한가운데에 쟁반을 내려놓았다. 이번에는 타우렌 손님의 몫으로 커다란 머그잔이 준비되어 있었다.

바인 역시 그걸 눈여겨보고 작고 부드럽게 콧바람을 뿜으며 웃었다.

"고맙소, 제이나 양. 작은 것 하나도 놓치지 않는 분 같군. 스랄이 그대를 신뢰하는 것도 당연하오."

"고마워요, 바인. 스랄의 신뢰는 저에게 의미가 큽니다. 그 신뢰를 절대로 깨뜨리고 싶지 않아요. 당신의 신뢰도요."

바인은 차를 한 모금 들이켰다. 머그잔이 크기는 해도 그의 거대한 손안에서는 여전히 작아 보였다. 바인은 컵 안을 들여다보다가 입을 열었다.

"어떤 포세이큰들은 찻잎 모양을 보고 점을 칠 수 있다고 하더군. 그런 기술을 알고 있소, 제이나 양?"

제이나는 머리를 저었다.

"아뇨. 저는 몰라요. 차를 우리고 남은 찻잎이 좋은 거름이 된다는 건 알지요."

그리 재치 있는 농담은 아니었지만 모두 미소를 지었다.

"오히려 다행이군. 나는 내 미래를 알기 위해 예언자에게 물어볼 필요가 없으니. 대지모신께 방향을 내려달라 기도를 드리고 묵상을 했다오. 내 마음을 올바른 방향으로 이끌어 달라고 기도했소. 지금 내 마음은 고통과 분노로 가득해서, 마음의 소리를 따라도 될지 모르겠다고."

"마음이 뭐라고 하던가요?"

제이나는 조용히 물었다.

바인은 차분한 갈색 눈동자를 크게 뜨고 제이나를 보았다.

"내 아버지는 배신당해 돌아가셨소. 내 심장은 그런 비열한 짓을 벌인 자들에게 복수하고 싶다고 울부짖고 있소."

그의 목소리는 침착하고 단조롭기까지 했지만, 안두인은 그 말을 듣고 반사적으로 마음이 졸아들었다. 만약 바인 같은 자가 안두인에게 복수를 요구하며 달려든다면 어떨지 상상도 하기 싫었다.

"내 심장은 이렇게 말하오. 놈들이 네 모든 것을, 타우렌 일족의 모든 것을 빼앗아 갔다. 그림토템은 동족이 사는 평화로운 도시에 한밤중에 쳐들어와, 타우렌들이 자는 틈을 노려 맞서 싸우지도 못하게 목을 조르거나 칼로 찔러 죽였다. 그림토템을 없애라. 도끼날에 신성한 기름이 아니라 독을 바른 대모를 없애버려라. 감히 나의 아버지와 싸우려 들었던, 그리고 그림토템에게 굽실거린 덕에 아버지를 죽일 수 있었던 그 거만한 머저리를······."

바인의 목소리가 높아지고 있었다. 차분하던 눈동자가 서서히 분노로 차올랐다. 두 손은 안두인의 머리만 한 주먹을 꽉 쥐고 있었고 꼬리는 휙휙 움직였다. 바인은 하던 말을 갑자기 멈추더니 숨을 깊이 들이쉬었다.

"이것 보시오. 내 마음은 지금 현명하지가 못하오. 허나 한 가지만은 분명히 결심했소. 나는 내 일족의 영토를 수복해야 하오. 썬더 블러프, 블러드후프 마을, 해바위 야영지, 모자케 야영지, 그 외에도 놈들이 습격해서 무고한 자들을 학살한 마을이나 소도시 모두를."

안두인은 고개를 끄덕였다. 전적으로 동의했다. 그림토템이 그렇게 잔인하고 폭력적인 방식으로 이득을 보게 놔둬서는 안 되고, 바인은 마가타보다 훨씬 나은 지도자감인 데다가, 얼라이언스와 평화를 이루려면 이 용감하고 젊은 타우렌이 일족의 수장이 되어야만 했다.

"그렇게 해야 한다고 생각해요."

제이나가 말했다. 그런데 그녀의 목소리에 약간 조심스러운 데가 있었다. 바인이 정확히 무엇을 할 작정인지, 그리고 그녀에게 무엇을 요청할지 가늠해보는 눈치였다. 물론 제이나는 가능한 한 바인을 기꺼이 도우려 할 것이다. 그렇지 않았다면 애초에 바인을 이 방에 들여서 같이 이야기하지도 않았으리라. 안두인은 잠자코 입을 다물고 바인의 말을 들었다.

"그런데 내가 할 수도 없고 해서도 안 되는 일들도 있소. 내 가슴은 그렇게 하라고 나를 부추겨도 돌아가신 아버지가 원하는 바가 아니기 때문이오. 아버지가 싸우면서 이루고자 했던 목적을, 살아생전 바라시던 소망을 지키고 싶소. 나 자신의 감정에 따를 것이 아니라."

바인은 커다랗게 한숨을 쉬었다.

"그래서…… 아무리 그러고 싶어도…… 가로쉬 헬스크림을 공격할 순 없소."

제이나가 아주 미미하게 안도하는 기색이 보였다.

"가로쉬는 우리의 대족장인 스랄이 임명한 자요. 아버지께서는 스랄에게 충성을 맹세하셨고, 나 또한 그렇게 했소. 아버지는 잿빛 골짜기에서 파수꾼들을 죽이고 드루이드들의 평화 회담을 습격한 게 가로쉬의 소행이라고 생각하셨소. 그래서 그에게 막고라의 결투를 신청한 거요. 가로쉬가 규칙을 바꿔서 목숨을 걸고 싸우는 결투가 되었는데도 호드의 안위를 위해 싸우신 거라고. 나는 아버지가 옳은 일을 했다고 믿소. 그분의 동기는 분노도, 증오도, 원한도 아니라……."

바인의 목소리가 약간 갈라졌다.

"호드에 대한 사랑과, 호드를 안전하게 지키고자 하는 열망 때문이었소. 그것을 위해서라면 목숨도 거실 수 있었던 거요. 그리고 실제로 목숨을 대가로 치르셨지."

"하지만 당신에게는 복수할 권리가 있잖아요."

안두인은 자기도 모르게 울컥 말을 쏟아냈고, 깨달았을 때는 너무 늦어서 멈출 수도 없었다.

"아무도 그게 부당하다고 하진 못해요! 가로쉬가 마가타를 시켜 자기 도끼에 독을 바르게 했다는 게 밝혀진다면 더더욱 복수해야 하고요. 그리고 드루이드들을 학살한 것도……."

제이나는 안두인의 말이 마음에 들지 않는 듯했다. 바인은 깜짝 놀란 것 같았다. 그는 커다란 머리를 돌려서 안두인을 잠시 마주 보았다.

"그렇지. 허나 그대가 이해하지 못하는 점이 있소. 어쩌면 제이나, 그대도 마찬가지일 텐데……. 막고라의 결투를 먼저 신청한 쪽이 우리 아버지라는 사실이오. 막고라를 신청했다면 어떤 결과가 나오든 받아들여야 하오. 그건 최종적인 판결이오. 대지모신의 말씀이란 말이오."

"하지만 가로쉬가 속임수를 썼……."

"마가타가 도끼에 독을 발랐다는 증거는 있지요. 하지만 가로쉬가 그 음모에 동의했다는 증거는 없잖소. 아버지께서는 가로쉬의 진의를 의심치 않으셨을 게요. 나는 의심이 들지만, 그렇다고 해서 내 의심이 옳다는 확고한 증거도 없이 가로쉬에게 무턱대고 도전할 수는 없소. 그건 호드의 오랜 전통을 무시하는 짓이오. 이 법이 마음에 안 드니까 안 따르겠다, 이런 뜻밖엔 안 되는 거요. 대지모신을 부정하게 되고. 이해가 되시오, 젊은 안두인?"

안두인은 머리를 천천히 끄덕였다.

"언제는 막고라가 옳고 그름을 판단하는 공정한 방식이라고 했다가, 막상 결과가 마음에 안 드니까 그게 불공평하다고 하는 셈이라는 거죠?"

바인이 나직하게 콧바람을 불었다.

"이해하시는구먼. 좋소. 내 아버지가 가로쉬에게 도전한 것은 호드를 치유하기 위해서였소. 그런데 내가 가로쉬에게 도전한다면 호드는 갈기갈기 찢어질 거요. 내가 타우렌을 지키겠답시고 그릇된 방식으로 나서는 바람에, 오히려 타우렌의 삶의 방식을, 그들이 싸워왔던 모든 목적을 파괴하게 되는 거요. 나의 아버지 케른 블러드후프는 나를 그렇게 가르치지 않았소. 그러니…… 복수는 안 할 거요."

안두인은 등줄기에 소름이 끼쳤다. 인간을 비롯해 얼라이언스의 종족들 대다수가 타우렌과 호드에 대해 어떻게 생각하던가. '괴물'이라고 생각한다. 그들은 자주 그런 말을 내뱉고, 가끔은 다 들으라고 소리치기도 했다. 호드는 괴물이라고. 그리고 타우렌은 짐승보다 약간 더 나은 정도라고. 그런데 안두인은 짧은 평생 살아오면서, 어마어마한 중압감 속에서도 저렇게 고결한 마음씨를 유지할 수 있는 자는 처음 보았다.

하지만 바인이 자신을 완전히 다잡은 건 아니었다. 옳은 결정인 줄은 알고 있었지만, 정말로 그렇게 하고 싶지는 않은 듯했다. 안두인은 어쩐지 알 수 있었다. 바인은…… 가로쉬에게 복수하지 않을 자신이 없는 것이다.

바인은 자신이 아버지와 같은 타우렌이 될 수는 없다고 생각하고 있었다. 비통하게 고뇌한 끝에 털어놓은 이야기 이면에는 자신이 실패할지도 모른다는 두려움이 깔려 있었다.

안두인은 강력한 아버지의 그늘 속에서 산다는 게 어떤 일인지 알고 있었다. 그러나 바인과 케른은 아주 친밀한 부자 사이였다. 눈과 귀가 달린 자라면 누구나 다 아는 사실이다. 그 생각을 하자 부끄럽게도 불쑥 질투심이 들었다. 예전에는 안두인도 아버지와 친했었고 다시 가까워질 수 있기를 간절히 바랐었는데, 지금 그는 바리안과 소원해져 있었다. 아버지가 그렇게 잔혹하게 살해당한다면 어떤 느낌이 들까? 아버지는 자신의 아버지가 살해당했을 때 어떤 기분이었을까? 안두인과 이름이 같은 안두인 로서 경의 지혜가 없었더라면 아버지는 어떻게 되었을까?

바인은 자신의 상처를 없는 척하며 무감각하게 굴지 않았다. 아버지도 그렇게 자신의 상처를 느낄 수 없었다면, 그래도 여전히 개인적인 욕구보다 백성을 위한 길을 선택할 수 있었을까?

"금방 돌아올게요."

안두인은 벌떡 일어나서 절을 했다. 호기심 어린 시선을 뒤로 하고 그는 제이나가 마련해 준 자신의 방으로 달려갔다. 침대 밑에는 아이언포지에서 귀환석으로 탈출할 때 가져왔던 짐과 모이라가 준 창살 달린 새장이 있었다. 안두인은 배낭을 들고 서둘러 제이나와 바인에게 돌아왔다. 제이나가 미간을 살짝 찡그린 모습을 보니 안두인이 약간 못마땅한 듯했다. 그는 다시 자리에 앉아서, 헝겊으로 정성껏 감싸둔 무언가를 배낭에서 꺼냈다.

"바인…… 제가…… 좀 주제넘은 짓을 하는지도 모르겠습니다. 그리고 당신한테 제 생각이 의미가 있기나 할지도 모르겠지만, 그래도…… 당신이 이 길을 택한 이유를 이해한다고 말씀드리고 싶어서요. 그리고 올바른 길이라고요."

바인은 생각에 잠긴 듯 눈을 가늘게 떴지만 끼어들지는 않았다.

"그런데…… 제 느낌으론……."

안두인은 적절한 말을 더듬어 찾으면서 얼굴이 화끈 달아올랐다. 제대로 이해하지도 못하는 충동에 사로잡혀서 일을 친 것 같았다. 하지만 자신의 말이 얼토당토않은 헛소리가 아니기를 바랐다. 그는 숨을 깊이 들이쉬었다.

"당신은 자신이 선택한 길이 정말로 옳은지 미심쩍어하는 것 같아요. 그 길을…… 걷지 못할까 봐 불안해하고 있지요? 아버지와 같은 훌륭한 지도자가 되지 못할지도 모른다고."

"안두인……."

제이나가 날카로운 목소리로 경고하려 했지만 바인이 손을 들어 막았다.

"괜찮소, 제이나 양. 계속 들어봅시다."

바인의 갈색 눈이 안두인의 푸른 눈을 뚫어지라 쳐다보았다.

"하지만…… 저는 당신을 믿어요. 오늘 밤 여기에서 당신이 한 말, 당신의 아버지가 무척 자랑스러워하실 거라고 생각해요. 당신은 저랑 비슷해요……. 백성을 다스릴 지도자가 될 운명이죠. 그렇게 되고 싶다고 부탁한 적도 없는데. 우리 같은 삶이 쉽고 재미있을 거라고 생각하는 사람들은…… 이 자리의 의미를 전혀 모를 거예요. 통치자의 아들로 살면서도 우리 자신의 인생을 이끌어나가야 한다는 게. 그런데 예전에 누군가가 저를 믿어줬어요. 그리고 이 물건을 줬죠."

안두인은 무릎 위에 두었던 물건에서 헝겊을 풀었다. 공포파괴자가 난롯불 빛을 받아 밝게 빛났다. 안두인은 고대의 무기를 살며시 어루만졌다. 손은 자루를 거머쥘 듯이 구부렸지만 정말로 잡지는 않았다.

"마그니 브론즈비어드 선왕이 그 의식에서 승하하시기 바로 전날 밤 제게 주신 무기입니다. 고대의 무기예요. 공포파괴자라고 하죠. 우리는 임무에 대해 이야기하고 있었어요. 때로 우리가 정말로 원하는 일은 백성의 기대에 어긋날 수도 있지요."

안두인은 바인을 올려다보았다.

"타우렌들은 당신만큼이나 화가 나고 복수심에 불탈 거예요. 원한을 갚지 않겠다고 하면 실망할 자들도 있겠죠. 하지만 당신은 옳은 길을 걷고 있음을 알아야 해요. 자신을 위해서나 그들을 위해서나. 그들은 지금 당장 이해하지 못할 뿐, 언젠가는 그 선택이 옳았다는 걸 깨닫게 될 겁니다."

안두인은 공포파괴자를 들어 올려 두 손으로 조심스럽게 내밀었다. 마그니가 했던 말이 떠올랐다.

'피 맛을 아는 놈이지만, 또 쓰는 사람에 따라 피를 멎게 해주는 능력도 발휘한다네. 어디, 잡아 봐. 손에 쥐어 보라고. 자네를 마음에 들어 하는가 어떤가 보세.'

안두인은 공포파괴자를 넘겨주고 싶지 않았다.

'세상엔 누군가를 위해 존재하는 물건이란 게 있는 법이야. 이 무기야말로 자네를 위한 걸세.'

마그니는 확신에 찬 어조로 그렇게 말했었지만 안두인은 긴가민가했다. 어쩌면 그의 손에서는 그냥 당분간만 머물 운명은 아니었을까? 알아내려면 한 가지 방법밖에 없었다.

안두인은 무기를 들어서 바인에게 건넸다.

"잡아요. 쥐어 보세요. 그게 당신을 좋아하는지 어떤지⋯⋯ 보자고요."

바인은 어리둥절한 눈치였지만 안두인의 말대로 했다. 그 철퇴는 안두인에게 너무 컸지만 바인의 거대한 손에 들리니 작아 보였다. 바인은 그 무기를 오랫동안 바라보더니 숨을 길고 깊게 들이쉬고는 한숨을 내쉬었다. 그러자 몸이 약간 편안하게 풀어지는 듯했다. 안두인은 바인의 반응을 지켜보며 부드럽게 웃었다.

그리고 아니나 다를까, 몇 초가 지나자 공포파괴자는 은은하게 빛나기 시작했다.

"당신을 좋아하네요."

안두인이 조용히 말했다. 그 무기를 휘둘러 볼 기회도 한 번 없이 다른 사람에게 넘겨주게 되다니 마음이 허전하긴 했다. 하지만 후회는 없었다. 전에는 안두인이 선택받았다면 이번에는 바인이 선택받았을 뿐이다. 공포파괴자가 누구를 어떻게 선택하는지는 도무지 이해가 안 되고 앞으로도 영영 이해가 안 될 테지만.

"공포파괴자도 당신이 올바른 선택을 했다고 생각하는 거예요. 당신을 믿고 있어요. 저나 제이나 이모가 당신을 믿는 것처럼. 가지세요. 제가 그걸 갖고 있었던 건 당신에게 넘겨주기 위해서였던 것 같아요."

바인은 잠시 움직이지 않았다. 그러다가 커다란 손가락으로 공포파괴자를 꽉 거머쥐었다.

그때 안두인의 심장 속에서 빛이 살며시 그의 가슴 한가운데를 간질이는 느낌이 들었다. 안두인은 뭐가 뭔지 모른 채 손을 들어 올렸다. 그러자 손이 밝게 빛나더니 갑자기 부드러운 섬광이 일어나 바인을 휩싸고는 금세 사라졌다. 바인이 눈을 휘둥그레 뜨고 또 한 번 깊이 심호흡을 했다. 이제 바인은 완연히 차분해진 것 같았다.

안두인은 그 느낌이 무엇인지 이제야 깨달았다. 다만 이번에는 로한이 내린 축복이 아니라 안두인 자신이 바인에게 내린 축복이었다. 로한이 안두인에게 지팡이로 두려움을 쫓아주고 축복해주었을 때처럼, 바인도 똑같은 평화를 느끼고 있었다. 바인이 고개를 들었다.

"실로 크나큰 영광이오, 안두인. 그리고 마그니 브론즈비어드에게도. 이 무기를 소중히 여기겠소."

안두인은 미소를 지었다. 옆에서는 제이나가 경외심에 가까운 표정으로 그를 쳐다보고 있었다. 그녀는 커다랗게 뜬 눈을 밝게 빛내며 바인과 안두인을 번갈아 보고는 살포시 미소를 지었다.

바인이 빛나는 철퇴를 지그시 바라보았다.

"빛이로군. 안두인, 우리 타우렌은 어둠이 악이라고 생각지 않소. 어둠은 자연적으로 일어나는 현상이니 옳다고 생각하오. 그러나 우리 또한 우리만의 빛이 있지. 대지모신의 눈인 태양과 달, 안셰와 무샤를 섬긴다오. 어느 쪽도 누구보다 더 낫거나 못하지 않고, 그 둘이 함께 있기에 비로소 균형 잡힌 시야로 세상을 볼 수가 있소. 이 무기는 우리와는 전혀 다른 문화에서 왔는데도 꼭 안셰와 무샤를 닮은 것 같군."

안두인이 상냥하게 웃었다.

"빛은 빛이지요. 어디서 나오든 간에."

"그대에게 보답으로 줄 만한 것이 있었으면 좋겠는데. 우리 가문에 전해져 내려오는 명예로운 무기들이 몇 가지 있소만 지금 내 수중에는 가진 게 없구려. 내가 그대에게 줄 수 있는 것은 아버지께서 내게 주셨던 조언들뿐이오."

"우리 타우렌은 원래 유목민이었소. 우리가 떠돌아다니기를 그만두고 멀고어에 정착한 것은 불과 몇 년 전의 일이오. 그건 도전이었소. 하지만 결국은 평화롭고 고요하고 아름다운 마을과 도시 들을 세울 수 있었지. 우리가 누구이고 무엇인지 생각하며 우리 종족의 정체성을 가득 채워 넣었던 곳이오. 이제 나는 그것을 되살리고 싶소. 아버지가 언젠가 말씀하시길, '파괴는 쉽다'고 했다오. 그림토템이 하룻밤 만에 망가뜨린 처참한 참상을 보시오. 하지만 무언가를 세워 오랫동안 유지하는 일은 어려운 도전이라고 하셨소. 나는 그분이 세우셨던 썬더 블러프를 비롯한 마을들을, 그리고 호드 일원들 사이의 유대를 다시금 굳건히 세우기로 했소. 그것들이 지속하도록 만들고야 말 거요. 내 삶을 다 바쳐서."

안두인은 가슴이 벅차오르면서도 동시에 평온해졌다. 그건 실로 도전이었지만, 케른의 아들인 바인이라면 분명 해낼 수 있을 것이다.

"아버님께서 또 무슨 조언을 하시던가요?"

바인의 말을 듣자니 케른은 아주 현명한 분인 것 같았다. 안두인은 더 많은 교훈을 얻고 싶었다.

바인은 작게 콧바람을 뿜으며 웃었다. 다정하고 진실한 웃음이긴 했지만 추억을 돌이키기에는 아직 일렀는지 아픔이 묻어났다.

"뭐라더라…… 채소를 남기지 말고 다 먹으라 하셨소."

28장

그림토템은 독특한 훈련을 받은 강력한 족속이었다. 여느 아이들이 자연과 어우러지는 법과 '위대한 사냥'의 의식을 배울 때, 그림토템의 아이들은 손이든 뿔이든 무슨 무기로든 간에 신속하고 깨끗하게 죽이는 법을 배웠다. 그 어떤 싸움이 일어나도 승산은 항상 그림토템에게 있었다. 그들은 명예롭게 싸우지 않았다. 단지 이기려고 싸울 뿐. 하지만 수적으로는 열세였기에 마가타는 특정한 지역들만 골라서 겨냥할 수밖에 없었다. 특히 케른이 통치한 주요 도시를 점령하는 데에 집중했다. 타우렌에게 최초의 진정한 '고향'인 멀고어의 심장부를 휩쓸고 케른이 키운 아들을 죽일 계획이었다. 첫 작전은 승리를 거두어, 썬더 블러프 안팎에 쌓인 수백 구의 시신들 위로 새벽빛이 비치게 되었다. 그들의 목표는 두 가지였다. 그림토템을 가장 심하게 반대했던 자들을 제거하는 것, 그리고 감히 무기를 들어 맞서 싸우려는 자들을 무차별 학살함으로써 그들에게 절대적인 공포를 심어주는 것.

적들은 응고되어 가는 피웅덩이에 널브러져 뻣뻣하게 굳어가고 있었다. 늘 그렇듯이 잘못된 때에 잘못된 장소에 있었다는 단순한 이유로 이런 결말을 맞은 것이다. 그러나 한편으로 이런 대량 학살은 강력한 정치 선전이라는 용도도 있었다. 마가타와 그림토템 부족은 썬더 블러프를 장악했다. 도시의 자원도, 협상할 수 있는 인질도 모두 그들이 가지고 있다. 일련의 공격에 케른의 죽음과 그 아들의 실종까지 겹쳐져 타우렌들은 혼란에 빠졌다. 그들이 정상적인 상태를 되찾고자 한다면 결국은 마가타를 족장으로 인정하는 수밖에 없으리라.

하지만 바인은 그림토템의 그물을 빠져나가 버렸다. 마가타의 수하인 스톰송마저 배반했다는 보고가 들어왔다. 마가타는 케른 블러드후프의 알현실이었던 천막집 안에 앉아서 조용히 씩씩거렸다. 물론 스톰송을 암살하라고 지시해두었지만 쉽게 찾을 수 있으리라고는 기대하지 않았다. 그는 바인과 함께 있을 게 틀림없었다. 마가타는 그림토템 폭동 이후로 바인 블러드후프를 '역적'이라 불렀고, 다른 이들도 그렇게 부르도록 장려했다. 일단 '역적'을 찾아내면 스톰송도 같이 찾아내 죽일 수 있겠지만, 찾지 못하면 스톰송도 죽일 수 없게 된다. 초조하게 기다리는 수밖에 없었다.

마가타는 바보가 아니었다. 그녀가 익히 짐작한 대로 페랄라스처럼 멀리 떨어진 곳이나 드루이드의 요새인 달숲에서는 이미 반란이 시작되었다. 다른 부족들에서도 사절을 파견해 그림토템의 통치를 인정할 수 없다는 뜻을 전했다. 사절들은 두려움을 참으면서 애써 태연하게 나쁜 소식을 전했고, 마가타는 그런 그들에게 짜증을 내며 즉시 처형해버리곤 했다.

다른 소문들도 들려오고 있었다. 그 역적이 달숲에 숨어 있다는 소문. 썬더 블러프를 탈환하면 얼라이언스와 자유 무역을 맺겠다는 조건으로 협상을 체결했다는 이야기도 있었다. 대지모신이 바인의 편이었기에, 여신의 비호를 받은 주술사와 드루이드들이 나무를 베어다가 무기 삼아 행군하고 싸울 수 있으리라고.

이 중에서 한 가지만은 확실했다. 바인은 병력을 모으고 있었다. 어느 정도 강해지면 그녀에게 반격해올 것이다.

마가타는 생각에 잠겨 있느라 라하우로가 자신을 부르는 소리를 듣지도 못했다. 두 번째 불렀을 때에야 퍼뜩 정신을 차린 마가타는 화가 나서 콧바람을 뿜었다. 이런 식으로 멍하니 넋을 잃은 모습을 보이면 젊은 것들은 노망이 났다고 할 텐데. 마가타는 자신의 충실한 하인에게 화풀이하는 대신 그녀의 앞에 서 있는 젊은 오크 특사에게 벌컥 화를 내려고 했다. 그러다가 문득 사태를 파악하고 귀를 쫑긋 세웠다. 오크라면…….

그녀가 손을 내저었다.

"말해보시오."

"마가타 대모님, 저는 호드의 임시 대족장 가로쉬 헬스크림 님의 명을 받아 왔습니다."

마가타가 눈을 휘둥그레 떴다. 그녀는 이틀 전에 가로쉬에게 지원을 간청하는 전갈을 보낸 참이었다. 얼마 뒤면 바인이 병력을 많이 끌고 쳐들어올 것 같으니 도와달라는 편지였다. 가로쉬가 호드를 정말로 잘 다스리고 있다는 칭찬도 빼놓지 않고 자못 진실한 어조로 한가득 적어놓았다. 또한 이번 일을 도와준다면 그림토템과 호드 사이의 공식적인 동맹을 맺을 수도 있다는 맛깔스러운 제안을 꺼내기도 했다. 당연히 가로쉬는 그림토템의…… 독특한 힘을 쓰고 싶을 것이다. 마가타는 가로쉬가 그녀의 편지에 답해 곧바로 썬더 블러프 방어군을 보내주기를 바랐다. 그런데 이렇게 사절 한 명만 보낸 걸 보니 먼저 물어볼 게 있는 모양이었다. 아니면 자신의 생각을 먼저 알려주려고 했거나.

어느 쪽이든, 신속한 응답이 돌아와서 기뻤다. 그녀는 오크에게 친절하게 미소 지었다.

"어서 오시오, 특사여. 잠시 앉아서 쉬시기를 바라오. 그런 다음 그대의 대족장께서 보내신 전갈을 읽어 주시오."

마가타는 의자에 편히 앉아 배 위에 팔을 포갰다. 오크는 물은 고맙게 받아 마셨지만 음식은 사양했다. 그리고 한 번 절을 한 뒤, 배낭에서 가죽통을 꺼내서 두루마리를 펼치고 굵고 또렷한 목소리로 읊었다.

"*호드의 임시 대족장 가로쉬 헬스크림이 그림토템의 마가타 대모에게 고함.
네가 천천히 고통스럽게 죽기를 진심으로 기원한다.*"

방 안에 숨을 헉 들이켜는 소리가 울려 퍼졌다. 마가타는 아주 조용히 앉아 있다가, 갑자기 나이가 믿기지 않을 정도로 날렵하게 의자를 박차고 일어났다. 그리고 오크 사절을 손등으로 후려갈기고 두루마리를 빼앗아서 나날이 침침해져 가는 자신의 눈으로 직접 내용을 훑어 내렸다.

너는 내가 정당히 싸울 기회를 빼앗아버렸다. 케른 블러드후프는 호드의 영웅이었으며 본디 명예로운 종족의 명예로운 일원이었다. 그런데 나는 너 때문에 본의 아니게 비열한 방법으로 케른을 배신하여 죽이게 되고 말았다. 이 사실을 깨닫고 분노와 혐오로 몸서리쳤다.

그딴 음모는 너의 불명예스러운 변절자 부족이나 얼라이언스 쓰레기들에게는 자연스러운 일일지 모르나 나는 경멸해 마지않는다. 나는 케른과 공정하게 싸우고자 했으며, 나 자신의 능력으로써 이기거나 지기를 바랐다. 그런데 이제 영영 알 길이 없게 되었다. 배신자라는 오명만이 내 뒤를 따라다니게 되었고, 그 오명에서 벗어나기 위해서는 진짜 배신자인 네 머리를 창에 꿰어다가 밖에 내걸어야만 하겠다.

그러니…… 나는 결코 너희처럼 야비하고 비열한 부족을 위해 나의 충직한 오크들을 파병하지 않을 것이다. 너의 승리도 패배도 이제는 대지모신의 심판에 달려 있다. 어느 쪽이든 간에 네가 죽었다는 소식을 듣게 되기를 고대하마.

마가타, 너는 이제 혼자다. 친구라고는 한 명도 없으며, 예전부터 그랬듯 혐오의 대상일 뿐이다. 아니, 예전보다 더더욱. 즐겁게 고독이나 씹으시길.

읽어나가는 도중 그녀의 손이 덜덜 떨리면서 편지지 가장자리를 구겼다. 다 읽고 나자, 마가타는 머리를 뒤로 젖혀 고함을 지르면서 손을 앞으로 내뻗었다. 번개 한 줄기가 하늘에서 떨어져 초가지붕을 뚫고 오크 사절에게 내리꽂혔다.

살이 타는 고약한 냄새가 방을 가득 채웠다. 모두가 잠시 새까맣게 탄 녹색 시신을 쳐다보고만 있다가, 경비병 둘이 나서서 눈치껏 시신을 주워다가 밖으로 나갔다.

마가타는 거칠게 숨을 몰아쉬면서 주먹을 꽉 쥔 채 콧바람을 내뿜었다.

"대모님?"

라하우로가 머뭇거리면서 조심스레 말했다. 대모가 저렇게까지 화가 난 모습은 다들 처음 보는 듯했다.

마가타는 애써 마음을 가라앉혔다.

"가로쉬 헬스크림이 그림토템에게 그 어떤 지원도 하지 않겠다고 하는구나."

그녀는 가로쉬가 서신에 마구 뿌려 넣은 혹독한 모욕들은 언급하고 싶지 않았다. 부족민에게 망신을 줄 수는 없었다.

"그럼 우린 혼자인가요?"

라하우로는 걱정스러운 표정이었다.

"그렇지. 언제나 그랬듯이. 그리고 언제나 견뎌왔지 않더냐. 걱정하지 마라, 라하우로. 이런 가능성 역시 염두에 두고 계획을 짜 놨다."

사실은 그런 계획 따위 없었다. 마가타는 헬스크림의 아들이 계속 가지고 놀기 쉬운 상대일 줄로만 알았다. 오크들도 타우렌들도 이 한심한 '명예' 나부랭이에 눈멀어 있었는데, 그 명예란 것이 마치 독사처럼 풀 속에 숨어 있다가 생각지도 못한 순간에 그녀를 깨물어버린 것이다. 피의 울음소리를 마가타가 직접 닦아낼 새도 없이 코르크론들이 잽싸게 챙겨갔다는 게 불행이었다.

그래도 바인 블러드후프를 없애고 멀고어에 새로운 질서를 수립해야 한다. 타우렌들은 결국 잠잠해지고 그녀를 새로운 족장으로 받아들일 것이다. 그런 다음에는 힘의 원칙에 따라 가로쉬 헬스크림도 마음을 바꿀지도 모른다.

그 동안에는, 반격해올 것이 분명한 역적에 대비해야 한다.

재지크의 일용품점 꼭대기에 있는 방에는 시원한 바닷바람이 불어왔다. 검은 털과 흰 무늬가 그림토템임을 분명히 드러내는 타우렌 한 명이 초조하게 방에 들어왔다가, 바람을 느끼고 만족스러운 표정을 지었다. 너무 열린 공간이라서 마음에 걸리긴 했지만 어쨌든 여기가 정해진 약속 장소였다.

"안녕하쇼. 오셨군요!"

뒤에서 누군가가 말을 걸었다. 타우렌은 뒤를 돌아보고 톱니항의 고블린 수장인 가즈로에게 고개를 끄덕였다. 가즈로는 계단을 올라와서 손을 흔들었다.

"걱정하지 마시오. 이건 내 마을이니까. 여기에 있는 한 당신은 안전해요. 당신네 두목이 나한테 제안할 게 있다던데?"

"그렇소."

그림토템 타우렌이 말했다.

가즈로가 의자 두 개가 있는 탁자 쪽을 가리켰다. 타우렌은 조심스럽게 먼저 앉았다가, 고블린들보다 훨씬 무거운 자신의 체중도 의자가 잘 떠받쳐준다는 것을 깨닫고 이내 자세를 더 편하게 했다.

"물건이 몇 가지 필요하오."

가즈로는 재킷 주머니에서 파이프와 약초 쌈지를 꺼내 파이프에 재어 넣었다.

"거의 모든 물건을 구해다 줄 순 있지만 공짜는 아니오. 사적으로 주고받고 그런 건 없어요. 이건 사업이오. 아시지요?"

타우렌이 고개를 끄덕였다.

"물건값은 준비했소. 여기에 품목을 적어놓았소."

그가 작은 양피지 두루마리를 탁자 너머로 내밀었다. 가즈로는 서두를 생각이 없었기에 약초를 마저 재고 파이프에 불을 붙인 다음에야 양피지를 집어 들어서 훑어보았다. 그의 눈이 커다래졌다.

"폭탄을 얼마나 많이 해달라고요?"

"거기 쓰여 있잖소, 친구여."

"0이 하나 더 붙은 것 같은데요. 아님 두 개가……."

파이프를 문 가즈로의 입술이 구부러졌다.

"세상에, 세상에. 이 정도를 구하려면 아예 수송용 선박을 한 척 사야 할 것 같은데. 아니, '마을'을 사야 할지도."

가즈로가 그림토템 타우렌의 눈을 휙 스치듯 보았다.

"값을 낼 수 있는 게 확실해요?"

타우렌은 대답 삼아 벨트에서 자루 하나를 풀어냈다. 그건 그의 거대한 주먹보다도 더 컸고, 탁자 위에 올려놓자 딸깍 소리가 맑게 울렸다.

"원한다면 다 세어 보시오. 그대가 값을 정직하게 매기는 장사치라 들었소."

"정직한 값이라고 싸게 매긴다는 뜻은 아닌데……."

가즈로가 자루를 열었다. 오후의 햇살이 비쳐 자루 안의 황금빛이 번쩍거렸다.

"아이고 맙소사."

"거기 적힌 물건을 모두 구해줄 수 있겠소?"

가즈로는 머리를 긁적였다. 정직한 대답과 하고 싶은 대답 사이에서 망설이는 게 분명했다.

"아마도요."

가즈로가 파이프를 깊게 빨아들이더니 커다란 매부리코로 연기를 뿜어냈다.

"아마도요."

"며칠 내로 준비해 주시오."

타우렌의 그 말에 가즈로는 캑캑거리며 기침을 했다. 연기가 입에서 짧게 끊어지며 흘러나왔다.

"뭐라고요?"

그림토템 타우렌은 두 번째 자루를 꺼냈다. 먼젓번 것보다는 작았지만 그래도 꽤 컸다.

"내…… 두목은 일을 급하게 맡기려면 돈을 더 내야 한다고 하더군."

"두목이 똑똑하시구먼요."

가즈로가 나지막이 휘파람을 분 뒤, 다시금 물품 목록을 보고 한숨을 쉬었다.

"어렵긴 하겠는데…… 그래도 뭐, 좋아요. 좋아. 전부 다 구해다 드릴 수 있소."

그리고 가즈로는 무언가 망설였다. 그림토템은 참을성 있게 기다렸다. 저 고블린의 머릿속에서는 한바탕 전쟁이 벌어지고 있는 듯했다.

마침내 가즈로는 낮고 고통스러운 한숨을 내쉬더니, 두 번째 자루에서 금화 한 움큼을 꺼내 챙기고는 나머지는 타우렌에게 도로 밀어주었다. 그림토템은 어리둥절한 채 그를 올려다보았다. 주겠다는 돈을 마다하는 고블린이라니?

"이봐요. 다른 데 가서 이런 말 하지 마쇼. 하지만 나는…… 그…… 당신이 하려는 일을 지지하오."

타우렌이 눈을 깜빡였다.

"……그거 기쁘군."

가즈로가 고개를 끄덕이고 자리에서 일어났다.

"나흘 내로 준비해 드리지. 그보다 빨리는 안 되오."

"그 정도면 됐소."

타우렌 역시 일어나 돌아섰다.

"저기, 영감님?"

그림토템이 다시 뒤를 돌아보았다.

"바인에게 전해 주시오. 내가 늘 바인의 아버지를 좋아했다고."

스톰송 그림토템은 부드럽게 웃었다.

"그러도록 하지."

군대가 움직이고 있었다.

바인은 가로쉬 헬스크림에게 복수하지 않겠다는 결심이 확고히 서긴 했지만, 그렇다고 가로쉬에게 도와달라고 청하지는 않을 생각이었다. 결국 이 모든 일을 바인 혼자 해야 한다는 뜻이었다. 다행히도 마가타의 배신의 내막이 세간에 퍼지기 시작했다. 모자케 야영지는 아직 그림토템에게 함락되지 않았지만 절박하게 싸우는 중이라서 바인에게 보내줄 여유 병력은 없었다. 그러나 높새바람 봉우리는 습격을 물리쳤기에 블러드후프 가문에 온전히 충성하고 있었다. 바인이 높새바람 봉우리에 피난처를 요청했던 첫날밤, 싸울 수 있는 주민들이 모두 나서서 싸우겠다고 자원했다. 그 결과 건강하고 튼튼한 전사 스물네 명, 그리고 훈련이 많이 필요하긴 해도 열정만은 알아줘야 하는 이들을 아군으로 얻을 수 있었다. 타우렌들은 케른을 사랑했고 그 아들을 정중히 예우했다. 그림토템이 아닌 타우렌이라면 모두 바인의 편에 붙어 싸우는 게 당연한 분위기였다. 그림토템 밑에서 공포에 떨며 사는 타우렌들은 그러고 싶어도 그러지 못하겠지만.

바인은 공포파괴자를 당당히 들고 다녔다. 하지만 누구한테서 받았는지는 말하지 않았다. 안두인을 어떤 방식으로든 위험에 빠지게 하고 싶지 않았다. 그 무기는 몇십 년 동안, 어쩌면 몇 세기 동안 아무도 쓰지 않은 듯했다. 크기가 작다는 것 외에는 딱히 드워프가 만든 무기라는 특색도 없는 데다가, 어차피 타우렌에게는 거의 모든 무기가 작았다. 가끔가다 누가 물으면 바인은 그냥 이렇게만 대답했다.

"한 친구가 내게 준 거라네. 나와 내 대의를 믿는다는 표시로."

그 설명만으로도 충분한 것 같았다.

군대는 황금길을 지나 타우라조 야영지 쪽으로 향하고 있었다. 그때 해바위 야영지에서 전갈이 왔다. 그림토템의 공격을 물리쳤으며, 군대를 보내놨으니 거기서 합류하자는 내용이었다. 바인은 다 드러내놓고 행군했다. 그림토템 첩자들이 관찰하든 말든 두렵지 않다고 선언하듯이. 그렇게 그들이 먼지진흙 습지대를 지나 메마른 불모의 땅에 접어들었을 때쯤에는 군사의 숫자가 훨씬 불어 있었다.

대의에 함께하기 위해 합류한 것은 타우렌뿐만이 아니었다. 사병들 사이에는 트롤 몇몇, 오크 조금, 그리고 심지어는 포세이큰이나 신도레이까지 한두 명 보였다. 포세이큰들은 자신들이 호드에 들어올 수 있도록 도와주었던 타우렌에게 은혜를 갚고 싶은 생각인 듯 보였다. 그 외에는 대부분 용병이었다. 제이나가 추적 불가능한 금화를 상당히 많이 지원해준 덕분에 고용할 수 있었다. 용병들의 기량은 전투에서 필수적인 역할을 하리라. 바인은 장담할 수 있었다.

길 저편에서 코도 한 마리가 모습을 나타냈다. 처음에는 작은 점이었지만 더 가까이 다가오자 그 위에 타고 있는 이가 스톰송이라는 것을 알 수 있었다. 스톰송은 거대한 몸을 움직여 코도에서 내린 뒤 바인의 곁에 다가왔다.

"좋은 소식이라도?"

"아주 좋은 소식이오. 가즈로가 모든 물건을 나흘 안에 구해주겠다고 했소. 그리고 지급하겠다는 비용을 다 받지도 않았소. 자신이 케른을 언제나 존경했고, 우리의 대의를 지지한다고 하더군요."

"정말이오?"

바인은 깜짝 놀라 그를 올려다보았다.

"고블린에게서 진실한 충성 선언을 받게 되다니. 이거 기쁘군."

동료 드루이드들과 이야기하고 있었던 하뮬이 바인에게 다가왔다.

"네가 예상한 대로 그들은 우리가 오고 있다는 걸 알고 있다는구나. 우리가 보내둔 첩자의 보고에 따르면 썬더 블러프가 포위 공격을 대비하고 있단다. 좋은 소식이라면, 그들은 모든 자원과 병사를 거기로만 모으고 있다는 거지. 우릴 길거리에서 공격할 생각은 안 하는가 보다."

"썬더 블러프는 어차피 함락되지 않을 거라고 생각하는 거겠지요. 길에서 힘을 빼봤자 자기네 전력 낭비일 뿐이라고 생각하는 겁니다."

스톰송이 코웃음을 쳤다.

"목록을 읽을 때 가즈로 얼굴이 어땠는지 직접 봤어야 했는데. 대모와 그 추종자들이 놀란 얼굴은 더더욱 볼만할 게요."

해바위 야영지에서 보낸 병력은 그리 많지는 않았지만 매우 민첩한 전사들이었다. 바인의 군대가 남부 황금길에서 서쪽의 멀고어로 이어지는 길에 이르렀을 때 해바위 야영지 전사들은 벌써 도착해서 기다리고 있었다. 바인이 나타나자 그를 환영하는 함성이 치솟았다. 그의 이름을 외치는 환호성도 들려왔다.

"바인! 바인! 바인!"

바인은 가슴이 벅차올랐다. 곁에서 하뮬이 조용히 입을 열었다.

"저 소리를 들어봐라. 너는 저들에게 희망을 안겨주었다. 네가 짠 작전은 대담하고 위험하지만…… 그래도 나는 그것이 성공하리라고 믿는다. 바인 블러드후프, 너는 아버지의 군건함을 물려받은 데다가 자기만의 상상력까지 갖추고 있어. 이 전쟁에서 반드시 승리할 것이다."

바인이 대답했다.

"부디 그렇기만을 바랍니다. 만약 패배한다면 우리 타우렌의 운명은 끝장일 테니까요."

한때 축제 분위기로 시끌벅적했던 썬더 블러프는 이제 고요했다. 한밤중에 몰래 숨어들어서 거두었던 첫 승리는 꽤 쉬웠다. 하지만 이제는 잠들어 있는 희생자들을 학살하는 게 아니라 유명한 지도자를 앞세우고 쳐들어오는 군대를 막아야만 하는 상황이었다. 썬더 블러프는 매우 견고하고 탁월한 요새였기에 장시간 포위에도 버틸 수 있었다. 하지만 마가타는 거기까지 기대하지 않았다.

바인이 그렇게 보란 듯이 전진하다니 어리석었다. 그렇게 해서 아군을 좀 더 얻었을지는 몰라도, 적군 역시 준비할 시간을 준 셈이었다. 마가타는 그런 기회를 놓치지 않았다.

썬더 블러프의 성벽을 타고 기어 올라오는 건 아예 불가능하지는 않아도 대단히 어려운 일이었다. 타우렌에게는 특히 어렵고, 기습 공격이 아니기에 더더욱 그랬다. 중요한 진입로는 승강기였다. 마가타는 기술자들을 시켜서 승강기 버튼을 누르면 폭발하게끔 조작해 두었다. 그러면 바인의 군대는 기지에서 야영하면서 그림토템이 제 발로 나오기를 기다릴 수밖에 없으리라. 만약 타이밍이 잘 맞아떨어진다면 그 폭발 사고에 바인의 수행원 몇 명이 휘말릴지도 모른다. 차원문 같은 마법으로 잠입할 방법은 이미 차단해 놓았다.

결국 기나긴 기다림이 될 것이다. 바인이 며칠간 자기 행적을 고스란히 알린 덕분에 그림토템은 식량과 여타 보급품들을 넉넉히 챙겨놓을 수 있었다. 그녀는 블러드후프 마을에 있는 그림토템 일원들과 해바위 야영지 습격에 실패한 공격대를 모두 불러 모아서 이 수도를 방어하도록 명령했다. 그래. 마가타는 생각하면 할수록 더 침착해졌다. 바인은 패배할 것이다. 자기 아버지가 그랬듯이. 그리고 마가타는 타우렌 일족에게 계속 올가미를 걸어놓을 수 있을 것이다.

마가타는 케른 블러드후프의 거처였던 천막집에서 잠에 곯아떨어졌다. 유쾌한 꿈이 이어지다가, 불현듯 눈부신 섬광이 일더니 천둥이 화답하듯 우릉거리면서 땅이 흔들렸다. 비가 오두막집에 세차게 쏟아붓자 마가타는 벌떡 일어나서 씩씩거렸다. 또 섬광이 번뜩였다. 마가타는 주술사이자 타우렌이었으므로 폭풍이 낯설지는 않았지만, 지금의 이 폭풍은 막강하고도 무시무시했다. 그녀는 킁킁 냄새를 맡고 귀를 기울이며 신경을 바짝 곤두세웠다. 어쩌면 그냥 기분 탓일지도 모른다. 그러나 그녀가 지금껏 오래 살 수 있었던 것은 본능을 무시하는 게 아니라 본능에 귀를 기울였기 때문이었다. 그래서 로브와 망토를 후다닥 걸치고 폭우가 앞이 안 보이리만치 쏟아져 내리는 바깥으로 나갔다.

얼굴을 때리는 빗줄기를 맞으며 마가타는 눈을 가늘게 뜨고 위를 쳐다보았다. 하늘은 시커멓고 천둥 구름들이 별들을 가리고 있었다. 이상할 건 없었다. 이곳은 '썬더(thunder: 천둥)' 블러프가 아닌가. 그냥 유난히 격렬한 폭풍일 뿐이라고 안심한 마가타는 후드를 잡아 내리려 했다.

그때 그녀는 보았다. 번쩍번쩍 하늘을 가리던 천둥 구름이 걷힌 곳에, 연보라색 풍선을 띄운 비행선이 나타난 것이다. 그리고 한 척 더…… 또 한 척 더. 마가타는 숨을 들이켜며 망연히 소리쳤다.

"비행선이라니!"

29장

마가타가 그 말을 내뱉자마자 비행선들 양편에서 밧줄이 내려지더니 타우렌, 오크, 트롤 들이 흔들거리며 타고 내려왔다. 그림토템이 총과 활을 미처 준비하기도 전에 그렇게 많은 적이 도시 내부에 안전하게 착륙할 수 있다니 놀라운 일이었다.

적들은 땅에 내려오자 바로 공격해 왔다. 세 명이 곧바로 마가타에게 달려들었다. 이제 잠에서 완전히 깬 그녀는 얼굴을 찌푸리고 옆구리에 매달고 다니는 작은 주머니에 손을 넣었다. 토템 하나를 손가락으로 잡으니 정령들이 응답해 왔다. 갑자기 하늘이 찢어지는 듯 번개 한 줄기가 내리치면서 적을 창처럼 꿰뚫었다. 단숨에 많은 이들이 쓰러졌지만, 그 혼란 속에서 또 다른 비행선이 들어와 위험한 승객들을 지상으로 풀어놓았다.

마가타는 으르렁거리고는 두 손을 하늘로 쳐들었다. 비행선 한 척에 번개가 내리꽂혔다. 즉시 불이 붙었고, 굶주린 듯한 화염이 비행선을 따라 번지면서 거대하고 빳빳한 풍선을 단숨에 집어삼켰다. 하지만 조종사가 어찌어찌 조종해서 위태롭게나마 이착륙 탑에 떨어지게 되었다.

마가타는 욕지거리를 내뱉었다. 저 탑 안에 갇힌 와이번들은 다 타죽게 생겼다. 죽은 고블린 조종사 녀석이 파괴된 비행선체를 이용해 공격한 것이었다.

이 사고에 대해 깊이 생각할 겨를도 없었다. 쾅하고 거대한 폭발이 일어나 썬더 블러프의 봉우리 상층 전체가 뒤흔들렸다. 비행선 한 척에서 폭탄을 떨어트리고 있었다. 시체와 시체 파편들이 공중으로 날아올라 옅은 분홍색 새벽빛에 비치며 기괴한 풍경을 자아냈다. 라하우로가 마가타를 잡아당겨 위험한 곳에서 물러서게 했다.

그녀는 벌컥 화를 내며 그를 후려치고 싸움판으로 주의를 돌렸다.

"와이번들을 꺼내! 공중에서 공격해야 해! 비행선 한 척을 격추했으니 나머지 한 척을 잡아!"

"나머지⋯⋯ 두 척이죠."

라하우로가 정정해 주었다.

거대한 폭풍까마귀가 바인의 옆에 내려앉았다. 그것은 몸을 비틀며 모양이 바뀌더니 하뮬로 돌아왔다.

"비행선 한 척을 잃었다. 그러나 놈들은 봉우리 상층에만 주의를 쏟고 있구나. 스톰송이 부른 천둥 구름이 제대로 먹힌 게지."

바인은 고개를 끄덕였다. 첫 돌격은 거의 극적이기까지 했다. 그들은 적의 뒤통수를 치고 충격과 경악에 빠뜨렸으며, 마가타와 그녀의 최고 전사들은 지금도 충격에 빠져 떼 지어 우왕좌왕하고 있었다. 그들은 비행선에서 내려온 전사들 몇십 명과 싸우고 있었지만 그 싸움은 속임수였다. 그들이 거기에 정신을 판 사이에, 속도는 더 느려도 막기는 더 어려운 특수 대원들이 수렵의 봉우리, 장로의 봉우리, 정기의 봉우리 쪽으로 슬그머니 움직이고 있었다. 바인은 그림토템이 썼던 방식과 유사한 방식으로 쓴맛을 보여줄 셈이었다. 그들의 팔다리를 끊어놓는 것이다. 그림토템이 주술사, 드루이드, 사냥꾼들의 팔다리를 실제로 잘라버렸다면, 바인의 군대는 그저 작은 봉우리들과 큰 봉우리를 잇는 다리들의 밧줄을 끊고 있을 뿐이었다. 한 봉우리에서 다른 봉우리로 화살, 총알, 주문을 날릴 수도 있겠지만 대부분은 맞지도 않을 것이다.

그가 고용한 트롤 용병 몇몇도 열심히 활약하고 있었다. 그들은 깎아지르는 듯한 절벽에서도 민첩하고 완강하게 움직였다. 이동하는 중에는 폭탄의 뇌관을 잠시 빼놓는 신중을 기했다.

당연하지만 승강기에는 폭발 장치가 되어 있었다. 이걸 해체하는 작업은 더 복잡하고 시간이 오래 걸리는 일이었다. 상층 쪽에서 그림토템의 주의를 계속 돌리는 동안, 아무도 승강기를 폭파할 생각을 하지 못하는 동안 처리해야 했다.

반드시.

그림토템 부족은 남은 와이번들을 재빨리 꺼내, 올라타고 비행선들과 싸우러 날아올랐다. 그림토템 사냥꾼들은 날개 달린 사자 같은 그 짐승 위에 탄 채로도 비행선 갑판 위의 선원과 전사들을 정확히 쏘아 맞힐 수 있었다. 폭풍까마귀로 변신해 지상의 전쟁터로 쏜살같이 내려가는 드루이드들까지도. 그러나 이윽고 총과 화살 부대와 대등한 공격이 그들에게 고스란히 돌아왔다. 그림토템 사냥꾼 하나가 뿔 달린 거대한 표범에게 덮쳐져 목을 깊숙이 물어뜯기고 있었다. 드루이드도 사냥꾼도 모두 와이번에서 균형을 잃고 떨어졌고, 드루이드들은 지면에 부딪히기 직전 아슬아슬하게 폭풍까마귀로 변신했다. 사냥꾼들은 그냥 곤두박질쳐서 즉사했다.

마가타는 주위를 둘러보았다. 사방 천지가 시체였다. 후퇴해야 할 때였다. 예언의 웅덩이라는 물웅덩이가 있는 동굴에 포세이큰 마법사들이 있다. 설득만 잘한다면 그들은 차원문을 만들어서 마가타를 안전한 곳으로 보내줄 것이다. 각 층으로 이어지는 전통식 경사로는 폭탄에 맞아 파괴된 채 아직도 연기가 뭉게뭉게 피어오르고 있었다. 마가타는 손짓을 하고 두 번째 봉우리로 뛰어내렸다. 라하우로를 비롯한 다른 이들도 손에 무기를 든 채 그녀를 따라갔다. 여기저기서 치고받는 백병전이 벌어지고 있었다. 그녀의 위로 그림자가 드리워졌다. 올려다보니 남은 비행선 두 척 중 한 척이 머리 위를 맴돌고 있었다.

"예언의 웅덩이로 가겠다! 그리고 그 승강기들…… 거기 폭탄 다 터뜨리고 와!"

"즉시 실행하겠습니다, 대모님."

코르가 말했다. 승강기 폭탄 설치는 그가 낸 작전이었다. 그는 마가타의 명령을 수행하기 위해 서둘러 승강기 쪽으로 달려갔다.

마가타는 허둥지둥 천막집 방향으로 향했다. 몇 발짝만 더 가면 이제…….

그녀는 우뚝 멈춰 섰다. 다 낡은 나무판자 위에서 발굽이 미끄러졌다. 고엄이 손을 뻗어서 대모가 밑으로 떨어지지 않도록 겨우겨우 붙잡았다. 저 아래에는 입을 쩍 벌린 듯한 낭떠러지가 있었다.

"놈들이 밧줄을 잘랐어요!"

고엄이 소리치며 마가타를 잡아당겨 안전한 곳으로 끌어올렸다.

"나도 보인다, 이 멍청한……."

그때 어디선가 폭발음이 들려 마가타의 말이 끊어졌다. 돌아보니 승강기가 있던 곳에서 연기가 피어오르고 있었다. 마가타의 입가에 미소가 떠올랐다. 이제 다른 승강기가 터지겠지. 그녀는 다음번 폭발음을 고대하면서 기다렸다. 그래, 썬더 블러프는 포위당할 순 있어도 거기에 맞설 준비가 되어 있는 도시다.

그런데 소리가 들리지 않았다.

승강기가 꼭대기로 올라오더니 바인 블러드후프가 앞으로 확 뛰어나왔다. 너무 빨라서 라하우로는 그를 막으려고 움직이기조차도 못했다. 바인의 발굽에 뒤이어서 곰 한 마리, 그림토템 타우렌 한 명, 다른 전사 몇 명이 달려나왔다. 마가타는 자신의 토템을 잡으려 했지만 그러기도 전에 바인이 그녀를 덮쳤다. 바인은 검이 아니라 철퇴처럼 생긴, 그에게는 너무 작아 보이는 무기를 휘두르고 있었다.

작은 철퇴가 그녀의 옆구리를 후려치자 마가타는 숨을 토해냈다. 갑옷을 입을 기회도 없었던 그녀는 그 충격으로 몸이 휭 날아가 처박히고 말았다. 온몸이 조각나는 듯 아팠고, 일어나는 건 둘째 치고 숨쉬기조차도 어려웠다. 바인 블러드후프가 그녀를 내려다보며 그 특이한 무기를 높이 쳐들었다.

"항복하라! 살인자이자 배신자여!"

마가타는 입을 열었지만 아무 말도 나오지 않았다. 숨이 막혀서 말을 할 수가 없었다. 바인이 갈색 눈을 가늘게 떴다. ……즐거워서인가? 바인이 공격할 수 있도록 자신이 허락해준 거나 다름없다는 사실을 깨닫고 그녀는 왈칵 고통이 치밀었다.

"하…… 항복!"

그녀가 헐떡거리며 말했다. 전투의 요란한 소음들 속에서 마가타의 목소리는 간신히 들릴까 말까 한 정도였다.

바인이 철퇴를 내리더니 다른 쪽 주먹을 꽉 쥐었다. 거기까지 본 뒤, 마가타는 의식을 잃었다.

* * *

바인은 포로로 잡은 그림토템 부족을 둘러보았다. 썬더 블러프 탈환전에서 그림토템 부족의 일부는 전사했고, 살아남은 자들은 대부분 부상당해 있었다. 바인이 그들의 상처를 치료하라고 지시했기에 검은 털 위에 저마다 흰 붕대가 매어져 있었다. 그 치열한 전투 이후 그림토템의 숫자는 눈에 띄게 줄었지만, 바인은 그들의 죽음을 애도하지 않았다. 배신과 속임수를 써서 탈취했던 도시를 지키겠다고 공정하게 싸우다 죽은 것이니까.

이제 그의 앞에는 한 가지 질문이 남아 있었다. 살아남은 저 그림토템들을 어떻게 처리해야 하나? 특히 그 수장을?

마가타는 부상자들 사이에 있었지만 자존심은 전혀 다치지 않은 것 같았다. 그녀는 언제나처럼 몸을 꼿꼿하게 편 채 경비병 두 명을 옆에 두고 서 있었다. 그 경비병들은 마가타를 때리거나 죽이라는 명령만 간절히 기다리고 있는 것 같았다. 바인 역시도 그러고 싶었다. 머리를 뽑아다가 창에 꿰어서 봉우리 어귀에 경고의 표시로 놓아두고 싶었다. 용들의 머리를 그렇게 했듯이…… 그래, 그렇게 한다면 확실히 만족스러우리라.

그러나 아버지라면 그렇게 하지 않았을 것이다. 바인은 잘 알고 있었다.

"내 아버지는 너를 여기 썬더 블러프에 살게 해주었다, 마가타."

바인은 경칭도 없이 반말로 말했다.

"아버지는 너를 공평하고 정중하게 대해 주셨다. 네가 아버지를 제거하려고 호시탐탐 계략을 꾸미고 있는 줄 아시면서도."

마가타는 화가 나는 듯 눈을 가늘게 뜨고 콧바람을 불었지만 아무 말도 하지 않았다. 빌어먹게 영리한 여자였다.

"아버지는 너를 그렇게 배려해줬는데, 너는 가로쉬 헬스크림의 무기에 독을 발라 아버지가 치욕적이고 고통스럽게 죽어가게 만들었다. 도의에 따르자면 목숨은 목숨으로 갚아야 하겠지. 아니면 막고라의 결투를 벌이든가. 그래, 가로쉬가 아닌 너와 말이다. 가로쉬는 네 장기판의 졸이었을 뿐일 테니까."

마가타는 결투하게 될까봐 미세하게 긴장한 눈치였다. 바인은 쓴웃음을 지었다.

"나는 도의를 지킨다. 내 아버지도 도의를 지키다 돌아가셨고. 그러나 지도자가 존중해야 할 덕목은 그것 말고도 더 있어. 아버지는 연민 또한 알고 계셨고, 일족에게 무엇이 최선인지도 알고 계셨지."

바인은 천막집에서 나와서 그녀와 발을 마주 디디고 눈을 똑바로 마주 보았다. 마가타는 약간 뒷걸음질 치며 귀를 눕혔다.

"마가타 그림토템. 너는 안락함을 좋아하지. 권력도 좋아하고. 나는 너를 살려주겠다. 그러나 그 두 가지 모두 누리지 못하게 해주지."

바인이 손을 뻗자 경비병 한 명이 작은 주머니를 주었다. 마가타는 그게 무엇인지 알아보고 눈을 크게 떴다.

"무엇인지 알고 있겠지. 이건 너의 토템 주머니다."

바인은 주머니 안에 손을 넣어 작은 조각상 중 하나를 꺼냈다. 마가타가 자신이 제어하는 정령들과 접촉하는 수단이었다. 바인은 그것을 손가락 두 개로 눌러서 산산이 부서뜨렸다. 마가타는 자신의 공포와 경악을 드러내지 않으려 애를 썼지만 얼굴에 완연히 드러나고 말았다.

"이렇게 한다고 정령과 네 연결고리가 완전히 끊어지는 건 아니라고 생각한다."

바인은 그렇게 말하면서도 계속 토템을 하나씩 하나씩 꺼내 부수다가, 마침내 네 번째 토템을 꺼내 들었다.

"하지만 이렇게 하면 정령들이 노여워할 테지. 네가 그들의 호의를 다시 얻으려면 시간이 좀 걸릴 거다. 굴욕적으로 무릎 꿇기도 여러 번 해야 할 테고. 나는 그런 모욕과 치욕이 네 입맛에 썩 잘 맞을 것 같은데, 안 그런가? 그러니 더 많은 치욕을 베풀어주마."

"너는 황량한 돌발톱 산맥으로 유배될 거야. 거기서 어떻게든 연명하면서 살아보도록. 네가 아무도 해치지 않는다면 아무도 너를 해치지 않을 거다. 하지만 누군가를 공격한다면 너는 적이 생기겠지. 그 적이 너한테 무슨 짓을 하려고 들든 나는 아무런 제재도 취하지 않겠다. 그리고 네가 혹시라도 또다시 음모를 꾸미려 든다면…… 마가타, 그러면 나는 직접 널 찾아갈 거다. 그리고 내 아버지 케른 블러드후프의 혼령이 아무리 나더러 침착하라고 꾸짖으신다 해도 나는 결단코 네 머리를 베어버리고 말겠다. 무슨 말인지 알겠나?"

마가타는 고개를 끄덕였다. 바인은 코웃음을 치고 물러나 다른 이들을 둘러보았다.

"너희 중에는 학살이 내심 불편했던 자들도 있겠지. 스톰송 그림토템처럼. 만약 지금 앞으로 나와서 나와 타우렌 일족과 호드에 충성을 맹세한다면, 그리고 그림토템이라는 오명을 스스로 벗어던지겠노라고 선언한다면, 완전히 사면해주겠다. 스톰송은 이미 그렇게 했다. 그렇게 할 용의가 없는 자들은 소위 대모라고 하는 저 여자와 함께 야생으로 돌아가라. 그 운명을 함께 져라. 그리고 내 얼굴을 다시 보지 않기만을 기도해라."

바인은 기다렸다. 오랫동안 아무도 움직이지 않았다. 그러다가 한 여자가 두 어린 아이의 손을 붙잡고 앞으로 나섰다. 그녀가 바인 앞에 무릎 꿇고 머리를 숙이자 아이들이 그녀를 따라 했다.

"바인 블러드후프 님, 저는 그날 밤 학살에 가담하지 않았습니다만 제 남편은 가담했음을 고백합니다. 당신이 받아주신다면 제 아이들이 이 안전하고 평화로운 도시에서 자라났으면 합니다."

검은 타우렌 남자가 여자 옆으로 다가와서 그녀의 어깨를 잡고 꿇어앉았다.

"아내와 아이들을 위해서 나 자신을 당신의 심판에 맡깁니다. 저는 타라코르라 하며, 스톰송이 돌아섰을 때 당신을 습격할 무리를 이끌었던 게 접니다. 저는 평생 자비를 모르고 살았으나, 제가 아니라 제 무고한 아이들을 위해 자비를 청합니다."

점점 더 많은 이들이 앞으로 나왔다. 바인 앞에는 그림토템 부족의 거의 4분의 1이 나와 있게 되었다. 바인은 그들을 그리 신뢰하지는 않았다. 한동안은 동태를 지켜봐야 할 것이다. 적어도 당분간은 그림토템이 맞서 싸울 능력을 모두 박탈하고자 했기에, 자신을 따르며 사는 것과 마가타처럼 수치스럽고 무력하게 사라지는 것 말고는 다른 선택지를 허락하지 않았다. 그러자 갑자기 마음을 바꿔 먹게 된 이들이 많았으리라. 하지만 진심으로 바인과 호드를 따르려는 자들도 있을 터였고, 아마 진심이 아니었던 자들도 그렇게 변하게 될 것이다. 진정한 관계 회복을 위해 그 정도 위험은 감수해야 했다.

바인은 그 충성스럽다던 그림토템 부족이 하나둘씩 마가타를 떠나가자 그녀의 얼굴이 점점 일그러지는 것을 보면서 내심 통쾌했다. 아버지도 이 정도의 즐거움은 괜찮다고 여기시리라.

"더 없나?"

나머지 그림토템들은 원래 있던 곳에 머물러 있었다. 바인은 고개를 끄덕였다.

"경비병 스물네 명이 너희를 새로운 집으로 데려다 줄 것이다. 솔직히 행운을 빈다고는 말 못하겠군. 다만 너희의 죽음이 내 몫이 되진 않기를."

그들은 승강기 쪽으로 움직여갔다. 바인은 그들을 잠시 지켜보았다. 마가타는 뒤를 돌아보지 않았다.

'내 말은 빈말이 아니다, 마가타 그림토템. 너를 다시 보게 되는 날에는, 설령 안셰가 나를 이끌더라도 내 손을 멈추지 않을 것이다.'

가로쉬는 한때 자신의 가문을 창피하게 여겼다. 시간이 꽤 지나고 나서야 자신이 누구이고 어디에서 왔는지를 이해하고, 받아들이고, 긍지를 찾을 수 있었다. 그렇게 자신감이 생긴 덕분에 자신에게나 호드에게나 정당한 영광을 여러 번 안겨줄 수 있었고, 과한 칭찬에도 맛을 들이게 되었다. 그러나 지금 버섯구름 봉우리의 약속 장소로 이어지는 구불구불한 경사로를 올라가면서, 가로쉬는 타우렌들의 가시 돋친 시선에 약간 경직될 수밖에 없었다.

자신이 정당한 입장이 아니게 되니 기분이 좋지 않았다. 진심으로 케른과 명예로운 방식으로 싸우고 싶었는데. 그래서 자신이 인정하는 고귀한 적수에게도 자기 자신에게도 경의를 표하고 싶었는데. 그런데 마가타가 그 기회를 빼앗았고 수많은 사람 앞에서 그의 평판을 추하게 망가뜨린 것이다. 너무나도 많은 사람들 앞에서. 아, 케른만큼이나 그도 마찬가지로 피해자였다.

그래서 가로쉬는 애써 머리를 높게 쳐들고 발걸음을 빨리했다. 바인이 그를 기다리고 있었다. 그는 케른보다도 덩치가 커 보였다. 아니면 늙은 케른보다 더 꼿꼿하게 허리를 펴고 서서 그런지도 모른다. 아무튼 바인은 아버지의 거대한 토템을 옆에 두고 조용히 서 있었고, 그에게서 약간 떨어진 곳에는 하뮬 룬토템, 스톰송 그림토템, 다른 타우렌들 몇몇이 기다리고 있었다.

가로쉬는 바인을 위아래로 훑어보고 그를 가늠해보았다. 바인은 크고 건장하되 케른을 닮아서 차분한 분위기가 있었다. 거의 평온해 보이기까지 했다.

"가로쉬 헬스크림."

바인이 낮고 우렁거리는 목소리로 말하고 고개를 기울였다.

"바인 블러드후프. 우리, 토론할 게 많은 것 같소."

바인이 하뮬에게 고갯짓을 했다. 늙은 대드루이드가 바인 뒤편에 서 있는 이들에게 눈길을 주자, 그들은 이 척박한 봉우리 위에서 바인과 가로쉬가 사적인 대화를 나눌 수 있도록 머리를 숙이고 몇 발짝 더 물러났.

"그대는 내가 사랑하는 아버지와 함께할 수 있는 시간을 빼앗아 갔소."

바인이 무뚝뚝하게 말했다.

가로쉬는 대화가 어떤 식으로 흘러갈지 감을 잡았다. 가식적인 예의 같은 거 차리지 말자는 거군. 가로쉬도 원체 그런 건 경멸했으니, 마음에 들었다.

"그대의 아버지가 내게 도전했소. 나는 그 도전을 받아들일 수밖에 없었소. 안 그랬으면 내 명예도 케른의 명예도 영영 실추되었을 거요."

바인의 표정은 바뀌지 않았다.

"그대는 이기기 위해서 속임수와 독을 썼소. 그건 그대의 명예가 더더욱 실추되는 짓이오."

가로쉬는 벌컥 쏘아붙이고 싶은 것을 참고 깊이 심호흡을 했다.

"이 사실을 인정하는 것 또한 수치스러운 일이나, 나는 마가타 그림토템에게 속았소. 피의 울음소리에 독을 바른 건 그녀의 소행이었소. 나는 그대의 아버지와 정정당당히 싸워 이길 수 있는지 앞으로 영영 알 수 없게 되고 말았소. 그러니 나 또한 그대처럼 속았던 거요."

가로쉬는 자신이 그 사실을 받아들이기까지 얼마나 많은 것을 잃었는지 바인이 이해하기나 할까 싶었다.

"그대는 마가타의 속임수에 빠져서 명예가 더럽혀진 채 이 자리에 서 있소. 그리고 나는 아버지를 여의고 무고한 백성의 시신을 수습하며 여기에 서 있소. 우리 중에서 한쪽이 잃은 게 훨씬 많은 것 같소만."

가로쉬는 뺨이 벌겋게 달아오른 채 아무 말도 하지 않았다. 그에게 치밀어 오르는 감정의 정체가 무엇인지 알 수가 없었다. 다만 바인이 한 말이 옳다는 것은 알고 있었다.

"그렇다면 그 아버지의 아들이 똑같은 도전을 하는 걸 받아들이도록 하겠소."

"그러지 않을 거요."

가로쉬는 무슨 말인가 싶어서 인상을 찌푸렸다. 바인이 말을 이었다.

"가로쉬 헬스크림. 내가 그대와 싸우기 싫어서 이러는 거라고는 생각하지 마시오. 도끼날에 무엇이 묻어 있었던 간에 내 아버지를 쓰러뜨린 건 그대의 손이었으니까. 허나 타우렌은 그렇게 옹졸하지 않소. 진정한 살인자는 그대가 아니라 마가타요. 내 아버지는 막고라를 신청했으니, 마가타의 속임수 때문에 공정한 결투가 아니었다 할지언정 그대와 아버지 사이의 언쟁은 막고라로 결착이 난 거요. 나의 아버지 케른 블러드후프는 언제나 타우렌 백성을 최우선으로 생각하셨소. 타우렌들은 호드의 보호와 지지가 필요하며, 나는 그들이 보호받고 지지받도록 온 힘을 기울일 거요. 아버지를 추모하려는 욕심 때문에 우리 일족을 위한 최선의 길을 저버려서는 안 되오."

"나 역시 당신의 아버지를 사랑하고 존경했소. 그리고 그분을 추모하기 위해 고군분투했고. 나는 케른 블러드후프의 명예를 더럽힐 생각은 꿈에도 하지 않았소, 바인. 속임수 때문에 케른이 죽었는데도 그렇게 깊이 생각할 줄 안다니, 그대가 타우렌의 지도자에 합당한 인물임을 잘 알겠군."

바인의 귀가 움찔거렸다. 그는 아직 화가 나 있는데 가로쉬는 바인을 조금도 비난하지 않았다.

"하지만…… 그림토템에게 그대가 베푼 자비는 당황스럽소. 똑같이 보복하지 않고 그냥 추방하다니? 막고라나 오히려 그보다 더욱 강한 복수가 걸맞은 것 같소만.

어째서 그림토템 부족을 처형하지 않았소? 적어도 그 사기꾼 대모라도 죽였어야 하지 않소?"

"그림토템이 무엇이든 간에 그들도 타우렌이오. 아버지께서는 마가타가 음흉한 인물이라고 해도 오히려 가까이에 두는 편이 감시하기에 좋다고 생각하셨지. 그렇게 해서 타우렌 일족끼리 분열이나 불화를 일으키지 않을 수 있었소. 나는 그분의 소망을 존중하오. 죽이는 것 말고도 처벌 방법은 얼마든지 있소. 오히려 죽음보다도 적절한 처벌 방식이 있는 법이지."

가로쉬는 그 말뜻을 잠시 고민하다가, 결국은 바인도 자신처럼 아버지 생전의 소망을 존중하려고 한다는 걸 깨달았다. 가로쉬는 그저 이렇게 말했다.

"좋은 일이지. 아버지를 추모하고 그 바람을 존중한다는 건."

바인이 차갑게 미소 지었다.

"나는 마가타가 반역자라는 증거를 충분히 갖고 있고, 그녀는 원래의 힘을 다 잃고 추방되었소. 그녀를 따르기로 선택한 그림토템들 모두가 같은 처벌을 받았지. 한편 자신의 행동을 뉘우치고 여기에 남은 이들도 많소. 이제 그들은 새로운 그림토템 파가 되었고, 내 목숨을 구해주고 충성을 입증한 스톰송이 그들을 이끌게 될 거요. 마가타와 그녀를 따르는 그림토템 파가 타우렌 영토를 침입했다가는 발각 즉시 살해될 거요. 이것만으로도 충분한 복수요. 파괴된 도시와 일족을 추스르고 다시 짓는 것만도 에너지가 많이 드는데 복수에 낭비할 시간은 없지."

가로쉬가 고개를 끄덕였다. 그는 바인 블러드후프에 대해 알아야 할 것은 모두 알게 되었고, 그 성품에 감명을 받았다.

"그러면 그대에게 호드의 완전한 보호와 지지를 주겠소, 바인 블러드후프."

"호드의 보호와 지지의 대가로, 나는 타우렌 일족의 충성을 바치겠소."

바인의 어투는 딱딱했지만 진심이 배어 있었다. 가로쉬는 이 타우렌의 말을 신뢰해도 된다는 것을 알 수 있었다.

가로쉬가 손을 내밀었다. 바인은 손가락 세 개가 달린 자신의 손으로 가로쉬의 손을 완전히 감쌌다.

"호드를 위하여."

바인이 감정에 벅차올라 떨리는 목소리로 나지막이 말했다.

가로쉬가 그 말에 화답했다.

"호드를 위하여."

30장

그 일은 폭풍우로 시작되었다.

테라모어는 폭풍우가 워낙 잦고 심한 곳이어서 안두인은 이미 익숙해져 있었다. 그러나 이번 건 천둥소리에 이빨이 떨리고 번개가 방 전체를 환하게 밝힐 정도라서 잠에서 깰 수밖에 없었다. 벌떡 일어나 앉으니 또 한 번 천둥이 꽝 내리치는 소리와 함께 빗물이 창문에 마구 쏟아지기 시작했다. 그 기세가 얼마나 맹렬한지 빗물 때문에 창문이 박살나는 게 아닐까 싶었다.

안두인은 침대에서 나와 창밖을 보았다. 하지만 비가 너무 세차게 내려서 아무것도 보이지 않았다. 그러다가 복도에서 이쪽으로 누군가 다가오는 목소리가 들려왔다. 안두인은 얼굴을 약간 찡그리고 겉옷을 걸친 뒤, 문틈으로 머리를 내밀어 상황을 살폈다.

제이나가 허둥지둥 지나가고 있었다. 그녀도 방금 일어나서 옷을 막 걸쳐 입은 게 분명했다. 눈은 또렷했지만 머리카락은 빗질 한 번 안 한 듯 헝클어져 있었다.

"제이나 이모, 무슨 일이에요?"

"홍수."

제이나가 간단명료하게 말했다.

그 순간 안두인은 던 모로에서 일어났던 눈사태가 떠올랐다. 고통스러워하고 화가 난 정령들이 무고한 사람들에게 분노를 쏟아내던 순간. 애린의 명랑한 얼굴이 마음속으로 밀려 들어왔지만, 안두인은 그걸 애써 젖혀두었다.

"저도 갈래요."

제이나는 안 된다고 말하려는 듯 숨을 들이켰다가 이내 경직된 미소를 짓고 고개를 끄덕였다.

"그래요."

안두인은 재빨리 방으로 돌아가 가장 긴 장화를 신고 두건 달린 망토를 걸친 다음, 제이나와 함께 하인 몇 명과 경비병들을 거느리고 밖으로 뛰어나갔다.

몰아치는 비바람 때문에 안두인은 발을 더 못 떼고 멈춰 설 뻔했다. 위에서 아래로 쏟아진다기보다는 옆으로 불어오는 것 같았고, 순간 숨이 턱 막힐 정도였다. 제이나 역시 걷기 어려워 보였다. 높은 탑에서 지상으로 내려오는 동안 다들 술 취한 사람처럼 비틀거렸다.

보름달이 뜬 밤이었는데 구름이 너무 짙게 껴서 컴컴하기만 했다. 경비병들이 등불을 들고 있긴 했지만 빛은 금방 꺼질 듯 가물거렸다. 이런 폭우 속에서 불이란 거의 쓸데가 없었다. 안두인은 발목까지 차는 물웅덩이에 발을 디뎠다가 숨을 헉 들이켰다. 물이 너무 차가워서 두꺼운 장화 너머로도 그 한기가 느껴질 정도였다. 어둑한 주변에 눈이 적응되고 나니 이 근방 전체가 물에 잠겼다는 걸 알 수 있었다. 그렇게 깊지는 않았다. 아직은.

여관이며 방앗간에서 불이 켜지고 고함이 터져 나왔지만 엄청난 빗소리와 천둥소리에 묻혀서 잘 들리지도 않았다. 여관은 경사진 땅에 있어서 괜찮았지만 방앗간은 물에 몇 센티미터쯤 잠겨 있었다.

"아덴 부관!"

제이나가 소리쳤다. 말을 탄 병사가 물을 철벅 철벅 튀기며 다가왔다.

"성채 문을 열어요, 사람들 대피하게! 사람들을 성 안으로 들여요!"

"알겠습니다!"

아덴이 말 머리를 잡아당겨 방앗간 쪽으로 갔다.

제이나는 잠시 멈춰 서서 하늘로 두 손을 들어 올리더니 손과 손가락을 움직였다. 입을 달싹거리고 있었지만 무슨 말을 하는지는 들리지 않았다. 그 즉시 거대한 용의 머리가 제이나의 곁에 나타나 안두인은 기겁했다. 용은 입을 열고 불길을 화르륵 뿜어서 그 일대의 물을 증발시켜버렸다. 물론 물은 다시 쏟아져 들어왔지만 용의 머리는 지칠 줄 모르는 듯 계속 불길을 뿜어댔다. 제이나는 만족스러운 듯 고개를 끄덕였다.

"부두로!"

제이나가 안두인에게 외쳤다. 안두인은 그녀를 뒤쫓아 용감하게 물살을 헤치며 최대한 빠르게 달려갔다. 내리막길이 되면서부터 물은 더 깊어졌다. 저 앞에는 여느 때 보았다면 우스꽝스러웠을, 그러나 지금은 혼란만 가중시키는 아수라장이 펼쳐지고 있었다. 그리핀들이 온갖 건물들 위에 내려앉고 있었던 것이다. 주인들이 "제발, 진정해!"라고 윽박질러도 보고 애원도 했지만 날개와 털이 흠뻑 젖은 그리핀들은 반항적으로 꺅꺅 울기만 할 뿐이었다.

물은 이제 안두인의 무릎까지 차올랐다. 그와 제이나, 경비병들은 단호하고 묵묵히 앞으로 나아갔다. 사람들은 그리핀과 마찬가지로 가능한 높은 곳으로 올라가 있었다. 그들의 본능적 행동은 타당해 보였지만 쉴 새 없이 맹렬하게 내리치는 번개가 문제였다. 지혜로운 대처가 아니라 오히려 더더욱 위험한 짓이라는 걸 깨달은 사람들은 다시 낮은 지대로 기어 내려오기 시작했다. 안두인과 경비병들은 공포에 질린 상인들과 그 가족들을 도와서 안전한 곳으로 내려주었다.

안두인은 몸을 떨기 시작했다. 망토와 장화는 튼튼했지만 물 '속'에 있는 동안 몸을 따스하게 덥혀주거나 건조하게 유지해주는 기능 따위는 없었다. 물은 굉장히 차가웠다. 무릎 아래로 다리에 아무런 감각이 느껴지지 않았다. 그래도 계속 나아갔다. 사람들이 위험에 빠져 있었고, 그는 도와야만 했다.

번개가 번쩍하고 치면서 밤이 낮으로 바뀌었다. 그 순간 작은 여자아이가 흐느껴 울면서 안두인에게 달려들어서 그는 팔을 벌려 아이를 안아주었다. 자신에게 매달리는 아이의 어깨너머로 부두 쪽을 내다보니 새하얀 섬광이 갈지자로 떨어지면서 나무로 된 부두에 내리꽂히고 있었다. 그 직후에 귀가 먹을 정도로 커다란 쾅 소리가 울리고, 사람들이 지르는 무시무시한 비명과 목재가 와스스 박살나는 소리가 한 데 뒤섞였다. 부두에 정박해 있던 배 두 척이 격렬하게 흔들리다가는 마치 심통 난 거인 아이가 집어던진 장난감처럼 획 날아갔다.

여자아이가 안두인의 귓가에 대고 비명을 지르며 목을 거의 졸라버릴 듯이 부둥켜안았다. 또다시 번개가 친 순간, 바다에서 집채만 한 파도가 다가오는 광경이 언뜻 보였다. 거의 부두를 한 번에 집어삼킬 수도 있을 듯한 크기였다. 얼굴에 강물처럼 흐르는 빗물을 맞고만 있던 안두인은 눈을 깜빡여서 물기를 털어내고 다시 그쪽을 보았다. 저런 게 보이다니 말도 안 되었다. 그럴 리가 없었다.

근처에서 다시 번개가 번쩍 내리쳤다. 그리고 그 이상한 파도는 사라지고 없었다. 테라모어 부두와 배 두 척도 사라지고 없었다. 방금 그가 보았던 게 정말로 현실이었던 것이다. 번개는 테라모어 부두 대부분을 조각냈고 바다는 그 잔해를 완전히 쓸어가 버렸다. 그리고 이제는 퍼붓는 빗물에도 솟아오르는 불길까지 언뜻 보였다.

제이나가 그의 어깨를 부여잡고 귓가에 입을 대고 소리쳤다.

"그 애 데리고 성으로 가요!"

안두인은 고개를 끄덕이고 입에 새어 들어온 빗물을 뱉어낸 뒤 말했다.

"다시 올게요!"

제이나가 폭풍 소리에 묻히지 않으려고 바락바락 고함을 쳤다.

"안 돼! 너무 위험해! 들어가서 피난민들을 돌봐요!"

안두인은 불쑥 분노와 무력감이 차올랐다. 그는 어린애가 아니었다. 튼튼한 팔과 침착한 두뇌를 갖고 있는데.

'도울 수 있는데, 젠장!'

하지만 제이나가 옳다는 것도 알고 있었다. 안두인은 스톰윈드의 왕세자였고, 위험한 상황에 미련하게 뛰어들지 말아야 할 의무가 있었다. 안두인은 조용히 욕을 뇌까리며 얼음장 같은 물을 가로질러 성채로 돌아갔다.

성채 안으로 들어갔을 즈음엔 안두인의 몸은 마구잡이로 덜덜 떨리고 있었다. 한창 하인들이 분주하게 돌아다니며 수재민들에게 담요를 둘러주고 뜨거운 차와 음식을 돌리는 중이었다. 그는 이쪽을 보고 재빨리 달려온 여자에게 아이를 조심스레 넘겨주었다. 안두인은 흠뻑 젖어 있었다. 옷을 갈아입으러 가야 할 텐데 어쩐지 그러고 싶은 마음이 안 들었다. 제이나의 조수 한 명이 그를 스치듯 보았다가 다시 눈을 돌려 살펴보고는 얼굴을 찌푸렸다. 안두인은 뼛속까지 오한이 들어 멍청하게 눈만 끔뻑이면서 그쪽을 마주 보았다. 머리 한구석에서는 이제 쇼크 상태에 빠지는구나 싶은 생각이 아득하게 들었다.

"공포파괴자가 있었으면 좋을 텐데……."

그는 중얼거렸다. 하인이 그를 곁방으로 끌어다가 젖은 옷을 벗겨 주고 지나치게 큰 셔츠와 바지를 입히는 게 어렴풋이 느껴졌다. 정신이 들었을 때는 거칠지만 따뜻한 담요로 몸을 감고 난롯가에 앉은 채, 손에는 따뜻한 차가 담긴 머그잔을 들고 있었다. 하인은 다른 사람들을 급히 도와주러 떠나고 없었다. 몇 분 뒤 안두인은 격하게 떨기 시작했다. 그리고 몇 분 더 지나자 조금이나마 온기가 돌아오고 있다는 느낌이 들었다.

잠시 뒤 그는 단순히 바닥에 자리만 잡아먹고 있는 게 아니라 사람들을 도와줄 수 있을 정도로 상태가 나아졌다. 방으로 가서 자기 옷을 급히 입고, 하인이 자신에게 했던 것처럼 다른 사람들을 도왔다. 뜨거운 음료와 담요를 주고 젖은 옷을 벗겨서 방에 걸어둔 밧줄에 널어놓았다.

비는 그치지 않았다. 제이나가 부른 용머리가 물을 힘껏 몰아내고 있었지만 수위는 높아져만 갔다. 제이나는 한참 전에 기진맥진했는데도 몇 분마다 주문을 외우고 명령을 하고 피해자들을 도우면서 자신을 무리하게 몰아붙이고 있었다. 물이 차오르면서 사람들은 꾸역꾸역 성채로 몰려 들어와서 층마다 자리를 잡고 바닥에 앉았다. 결국은 경비 초소, 여관, 이 성채에 테라모어 주민 거의 전부가 피신 온 것 같았다.

이튿날 새벽이 되자 제이나도 겨우 방에 들어와서 음식을 먹고 물을 마실 수 있었다. 그녀는 여태껏 몇 번이나 옷을 갈아입었지만 지금 입은 옷도 벌써 쫄딱 젖어 있었다. 제이나의 방은 여느 때처럼 작고 아늑했다. 안두인은 난롯가에 의자를 끌어다 놓고 그녀가 앉도록 해준 다음 차를 끓여 주었다. 제이나는 너무 심하게 떠느라 찻잔을 연신 잔 받침에 달각달각 부딪히면서 지치고 충혈된 눈으로 안두인을 바라보았다.

"이제 집으로 돌아가는 게 좋겠어요. 홍수가 언제 멈출지 모르는데 여기 있다간 위험해요."

안두인은 불만스러운 표정을 지었다.

"저도 도울 수 있어요. 멍청한 짓 안 할게요. 제이나, 아시잖아요."

그녀는 안두인의 금발을 헝클어뜨리려는 듯 손을 내밀었지만 그럴 기력도 남아 있지 않은 모양이었다. 그녀는 손을 무릎 위에 툭 떨어트리고 한숨을 쉬었다.

"뭐, 어차피 돌아가도 아버지는 못 볼 테니까."

제이나가 중얼거리고 차를 홀짝 들이켰다.

"무슨 뜻이에요?"

제이나가 잔을 잔 받침에 내려놓으려다 말고 딱 굳었다. 그녀는 안두인을 올려다보더니 복잡한 표정을 띠었다. 무언가 안심될 만한 거짓말을 찾으려고 절박하게 머리를 굴려보는데 정신적으로 너무 지쳐서 생각이 잘 안 나는 티가 고스란히 엿보였다.

"아버지가 왜요? 어디 계시는데요?"

서기까지 묻자 안두인은 답을 알 것 같았다. 그는 경악한 채 제이나를 쳐다보았다.

"아이언포지를 침공하러 가셨어요?"

"안두인. 모이라는 폭군이에요. 그녀는······."

"모이라가? 무슨 말이에요, 제이나 이모. 아버지께서 뭘 하시려는 건지 말해주세요!"

제이나는 체념한 듯 묵직한 목소리로 입을 열었다.

"바리안은 정예 특공대를 편성해서 아이언포지로 가고 있어요. 임무는 모이라를 처형하고 도시를 해방하는 것."

잔뜩 지쳐 있는 제이나의 목소리가 가늘게 떨렸다. 안두인이 가장 두려워하던 바를 확증해주는 말이었다. 안두인은 자기 귀를 믿을 수가 없었다.

"거길 어떻게 들어가는데요?"

"깊은굴 지하철 통로를 통해서."

"거긴 들킬 거예요."

제이나는 눈을 비볐다.

"안두인, 지금 말하는 특공대는 SI:7 요원들이에요. 안 들켜요."

안두인은 머리를 천천히 저었다.

"네, 그렇겠죠. 제이나 이모, 당신이 옳아요. 전 여길 떠나야겠어요."

제이나는 얼굴을 찌푸렸다. 얼굴에 피로가 가득하니 이마에 있는 작은 주름이 더 깊게 두드러져 보였다.

"설마. 안두인, 아이언포지로 가면 안 돼요!"

안두인은 거의 으르렁 소리까지 내면서 격하게 화를 쏟아냈다.

"제이나 이모, 좀 들어 보세요! 이모는 언제나 합리적인 분이었잖아요. 지금도 좀 합리적으로 생각해 보세요. 모이라가 나쁜 일을 하긴 했어요. 도시를 폐쇄하고 무고한 시민을 감옥에 가두고 그랬죠. 하지만 모이라가 마그니 선왕을 죽인 건 아니라고요. 그리고 마그니의 딸이고요! 모이라는 정당한 후계자고 그녀의 아들도 마찬가지예요. 모이라가 하려는 일 중 어떤 것들은…… 네, 바람직하진 않죠. 하지만 그냥 올바른 일을 잘못된 방식으로 하려는 것뿐이라고요!"

"안두인, 모이라는 도시 전체를…… 그러니까 드워프의 수도인 아이언포지를 몽땅 인질로 잡고 있어요."

"아이언포지 드워프들에 대해 잘 모르니까 그렇죠. 못 믿으니까. 제이나 이모, 어떤 면에서는 모이라는 그냥 아버지의 사랑을 받고 싶어하는 겁에 질린 작은 여자애일 뿐이에요."

"겁에 질린 작은 여자애들이 도시를 손에 넣으면 위험한 일을 하는 거예요. 그러면 막아야 하는 거고."

"그걸 꼭 죽여서 막아야 해요? 올바른 길로 인도해주는 게 아니라? 모이라는 드워프들이 자신의 혈통을 다시 봐주기를 바라고 있어요. 검은무쇠단을 형제로서 받아들여 달라고요. 그게 살해당해야 할 정도로 그렇게 잘못된 바람입니까? 그녀의 아이까지 같이 죽일 정도로? 내 말 좀 들어봐요, 제이나 이모. 만약 아버지가 이 공격을 감행해서 사람들이 많이 죽는다면 왕위 계승권은 혼란에 빠질 거예요. 드워프들은 화합하기는커녕 또다시 내전의 소용돌이에 빠질 거라고요! 아버지를 막아야 해요. 이해가 안 되세요? 다른 해결 방법이 있다는 걸 알려 드려야 한다고요."

"아니, 절대 안 돼요! 당신은 열세 살이에요. 훈련도 부족하고, 게다가 왕세자라고요. 거기 갔다가 죽기라도 하면 스톰윈드에 도움이 될 것 같아요?"

제이나는 숨을 깊이 들이쉬었다가 말을 멈추고 골똘히 생각했다. 안두인은 아무 말도 하지 않았다.

"좋아요. 정 그러겠다면 나도 같이 가겠어요. 당신 말이 옳을 수도 있죠. 몇 시간만 기다려주면 내가 얼른 여기 상황을 정리하고……."

"아버지가 지금 가고 있댔잖아요. 지금 몇 시간 기다리고 앉아 있을 여유 같은 거 없다고요. 아시면서! 저는 아버지를 잘 알아요. 당신도 마찬가지고요. 지금 아버지가 뭘 어떻게 하든 안 좋은 사태만 터질 게 뻔한 데다가, 그것도 걷잡을 수 없이 빠르게 전개될 겁니다. 난 도울 수 있어요. 목숨을 살릴 수 있다고요. 저를 보내 주세요."

제이나가 눈물을 글썽이더니 고개를 휙 돌렸다. 안두인은 그녀를 더 몰아붙이지 않았다. 그는 제이나를 신뢰했고, 그녀가 결국은 올바른 선택을 하리라는 걸 알고 있었다.

"나는……."

"언젠간 저도 왕이 될 거예요. 지난번처럼 잠깐이 아니라, 훗날 아버지께서 돌아가시고 나면 정말 정식으로 국왕이 될 겁니다. 그날이 언제가 될지는 아무도 모르죠. 당장 오늘 밤이 될 수도 있어요. 물론 그러지 않길 바라지만, 당신도 저도 아버지도 그 이치를 잘 알고 있잖아요. 스톰윈드를 통치하는 건 제 운명이고, 그 운명을 위해 저는 태어났어요. 그런데 제가 계속 어린 애처럼 대접받는다면 그 운명을 똑바로 마주할 수 없을 거예요."

제이나는 아랫입술을 깨물고 눈을 황급히 문지른 다음 조용히 말했다.

"맞아요. 왕자님은 이제 더는 작은 소년이 아니군요. 나도 바리안도 당신이 아직 소년으로 남아 있기를 바랐는데, 이미 당신은 너무나도 많은 것을 보았고 많은 일을 겪어서……."

갑자기 목소리가 갈라지자 제이나는 말을 잠시 끊었다.

"붙잡히지 않도록 전력을 기울이세요, 안두인 린."

제이나가 딱딱하고 노기 띤 목소리로 말했다. 순간 안두인은 당황했지만, 이내 그녀가 자신에게 화가 난 게 아니라는 것을 깨달았다. 제이나는 다른 선택이 없다는 데에 화가 났던 것이다.

"그리고 아버지를 막으세요. 당신이 감수하는 위험을 헛되지 않게 하세요. 이해하십니까?"

안두인은 잠자코 고개를 끄덕였다. 제이나는 그를 끌어안더니, 마치 이렇게 안아보는 건 이번이 마지막이라는 듯 꽉 힘주어서 부둥켜안았다. 어쩌면 다시 보지 못할 소년에게 마지막 작별 인사를 하고 있는지도 몰랐다. 안두인은 그녀를 마주 안으면서 섬뜩한 두려움을 느꼈지만, 이윽고 마음 깊은 곳에서 그가 올바른 일을 하고 있다고 말해주는 듯한 차분하고 고요한 느낌이 들었다. 그러자 두려움은 금세 사라졌.

제이나가 물러나서 그의 뺨을 두드렸다. 그녀는 눈물을 흘리면서도 애써 미소 짓고 있었다.

"빛이 함께하기를."

제이나는 물러나 서서 주문을 외워 차원문을 만들었다.

"네. 빛이 함께하실 거예요. 전 알아요."

안두인은 그 말을 남기고 문으로 뛰어들었다.

그들은 그림자에 불과했다. 이렇게 늦은 밤 아무도 없는 캄캄한 거리를 그들은 미끄러지듯 지나가고 있었다. 북쪽으로, 연기 자욱한 드워프 지구로 향하는 길이었다.

깊은굴 지하철을 향해.

역은 아무도 없이 텅 비어 있었다. 물론 지하철 자체도 보이지 않았다. 지하철이 운행되던 때는 승객들의 안전과 즐거움을 위해 철로에 몇 미터마다 조명이 환하게 켜져 있었다. 그런데 이제 지하철은 아이언포지에 있는 출발역에 정지된 채 '수리를 위해 폐쇄'라고 되어 있었으며, 바리안은 스톰윈드의 사법권에 있는 모든 조명을 끄라고 미리 명령해 둔 참이었다.

바리안 외의 요원 열여덟 명은 이제 철로로 내려가서 가볍게 달리기 시작했다. 어둠 속에서 이동하는 데에 익숙한 그들은 발소리를 거의 내지 않았고, 길이 일직선이라서 더욱 수월하게 움직이고 있었다. 그러나 바리안의 발은 조금씩 소리를 내고 있었다. 그는 얼굴을 찌푸렸다. 동료들 사이에서 바리안은 사슬에서 끊어지기 쉬운 부분 같은 약점이었다. 바리안은 옆의 동료들이 받았던 것과는 전혀 다른 훈련을 받았다. 바리안도 그들만큼이나 치명적으로 강하다는 사실에는 의문의 여지가 없지만, 공격하는 방식에서 차이가 많이 났다. 그는 저 동료들에게 좀 배워서 이런 상황에서 더욱 적합한 기술을 쓰고 싶은 마음이 절실했다.

열아홉 명 모두가 얼굴을 숨기기 위해 복면을 쓰고 있었다. 이 특공대의 대장은 오윈 그래독이었다. 짙게 탄 피부에 검은 머리와 수염을 기른 드워프로, SI:7의 단장인 마티아스 쇼가 직접 발탁한 인물이었다. 그들 대부분은 인간이었지만 드워프와 노움도 몇 명 포함되어 있었다. 바리안이 그렇게 해야 한다고 주장했다. 훈련받은 암살자라면 모두 이 임무를 수행할 수는 있지만 아이언포지의 지배권을 다시 얻으면 가장 큰 득을 볼 쪽은 드워프와 노움들이기 때문이었다.

임무 시작 전에 그래독은 지하철 터널 거의 전체를 혼자서 정찰해두었다. 그래서 특공대는 어디쯤에서 뭐가 나올지 짐작하고 움직일 수 있었다.

"호수에는 물이 넘치지 않도록 유리를 깔아놨는데, 거기에는 빈틈이 전혀 없었습니다."

그래독이 보고했다.

"무슨 구멍으로 물이 흘러나와서 터널이 침수돼서 우리 같은 침입자를 방해하지 않을까 싶었는데 뭐, 아니더군요. 모이라도 결국은 지하철을 우리 같은 방식으로 쓰고 싶었나 봅니다. 스톰윈드를 공격할 걸 염두에 뒀다든가…… 어쨌든 우리는 운이 좋은 거죠. 자, 그리고 여기 이쯤에서…… 검은무쇠단이 몇 명 서성거리는 걸 봤습니다. 그러니까……."

그는 고개를 들어 엄숙한 갈색 눈으로 마티아스와 바리안을 바라보았다.

"여기서 전투를 시작해야 합니다."

그들은 달리기 시작했다. 날렵하고도 조용하게 뛰어서 마침내 그 지하 호수를 지나쳤다. 바리안은 강력한 유리를 통해 들여다보이는 경이로운 호수를 보고도 별 감흥이 없었다. 그의 마음은 오로지 임무에만 집중되어 있었다.

아무도 숨이 가빠지지 않고 계속 달렸다. 그러다가 문득 바리안의 코끝에 어떤 향기가 스쳤다. 짙고 달콤하고 진득한 냄새. 파이프 담배였다. 적들이 자기 위치를 저렇게 뻔하게 알려주다니, 바리안은 복면 밑에서 가만히 미소 지었다. 냄새를 맡은 즉시 바리안도 다른 동료들도 발걸음을 늦추었다. 흐릿한 빛 속에서 그래독이 전투를 준비하라고 손짓하는 모습이 보였다.

암살자들은 각자 다양한 무기를 꺼냈다. 단검, 독을 칠한 송곳, 안에 특별한 장치가 된 장갑 등. 바리안은 복면이 흘러내리지 않도록 더 단단히 맨 뒤 쇼트소드 두 자루를 꺼냈다. 더 익숙한 샬라메인을 쓰고 싶었지만 그걸 썼다가는 정체가 대번에 탄로 날 것이다. 바리안은 자신이 직접 정체를 드러내고자 할 때까지는 아무한테도 들키지 않길 바랐다.

그래독이 또다시 손짓했다. 그들은 천천히 앞으로 나아갔고, 이번에는 바리안도 금속이 삐걱거리는 발소리를 내지 않게 되었다. 동료들의 기술을 어깨너머로 배우고 있던 것이다. 이제는 앞쪽에 드워프들이 보였다. 다섯 명이었다. 그들은 담요를 접어 깔고 앉아 있었고 주위에는 커다란 맥주잔이며 먹다 남은 음식들이 뒹굴고 있었다. 그리고 터무니없게도, 카드를 치고 있었다.

그래독이 손을 들어 올렸다가 한 번, 두 번, 세 번 내렸다.

암살자들이 뛰어올랐다.

그들이 어떻게 의사소통을 했는지는 모르겠지만 거의 군무를 맞추기라도 한 듯 일정하고 정확한 움직임이었다. 검은 가죽 갑옷 차림을 한 암살자들은 드워프들이 놀라서 숨을 채 들이쉬기도 전에 한 명씩 맡아서 덮쳤다. 바리안은 함성을 지르고 싶은 걸 꾹 참으며 검을 들고 앞으로 뛰어들었지만, 그때는 이미 다섯 드워프 모두가 빠르고 조용히 죽은 뒤였다. 하나는 눈에 나이프가 꽂혀 있었다. 하나는 목이 꺾여 있었다. 하나는 급성 중독으로 얼굴이 부풀어 오른 채 입에서 아직 거품을 흘리고 있었다. 나머지 두 드워프를 죽인 건 노움답지 않게 위험한 분위기를 풍기는 대머리 노움 남자인 브링크와 인간 여자로, 그들은 두 시체에서 칼을 빼내 무감동하고 효율적인 태도로 칼날을 닦았다.

그들은 다음 표적으로 나아갔다. 아이언포지가 점점 가까워지고 있었다.

31장

"안두인!"

신비의 전당에 불쑥 나타난 소년을 본 로한이 반가움과 놀라움이 뒤섞인 목소리로 소리쳤다.

"탈출했다고 들었는데. 대체 왜 돌아왔소?"

안두인은 차원문에서 나와 재빨리 방구석에 몸을 숨겼다. 로한이 따라와서 나직하고도 다급하게 말했다.

"모이라는 그대에게 엄청나게 화가 나 있소. 자기 수하들을 시켜서 아이언포지 구석구석을 이 잡듯이 뒤지고 있다오. 여기만 해도 벌써 두 번이나 수색했고. 물론 무슨 일 때문인지는 일절 언급하지 않았지만, 누굴 찾는지야 보면 뻔하지."

안두인이 목소리를 낮추고 말했다.

"돌아올 수밖에 없었어요. 아버지가 아이언포지에 잠입해서 공격하려고 해서요. 막아야 합니다. 모이라가 왕위를 찬탈했다고 살해할 계획을 하고 있어요."

로한이 미간을 찡그리며 흰 눈썹을 한데 모았다.

"찬탈자는 아니오. 확실히 못돼먹은 여왕이긴 하지. 선한 사람들을 감옥에 가두기도 하고. 허나 모이라도 그 아이도 정당한 왕위 계승자요."

"그렇죠."

안두인은 로한이 자신의 말뜻을 이해해줘서 다행스러웠다.

"모이라의 행동이 잘못됐다는 건 누구나 알 수 있죠. 그녀는 저를 포로로 가둬놓으려 했어요. 절대 안 보내줄 작정이었죠. 하지만 그렇다고 해서 제 아버지가 모이라를 죽여도 되는 건 아니잖아요. 여긴 아버지의 영토도 아니고, 결과적으로 드워프들의 분노만 사고 또다시 내전이 일어날 겁니다. 게다가 모이라가 하려는 일 중 어떤 건 올바른 일이고요."

"어떻게 이런 걸 알았소? 그리고 이게 다 확실한 정보 맞소?"

안두인은 제이나를 언급하고 싶지 않아서 그냥 고개만 끄덕였다.

"로한 대사제님. 빛께서 저를 이끌어 주셨으니, 제가 들은 이야기가 사실임을 믿습니다."

"뭐, 그대는 나처럼 미천한 사제가 아니라 세자 저하이시니. 그대가 사실이라고 생각한다면 나 또한 믿겠소. 그리고 그대 말마따나 우리의 여왕을 살해하는 건 옳지 않지……. 모이라가 하는 말에 어느 정도 동조하는 시민도 있단 말이오. 난 그대를 돕겠소, 친구. 뭐가 필요하오?"

그러고 보니 대책을 깊이 생각하지도 않았다. 안두인은 어물거렸다.

"음…… 아버지가 깊은굴 지하철 터널을 통해 온다고 들었어요. 언제쯤 도착할진 모르겠고요. 도착하기 전에 막아야 해요."

"흠. 늘 그렇듯이 말은 행동보다 쉬운 법이지. 그대는 아직 소년이지만 드워프만큼 작지는 않으니 아무래도 눈에 띄잖소. 검은무쇠 일당은 그대를 찾아다니고 있고."

"그냥 조심하는 수밖에요. 전 몸을 굽히고 다녀야죠. 자, 가요!"

암살자 열여덟 명과 스톰윈드 국왕은 깊은굴 지하철 선로 밖으로 재빨리 기어 올라와 승강장 위에 올라섰다. 검은무쇠 드워프 몇 명이 그들을 가로막았지만 SI:7 대원들은 모이라의 경비병들을 일방적으로 가차 없이 해치웠다. 그 싸움을 목격한 노움들이 모여들어 그들을 쳐다보았다. 검은 복면과 가죽 갑옷을 입은 저 괴한들이 그들을 구해주러 온 건지 새로운 적인지 몰라 불안한 눈치였다.

"걱정하지 마시오. 우리는 모이라와 검은무쇠 부족을 만나러 왔소. 아이언포지의 선량한 친구들이 아니라."

그래독이 말하자 노움들은 환호를 보냈다.

그들은 발길을 재촉해 탐험가의 전당 쪽으로 향했다. 이런 밤에는 한적할 것이다. 거기서부터 대용광로를 거쳐 알현실 쪽으로 곧바로 갈 수 있었다. 브링크라는 노움이 앞서서 정찰을 한 뒤에 돌아와 보고했다.

"스물세 명입니다. 검은무쇠 경비병은 열 명이고요."

"겨우 열 명? 더 있을 줄 알았는데."

그래독이 말했다.

"가자고."

결국 안두인은 몸을 굽히고 다닐 필요가 없게 되었다. 여사제 중에서 연금술사가 있어서 몸이 투명해지는 약을 만들어주었던 것이다.

"약효가 오래가지는 않을 거예요. 그리고 맛이 신발 구린내처럼 역하고요."

"전 꽤 빨리 달리니까 괜찮아요."

안두인은 작은 약병을 건네받았다. 뚜껑을 열었다가 물씬 풍겨 나오는 연기에 바로 기침을 했다. 여사제의 말이 옳았다. 냄새가 정말로 지독했다.

"단번에 마셔야겠군."

안두인이 약병을 입가에 가져가는데, 로한이 그를 막았다.

"잠깐만, 친구. 밖에서 무슨 일이 터진 것 같은데……."

중앙 구역에서 소동이 있었다. 경비병들이 이리저리 뛰어다니고 분위기가 심각해 보였다.

"아이쿠, 그대가 들킨 게 아니어야 할 텐데."

그때 경비병 한 명이 신비의 전당으로 뛰어들었다. 안두인은 그늘 속에 몸을 웅크려 숨은 채 여차하면 물약을 마실 준비를 했다.

"사제들! 빨리 오시오! 도움이 필요하오!"

경비병이 소리쳤다. 로한은 방금 잠에서 깬 사람처럼 잔뜩 잠긴 목소리로 물었다.

"무슨 일이오?"

"깊은굴 지하철에서 싸움이 났소."

"정말로? 몇이나 되오? 진압은 되었소?"

로한이 안두인의 귀에 들리라고 큰 소리로 물었다.

"열 명 정도요. 그리고 진압은 아직 안 됐소. 지금 대용광로 구역에서 싸우고 있는 것 같소. 사제를 모두 데려오시오! 당장!"

로한이 어깨너머로 재빨리 눈짓해 안두인에게 미안하다는 뜻을 알리고, 다른 사제들과 함께 물품을 챙겨서 서둘러 나갔다. 안두인은 혼자 남았다.

"이러면 너무 늦는데."

안두인은 중얼거렸다. 만약 바리안과 암살단이 벌써 용광로에 도착했다면……

안두인의 입매가 단호하게 굳어졌다. 그는 약을 들이마시고 얼굴을 찡그린 뒤 최대한 빨리 달려가기 시작했다. 왕좌를 향해, 모이라에게, 그리고…… 아버지에게로.

처음 나타난 경비병 몇 명은 조용히 해치울 수 있었다. 암살단은 전진하다 말고 어둠 속에 녹아든 채 숨을 가다듬었다. 용광로 건너편에 바로 왕좌가 있다…… 그리고 그 앞을 검은무쇠 부족 몇 명이 지키고 있었다.

"두 무리로 찢어지겠다."

그래독이 동료들 중에서 아홉 명을 골랐다.

"우리는 여기 남아 용광로를 지키는 경비병을 맡을 것이다. 나머지는 폐하와 같이 가도록. 무슨 수를 써서라도 폐하를 모이라에게 모셔다 드려라. 알겠나?"

모두가 고개를 끄덕였다. 이제부터 위험해질 게 뻔한데도 불안해 보이는 이는 아무도 없었다. 브링크는 심지어 하품하고 기지개도 켰다. 바리안은 브링크를 보면서 SI:7 요원에게 이런 일은 그냥 매일같이 하는 업무겠구나 싶었다. 그가 검투사였을 때 자기보다 덩치가 두 배는 큰 적을 죽이는 일이 '업무'였던 것처럼.

"자, 그럼 출발한다."

즉시 첫 번째 무리가 앞으로 움직였다. 바리안은 눈을 깜빡였다. 바리안은 오늘 밤 작전을 수행하면서 그들의 모습을 식별하는 데 익숙해졌는데도, 지금 그들은 어둠 속으로 완전히 사라져서 분간조차 할 수 없게 되었다. 그리고 비명이 울려 퍼졌다.

암살자들은 깜짝 놀란 드워프들의 목을 자르고 시체를 주워서 용광로에 흐르는 용해된 금속 액체에다가 던져 넣었다.

"갑시다, 가요!"

브링크가 바리안의 허벅지를 팔꿈치로 찔렀다. 그와 동료들은 대용광로를 전속력으로 달려가기 시작했다. 중간에 검은무쇠 경비병들이 나타나 함성을 지르며 달려들었다. 지난밤 내내 몰래 숨어 다니다가 마침내 열린 공간에서 검을 맞대며 싸울 수 있게 되자, 바리안은 즐겁게 고함을 지르며 처음 상대를 덮쳤다. 검 한 쌍이 도끼와 방패에 깡 하고 마주치며 흐릿한 빛 속에서 불똥이 튀었다. 검은무쇠 부족은 확실히 실력이 좋았다. 그 드워프는 바리안이 힘껏 날린 공격을 네 번이나 막고 역습해 왔다. 하지만 바리안은 그 공격을 피하고 마침내 놈의 팔 가리개와 가슴받이 사이의 틈에 칼을 찔러 넣었다.

바리안은 몸을 돌려 한쪽 검을 가로로 휘둘러서 다른 경비병의 갑옷을 후려쳤다. 드워프가 비명을 지르며 무릎을 꿇고 주저앉자, 바리안은 그의 얼굴을 걷어차고 다른 쪽 검으로 목을 베었다. 머리가 바닥에 떨어지는 것조차 보지 않고 바리안은 다음 상대를 찾아 시선을 돌렸다.

적을 만나는 족족 무자비하게 해치운 끝에 바리안과 요원들은 왕좌에까지 들어왔다. 물론 아직은 이른 새벽이라서 모이라는 훔친 옥좌에 앉아 있지 않았다. 안쪽에 있는 자기 침실에서 아들자식과 함께 잠들어 있으리라.

바리안은 가짜 여왕의 침실로 향하는 문에만 온 신경을 집중하며 달려 나갔다. 그리고 바로 앞에서 몸을 날려서 어깨받이를 찬 어깨로 문짝을 쾅 부딪쳤다. 문은 열리지 않았다. 다시 한 번, 또 한 번 몸을 날렸고, 이제 암살자 두 명이 합세해서 같이 문을 두드렸다.

결국은 문이 쪼개졌다. 그들은 안으로 뛰어들어 갔다가 반쯤은 쓰러졌다. 거의 들어가자마자 공격을 받은 것이다. 한 여자와 겁에 질린 아기의 비명이 들렸지만 바리안은 그쪽에는 신경 쓰지 않고 자신에게 달려드는 드워프 두 명에게 검을 내질렀다. 그들은 바로 피를 쏟아내며 쓰러졌다. 적의 배에 쌍검 한 자루가 단단히 꽂혀서 잘 뽑히지 않자, 바리안은 미련 없이 검을 버리고 남은 검 하나만을 양손으로 쥔 채 다른 먹잇감을 찾았다.

모이라 브론즈비어드는 침대 위에 서 있었다. 잠옷 차림에, 머리는 헝클어져 있고, 눈은 공포로 크게 뜬 채였다. 바리안이 얼굴 아랫부분을 가리고 있던 복면을 벗자 모이라는 그를 알아보고 숨을 헉 들이쉬었다. 그는 두 걸음 만에 성큼 그녀에게 다가서서 팔을 붙잡고 침대에서 잡아챘다. 모이라는 버둥거렸지만, 바리안의 손은 마치 수갑처럼 그녀의 위팔을 단단히 죄고 있었다.

바리안이 그녀를 방 밖으로 끌어냈다. 모이라가 발을 헛디뎌 휘청거렸지만 바리안은 아랑곳하지 않았고, 발버둥치는 드워프를 질질 끌어다가 용광로 근처의 광장까지 걸어나갔다. 사람들이 모여들고 있었다. 바리안은 모이라를 한쪽 팔로 거칠게 안아 들었다.

그리고 검으로 그녀의 창백한 목덜미를 꾹 눌렀다.

"이 찬탈자를 보라!"

바리안이 소리쳤다. 이제 정체가 명명백백히 드러난 그의 목소리는 드넓은 공간에 메아리쳤다.

"이 여자는 마그니 브론즈비어드 선왕이 사랑해 마지않던 딸이다. 선왕은 딸 때문에 헤아릴 수 없이 눈물을 흘리며 안타까워했었다. 그런데 그 딸이라는 자가 지금 자신의 도시와 자신의 백성에게 한 짓을 보면 선왕은 얼마나 참담해하시겠는가!"

모여든 군중은 말없이 쳐다보았다. 검은무쇠 드워프들 역시 자신들의 여황제가 위기일발의 상황에 처한지라 섣불리 움직이지 못하고 있었다.

"이 왕좌는 네 것이 아니다. 너는 속임수와 거짓말과 협잡으로 왕좌를 빼돌렸다. 아무 잘못도 하지 않은 백성을 위협했고, 얻을 자격도 없는 칭호를 내세워 교만을 부렸다. 이제는 한시라도 더 네가 훔쳐낸 왕좌에 앉는 걸 용납할 수 없다!"

"아버지!"

분노로 머리가 아득해졌던 바리안에게 날카로운 목소리가 꿰뚫듯 들려왔다. 그 순간 모이라의 목에 대고 있던 칼날이 흔들렸지만, 바리안은 다시 고쳐 잡았다. 그는 모이라에게서 눈을 떼지 않고 대꾸했다.

"넌 여기 있으면 안 된다, 안두인. 나가라. 네가 있을 곳이 아니야."

"여긴 제가 있을 곳입니다!"

안두인은 군중을 헤치고 가까이 다가오고 있었다. 모이라가 바리안에게서 시선을 획 돌려 안두인을 보았지만 도와달라고 빌지는 않았다. 입이라도 뻥긋하면 그 즉시 바리안의 검에 목이 찔릴지도 모른다는 걸 아는 모양이었다.

"아버지가 절 여기에 보냈잖아요! 드워프들과 친하게 지내라면서요? 전 그렇게 했어요. 선왕과도 가까이 지냈고, 모이라 님이 왔을 때도 전 여기 있었죠. 그분이 도착하면서 어떤 소란이 일어났는지도 봤고, 사람들이 그 문제를 해결하려고 무기를 들고 나서는 바람에 내전에 치달을 뻔한 사태까지도 목격했어요. 아버지가 그분을 어떻게 생각하든, 모이라 님은 정당한 후계자라고요!"

바리안이 딱딱거렸다.

"혈통으로는 정당할지도 모르지. 하지만 정신은 그렇지 않아. 아들아, 모이라는 마법에 걸려 있다. 마그니는 언제나 그렇게 생각했어. 모이라는 너를 포로로 삼으려고 했고 수많은 사람을 아무 근거도 없이 잡아넣고 있다."

바리안은 자신이 모이라를 제대로 잡고 있는지 확인하고 머리를 안두인 쪽으로 약간 돌렸다.

"이 여잔 왕이 될 자격이 없단 말이다! 모이라는 선왕 대에서 이루려 했던 모든 걸 파괴해버릴 거야! 마그니가…… 죽으면서까지 지키려고 했던 것을 몽땅!"

안두인은 애원하듯이 손을 뻗으며 앞으로 다가왔다.

"마법 같은 건 없어요, 아버지. 선왕께서는 진실 이면에 다른 게 더 있다고 믿고 싶으셨던 것뿐이에요. 그분은 모이라가 아들이 아니라서 실망하셨고, 결과적으로 딸을 내쫓아버렸으니까요."

바리안이 미간을 찌푸렸다.

"너는 고귀한 이의 기억에 침을 뱉고 있다, 안두인."

안두인은 위축되지 않고 단호하게 말했다.

"고귀한 사람도 실수는 해요."

바리안의 뺨이 벌겋게 달아올랐다. 안두인은 구태여 부연 설명을 붙이지 않아도 된다는 걸 알고 있었다.

"검은무쇠 부족은 모이라 님을 받아들였죠. 그분은 사랑에 빠졌고, 드워프들의 법도에 따라 결혼을 했고, 아이를 가졌어요. 드워프들에게 정당한 왕위 후계자입니다. 받아들일지 말지는 드워프들이 알아서 결정해야죠. 우린 빠져야 해요, 아버지."

"모이라는 너를 볼모로 잡았어, 안두인!"

바리안이 버럭 고함을 쳤다. 안두인은 그 말에 몸을 약간 움찔했다.

"너를, 감히 내 아들을! 그딴 짓을 해놓고 빠져나갈 순 없어. 나는 모이라가 너와 이 도시 전체를 포로로 잡아놓는 걸 가만 놔두지 않을 게다. 절대로. 이해가 되느냐?"

'내 아들을, 내 소중한 아들을…….'

바리안은 그냥 버럭 고함치며 이 찬탈자의 목에 칼날을 쑤셔 박고 싶었다. 손에 쏟아질 피의 축축함과 뜨끈함을 즐기고 싶었다. 아들을 위협하는 것을 영원히 끝장내고 싶었다. 그렇게 할 수 있었다. 모두 저지를 수 있었다. 그리고 정말로 그러고 싶었다.

"그럼 그분이 저지른 악행을 법과 국민이 심판하게 하면 되잖아요. 아버지는…… 좋은 왕이에요. 올바른 일을 하고 싶어하는 왕. 법과 정의를 믿으시는 분이잖아요. 무슨…… 깡패가 아니라. 파괴……."

안두인은 말을 끊었다. 무언가가 머릿속에 떠올랐는지 얼굴이 이상하게 차분해졌다.

"파괴는 쉬워요. 하지만 좋은 것, 올바른 것, 오래가는 것을 만들기란…… 어렵죠. 모이라 여왕을 죽이는 건 쉬운 일이에요. 하지만 아이언포지 시민에게 뭐가 최선인지를 생각하셔야죠. 드워프들에게, 그 모든 구성원에게 뭐가 최선인지. 드워프들이 세계 정치에 얼마나 많이 참여할지 결정하는 게 뭐가 잘못입니까? 검은무쇠 부족이 온순하기만 하다면 그들에게 손을 내밀어서 안 될 건 뭐고요?"

군중이 낮게 수군거렸다. 바리안은 씩씩거리면서 주위를 둘러보았고 로한이 헛기침을 했다.

"이 친구가 하는 말이 맞습니다, 바리안 국왕 폐하. 모이라 님은 지혜로운 생각을 할 줄 아는 분입니다. 다만 그 생각을 실행하는 방식이…… 네, 어리석었지요. 하지만 그분은 결국 '우리'의 공주님입니다. 그리고 일단 제대로 대관식을 치르면, 우리의 여왕입니다."

안두인이 다시 입을 열었다.

"모이라 님을 죽이면 명확한 후계자가 사라져요. 그럼 내전이 일어날 거라고요! 그게 드워프들에게 최선이라고 생각하세요? 선왕께서 그런 걸 원한다고 생각하세요? 아버지 때문에 스톰윈드 역시 전쟁에 휘말릴지도 몰라요. 아니면 나이트 엘프들이나 노움들까지. 그들을 위한 선택까지 할 수 있으세요?"

이제 바리안의 손은 조금 떨리고 있었다. 그 바람에 칼날이 모이라의 목을 그어서 그녀는 조그맣게 비명을 질렀다. 피 한 방울이 칼날에 맺혔다.

'아버지는 무슨…… 깡패가 아니잖아요.'

'파괴는 쉬워요.'

바리안의 머릿속에 수많은 생각이 휘몰아쳤다. 그는 옳은 일을…… 정의로운 일을 하고 싶었다. 하지만 계속 유지될 수 있는 무언가를 어떻게 만들 수 있나? 모이라는 정당한 후계자다. 그리고 드워프들은 서로 대립해서 내전을 일으킬지도 모른다. 그래. 내가 이럴 권한은 없다. 여기는 그들의 도시이고, 모이라는 그들의 여왕이거나 그들의 반역자다. 브란이나 무라딘을 찾을 수만 있다면 우리는…….

바리안은 눈을 깜빡였다.

"사실이 아니었으면 하는 마음이지만……."

바리안이 모이라에게 거칠게 말했다. 모이라는 공포에 질린 눈을 커다랗게 뜨고 바리안을 올려다보고 있었다.

"너는 확실히 정당한 왕위 계승자다, 모이라 브론즈비어드. 하지만 넌 지금보다 더 나은 왕이 될 필요가 있다. 혈통만으로 백성을 잘 다스릴 수 있게 되는 게 아니야. 노력해서 일구어야 한다."

바리안은 그녀를 밀쳐냈다. 그녀는 휘청거리며 물러섰지만 도망치려 하진 않았다. 어떻게 그러겠는가? 모이라는 자신이 잔인하고 오만하게 대했던 바로 그 시민에게 둘러싸여 있었다.

"아이언포지를 그냥 자유롭게 다스리기만 한다고 신뢰를 얻을 순 없지. 혼자서는 안 된다. 아직은. 그럴 재량이 못 된다는 게 이미 충분히 드러났으니까. 드워프에는 네가 마음껏 호령할 수 있는 검은무쇠 부족만 있는 게 아니야. 엄연히 세 일족이 있다. 검은무쇠, 브론즈비어드, 와일드해머. 드워프들을 하나로 통일하고 싶다고? 좋지. 그러려면 각 일족의 대표가 필요해. 네가 듣고 참고할 수 있는 목소리가 필요하단 말이다!"

바리안은 말을 하면서 자신도 해답을 찾아가고 있었다. 사실 와일드해머들은 아이언포지를 비롯한 동족의 나라에 별 관심을 보이지 않았다. 그들은 자신만의 국가를 갖고 있었다. 모이라는 그들의 여왕이 되지 못할 것이다.

그러나 이것은 비단 모이라의 지위 문제만은 아니었다. 드워프가 하나의 민족이 될 수 있는가 하는 문제였으며, 안두인의 말마따나 내전이 터지느냐 마느냐 하는 문제였다. 바리안이 제안한 방식으로 한 번 시도해 보면 좋을 것 같았다. 결국에는 드워프들이 스스로 결정해야 할 것이다.

모이라는 아무 말도 못 하고 그저 두려운 눈으로 주위를 마구 둘러볼 뿐이었다. 그야말로 겁에 질린 작은 소녀처럼만 보였다. 혼자서 잠옷 바람으로 서 있는 소녀…….

"세 부족, 세 지도자, 세…… 망치. 너는 네가 시집간 검은무쇠 부족을 대표한다. 와일드해머의 대표는 폴스타트가 맡고, 브론즈비어드는 무라딘이나 브란이나 다른 누군가가 맡는 거야. 그러면 너도 그들에게 무엇이 필요한지 듣게 될 테지. 드워프족을 위해 뭐가 더 나은지 그들과 함께 고민할 수도 있을 거야. 너 자신만의 이기적인 생각으로 끝나는 게 아니라. 이해가 되나?"

모이라는 조심스럽게 고개를 끄덕였다.

"우리는 널 지켜볼 거다. 아주 철저하게. 넌 이 왕좌를 피로 적시며 죽는 대신, 두 번째 기회를 얻은 거다. 이번에야말로 드워프들을 통치할 준비가 되었음을 증명하도록."

바리안이 그녀에게 몸을 구부려 내려다보았다.

"그들을 실망시키지 마라."

바리안은 날카롭게 고갯짓을 했다. 그 즉시 SI:7 요원들이 검을 검집에 집어넣었다. 검을 빼들었을 때만큼이나 빠른 손놀림이었다. 모이라는 목에 손을 가져가 아까 칼에 베였던 부분을 멈칫거리며 만졌다. 그녀는 부들부들 떨고 있었다. 오싹한 우아함도 가식적인 상냥함도 모두 사라졌다.

바리안은 이제 그녀에게 볼일이 없었다. 그는 안두인에게 고개를 돌렸다. 아들은 뿌듯한 표정으로 미소 지으며 고개를 끄덕이고 있었다. 바리안은 두 걸음 만에 안두인에게 성큼 다가가서 끌어안았다. 그러자 주위에서 사람들이 하나둘씩 손뼉을 치기 시작했다. 박수 소리가 점점 더 커지면서 환호성과 휘파람 소리까지 섞여들고 너도나도 이름을 외치기 시작했다.

"와일드해머!"

"브론즈비어드!"

그리고 안두인과 로한이 말했던 대로, "검은무쇠!"라는 소리까지 들렸다.

바리안은 수십, 어쩌면 수백 명의 드워프들이 바리안과 그의 결정에 웃으며 갈채를 보내는 광경을 올려다보았다. 모이라는 아직 목을 손으로 움켜쥐고 머리를 숙인 채 혼자 서 있었다. 안두인이 바리안의 품에서 몸을 떼고 그를 올려다보았다.

"그것 봐요, 아버지. 올바른 일이 뭔지 정확히 알고 계셨잖아요. 전 아버지가 그럴 줄 알았다니까요."

바리안은 빙그레 미소 지었다.

"올바른 일을 하기 전에 나를 믿어줄 사람이 필요했단다. 가자, 아들아. 이제 집에 가야지."

스랄과 아그라가 서둘러 가라다르에 돌아와서 보니 다들 심각한 분위기였다. 특히 게야 대모는 굉장히 슬픈 얼굴로 자리에서 일어나 스랄을 껴안았다. 그 옆에는 키가 큰 타우렌이 있었다. 그가 페리스 스톰후프임을 알아본 스랄은 자신의 얼굴에서

핏기가 싹 가시는 게 느껴졌다.

"무언가 끔찍한 일이 벌어졌군."

페리스가 찾아올 정도의 용건이라면 끔찍할 게 뻔했다.

"무슨 일인가?"

게야가 그의 가슴에 손을 얹었다.

"일단, 네가 나그란드에 온 건 잘한 일이다. 네가 없는 동안 무슨 일이 있었든."

스랄은 아그라를 흘긋 보았다. 그녀도 스랄과 마찬가지로 불안해 보였다. 스랄은 애써 마음을 가라앉히고 말했다.

"페리스. 말해보게."

페리스는 보고를 시작했다. 드루이드들의 평화로운 집회에서 학살이 일어났으며, 이에 격분한 케른이 가로쉬에게 결투를 신청했다고. 그 결투로 케른은 죽었고 이후에 그 사인이 마가타 그림토템이 독을 썼기 때문이라는 것이 밝혀졌다고. 썬더 블러프, 블러드후프 마을, 해바위 야영지에서 대량 학살이 일어났다고. 페리스는 담담한 목소리로 말하다가 어떤 부분에서 목소리가 갈라졌다. 보고를 마치고 나서는 스랄에게 두루마리를 하나 건네주었다.

"드렉타르의 조수인 팔카르가 이 서신을 보냈습니다."

스랄은 손을 떨지 않으려 안간힘을 쓰며 두루마리를 펼쳤다. 팔카르가 쓴 이야기는 모두가 생각했던 것을 뒤엎는 내용이었다. 즉, 드렉타르가 가끔 정신이 혼미해지기는 해도 여전히 참된 예지몽을 꿀 줄 안다는 것. 스랄은 가슴이 철렁 내려앉았다. 드렉타르가 마지막으로 했다던 예언을 적은 부분은 잉크가 번져 있었다.

대지가 눈물을 흘리리라, 세상은 파괴되리라…….

세상은 파괴되리라. 예전에 다른 세상이 그렇게 파괴되었듯이…….

스랄은 휘청거렸다. 그러나 자리에 앉으라는 권유는 듣지 않았다. 무릎이 그 자리에 그대로 붙어버리기라도 한 듯 가만히 서 있을 뿐이었다. 오래도록 그렇게 선 채로 그는 고민했다.

'내가 여기 온 게 정말 잘한 일인가? 내가 여기서 모은 정보가 그렇게 가치가 있긴 한가? 케른이 죽어야 할 정도로? 무고하고 온건한 타우렌들이 수두룩이 죽을 정도로? 그런데도 내가 옳았나? 이제 다 늦어버린 건가?'

스랄이 마침내 말을 꺼냈다.

"바인. 바인은 어떻게 됐지?"

"아직 밝혀진 바가 없습니다, 대족장님. 하지만 아직 살아 있다고 알려졌습니다."

"가로쉬는? 그가 무엇을 했지?"

"지금까진 아무것도 하지 않았습니다. 어느 쪽이 이길지 지켜보는 모양입니다."

스랄은 주먹을 꽉 움켜쥐었다. 그 주먹에 깃털처럼 가벼운 무언가가 느껴졌다. 내려다보니 아그라가 그의 손을 만지고 있었다. 스랄은 자신도 왜 그러는지 모른 채 아그라의 손을 잡아 깍지를 끼고 깊이 숨을 들이쉬었다.

"이건……."

입을 열자마자 목소리가 갈라졌다. 스랄은 다시 말을 시작했다.

"이건 통탄할 만한 소식입니다. 살해당한 이들을 생각하니 비통하기 이루 말할 수가 없습니다."

스랄은 게야를 돌아보았다.

"오늘 저는 격노의 정령들에게서 아제로스의 문제를 해결하는 데 도움이 될 만한 이야기를 들었습니다. 며칠 더 머무르고 싶었지만, 일이 이렇게 되었으니 즉시 떠나야 할 것 같습니다. 이해해 주시겠지요?"

게야가 즉시 대답했다.

"물론이지. 우리가 네 짐을 이미 싸놨단다."

이 말에 스랄은 기쁘기도 하고 아쉽기도 했다. 조금만 감정을 정리할 시간이 있었으면 했기 때문이다. 눈치가 빠른 게야는 스랄의 이런 심정을 바로 알아챘다.

"가기 전에 잠시만 명상이라도 하고 가는 게 좋겠다."

스랄은 게야의 제안을 기꺼이 받아들였다.

그는 가라다르 밖으로 터벅터벅 걸어가 근처에 있는 작은 나무 수풀에 이르렀다. 야생 탈부크 몇 마리가 그를 바라보고는 꼬리를 휙 흔들더니 조금 더 떨어진 곳으로 뛰어갔다. 그리고 다시 태평하게 풀을 뜯기 시작했다.

스랄은 땅바닥에 털썩 앉았다. 천 년은 늙은 듯한 기분이었다. 그 비극적인 소식이 도무지 실감이 되지 않았다. 정말로 그런 일이 생겼단 말인가? 드루이드들이 죽고, 케른이 죽고, 다른 곳도 아닌 타우렌의 땅에서 타우렌들이 학살당했다고? 어지럼증마저 일었다. 그는 두 손으로 머리를 감싸고 한동안 가만히 생각에 잠겼다.

케른과 마지막으로 나누었던 대화가 떠오르자 가슴이 욱신 아파왔다. 오랜 친구와 그런 말을 주고받았다니, 게다가 그게 케른이 스랄에게서 들은 마지막 말이라니……. 케른의 죽음 때문에 목숨을 잃은 무고한 사람들보다도 케른 한 사람의 죽음이 더 견디기 어려웠다. 그건 살인이었으니까. 결투하다가 정정당당하게 죽은 게 아니라, 독살이었으니까…….

그때 누군가가 그의 어깨를 잡았다. 화들짝 놀라 뒤를 돌아보니 아그라가 그의 곁에 앉아 있었다. 속에서 울화가 치민 스랄은 날카롭게 쏘아붙였다.

"비웃으려고 왔습니까? 내가 한심한 대족장이라고? 내가 딴마음을 품는 바람에 가장 소중한 친구가 죽고 결백한 이들이 무수히 희생당했다고?"

아그라는 지극히 상냥한 갈색 눈동자로 그를 바라보며 고개를 저을 뿐 아무 말도 하지 않았다. 스랄은 커다랗게 숨을 내쉬고 지평선을 바라보았다.

"그 생각은 나도 이미 다 했으니까 굳이 말할 필요 없습니다."

"그럴 줄 알았어요. 다른 사람이 굳이 때려주지 않아도 알아서 자기 자신을 두들겨 팰 때도 있으니까요."

아그라가 조용히 말했다. 자신도 비슷한 경험을 한 적이 있다는 듯한 투였다. 그녀는 잠시 망설이다가 말을 이었다.

"내가 당신을 멋대로 판단한 건 잘못이었어요. 사과할게요."

스랄은 그만두라고 손을 내저었다. 이런 식의 이야기보다는 차라리 신랄한 조롱이 더 나을 뻔했다. 하지만 아그라는 멈추지 않았다.

"처음에 당신이 온다는 얘길 들었을 땐 흥분했었어요. 저는 듀로탄과 드라카의 일화를 들으면서 자랐거든요. 특히 당신의 어머니를 존경했죠. 나는…… 그분처럼 되고 싶었어요. 그러다가 당신 이야기가 들려오기에, 우린 모두 당신이 나그랜드로 돌아올 줄 알았어요. 그런데 아제로스에 계속 남더라고요. 심지어 우리 마그하르가 호드에 합류했는데도 돌아오지 않고. 이상한 종족들과 동맹이나 맺고 말이죠. 그래서…… 드라카의 아들이 우리를 저버린 것 같아 배신감이 들었어요. 돌아오기는 했죠. 딱 한 번. 하지만 또 떠나버렸고요. 당신이 대체 왜 그러는지 이해할 수가 없었어요."

스랄은 끼어들지 않고 계속 그녀의 말을 들었다.

"그러다가 당신은 또 왔어요. 우리의 지식을 알려달라고. 우리가 그렇게 고통스럽게 애를 써가며 알게 된 지식을 공짜로 알려달라고. 그것도 우리를 낳은 이 땅을 돕기 위해서가 아니라, 그 이상하고 낯선 땅을 돕겠다고 말이죠. 나는 화가 났어요. 그래서 정말로 못되게 굴었던 거예요. 이기적이고 얕은 생각이었어요."

"그런데 어째서 마음이 바뀌었습니까?"

스랄이 호기심을 띠고 물었다.

이야기하는 내내 스랄처럼 지평선만 바라보고 있던 아그라가 이제야 스랄에게 얼굴을 돌렸다. 비스듬한 오후의 햇살이 그녀의 다부진 갈색 얼굴을 비치고 있었다. 무척 오크다운 얼굴이었다. 인간 사이에서 자라난 스랄은 그동안 인간 여성의 아기자기한 얼굴의 아름다움에만 익숙해져 있었는데, 지금 아그라의 얼굴을 보니 문득 아찔한 기분이 들었다.

"영계 탐색 전부터였어요. 당신은 진작부터 내 마음을 바꿔놨지요. 물고기처럼 미끼를 덥석 물려고 뛰어오르지도 않았고, 내가 마음에 안 들었을 텐데도 대모님께 선생을 바꿔달라고 하지도 않았고요. 그리고 지켜보면 볼수록 알게 된 게…… 당신은 그 문제를 진심으로 고민하고 있더군요."

"나는 당신과 함께 걸었고, 당신이 진정한 주술사로서 정령들과 함께 살게 된 과정도 다 지켜보았어요. 그 고통과 기쁨을 같이 보고 느꼈죠. 타레사, 드렉타르, 케른, 제이나와 함께 있는 모습도 보았고요. 영계 탐색 전까지는 몰랐겠지만 이미 자신이 믿는 것과 함께 살아가고 있었던 거예요. 새로운 것이나 자극적인 도전을 찾아 헤매는 권력에 굶주린 어린 애 같은 게 아니라. 자신의 백성…… 그 모두를 위해서 최선의 일을 하려고 고군분투하는 지도자. 오크뿐만이 아니라, 호드만도 아니라, 심지어는 자신의 적까지도 고려할 줄 아는…….”

아그라는 갈색 손으로 다정하게 땅을 짚었다.

"세상 전체를 위해 온 힘을 다하는 분이었어요.”

스랄이 조용히 말했다.

“제가 했던 일이 최고의 선택이었는 지는 잘 모르겠습니다. 거기 그냥 머물렀더라면…….”

“그러면 여기서 배웠던 걸 배우지 못했겠지요.”

“케른은 살았을 겁니다. 그리고 그 타우렌들도, 썬더 블러프와…….”

그녀가 손을 홱 뻗어서 스랄의 팔을 거머잡았다. 손톱이 살갗을 거칠게 파고들었다.

“당신이 여기서 배운 건 모든 걸 구할 수도 있어요. 모든 걸!”

“아무것도 구하지 못할 수도 있습니다.”

스랄은 팔을 도로 빼지 않고 그녀의 손톱 밑에서 새어나오는 핏방울만 바라보았다.

“당신은 확실한 것보다는 가능성을 선택한 거예요. 확실한 패배보다는 성공할 가능성을 택한 거라고요. 아무것도 하지 않았더라면 대족장이 되지도 못했을 거예요. 그런 영광을 받을 자격도 없는 겁쟁이가 되었을 테니까.”

아그라의 얼굴이 굳어졌다.

“그래도 계속 허우적대고 싶어요? '불쌍한 고엘, 오호통재로다!' 뭐 이렇게? 그럼 마음껏 하세요. 하지만 앞으론 나 없이 해야 할 거예요.”

아그라는 일어서려고 했지만 스랄이 손목을 붙잡았다. 아그라는 스랄을 쳐다보았다.

“그게 무슨 뜻입니까?”

“내 말은 당신이 자기 연민에만 빠져서 뒹굴거리면, 나는 당신이 결국 그렇고 그런 한심한 놈이었을 뿐이라고 생각하게 될 거란 말이에요. 그럼 아제로스에 같이 가지도 않을 거고요.”

스랄이 그녀의 손목을 더 꽉 잡았다.

"나와…… 같이 돌아갈 생각을 하고 있었다고? 왜?"

그녀의 얼굴에 복잡한 감정이 스쳤다. 그리고 마침내 벌컥 화를 냈다.

"왜냐고요? 그쪽하고 헤어지고 싶지 않기 때문이죠! 근데 내 생각이 틀렸던 것 같네요. 당신은 내가 생각했던 그 오크가 아닌 것 같으니까. 나는 이런 너절한……."

스랄이 그녀를 끌어당겨 꽉 부둥켜안았다.

"나와 함께 가주었으면 좋겠소. 이 길이 어디로 이어지더라도 함께 걸었으면 하오. 나는 당신이 내 잘못을 질책하는 것에 익숙해졌고…… 당신이 상냥하게 말해줄 때면 기분이 좋소. 그대가 곁에 없다면 마음이 아플 거요. 같이 가겠소? 내 편이 되어주겠소?"

"당신에게…… 조언하러요?"

스랄은 고개를 끄덕이고 그녀의 정수리에 뺨을 갖다댔다.

"공기처럼 같이 내 지혜가 되어주고, 땅처럼 내 끈기가 되어주시오……."

스랄은 숨을 깊이 들이쉬었다.

"그리고 불과 물처럼 내 열정과 마음이 되어주시오. 그대가 그렇게 해준다면, 나 역시 당신에게 그런 존재가 되어주겠소."

그의 품 안에서 아그라가 가늘게 떨리는 것이 느껴졌다. 그 강건하고 용맹하던 아그라가. 그녀는 몸을 약간 빼고, 스랄의 가슴에 손을 얹고 눈을 마주 바라보았다.

"고엘, 당신이 언제나 이렇게 훌륭한 마음으로 이끌어주고 사랑해주는 한, 나는 그 어떤 세상이라도 끝까지 당신과 함께하겠어요."

스랄은 그녀의 뺨에 손을 얹었다. 녹색 피부와 갈색 피부가 겹쳐지고, 그는 천천히 몸을 기울여 이마와 이마를 부드럽게 맞댔다.

32장

케른 블러드후프 대족장을 정성껏 감싼 장례용 직물은 매우 아름다웠다. 대지모신의 색조들인 황갈색, 고동색, 녹색 실로 짠 것이었다.

타우렌의 전통에 따라 시신은 장례식과 함께 화장되었다. 장작더미 위에 시신을 놓고 그 아래에 활활 타오르는 불을 붙였다. 재는 땅에 떨어지고 연기는 하늘로 올라갈 테니, 대지모신과 천부신 모두 명예로운 고인을 환영할 테고 안셰와 무샤는 그 귀로를 지켜볼 것이다.

스랄은 언제나처럼 오그림 둠해머에게 물려받은 갑옷을 입었다. 그 갑옷 때문인지, 시신을 같은 높이에서 보기 위해 언덕 위로 올라가는 발걸음이 더뎌졌다. 케른의 시신을 본 스랄은 눈앞이 눈물로 부옇게 흐려졌다.

스랄은 곧바로 아제로스에 돌아왔다. 아그라와 함께 바인을 잠깐 만났고, 바인에게 요청해서 잠시간 케른과 단둘이 시간을 보냈다. 그런 다음에는 이런저런 대화, 계획 짜기, 준비 작업이 줄기차게 이어졌다. 그러나 지금 당장은 태양이 나른한 궤적을 그리는 멀고어의 푸른 하늘 아래서 자신의 오랜 친구 곁에 하염없이 앉아 있을 뿐이었다. 마침내 스랄은 깊이 심호흡을 하고 조용히 말했다.

"케른, 내 오랜 친구여…… 아직 여기에 있소?"

타우렌도 오크도 소중한 이의 영혼이 생전에 사랑했던 이들에게 가끔은 말을 건다고 믿었다. 경고, 조언, 아니면 단순한 축복을 전하기 위해서.

그 어떤 말이든지 스랄은 감사히 들으려 했다.

그러나 스랄의 말은 부드럽고 향긋한 산들바람에 실려 날아가고, 그에게 말을 걸어오는 것은 아무도, 아무것도 없었다. 스랄은 머리를 숙였다.

"그러면 나는 정녕 혼자이고 그대는 정녕 떠났구먼, 내 오랜 친구여. 그러니 나는 그대의 조언도, 용서도 청할 수가 없게 됐소. 진작에 용서를 구했어야 했건만."

오로지 부드러운 바람의 한숨만 들렸다.

"그대와 나는 화가 난 채 헤어졌었지. 서로에게 절대 화를 내서는 안 되는 사이인데. 그런 식으로 헤어지면 안 된다는 걸 알 만한 나이도 되었건만. 나는 자신의 역경을 스스로 해결하지 못하는 무력함에 답답하기만 했었소. 그래서 그대가 해준 지혜로운 조언을 듣지 않았더니 그 결과가 결국은 이 모양이구려. 이제 그대는 음모에 당해서 여기에 누워 있으니, 나는 그대의 눈을 차마 마주 볼 수도 없고 내 가슴이 얼마나 무너지는지 설명할 길도 없소."

목소리가 갈라졌다. 여기서 그를 볼 눈이라고는 새와 짐승들밖에 없는데도 스랄은 잠시 말을 멈추고 감정을 가라앉히려 애썼다. 갑옷이 무겁고 뜨겁게 느껴졌다.

"그대의 아들은…… 케른, 내 이 말은 꼭 하고 싶구먼. 그대는 바인이 무척 자랑스럽겠소. 물론 원래도 자랑스러워하고 있었지만. 바인은 진실로 그대의 아들이오. 그대가 힘겹게 싸워 이루어낸 유산을 다음 세대로 잘 이어갈 게요. 바인은 고통에 지배당하지 않고, 타는 듯한 자신의 욕망을 버린 끝에 그대의 백성을 안전하게 지켜냈소. 타우렌 일족에게는 다시 평화가 돌아왔다오. 그대가 언제나 바라마지 않던 것이지. 깊디깊은 공포와 무시무시하고 어두운 밤을 거치고도 그대의 백성과 호드의 정신은 무사히 살아남은 거요."

"그대가 마음속으로만 경계했던 그림토템이, 이제는 공공연한 적이 되었소. 그들은 그대의 신뢰를 기만하고 냉혹한 반란을 꾸몄지. 이제는 끝이오. 타우렌들은 두 번 다시 그들에게 아무것도 모른 채 당하지 않을 터이니. 그리고 가로쉬는…… 그는 정말로 마가타의 음모를 몰랐을 거요. 그 친구가 여러 면모가 있긴 해도 흉계와 모략을 짜는 살인자 체질은 아니잖소. 가로쉬는 자신이 공정하게 이긴 게 맞는지, 그래서 정당하게 영광을 누려도 되는지 궁금해 했소. 그는……."

스랄의 목소리가 흐려졌다. 그는 자신의 친구가 살해당한 것과 그 뒤를 이은 학살

사건 때문에 슬퍼서 거의 제정신이 아니었다. 타우렌들이 바인 같은 훌륭한 지도자 아래서 평화를 되찾았다는 사실은 기뻤다. 하지만 그 외에는…….

"케른. 나는 호드를 세웠소. 그들에게 용기와 목표와 방향을 주었고. 그런데…… 이 의무가, 목표가…… 더는 내 마음에 와 닿지가 않소. 내 관심이 다른 곳에 있는데 내가 어떻게 저들을 잘 이끌 수 있겠소?"

예전에는 무척 확실하던 직감이 이제는 무뎌져 있었다. 스랄은 손에 얼굴을 푹 파묻었다. 검은 갑옷에서 끼긱 소리가 났다. 마치 길을 잃은 느낌이었다. 너무 지쳤다. 또다시 영계 탐색의 안개 속으로 돌아와 갑옷이 깡 소리를 내며 떨어지고 그는 공포와 무력감에 젖어 망연히 서 있는 것만 같았다. 이렇게 마음과 정신, 관심을 딴 데 팔면서 안일하게 다스리면 결국 호드는 내전에 들어가리라. 스랄은 퍼뜩 깨달았다. 그간 벌어진 사건 때문에 가로쉬를 얼마나 책망하든, 어쨌든 가로쉬를 그 자리에 앉힌 건 스랄이었다. 가로쉬만큼이나 스랄 자신의 책임이기도 한 것이다. 그리고 궁극적으로 가로쉬는 도전을 받아들이고 결과에 승복한 것 외에는 아무것도 잘못한 게 없었다. 그런 청년을 호드의 앞에 세워다 놓고 힐난의 시선을 견디라고 하고 싶지 않았다.

"이런 말을 그대에게 한 번도 한 적이 없었지. 했으면 좋았을 걸 그랬소. 케른…… 알고 있소? 내게 그대는 언제나 호드의 심장이었다는 걸. 그대도 그렇고, 타우렌 모두가 그러했지. 호드의 많은 이들이 전쟁과 어두운 길에 굶주려 있을 때 타우렌은 대지모신의 지혜에 귀를 기울였고 다른 방법을 시도해보라고 조언해 주었소. 용서와 연민을 일깨워주었지. 그대들은 우리의 심장이며, 진정한 영적인 중심이었다오."

스랄은 어설프게 말을 이어가면서 알게 되었다. 이제는 자신의 마음을 믿고 따를 때라는 것을. 그의 마음은 이제 오그리마에서, 호드에서 멀어지라고 말하고 있었다. 그리고 격정적이고 열렬한 주술사 아그라와 그녀가 의미하는 당당한 오크의 길을 걸으라고.

그 길이 스랄을 세상의 진정한 중심으로 이끌어줄 거라고.

스랄은 고통스러운 듯 눈을 감았다. 그는 이게 올바른 결정이 아니기를 바랐다. 너무 힘들었다. 너무 많은 혼란이 일어날 테고, 너무 많은 사람이 다칠 것이다. 스랄이 대족장으로 남아 있어야 할 이유는 많았다. 모두 온당하고 논리적이고 중요하고 필수적인 이유였다. 반면 그가 떠나야 할 이유는 오로지 한 가지뿐인 데다가, 그나마도 신비롭고 불가사의하고 전혀 명료하지도 않았다.

그런데 그게 맞는 선택이다. 그 선택밖에는 없다. 바람이 한 줄기 불어와 스랄의 머리카락을 부드럽게 매만지며 그의 영혼을 더욱 단단히 굳혔다. 살갗에 소름이 돋았다. 스랄은 자신이 진작에 결정을 내렸다는 걸 깨달았다.

무엇을 해야 할지는 이미 아주 똑똑히 보았었다. 대족장의 길을 계속 간다면 실패하리라. 호드와 이 세상을 구할 방법은 한 가지뿐이었다.

스랄은 무엇을 해야 할지 알고 있었다.

그는 서서히 일어섰다. 타우렌들은 안셰라고 부르는 태양이 저물어가면서 검은 갑옷을 휩싸고 있었다. 스랄은 천천히 갑옷을 벗기 시작했다. 처음에는 어깨받이를 풀어냈다. 어깨받이들이 부드러운 초록빛 풀밭에 서로 부딪히며 듣기 좋은 쩔껑 소리가 났다. 그다음에는 가슴받이를 풀었다. 예전에 이 가슴받이는 둠해머가 목숨을 잃은 치명타의 흔적이 남아서 움푹 우그러져 있었다. 비열한 공격이었다. 창이 뒤에서 찌르고 들어와서 검은 철판을 부수고 가슴받이를 안에서 밖으로 일그러뜨렸다. 스랄은 그걸 수리에 맡겨서 다시 입을 수 있었다.

한 부분 한 부분씩, 스랄은 오그림 둠해머의 갑옷이자 호드의 대족장의 갑옷을 경건하게 벗어서 쌓아두었다. 그리고 배낭에서 단순한 갈색 로브를 꺼내서 머리부터 당겨 입고 염주를 목에 걸었다. 아그라의 말이 떠올랐다.

'우리는 입문 의식 때 갑옷을 입지 않아요. 의식은 전투가 아니라 다시 태어나는 것이니까요. 우리가 전에 입고 있던 허물을 뱀처럼 벗는 거예요. 그런 구차한 짐을 벗어 던지고, 원래 갖고 있던 편협한 생각이나 관념도 버린 채 자연에 접근할 수 있어야 해요. 단순하고 깨끗해져야만 정령들을 이해하고 접촉할 수 있고, 그들의 지혜를 우리의 영혼에 새길 수 있어요.'

스랄은 장화까지 벗었다. 그리고 녹색의 맨발로 단단한 땅을 디디고 일어나면서, 양팔을 앞으로 펼치고 머리는 뒤로 젖히고 푸른 눈은 감았다. 다가오는 황혼을 맞아들이는 그는 예식용 갑옷을 입은 대족장이 아니었다. 이제 그건 더는 스랄이 아니었다. 정령들이 보여주었듯이. 나그란드를 떠나오기 전에는 이제 다 늦어버린 건 아닐까 두려웠는데 아직 늦지 않은 모양이었다. 스랄은 제때에 행동한 것이다. 갑옷과 대족장의 자리를 빼앗기기 전에 먼저 스스로 벗기를 택했으니. 그의 손으로 직접, 자유롭게, 담담하게 선택한 것이다.

스랄은 주술사였다. 그가 책임져야 할 곳은 이제 호드가 아니라 아제로스 자체였다. 도와달라고 외치는 정령들을 돌봐야만 한다. 눈앞에 펼쳐진 무시무시한 재앙에서 그들을 구해주고, 만약 너무 늦었다면 그 재앙의 여파에서 치료해줄 수 있어야 했다. 스랄의 생각에 맞장구를 치는 듯이 따스하고 부드러운 바람이 더욱 강하게 그를 어루만졌다.

스랄은 머리를 숙이고 눈을 떴다. 그는 친구의 시신을 마지막으로 똑바로 바라보았다. 안셰가 서쪽으로 넘어가면서 썬더 블러프가 아름다운 그림자에 잠기고 마지막 빛 한줄기가 시신 위에 떨어졌다. 케른의 널찍한 가슴 위에는 그가 생전에 걸쳤던 의식용 장신구들이 모두 놓여 있었다. 깃털, 구슬, 뼈다귀들. 그리고 또 무언가가 있었다. 피가 묻고 무늬가 새겨져 있는 부서진 나무 조각들.

그건 가로쉬가 피의 울음소리로 케른에게 치명타를 날렸을 때 산산이 부서져 버린, 전설적인 블러드후프 룬창의 파편이었다.

순간 생생하고 쓰라린 상실감이 밀려왔다. 이제까지 그가 느꼈던 고통은 단지 흐릿한 그림자에 불과했다. 이제부터 스랄은 옛 친구의 친절함, 지혜, 재기가 사라져버린 시간을 평생토록 견뎌야만 할 것이다.

스랄은 충동적으로 장작더미 위로 뛰어올랐다. 떠받치는 기둥들이 약간 흔들렸지만 무너지지는 않았다. 그는 손을 뻗어서 케른의 눈썹을 어루만졌다가, 부서진 룬창 파편 중 가장 작은 것을 골라서 경건하고도 조심스럽게 집어 들었다. 파편을 뒤집어 보았을 때 스랄은 온몸을 훑는 듯한 전율을 느꼈다.

그 파편에는 룬 문자 하나만이 새겨져 있었다. '치유'. 스랄은 이것을 늘 간직하며 케른을 기억해야겠다고 생각했다. 언제나 케른의 마음과 맞닿을 수 있도록.

스랄은 가볍게 땅에 뛰어내려서 꺼져 들어가는 태양을 향해 천천히 걸어갔다. 뒤는 돌아보지 않았다.

해가 지고 나자 바람이 살짝 차가워졌다. 스랄은 곰곰이 생각했다. 바인과는 논의하고 계획할 게 아직 많이 남아 있었다. 그전에 잠시만이라도 아그라와 함께 이 평화로운 땅에 앉아 있고 싶었다. 그녀는 한 번도 여기에 온 적이 없었지만 스랄과 마찬가지로 이곳의 부드러움과 고요함을 마음에 들어 했다. 그녀는…….

다른 대륙에서 잠들어 있던 드렉타르가 벌떡 일어났다. 목에서 비명이 터져 나왔다.
"바다가 끓어오를 것이다!"

해저가 부서져 열리고, 밀리서는 스톰윈드 항구에서 바다가 마치 장막처럼 걷혀 나가고 있었다. 물에 떠 있던 배들이 갑자기 모래밭에 박혔다. 아름다운 돌 항구를 따라 오후의 산책을 즐기던 시민들은 일제히 멈춰 서고, 저물어가는 햇살 속에서 손차양을 치고 내다보며 한가하게 서로서로 수군거렸다.

바다가 걷힌 건 잠시뿐, 이내 다시 몰려오기 시작했다. 파도가 높이 치솟으며 무시무시한 속도로 몰려와 항구를 한꺼번에 덮쳤다. 아우버다인이나 용맹의 성채 같은 머나먼 이국을 드나들었던 거대한 함선들이 마치 화가 난 어린아이의 발길에 부서지는 장난감 배처럼 산산이 조각났다. 파도는 잔해며 시신들을 밀치고 들어오면서 부두마저 간단히 부숴버리고, 거리에서 비명을 지르는 사람들을 휩쓸며 가차 없이 앞으로 나아갔다. 물이 불어 오르면서 공성 병기도 의약 용품함도 똑같이 무자비하게 잠겨버렸다.

거기서 멈추지 않았다. 물은 자꾸만 올라갔고, 항구를 굽어보는 거대한 사자 석상마저 완전히 침수되었다. 그때서야 해일은 멈췄다.

남쪽 멀리에서는 서부 몰락지대의 해안선에서 떨어진 땅에 균열이 일어나면서 거대한 구멍이 생겼다. 바다는 겁에 질리고 화가 나 있었으며, 그 공포를 땅에다가 쏟아부었고, 땅은 절망적으로 응답했다.

드렉타르가 팔카르를 붙잡고 마구 흔들며 고함쳤다.

"대지가 눈물을 흘리리라, 세상은 파괴되리라!"

스랄의 발밑에서 땅이 쪼개졌다.

스랄은 옆으로 펄쩍 뛰어올라 착지하고 날렵하게 몸을 굴려 일어났다. 하지만 그 즉시 땅이 또 갈라져서 넘어지고 말았다. 지표면이 마치 거대한 짐승의 등줄기처럼 솟아오르면서 스랄을 위로 들어 올렸다. 스랄은 일어나서 도망칠 수도 없어서 땅을 꽉 붙들 뿐이었다. 설사 도망친다고 해도 어디로 가겠는가?

'땅이여, 흙이여, 돌이여, 부디 진정하시오. 그대들이 무엇을 두려워하는지 알려 주시오. 이름을 대 주면, 내가……..'

땅은 정말로 목소리가 있었다. 그리고 그 목소리로 우릉거리며 고통에 찬 비명을 지르면서 울부짖고 있었다.

스랄은 세상이 찢어진 곳이 어디인지 느껴졌다. 여긴 아니었다. 썬더 블러프도, 칼림도어도 아니라…… 동쪽에 있었다. 바다 한가운데, 혼돈의 소용돌이 한가운데에…… 그럼 바로 여기에 정령들이 그토록 두려워하는 것이 있으리라. 부서지는 세계, 대격변, 이 땅을 드레노어처럼 부수려는 거대한 재앙. 정령들과 연결된 스랄에게 그들의 공포가 밀려들어오자, 스랄도 머리를 뒤로 젖히고 길게 비명을 지르다가 의식을 잃었다.

스랄은 얼굴에 닿는 사랑스러운 손길을 느끼고 눈을 떴다. 아그라가 걱정스러운 표정으로 그를 내려다보고 있었다. 그가 엷게 웃어 보이자 아그라는 안도했다.

"보기보다 튼튼하네요, 노예. 몇 분 뒤에 조상님들 따라가려고 작심한 줄 알았는데요."

그녀는 스랄을 놀렸지만 목소리에서는 안심한 기색이 역력했다. 스랄은 주위를 둘러보고 이곳이 썬더 블러프 위의 천막집 중 하나라는 것을 깨달았다. 아마도 정기의 봉우리일 듯했다. 바인도 옆에 서 있었다.

"장례식장 근처의 땅에서 쓰러져 계신 걸 발견해서 모시고 왔습니다."

바인이 살짝 웃었다.

"아버지께서는 생전에 당신을, 듀로탄의 아들 스랄을 사랑하셨습니다. 하지만 이렇게 빨리 죽음의 세상으로 건너오기를 바라진 않으실 것 같습니다."

스랄은 애써 일어나 앉았다.

"고르다우그가 경고를 했었지. 우린 너무 늦었어."

아그라의 시선이 연민을 띠었다.

"알아요. 하지만 땅의 상처가 정확히 어디에 있는지 알았어요."

"혼돈의 소용돌이지. 생생히 느껴졌소. 그러다……."

스랄이 말하다 말고 얼굴을 찡그렸다.

아그라가 그의 어깨를 만지며 부드러운 로브의 질감을 느꼈다.

"갑옷을 입지 않았네요?"

"그렇소. 이제 안 입을 거요. 나는 허물을 벗은 것이오."

스랄이 그녀에게 미소 짓고 바인에게 고개를 돌렸다.

"괜찮다면 누구를 오그리마로 좀 보내 주겠나? 나는 이제 대족장의 갑옷을 입지 않으니, 그걸 오그리마로 가져가 줬으면 하네. 우리 문화에서 중요한 전통이라서 그러네."

"물론이지요, 스랄. 그렇게 하겠습니다."

아그라가 등을 젖히고 앉아서 스랄과 바인을 흘긋 보았다.

"그래서 우린 이제 뭘 하죠?"

스랄은 손을 뻗어서 바인의 손을 잡아 쥐었다.

"바인…… 내가 호드와 정령들 모두를 돕고자 돌아왔다는 건 알 걸세. 그리고 여전히 이 두 가지를 할 수 있다고 보네. 다만…… 대족장으로서 두 가지 목표를 모두 이룰 수는 없을 것 같아."

바인이 슬픈 웃음을 지었다.

"저는 가로쉬 헬스크림을 좋아하지 않지만, 그가 아버지를 독살했다는 혐의에서 결백하다는 건 압니다. 사실 당신이 계속 호드를 이끌어주었으면 하는 심정입니다만…… 정황상 가셔야 한다는 건 이해합니다. 보고가 들어오고 있습니다. 남쪽 바다를 면한 해안선 전역에서 해일과 폭풍이 일어났습니다. 테라모어, 스톰윈드, 서부 몰락지대, 톱니항, 스팀휘들 항구. 언더시티에는 대지진이 있었답니다. 잿빛 골짜기에는 번개 때문에 화재가 일어났고요."

스랄은 눈을 지그시 감았다.

"자네 말을 들으니 문제가 더 간단해지는구먼, 바인. 나는 호드를 사랑하네. 자네의 아버지와 함께 오늘날의 호드를 세웠던 게 나일세. 허나 더 중대한 문제가 있고, 그건 내가 반드시 나서야 하는 사안이야. 당장. 나는 오그리마에 전갈을 보내서 이 세상의…… 상처를 조사하러 출항할 준비를 하도록 지시할 걸세. 호드는 나 없이도 잘 버텨내야만 해."

드렉타르는 울고 있었다. 앞 못 보는 눈에서 눈물이 흘러내렸다. 팔카르는 이제 그를 의심하지 않았다. 팔카르는 적어도 이곳에서 육체적으로는 아무것도 느끼지 못했지만 세상의 혼란을 감지할 수는 있었다. 그래서 드렉타르가 흐느끼면서 숨을 들이켜고 그에게 얼굴을 돌렸을 때 이제 어떤 예언이 나올지 잠자코 기다렸다. 그리고 그 예언을 들으니 피가 싸늘하게 식는 것만 같은 느낌이었다.

"누가 문을 부수고 있어! 막아! 절대로 들여서는 안 돼!"

드렉타르는 전에도 옳은 예언을 했었다. 그가 했던 예언은 언제나 옳았다. 이번에도 그러리라는 것을 팔카르는 추호도 의심하지 않았다.

유일한 의문은…… 이 미지의 침입자가 대체 누구인가?

에 필 로 그

스랄은 바다 공기를 들이마시고 머리와 수염을 흩날리는 바람을 만끽했다. 위의 하늘은 핑크빛으로 동이 터오고 갈매기들이 빙 돌면서 울었다. 이렇게 이른 시간에 작은 톱니항 마을은 다들 잠들어 있어서 조용했지만, 몇 명은 일부러 일찍 일어나서 스랄을 배웅하러 나와 있었다. 스랄은 눈을 감고 숨을 내쉬며 약간 웃었다.

"웃는 거 보니까 좋네요."

아그라가 그의 옆에 서서 말했다.

스랄은 푸른 눈을 다시 뜨고 더 크게 웃음 지으며 그녀를 내려다보았다.

"익숙해져야 할 거요. 당신과 함께 있으면 훨씬 자주 웃게 되는 것 같으니까."

그 말은 사실이었다. 이번 결정은 완전히 만족스러웠고 후회도 없었다. 그러나 앞으로 불확실한 상황과 힘겨운 시련이 펼쳐지리라는 건 알고 있었다. 스랄은 그녀의 손을 꽉 잡아 쥐었다.

그들은 썬더 블러프에서 오그리마와 톱니항에 전령을 보내놓고 같이 계획을 짠 뒤 톱니항에 왔다. 호드 함대에서 가장 큰 범선 중 한 척이 혼돈의 소용돌이로 출항할 준비를 번개같이 끝마친 참이었다. 스랄과 아그라가 늑대를 타고 부두로 오자 가즈로가 그들을 맞아 주었다. 게슴츠레한 눈을 보니 아직 한숨도 자지 않은 것 같은데도, 날카로운 이빨을 드러내며 씩 웃고 있었다.

"보내주신 전령이 배를 준비하라고 하기에 다 준비를 해놨소! 신선한 물, 맥주와 그로그주 몇 통, 식량 한가득……. 이제 바로 출항만 하면 되오, 대족장님!"

가즈로는 아그라를 다시금 보더니 낮게 절했다.

"안녕하시오. 딱 보니 그 어여쁘다는 젊은 주술사로구먼. 얘긴 많이 들었습지요."

아그라가 눈을 가늘게 뜨고 대꾸했다.

"전 그냥 주술사고요. 이름은 아그라예요. 당신은?"

"가즈로. 나랑 그 둔한 양반이랑은 오랜 친구 사이요."

가즈로가 벙글거리며 말했다. 아그라의 짜증스러운 기색을 눈치 못 챘거나, 눈치는 챘어도 전혀 개의치 않는 모양이었다.

"아가씨가 이 양반 행색을 좀 손봐준 모양인데, 마음에 드는데요. 단순한 갈색 로브. 절제미도 있고 유행에도 맞고. 저렇게 큰 덩치엔 딱 어울리는구먼요. 대족장님과 아가씨가 여기 오는 건 언제든지 환영이오."

"나는 대족장이 아니오. 적어도 한동안은. 가로쉬가 계속 임시 대족장으로 일하게 될 거요."

가즈로가 약간 툴툴거렸다.

"그 친구는 일을 영 잘못 해놨던데. 케른한테."

스랄은 진지하게 대답했다.

"그렇지. 그 비극으로 우리가 모두 참담해졌소. 하지만 가로쉬는 불명예스러운 행동은 하지 않았다오. 그 문제에 대해 내가 할 말은 그게 다요. 배가 준비되었다고 했소?"

"준비도 다 됐고 기다리고 있지요."

스랄과 아그라는 배로 향했다. 아그라가 배의 이름을 보고 씩 웃었다.

"'드라카의 격노'라. 우리 여행에 잘 어울리네요."

"딱 맞는 것 같지 않소? 내 삶을 축복해준 강인한 오크 여자를 기리고 싶었다오."

아그라는 얼굴을 붉히고 괜히 허둥거렸다.

"긴 여행이 되겠네요."

"그래도 옳은 여행이겠지."

스랄은 정말로 옳은지 고민하지 않았다. 부름을 받았으니 가야만 했다. 대족장이 아니라, 자기 자신으로서.

스랄.

듀로탄과 드라카의 아들.

주술사로서.

덧붙이는 말

여러분이 방금 읽은 이 소설은 블리자드 엔터테인먼트 사의 컴퓨터 게임 〈월드 오브 워크래프트〉의 세계관을 바탕으로 쓰인 것이다. 수상 이력을 갖춘 온라인 롤플레잉 게임 〈월드 오브 워크래프트〉에서, 플레이어들은 자신만의 영웅을 만들어 수천 명의 다른 플레이어들과 함께 거대한 세계를 탐험하고 모험하며 임무를 수행하게 된다. 이 풍성하고 광활한 게임 속에서 플레이어들은 이 소설에 나온 강력하고도 흥미로운 캐릭터들과 교류하고, 맞서 싸우고, 함께 싸울 수 있다.

2004년 11월에 출시된 이래 〈월드 오브 워크래프트〉는 세계에서 가장 인기 있는 요금제 멀티플레이어 온라인 롤플레잉 게임이다. 확장팩 '리치 왕의 분노'는 첫 발매일에만 280만 장이 판매되었고, 첫 한 달 동안 400만 장 이상 판매되면서 PC게임 사상 공전의 판매액을 기록했다. 이 소설의 결말 뒤에 이어지는 이야기를 담은 확장팩 '대격변'에 대한 정보는 www.worldofwarcraft.co.kr에서 찾아볼 수 있다.

추 천 도 서

이 소설에 등장하는 캐릭터나 상황과 배경 등을 더 알고 싶다면 다음의 책을 통해 아제로스에 관한 또 다른 이야기들을 읽을 수 있다.

- 스랄이 제이나 프라우드무어와 같은 인간들과 강한 유대를 맺게 된 흥미로운 과거 배경은 『워크래프트: Lord of the Clans』(크리스티 골든)에 그려져 있다. 또한 『월드 오브 워크래프트: Cycle of Hatred』(키스 R.A. 데칸디도)와, 월간 〈월드 오브 워크래프트〉 만화 15-20호(월터 심슨, 루이스 심슨, 존 뷰런, 마이크 보딘, 필 모이, 월든 윙, 팝 만)에서는 스랄과 제이나의 우정 이야기를 더 많이 엿볼 수 있다. 스랄 조상의 삶은 『월드 오브 워크래프트: Rise of the Horde』(크리스티 골든)에 나타나 있다.

- 이 소설에서 안두인 린 왕자는 아버지 바리안의 난폭하고 성마른 일면인 '로고쉬'와 갈등을 겪는다. 안두인과 바리안의 관계를 비롯해 스톰윈드의 왕자로서의 그의 삶을 더 알고 싶다면, 월간 〈월드 오브 워크래프트〉 만화(월터 심슨, 루이스 심슨, 류도 룰러비, 존 뷰런, 마이크 보딘, 샌드라 호프, 토니 워싱턴)에서 찾을 수 있다.

- 분노의 관문에서의 배신 사건과 호드의 영웅 드라노쉬 사울팽의 비극적인 죽음은 단편 소설 『Glory』(이블린 프레드릭슨, www.worldofwarcraft.co.kr)에 그려져 있다.

- 무모한 가로쉬 헬스크림이 스랄과 함께하던 때의 이야기는 월간 〈월드 오브 워크래프트〉 만화 15-20호(월터 심슨, 루이스 심슨, 존 뷰런, 마이크 보딘, 필 모이, 월든 웡, 팝 만)에 잘 나와 있다. 가로쉬가 호드의 영웅으로 추앙받기 이전의 삶은 『월드 오브 워크래프트: Beyond the Dark Portal』(애런 로젠버그, 크리스티 골든)에서도 확인할 수 있다.

- 오그리마의 투기장에서는 수많은 잔혹한 결투가 벌어졌으며, 그 중 하나는 가로쉬 헬스크림과 스랄 사이의 결투였다. 그 내막과 결과는 월간 〈월드 오브 워크래프트〉 만화 19호(월터 심슨, 루이스 심슨, 마이크 보딘, 필 모이, 리처드 프렌드, 샌드라 호프)에 펼쳐진다.

- 이 책에서 드렉타르는 늙어서 노망이 든 오크 주술사로 나오지만, 한때는 스랄의 스승으로 활약했었다. 『워크래프트: Lord of the Clans』(크리스티 골든)에 그 이야기가 드러나 있고, 『월드 오브 워크래프트: Rise of the Horde』(크리스티 골든)에서도 드렉타르의 과거를 볼 수 있다.

- 제이나 프라우드무어가 얼라이언스와 호드 사이의 충돌을 중재하려 분투하던 이야기가 궁금하다면, 월간 〈월드 오브 워크래프트〉 만화(월터 심슨, 루이스 심슨, 류도 룰루비, 존 뷰런, 마이크 보딘, 샌드라 호프, 토니 워싱턴)와 『월드 오브 워크래프트: Cycle of Hatred』(키스 R. A. 데칸디도)에서 확인할 수 있다. 『월드 오브 워크래프트: 아서스 – 리치 왕의 탄생』(크리스티 골든)에서는 제이나가 테라모어의 군주가 되기 전의 젊은 시절이 그려져 있다.

- 이 소설에서 바리안 린 국왕은 세상이 급변하는 위기에 처하지만, 그전에도 숱한 역경을 겪었다. 바리안이 로고쉬로 살던 신비로운 과거, 아들인 안두인과 관계를 엮어나가는 과정을 비롯한 배경 이야기가 궁금하다면 『월드 오브 워크래프트:

Tides of Darkness』(애런 로젠버그), 『월드 오브 워크래프트: 아서스 – 리치 왕의 탄생』(크리스티 골든), 월간 〈월드 오브 워크래프트〉 만화(월터 심슨, 루이스 심슨, 류도 룰러비, 존 뷰런, 마이크 보딘, 샌드라 호프, 토니 워싱턴)에서 만날 수 있다.

- 마그니 브론즈비어드 국왕은 월간 〈월드 오브 워크래프트〉 만화(월터 심슨, 존 뷰런, 제롬 무어, 샌드라 호프) 9-11호에서 단역으로 출연한다. 또한 『워크래프트: Legends volume 5 – Nightmares』(리처드 A. 나크, 롭 텐 파스)에서는 마그니가 에메랄드의 악몽의 사악한 마법 때문에 악몽에 시달릴 때 자신의 딸인 모이라와 검은무쇠단을 두려워하던 이야기도 읽을 수 있다.

- 오크 아이트리그는 스랄이 가장 신뢰하는 고문이 되기 전에는 고독한 삶을 살았다. 아이트리그가 스랄의 편에 합류하기까지의 흥미로운 내력과 사건들은 『워크래프트: Of Blood and Honor』(크리스 멧젠)에 드러나 있다.

- 이 소설에서 안두인 린의 현명한 동료로 등장한 드워프 로한 대사제는 월간 〈월드 오브 워크래프트〉 만화 23-25호(월터 심슨, 루이스 심슨, 마이크 보딘, 토니 워싱턴)에서 새로운 티리스팔 의회의 의원으로 일약한다.

- 마가타 그림토템과 케른 블러드후프의 아슬아슬한 긴장 관계는 월간 〈월드 오브 워크래프트〉 만화 3호(월터 심슨, 류도 룰러비, 샌드라 호프)에서 더 자세히 펼쳐진다.

- 덕망 있는 대드루이드 하뮬 룬토템은 월간 〈월드 오브 워크래프트〉 만화 3호와 23-25호(월터 심슨, 루이스 심슨, 류도 룰러비, 샌드라 호프, 마이크 보딘, 토니 워싱턴)에도 등장한다. 또한 『월드 오브 워크래프트: 스톰레이지』(리처드 A. 나크)에서 에메랄드 악몽의 사악한 마법과 맞선 싸움에서 단역으로 등장하기도 한다.

- 스랄의 어머니인 드라카가 자신의 허약함을 극복하려 싸우는 감명 깊은 이야기는 『워크래프트: Legends volume 4-A Warrior Made: Part 1』과 『워크래프트: Legends volume 5-A Warrior Made: Part 2』(크리스티 골든, 김인배)에 그려져 있다.

전쟁은 계속된다

아제로스의 정령들은 혼란에 빠져 있다. 얼라이언스와 호드 사이의 미약하던 정치적 관계는 아예 산산이 조각나기 직전이며, 세상의 표면은 갈가리 부서지고 찢어지고 있다. 바야흐로 대격변이 시작되었다…….

아제로스를 기다리는 절체절명의 운명을 엿본 여러분은, 이제〈월드 오브 워크래프트〉의 세 번째 확장팩 '대격변'에서 그 운명으로부터 세상을 구하는 데에 일조할 수 있다. 지난 두 확장팩 '불타는 성전'과 '리치 왕의 분노'에서는 아웃랜드라는 외계의 세상과 노스렌드라는 차디찬 불모지가 배경이 되었다. 이번 '대격변'에서는 타락한 용의 위상 데스윙이 귀환한다. 지하에서 잠들어 있다가 깨어난 데스윙은 아제로스의 땅을 뚫고 올라오면서 붕괴와 파멸을 불러일으키게 된다. 위기에 처한 미래를 구하기 위해 대격변의 진원지로 달려가는 호드와 얼라이언스. 그들에게는 목숨을 걸고 나서는 모험가들의 도움이 절실하다.

전 세계 수백만 게이머들을 사로잡으며 끝없이 확장하고 있는 이 세상을 경험하고 싶다면 www.worldofwarcraft.co.kr에서 클라이언트를 다운로드하여 실행하면 된다. 〈월드 오브 워크래프트〉의 엄청난 세상 속으로 빠져들어 보자.

글쓴이에 대하여

뉴욕타임스 베스트셀러 작가인 크리스티 골든은 SF, 판타지, 호러 장르에 걸쳐 서른다섯 권의 장편 소설 및 단편 소설들로 여러 차례 상을 받은 바 있다. 대표작으로는 열 권이 넘는 〈스타 트렉〉 소설들과 창작 판타지 소설들이 있다. 〈월드 오브 워크래프트〉의 열렬한 게이머이기도 한 그녀는 두 편의 만화 이야기를 비롯해 같은 세계관을 바탕으로 한 소설(『Lord of the Clans』, 『Rise of the Horde』, 『아서스: 리치 왕의 탄생』, 『부서지는 세계: 대격변의 전조』)을 썼으며, 다른 작품들도 준비하고 있다. 〈스타크래프트 다크 템플러 3부작〉인 『Firstborn』, 『Shadow Hunters』, 『Twilight』를, 〈스타크래프트2〉의 짐 레이너와 타이커스 핀들레이의 예상 밖의 우정을 그린 『Devil's Due』를 쓰기도 했다. 또한 현재 애런 올스턴과 트로이 데닝과 함께 〈스타워즈〉의 주요 시리즈 '제다이의 운명' 아홉 권 중에서 세 권을 집필하고 있다. 그 중 『Omen』과 『Allies』는 현재 출간되어 있다. 크리스티 골든은 현재 콜로라도에 살고 있으며, www.christiegolden.com에서 더욱 자세한 정보를 얻을 수 있다.